새버스의 극장

SABBATH'S THEATER
by Philip Roth

Copyright ⓒ Philip Roth, 1995
Korean Translation Copyright ⓒ MUNHAKDONGNE Publishing Corp., 2020

이 도서의 국립중앙도서관 출판예정도서목록(CIP)은
서지정보유통지원시스템 홈페이지(http://seoji.nl.go.kr)와
국가자료종합목록 구축시스템(http://kolis-net.nl.go.kr)에서 이용하실 수 있습니다.
(CIP제어번호: CIP2020047431)

새버스의 극장

SABBATH'S THEATER

PHILIP ROTH

필립 로스 장편소설

정영목 옮김

문학동네

두 친구에게

——

재닛 홉하우스
1948~1991

멜빈 튜민
1919~1994

차례

프로스페로

세 번에 한 번은 나의 무덤을 생각할 것이다.

— 셰익스피어의 「템페스트」, 5막 1장

1부

약속을 지키는 것은 없다

다른 여자들하고 박고 다니는 걸 그만두겠다고 맹세해라, 아니면 연애는 끝이다.

　이것이 최후통첩, 십삼 년 동안 놀라울 만큼 방종하게 지속되었던—그리고 마찬가지로 놀라울 만큼 비밀이 잘 유지되었던—애정의 기념일에 쉰두 살의 정부가 예순네 살의 애인에게 눈물을 흘리며 통보한, 너무 있을 법하지 않아 미칠 것 같은, 전혀 예측을 하지 못한 최후통첩이었다. 흘러들던 호르몬이 이제 썰물처럼 밀려나가고, 전립선이 비대해지고, 신뢰성이 반으로 떨어진 남성적 능력이나마 여전히 그의 것일 수 있는 시기가 아마도 불과 몇 년밖에 남지 않았을—어쩌면 수명도 그보다 그리 많이 남지는 않았을—상황에서, 모든 것의 종말이 다가오는 이 시점에서, 그는 그녀를 잃지 않으려면 자신을 완전히 뒤집으라는 협박을 당하고 있었다.

그녀는 드렌카 발리치로, 식당을 겸하는 여관 주인의 인기 높은 사업 파트너이자 결혼 파트너였으며, 모든 손님에게 관심을 기울이고, 손님으로 오는 아이와 노인만이 아니라 방을 청소하고 음식을 나르는 지역 여자아이들도 어머니처럼 따뜻하게 돌보아 존경을 받고 있었다. 그리고 그는 완전히 잊힌 인형극 광대 미키 새버스로, 키가 작고 실팍한 남자였으며 보는 사람 기를 죽이는 녹색 눈에 턱수염은 허옜고 손가락 관절염으로 고생하고 있었다. 삼십여 년 전, 〈세서미 스트리트〉*가 시작하기 전, 짐 헨슨이 어퍼이스트사이드로 그를 데려가 점심을 사주면서 네댓 명으로 이루어진 자기 패거리에 들어오라고 요청했을 때 그러마고 했다면 아마지금까지 그 긴 세월을 빅버드 안에 들어가 있었을지도 모른다. 빅버드 안에 들어가 있는 사람, 할리우드 명예의 거리에서 스타가된 사람, 밥 호프와 중국에 다녀온 사람은 캐럴 스피니가 아니라새버스였을 것이다. 어쨌든 그의 아내 로즈애나는 아무도 이의를제기할 수 없는 두 가지 이유로, 즉 일어나지 않은 모든 일과 일어난 모든 일 때문에 여전히 술로 자신을 죽이던 시절에 그에게 그사실을 일깨우며 즐거워했다. 그러나 새버스는 빅버드 안에 들어가 있다 해도 로즈애나 안에 들어가 있을 때만큼이나 행복하지 않았을 것이기 때문에 그런 야유에 별 상처를 받지 않았다. 1989년새버스가 자신보다 마흔 살 어린 여자애에게 한 추잡한 성희롱 때

---

* 미국의 유아용 텔레비전 프로그램. 뒤에 나오는 '빅버드'는 이 프로그램에 등장하는 크고 노란 새 캐릭터다.

문에 공개적으로 수모를 당했을 때, 로즈애나는 그 추문으로 인한 모욕감 때문에 알코올성 신경쇠약에 걸려 정신병원에 한 달간 입원해야 했다.

"너한테 일부일처제 짝은 하나면 충분하지 않아?" 새버스는 드렌카에게 물었다. "네 남편하고 일부일처제를 이룬 게 너무 좋아서 나한테도 그걸 원하는 거야? 네 남편의 부러운 정절과 네 남편이 신체적으로 너한테 역겹다는 사실 사이에서 너는 아무런 연관성을 보지 못하는 거야?" 그는 과장된 말투로 으스대며 말을 이어나갔다. "언제나 서로를 흥분시키는 우리는 서로에게 아무런 서약도, 아무런 맹세도, 아무런 구속도 강요하지 않는 반면, 네 남편이 한 달에 단 이 분 너를 식탁에 엎드리게 하고 뒤에서 박을 때도 넌 그게 역겹잖아. 왜 그럴까? 마티야는 크고, 힘세고, 정력도 좋아, 시커먼 머리는 고슴도치 같아. 머리카락이 완전히 깃촉이야. 카운티의 모든 노부인이 그 사람을 사랑하는데, 그건 단지 슬라브적인 매력 때문만은 아니야. 생긴 게 자극적이거든. 너희 가게의 조그만 웨이트리스들이 모두 그 사람의 턱을 두 쪽으로 가르는 금 때문에 미쳐. 8월에 40도 가까이 올라갈 때 뒤쪽 주방에 들어가 있는 그 사람을 본 적이 있는데, 테라스에서 사람들이 자리가 나기를 기다리느라 열 겹으로 둘러서 있더라고. 나는 그 사람이 흠뻑 젖은 티셔츠를 입고 음식을 휘휘 젓고, 그 케밥을 굽는 걸 봤어. 기름으로 몸이 온통 번들거리는 걸 보니 심지어 나도 꼴리더라니까. 오직 그 사람 마누라만 역겨워해. 왜일까? 여봐란듯한 일부일처제적 본성, 바로 그것 때문이야."

드렌카는 서글픈 표정으로 새버스의 옆에서 힘겹게 몸을 움직여 나무로 덮인 가파른 비탈을 올라갔다. 꼭대기에는 그들이 멱을 감는 개울이 거품을 보글거리고 있었다. 잔물결이 일렁이는 맑은 물은 화강암 바위들로 이루어진 계단을 따라 흘러내리다, 폭풍 때문에 기울어져 가지를 축 늘어뜨린, 둑의 은빛 띤 녹색 자작나무들 사이에서 소용돌이치며 물보라를 일으켰다. 연애를 시작한 첫 몇 달 동안 그녀는 바로 이런 사랑의 둥지를 찾아 혼자 하이킹 원정에 나섰고, 개울에서 멀지 않은, 오래된 전나무들이 모인 숲에서 각각 크기와 색조가 작은 코끼리를 닮은 바위 세 개를 발견했다. 이 바위들이 둘러싸고 있는 삼각형 공터를 그들은 집 대용으로 쓰게 되었다. 진흙, 눈, 위쪽 숲에서 총질을 해대는 술 취한 사냥꾼들 때문에 사철 이 봉우리에 올라올 수는 없었지만, 5월부터 10월 초까지는 비가 오지 않으면 이곳으로 물러나와 삶을 쇄신했다. 오래전 그들이 방수포 위에서 벌거벗고 있을 때 헬리콥터가 갑자기 나타나 잠시 100피트 상공에 머물다 간 적은 있었지만, 그것만 빼면 매더매스카폴스를 밸리*와 연결하는 유일한 포장도로로부터 걸어서 십오 분밖에 걸리지 않는 거리인데도 이 '작은 동굴'―그들은 이 은신처를 그렇게 부르게 되었다―에 그들의 은밀한 야영을 위협하는 인간이 나타난 적은 한 번도 없었다.

드렌카는 달마티아 해안 출신의 크로아티아인으로 거무스름한 피부에 이탈리아인처럼 보였으며, 새버스와 마찬가지로 키는 작

---

* 산들 사이의 평평한 지대.

은 편이었지만, 살짝 과체중 쪽으로 넘어갈 것 같은 도발적인 경계선에 있는 풍만하고 단단한 몸집의 여자였다. 가장 무거울 때 그녀의 몸매를 보면 유럽에서 소아시아에 이르기까지 넓은 지역에서 발굴된 기원전 2000년경에 빚어진 점토 인형, 신들의 위대한 어머니로서 여남은 가지 이름으로 숭배되던 젖가슴이 크고 허벅지가 굵은 살찐 작은 인형이 떠올랐다. 그녀는 효율적이고 사무적이라고 할 수 있는 쪽으로 예뻤는데, 다만 코는 예외로, 콧마루가 놀랄 만큼 내려앉아 얼굴 한가운데가 왠지 흐릿하게 번져 보이는 프로 권투선수의 코, 풍만한 입과 크고 거무스름한 눈과 수직을 이루지 못하고 약간 어긋난 코였다. 새버스는 이 코가 겉으로 보기에는 효율적으로 배치된 듯한 그녀의 본성에서 가변적이고 불확정적인 모든 것을 분명하게 상징한다고 생각하게 되었다. 예전에 큰 메로 맞은 적이 있는 것처럼, 아주 어렸을 때 엄청난 타격을 받아 상처를 입은 것처럼 보였지만, 사실 그녀는 다정한 부모의 딸로, 부모 둘 다 고등학교 교사였고 티토 공산당의 압제적인 진부한 것들에 종교적으로 헌신하는 사람들이었다. 그녀는 그들의 외동딸로서 이 착하고 따분한 사람들의 사랑을 듬뿍 받았다.

가족에게 타격을 가한 사람은 드렌카였다. 스물두 살에 철도청에서 장부 담당 보조로 일하던 그녀는 스플리트 근처 브라치섬의 철도 신디케이트 노동자들이 관리하는 호텔로 휴가를 갔다가 야심만만하고 젊고 잘생긴 웨이터 마티야 발리치를 만나 결혼했다. 두 사람은 트리에스테로 신혼여행을 떠났다가 다시 돌아가지 않았다. 그들이 달아난 것은 서방으로 가서 부자가 되려는 목적 때문이기도 하지만, 마티야의 할아버지가 1948년에 수감되었기 때문이기도 했다. 그해에 티토는 소련과 결별했는데, 1923년 이래 공산주의자로 활동하면서 위대한 어머니 러시아를 이상으로 여기던 지역 당 관료 할아버지가 감히 이 문제를 공개적으로 논의했다. 드렌카는 새버스에게 설명했다. "내 부모는 둘 다 확신에 찬 공산주의자이고 티토 동지를 사랑했어. 티토는 늘 미소 짓는 괴물처럼 미소를 띤 채 우리와 함께 있었고. 그래서 나는 아주 일찍부터 티토를 유고슬라비아의 다른 어떤 아이보다 더 사랑하는 법을 터득했지. 우리는 모두 '개척단'이었어. 빨간 스카프를 두르고 나가 노래를 부르던 어린 소년 소녀 말이야. 우리는 티토를 찬양하는 노래를 불렀어. 티토는 꽃이다, 바이올렛이다, 모든 어린이는 티토를 사랑한다. 하지만 마티야는 달랐지. 마티야는 할아버지를 사랑하는 아이였거든. 그런데 누가 할아버지를 고자질한 거야─고자질이 맞아? 신고하는 거. 누가 신고를 했어. 체제의 적으로. 체제의 적은 모두 무시무시한 감옥에 보냈지. 가장 무시무시한 때였어. 체제의 적은 가축처럼 배에 던져넣었어. 배에 태우고 본토에서 섬으로 갔지. 살아남는 사람은 살아남는 거고 그러지 못하는 사람은 그러지 못하는 거야. 보이는 거라고는 돌뿐인 곳이었지. 그들이 해야 하는 일, 그것도 그 돌 일이었어. 돌을 자르는 거, 이유도 없이. '벌거벗은 섬'이라는 뜻의 이 골리 오토크에 가족이 끌려간 집이 많았어. 사람들은 이런저런 이유로 다른 사람을 신고했지─출세하려고, 미움 때문에, 또다른 온갖 이유로. 옳지 않으면 안 된다고 늘 위협하는 분위기였는데, 여기서 옳은 건 체제를 지지하는 거야. 이 섬에서는 먹을 걸 주지 않았어, 심지어 물도 주지 않았지. 해안에서 조금 떨어진 섬이야. 스플리트에서 북쪽으로 조금만 가면 나와. 해안에서 멀리 섬이 보여. 마티야의 할아버지는 거기에서 간염에 걸렸는데 마티야가 고등학교를 졸업하기 직전에 죽었어. 간경변으로 죽었지. 그 세월 내내 고생을 하다 죽은 거야. 죄수들은 집으로 카드를 보내곤 했는데, 카드에서 자기들이 교화되었다고 말해야 했어. 마티야의 어머니는 아들한테 자기 아버지가 착하지 않았고 티토 동지의 말을 듣지 않았고 그래서 감옥에 가야만 하는 거라고 말했어. 마티야는 아홉 살이었지. 어머니는 분명한 목적이 있었기 때문에 아들한테 그렇게 얘기한 거야. 그래야 마티야가 학교에서 애들이 무슨 짓을 해도 다른 얘기를 하지 않을 테니까. 할아버지는 앞으로 착하게 살 것이고 드루그* 티토를 사랑할 거라고 말했고, 그래서 감옥에 열 달만 있었어. 그런데 그동안 간염에 걸린 거야. 할아버지가 돌아오자 마티야의 어머니는 큰 파티를 열어. 할아버지는 돌아왔는데, 몸무게가 40킬로그램이었어. 파운드로 하면 90파운드 정도지. 원래 할아버지는 마테**랑 비슷했어. 몸집이 큰 사람이었지. 근데 몸이 완전히 망가진 거야. 할아버지를 누가 고자질했고, 그걸로 끝이었어. 그래서 마티야는 우리가 결혼한 뒤에 달아나고 싶어했던 거야."

"너는 왜 달아나고 싶었던 건데?"

---

* '동지'라는 뜻의 크로아티아어.

** 마티야의 애칭.

"나? 나는 정치에 관심 없었어. 우리 부모 같았지. 옛 유고슬라비아 시절, 왕이니 뭐니 하는 게 있던 시절, 공산주의 이전, 그때 우리 부모는 왕을 사랑했어. 그러다 공산주의가 되자 공산주의를 사랑했어. 나는 관심 없었어. 그래서 미소 짓는 괴물에게 네, 네 했지. 내가 사랑한 건 모험이었어. 미국은 아주 웅장하고 아주 화려하고 아주 엄청나게 달라 보였어. 미국! 할리우드! 돈! 내가 왜 떠났느냐고? 나는 어린애였어. 가장 재미있는 데라면 어디든 좋은 거지."

드렌카는 제국주의 나라로 달아남으로써 부모에게 수치를 안겼고, 그들의 마음에 큰 상처를 주었다. 그들도 그녀가 변절하고 나서 오래지 않아 죽었다. 둘 다 암이었다. 그러나 그녀가 돈을 너무 사랑하고 '재미'를 너무 사랑하면서도 남자 애를 태우는 그 흉악범 같은 얼굴에 풍만한 젊은 몸을 수단으로, 자본주의의 노예가 되는 것보다 훨씬 가벼운 짓을 하는 쪽으로 나아가지 않은 것을 보면, 아마도 이 확신에 찬 공산주의자들이 고맙게도 그녀에게 다정한 관심을 기울여준 것 같았다.

실제로 그녀가 하룻밤을 대가로 돈을 받았다고 인정하게 되는 유일한 남자는 인형극 광대 새버스뿐이었고, 그것도 십삼 년에 걸쳐 딱 한 번, 그가 고급 식료품점에서 일하는 오페어*인 독일인 도망자 크리스타를 선물로 바쳤을 때뿐이었다. 그는 그녀를 발굴한

---

* au pair. 외국 가정에 입주해 아이 돌보기 등의 집안일을 하고 약간의 보수를 받으며 언어를 배우는 사람. 보통 젊은 여성이다.

뒤 끈질긴 노력을 기울여 그들의 합동 쾌락을 위해 징발했다. "현금." 드렌카는 그에게 알렸다. 그들이 사는 동네까지 차를 얻어 탄 크리스타와 새버스가 처음 마주친 이래 몇 달 동안 드렌카도 사실 새버스 못지않게 모험을 고대하고 있어, 굳이 공모하자고 강권할 필요도 없었다. "빳빳한 지폐로." 그녀는 장난을 하듯 눈을 가늘게 떴지만, 그 말이 진심임에는 변함이 없었다. "빳빳한 새 걸로." 그는 그녀가 아주 신속하게 생각해낸 역할을 망설임 없이 받아들이며 물었다. "몇 장?" 매춘부처럼 그녀가 대답했다. "열 장." "열 장 낼 여유는 없는데." "그럼 됐어. 나는 빼줘." "힘든 여잘세." "그럼. 힘들지." 그녀는 대꾸하며 자신의 말을 음미했다. "나도 내 가치가 어느 정도인지는 대충 알거든." "이게 쉽게 된 일은 아니야, 알다시피. 이걸 꾸미는 게 뚝딱 해치울 수 있었던 일은 아니라고. 크리스타는 제멋대로인 애일지는 몰라도 여전히 많이 신경쓰고 돌봐줘야 하거든. 사실은 돈을 받아야 할 사람은 나야." "나는 가짜 창녀 대접을 받고 싶지 않아. 진짜 창녀 대접을 받고 싶어. 천 달러, 아니면 그냥 집에 있을 거야." "불가능한 걸 요구하고 있잖아." "그럼 됐어." "오백." "칠백오십." "오백. 그게 내가 할 수 있는 최대야." "그럼 거기 가기 전에 받아야겠어. 핸드백에 돈을 넣고 그리로 가고 싶어, 그 돈을 받았으니 해야 할 일이 있다는 마음으로. 진짜 창녀 같은 기분이고 싶어." "안 될 거라고 봐." 새버스가 자기 생각을 말했다. "진짜 창녀 같은 기분이 들려면 돈만으로는 충분치 않아." "나한테는 충분해." "운좋은 사람이네." "당신이 운이 좋지." 드렌카가 도전적으로 대꾸했다. "좋아, 오백으로 해줄게. 하지만 미리. 전날 밤에 그 돈을 다 받아야겠어."

거래 조건을 협상하는 동안 그들은 '작은 동굴'의 방수포 위에서 손으로 서로를 만지작거리고 있었다.

사실, 새버스는 돈에는 관심이 없었다. 하지만 관절염 때문에 인형극 광대로서 끝장이 나 국제 페스티벌에 나가지도 못하게 되고, 성도착자로 드러나 네 대학 연합 프로그램의 교과과정에서 그의 '인형극 워크숍'이 환영받지 못하게 되자, 그는 아내에게 의지해 먹고살게 되었다. 따라서 로즈애나가 매년 지역 고등학교에서 벌어오는 백 달러 지폐 이백이십 장에서 다섯 장을 벗겨내 가족이 운영하는 여관에서 연 십오만 달러의 순이익을 올리는 여자한테 건네주는 것이 고통스럽지 않은 일이라고 말할 수는 없었다.

물론, 씨발 집어치우라고 말할 수도 있었다. 무엇보다도 드렌카는 돈을 받건 받지 않건 세 사람이 하는 놀이에 열심히 참여했을 것이기 때문이다. 하지만 하룻밤 그녀의 봉 노릇에 동의하는 것도 그녀가 그의 매춘부인 척하는 것만큼이나 그에게는 만족스러운 일일 것 같았다. 더욱이 새버스에게는 굴복하지 않을 권리가 없었다―그녀의 음탕한 방종이 완전히 만개한 것이 새버스 덕분이었기 때문이다. 새버스가 그녀의 납작한 코로부터, 풍만한 팔다리로부터―처음에는 그냥 그 풍만함에서 출발했다―드렌카 발리치가 무절제하게 치닫는 경향이 일에서 보여주는 완벽주의로만 나타나는 게 아닐지도 모른다고 짐작하지 못했다면, 여관 여주인이자 관리자로서 발휘하는 체계적인 효율성―매년 그 많은 찐을 은행에 넣는 그냥 그 순수한 즐거움—으로 인해 그녀의 아래쪽 삶은 오래전에 미라가 되어버렸을지도 모른다. 가장 인내심 있는 교관으로서 한 번에 한 단계씩, 그녀가 질서 잡힌 생활에서 멀어지고 규칙적인 식단의 결함을 보완할 외설을 발견하도록 도운 사람이 새버스였다.

외설? 그러거나 말거나. 그냥 하고 싶은 대로 해, 새버스는 말했고, 그래서 그녀는 그렇게 했고 좋아했으며 그에게 자기가 그걸 얼마나 좋아했는지 이야기하는 걸 좋아했고 그도 그 얘기를 듣는 걸 꼭 그만큼 좋아했다. 남편들은 아내와 자식들을 데리고 여관에 와서 주말을 보낸 뒤 사무실로 돌아가 몰래 드렌카에게 전화를 걸어 그녀가 보고 싶다고 말했다. 굴착 기술자, 목수, 전기공, 페인트공, 여관 주변에서 일을 돕는 모든 노동자들이 하나같이 머리를 굴려 그녀가 장부를 정리하는 사무실과 가까운 곳에서 점심을 먹었다. 그녀가 어디를 가든 남자들은 그녀에게서 손에 딱 잡히지는 않지만 은근히 초대하는 듯한 분위기를 느꼈다. 그러다가 새버스가 더욱더 많은 것을 원하는 그녀의 힘—그렇다고 새버스가 나타나기 전에는 그 힘의 부추김을 완전히 외면했다는 말은 아니지만—을 인가해주자, 남자들은 늘 미소를 띤 예의의 코르셋을 입은, 이 자그마하고 외모가 깜짝 놀랄 만한 수준은 못 되는 중년 여자를 움직이는 동력이 그들 자신의 것과 흡사한 육욕임을 이해하기 시작했다. 이 여자 안에는 남자 비슷하게 생각하는 누군가가 있었다. 그리고 그녀와 생각이 비슷한 그 남자가 새버스였다. 그녀는, 그녀 표현대로, 그의 짝패였다.

그러니 어떻게 그가, 양심상, 오백 달러를 안 된다고 할 수 있을까? 안 된다는 것은 애초에 이 거래에서 선택지가 아니었다. 그녀는 그간 자신이 무엇이 되고 싶은지 깨닫게 되었는데, 이제 그렇게 되기 위해(그가 그녀에게 요구한 것이 되기 위해) 그녀가 새버스에게 요구하는 것은 그래, 라는 대답뿐이었다. 그녀가 그 돈으로 아들의 지하실 작업장에 들여놓을 전동공구를 샀다는 것은 상관없는 일이었다. 매슈는 결혼을 했고, 밸리에 막사가 있는 주 경찰대 소속 경찰관이었다. 드렌카는 아들을 애지중지했는데, 아들이 경찰이 되자 늘 걱정을 했다. 아들은 몸집은 크지 않아도 고슴도치 같은 검은 머리카락에 아버지처럼 턱 가운데가 움푹 파인 잘생긴 남자였다. 그는 아버지의 영어화된 성을 따랐지만 드렌카의 자식이라는 면모가 훨씬 뚜렷했다. 키가 작았고—거우 173센티미터에 61킬로그램이 나가, 경찰학교에 다닐 때는 그 기에서 가장 어릴 뿐 아니라 가장 작은 학생이었다—얼굴 한가운데에는 약간 흐릿하게 번진 곳, 어머니의 코를 복제해놓은 코 없는 코가 있었다. 처음에는 장차 여관 주인이 될 수 있도록 훈련을 받았으나 호텔 운영 학교를 딱 일 년 만에 그만두고, 근육질 몸에 짧게 깎은 머리에는 큰 모자를 쓰고 배지를 달고 다니면서 큰 권력을 휘두르는 주 경찰관이 되어 아버지를 우울하게 만들었다. 꼬마 경찰관은 교통계에 배속되어 이동식 탐지장치를 가동하고 있다가 속도위반 차량을 쫓아 간선도로를 오르내리는 일을 처음 맡았는데, 그에게는 그것이 세상에서 가장 멋진 일이었다. 아주 많은 사람을 만나고, 세우는 차마다 다 다르고, 사람도 다르고, 상황도 다르고, 속도도 다르고…… 드렌카는 칠 년 전 아카데미에 들어간 매슈 주니어가 교관들이 학생들에게 고함을 지르기 시작하자 어머니에게 "그런다고 그만두는 일은 절대 없을 거야" 하고 말했던 첫날부터, 작은 몸집임에도 체력 우수 기장記章을 받으며 졸업하면서 이십사 주 코스를 살아남은 동기들과 함께 "너희는 신은 아니지만 신에게 가장 가까운 존재가 되었다"는 말을 듣던 날까지, 그가 주 경찰관 생활을 하면서 자신에게 해준 모든 이야기를 새버스에게 전해주었다. 그녀는 새버스에게 매슈의 15연발 9밀리미터 권총의 장점을 이야기해주고, 매슈가 비번일 때 그 총을 부츠 안이나 등허리 쪽에 넣고 다니는데 그것 때문에 겁이 난다는 이야기를 해주었다. 그녀는 그가 죽임을 당할까봐 늘 두려워했는데, 특히 교통계에서 막사로 전근을 가 몇 주마다 심야 교대근무를 하게 되자 걱정이 더 심해졌다. 매슈 자신은 속도위반 탐지장치를 가동하는 것만큼이나 차를 타고 순찰하는 것도 아주 좋아하게 되었다. "일단 교대근무를 나가게 되면 그때부터는 아무도 뭐랄 사람이 없어. 일단 그 차에 타면 거기서는 하고 싶은 대로 할 수 있어. 자유야, 엄마. 아주 큰 자유. 무슨 일이 생기지 않는 한, 하는 일이라고는 차를 모는 것뿐이야. 혼자 차를 타고 순찰을 도는 거지. 무슨 일이 생겨 호출되기 전까지는 그냥 차를 몰고 길을 따라 가는 일뿐이야." 그는 주 경찰이 '북부 순찰구역'이라고 부르는 곳에서 자랐다. 그 지역, 모든 길, 모든 숲을 알았고, 여러 타운의 가게들을 알았으며, 밤에 차를 몰고 지나가며 안전을 확인하면서, 은행을 확인하고, 술집을 확인하고, 사람들이 완전히 엉망이 되어 술집을 나서는 것을 지켜보면서 엄청난 남자다운 만족감을 느꼈다. 지상 최대의 쇼―사고, 강도, 부부싸움, 자살―를 맨 앞자리에 앉아서 본다. 매슈는 어머니에게 그렇게 말했다. 대부분의 사람들은 자살자를 본 적이 없다. 그러나 매슈와 함께 학교에 다녔던 어떤 여자애는 숲에서 자기 머리를 날려버렸다. 떡갈나무 아래 앉아 뇌를 터뜨려버렸다. 매슈는 아카데미를 나온 첫해에 현장 담당 경찰관이 되어 검시관에게 연락을 하고 그곳에서 그가 오기를 기다렸다. 매슈는 어머니에게 말했다. 그 첫해에 그는 잔뜩 바람이 들어가 무적이라는 느낌이 들었고, 이빨로 총알이라도 멈출 수 있을 것 같았다. 매슈가 부부싸움 현장으로 들어가면, 그곳에서는 두 사람이 술에 취해 서로 소리를 지르고 서로 미워하고 주먹을 날리고 있다. 그는, 그녀의 아들은 그들과 이야기를 하며 그들을 진정시키고, 그가 그곳을 나올 때는 다 괜찮아져서 둘 중 누구도 치안 방해로 체포할 필요가 없다. 하지만 가끔은 너무 심해서 체포하고 만다. 여자에게 수갑을 채우고 남자에게 수갑을 채우고, 다른 주 경찰관이 오기를 기다려, 부부가 서로 죽이기 전에 처넣는다. 어떤 아이가 63번지 피자가게에서 총을 보여주고 있었을 때, 가게를 털고 나오기 전에 사람들에게 그걸 슬쩍 보여주고 있었을 때, 아이가 몰고 다니던 차를 발견하고, 아이가 총을 갖고 있다는 걸 알면서 지원도 없이, 두 손을 들고 나오라고 확성기에 대고 말하고, 그 아이를 향해 총을 뽑은 사람이 바로 매슈였다…… 매슈가 어머니에게 자신이 일을 제대로 하기를, 배운 대로 하기를 바라는 좋은 경찰이라는 것을 보여주려고 한 이런 이야기들 때문에 드렌카는 몹시 겁을 먹어 스캐너를 샀다. 매슈가 사용하는 주파수로 경찰 교신을 들을 수 있는, 안테나와 유리가 달린 작은 상자를 사서, 가끔 매슈가 심야 교대근무를 나가 잠이 오지 않을 때면 스캐너를 켜놓고 밤새 귀를 기울이곤 했다. 스캐너는 매슈가 연락을 받을 때마다 신호를 포착했기 때문에 드렌카는 대체로 아들이 어디에 있고 어디로 가고 있는지 알 수 있었고, 아직 살아 있다는 것을 알 수 있었다. 아들의 번호—415B—를 말하는 굵은 목소리가 들릴 때 그녀는 깨어 있었다. 그러나 매슈의 아버지도 깨어 있었다—그리고 그는 자신이 매년 여름 주방에서 훈련시키던 아들, 무일푼의 이민자인 자신이 무에서부터 쌓아올린 사업체의 상속자가 이제 가라테와 유도 전문가가 되어, 한심하게도 새벽 세시에 저 밖에서 수상쩍게 느린 속도로 배틀마운틴을 가로지르는 낡은 픽업트럭을 따라가고 있다는 사실을 상기하며 다시 한번 격분했다. 부자간의 감정은 아주 나빠져서 드렌카가 매슈의 안전에 관한 두려움을 털어놓고 아들이 일주일에 해낼 수 있는 차량 순찰 활동의 양에 대한 자부심을 늘어놓을 사람은 새버스밖에 없었다. "무슨 일이 생겨." 아들은 어머니에게 말했다. "밖에서는 늘 무슨 일이 생겨—과속, 정지 신호, 미등 고장, 온갖 위반들⋯⋯" 따라서 새버스는 자신과 크리스타와 함께 삼인조를 완성해달라고 준 오백 달러로 드렌카가 매슈에게 생일 선물로 줄 휴대용 마키타 테이블 톱과 거기에 들어가는 멋진 데이도 날 세트를 샀다고 털어놓았을 때 전혀 놀라지 않았다.

　전체적으로 모두에게 일이 이보다 낫게 풀릴 수는 없었다. 드렌카는 남편의 가장 좋은 친구가 될 수 있는 방법을 찾았다. 한때 맨해튼 '외설 극장'의 인형극 달인이었던 사람 덕분에 그녀는 자신을 죽일 것 같던 판에 박힌 결혼생활을 그냥 참고 견디는 수준 이상으로 받아들일 수 있었다―이제 그녀는 그 죽음 같은 판에 박힌 일상을 자신의 무모함에 대한 평형추로서 소중하게 여겼다. 상상력이라곤 전혀 없는 남편에 대한 혐오로 부글부글 끓기는커녕, 마티야의 견고함이 이렇게 고마운 적이 없었다.

오백은 위로와 만족 면에서 모두가 얻는 것 전체를 생각하면 싼 값이었고, 그래서 새버스는 그 빳빳한 새 은행권을 넘겨주는 일이 아무리 심란하다 해도, 드렌카 앞에서는 그녀와 똑같이 담담한 태도를 보여주었다. 그녀는 짐짓 그런 모습으로, 영화의 상투적인 장면을 흉내내는 것을 태연하게 즐기며 지폐를 반으로 접어 자신의 브라 안에, 그를 언제나 사로잡는 부드럽고 풍만한 두 젖가슴 아래 보관했다. 그 젖가슴이 그렇게 그를 사로잡아서는 안 되는 것이, 사실 그녀의 몸 다른 곳의 근육계는 모두 단단함을 잃고 있었다. 그러나 네크라인 가장 아래쪽, 피부가 종이처럼 변해가는 곳조차, 심지어 미세하게 그물눈이 그려진 손바닥만한 다이아몬드 모양의 살조차 그녀의 지속적인 매력을 강화할 뿐 아니라 그녀에 대한 그의 부드러운 감정도 강화했다. 그는 이제 일흔에서 여섯 살이 모자랐다. 마치 '시간'이라는 문신 기술자가 익살맞은 꽃줄 장식을 양쪽에 새겨놓은 것이 눈에 보이지 않는다는 듯이 그가 넓어져가는 두 볼기짝을 움켜쥐려 하는 것은 불가피하게 이 게임이 곧 끝날 수밖에 없다는 사실을 알기 때문이었다.

얼마 전 새버스가 드렌카의 과육 같은 젖가슴을 빨 때—과육 같다는 뜻의 uberous는 exuberant라는 말의 어원인데, 이 말은 ex와 uberare가 합쳐진 것으로, 열매를 많이 맺는다fruitful, 또 젖통에서 은하수가 나오는 틴토레토 그림의 누운 유노처럼 넘쳐흐른다overflow는 뜻을 갖고 있다—가차없이 광적으로 빨아 드렌카가 환희에 젖어 머리를 뒤로 젖히며 "씹 안쪽 깊은 데서 느껴져" 하고 신음을 토했을 때(유노도 한때 그렇게 신음을 토했을지 모르지만), 고인이 된 자그마한 어머니를 향한 예리하기 짝이 없는 갈망이 그를 꿰뚫었다. 어머니가 차지하고 있는 최고의 지위는 둘이 함께했던 비할 데 없는 처음 십 년 동안 그랬던 것과 마찬가지로 지금도 거의 절대적이었다. 새버스는 그녀가 갖추고 있는 운명에 대한 자연스러운 감각에, 또 그 모든 전율하는 에너지가 박혀 있는 영혼—말馬만큼이나 신체를 중심으로 살아가는 여자였음에도—에, 방과후 오븐에서 익고 있는 향기로운 케이크만큼이나 어김없이 존재감을 드러내는 그 영혼에 거의 숭배감에 가까운 것을 느꼈다. 그가 여덟 살, 아홉 살이고 그녀가 두 아들의 어머니 노릇을 하는 데서 기쁨 중의 기쁨을 발견하던 시절 이래 느껴보지 못했던 감정들이 그의 내부에서 일렁였다. 그래, 그것이 그녀 삶의 정점이었다, 모티와 미키를 기르는 것이. 그녀가 매년 봄 유월절을 준비하던 그 기민함을 기억하자 새버스의 내부에서 그녀의 기억, 그녀의 의미가 확장되었다. 연중 쓰는 접시들, 두 세트의 접시를 다 싸서 상자에 집어넣고, 차고에서 유월절 유리 접시들을 꺼내, 닦고, 선반에 넣는 그 모든 일. 하루도 안 되는 시간에, 그와 모티가 아침에 학교에 갔다가 오후 중반에 돌아오는 사이에, 그녀는 하메즈* 식료품 저장실을 비우고 명절 지침을 그대로 하나하나 따라 부엌을 청소하고 문질러 닦아놓았다. 그녀가 일에 달려드는 모습을 보면 그녀가 필요한 일을 챙기는 것인지, 필요한 일이 그녀를 챙기는 것인지 판단하기가 어려웠다. 코가 크고 고불거리는 거무스름한 머리카락에 몸집이 자그마했던 그녀는 베리 덤불 속의 새처럼 여기저기 뛰고 돌아다니며 홍관조의 노래처럼 투명하고 찬란한 일련의 음을 지저귀고 재잘거렸다. 먼지를 떨고, 다리미질을 하고, 수선을 하고, 광택을 내고, 바느질을 하는 것만큼이나 자연스럽게 곡조가 흘러나왔다. 접고, 펴고, 놓고, 쌓고, 싸고, 가르고, 열고, 나누고, 묶고―그의 어린 시절 내내 그녀의 민첩한 손가락들은 결코 멈추지 않았고 휘파람도 결코 그치지 않았다. 그렇게 그녀는 만족스러웠다. 남편의 장부를 깔끔하게 정리하고, 나이든 시어머니와 평화롭게 살고, 두 아들의 일상적 요구를 처리하고, 버터와 달걀 장사에서 나오는 돈이 아무리 적더라도, 심지어 대공황의 최악의 시기에도, 그녀가 궁리해서 짠 예산이 아이들의 행복한 발달에 피해를 주지 않도록, 또 예를 들어 모티가 미키에게 물려주는 모든 것―그게 미키가 입는 거의 전부였는데―이 깔끔하게 기워지고, 잘 마르고, 흠 하나 없이 깨끗한 상태를 유지하도록 보살피는 데 필요한 모든 일에 푹 잠긴 채로. 그녀의 남편은 손님들에게 자기 마누라는 뒤통수에도 눈이 달렸고 손은 두 쌍

* 유월절에 먹으면 안 되는 누룩을 넣은 빵.

이라고 자랑했다.

　그러다 모티가 전쟁에 나가면서 모든 것이 달라졌다. 늘 그들은 하나의 가족으로서 모든 일을 해왔다. 한 번도 나뉜 적이 없었다. 새버스의 가족은 그들처럼 해변 가까이에 사는 이웃들 절반이 그러듯 여름에 자기 집을 세주고 차고 위의 거지같은 작은 아파트에 들어가 살 만큼 가난했던 적은 없지만, 그래도 미국 기준에서는 가난한 가족이었으며 누구도 어디에 가본 적이 없었다. 그러다 모티가 떠났고 미키는 태어나 처음으로 그들의 방에서 혼자 잤다. 한번은 모티가 뉴욕주 오스위고에서 훈련을 받을 때 가족이 면회를 가기도 했다. 여섯 달 동안은 애틀랜틱시티에서 훈련을 받았고 그들은 일요일이면 차를 몰고 그를 보러 갔다. 모티가 노스캐롤라이나 조종사 학교에 있을 때는 남쪽 그 멀리까지 차를 몰고 갔다. 돈을 줄 테니 그들이 없는 며칠 동안 배달을 해달라고 부탁한 이웃에게 트럭을 넘겨야 했지만. 모티는 피부가 나빴고 별로 잘생기지 않았으며, 학교 공부도 잘하지 못했고―기술과 체육을 제외한 모든 과목에서 B-C 수준이었다―여자애들한테서도 이렇다 할 성공을 거둔 적이 없었다. 그럼에도 신체적 힘과 강한 인격을 가진 그가 인생에 어떤 어려움이 닥치더라도 자신을 돌볼 수 있다는 것을 모두가 알았다. 고등학교 댄스 밴드에서는 클라리넷을 불었다. 육상 스타였다. 수영 솜씨가 훌륭했다. 아버지 일을 도왔다. 집에서는 어머니를 도왔다. 손재주가 훌륭했는데, 뭐 그건 가족 모두가 그랬다. 힘센 아버지도 달걀을 촛불에 비추어 안을 확인할 때는 섬세했고, 어머니는 집안일을 할 때 꼼꼼하고 능란했으니까.

미키 또한 새버스 집안의 손가락을 놀리는 교묘한 솜씨를 나중에 세계에 보여주게 된다. 그들의 자유는 모두 손에 있었다. 모티는 배관이든 전기 설비든 뭐든 수리할 수 있었다. 모티한테 줘. 어머니는 말하곤 했다. 모티가 고칠 거야. 그녀는 모티가 세상에서 가장 착한 형이라고 말했는데 그것은 과장이 아니었다. 그는 징집을 기다리지 않고 애즈버리고등학교를 막 졸업한 열여덟 어린 나이에 육군항공단에 자원했다. 열여덟에 입대했고 스무 살에 죽었다. 1944년 12월 12일 필리핀제도 상공에서 격추당했다.

새버스의 어머니는 거의 일 년 동안 침대에서 나오려 하지 않았다. 나올 수가 없었다. 그녀는 두 번 다시 뒤통수에도 눈이 달린 여자라는 말을 듣지 못했다. 가끔은 앞에도 눈이 달리지 않은 사람처럼 행동했으며, 살아남은 아들이 드렌카의 액체를 다 말려버릴 듯이 헐떡거리며 그녀를 들이켜면서 지금껏 기억할 수 있는 한, 어머니가 그녀의 서명과도 같은 노래를 휘파람으로 부는 소리를 두 번 다시 들을 수 없었다. 이제 그가 방과후에 모래가 덮인 골목을 따라 올라갈 때도 해변의 그 작은 집은 적막했고, 안에 들어가보기 전에는 어머니가 집에 있는지 없는지도 알 수 없었다. 벌꿀 케이크도 없었고, 대추와 견과 빵도 없었고, 컵케이크도 없었다. 방과후 오븐에서 뭔가가 구워지고 있는 날은 두 번 다시 없었다. 날씨가 좋아지면 그녀는 두 아들과 함께 시장 가격의 반으로 넙치를 사려고 새벽에 어선으로 달려나가곤 하던 해변을 굽어보는 판잣길 벤치에 앉아 있었다. 전쟁이 끝나 모두 귀향했을 때 그녀는 그곳에 가서 모트*와 이야기를 나누었다. 수십 년이 지나면서 그녀가 큰아들과 나누는 대화는 줄기는커녕 오히려 늘었으며, 아흔이 되어 새버스가 그녀를 롱브랜치의 요양원에 입원시켜야 했을 때 그녀는 오직 모티하고만 이야기를 나누었다. 마지막 이 년 동안은 차를 몰고 네 시간 반을 달려 면회를 가도 그녀는 새버스가 누구인지 전혀 알지 못했다. 살아 있는 아들을 그녀는 알아보지 못했다. 그러나 그것은 오래전 1944년에 이미 시작되었다.

그런데 이제 새버스는 그녀와 이야기를 했다. 이것은 그가 예상치 못한 일이었다. 아버지, 역시 모티의 죽음으로 부서지긴 했지만, 아무리 부서졌다 해도 미키를 버린 적이 없고, 아들이 고등학교를 나온 뒤 바다로 가거나 뉴욕의 거리에서 인형극을 시작하면서 아들의 삶이 아무리 이해 불가능한 것이 되었다 해도 원초적으로 미키 편에 섰으며, 그의 아내와 달리 바다 건너편에서 태어나 열세 살 때 혼자 미국으로 건너왔고 칠 년이 안 되는 시간에 부모와 남동생 둘을 불러들일 돈을 모은 오래전에 고인이 된 아버지, 교육받지 못한 그 소박한 사내와는 한마디도 나누어본 적이 없었다. 이 은퇴한 버터와 달걀 장수가 십사 년 전 여든한 살의 나이에 자다가 죽은 이후로는. 근처에 아버지 존재의 그림자가 맴돌고 있다는 느낌을 받은 적도 없었다. 이것은 아버지가 늘 가족 가운데 가장 말수가 적은 사람이었기 때문만이 아니라 죽은 자가 죽은 자 아닌 어떤 것이라고 설득할 만한 증거가 새버스에게 제시된 적이 없기 때문이기도 했다. 그들과 이야기를 한다는 것은 비합리적

---

* 모트와 모티 모두 모턴의 애칭.

인 인간 활동 가운데 가장 옹호할 만한 일에 빠져드는 것이 분명했으나, 새버스에게는 여전히 이질적이기만 했다. 새버스는 현실주의자, 지독한 현실주의자였으며, 그래서 예순네 살이 되자 살아 있는 사람들과 접촉하는 것도 거의 그만두었으니, 죽은 자와 자기 문제를 의논하는 것은 말할 것도 없었다.

그런데 바로 그 일을 이제 그는 매일 하고 있었다. 어머니가 매일 옆에 있었으며 그는 어머니와 이야기를 했고 그녀는 그와 교감했다. 정확히 어떤 식으로 여기 있는 거야, 엄마? 여기에만 있는 거야 아니면 어디에나 있는 거야? 엄마를 볼 방법이 있으면 내가 엄마 모습 그대로를 볼 수 있어? 내가 간직하고 있는 모습은 계속 바뀌거든. 엄마는 살아 있을 때 알던 것만 알아, 아니면 모든 걸 알아, 아니면 '아는' 건 이제 문제가 안 되나? 요즘은 어때? 지금도 그렇게 비참할 정도로 슬퍼? 그게 가장 좋은 소식이겠는걸— 엄마가 모티와 함께 있게 되어 다시 옛날처럼 휘파람을 불고 있다면. 같이 있어? 아버지는? 만일 셋이 있으면 뭐 하느님도 함께 있겠네? 아니면 무형의 존재라는 것도 다른 모든 것과 마찬가지여서 세상 이치대로 사는 거고, 그래서 하느님은 여기에서 그랬듯이 거기서도 필요 없는 거야? 아니면 살아 있는 것에 대해 더 묻지 않았듯이 죽어 있는 것에 대해서도 더 묻지 않아? 죽어 있는 게 그냥 전에 엄마가 집안일하듯이 하고 있는 그런 거야?

괴상하고 요령부득이고 우스꽝스러웠지만 그럼에도 죽은 자의 방문은 진짜였다. 아무리 자신에게 설명을 해도 어머니가 떠나게 할 수는 없었다. 자신이 햇빛을 받는지 그늘에 들어왔는지 아는 것과 마찬가지로 어머니가 옆에 있다는 것을 알았다. 어머니를 인지하는 것은 너무나 자연스러워서 그런 인지의 결과가 그의 조롱 섞인 저항 앞에서 증발해버리는 일은 생길 수가 없었다. 그가 절망에 빠져 있을 때만 나타나는 것도 아니고, 사라지는 모든 것을 대체할 만한 것이 절박하게 필요하여 한밤중에 잠이 깰 때만 일어나는 일도 아니었다—어머니는 숲에도 있었고, '작은 동굴'에도 그와 드렌카와 함께 있었다. 그들의 반쯤 벗은 몸 위에서 헬리콥터처럼 맴돌고 있었다. 어쩌면 그 헬리콥터가 어머니였는지도 모른다. 죽은 어머니는 그와 함께 있었고, 그를 지켜보고 있었고, 어디에서나 그의 주위를 맴돌고 있었다. 그녀는 그에게로 풀려나왔다. 그를 그의 죽음으로 데려가려고 돌아왔다.

◆ ◆ ◆

다른 여자들하고 박고 다니면 연애는 끝이다.

그는 그녀에게 이유를 물었다.

"당신이 그러기를 내가 바라기 때문이지."

"그걸론 안 돼."

"안 돼?" 드렌카가 눈물을 글썽이며 말했다. "당신이 날 사랑하면 그걸로 되지."

"그래, 사랑이 노예제야?"

"당신은 내 인생의 남자야! 마티야가 아니라—당신이야! 내가 당신의 여자, 당신의 유일한 여자이거나, 아니면 이 모든 게 끝나야만 돼!"

메모리얼데이 전주, 빛나는 5월의 오후였고, 숲 위쪽에서는 높은 바람이 큰 나무의 새 잎이 달린 잔가지를 흔들었다. 피어나고 트고 솟는 모든 것의 달콤한 냄새를 맡고 있자니 새버스는 브래들리에 있는 시아라파의 이발소가 떠올랐다. 어렸을 때 모티가 머리 깎으러 그를 데려가던 곳이었고, 시아라파의 부인한테 수선해달라고 옷을 들고 가던 곳이었다. 이제는 어떤 것도 그냥 그 자체가 아니었다. 그 모두가 오래전에 사라진 것이나 사라지고 있는 모든 것을 떠오르게 했다. 머릿속에서 그는 어머니에게 말을 걸었다. "냄새 맡을 수 있어, 응? 어떤 식으로든 야외에 나와 있다는 게 느껴져? 죽어 있는 게 죽음으로 가는 것보다 훨씬 나쁜 거야? 아니면 발리치 부인이 불쾌해? 아니면 사소한 것들은 이제 어느 쪽으로든 관심이 안 가?"

그가 죽은 어머니의 무릎에 앉아 있거나 그녀가 그의 무릎에 앉아 있거나 둘 중 하나였다. 아마 그녀는 꽃이 피어나는 산의 냄새와 더불어 그의 코를 통해 슬금슬금 들어와 산소처럼 그의 몸으로 퍼졌을 것이다. 그를 감싸다가 그의 내부에서 그의 몸이 되었을 것이다.

"그런데 대체 언제 이런 결정을 한 거야? 무슨 일이 있어서 이런 생각을 하게 된 거야? 너는 지금 평소의 네가 아니야, 드렌카."

"나야. 이게 나 자신이야. 나한테 충실하겠다고 말해줘. 제발 그렇게 하겠다고 말해줘!"

"우선 이유부터 말해줘."

"괴로워서 그래."

그녀는 괴로워하고 있었다. 그는 그녀가 괴로워하는 것을 본 적이 있었고, 지금 이것이 바로 그런 모습이었다. 흐릿하게 번진 부분이 마치 칠판을 가로지르는 지우개처럼 얼굴 한가운데에서부터 바깥쪽으로 넓어지면서 부정된 의미라는 넓은 줄무늬 자취를 남겼다. 이제 얼굴은 보이지 않고 망연자실이 담긴 그릇만 보였다. 남편과 아들 사이의 불화가 소리를 지르는 싸움으로 폭발할 때마다 새버스에게 달려온 그녀는 어김없이 바로 이렇게 끔찍한 모습이 되고 말았다. 두려움으로 마비되어 말이 조리가 없었다. 부자에게서 믿어지지 않는 규모로 터져나오는 격분과 지독한 수사 앞에서 그녀의 기운찬 간지奸智는 증발해버렸다. 새버스는 그들이 서로 죽이지는 않을 거라고 그녀를 다독이곤 했다─대체로 확신은 없이. 하지만 발리치 남자들을 어디 한군데 뚫고 들어갈 수 없을 정도로 둔해 보이게 만드는 그 끈질기게 온화하고 선한 태도라는 뚜껑 밑에서 소용돌이치고 있을지도 모르는 것을 생각하다 그 자신도 몇 번 부르르 떨기까지 했다. 애초에 왜 그 아이는 경찰이 되었을까? 여관에서 행복한 손님들 비위를 맞추며 꽤 큰돈을 벌 수도 있는데 왜 권총과 수갑과 치명적인 작은 곤봉을 들고 범죄자를 찾는 일에 목숨을 걸고 싶어할까? 그리고 칠 년이나 지났는데, 그 붙임성 좋은 아버지는 왜 아들을 용서하지 못하는 걸까? 왜 만날 때마다 아들이 자기 인생을 망쳐놨다고 비난하고 마는 걸까? 그들 각자에게 나름의 감추어진 현실이 있고, 다른 모든 사람과 마찬가지로 그들 또한 이중성이 없지 않다는 점은 인정한다 해도, 그들이 전적으로 합리적인 사람은 아니고 그들에게서 어떤 종류든 재치나 아이러니는 찾아볼 수 없다는 점은 인정한다 해도—그렇다 해도, 이 두 매슈*의 바닥은 도대체 어디일까? 새버스는 내심 그들의 적대가 뿜어내는 엄청난 힘에 드렌카가 그렇게 흥분하는 게 당연하다고 인정하면서도(특히 한 사람은 무장을 했기 때문에), 그녀는 전혀 그들의 표적이 아니니 편을 들지도 개입하지도 말라고 조언했다—시간이 지나면 열이 가라앉기 마련이다, 등등. 그러다 결국, 공포가 물러나기 시작하고 드렌카 특유의 활기가 다시 그녀의 이목구비에 자리잡을 때면, 그녀는 그를 사랑한다고, 그 없이는 도저히 살 수 없다고 말했는데, 그녀가 매우 스파르타식으로 한 말을 그대로 옮기자면 이랬다. "당신 없이는 내 책임을 이행할 수가 없어." 그들이 함께 벌여온 일이 아니라면 그녀는 절대 그렇게 잘해낼 수 없었다! 새버스는 그 큼지막한 젖가슴을, 실체를 드러낼 때면 마치 딴 세상 것처럼 느껴져 열네 살 때라면 그랬을 것 못지않게 애가 타는 심정으로 핥으면서 자기도 그녀한테 똑같은 느낌이라고 대꾸했다. 마음속에서 조롱하는 것이 정확히 누구인지 또는 무엇인지 분명하게 보여주지 않는 그 특유의 미소를 띠고 그녀를 올려다보며 그런 말이 흘러나가도록 내버려두었다—물론 그녀와 같은 연설조의 뜨거움은 전혀 없이 고백했다, 마치 일부러 열의가 없어 보이게 하려는 것처럼 말했다. 그럼에도 그 모든 조롱의 장치를 벗겨내고 나면, 그의

---

* 마티야의 영어식 이름도 매슈다.

"나도 너한테 그런 느낌이야"는 공교롭게도 진실이었다. 냉혹한 인형극 광대가 없는 인생을 드렌카가 생각할 수 없듯이, 새버스도 성공한 여관 주인의 난잡한 아내가 없는 인생은 생각할 수 없었다. 함께 공모할 사람도, 자신의 가장 필수적인 욕구를 완전히 풀어놓을 사람도 세상에 없을 테니!

"그럼 너는?" 그가 물었다. "너는 나한테 충실할 거야? 그게 네 말에 포함된 거야?"

"나는 다른 사람은 누구도 원치 않아."

"언제부터 그랬어? 드렌카, 네가 괴로워하는 게 보여. 나는 네가 괴로워하는 걸 원치 않아. 하지만 네가 나한테 요구하는 걸 진지하게 받아들일 수는 없어. 어떻게 네가 너 자신에게 한 번도 강요한 적 없는 구속을 나한테 강요하는 걸 정당화할 수 있는 거야? 네 남편에게 한 번도 애써 베풀어주려고 하지 않았던 그런 충실함. 내가 설사 네 요청대로 한다 해도 너는 여전히 나 때문에 네 남편에게는 주지 않을 그런 충실함을 요구하는 거잖아. 너는 지금 결혼 밖에서는 일부일처제를, 결혼 안에서는 간통을 원하고 있어. 어쩌면 네 말이 옳을지도 모르고 그게 그렇게 할 수 있는 유일한 방법일지도 몰라. 하지만 그렇게 하려면 너는 더 청렴한 체하는 노인네를 찾아야 할 거야." 정교하고. 형식적이고. 필요 이상으로 완벽하게 정확하고.

"그러니까 답은 싫다는 거네."

"어떻게 좋다일 수가 있겠어?"

"그러니까 이제 나를 버리겠다는 거야? 하룻밤새에? 그런 식으로? 십삼 년이나 됐는데?"

"너 때문에 혼란스럽네. 따라갈 수가 없어. 오늘 여기서 도대체 무슨 일이 벌어지고 있는 거야? 좃도 느닷없이 이런 최후통첩을 던진 건 내가 아니라 너잖아. 네가 나한테 양자택일을 하라고 제시한 거잖아. 네가 나를 하룻밤새에 버리고 있는 거라고…… 물론 내가 하룻밤새에 지금도 아니고 전에도 그랬던 적이 없는 종류의 성적인 생물이 되는 데 동의한다면 다르겠지만. 제발 내 말을 잘 이해해줘. 나는 너 자신도 한 번도 꿈꾼 적 없는 그런 종류의 성적인 생물이 되어야 하는 거야. 우리가 함께 솔직하게 우리의 성적 욕망을 따름으로써 근사하게 유지해온 것을 보존하기 위해서—내 말 듣고 있어?—내 성적 욕망이 불구가 되어야 하는 거야. 내가 너처럼—그러니까 오늘 이전의 너처럼—천성, 경향, 관행, 또는 믿음 등 어느 모로 보나 일부일처제적 존재가 아니라는 데 논란의 여지가 없기 때문이지. 이상. 너는 나를 불구로 만들거나 아니면 너에게 부정직한 남자로 바꾸게 될 조건을 강요하고 싶어해. 하지만 다른 모든 살아 있는 생물과 마찬가지로 나는 불구가 되면 괴로워. 그리고 나에게 충격을 주는 건, 이 말은 덧붙여야겠는데, 우리 둘 모두를 지탱해주고 흥분시켜왔던 솔직함, 네 결혼과 내 결혼을 포함해 수억의 결혼의 핵심적인 특징인 일상적인 기만과 아주 건강한 대조를 이루는 솔직함보다 관습적인 거짓이나 억압적인 청교도주의가 주는 위안이 이제 네 입맛에 맞게 되었다는 생각이 든다는 거야. 억압적 청교도주의를 너 스스로에게 하나의 도전으로 강요하겠다면 나는 그건 상관없어. 하지만 섹스의 사탄적 측면을 억압하겠다는 독선적 태도로 남들에게도 그 규범을 강요하려 한다면 그건 티토주의야, 드렌카, 비인간적인 티토주의라고."

"나한테 이런 식으로 강연할 때면 당신이 멍청한 티토 같아! 제발 그만해!"

그들은 방수포를 펴지도 않고 옷을 벗지도 않았다. 스웨터와 진 차림 그대로였고, 새버스는 뜨개질한 선원 모자까지 쓰고 바위에 등을 기대고 앉아 있었다. 드렌카는 코끼리 같은 바위들로 이루어진 높은 원형 무대를 빠른 속도로 맴돌며, 두 손을 퍼덕거려 불안하게 머리를 헤집거나 그들 은신처의 거친 벽의 서늘하고 익숙한 면을 손가락 끝으로 만지작거렸다. 그것을 보며 새버스는 〈벚꽃 동산〉 마지막 막의 니키를 떠올리지 않을 수 없었다. 그의 어린 첫번째 아내 니키는 연약하고 불안정한 그리스계 미국인이었고, 그는 그녀를 지배하는 위기감을 깊은 영혼이라고 착각해 그녀에게 체호프식으로 '하루에 위기 한 번'이라는 별명을 지어주었다. 그러다가 그녀 자신이라는 위기가 니키를 그냥 쓸어가버리는 날이 왔다.

〈벚꽃 동산〉은 그가 제대군인원호법의 지원을 받아 로마에서 이 년 동안 인형극 학교를 다닌 뒤 뉴욕에서 처음 연출한 몇 작품 가운데 하나였다. 니키는 마담 라넵스카야를 망가진 신여성으로 보여주는 연기를 했는데, 그 역을 맡기에 말도 안 될 만큼 어린 사람치고는 섬세하게 풍자와 비애감의 균형을 맞추었다. 마지막 막에서 짐을 다 싸고 괴로움에 사로잡힌 가족이 조상 대대로 살던 집을 영원히 떠날 준비를 하고 있을 때, 새버스는 니키에게 말없이 손가락으로 텅 빈 방의 모든 벽을 쓸며 다니라고 요구했다. 눈물은 흘리지 말아줘. 그냥 빈 벽을 쓰다듬으며 방을 한 바퀴 돌고 떠나―그럼 돼. 해달라고 요청받은 모든 일을 니키는 절묘하게 해냈다…… 그러나 그녀가 무엇을 연기해도, 아무리 잘해도, 그녀는 또한 여전히 니키이기도 하다는 사실 때문에 그에게는 그 연기가 완전히 만족스럽게 다가오지 않았다. 배우의 이 '또한' 때문에 그는 결국 다시 인형에게로, 결코 다른 어떤 사람 행세를 하지 않는, 결코 연기를 하지 않는 인형에게로 돌아갔다. 자신이 동작을 만들어내고 각각에게 목소리를 주어야 했지만 새버스는 결코 그것 때문에 현실감이 훼손된다고 여기지 않았다. 참신하고 열렬하고 그 많은 재능을 갖추고 있음에도 니키가 진짜 인간이라는 이유로 늘 설득력이 부족해 보였던 것과는 달랐다. 인형의 경우에는 역할에서 배우를 추방할 필요가 전혀 없었다. 인형에게는 가짜나 인위적인 것이 전혀 없었고, 또 인형이 인간의 '은유'도 아니었다. 인형은 그냥 인형이었고, 아무도 인형이, 니키가 그랬던 것처럼, 지구상에서 사라져버릴 거라고 걱정할 필요가 없었다.

드렌카가 소리쳤다. "왜 놀리는 거야? 물론 당신은 나보다 똑똑해, 누구보다 똑똑해, 말로 다 이기지―"

"그래, 그래." 그가 대꾸했다. "상대보다 똑똑한 사람은 더 진지하게 대화를 나눌수록 진지하지 않은 면이 넘쳐난다는 느낌을 흔히 갖게 되지. 모리스 새버스가 화자일 때는 자세하고, 꼼꼼하고, 수다스러운 합리성이 존재한다고 일반적으로 간주되어왔어.

그 사람조차 그렇게 정연하게 전개되는 터무니없는 소리가 전적으로 터무니없기만 한 것인지 늘 확신하지는 못했지만 말이야. 아니, 간단한 건 없었던 거지, 이렇게 오해의 소지가 있는─"

"그만! 그만, 제발, 미치광이 짓 좀 그만해!"

"네가 바보 짓 좀 그만하면! 왜 이 문제를 가지고 갑자기 이렇게 멍청하게 구는 거야? 정확히 나더러 어떻게 하라는 거야, 드렌카? 서약을 해? 네가 서약식을 거행하겠다는 거야? 서약 내용은 뭔데? 내가 하면 안 되는 일들을 다 나열해줘. 삽입. 그거야, 그게 다야? 키스는? 전화는? 너도 서약을 할 거야? 그리고 네가 서약을 지켰는지 안 지켰는지 내가 어떻게 알아? 전에 지킨 적이 없는데."

실비야는 대체 언제 돌아올까, 새버스는 생각하고 있었다. 그게 이 모든 걸 자극한 걸까, 흥분이 흥분을 부르는 상황에서 자신이 새버스를 위해 할 수밖에 없을지도 모르는 일에 대한 공포가? 지난여름, 마티야의 조카딸인 실비야가 여관에 딸린 식당에서 웨이트리스로 일하면서 위쪽에 있는 집에서 발리치 가족과 함께 살았다. 실비야는 열여덟 살이었고 스플리트에서 대학에 다니고 있었으며 영어를 더 잘하려고 미국에서 방학을 보냈다. 드렌카는 스물네 시간 만에 꺼림칙한 마음을 조금도 남기지 않고 다 털어내고는, 실비야의 더러워진 속옷을 가끔은 호주머니에 쑤셔넣고 가끔은 핸드백에 감추어 새버스에게 가져왔다. 그녀는 새버스를 위해 그것을 입고 실비야 흉내를 냈다. 그것으로 그의 길고 하얀 턱수염을 쓸어내리고 올리다가 벌어진 입술을 눌렀다. 실비야의 아주 작은 브라의 띠와 컵으로 그의 발기한 자지를 동여매고, 실크 같이 부드러운 직물에 싸인 그를 쓰다듬었다. 그의 두 발을 실비야의 비키니 팬티에 꿰게 한 뒤 묵직한 허벅지를 따라 올릴 수 있는 데까지 끌어올렸다. "그 말을 해." 그는 그녀에게 말했다. "다 말해." 그러자 그녀는 그렇게 했다. "그래, 허락해줄게, 이 더러운 인간아, 그래." 그녀는 말했다. "그애를 가져도 돼, 너한테 줄게, 그애의 꽉 끼는 어린 보지를 가져도 돼, 이 더럽고, 지저분한 인간아……" 실비야는 자그마한 몸에 천사 같은 느낌을 주는 아이로 아주 하얀 피부에 고수머리는 불그레했으며 작고 동그란 금속 테 안경을 쓰고 있어 학구적으로 보였다. "사진." 새버스는 드렌카에게 지침을 내렸다. "사진을 찾아. 틀림없이 사진이 있을 거야, 누구나 사진을 찍으니까." 아니, 절대 아냐. 온순하고 귀여운 실비야는 아니야. 불가능해, 드렌카는 말했다. 그러나 다음날 드렌카는 실비야의 서랍장을 뒤져 면 잠옷 밑에서 향수병에 걸리지 않으려고 스플리트에서 가져온 폴라로이드 사진 한 묶음을 찾아냈다. 주로 어머니와 아버지, 언니, 남자친구, 개 사진이었지만, 한 장은 실비야와 또래 여자아이 사진으로 팬티스타킹만 신고 어떤 아파트의 두 방 사이 문간에 모로 서서 자세를 잡고 있었다. 다른 여자애는 실비야보다 훨씬 컸다. 튼튼하고 몸집이 크고 가슴도 풍만하고 얼굴은 호박 같은 아이로, 뒤에서 실비야를 끌어안고 있었고, 실비야는 앞으로 몸을 숙이고 있어, 아이의 아주 작은 궁둥이가 다른 아이의 사타구니를 밀고 있었다. 실비야는 머리를 뒤로 젖히고 입을 크게 벌리고 있어, 황홀경을 흉내내는 것이거나 아니면

44

그냥 자신들이 하고 있는 일의 멍청함에 마음껏 웃음을 터뜨리고 있는 것 같았다. 사진 뒷면, 아이가 각 사진에 나온 사람이 누구인지 세심하게 밝혀놓은, 사진 위쪽 반 인치 정도 되는 공간에는 세르보·크로아트어로 'Nera odpozadi'라고 적혀 있었다—뒤에 있는 네라. 'odpozadi'라는 말도 사진만큼이나 선정적이어서, 그는 드렌카가 그를 위해 실비야의 장난감 같은 브래지어를 이용해 즉흥적으로 꾸민 일을 하는 동안 내내 사진의 앞면과 뒷면을 번갈아 보았다. 마티야가 식당 주방을 닫고 보스턴의 유적지를 보러 실비야를 데리고 당일치기 여행을 떠난 어느 월요일, 드렌카는 실비야가 다른 웨이트리스들과 마찬가지로 발리치의 고객을 상대할 때 입는, 풍만한 검은 스커트에 수를 놓은 꼭 끼는 보디스로 이루어진 민속 던들에 간신히 몸을 집어넣고, 실비야가 여름을 보내고 있는 손님방에서 옷을 다 입은 채 침대에 누웠다. 그곳에서 그녀는 '유혹을 당했다'. '실비야'는 자신이 돈을 받고 해주기로 한 일을 '새버스 씨'가 큰어머니와 큰아버지한테 절대 말하지 않겠다고 약속하라고 내내 다그쳤다. "나는 남자 어른이 처음이에요. 나는 남자친구밖에 없었는데, 그애는 너무 빨리 싸요. 아저씨 같은 남자는 처음이에요." "안에다 싸도 돼, 실비야?" "네, 네, 늘 남자가 안에 싸주기를 바랐어요. 큰어머니하고 큰아버지한테 말하지만 말아주세요!" "나는 네 큰어머니하고 씹을 해. 드렌카하고 씹을 해." "오, 그래요? 큰어머니하고? 정말요? 큰어머니하고 씹하는 게 나하고 하는 거보다 좋나요?" "아니, 절대로, 아니지." "큰어머니 보지도 내 거처럼 꽉 죄어요?" "오, 실비야—네 큰어머니가 문 뒤에 서 있어. 우릴 보고 있어!" "오, 이런—!" "큰어머니도 우리하고 씹을 하고 싶어해." "오, 이런, 그건 한 번도 해본 적이—"

그 첫 오후에는 하지 않고 남겨둔 일이 거의 없었고, 그럼에도 새버스는 아이가 큰아버지와 돌아오기 몇 시간 전에 실비야의 방에서 안전하게 나올 수 있었다. 더할 나위 없이 즐거웠다—실비야, 마티야, 드렌카, 새버스는 그렇게 말했다. 그해 여름에는 모두가 행복했는데, 심지어 새버스의 부인도 빼놓을 수 없는 것이 새버스는 오랫동안 그녀에게 그렇게 다정하게 다가간 적이 없었기 때문이다—이제는 아침을 먹으며 그녀의 AA 모임*에 관해 궁금해하는 척할 뿐 아니라 그녀의 답에 귀를 기울이는 척할 때도 있었다. 그리고 쉬는 월요일이면 실비야를 데리고 버몬트와 뉴햄프셔, 그리고 이따금 케이프코드 끝까지 차를 몰고 떠나곤 했던 마티야는 동생의 딸에게 큰아버지 노릇을 하면서, 자기 아들을 진짜 미국인으로 만들 때, 그것도 너무나 성공적으로 그렇게 했을 때 느꼈던 만족감과 비슷한 것을 재발견한 듯했다. 그해 여름은 모두에게 목가적이었으며, 노동절이 지나고 집으로 돌아갈 때 실비야는 관용적인 표현이 아니면서도 귀여운 영어를 구사하고 있었다. 그녀는 드렌카가 그녀의 부모에게 쓴 편지—새버스가 영어로 극악무도하게 쓴 편지가 아니라—를 들고 갔다. 이 아이가 다음 여름에도 또 와서 식당에서 일을 하고 그들과 함께 살기를 바란다는

---

* Alcoholics Anonymous. 미국의 금주 모임.

초대를 되풀이하는 내용이었다.

　새버스의 질문─드렌카 자신은 충실 서약을 한다면 그것을 지킬 힘이 있겠느냐─에 그녀는 물론 있다고, 그래, 그녀는 그를 사랑한다고 대답했다.

　"너는 네 남편도 사랑하잖아. 너는 마티야를 사랑해."

　"그건 같지 않아."

　"하지만 지금부터 여섯 달이 지나면 어떨까? 오랫동안 너는 그 사람한테 화를 내고 그 사람을 미워했어. 그 사람에게 갇혀 사는 느낌이 너무 심해서 독살할 생각까지 했지. 한 남자가 너를 그렇게까지 미치게 만들었던 거야. 그러다 너는 다른 남자를 사랑하기 시작했고 시간이 지나면서 이제 마티야도 사랑할 수 있다는 걸 알게 됐어. 그 사람을 원하는 척할 필요만 없다면 너는 착하고 행복한 아내가 되어줄 수 있어. 나도 너 때문에 로즈애나한테 아주 끔찍하게 굴지는 않아. 나는 로즈애나한테 감탄해. 진짜 군인이야. 매일 밤 AA 모임으로 행군해 간다고─우리에게 이것이 있듯이 로즈애나에게는 그 모임이 있어. 가정을 견디게 해주는 완전히 다른 삶. 그런데 이제 너는 그걸 다 바꾸고 싶어해. 우리만이 아니라, 로즈애나와 마티야까지 바뀌는 거야. 그런데도 넌 왜 그러고 싶어하는지 나한테 말을 하려고 하질 않아."

　"이렇게 십삼 년을 보냈으니 당신이 '드렌카, 너를 사랑해, 너는 내가 원하는 유일한 여자야' 하고 말해주기를 바라기 때문이지. 나한테 그걸 말해줄 때가 왔어!"

　"왜 이렇게 된 거야? 내가 뭘 놓치기라도 했나?"

그녀는 다시 울고 있었다. "가끔 당신이 모든 걸 다 놓치고 있다는 생각이 들어."

"안 그래. 아니야. 나는 동의하지 않아. 사실 나는 어떤 것도 놓치지 않는다고 생각해. 너와 마티야의 상황이 최악일 때도 네가 마티야를 떠나는 건 겁냈다는 사실을 놓치지 않았어. 떠나면 식당 지분이 하나도 없어 무일푼이 될 테니까. 너는 마티야가 네 언어를 하고 너를 과거와 묶어주기 때문에 그 사람을 떠나는 걸 두려워했어. 마티야가 의심할 바 없이 착하고 힘세고 책임감 있는 남자이기 때문에 떠나는 걸 두려워했어. 하지만 무엇보다도 마티야는 돈이야. 네가 나에게 갖고 있는 그 모든 사랑에도 불구하고 너는 한 번도 각자의 짝을 떠나 함께 달아나자고 제안한 적이 없어. 내가 무일푼이고 그 사람은 부자라는 간단한 이유 때문이지. 너는 빈민의 아내가 되는 건 원치 않아. 빈민의 여자친구가 되는 건 괜찮지만. 특히 그 빈민이 권장해서 네가 부업으로 다른 모든 사람하고 박고 다닐 수 있을 때는."

그 말에 드렌카는 미소를 지었다―비참해하고 있는 상황임에도, 새버스 외에는 거의 누구도 진가를 알아본 적 없는 그 교활한 미소를. "그래? 만약 내가 마티야를 떠나겠다고 선언했으면 당신은 나와 함께 달아났을까? 내가 이렇게 멍청한데도? 그랬을까? 내 영어 발음이 이렇게 이상한데도? 내가 얽매여 있는 모든 생활이 없는데도? 물론 마티야와 결혼생활을 하는 게 가능하게 만들어준 사람은 당신이야―하지만 당신이 이렇게 편하게 살 수 있게 해준 사람은 마티야야."

"그러니까 나를 행복하게 해주려고 마티야하고 그냥 살고 있다는 거로군."

"그것도 중요한 이유지―그래!"

"그게 다른 남자들도 설명해주네."

"당연하지!"

"그럼 크리스타는?"

"당연히 당신을 위해서였지. 당신도 당신을 위해서란 걸 알잖아. 당신을 기쁘게 해주기 위해, 당신을 흥분시키기 위해, 당신한테 당신이 원하는 걸 주기 위해, 당신한테 당신이 가져본 적 없는 여자를 주기 위해서라는 걸! 난 당신을 사랑해, 미키. 당신을 위해 지저분한 짓을 하는 걸, 당신을 위해 뭐든 하는 걸 정말 좋아해. 나는 당신한테 뭐라도 내주겠지만, 당신이 다른 여자를 갖는 건 이제 견디지 못해. 그것에 너무 상처를 받아. 고통이 정말 심해!"

공교롭게도, 몇 년 전 크리스타를 꼬신 이후로 새버스는 사실 드렌카가 더는 견딜 수 없다고 주장하는 신바람난 난봉꾼이었던 적이 없었고, 결과적으로 그녀는 스스로 알지는 못하지만 이미 자신이 원하는 일부일처의 남자를 가지고 있는 셈이었다. 새버스는 이제 드렌카 외의 다른 여자들에게는 전혀 매력적이지 않았다. 단지 우스꽝스러운 턱수염을 기르고 고집스럽게 괴팍한 행동을 하고 과체중에다가 모든 분명한 방식으로 나이가 들어가고 있기 때문만이 아니라, 사 년 전 캐시 굴즈비와의 추문 뒤로 그가 거의 모든 사람의 반감을 사는 일에, 마치 그게 자신의 권리를 위한 싸움이라도 되는 것처럼 그 어느 때보다 몰두하게 되었기 때문이다.

그가 계속 드렌카에게 말하고 있는 것, 드렌카가 계속 믿고 있는 것은 거짓이었는데, 자신에게 다른 여자들을 유혹하는 힘이 있다고 그녀를 속이는 것이 너무 쉬워서 그는 놀랐다. 그가 거짓말을 멈추지 못한다면 그것은 자기 자신도 속이려고 하거나 그녀의 눈앞에서 우쭐거리고 싶어서가 아니라, 거짓말을 부르는 상황의 유혹을 물리칠 수 없기 때문이었다. 폴라로이드 사진에서 네라가 실비아에게 삽입하고 있는 척하는 것과 같은 자세로 그가 그녀 안으로 쑥 들어가는 동안에도 잘 속는 드렌카는 뜨겁게 애원했다. "어떻게 됐어? 다 얘기해줘. 하나도 빼놓지 말고." 드렌카는 새버스가 이야기의 윤곽조차 잊어버리고 나서도 한참 뒤까지 그의 자극적인 이야기들의 아주 작은 세부까지 기억했지만, 사실 그 자신도 그녀의 이야기에 순진하게 홀렸는데, 차이라면 그녀의 이야기는 진짜로 존재하는 사람들에 관한 것이라는 점이었다. 그 사람들이 진짜라는 것을 그가 알았던 것은 매번 그녀의 새로운 간통이 시작되고 나면 그녀가 침대의 그의 옆자리에서 한 손으로는 무선전화를 잡고 다른 손으로는 그의 발기한 것을 잡고, 어김없이 효과를 발휘하는 말로 최신의 애인을 애가 타 미쳐버리게 만들고, 그는 내선으로 그 이야기를 엿듣곤 하기 때문이었다. 그리고 나중에, 완전히 만족한 이 작자들 각각이 그녀에게 똑같은 말을 할 때도 마찬가지였다. 아파트에서 함께 목욕을 했던 꽁지머리를 기른 전기공, 주 경계선 너머 한 모텔에서 두 주에 한 번씩 목요일에 만나던 안달하는 정신과의사, 어느 여름에 여관에서 재즈 피아노를 쳤던 젊은 음악가, 리츠칼턴 엘리베이터에서 만난, JFK*의 미소를 지닌 중년의 이름 모를 나그네…… 그들 각각은, 다시 숨을 쉴 수 있게 되자마자 말했다―새버스는 그들이 그 말을 하는 것을 들었고, 그들이 그 말을 하기를 갈망했고, 그들이 그 말을 하면 기뻐 날뛰었고, 그 자신도 그것이 놀랄 만큼 논란의 여지가 없고 모호할 것이 없는 몇 안 되는 진실, 한 남자가 의지해 살 만한 진실 가운데 하나임을 알았다―그들 각각은 드렌카에게 인정했다. "세상에 당신 같은 사람은 없어."

그런데 이제 그녀는 앞으로는 다른 모든 여자와 다르다고 만장일치로 인정을 받는 이런 여자가 되고 싶지 않다고 말하고 있었다. 쉰둘에, 관습적인 남자라도 무모하게 만들 만큼 여전히 자극적인데도, 이제 바뀌어서 다른 사람이 되기를 원했다―하지만 그녀는 이유를 알까? 전율과 감춤의 은밀한 영역, 이것이 그녀 존재의 시詩였다. 그녀의 상스러움은 그녀의 삶에서 가장 독특한 힘이었으며, 그녀의 삶을 독특하게 만들었다. 그게 아니라면 그녀는 뭐란 말인가? 그게 아니라면 그는 뭐란 말인가? 그녀는, 그녀와 허용되지 않는 것을 탐하는 그녀의 멋진 취향은 그와 다른 세계를 연결해주는 마지막 고리였다. 평범한 것을 낯설게 보라고 가르치는 교사로서 그는 그녀보다 재능 있는 제자를 훈련시킨 적이 없었다. 그들은 계약적인 것으로 결합된 것이 아니라 본능적인 것으로 서로 연결되었으며, 함께 무엇이든(각자의 배우자를 제외하고) 에로틱하게 만들 수 있었다. 그들 각자의 결혼은, 포로로 살

---

* 존 F. 케네디 대통령.

아가고 있다는 느낌을 간통자들이 공격하는 반反결혼을 절실하게 필요로 했다. 그녀는 경이로운 것을 보면 그것을 알아보지 못한단 말인가?

그는 목숨을 걸고 싸우고 있었기 때문에 가차없이 그녀를 괴롭혔다.

그녀는 목숨을 걸고 싸우는 것처럼 말했을 뿐 아니라 그렇게 보이기까지 했다. 그의 어머니가 아니라 그녀가 유령처럼 보였다. 여섯 달쯤 전부터 드렌카는 복통과 구토로 고생했는데, 이제 새버스는 그것들이 그녀가 이런 말도 안 되는 최후통첩을 제시하기로 선택한 5월의 이날이 가까워오면서 그녀 안에서 쌓여가던 불안의 증상이 아닌가 하는 생각이 들었다. 오늘 이전까지 그는 그녀의 갑작스러운 복통과 이따금씩 치밀어오르는 구토가 여관 일을 하면서 받는 압박의 결과라고 설명하는 쪽이었다. 그 일을 이십삼 년 넘게 했으므로 그녀 자신도 일이 이제 그녀의 건강에서 거두어가고 있는 대가에 놀라지 않았다. "음식도 알아야지," 그녀는 지친 목소리로 탄식을 했다. "법도 알아야지, 인생의 여러 면도 모조리 알아야지. 이 업계에서는 이런 일이 흔해, 미키, 늘 대중에게 봉사해야 하니까—완전히 진이 빠지게 된단 말이야. 그런데다가 마티야는 여전히 유연하지를 못해. 이 규칙, 저 규칙—하지만 늘 안 된다고 말하는 대신 가능하다면 사람들 편의를 봐주는 게 현명한 거지. 그 장부 정리하는 일만이라도 좀 쉴 수 있으면 좋으련만. 직원들 상대하는 일만이라도 좀 그만둘 수 있으면. 우리 나이든 직원들, 다 평생 문제가 가득했던 사람들이야. 결혼한 사람, 주부, 접시 닦는 사람, 그 사람들 행동하는 걸 보면 우리하고는 전혀 관계없는 일이 벌어지고 있다는 걸 알게 돼. 이 사람들은 밖에서 벌어지고 있는 일을 안으로 끌고 들어와. 하지만 절대 마티야한테 가서 뭐가 문제인지 얘기하는 법은 없지. 나한테 와, 내가 더 편하니까. 여름마다 그 사람은 계속 투덜, 투덜, 투덜거리고, 그럼 내가 그래, '아무개가 이랬다, 저랬다.' 그럼 마티야는 나한테 말해, '왜 나한테 늘 이런 문제를 떠안기는 거야? 왜 나한테 좀 즐거운 이야기를 해주지 않는 거야!' 아, 내가 이런저런 일 때문에 속상해서 그렇지. 이애들을 직원으로 둬서 생기는 일 때문에. 이제 애들은 못 들이겠어. 얘네들은 똥오줌도 못 가려. 그래서 결국은 내가 플로어에 나가 걔들 일을 해야 돼, 내가 애가 된 것처럼. 사방에 쟁반이 널려 있어. 내가 다 치워. 내가 쟁반을 날라야 돼. 완전히 내가 걔들 조수야. 그런 게 쌓여, 미키. 우리 아들만 우리하고 함께 있었어도. 하지만 매슈는 이 장사가 멍청한 짓이라고 생각해. 하긴 가끔은 나도 그애를 탓할 수가 없어. 우리는 백만 달러짜리 책임보험을 들고 있어. 그런데 이제 또 백만 달러짜리를 들어야 돼. 그렇게 하라고 조언을 하더라고. 여관 호숫가에 선착장을 만들었더니 다들 좋아한다고? 보험회사는 이러더라고, '이제 그런 짓 하지 마라. 거기서 누군가 다칠 거다.' 그러니까 우리는 미국 대중에게 좋은 걸 주려고 하는데, 사람들은 문제만 일으킬 거라는 거야. 그리고 이젠—컴퓨터까지!"

여름 전에 컴퓨터를 들여놓는 것이 큰 일거리였다. 사방에 선을 깔아야 하는 값비싼 시스템이었다. 모두 새 시스템을 사용하

는 방법을 배워야 했고, 드렌카는 마운트켄들 커뮤니티 칼리지에
서 두 달짜리 코스를 들은 다음(새버스도 이 코스를 들었는데, 그
래서 그들은 일주일에 한 번씩 수업이 끝난 뒤 마운트켄들에서 조
금 내려가면 나오는 보핍모텔에서 만날 수 있었다) 가게에서 가
르쳐야 했다. 장부를 정리하는 기술이 있는 드렌카에게 컴퓨터 코
스는 수월했으나, 직원들을 가르치는 일은 그렇지 않았다. "컴퓨
터가 생각하는 것처럼 생각을 해야 돼." 그녀는 새버스에게 말했
다. "하지만 우리 직원 대부분은 아직 인간이 생각하는 것처럼 생
각하지도 못한다니까." "그런데 왜 그렇게 열심히 일을 하는 거
야? 계속 몸이 아프잖아―이젠 뭘 즐겁게 하지도 못하고." "즐겁
게 해. 돈. 아직도 그건 즐거워. 그리고 어차피 내 일은 힘든 게 아
니야. 주방이 더 힘들어. 나는 내 일이 나한테 얼마나 힘들든, 감
정적인 긴장이 얼마나 크든 상관 안 해. 주방에서 필요한 신체의
힘―그 일을 하려면 말馬이 되어야 돼. 마티야는 신사야, 다행히
도. 그래서 자신이 말처럼 일을 한다는 것에 화를 내지 않아. 그
래, 나는 이윤을 좋아해. 사업이 돌아가고 있다는 걸 즐거워해. 이
십삼 년 만에 처음으로 올해에만 경제적으로 발전이 없었어. 그것
도 또 한 가지 날 아프게 하는 거야. 우린 퇴보할 거야. 계속 장부
를 기록하는데, 우리 식당이 레이건 이후로 매주 얼마나 내리막길
을 가고 있는지 보여. 80년대에는 보스턴에서도 사람들이 왔어.
토요일 밤이면 아홉시 반에 저녁을 먹는 걸 마다하지 않았고, 그
래서 우리도 매출을 좀 올렸지. 하지만 이 근처에서 오는 사람들
은 이제 그러고 싶어하지를 않아. 그때는 돈이 널려 있었고, 그때

는 경쟁이 없었어……"

드렌카가 복통을 일으키는 것도 당연하다…… 힘든 일, 걱정, 이윤 감소, 새로운 컴퓨터 도입, 게다가 그녀의 모든 남자들. 게다가 나—나와 하는 일! 말처럼 일을 하는 게 누군데. "내가 모든 걸 할 수는 없어." 그녀는 통증이 극에 달했을 때 새버스에게 불평했다. "나는 그냥 있는 그대로의 나일 수밖에 없어." 있는 그대로의 그녀란 모든 것을 할 수 있는 사람이라고, 새버스는 여전히 그렇게 믿었다.

◆ ◆ ◆

그가 '작은 동굴'에서 드렌카하고 박는 동안 심판이 포수의 등 뒤에서 홈플레이트를 들여다보듯이 어머니가 그의 바로 어깨 위에서 굽어보고 있을 때, 그는 혹시 그가 드렌카의 씹에 들어가기 직전에 어머니가 그곳에서 팡 튀어나온 것은 아닌지, 그곳에서 어머니의 유령이 몸을 웅크린 채 그가 나타나기를 끈기 있게 기다리고 있는 것은 아닌지 의문을 품곤 했다. 달리 어디에서 유령이 나온단 말인가? 까닭 없이 금기에 사로잡혔던 드렌카와는 달리 작은 발전기 같은 그의 어머니는 이제 모든 금기를 넘어선 곳에 있었다—어디에서나 그가 나타나는지 살펴볼 수 있었다. 그리고 그녀가 어디에 있든 그는 그녀를 탐지할 수 있었다. 마치 그에게도 초자연적인 능력이 생긴 듯했다. 그에게서 자식의 파장으로 이루어진 빛줄기가 나가 보이지 않는 어머니의 존재에 부딪혀 튀어나

옴으로써 그에게 어머니의 정확한 위치를 알려주는 것 같았다. 그렇거나, 아니면 그가 미쳐가는 것이었다. 어느 쪽이든 그는 어머니가 지금 드렌카의 핏기가 가신 얼굴의 오른쪽으로 한 걸음쯤 옆에 있다는 것을 알고 있었다. 아마도 어머니는 그곳에서 그가 하는 모든 말을 듣고 있을 뿐 아니라, 인형극 광대의 힘을 발휘해 그가 그 모든 도발적인 말을 하게 만드는지도 몰랐다. 심지어 유일한 위안을 잃는 재앙으로 그를 이끌고 가는 것이 그녀일 수도 있었다. 갑자기 어머니가 관심의 초점을 맞추는 대상이 바뀌어, 1944년 이후 처음으로 그녀에게 살아 있는 아들이 죽은 아들보다 진짜가 되었다.

마지막 반전은, 새버스는 해결책을 찾아 딜레마를 살피다가 생각했다—마지막 반전은 바람둥이가 충실해지는 것이다. 드렌카한테, "그래, 그래, 그렇게 할게" 하고 말하면 어떨까?

드렌카는 지쳐서 닫힌 공간 가운데쯤에 툭 튀어나온 커다란 화강암 바위에 주저앉아 있었다. 이처럼 아름다운 날이면 그들이 가끔 앉아서 드렌카가 배낭에 넣어 온 샌드위치를 먹는 곳이었다. 그녀의 발치에는 시든 꽃다발이 있었다. 봄의 첫 야생화들로, 그녀가 한 주 전에 그를 만나러 숲을 터벅터벅 걸어올라오다 꺾어와서 놓아둔 것이었다. 매년 그녀는 그에게 꽃의 이름을 그녀의 언어와 그의 언어로 가르쳐주었지만, 한 해만 지나면 그는 영어로도 기억하지 못했다. 새버스는 거의 삼십 년 동안 이 산들 속에서 유배생활을 했음에도 아는 꽃 이름이 거의 없었다. 그의 출신지에는 이런 것이 없었다. 이렇게 자라는 모든 것이 거기에서는 예상을 벗어난 것이었다. 그는 해안 출신이었다. 그곳에는 모래와 대양, 지평선과 하늘, 낮시간과 밤시간이 있었다—빛, 어둠, 조수, 별, 배, 해, 안개, 갈매기. 둑, 방파제, 판잣길, 우렁찬, 적막한, 가없는 바다가 있었다. 그가 자란 곳에는 대서양이 있었다. 미국이 시작되는 곳에 발가락을 갖다댈 수 있었다. 그들은 미국의 가장자리에서 짧은 거리 두 개가 떨어진 치장벽토 방갈로에 살았다. 집. 포치. 방충망. 냉장고. 욕조. 리놀륨. 빗자루. 식료품실. 개미. 소파. 라디오. 차고. 모티가 세운, 바닥에 얇은 나무 널을 깐 옥외 샤워장과 늘 막히던 배수구. 여름이면 짠 바닷바람과 눈부신 빛. 9월이면 허리케인. 1월이면 폭풍. 그곳에는 1월, 2월, 3월, 4월, 5월, 6월, 7월, 8월, 9월, 10월, 11월, 12월이 있었다. 그리고 1월이었다. 그리고 다시 1월이었으니, 1월, 5월, 3월의 재고는 끝이 없었다. 8월, 12월, 4월—말만 해라, 그 또한 엄청난 양을 갖고 있었으니. 한도 끝도 없었다. 그는 그런 무한과 어머니를 바탕으로 성장했다—처음에는 그 둘이 같은 것이었다. 어머니, 어머니, 어머니, 어머니, 어머니…… 그리고 어머니, 아버지, 할머니, 모티, 거리 끝의 대서양이 있었다. 대양, 해변, 미국의 첫 두 거리, 그리고 집, 또 집안에는 1944년 12월까지는 휘파람 부는 걸 결코 멈추지 않았던 어머니.

모티가 살아서 귀향했다면, 그 무한이 전보로 끝나지 않고 자연스럽게 끝이 났다면, 전쟁 후에 모티가 사람들의 전기와 배관을 손봐주는 일을 시작했다면, 해안에서 건축업자가 되었다면, 몬머스 카운티의 활황이 시작되던 바로 그 시점에 건축 사업에 뛰어들었다면…… 상관없었다. 뭐든 골라봐라. 그래 봐야 무한이라는 환상에 또는 유한이라는 현실에 배신을 당하게 된다. 그래, 새버스는 새버스가 될 수밖에 없었고, 자신이 간청하는 것을 간청하고, 자신이 묶인 곳에 묶이고, 말을 중단하고 싶지 않은 것을 계속 말할 수밖에 없었다.

"이렇게 하자고"—'인정의 젖'*이 흘러넘치는 억양이었다—"협상을 해. 네가 원하는 희생을 할게. 너를 제외한 모든 여자를 포기할게. 이렇게 말할게. '드렌카, 난 너만을 사랑하고 너만을 원해. 내가 해서는 안 되는 모든 일을 항복화하여 네가 받고 싶어하는 모든 서약을 할게.' 하지만 그 대가로 너도 희생을 해야 돼."

"할 거야!" 드렌카는 흥분하여 벌떡 일어섰다. "하고 싶어! 절대 다른 남자는 없을 거야! 당신만! 끝까지!"

"아니." 그는 두 팔을 벌리고 그녀에게 다가서며 말했다. "아니, 아니, 그런 뜻이 아니야. 모르긴 몰라도, 그건 아무런 희생이 아니지. 아니, 나는 네가 나를 시험하듯이 네 금욕과 네 진실성을 시험할 수 있는 어떤 걸 요구하고 있는 거야. 간통이라는 서약을 깨는 게 나에게는 역겨운 일인데, 너에게도 그만큼 역겨울 수 있는 어떤 과제를 요구하는 거야."

새버스의 두 팔은 이제 그녀의 몸을 감싸, 청바지를 사이에 두고 그녀의 통통한 궁둥이를 움켜쥐고 있었다. 당신은 내가 당신한테 등을 돌려서 내 엉덩이를 보게 해주는 걸 좋아하지. 모든 남자가 그

---

* 셰익스피어의 「맥베스」에 나오는 표현.

58

걸 좋아해. 하지만 당신만 그걸 거기 꽂을 수 있어, 오직 당신만, 미키, 내 거기에 박을 수 있어! 진실은 아니지만, 멋진 정서다.

"나는 다른 모든 여자를 포기할게. 그 대신 너는 일주일에 두 번씩 네 남편을 빨아줘."

"아아악!"

"아아악, 그래. 아아악, 바로 그거야. 벌써 구역질을 하잖아. '아아악, 나는 절대 그건 못해!' 내가 그보다 더 친절한 제안을 할 수 있지 않을까? 아니, 못해."

드렌카는 흐느끼며 몸을 빼내면서 애원했다. "진지하게 좀 행동해―이건 진지한 일이야!"

"나는 지금 진지해. 그게 뭐 그리 가증스러운 일이겠어? 그건 그저 가장 비인도적인 형태의 일부일처제에 불과해. 다른 사람이라고 생각해. 그게 모든 착한 여자들이 하는 일이니까. 전기공이라고 생각해. 신용카드 왕이라고 생각해. 어차피 마티야는 이 초면 싸잖아. 네가 원하는 모든 걸 얻고 덤으로 남편도 놀라게 해줄 수 있어. 게다가 일주일에 사 초면 되는 일이고. 그리고 그게 나를 얼마나 흥분시킬지 생각해봐. 그건 네가 해본 가장 문란한 행동이야. 네 애인을 기쁘게 해주기 위해 네 남편을 빨아주는 거. 진짜 창녀가 된 기분을 맛보고 싶어? 그게 그렇게 해줄 거야."

"그만!" 그녀는 소리치며 두 손으로 그의 입을 덮었다. "나 암에 걸렸어, 미키! 그만! 통증은 암 때문이었어! 믿어지지가 않아! 믿지 않아! 내가 죽을 수도 있다니!"

바로 그때 아주 이상한 일이 일어났다. 지난번에 헬리콥터가 나타난 지 일 년도 되지 않았는데 다시 헬리콥터 한 대가 숲 위로 날아오더니 크게 원을 그리며 돌아와 바로 그들 위에서 멈추었다. 이번에는 그의 어머니가 틀림없었다.

"오, 맙소사." 드렌카가 두 팔로 그를 안았다. 꼭 부둥켜안는 바람에 달라붙는 그녀의 무게 전체가 밀려와 그의 무릎이 꺾였다—아니, 그게 아니라도 어차피 곧 꺾일 참이었는지도 모른다.

어머니, 그는 생각했다. 이럴 수는 없어요. 처음에는 모티, 다음에는 어머니, 다음에는 니키, 이제는 드렌카. 세상에 약속을 지키는 것은 아무것도 없었다.

"오, 그래주길 바랐어, 오." 드렌카가 소리치는 동안에도 헬리콥터의 에너지가 그들 머리 위에서 포효하고 있었다. 무시무시한 외로움을 확대하는 역동적인 힘. 소리의 벽이 그들 위로 무너져내리고, 그들의 육체적 구조물 전체가 함몰해버리고. "당신이 그걸 알지 못한 채로 그 얘기를 해주길 바랐어. 당신 스스로 그렇게 해주길 바랐어." 이 대목에서 그녀는 고전 비극의 마지막 막을 인증하는 울부짖음을 쏟아냈다. "나는 죽을 수도 있어! 의사들이 이걸 막지 못하면, 자기야, 나는 일 년 뒤면 죽어!"

자비롭게도 그녀는 여섯 달 뒤에 죽었다. 난소에서 시작해 몸 전체에 걷잡을 수 없이 퍼진 암이 드렌카가 그녀 특유의 가차없는 힘으로 억세게 버텨내도 도저히 감당할 수 없을 만큼 그녀를 괴롭힐 시간이 생기기도 전에 폐색전으로 죽었다.

새버스는 잠을 이루지 못한 채 전에는 직접적으로 알지 못했던, 자신을 일그러뜨리는 거대한 감정에 압도된 상태로 로즈애나 옆에 누워 있었다. 그는 지금 다름이 아니라 드렌카가 살아 있을 때 아무리 들어도 질리지 않던 그녀의 이야기 속 남자들을 질투하고 있었다. 그녀가 엘리베이터, 공항, 주차장, 백화점, 호텔협회 대회나 음식 관련 총회에서 만난 남자들, 생긴 게 매력적이었기 때문에 그녀가 가질 수밖에 없었던 남자들, 딱 한 번 함께 자거나 오래 바람을 피웠던 남자들, 함께 잠자리를 한 뒤 오륙 년이 지나 예기치 않게 식당으로 전화를 걸어 그녀를 칭송하고, 찬양하고, 종종 생생한 외설적인 묘사를 아끼지 않으면서 그녀가 자신이 알던 여자들 가운데 가장 거리끼는 게 없었다고 말해주던 남자들을 그는 생각했다. 그녀가 어떤 공간에서 어떤 한 남자 대신 다른 어떤 남자를 선택하게 되는 정확한 이유를 설명해주던―그가 설명해달라고 했기 때문에—기억이 나면서, 정조를 지키지 않는 아내의 진짜 역사를 들추어내는 멍청할 정도로 순진하기 짝이 없는 남편이 된 듯한 느낌이 들었다. 거룩한 바보 닥터 샤를 보바리*만큼이나 어리석은 남자가 된 느낌이 들었다. 그것이 한때 그에게 주던 악마적 즐거움! 행복! 그녀가 살아 있을 때 그녀의 두번째 삶, 아니 그녀의 세번째 삶—그가 두번째였으니까—의 이야기를 한 부분 한 부분 세밀하게 듣는 것보다 그에게 더 자극적이거나 즐거운 것은 없었다. "나한테는 그게 아주 육체적인 느낌으로 다가와. 외모다, 어떤 화학적인 거다, 그렇게까지 말하고 싶어. 내가 느끼는 에너지가 있어. 그게 나를 흥분시키고 그걸 느끼면 난 성적으로 바뀌어. 난 그걸 젖꼭지에서 느끼지. 그걸 안에서, 내 몸안에서 느껴. 남자가 육체적인 느낌을 주면, 남자가 강하면, 걷는 모습이라든가, 앉는 모습이라든가, 그냥 그 자신으로 있는 모습에서 남자가 육감적이라면 말이야. 작고 마른 입술이면 식어버려, 책벌레 냄새가 나도 그렇고—있잖아, 남자한테서 나는 그 바싹 마른 연필 냄새. 난 종종 손을 봐, 강하고 표현이 풍부한 손인지 보려고. 그런 다음 그 남자가 커다란 자지를 갖고 있다고 상상해. 이게 조금이라도 맞는 건지 나는 모르지만 어쨌든 약간 조사를 하는 셈 치고 그렇게 해. 움직이는 모습에서 나타나는 어떤 자신감. 우아해 보여야 한다는 뜻은 아니야—그보다는 우아함 밑의 어떤 동물적인 모습이지. 따라서 아주 직관적인 거야. 난 그걸 즉시 알

* 귀스타브 플로베르의 소설 『보바리 부인』에서 보바리 부인의 남편.

아차려, 늘 그걸 알았어. 그걸 알면 말하지, '좋아, 가서 저 사람하고 박는다.' 그래, 그 사람하고 먼저 안면을 트기는 해야지. 그래서 그 사람을 보고 집적거려. 그냥 웃기 시작하거나 다리를 보여줘. 말하자면 해도 괜찮다는 걸 보여주는 거지. 가끔은 진짜 대담한 행동을 하기도 해. '당신하고 바람을 피워도 괜찮을 것 같은데.' 그럼," 그녀는 자신의 매우 충동적인 태도에 웃음을 터뜨렸다. "그런 말도 할 수 있지. 애스펀에서 가진 그 남자, 나는 그 사람의 관심을 느꼈어. 하지만 그 사람은 오십대였고 그러면 난 그런 사람들은 얼마나 까다로울까 늘 의문을 품게 돼. 그보다 젊은 축하고는 알다시피 더 쉽거든. 나이든 축하고는 모르는 일이야. 하지만 난 이미 그 전율을 느꼈고 정말로 자극을 받았어. 그래서, 알잖아, 내가 내 팔을 더 가까이 가져가거나 그 사람이 팔을 더 가까이 움직여오거나, 그러면 둘이 함께 성적인 느낌이 감도는 분위기에 싸이게 된다는 걸 알잖아, 방안의 다른 사람은 모두 사라지는 분위기. 그 남자한테는 정말로 노골적으로 괜찮다고, 내가 관심 있다고 말했던 것 같아."

그녀가 남자들을 쫓던 그 대담함! 남자들을 흥분시키던 그 열의와 기술! 남자들이 딸딸이를 치는 것을 지켜보는 데서 그녀가 발견하던 그 즐거움! 그런 뒤에 욕정에 관해서, 그리고 그것이 남자들에게 의미하는 바에 관해서 자신이 알게 된 것을 털어놓으면서 그녀가 느끼던 그 기쁨…… 그리고 이 모든 것이 지금 그에게 주는 괴로움. 그는 자신이 이런 괴로움을 겪을 수 있다는 것을 전에는 조금도 알지 못했다. "내가 즐긴 것은 그 사람들이 혼자 있는 모습이었어. 거기에서 내가 관찰자가 될 수 있다는 거. 그래서 그 사람들이 자기 자지를 갖고 노는 모습과 그게 생긴 모습, 그 모양, 그게 딱딱해질 때, 또 그 사람들이 손을 움직이는 모습을 보는 거─그거 때문에 나는 달아올랐어. 자기 자지를 쥐고 딸딸이를 치는 게 다 다르더라고. 그 사람들이 거기 완전히 빠질 때, 마음을 풀어놓고 그렇게 빠져들 때, 그게 아주 자극적이야. 그리고 그런 식으로 싸는 걸 보는 게. 이 루이스라는 남자, 이 남자는 육십대 인데, 한 번도 딸딸이를 친 적이 없다. 그러는 거야, 여자 앞에서 는. 그런데 그 남자는 손을 이런 식으로 잡더라고"─그녀는 손목을 틀어 새끼손가락이 위로 올라가고 엄지의 두번째 관절이 아래로 내려오게 했다─"그런데, 그렇게 특이한 걸 보는 거, 그러니까, 그 사람들이 너무 달아올라 수줍음에도 불구하고 멈추지를 못하는 걸 보는 거, 그게 아주 자극적이야. 그게 내가 가장 좋아하는 거야─그 남자들이 자제력을 잃는 걸 지켜보는 거." 그녀는 수줍은 남자들을 몇 분 동안 부드럽게 빨아준 다음 손을 자기 몸에 대게 하고 잠시 손동작을 거들어서 그들이 편안하게 그 동작에 빠져들어 그다음부터는 스스로 해나가게 했다. 그러고 나서, 자신도 손가락으로 자기 몸을 가볍게 만지면서 등을 기대고 구경했다. 다음에 새버스를 만나면 그녀는 각 남자들 기법의 독특한 '특이성'을 시범으로 보여주곤 했다. 그는 이것에 엄청나게 흥분했고⋯⋯ 이제는 그것 때문에 질투심이 생겼다. 미치도록 질투하는 마음이 생겼다─이제 그녀는 죽었기 때문에 그녀를 흔들면서 소리를 지르고 싶었다, 그만두라고 말하고 싶었다. "나하고만! 어쩔 수 없을 때는 남편하고만 박고, 그게 아니면, 나 말고는 아무하고도 안 돼!"

사실 그는 그녀가 마티야하고 박는 것도 원치 않았다. 누구보다도 그 사람하고는. 아주 드물게 그녀가 그것도 새버스에게 자세하게 보고하곤 했는데, 그것은 그의 마음을 거의 빼앗지 못했고, 에로틱한 관심은 조금도 자극하지 않았다. 그러나 이제 새버스에게는, 드렌카가 남편이 자신을 아내처럼 차지하도록 허락한 분통한 기억에서 자유로운 밤이 거의 없었다. "침대에서 마티야를 살피다 발기한 걸 봤어. 그렇다고 해도 내가 먼저 시작하기 전에는 행동하지 않을 게 틀림없었기 때문에 얼른 옷을 벗었어. 남편에 대해 강하고 부드러운 감정이 있기는 했지만 난 흥분이 되질 않았어. 남편의 딱딱해진 좆을 보면서, 네 거보다 작았어, 미키, 그리고 포피가 덮여 있었고, 그걸 아래로 당기면 네 거보다 훨씬 빨갛고…… 그걸 보면서 우리가 방금 박았던 걸 생각했어…… 음, 당신의 크고 딱딱한 자지를 갈망하면서 거의 고통스러울 정도였어. 그러니 나를 사랑하는 이 남자에게 내가 어떻게 아무 생각 없이 푹 빠질 수가 있겠어? 내 위에 엎드려서 뚫고 들어올 때, 마티야는 내 기억의 그 어느 때보다도 크게 신음을 내고 있었어. 거의 우는 것 같았어. 그 사람은 싸는 데 절대 오래 걸리지 않기 때문에 모든 게 일찍 끝났어. 한두 시간 자다 속이 안 좋아서 잠을 깼어. 토하고 나서 마이란타*를 좀 먹어야 했어."

---

* 소화제 이름.

어떻게 감히! 이런 뻔뻔스러운 놈chutzpah이 있나! 새버스는 마티야를 죽이고 싶었다. 그런데 내가 왜 안 죽였을까? 우리가 왜 안 죽였을까? 할례도 받지 않은 개를! 쳐라, 이렇게!*

　……지난 2월의 어느 눈부시게 화창한 날, 새버스는 컴벌랜드의 스톱 앤드 숍에서 드렌카의 홀아비가 된 남편과 우연히 마주쳤다. 그 겨울에 처음으로 나흘 연속으로 눈이 내리지 않았고, 새버스는 니트 재질의 낡은 선원 모자를 쓰고 욕실과 부엌 바닥을 닦고 집안 전체에 진공청소기를 돌린 다음 주마다 하는 집안일 가운데 하나인 식료품 쇼핑을 하러 컴벌랜드까지 차를 몰고 갔는데, 가는 길에 도로변에 밀려 쌓인 엄청난 눈더미에서 반사되는 빛 때문에 여러 번 앞이 안 보였다. 그곳에서 마티야를 만났는데, 장례식에서 본 말이 없고 돌처럼 굳은 모습에서 몰라볼 만큼 달라져 있었다. 검은 머리는 하얗게 셌다. 불과 석 달 만에 완전히 하얘진 것이다. 너무 약하고, 너무 작아 보였고, 얼굴은 핼쑥했다―불과 석 달 만에 벌어진 변화였다! 고령 시민이라고 해도 누가 뭐라 할 것 같지 않았다. 심지어 새버스보다도 나이가 많아 보였다. 아직 오십대 중반에 불과한데. 여관은 매년 새해 첫날부터 4월 1일까지 문을 닫았기 때문에, 마티야는 호수와 여관 위쪽에 있는 발리치 가족의 커다란 새집에서 혼자 사는 데 필요한 물건 몇 가지를 사러 나온 것이었다.

　발리치는 계산대 줄에서 그의 바로 뒤에 있었는데, 새버스가

---

*「오셀로」에서 오셀로가 자살 직전에 하는 말을 비튼 표현.

그쪽을 보았을 때 고개를 끄덕이기는 했지만 알아본다는 느낌은 전혀 들지 않았다.

"발리치 씨, 나는 미키 새버스요."

"네? 처음 뵙겠습니다."

"'미키 새버스'라는 이름을 처음 들어보시나요?"

"들어본 것 같아요." 발리치는 잠시 생각하는 척하다가 상냥하게 말했다. "우리 가게 손님이셨던 것 같군요. 여관에서 뵌 기억이 납니다."

"아니오." 새버스가 말했다. "나는 매더매스카폴스에 사는데 우리는 외식을 별로 안 해요."

"그렇군요." 발리치는 대답했고, 잠깐 더 웃음을 짓다가 우울한 표정으로 다시 자기 생각에 빠져들었다.

"우리가 어떻게 아는 사이인지 말씀드리지요." 새버스가 말했다.

"네?"

"집사람이 고등학교에서 댁의 아들 미술 선생이었소. 로즈애나 새버스라고. 집사람하고 댁의 매슈는 아주 좋은 친구가 되었지요."

"아아." 다시 그는 예의바르게 웃음을 지었다.

그전까지 새버스는 드렌카의 남편에게 억제되고 예의바른 유럽 신사 같은 면이 얼마나 많은지 깨닫지 못했다. 어쩌면 하얀 머리, 슬픔, 억양 때문인지도 모르겠으나, 지금 그에게는 작은 나라의 고참 외교관 같은 묵직한 분위기가 있었다. 그래, 새버스는 그에게 이런 면이 있는 줄 몰랐고, 그래서 위엄 있고 침착한 태도가 놀랍게 다가왔다. 하긴 애인의 다른 남자란 종종 흐릿한 얼룩에 불과하다. 그가 절친한 친구이거나 길 건너 사는 사람으로 몇 번 차에 배터리를 연결해 시동을 걸어주었다 해도, 그는 흐릿한 얼룩이 되고 만다. 그냥 남편이 되고, 그에 대한 공감적 상상력은 점점 줄어든다. 양심과 더불어.

새버스가 전에 유일하게 마티야를 공적인 장소에서 관찰한 때는 캐시 굴즈비 스캔들 전의 4월이었다. 그는 주유소 주인인 거스 크롤의 초대를 받아 그달 세번째 화요일에 여관 식당에 갔는데— 매달 세번째 화요일에 그곳에 모여 오찬 모임을 갖는 로터리클럽 회원이 서른 명 정도 있었다—크롤은 기름을 넣고 편의시설을 이용하러 들르는 트럭운전사들에게서 들은 우스개를 어김없이 새버스에게 전해주었다. 새버스는 거스의 말을 잘 들어주었는데, 우스개가 늘 균일하게 일급은 아니었지만, 거스가 이야기를 하는 동안에는 구태여 틀니를 끼우려 하지 않는 것만으로도 충분히 즐거웠기 때문이다. 거스가 우스개를 전하는 데 아주 열심이라는 사실 때문에 이 인형극 광대는 오래전부터 그런 우스개가 거스의 삶에 대한 비전에 통일성을 부여하는 것이고, 그것만이 주유소에서 그가 되풀이해 마주해야 하는 일상을 해명해줄 서사에 대한 그의 영적 존재의 요구에 응답하는 것임을 이해했다. 거스의 치아 없는 입에서 쏟아져나오는 우스개를 들을 때마다 새버스는 거스 같은 단순한 남자도 모든 것을 묶어줄 의미의 끈, 텔레비전에는 존재하지 않는 끈을 찾고자 하는 인간적 요구에서 자유롭지 않다는 사실을 재확인했다.

새버스는 거스에게 혹시 가능하다면 마티야 발리치가 '오늘날의 여관 운영'이라는 주제로 로터리클럽에서 연설하는 것을 듣는 모임에 자신을 초대해줄 수 있느냐고 사전에 물어보았다. 새버스는 마티야가 몇 주째 머리를 싸매고 연설을 준비하고 있다는 사실을 이미 알고 있었다. 심지어 드렌카가 보라고 갖다줘서 연설문을, 적어도 초기의 짧은 형태는 읽어보기도 했다. 그녀는 남편을 위해 그 여섯 페이지를 타자로 치고 최선을 다해 오류를 바로잡았지만, 새버스가 영어를 다시 확인해주기를 바랐고, 그는 친절하게 그러마고 했다. "매혹적인데." 그는 두 번 통독한 뒤에 말했다. "그래?" "염병할 기차처럼 철로를 따라 잘 움직이고 있어. 정말이지, 멋져. 하지만 문제가 두 가지 있어. 너무 짧아. 할 이야기를 충분히 하지 않았어. 세 배는 길어야 해. 그리고 이 표현, 여기 이 관용구, 이건 틀려. '너트와 볼트'가 아니야. 영어에서는 '너트와 볼트를 보면,' 그렇게 말하지 않아……" "안 그런다고?" "누가 그 사람한테 '너트와 볼트'라고 말해줬어?" "멍청한 드렌카가 말해줬지." "너트와 전구야."* 그녀는 혼잣말로 "너트와 전구" 하고 되풀이하며 마지막 페이지 뒷장에 그것을 적었다. "그리고 너무 빨리 끝냈다는 것도 적어. 세 배는 길어야 돼, 적어도. 사람들은 귀를 기울일 거야. 이건 다른 사람들은 모르는 거거든."

거스는 견인 트럭을 끌고 브릭퍼니스 로드로 와서 새버스를 태웠다. 출발하자마자 거스는 그의 표현대로 타운의 '교회쟁이들' 한테는 금기라고 알고 있는 것으로 새버스를 즐겁게 해주기 시작

---

* '너트와 볼트'가 맞는 표현이며, '기본적인 것'을 의미한다.

했다.

"여자들한테 별로 달갑지 않은 우스개도 받아들일 수 있소?" 거스가 물었다.

"나는 그런 것만 받아들일 수 있지요."

"어, 트럭 운전사가 하나 있는데, 이 사람이 멀리 갈 때마다, 그의 아내, 이 아내께서 춥고 쓸쓸해져. 그래서 운전사가 출장을 갔다 돌아오면서 스컹크, 크고 털이 북슬북슬한 살아 있는 스컹크를 한 마리 가져와서 다음에 자기가 멀리 가면 침대에 그놈을 데리고 들어가 잘 때 두 다리 사이에 놓으라고 말했소. 그러니까 여자가 그러는 거요, '냄새는 어쩌고?' 그러자 남자가 그래, '개도 익숙해질 거야. 나도 그랬으니까.'"

거스는 새버스가 웃음을 터뜨리는 것을 듣고 말했다. "자, 그게 마음에 드시면, 비슷한 게 하나 더 있소." 그런 식으로 그들은 모임에 도착할 때까지 시간 가는 줄 몰랐다.

로터리클럽 회원들은 이미, 낮은 천장을 가로지르는 들보가 노출되어 있고 산뜻해 보이는 하얀 타일 노爐가 설치되어 있는 소박한 바에서 떼를 지어 몰려다니고 있었다. 다들 좀 작아 보이는 그 방에 빽빽하게 몰려들어가 있었는데, 어쩌면 춥고 바람 많은 봄날이라 거기에서 따뜻하게 타오르는 불이 반갑기 때문일 수도 있고, 바에 유고슬라비아의 명물이자 이 여관의 명물이기도 한 체바프치치가 담긴 큰 접시들이 있기 때문일 수도 있었다. "당신한테 체바프치치를 먹여야 하는데." 드렌카는 그들이 새로 맺어진 연인이던 시절에 침대에서 성교 후 장난을 치다가 새버스에게 말했다.

"네가 원하는 대로 뭐든 먹여줘." "고기가 세 종류 있어. 하나는 쇠고기, 하나는 돼지고기, 또하나는 양고기. 모두 잘게 간 거야. 거기에 양파를 넣고 고추도 넣지. 미트볼하고 비슷하지만 모양이 달라. 아주 작아. 체바프치치는 양파하고 함께 먹어야 돼. 잘게 썬 양파하고. 작은 고추도 넣을 수 있어. 빨간 걸로. 아주 매워." "전혀 나쁘지 않은 것 같은데." 새버스는 그녀와 누리는 기쁨에 가득차 실실 웃고 있었다. "응, 당신한테 체바프치치를 먹여줄 거야." 그녀는 흠모하는 표정으로 말했다. "그럼 난, 그 대가로, 빡 가게 박아주지." "오, 나의 미국인 남자친구―그게 진지하게 박아준다는 뜻이야?" "아주 진지하게." "세게란 뜻이야?" "아주 세게." "또 무슨 뜻이야? 크로아티아 말로는 그걸 배웠어, 할말을 다 하고 수줍어하지 않는 걸. 하지만 미국 말로는 그렇게 하는 걸 아무도 가르쳐준 적이 없어. 말해줘! 가르쳐줘! 미국 말로 그 모든 게 다 무슨 뜻인지 가르쳐줘!" "그건 가능한 모든 방법으로 한다는 뜻이야." 그러고 나서 새버스는, 그녀가 체바프치치 만드는 법을 설명해준 것처럼 공을 들여서 가능한 모든 방법이 무슨 뜻인지 그녀에게 가르쳐주기 시작했다.

……아니면 그들이 바에 모여 있었던 것은, 시중을 드는 드렌카가 목이 V자로 파인 곳 아래까지 단추를 채운 검은 크레이프 블라우스를 입고 있었는데 얼음이 든 잔에 술을 채우려고 몸을 구부릴 때마다 그녀의 풍만함이 여지없이 드러나기 때문일 수도 있었다. 새버스는 뒤로 문간까지 물러서서 그녀가 거의 삼십 분 동안 지압사와 시시덕거리는 것을 지켜보았다. 튼튼하고 젊은 남자 지

압사는 짖듯이 크게 웃어댔으며, 성적 지향을 감추는 행동을 전혀 잘해내지 못했다. 또 전 주의원과도 시시덕거렸는데, 그는 컴벌랜드 밴코프의 지점 세 개를 소유하고 있었다. 마지막으로는 심지어 거스하고도 시시덕거렸는데, 거스는 지금 아래위로 완전히 갖춰 입고 있었고, 행사가 행사이니만큼 작업복 목에는 스트링타이까지 매고 있었다. 새버스는 그녀가 누구보다도 거스와 박는 것을 구경하고 싶었다. 그래서 그녀가 자신이 생각하는 것만큼 멋진 여자인지 확인하고 싶었다. 오, 그녀는 물론 유쾌했다—이 모든 남자들 사이에서 유일한 여자로서, 그들에게 행복한 자극제를 따라주는 행복한 자극으로서, 지상에 살고 있다는 것만으로도 마냥 환희에 차 있었다.

새버스가 소음을 뚫고 바까지 밀고 들어가 맥주를 청하자 드렌카는 바로 얼굴이 새하얘짐으로써 그가 거기에 있다는 것에 깜짝 놀랐다는 사실을 보여주었다. "어떤 종류를 좋아하세요, 새버스 씨?" "유고슬라비아의 푸시* 있나요?" "생맥주요, 병맥주요?" "어느 쪽이 좋나요?" "생맥주가 거품이 많죠." 이제 그녀는 정신을 차리고 그를 향해 웃음을 지으며 대답했다. 조금 전 거스에게 똑같은 웃음을 짓는 것을 보지 않았다면 공개적으로 그들의 비밀을 드러내는 것으로 여겨 깜짝 놀랄 만한 웃음이었다. "하나 뽑아주겠소, 응?" 그가 눈을 찡긋하며 말했다. "난 거품을 좋아하거든."

* Pussy. 고양이나 여자의 성기를 가리키기도 한다.

칼바도스 소스에 애플 링을 곁들인 커다란 포크 춉, 초콜릿 아이스크림선디, 시가, 그리고 점심식사 후 한 잔을 원하는 사람들에게는 드렌카가 구세계의 매력적인 호스티스로서 여관 손님들에게 무료로 제공하곤 하는 달달한 달마티아 화이트와인 프로셰크 등으로 이루어진 식사가 끝나자 로터리클럽 회장은 마티야를 '맷* 발리치'로 소개했다. 여관 주인은 빨간 캐시미어 터틀넥, 황금 단추가 달린 블레이저, 새 캐벌리 트윌 바지, 신어보지도 않았고 어떤 자국도 없는 반짝반짝 광택이 나는 발리 부츠 차림이었다. 그렇게 말쑥하게 차려입으니 티셔츠와 낡은 진 차림으로 일할 때보다 더 인상적으로 건장해 보였다. 사교를 위해 관습적으로 차려입은 매우 근육질인 남자의 매력. 우아함 밑의 어떤 동물적인 모습. 새버스에게도 한때 그런 것이 있었다. 어쨌든 니키는 그가 얼마나 눈부신지 세상이 감상할 수 있도록 조끼를 갖춘 짙푸른 정장을 사라고 강권할 때 그렇게 말하곤 했다. 눈부신 새버스. 50년대의 일이었다.

　마티야의 가장 큰 취미는 집과 여관 옆에 붙은 50에이커의 들판에 있는 무너진 돌담을 새로 쌓는 것이었다. 그의 친척들이 살고 있고 그가 드렌카를 만났을 때 웨이터로 일하던 브라치섬에는 돌 쌓기 전통이 있어서, 그는 섬에 있을 때 쉬는 날이면 돌집을 짓던 사촌을 돕곤 했다. 물론 마티야는 채석장에서 돌을 자르던 할아버지, 체제의 적으로 골리 오토크에 갇혔던 나이든 남자를 결코

---

* 마티야의 영어식 이름인 매슈의 애칭.

잊지 않았다…… 이 때문에 큰 돌을 끌어와 적당한 자리에 놓는 것이 마티야에게 거의 기념 의식 같은 것이 되었다. 그것이 그가 주방일을 쉬는 시간을 보내는 방법이었다. 밖에서 삼십 분 동안 돌을 옮기고 나면 다시 38도에서 셋, 넷, 다섯 시간 더 일할 준비가 되었다. 겨울마다 그런 돌을 옮기며 많은 시간을 보냈다. "그 사람 유일한 친구는 그 담과 나뿐이야." 드렌카는 슬픈 얼굴로 말했다.

마티야가 입을 열었다. "어떤 사람들은 이 사업이 재미있다고 생각합니다. 재미있지 않아요. 이건 사업입니다. 업계 잡지들을 읽어보세요. 사람들은 말하죠. '회사생활에서 벗어나고 싶어. 여관, 그게 내 꿈이야.' 하지만 나는 마치 매일 기업 조직에 출근하는 것처럼 이 여관에 헌신하고 있습니다."

마티야는 천천히 말했기 때문에 강한 악센트에도 불구하고 청중은 어려움 없이 그의 말을 이해할 수 있었다. 그는 문장을 맺을 때마다 오래 쉬어 청중이 방금 자신이 한 말의 모든 함의를 생각할 여유를 주었다. 새버스는 억양이 없는 문장들의 단조로움만큼이나 그 문장들을 나누는 휴지도 즐겼다. 베라크루스*를 떠나 남쪽으로 향하는 상선들이 통과하는, 무인도들로 이루어진 쓸쓸한 군도를 오랜만에 떠올리게 하는 문장들이었다. 그는 드렌카에게 마티야가 반드시 천천히 말하도록 가르쳐야 한다고 했다. 아마추어 연설자들은 늘 서두르는 경향이 있다. 서둘지 마, 그는 그렇게

---

* 멕시코 동부의 항구도시.

전하라고 이야기했다. 청중이 소화해야 할 것이 많아. 느릴수록 좋아.

"예를 들어, 우리는 회계감사를 두 번 받았습니다." 마티야가 말했다.

새버스와 더불어 테이블의 그가 앉아 있는 쪽에 있는 손님들은 사각형 식당 위쪽에 있는 넓은 퇴창으로 아래쪽 매다매스카 호수에 바람이 물결을 일으키는 광경을 또렷이 볼 수 있었다. 그들의 눈이 호수를 따라 길게 깔린 파도 막는 판자의 한쪽 끝에서 다른 쪽 끝까지 가고 나서야 마티야는 두 번의 회계감사의 충격이 완전히 흡수되었다고 결론을 내린 듯했다.

"잘못된 게 전혀 없습니다." 그는 말을 이어갔다. "집사람이 장부를 제대로 정리하고 있고, 또 우리는 회계사한테 가서 조언을 듣습니다. 이런 식으로 우리는 이것을 사업으로 운영하고, 이것은 우리 생계입니다. 너트와 전구를 본다면, 이 사업은 제대로 굴러갑니다. 지켜보지 않고, 나가서 내내 손님들과 잡담만 하면, 돈을 잃습니다.

오래전에 우리는 토요일 오후에는 내내 서빙은 하지 않기로 했습니다. 지금도 안 합니다. 하지만 우리는 사람들이 음식을 먹을 수 있도록 만들어두기는 합니다. 사람들한테 안 된다고 말하기보다 그들이 원하는 걸 주는 게 똑똑한 거죠. 나한테는 이런 규칙이 있고 또 저런 규칙이 있습니다. 나는 생각하는 방식이 아주 엄격합니다. 하지만 사람들은 나에게 그렇게 엄격하게 굴지 말라고 가르칩니다.

우리는 직원이 쉰 명입니다. 시간제까지 포함해서요. 음식을 나르는 직원이 서른다섯 명이에요—웨이트리스, 웨이트리스 보조, 식당 감독. 객실은 열두 개이고 거기에 별관이 있습니다. 스물여덟 명을 받을 수 있는데 주말에는 만원입니다. 주중에는 아니지만요.

식당에는 안에 백삼십 명이 앉을 수 있고 테라스에 백 명이 앉을 수 있습니다. 하지만 절대 이백삼십 명을 다 앉히지는 않아요. 주방에서 감당을 못합니다. 우리가 원하는 것은 회전율입니다.

다른 심각한 문제는 직원입니다……"

이런 식으로 한 시간 동안 이어졌다. 본관 식당에 불이 타오르고 있었고, 바에도 작은 불이 타오르고 있었다. 밖에 찬바람이 불어서 창문은 모두 꽉 닫혀 있었다. 난로는 마티야 뒤로 6피트 정도밖에 떨어져 있지 않았지만, 그 열기는 테이블에서 스카치를 마시는 사람들에게 영향을 주는 것과는 달리 그에게는 영향을 주지 않는 것 같았다. 스카치를 마시는 사람들이 제일 먼저 정신을 잃었다. 맥주를 마시는 사람들은 더 오래 버틸 수 있었다.

"우리는 자리에 없는 주인이 아닙니다. 나는 이곳의 중심인물입니다. 다른 모든 사람이 떠나도 나는 여전히 여기 서 있습니다. 집사람은 주방일 두 가지를 제외하면 모든 걸 할 수 있습니다. 고기 굽는 브로일러는 못 다룹니다. 어떻게 요리를 해야 할지 모르기 때문입니다. 그리고 소테를 못합니다. 그건 기본적으로 팬에서 튀겨야 하는 것이거든요. 하지만 다른 일은 모두 할 줄 압니다. 바텐더, 접시 닦기, 서빙, 장부 정리, 플로어 일……"

요즘 금주중인 거스는 태브*를 마셨지만, 새버스는 거스가 정신을 잃은 것을 알았다. 태브만으로. 그리고 이제 맥주 마시는 사람들이 정신줄을 놓고 약해진 모습을 보이기 시작했다─은행장, 지압사, 원예센터를 운영하는 콧수염 기른 사내……

드렌카는 바에서 귀를 기울이고 있었다. 인형극 광대는 의자에 앉은 채 몸을 돌려 그녀를 향해 웃음을 짓다가, 그녀가 두 팔꿈치를 바에 올리고 몸을 앞으로 숙인 자세로 두 주먹 위에 얼굴을 얹은 채 울고 있는 것을 보았다. 로터리클럽 회원 반이 아직 의식을 붙들고 있는 상황이었다.

"우리 직원이 우리를 좋아하지 않는 것이 우리에게 늘 기분좋은 일은 아닙니다. 사실 저는 직원 일부는 우리를 무척 좋아한다고 생각합니다. 많은 수는 우리를 전혀 좋아하지 않지요. 어떤 곳에서는 근무시간 뒤에 바를 직원들에게 개방하기도 합니다. 여기서는 그런 일을 하지 않습니다. 그런 곳은 파산하는 곳이고 직원이 집에 가는 길에 끔찍한 교통사고를 내는 곳이죠. 여기는 안 그래요. 여기에서는 주인과 파티를 하지 않습니다. 여기는 즐기는 곳이 아닙니다. 집사람과 나는 전혀 즐기지 않습니다. 우린 일을 해요. 우린 사업을 합니다. 유고슬라비아 사람들은 해외에 나가면 모두 열심히 일을 합니다. 우리 역사 가운데 뭔가가 우리가 생존하도록 밀어붙이고 있습니다. 감사합니다."

질문은 없었다. 긴 테이블에 아직 질문을 할 능력이 남아 있는

---

* 청량음료 상표명.

사람이 한줌도 남지 않은 상태이기도 했다. 로터리클럽 회장이 말했다. "아, 고맙습니다, 맷, 정말 고마워요. 이것으로 오늘 계획했던 것은 완벽하게 끝냈네요." 곧 사람들은 잠을 깨고 일로 돌아가기 시작했다.

같은 주 금요일, 드렌카는 보스턴에 가서 피부과의사, 신용카드 왕, 대학 학장과 썹을 했고, 이어 집으로 돌아와, 자정 직전 자신이 결혼생활을 하고 있는 연설자에게 썹을 당했는데, 그것이 지속되는 몇 분 동안 숨을 참고 있었다. 이로써 그날 하루 총 네 번 한 셈이 되었다.

◆ ◆ ◆

이제, 영화관은 오래전에 사라지고 점포들은 대부분 비어 있는 컴벌랜드의 버려진 중심부에 쭈그러든 난파선 같은 식료품점이 있었는데, 새버스는 주간 쇼핑을 마치고 나면 이곳에서 종이컵에 담긴 커피를 하나 사서 그 자리에 서서 마시곤 했다. 이 가게, 플로 앤 버트는 어두웠고, 나무 바닥은 더럽고 낡았으며, 먼지가 쌓인 선반은 대체로 비어 있었다. 새버스는 지금까지 팔려고 내놓은 감자와 바나나 가운데 이곳에서 파는 것만큼 형편없는 것은 본 적이 없었다. 하지만 소름 끼치는 시체안치소 같은 플로 앤 버트에선 그가 어렸을 때 살던 집에서 한 블록 떨어진 라레인 암스의 지하실에 있던 식료품점과 똑같은 냄새가 났다. 새버스는 어머니 심부름으로 매일 아침 그곳에 가서 신선한 롤빵 두 개를 사오곤 했고, 어머니는 그것으로 모티가 고등학교에 점심으로 가져갈 샌드위치를 만들었다―크림치즈와 올리브, 땅콩버터와 젤리, 하지만 주는 통조림 참치였으며, 이 샌드위치를 파라핀 종이로 두 번 싼다음 라레인 암스의 종이봉투에 집어넣었다. 매주 새버스는 스톱앤드숍에 들른 뒤 커피가 든 컵을 들고 플로 앤 버트 주위를 돌며어떤 요소가 그런 냄새를 내는지 궁리했다. 이 냄새는 지난가을낙엽과 죽어가는 관목이 비에 축축하게 젖어 썩기 시작하면서 '작은 동굴'에서 나던 냄새와 비슷하기도 했다. 어쩌면 그건지도 몰랐다. 축축하게 썩는 냄새. 그는 그 냄새를 사랑했다. 거기에서 마셔야 하는 커피는 도저히 마실 수 없는 것이었지만 그 냄새가 주는 쾌감은 절대 거역할 수가 없었다.

새버스는 스톱 앤드 숍 문 바깥에 자리를 잡고 있다가, 발리치가 양손에 비닐봉지를 하나씩 들고 나타나자 말했다. "발리치 씨, 뜨거운 커피 한 잔 어때요?"

"고맙습니다만, 선생님, 사양하겠습니다."

"뭘 그러쇼." 새버스가 온화하게 말했다. "어서. 여기 바깥은 지금 10도*요." 이것을 섭씨로 변환해주어야 할까? 그는 '작은 동굴'에 올라가기 전에 드렌카가 전화를 걸어 바깥 날씨가 진짜로 어떠냐고 물으면 그렇게 해주곤 했다. "언덕 아래 괜찮은 데가 있소. 따라오쇼. 저 셰비** 뒤를. 커피 한 잔 마시면 몸이 따뜻해질

---

* 화씨 10도를 의미하며 섭씨로는 영하 12도. 이곳을 제외한 모든 화씨는 섭씨로 변환해 번역했다.

** 쉐보레 자동차의 애칭.

거요."

새버스는 앞장서서 발리치의 차를 이끌고 일층 높이의 눈더미 사이를 움직여 서리로 반짝거리는 철로를 건너며 자신이 무엇을 할 계획인지 모른다는 점을 인정할 수밖에 없었다. 그가 생각할 수 있는 것은 이자가 감히 자신의 드렌카의 몸 위에 엎드려 개처럼 빨간 좆으로 그녀를 뚫고 들어가며 쾌감으로 울듯이 신음을 토했고 그것 때문에 그녀가 나중에 토했다는 것뿐이었다.

그래, 이제 그와 발리치가 만날 때였다─발리치와 대면하지 않고 삶을 살아간다는 것은 자신에게 삶을 너무 쉽게 만들어주는 것이었다. 다방면에 걸친 곤경이 아니었다면 새버스는 오래전에 권태로 죽었을 것이다.

고약한 커피는 뚱하고 멍청한 십대 후반의 여자아이가 사일렉스*에서 따라준 것이었는데, 그곳에는 새버스가 약 십오 년 전 플로 앤 버트에 냄새를 맡으러 들르기 시작했을 때 이후로 늘 뚱하고 멍청한 십대 후반의 여자아이가 있었다. 어쩌면 같은 집안 출신들인지도 몰랐다. 잇따라 성장해서 그 일을 맡게 되는 플로와 버트의 딸들. 아니면, 이게 더 가능성이 높은데, 컴벌랜드 교육 시스템이 이런 여자아이들을 끝도 없이 공급하는 것인지도 몰랐다. 먹이를 찾아 배회하고, 은근히 다가가 환심을 사고, 상대를 가리지 않는 새버스도 그들에게서는 뚱한 대꾸 이상의 것을 얻어본 적이 없었다.

─────────────
* 커피머신 상표명.

발리치는 커피맛을 보고 저절로 얼굴을 찌푸렸다. 커피는 그날 기온만큼 차가웠다. 하지만 새버스가 한 잔 더 하겠느냐고 했을 때는 정중하게 말했다. "아 아니요, 아주 좋은데요. 하지만 한 잔이면 충분합니다."

"부인이 안 계셔서 쉽지 않았겠소." 새버스가 말했다. "많이 마른 것 같네요."

"어두운 날들이었죠." 발리치가 대답했다.

"지금도요?"

그는 슬픈 표정으로 고개를 끄덕였다. "지금도 끔찍해요. 완전히 바닥입니다. 삼십일 년을 같이 살았는데, 이제 새로운 체제에 접어든 지 삼 개월째입니다. 어떻게 된 일인지 이렇게 저렇게 매일 점점 나빠져요."

실제로 그렇다. "아드님은?"

"그 아이도 약간 충격 상태입니다. 어머니를 몹시 그리워하죠. 하지만 그 아이는 젊습니다. 그 아이는 강해요. 가끔, 며느리가 나한테 그러는데, 밤 깜깜한 시간에는…… 하지만 잘 감당하는 것 같아요."

"잘됐군요." 새버스가 말했다. "세상에서 가장 강한 유대 같아요. 어머니와 어린 아들. 그보다 강한 건 없는 듯해요."

"맞아요, 맞아." 잘 이해해주는 사람과 이야기를 하자 발리치의 부드러운 잿빛 눈에 눈물이 고였다. "맞아요. 집사람이 죽은 걸 봤을 때, 병원에서 한밤중에 아들하고 함께였는데…… 집사람은 튜브니 뭐니 잔뜩 꽂고 누워 있었어요. 집사람을 봤을 때 나는 그게 끊어진 걸 알았죠, 우리 아들과의 그 유대가. 선생님이 말씀하시는 세상에서 가장 강한 그것이 이제 존재하지 않는다는 게 믿어지지 않더라고요. 집사람은 그렇게, 아름다움을 그대로 간직한 채 누워 있었지만, 그 가장 강한 건 이제 없었어요. 가버린 거죠. 그래서 나는 작별 키스를 했어요. 아들도 했고 나도 했습니다. 그러자 튜브를 다 뽑더군요. 이 햇빛 같은 사람은 거기 그대로 있었지만, 죽은 거였죠."

"부인이 몇 살이었소?"

"쉰둘이요. 세상에서 일어날 수 있는 가장 잔인한 일이었습니다."

"세상에서 오십대에 그렇게 죽을 수도 있는 사람들 가운데 하필이면 댁의 부인이 그 명단에 있을 거라고는 상상도 하지 못했소." 새버스가 말했다. "타운에서 몇 번 봤을 때는, 사장님 말대로, 모든 걸 환하게 밝히는 분이던데. 그럼 여관에서는 아드님이 함께 일하나요?"

"여관 운영 문제는 생각도 못하고 있습니다. 그런 생각을 다시 하게 될지, 잘 모르겠어요. 일 잘하는 직원들이 있기는 한데, 여관 운영은 생각 못하고 있습니다. 우리 결혼생활 전체가 그 여관과 묶여 있었죠. 여관을 임대할까 생각도 해요. 만일 어떤 일본 회사가 나타나 그걸 사겠다고 하면…… 집사람 사무실에 들어가 남은 물건들을 정리하려고 할 때마다, 끔찍합니다, 속이 뒤집혀요. 거기 있기 싫어서 나옵니다."

그가 드렌카에게 편지 한 줄 쓰지 않고, 보픕모텔에서 그가 찍은 그녀의 폴라로이드 사진을 안전하게 챙겨둘 사람은 그녀가 아니라 그여야 한다고 고집을 부린 것은 과연 틀리지 않았다. 새버스는 그렇게 생각했다.

"편지들." 발리치가 호소를 하는 것처럼 애원하는 표정으로 말했다. "편지가 이백쉰여섯 통이에요."

"위로 편지가요?" 새버스가 물었다. 물론 그 자신은 위로 편지를 한 통도 받은 적이 없었다. 그러나 니키가 사라졌을 때, 그녀와 관련된 우편물을 극장 전교로 받은 적은 있었다. 지금은 얼마나 많은지 잊어버렸으나—아마 다 해서 쉰 통쯤—당시에는 그도 충격으로 망연자실한 상태였기 때문에 몇 통인지 하나하나 헤아리기도 했다.

"조문 편지요. 네. 이백쉰여섯 통. 집사람이 모든 사람의 삶을 환하게 밝혀주었다는 게 놀랄 일도 아니죠. 지금도 계속 편지가 와요. 기억나지 않는 사람들한테서도. 어떤 편지들은 우리가 처음 문을 열었던 호수 건너편의 여관으로 와요. 온갖 종류의 사람들이 편지를 보내서 집사람에 관해서, 또 집사람이 자신의 인생에 영향을 준 것에 관해서 얘기를 합니다. 나는 그 사람들 말을 믿어요. 다 사실입니다. 우스터의 전직 시장한테서 두 장짜리 긴 편지, 손으로 쓴 편지를 받기도 했어요."

"그래요?"

"그분은 우리가 손님들한테 내놓는 바비큐를 기억하면서 집사람이 모든 사람을 행복하게 해주었다고 하더군요. 아침식사 시간에 집사람이 식당으로 들어와 모든 사람과 이야기를 나누었다고.

집사람은 정말이지 누구에게나 감동을 주었어요. 나는 엄격하죠, 모든 것에 규칙이 있어요. 하지만 집사람은 손님들을 어떻게 대접해야 하는지 알았죠. 손님들한테는 언제나 모든 게 가능했어요. 집사람한테는 유쾌한 태도를 보이는 게 절대 노력이 필요한 일이 아니었습니다. 주인 한 사람은 엄격하고, 다른 사람은 유연하고 유쾌하고. 우리는 완벽한 짝이 되어 여관을 성공시켰습니다. 집사람이 한 일을 보면 놀라워요. 여러 가지 일을 수도 없이 했어요. 그걸 다 우아하게 했고 늘 아주 유쾌하게 했죠. 계속 그 생각이 떠오릅니다. 이 비참한 상태를 조금이라도 덜어줄 수 있는 게 아무것도 없네요. 도저히 믿어지지가 않아요. 조금 전까지 여기 있었는데, 다음 순간에 사라지다니."

우스터의 전직 시장? 흠, 그 여자는 우리 둘 다에게 감춘 비밀이 있었구려, 마티야.

"아드님은 무슨 일을 하나요?"

"주 경찰에 있습니다."

"결혼은?"

"며느리가 임신중이에요. 아기 이름은 드렌카로 지을 겁니다. 딸이면."

"드렌카요?"

"집사람 이름이지요." 발리치가 말했다. "드렌카, 드렌카." 그는 중얼거렸다. "절대 다른 드렌카는 있을 수 없을 겁니다."

"자주 보세요, 아드님은?"

"네." 그는 거짓말을 했다. 드렌카가 죽고 나서 화해가 이루어졌다면 몰라도.

발리치는 갑자기 할 이야기가 다 떨어졌다. 새버스는 그 틈을 이용해 죽어가는 시장의 냄새를 맡았다. 발리치는 낯선 사람과 드렌카로 인한 슬픔 이야기를 더는 하고 싶지 않은 것이거나, 여관 운영이 한심한 사업이라고 생각하는 주 경찰관 아들로 인한 슬픔을 이야기하고 싶지 않은 것이었다.

"어째서 아드님이 여관을 함께 운영하지 않는 거죠? 왜 아드님이 사장님 자리를 이어받지 않는 건가요, 사모님도 가신 마당에?"

"보아하니," 발리치가 커피가 반쯤 남은 컵을 카운터의 금전등록기 옆에 내려놓았다. "선생님 손가락에 관절염이 있군요. 그거 아픈데. 제 남동생도 손가락에 관절염이 있어요."

"정말입니까? 실비야의 아버지가?" 새버스가 물었다.

발리치는 깜짝 놀랐다. "우리 귀여운 조카를 아세요?"

"집사람이 만났지요. 집사람이 이야기해주더군요. 아주, 아주 예쁘고 매력적인 아이라던데."

"실비야는 자기 큰어머니를 아주 사랑했습니다. 큰어머니를 숭배했죠. 실비야는 우리 딸이기도 했습니다." 그의 조용한 목소리에는 이제 의심의 여지가 없는 슬픔의 억양과는 다른 억양이 약간 섞여 있었다.

"실비야가 여름에 여관에 있소? 집사람 말이 영어를 배우려고 거기서 일한다던데."

"실비야는 대학 다니는 동안 매년 와요."

"사장님은 뭘 하시나요—실비야가 사모님 자리를 이어받도록 훈련을 시키시오?"

"아뇨, 아닙니다." 발리치가 말했고, 새버스는 자신이 그 말을 듣고 크나큰 실망감을 느끼는 것에 깜짝 놀랐다. "그 아이는 컴퓨터 프로그래머가 될 겁니다."

"그거 안됐군요." 새버스가 말했다.

"그게 그 아이가 되고 싶어하는 겁니다." 발리치가 맥없이 말했다.

"하지만 그 아이가 사장님이 여관 운영하는 걸 도울 수 있다면, 사모님이 그랬듯이 그 아이가 그곳을 환하게 밝힐 수 있다면……"

발리치는 돈을 꺼내려고 호주머니에 손을 넣었다. 새버스는 말했다. "제발―" 그러나 발리치는 이제 듣지 않고 있었다. 나를 좋아하지 않는군, 새버스는 생각했다. 내가 마음에 들지 않아, 내가 뭔가를 잘못 말한 게 분명해.

"내 커피는?" 발리치가 계산대의 뚱한 여자아이에게 물었다.

그녀는 자음 발음을 최대한 줄여서 대답했다. 다른 생각에 정신이 팔려 있었다.

"뭐라고?" 발리치가 그녀에게 물었다.

새버스가 통역했다. "오십 센트라네요."

발리치는 돈을 냈고, 새버스에게 형식적으로 고개를 끄덕였고, 다시는 만나고 싶지 않은 것이 분명한 사람과의 첫 만남을 끝냈다. 그렇게 만든 것은 실비아였다. 새버스가 '아주'를 '아주'로 한 번 더 수식했기 때문이었다. 그 정도로 끝내고 말았지만 사실 인형극 광대는 만나고 나서 처음 오 분 만에 발리치에게 그와 어쩔 수 없이 씹을 하고 나서 토한 여자는 그럴 만한 충분한 이유가 있었다고, 내내 그녀는 다른 사람의 부인이었던 것이나 마찬가지였기 때문이라고 말해주고 싶었다. 물론 새버스는 발리치의 감정을 이해했지만—새버스에게도 그녀의 죽음이라는 충격은 날이 갈수록 심해지고 있었기에—그렇다고 발리치를 용서할 수 있다는 뜻은 아니었다.

◆ ◆ ◆

드렌카가 죽고 나서 다섯 달 뒤, 보름달이 힘 하나 들이지 않고 수목한계선 위에서 스스로 시성聖하며—환하게 축복을 받으면서—신의 보좌를 향해 둥둥 떠가는 축축하고 따뜻한 4월의 밤, 새버스는 그녀의 관을 덮고 있는 땅 위에 사지를 뻗고 엎드리며 말했다. "이 더럽고, 멋진 드렌카 년아! 나하고 결혼해! 나와 결혼해줘!" 그리고 허연 턱수염을 흙에 박은 채—그 무덤에는 아직 풀도 없고 돌도 없었다—드렌카를 그려보았다. 상자 안은 환했고, 그녀는 암이 그녀에게서 매혹적인 둥글둥글함을 모두 앗아가기 전의 딱 그녀 모습 그대로였다—잘 익고, 풍만하고, 언제든 접촉할 준비가 되어 있고. 오늘밤 그녀는 실비야의 던들을 입고 있었다. 그리고 그를 보고 웃음을 터뜨렸다.

"그러니까 이제 나를 독차지하고 싶다는 거네. 이제, 이제는 나만 데리고 있고 나하고만 살고 오로지 나뿐이라 따분해하지 않아도 되는데, 이제야 내가 당신 마누라가 되기에 족하다는 거네."

"나하고 결혼해줘!"

그녀는 초대하듯 웃음을 지으며 대답했다. "그러려면 먼저 당신이 죽어야 돼." 그러면서 실비야의 드레스를 들어올려 속옷을 입지 않았다는 것을 보여주었다—거무스름한 스타킹과 가터벨트는 입었지만 속옷은 입지 않았다. 드렌카는 죽어서도 그의 아랫도리를 단단하게 만들었다. 살아서든 죽어서든 드렌카는 그를 다시 스무 살로 만들었다. 영하 20도의 추운 날에도 그녀가 관에서 이런 식으로 유혹을 할 때면 그는 단단해졌다. 얼음 같은 바람이 자지로 곧장 불지 않도록 등을 북쪽으로 하고 서게 되지만, 그래도 딸딸이를 제대로 치려면 장갑 한 짝은 벗어야 했으며, 가끔은 장갑을 벗은 손이 너무 시려서 다시 장갑을 끼고 다른 손으로 바꾸기도 했다. 그는 여러 밤 그녀의 무덤을 찾았다.

오래된 공동묘지는 거의 사용되지 않는 도로를 따라 타운 밖으로 6마일을 나와야 했는데, 길은 숲으로 들어가 산의 서쪽 사면을 지그재그로 내려가다, 올버니로 가는 낡아 망가진 트럭 길로 흘러들었다. 묘지는 솔송나무와 스트로부스소나무로 이루어진 아주 오래된 숲으로 천천히 굽이치며 올라가는 언덕의 열린 사면에 자리잡고 있었다. 아름답고, 고요하고, 미학적으로 매력적이고, 우울할지는 몰라도 들어설 때 낙담하게 만드는 묘지는 아니었다—외려 너무 매혹적이어서 가끔 죽음과는 아무런 관계가 없는 것처럼 보일 때가 있었다. 오래된, 아주 오래된 묘지였다. 물론 근처 언덕에는 더 오래된 묘지도 몇 개 있었지만. 비스듬히 기운 부식된 묘비들은 미국의 식민지 시대 가장 초기로까지 거슬러올라갔다. 여기에 처음 사람—존 드리스컬이라는 사람이었다—이 묻힌 것은 1745년이었다. 마지막으로 묻힌 사람은 드렌카로, 그 날짜는 1993년 11월 마지막날이었다.

그해 겨울 몰아친 열일곱 번의 눈보라 때문에 로즈애나가 사륜구동 차를 몰아 서둘러 AA 모임에 가고 그만 홀로 남은 밤에도 묘지에 올라오는 것이 불가능한 날이 많았다. 하지만 제설기가 길을 내고, 날씨가 좋고, 해가 지고, 로즈애나가 사라지면 그는 셰비를 몰고 배틀마운틴 꼭대기로 올라가 묘지에서 동쪽으로 사분의 일 마일쯤 떨어진 등산로의 눈을 치운 입구에 차를 세운 다음 간선도로를 따라 묘지 입구로 가서, 손전등은 최대한 아껴가면서 쓸려온 눈 때문에 위태롭게 반들거리는 땅을 가로질러 그녀의 무덤으로 갔다. 아무리 마음이 간절해도 낮에는 절대 차를 몰고 나오지 않았다. 그녀의 두 매슈 가운데 하나와, 또 그들이 아니라도, 주의 '아이스박스' 카운티라 부르는 곳에서도 가장 추운 곳에서, 이 지역 역사상 최악의 겨울 한복판에, 망신살이 뻗친 인형극 광대가 왜 식당 주인의 기운 넘치는 부인의 유해에 예를 갖추고 있는지 궁금해할 수 있는 누군가와 마주칠까 두려웠기 때문이다. 그러나 밤에는 어머니의 유령 외에는 누구의 눈에도 띄지 않고 하고 싶은 일을 할 수 있었다.

"뭘 원하는 거야? 하고 싶은 말이 있으면……" 그러나 그의 어머니는 결코 그와 소통하지 않았다. 바로 그런 이유 때문에 그는 그녀가 환각이 아니라는 믿음에 위험할 정도로 가까이 다가가고 있었다—만일 이게 환각이라면, 그는 아주 쉽게 그녀가 말하는 것도 환각으로 꾸며내, 인형에게 생명을 부여하는 데 사용하던 그런 종류의 목소리로 그녀의 현실성을 확장할 수 있었을 것이다. 이 방문은 정신착란이라고 하기에는 너무나 규칙적이었다…… 그가 정신적으로 착란을 일으키고, 삶이 더욱더 견디기 힘들어지면서 비현실성이 점점 심해지고 있는 게 아니라면. 드렌카 없이는 정말이지 견디기 힘들었다─삶이 아예 없었다. 묘지에서가 아니고서는.

그녀가 죽고 나서 첫 4월, 이 초봄의 밤에 새버스는 그녀의 무덤에 사지를 뻗고 엎드려 그녀와 함께 크리스타에 관한 추억에 잠겼다. "네가 짜릿하게 올라가던 순간을 절대 잊지 마." 그는 흙에 대고 소곤거렸다. "네가 그 아이한테, '더, 더……' 하고 애걸하던 순간을 절대 잊지 마." 크리스타를 불러내도 그의 질투심이 악화되지는 않았다. 드렌카가 그의 품에 드러누워 있고, 크리스타가 혀끝을 드렌카의 클리토리스에 댄 채 꾸준히 압력을 유지하던 것(거의 한 시간 동안─그가 시간을 재보았다)을 기억하자 외려 상실감만 강렬해졌다. 물론 처음 셋이 함께한 직후부터 크리스타가 춤을 추려고 드렌카를 스포츠필드의 바로 데려가기 시작하기는 했다. 심지어 드렌카에게 금목걸이를 선물하기도 했다. 활동 항진 문제가 있어 곧 '재능 있는' 아이들을 위한 특수학교에 등록하게 될 아이를 돌볼 만큼 돌봐줬다고 생각한 날 아침에 주인의 보석 서랍에서 훔친 물건이었다. 그러면서 크리스타는 드렌카에게 자신이 들고 나온 것을 전부 합친 것(다이아몬드가 박힌 귀걸이 한 쌍과 반들반들하고 자그마한 다이아몬드 팔찌를 포함하여)의 값이라고 해봐야 그녀가 아이를 미리 보지도 못한 상태에서 덥석 떠맡아 하게 되었던 일에 대해 받아야 할 것의 반도 안 된다고 말했다.

크리스타는 타운 스트리트의 자신이 일하는 고급 식료품점 바로 위, 골프장 그린이 보이는 다락방에 살았다. 집세 공짜, 점심 공짜에, 추가로 주급 이십오 달러를 받았다. 두 달 동안 수요일 밤이면 드렌카와 새버스는 각자 차를 타고 크리스타와 누우러 다락에 갔다. 타운 스트리트는 어두워지면 다 문을 닫았기 때문에 그들은 뒤쪽 바깥에 있는 층계를 통해 눈에 띄지 않고 크리스타의 방으로 올라갈 수 있었다. 드렌카는 혼자 그곳으로 크리스타를 세 번 찾아갔지만, 새버스가 알면 화를 낼까 두려워 크리스타가 그들 둘에게 등을 돌리고 시골로 들어가고 나서 일 년이 지난 뒤에야 털어놓았다. 크리스타는 어시나에서 역사를 가르치는 전임강사가 세 들어 사는 농가로 들어갔는데, 그녀가 이 서른 살 여자와 연애를 시작한 건 나이든 두 사람과 그런 즉흥적인 작은 일을 벌이기 전부터였다. 어느 날부터 크리스타는 새버스의 전화를 받지 않았고, 그와 우연히 마주치자―그가 고급 식료품점 진열창을 살피는 척하고 있을 때였는데, 이 진열창은 60년대 말 팁톱 식료품회사가 시대의 열기를 수용하여 팁톱 고급 식료품회사로 바뀐 이후로 변한 적이 없었다―그녀는 화가 나서 말했다. 그녀의 입이 하도 작아져 마치 얼굴에서 뭔가가 생략된 것처럼 보일 정도였다. "앞으로는 얘기하고 싶지 않아요." "왜? 무슨 일인데?" "두 사람은 나를 착취했어요." "그건 사실이 아닌 것 같은데, 크리스

타. 누구를 착취한다는 건 자기 목적을 위해 이기적으로 이용하거나 이윤을 얻으려고 활용한다는 뜻이야. 네가 우리를 착취하지 않았듯이 우리 둘 다 너를 착취하지 않았어." "댁은 노인이에요! 나는 스무 살이고요! 댁하고는 이야기하고 싶지 않아요!" "그럼 드렌카하고도 이야기하지 않을 거야?" "나 좀 그냥 내버려둬요! 댁은 그냥 뚱뚱한 노인네에 불과하다고요!" "폴스타프*도 그랬단다, 애야. 호언장담의 유쾌한 창조자인 그 거대한 살의 언덕 같은 존 폰치 경도 마찬가지였다고! '젊은이를 오도하는 저 악당 같고 혐오스러운 자 폴스타프, 턱수염을 허옇게 기른 늙은 사탄이여'!" 그러나 그녀는 이미 가게로 들어간 뒤였고, 혼자 남은 새버스는 서글픈 표정으로―크리스타 없는 미래와 더불어―미키 중국 오리 소스 단지 두 개, 소금물에 절인 크리노스 포도잎 단지 두 개, 라 빅토리아 브랜드의 삶아 튀긴 콩 두 캔, 백스터 훈제 송어 수프 크림 두 캔을 물끄러미 바라만 보고 있었다. 그 모든 게 햇빛에 바랜 희끄무레한 종이 수의에 예쁘장하게 싸인 채 우리 모두의 갈망에 응답하듯 중앙의 받침대 위에 자리잡고 있는 병, 리 앤드 페린스 우스터셔 소스 병 주위를 둘러싸고 있었다. 그래, 새버스 자신과 마찬가지로 유물이었다. 좀 덜 ……했던 지난 시대, 좀더 ……했던 지난 시대, ……했던 지난 시대, ……한 사람들이 살던 지난 시대에 오-정말-짜릿해 하고 생각되던 것의 유물…… 멍청이! 잘못은 크리스타에게 한 번도 돈을 주지 않은 것이었다.

---

* 셰익스피어 희곡의 등장인물.

잘못은 대신 드렌카에게 돈을 준 것이었다. 그가 크리스타에게 건넨 것은—그것도 그저 처음에 문안에 발을 들여놓으려고 그런 것이었는데—그녀가 만든 퀼트를 받고 준 삼십오 달러뿐이었다. 매주 그만큼은 건넸어야 했다. 크리스타가 참여한 것은 드렌카를 미치게 만드는 재미 때문이라고, 드렌카가 짜릿하게 올라간 것이 크리스타의 급료로 충분하다고 상상했다니—멍청이! 멍청이!

새버스와 크리스타는 1989년의 어느 날 밤 그가 그녀를 집까지 태워주면서 만났다. 그는 그녀가 턱시도 차림으로 144번 도로 갓길에 나와 서 있는 것을 보고, 차를 돌려서 다시 돌아왔다. 칼을 들고 있으려면 있으라지—몇 년 더 살고 덜 사는 게 대순가? 턱시도를 입은 금발의 남자아이처럼 보이는 턱시도를 입은 금발의 여자아이를 도롯가에 엄지를 치켜든 채 홀로 서 있게 놓아두는 것은 불가능한 일이었다.

그녀는 자신이 어시나에서, 대학에서 춤을 추고 오는 길인데, 그곳에는 '뭔가 제정신이 아닌 듯이 보이는 것'을 입고 가야 한다는 말로 자신의 복장을 설명했다. 그녀는 자그마했지만 아이 같다고 할 수는 없었다—그보다는 성숙한 여자를 축소해놓은 듯하여, 아주 산뜻하고 자신만만한 분위기가 풍겼으며, 작은 입을 꼭 다물고 있었다. 독일어 악센트는 부드러웠지만 선동적이었고(새버스에게 매력적인 여자의 악센트는 다 선동적이었다), 머리는 해병대 신병처럼 짧았고, 턱시도는 그녀가 인생에서 도발적인 역할을 맡는 경향이 없지 않다는 것을 보여주었다. 그것을 제외하면 이 아이는 매우 사무적이었다. 감상도 없고, 갈망도 없고, 환상도 없고, 멍청한 행동도 없었으며, 또 이렇다 할 금기도 없다는 것에 그는 목숨이라도 걸 수 있을 것 같았다─실제로 걸었다. 새버스는 계산하고 불신하는 자그마한 독일인의 입이 풍기는 냉혹한 강인함, 빈틈없음이 마음에 들었고, 그 자리에서 가능성을 보았다. 작아 보이지만, 분명히 있었다. 그는 감탄하며 생각했다. 이타적인 태도로 더럽혀지지 않은 채, 막 커나가기 시작하는 맹수다.

그는 운전을 하면서 베니 굿맨의 카네기 홀 실황앨범을 듣고 있었다. 그와 드렌카는 144번 도로를 타고 남쪽으로 20마일 정도 더 가야 하는 보펍에서 막 헤어졌다.

"흑인들인가요?" 독일 여자아이가 물었다.

"아니. 몇 명은 흑인이지만, 대개는 백인이지요, 아가씨. 백인 재즈 뮤지션들이라오. 뉴욕 카네기 홀. 1938년 1월 16일 밤."

"거기 계셨어요?" 그녀가 물었다.

"네. 아이들을 데려갔지요, 내 어린 아이들을. 그러니까 그 아이들도 음악적으로 중대한 사건의 현장에 있었던 셈이라오. 미국이 영원히 변해버린 밤에 아이들이 내 곁에 있기를 바랐지."

그들은 함께 〈Honeysuckle Rose〉를 들었다. 굿맨의 선수들이 베이시 밴드의 멤버 여섯 명과 잼을 하고 있었다. "이건 점핀*이라오." 새버스가 그녀에게 말했다. "발 구르기 유발자라고 말하지. 발이 계속 움직이게 하거든…… 저 뒤쪽에 기타 소리 들리나? 그

---

*jumpin'. 카운트 베이시 오케스트라의 노래 제목에서 유래한 재즈 음악의 종류로. 이 말은 '활기차다'는 뜻이기도 하고 춤이나 섹스를 가리키기도 한다.

쪽 리듬 섹션이 계속 몰아가는 게 느껴져?…… 베이시. 아주 기름기가 적은 피아노 연주야…… 저기 저 기타 들리나? 그게 이걸 이끌고 있지…… 저게 흑인 음악이야. 아가씨는 지금 흑인 음악을 듣고 있는 거요…… 이제 리프*가 들릴 거야. 저게 제임스…… 이 모든 것 밑에 이 전체를 끌고 가는 저 꾸준한 리듬 섹션이 있는 거지…… 프레디 그린이 기타를 치네…… 이제 제임스. 이 친구가 저 악기를 부숴버릴 것 같은 느낌이 늘 들어—실제로 부서지는 소리를 들을 수 있소…… 이 사람들이 그냥 꿈을 꾸듯이 쌓아올리는 이 형체—이 사람들이 지금 그걸 쌓는 걸 잘 봐요…… 힘차게 라이드아웃**으로 들어가고 있어. 이제 나온다. 다들 서로 소리를 맞추고 있어…… 터뜨려. 터뜨린다…… 자, 어떻게 생각해요?" 새버스가 그녀에게 물었다.

"만화에 나오는 음악 같은데요. 있잖아요, 텔레비전에 나오는 아이들 만화."

"그래?" 새버스가 말했다. "그래도 이게 당시에는 화끈하게 여겨지던 거요. 예전의 순수한 생활방식—어디를 둘러봐도, 여기 우리의 잠든 마을을 제외하면," 그는 턱수염을 쓰다듬으며 말했다. "세상은 그런 생활방식과 전쟁을 벌이고 있지. 그런데 아가씨, 매더매스카폴스에는 어쩐 일로 왔소?" '시간의 할아버지'***가 아주 쾌활한 목소리로 물었다. 그것을 연기할 다른 방법은 없다.

---

* 반복 악절.

** 마지막에 열광적으로 하는 합주.

*** 시간을 의인화한 가상의 존재.

그녀는 뉴욕에서 얻은 오페어 일자리가 따분했다고 말했다. 이 년째가 되자 그 아이를 더 견딜 수가 없어 그냥 어느 날 짐을 싸서 뛰쳐나왔다고. 매더매스카폴스는 눈을 감고 손가락으로 지도에서 북동부의 아무 곳이나 찍어서 골랐다. 매더매스카폴스는 지도에 나오지도 않았지만, 차를 얻어 타고 골프 코스 옆의 신호등까지 와서, 커피를 한잔하려고 고급 식료품점에 들렀으며, 그곳에서 근처에 일자리가 있느냐고 물었다가 바로 그 자리에서 일을 얻을 수 있었다. 그후로 지금까지 다섯 달 동안 이 신사의 잠든 마을이 그녀의 집이 되었다.

"뉴욕에서 아이 보는 일로부터 도피한 것이로군."

"미칠 것 같았어요."

"또 무엇으로부터 도피하고 있소?" 그는 물었다. 하지만 가볍게, 가볍게, 전혀 캐묻지 않는 방식으로.

"나요? 도피하는 거 없는데. 그냥 인생을 맛보려는 것뿐이에요. 독일에서는 나한테 모험이랄 게 없거든요. 모르는 게 없고 어떻게 돌아가는지도 다 알아요. 여기에서는 고향에 있었다면 절대 일어나지 않았을 일들이 생겨요."

"외롭지는 않고?" 착하고 사려 깊은 남자가 물었다.

"당연하죠. 외로워요. 미국인하고 우정을 나누는 건 어려워요."

"그래요?"

"뉴욕에서는 그래요. 당연하죠. 거기서는 사람을 이용하려고 하거든요. 가능한 모든 방법으로. 그게 그 사람들 머리에 떠오르는 첫번째 생각이에요."

"그 말을 들으니 놀랍네. 뉴욕 사람들이 독일 사람보다 나쁘다? 사람마다 달리 보겠지만 역사는 다른 이야기를 하는 것 같은데."

"오, 아니죠, 그건 분명히 아니죠. 어쨌든 또 냉소적이에요. 뉴욕에서는 진짜 동기는 감추고 다른 동기를 이야기해요."

"젊은 사람들이?"

"아뇨, 대부분 나보다 나이가 많죠. 이십대들이요."

"상처를 받았소?"

"네, 그럼요. 하지만 아주 친근하기도 해요―'안녕, 어떻게 지내? 만나서 정말 좋아.'" 그녀는 어벙한 미국인을 흉내내는 것을 즐겼고 그도 즐거워하며 웃음을 터뜨렸다. "그 사람을 알지도 못하면서 말이에요. 독일은 아주 달라요." 그녀가 그에게 말했다. "여기서는 정말 그렇게 친절하게 굴어요―하지만 가짜예요. '어이, 안녕, 어떻게 지내?' 그래야만 해요. 미국식이죠. 난 여기 왔을 때는 아주 순진했어요. 열여덟이었죠. 나는 많은 사람들과 마주쳐요. 모르는 낯선 사람들. 커피를 마시러 나가요. 낯선 사람으로 등장할 때는 순진해질 수밖에 없어요. 물론 배우죠. 당연히 배워요."

트리오―베니, 크루파, 테디 윌슨의 피아노. 〈Body and Soul〉. 매우 꿈꾸는 듯하고, 아주 춤을 추기 좋고, 그냥 사랑스러웠다, 크루파의 엄지 셋을 들어올릴 만한 피날레에 이르기까지 쭉. 모티는 크루파의 현란한 솜씨가 늘 이놈의 걸 망친다고 생각했지만. "그냥 스윙하게 둬야지." 모티는 말하곤 했다. "크루파는 굿맨에게 벌어진 최악의 사태야. 너무 중뿔나." 미키는 학교에서 이것을 자신의 의견인 양 되풀이하곤 했다. 모티는 또 이렇게 말했다. "베니는 전혀 주저하지 않고 곡의 반을 차지해버려." 미키는 그것 도 되풀이했다. "아름다운 클라리넷 연주자야. 따라갈 사람이 없 어." 이것도 되풀이했다…… 그는 혹시나 이것이, 심야의 울적함 을 유도하는 박자와 굿맨의 연주 속 그 교묘하고 횃불 같은 무언 가가 이 독일 아이를 부드럽게 누그러뜨리지나 않을까 하여, 삼 분 동안 그녀에게 아무 말도 하지 않았다. 두 사람은 〈Body and Soul〉의 유혹적인 일관성을 따라 나무가 우거진 언덕의 어둠을 뚫고 계속 달려갔다. 길에는 다른 누구도 없었다. 이 또한 유혹적 이었다. 그는 그녀를 어디로도 데려갈 수 있었다. 시어숍 코너에 서 방향을 틀어 그녀를 배틀마운틴으로 데려가 턱시도를 입은 모 습 그대로 목 졸라 죽일 수도 있었다. 오토 딕스의 그림. 마음이 맞는 독일에서는 안 그럴지 모르지만 냉소적이고 사람을 이용하 는 미국에서 그녀는 그런 턱시도를 입고 나서서 위험을 무릅쓰고 있었다. 아니, 나보다 좀더 미국적인 저 미국인들 가운데 한 명에 게 걸렸더라면 그렇게 되었을 거야.

"〈The Man I Love〉야." 마치 쇼스타코비치인 양 거슈인을 연 주하는 윌슨. 분위기를 탄 햄프의 불가사의한 섬뜩함. 1938년 1월. 나는 얼마 있으면 아홉 살이고, 모티는 이제 곧 열네 살이다. 겨 울. 매케이브 애비뉴 해변. 모티는 방과후에 텅 빈 해변에서 나한 테 원반 던지는 법을 가르쳐주고 있다. 끝도 없이.

"어떻게 상처를 받았는지 물어봐도 될까?" 새버스가 말했다.

"예쁘고 개방적이고 방실방실 웃으면 옆에 있어주지만, 무슨 문제라도 생기면, '나아지면 다시 와'예요. 뉴욕에서 진짜 친구는 거의 없었어요. 대부분은 쓰레기였어요."

"그런 사람들은 어디에서 만났는데?"

"클럽에서요. 밤에 클럽에 가거든요. 일에서 벗어나려고. 정신을 다른 데로 돌리려고. 하루종일 애하고 있다보니…… 으으으으으. 견딜 수가 없지만, 그래도 그 덕분에 뉴욕에 가게 된 거니까. 그냥 내가 아는 사람들이 오는 클럽에 가곤 했어요."

"클럽? 나는 잘 모르는 세계로군. 클럽이 뭐요?"

"음, 내가 가는 클럽이 하나 있어요. 공짜로 들어가죠. 나는 술을, 티켓을 얻을 수 있어요. 그건 걱정할 필요 없죠. 그냥 나타나면 돼요. 한 일 년 거길 다녔어요. 늘 똑같은 사람들이 오죠. 이름도 모르는 사람들. 클럽에서 부르는 이름이 있어요. 그 사람들이 낮에 뭘 하는지는 전혀 몰라요."

"그 사람들이 클럽에 뭘 하러 오는데?"

"즐거운 시간을 보내러."

"실제로 보내나?"

"그럼요. 내가 가는 데는 층이 다섯 개가 있어요. 지하실은 레게라서, 거기엔 흑인들이 오죠. 다음 층은 댄스음악, 디스코예요. 여피들은 디스코가 나오는 층에 머물러요. 그런 사람들은. 그리고 테크노가 있고, 또 테크노가 더 있어요―기계가 만드는 음악 말이에요. 그냥 춤을 추게 만드는 소리예요. 조명이 사람을 미치게 만들 수 있죠. 하지만 그건 그 음악이 아주 좋다고 느끼게 되기 때문이에요. 그래서 춤을 춰요. 서너 시간 동안 춤을 춰요."

"누구하고 추는데?"

"사람들은 그냥 서서 혼자 춤을 춰요. 명상 같은 거예요. 중심이 되는 큰 판에는 모두가 섞여 있어요. 혼자 서서 춤을 추는 모두가."

"흠, 〈Sugarfoot Stomp〉를 들으면서는 혼자 춤을 출 수 없지. 들려요?" 새버스가 말했다. 온화한 표정으로 싱글거리고 있었다. "〈Sugarfoot Stomp〉에는 린디를 춰야 하는데, 린디는 다른 사람과 함께 춰야 하니까. 이걸 들으면 지르박*을 춰야 한다우, 아가씨."

"네." 그녀가 예의바르게 말했다. "아주 아름답네요." 노인에 대한 존중. 이 냉담한 아이에게도 사실 착한 면이 있다.

"약은 어떻소—클럽에서?"

"약이요? 네, 있죠."

〈Sugarfoot Stomp〉 때문에 좆도 망쳐버렸다. 그녀를 완전히 소외시켰고, 심지어 그가 전혀 위협적이지도 않고 겁도 주지 않는 늙고 고루한 사람이라는 것을 지나치게 강조하여 그녀의 혐오감마저 불러일으키고 말았다. 그녀에게서 스포트라이트를 빼앗아버리고 말았다. 하지만 사실 해야 할 올바른 일이란 것이 결코 존재하지 않는 상황이었다. 지칠 줄 모르는 인내심을 가져야 한다는 사실을 기억하는 일을 제외하면. 일 년이 걸리면 걸리는 거지.

---

* 지르박은 1940년대에 유행하던 빠른 춤이고 린디는 지르박의 한 종류로 매우 격렬한 춤이다.

그냥 일 년 더 살기를 기대하는 수밖에 없다. 이건 접촉이다. 그걸 즐겨라. 아이를 다시 약으로 돌려보내라. 자신에게로, 클럽에서 찾는 삶의 의미로 돌아가게 해라.

그는 테이프를 껐다. 놔두었으면 그녀가 듣게 되었을 것은 엘먼의 클레츠머 트럼펫이 기름기가 줄줄 흐르게 연주하는 〈Bei Mir Bist Du Sheyn〉이었고, 아마 그녀는 달리는 차에서 뛰어내렸을 것이다. 심지어 사방에 아무것도 없는 이런 곳이라 해도.

"무슨 약? 어떤 약?"

"마리화나." 그녀가 말했다. "코카인. 이런 약도 있어요, 헤로인하고 코카인을 섞은 거. 그걸 '스페셜 K'라고 불러요. 드래그퀸*들이 정말로 맛이 가려고 할 때 먹는 거예요. 아주 재미있어요. 그 사람들은 춤을 추죠. 매혹적이에요. 게이들의 판이죠, 분명히. 라틴아메리카계도 많고요. 푸에르토리코 남자들. 흑인 남자도 많아요. 많은 수가 어린아이들이에요, 열아홉, 스물 정도. 오래된 노래들을 립싱크하는데 모두 메릴린 먼로처럼 차려입어요. 많이 웃게 돼요."

"아가씨는 어떤 옷을 입었는데?"

"나는 검은 드레스를 입었어요. 꼭 끼는 긴 드레스. 목이 깊이 파인 거. 코에는 링. 긴 점보 속눈썹. 큰 플랫폼 슈즈. 모두 서로 끌어안고 서로 키스하고. 하는 일이라곤 밤새도록 파티를 하고 춤을 추는 것뿐이죠. 자정에 거기를 가요. 세시까지 있어요. 그게 내

---

* 주로 예술, 유희 등의 목적으로 여자 차림을 하는 남자.

가 아는 뉴욕이에요. 미국이에요. 그게 다예요. 나는 더 봐야겠다고 생각했어요. 그래서 여기로 오게 돼요."

"아가씨가 이용을 당했기 때문에. 사람들이 아가씨를 이용해서."

"그 이야기는 하고 싶지 않아요. 그냥 모든 게 무너져버렸어요. 결국은 돈이죠. 나는 친구가 있다고 생각했는데 나를 이용하는 친구가 있었던 거예요."

"그래? 정말 끔찍하구려. 아가씨를 어떻게 이용했는데?"

"오, 그 여자와 함께 일을 했는데 내가 받아야 할 돈의 반만 주더라고요. 그 여자를 위해 일을 많이 했는데. 나는 이 사람이 내 여자친구 가운데 하나라고 생각했어요. 그래서 말했죠. '돈 문제로 나를 속였잖아. 어떻게 나한테 이럴 수 있어?' '어머, 알았어?' 그 여자는 그러더군요. '하지만 돈을 갚을 수는 없어.' 그래서 그 여자하고는 두 번 다시 말을 하지 않았어요. 하지만 뭘 기대할 수 있겠어요. 미국식인걸. 다음엔 대비를 해야죠."

"그렇고말고. 그 사람은 어떻게 만난 거요?"

"클럽 판에서요."

"고통스러웠소?"

"너무 바보 같다는 느낌이었어요."

"뭘 했는데? 무슨 일을 한 거요?"

"클럽에서 춤을 췄어요. 나의 과거죠."

"과거가 있기에는 젊은데."

"무슨 말씀을." 아이는 말하더니 자신의 소녀답지 않은 조숙함에 큰 소리로 웃음을 터뜨렸다. "나도 과거가 있단 말입니다."

"과거가 있는 스무 살 아가씨라. 이름이 뭐요?"

"크리스타."

"나는 미키요. 하지만 여기 남자애들은 나를 컨트리라고 부르지."

"안녕, 컨트리."

"대부분의 스무 살짜리 여자아이들은 아직 인생을 시작도 안 했는데."

"그건 미국 애들 얘기고요. 나는 미국 여자친구는 사귄 적이 없어요. 남자는, 물론 있고요."

"여자들을 만나는 게 모험의 핵심이오?"

"네, 여자친구들을 만나고 싶어요. 하지만 대부분은 나이가 나보다 많은 여자들이에요. 있잖아요, 어머니 같은 유형들. 그건 괜찮아요. 하지만 내 또래 여자아이들? 잘 풀리지가 않아요. 그냥 애들이에요."

"그러니까 크리스타한테는 어머니 유형이 맞는구면."

"그런 것 같아요." 아이는 말하더니, 다시 웃음을 터뜨렸다.

시어숍 코너에서 그는 배틀마운틴으로 올라가는 쪽으로 방향을 틀었다. 인내를 충고하는 목소리는 그의 귀를 파고드는 데 어려움을 겪고 있었다. 어머니 유형. 그는 그녀가 빠져나가게 놔둘 수 없었다. 평생 새로 발견한 것이 그냥 빠져나가게 놔둘 수 있었던 적이 없었다. 유혹의 핵심은 집요함이다. 집요함, 예수회 사람의 이상理想. 압력이 집요하기만 하다면 여자의 팔십 퍼센트는 엄청난 압력에 굴복하기 마련이다. 수도사가 하느님에게 헌신하듯 씹질에 헌신해야 한다. 남자들은 대부분 스스로 더 다급한 관심사로 규정하는 것의 가장자리에 씹질을 집어넣을 수밖에 없다. 돈, 권력, 정치, 패션, 또 뭐가 될지 알 수 없는 것―가령 스키 타기의 가장자리에. 하지만 새버스는 자신의 삶을 단순화하여 다른 관심사들을 씹질 주위에 집어넣었다. 니키는 그에게서 달아났고, 로즈애나는 그에게 질렸으나, 전체적으로 보아 그의 키의 남자치고는 참말로 들리지 않을 정도로 성공을 거두어왔다. 육십대에 들어서서도 여전히 거기에 달려들고 있는 고행자 미키 새버스. '씹질의 수도사'. '간통의 복음주의자'. 하느님의 더 큰 영광을 위하여.*

"클럽에서 춤을 추는 건 어땠소?"

"그건―무슨 말을 할 수 있을까요? 마음에 들었어요. 나 자신의 호기심을 위해 해야만 하는 일이었어요. 모르겠어요. 나는 그냥 인생의 모든 걸 해봐야만 해요."

"그걸 얼마나 오래 했지?"

"오, 그 얘긴 하고 싶지 않아요. 난 모든 사람의 충고에 귀를 기울이고, 그런 다음에는 나가서 나 자신의 일을 해요."

그는 말을 멈추었고, 차는 계속 달려갔다. 그 정적 속에서, 그 어둠 속에서 모든 숨이 사람을 살아 있게 하는 것으로서 그 중요성을 드러냈다. 그의 목적은 분명했다. 그의 자지는 딱딱했다. 그는 자동조종장치에 의해 움직이고 있었다. 흥분하고 의기양양해서, 별이 빛나는 산꼭대기를 덮은 야간의 습기를 향해 횃불을 앞

---

*Ad majorem Dei gloriam. 예수회의 모토.

세우고 올라가는 행렬에 들어선 것처럼 자신의 전조등 뒤를 따라 갔다. 산꼭대기에는 빳빳한 좆대가리를 난잡하게 숭배하려는 제전 참가자들이 이미 모여들고 있었다. 나체 권장.

"보세요, 우리 길을 잃은 건가요?" 아이가 물었다.

"아니."

산을 반쯤 오르자 그녀는 자신의 침묵을 더는 견딜 수 없었다. 그래, 완벽하게 연기했다. "나는 사적인 파티에서 접대 일을 더 했어요, 혹시 알고 싶으실까봐. 총각 파티에서요. 한 일 년 동안. 내 여자친구하고. 하지만 그런 다음에는 어차피 함께 쇼핑을 하러 가서 돈을 다 써버리죠. 이런 일을 하는 여자애들은 아주 외로워요. 겪은 게 많기 때문에 말도 고약하죠. 난 그냥 걔들을 보다가 이렇게 말해요. '오, 맙소사, 나는 너무 어리구나. 여기서 벗어나야겠다.' 내가 그걸 한 이유는 돈을 위해서였죠. 그런데 속았어요. 하지만 거긴 뉴욕이에요. 어쨌든, 난 기분전환이 필요했어요. 다른 일을 하며 시간을 보내고 싶어요, 사람들을 상대하는 일. 그리고 자연이 그리워요. 독일에서 나는 부모님이 이혼하기 전까지 작은 마을에 살던 아이였어요. 자연, 그리고 평화로운 모든 게 그리워요. 인생에는 돈 말고도 많은 게 있어요. 그래서 난 여기에 살러 왔어요."

"그래서 여기는 어떻소?"

"훌륭해요. 알고 보니 사람들이 아주 친근하더라고요. 아주 좋아요. 여기서는 외부인이란 느낌이 들지 않아요. 그건 좋은 일이죠. 뉴욕에서는 어디를 가나 사람들이 나를 꼬시려고 해요. 늘 그런 일이 벌어져요. 그게 뉴욕 사람들이 아주 좋아하는 일이에요. 하지만 내가 저리 꺼지라고 하면 꺼져요. 난 그런 상황을 아주 잘 처리해요. 핵심은, 두려움을 보이지 않는 거예요. 난 널 무서워하지 않는다. 뉴욕 사람들은 좀 이상해질 수가 있어요. 하지만 여긴 안 그래요. 여기서 난 편안해요. 이제 미국이 맘에 들어요. 심지어 조각보 깁기도 해요." 그녀는 낄낄거렸다. "내가요. 난 진짜 미국인이에요. 퀼트를 만들어요."

"어떻게 배웠소?"

"책에서 읽었어요."

"흠, 나는 퀼트를 아주 좋아하오. 퀼트를 수집하지." 새버스가 말했다. "언제 해놓은 걸 보고 싶군요. 나한테 하나 팔 수 있소?"

"팔아요?" 그녀는 이번에는 기운차게 웃음을 터뜨렸다. 그녀보다 나이가 두 배 많은 술꾼처럼 약간 쉰 목소리로 웃음을 터뜨렸다. "뭐 어때? 그러죠, 팔게요, 컨트리. 자기 돈 자기가 쓰는 거니까."

그도 웃음을 분출했다. "맙소사, 진짜 길을 잃었군!" 그는 급하게 유턴을 해서 십오 분 뒤 그녀를 고급 식료품점 위층, 그녀가 사는 곳에 데려다주었다. 가는 내내 그들은 공통 관심사에 관해 활기차게 이야기를 나누었다. 상상도 할 수 없는 일로 보일지 모르지만, 간극은 메워졌다―반감은 증발하고, 친밀감이 형성되고, 약속이 잡혔다. 퀼트. 미국식.

"고마워요." 늦은 커플이 일어나 옷을 입고 집에 갈 시간이 되자 드렌카는 크리스타에게 말했다. "고마워." 그녀의 목소리는 희미하게 떨렸다. "고마워 고마워 고마워……" 그녀는 크리스타를 다시 품에 안고 아기를 다루듯 몸을 흔들었다. "고마워 고마워." 크리스타는 드렌카의 젖가슴 각각에 살며시 입을 맞추었다. 드렌카의 품으로 바싹 파고드는 아이의 작은 입이 젊음이 넘치는 따뜻한 미소로 부서졌다. 아이는 눈을 크게 뜨면서 소녀처럼 말했다. "스트레이트*인 여자들도 많이들 이걸 좋아해요."

　새버스는 이날 저녁 일을 주모했고 드렌카가 참가의 대가로 요구한 돈도 주었지만, 드렌카가 문을 두드리고 그가 그녀를 다락방으로 들어오게 해준 순간부터 자신은 대체로 불필요한 존재가 되었다는 것을 알았다. 그는 한 달 정도 섬세하게 외교 활동을 했어도 마지막 한 가닥까지 계속 협상을 할 필요가 있을지 모른다고 생각하여 먼저 와 있었다. 이 노력에는 무엇 하나 작은 것이 없었으며, 그러고도 여전히 크리스타가 얼마나 믿음직한지 자신할 수가 없었다—그녀는 매더매스카폴스에서도 여전히 유럽식 의심을 완전히 씻어내지 못했고, 새버스의 희망과 달리 좀더 이타적인 관점이 발전하고 있다는 고무적인 표시는 하나도 찾아볼 수 없었기 때문이다. "드렌카," 그는 문을 열고 그녀를 맞아들이며 말했다. "여기는 내 친구 크리스타." 드렌카는 고급 식료품점 진열창을 통해서만 크리스타를 보았음에도—새버스의 제안에 따라 그 앞을 몇 번 어슬렁거렸다—꼭 끼는 찢어진 청바지에 눈 색깔과 어울리는 보랏빛 색조의 스팽글이 달린 벨벳 재킷 차림으로 중고 소파에

---

* 이성애자.

앉아 있는 크리스타에게 곧장 다가갔다. 드렌카는 맨바닥에 무릎을 꿇고 머리카락을 바싹 자른 크리스타의 머리를 두 손으로 잡더니 그녀의 입에 강하게 키스했다. 드렌카가 크리스타의 재킷 단추를 풀고 크리스타가 드렌카의 실크 블라우스를 벗기고 푸시업 브라를 걷어내는 속도에 새버스는 깜짝 놀랐다. 하긴 드렌카의 대담함에는 늘 깜짝 놀라고 있었지만. 그는 뜸들이기가 필요할 거라고 생각하고 있었다─자신의 감독하에 이야기하고 농담을 나누고 마음이 오가는 대화를 하고, 어쩌면 심지어 크리스타의 따분한 퀼트까지 훑어보면서 둘이 서로 편안해질 필요가 있을 거라고. 그러나 실제로는 핸드백에 들어간 오백 달러 때문에 대담해진 드렌카가, 그녀의 표현대로, '그냥 창녀처럼 들어가서 해치우게' 되었다.

나중에 드렌카는 크리스타에 관하여 온갖 찬사를 늘어놓았다. 새버스가 그녀를 타운 스트리트 뒤쪽에 주차해놓은 그녀의 차까지 태워다주는 동안 그녀는 숭배하는 표정으로 그의 자리를 향해 몸을 기울이고 그에게 들러붙어 턱수염에 입을 맞추고 목을 핥았다─마흔여덟 살이나 먹은 여자가 막 서커스를 구경하고 돌아온 아이처럼 흥분해 있었다. "레즈비언에게는 어떤 사랑의 느낌이 있는데, 그걸 내가 그 아이한테서 받았어. 여자 몸을 만지는 방법에서 그 아이는 아주 큰 경험을 해왔어. 그리고 그 키스! 그 아이는 여성의 몸을 알고, 어떻게 애무할지, 어떻게 키스할지, 어떻게 내 피부를 만지고 내 젖꼭지를 단단하게 만들고 젖꼭지를 빨지 알아. 그리고 그 애정이 담긴, 베풀 줄 아는, 아주 성적인 방법. 정말 남자 같아. 그애가 그런 에로틱한 전율을 느끼게 해주는 바람에 난 아주 뜨거워졌어. 내 몸을 어떻게 만져야 하는지 그렇게 정확하게 알다니. 남자들이 가끔 알게 되는 것보다 거의 더 우월하다고 할 수 있어. 내 씹에서 작은 단추를 찾아내고, 내가 짜릿하게 올라가는 데 딱 필요한 시간만큼 그걸 쥐고 있다니. 그리고 나한테 키스하기 시작했을 때—그러니까, 아래로 내려가서 나를 빨아줬을 때—혀로 정확한 곳에 정확한 압력을 가하는 기술…… 오, 정말 흥분됐어."

그 또한 침대 위에서, 불과 몇 인치 떨어진 곳에서, 첫 외과수술 과정을 관찰하는 의대생처럼 모든 움직임을 따라가며 즐거운 시간을 보냈다. 한번은 크리스타가 근육질의 혀를 드렌카의 두 허벅지 사이에 박은 채 바이브레이터를 찾아 손으로 시트 위를 더듬는 것을 보고 도움을 주기까지 했다. 크리스타는 미리 바이브레이터 세 개를 침대 옆 탁자에서 꺼내놓았고—길이가 3인치에서 6인치에 이르는 상아색 바이브레이터들이었다—새버스는 그 가운데 하나, 가장 긴 것을 찾아, 방향을 정확하게 잡아서 아이의 뻗은 손에 놓아줄 수 있었다. "그러니까, 나는 전혀 필요하지 않았군." 그가 말했다. "오, 아니지. 다른 여자를 갖는 게 아주 멋지고 흥분되는 일이기는 하지만," 나중에 드러났듯이 드렌카는 거짓말을 하고 있었다. "그 아이하고 단둘이 해야만 하는 건 원치 않을 것 같아. 그래서는 달아오르지를 않아. 나는 자지가, 나를 몰아칠 남성의 흥분이 있어야만 해. 하지만 젊은 여자의 몸이 아주 에로틱하다는 건 확실하게 알게 됐어. 그 아름다움, 동그스름한 곡선, 작은 젖가슴, 그 아이 몸의 형태, 그 냄새, 그 부드러움, 그리고 나도 그 아이 씹으로 내려갔을 때, 그 씹도 정말이지 아주 아름답다는 걸 알게 됐어. 나는 그렇게 거울로 보는 건 생각도 못했을 거야. 올라갈 때 자기를 보면 창피하잖아. 자기 성기를 보면 미적 관점에서 받아들일 만하지가 않잖아. 하지만 이런 환경에서는 그 전부를 볼 수 있어. 나도 이 신비한 분위기의 한 부분을 이루고 있는 거긴 하지만, 나에게는 불가사의야, 완전한 불가사의."

◆ ◆ ◆

드렌카의 무덤은 독립전쟁 이전의 돌담과 한 줄로 늘어선 거대한 단풍나무들로부터 40피트쯤 떨어진 언덕 기슭 근처에 있었다. 돌담과 단풍나무는 산꼭대기 너머로 구불구불 이어지는 아스팔트 길로부터 묘지를 구분하는 울타리 노릇을 했다. 새버스가 그곳에서 상실을 슬퍼하던 이 몇 달 동안 전조등을 번쩍이고 덜거덕거리면서 지나간 차량—소리로 판단하건대 픽업트럭이었다—은 아마 여섯 대 정도였을 것이다. 그의 주위에 묻혀 있는 자들처럼 도로에서 눈에 띄지 않으려면 무릎을 꿇기만 하면 그만이었고, 사실 이미 무릎을 꿇고 있는 때가 많았다. 밤에 묘지를 찾아오는 사람은 지금까지 그 자신 외에 단 한 명도 없었다—해발 1800피트의 외딴 시골 묘지는 봄이라 해도 어두워진 뒤에 배회할 곳으로 여겨지지 않았다. 새버스는 무덤을 찾던 첫 몇 달 동안에는 묘지 너머에서 나는 소리—배틀마운틴에 많이 사는 사슴들의 소리—때문에 심하게 가슴이 두근거렸고, 시야 가장자리에서 묘비들 사이를 빠르게 움직이는 것을 보았다고 확신하는 일이 잦았는데, 그것이 그는 어머니라고 믿었다.

처음에는 자신이 이렇게 자주 찾아오게 될 줄 몰랐다. 그러다가 무덤을 내려다보면서 땅을 뚫고 드렌카를 보게 될 줄은, 그녀가 관 안에서 스타킹 맨 윗부분이 가터벨트의 띠와 결합되는 그 자극적인 위도까지 드레스를 들어올리는 것, 그래서 그녀의 흰 살을, 어렸을 때 보든이 배달해주던 우유병 맨 위의 크림 층을 늘 떠올리게 하던 그녀의 흰 살을 다시 한번 보게 될 줄은 상상도 못했다. 육욕적인 생각들을 미처 예상하지 못하다니 어리석었다. "내 아래로 내려와." 그녀는 새버스에게 말했다. "나를 먹어, 컨트리, 크리스타가 그랬던 것처럼." 그러면 새버스는 무덤에 몸을 던지고 흐느꼈다. 정작 장례식 때는 흐느끼지도 못했으면서.

이제 드렌카가 영원히 가버리자, 새버스는 자신이 씹에 미쳐 제정신이 아닌 애인이었을 때도, 그러니까 드렌카가 그와 함께 놀고 함께 씹을 하고 함께 음모와 계략을 꾸미는, 단순히 기분전환을 위해 탐닉할 수 있는 존재가 되기 전에도, 에로틱한 면은 사라져버린 술꾼 로즈애나가 주는 고통스럽기 짝이 없는 권태를, 죽이 맞는다는 면에서는 창녀촌 밖에서 알았던 어떤 여자와도 비교할 수 없는 여자와의 결혼생활로 바꿀 생각을 하지 못했다는 것이 믿을 수 없는 일로 여겨졌다. 관습적이면서도 무엇이든 할 여자. 자신의 오만으로 그의 오만에 도전할 만큼 전사 기질이 있는 존경할 만한 여자. 그런 여자는 전국을 통틀어 백 명이 안 될 터였다. 미국 전체에서 쉰 명이 안 될 터였다. 그런데도 그는 몰랐다. 십삼 년 동안 그녀의 블라우스를 위에서 내려다보거나 치마를 밑에서 올려다보는 게 한 번도 지겹지 않았는데도, 그는 전혀 몰랐다!

하지만 이제 그 생각이 그를 풀어놓았다—스캔들로 도시를 오염시킨 자, 호색한 새버스가 이렇게 곧이 곧대로인 감정이 홍수처럼 밀려오는 것에 어쩔 줄 모른다고는 아무도 믿지 않을 것이다. 그는 발작을 일으키듯 뜨겁게 자신을 놓아버렸고, 그 뜨거움은 11월의 몹시 추운 장례식 날 아침 그녀의 남편이 보여주던 뜨거움조차 뛰어넘는 것이었다. 주 경찰관 차림의 젊은 매슈는 묵묵히 억제하고 있는 이를 악문 분노 외에는 아무런 감정을 드러내지 않았다. 양심을 가진 경찰관으로서 가장 격렬한 충동을 능숙하게 관리하고 있었다. 마치 어머니가 끔찍한 병이 아니라 사이코패스가 저지른 폭력으로 죽었고, 그는 장례식이 끝나기만 하면 나가서 범인을 찾아내 조용히 잡아넣을 것 같았다. 드렌카는 늘 매슈가 길에 나가 그러는 것처럼 아들로서 아버지에게도 그 감탄할 만한 자제력을 보여주기를 바랐다. 그녀가 그에게 얘기해주는 바에 따르면, 매슈는 어떠한 도발에도 절대 당황하거나 자제력을 잃지 않았다. 드렌카는 매슈가 자신에 관해 그녀에게 자랑하는 것은 무엇이든, 새버스에게 매슈의 말 그대로 천진하게 옮겨주었다. 그녀가 아들의 성취에 기뻐하는 것은, 새버스가 보기에, 그녀에게서 가장 매력적인 부분은 아닐지 몰라도 단연 가장 순수한 면이었다. 어느 한 인물에게 그런 극단적인 양극성이 존재할 수 있을 것이라고 생각하지 못할 수 있는데—거짓을 모르는 순진한 소녀라면—인간 모순의 열렬한 팬인 새버스는 금기에서 자유롭고 전율을 추구하는 드렌카가 법이 흠 없이 집행되는 것을 삶에서 가장 진지한 일로 보는 아들을, 경찰이 아닌 사람은 완전히 불신하게 되어 이제 경찰 외에는 친구가 없다고 그녀에게 설명하는 아들을 무척이나 숭배한다는 것에 홀려 종종 그 자리에 얼어붙었다. 매슈는 아직 경찰학교를 갓 졸업한 신출내기였을 때 어머니에게 말하곤 했다. "있잖아, 내가 대통령보다 힘이 더 세. 왠지 알아? 나는 사람들의 권리를 빼앗을 수 있거든. 자유의 권리 말이야. '너를 체포한다. 너는 곤란해졌다. 네 자유는 사라졌다.'" 매슈가 그렇게 열심히 시키는 대로 하게 된 것은 이 모든 힘에 대한 책임감 때문이었다. "그 아이는 절대 당황하지 않아." 그의 어머니는 새버스에게 말했다. "다른 경찰관이 툴툴거리면, 용의자를 이렇게 저렇게 욕하면, 매슈는 그 경찰한테 말해. '그럴 가치가 없어. 그러다 너 자신이 곤란해져. 우리는 해야 할 일을 하고 있을 뿐이야.' 지난주에 어떤 남자를 데려왔는데, 순찰차에 발길질을 하고 난리였대. 그런데도 매슈는 말했어. '하고 싶은 대로 하라고 해, 자기만 곤란해질 뿐이니까. 저자한테 소리를 지르고 저자한테 욕을 퍼붓는다고 해서 우리가 뭘 증명하겠어? 죄다 저자가 법정에서 써먹을 수 있는 게 될 뿐이야. 저자가 나쁜 짓을 하고도 빠져나올 수 있는 이유를 하나 더 줄 뿐이지.' 매슈는 그런 자들이 욕을 할 수 있고, 뭐든 하고 싶은 대로 할 수 있다고 말해—하지만 그자들은 수갑을 찼어. 상황을 통제하는 건 매슈야. 그들이 아니라. 매슈는 말해, '그자는 내가 자제력을 잃게 하려고 해. 실제로 자제력을 잃는 경찰이 있고. 그자들한테 소리를 지르기 시작하지—하지만 왜, 엄마? 뭐 때문에 그래?' 매슈는 그냥 가만히 그 자들을 잡아넣어."

　매더매스카폴스치고는 장례식에 모인 사람들 수가 엄청났다. 타운의 친구들과 과거와 현재의 여관 직원들을 비롯하여, 드렌카가 오랜 세월에 걸쳐 우아하고 기운찬 여주인으로서 상대했던 손님 수십 명이 뉴욕으로부터 올라오고, 프로비던스와 포츠머스와 보스턴에서 안쪽으로 들어왔다―그리고 손님들 가운데는 그녀가 씹을 했던 남자들이 많았다. 각 남자의 얼굴에 드러난 상실과 슬픔의 초췌한 표정이 새버스의 눈에는 분명하게 보였다. 그 자신은 군중 뒤에서 그들을 관찰하는 쪽을 택했다. 누가 에드워드일까? 누가 토머스일까? 누가 패트릭일까? 저 키가 아주 큰 작자는 분명 스콧일 거다. 새버스가 있는 곳에서 그리 멀지 않은 곳에, 역시 관으로부터 최대한 멀리 떨어진 뒤쪽에 배럿, 블랙월 출신의 젊은 새 전기공이 있었다. 블랙월은 바로 북쪽의 볼품없는 타운으로 끈기 있는 선술집 다섯 곳과 주립 정신병원이 자리잡고 있었다. 새버스는 공교롭게도 배럿의 픽업 뒤에 붙어 혼잡한 묘지 주차장으로 들어가게 되었다―트럭의 뒷문을 가로질러 "배럿 전기회사 '당신의 쇼트를 고칩니다'"라는 말이 적혀 있었다.

　꽁지머리에 멕시코식 콧수염을 자랑하는 배럿은 임신한 부인 옆에 서 있었다. 부인은 꾸러미를 안고 있었는데 그들의 아주 작은 아기였다. 부인은 대놓고 울어댔다. 일주일에 두 번, 배럿 부인이 차를 몰고 밸리에 있는 보험회사로 비서 업무를 보러 내려가면, 드렌카는 차를 몰고 저수지를 지나 블랙월로 올라가 배럿 부인의 남편과 목욕을 하곤 했다. 배럿은 그날 전혀 좋아 보이지 않앗는데, 어쩌면 양복이 꼭 끼어서일 수도 있고, 입을 외투가 없어 얼어죽을 것처럼 추웠기 때문일 수도 있었다. 그는 예배가 끝나면 린치를 당할 위험에 처하기라도 한 것처럼 쉬지 않고 무게중심을 긴 두 다리에 번갈아 옮겨놓고 있었다. 배럿은 드렌카가 여관 주변에서 수리를 하던 일꾼들 가운데 가장 최근에 낚은 남자였다. 마지막으로 낚은 남자. 아들보다 한 살 아래였다. 그는 거의 입을 열지 않다가 목욕이 끝나면 촌스러운 열의를 담아 "대단하시네요, 정말이지 완전 대단해요" 하고 말하여 드렌카를 기쁘게 해주곤 했다. 젊음과 젊은 몸 말고 드렌카를 흥분시킨 것은 그가 '육체적인 남자'라는 점이었다. "그 아이가 못생긴 건 아냐." 그녀는 새버스에게 말했다. "그 아이한테는 내가 좋아하는 그 동물 같은 데가 있어. 내가 원하기만 하면 이십사 시간 박아주는 서비스라도 해줄 것 같아. 근육은 단단하고 배는 완전히 평평해. 그리고 그 커다란 자지, 또 땀도 많이 흘려. 몸에서는 그 땀이 펑펑 쏟아지고, 얼굴은 뻘게. 그 아이는 당신 같아. 그 아이는 또 이래, '아직 싸고 싶지 않아요, 드렌카, 아직 싸고 싶지 않아.' 또 이러기도 해, '오 맙소사, 싸려고 해, 나 싸려고 해.' 그러다가 '오오오, 오오오' 하고 아주 크게 소리를 질러. 그러고 나서 방출, 꼭 뭐가 무너지는 거 같아. 그리고 그 아이가 노동계급 환경에서 살고 내가 거기로 간다는 거―그 모든 게 흥분을 더해. 담에 끔찍한 말이 그려진 작은 아파트 건물. 집에 방이 둘인데, 취향은 끔찍해. 거기 사는 다른 사람들은 정신병원 직원들이야. 욕실에는 바닥에 놓는 그 오래된 욕조가 있어. 나는 그 아이한테 말하지. '목욕 좀 하게 욕조에 물 받아.' 한번은 정오에 간 적이 있어. 배가 무척 고파서 우린 피자를 먹기로 했지. 나는 바로 옷을 벗고 욕조로 달려갔어. 그래, 욕조에서 우린 아주 달아올랐던 것 같아. 그 아이한테 딸딸이도 좀 쳐주고 말이야. 욕조에서도 박을 수가 있어. 실제로 우린 그랬는데, 그럼 물이 넘쳐. 내가 맘에 드는 건 우리가 박는 방식이야. 그 아이 방식이 아주 독특해. 그 아이는 말하자면 앉아 있는데, 자지가 커서 우린 말하자면 그런 식으로 앉아 박기를 하는 거야. 우린 아주 열심히 움직이고 땀도 많이 나지. 몸을 많이 움직여, 내 생각으로는 다른 누구하고 할 때보다 훨씬 많이. 나는 목욕을 하고 또 샤워를 하는 걸 아주 좋아해. 이때 흥분되는 건 비누거품을 내는 거야. 비누. 얼굴에서 시작해서 가슴과 배로 내려오고, 그런 다음 자지로 내려오지. 그럼 그게 커져. 아니면 이미 커져 있거나. 그럼 박기 시작하는 거야. 서서 샤워를 하고 있던 중이라면, 서서 박기를 하는 거지. 가끔 그 아이는 내 두 다리를 들어올리고, 그런 식으로 샤워중에 나를 안고 해. 욕조 안이라면 그 아이 위로 올라앉고 그런 식으로 박지. 아니면 내가 등을 구부리고 그 아이가 박아줄 수도 있고. 나는 욕조를 아주 좋아해, 거기서 내 멍청한 전기공하고 박는 걸. 정말 마음에 들어."

그녀의 잘못은 배럿에게 나쁜 소식을 가져간 것이었다. "나한테 그랬잖아요." 배럿은 말했다. "나한테 약속했잖아요—모든 걸 복잡하게 만들지 않겠다고. 그런데 지금 보세요. 나는 벌어 먹일 아기가 있어요, 돌봐야 할 임신한 마누라가 있어요. 걱정할 새 사업이 있어요. 지금 나한테 절대 필요 없는 거, 드렌카한테서도, 나한테서도, 누구한테서도 원치 않는 거, 그게 암이에요."

드렌카는 새버스에게 전화를 하고 바로 그를 만나러 '작은 동굴'로 차를 몰고 왔다. "그 아이한테는 절대 말하지 말았어야지." 새버스는 화강암 바위에 앉아 허벅지에 기댄 그녀를 흔들며 말했다. "하지만," 그녀는 서럽게 울면서 말했다. "우리는 애인 사이잖아—난 그 아이가 알길 바랐어. 그 아이가 이런 똥 같은 놈인지 몰랐어." "글쎄, 임신한 아내 관점에서 보았다면, 너한테도 그런 생각이 떠올랐을지 몰라. 그 아이가 멍청하다는 건 알았잖아. 그 아이가 멍청한 걸 좋아했고. '내 멍청한 전기공.' 그 아이한테 그런 동물적인 면이 있는 거, 끔찍한 곳에 사는 거, 멍청한 거가 널 달아오르게 했잖아." "하지만 나는 그 아이한테 암 이야기를 하고 있었다고. 아무리 멍청한 인간이라도—" "쉬이. 쉬이. 그게 안 되는 것 같아, 보아하니, 배렛만큼 멍청한 사람은."

새버스가 애도를 마무리하고 있을 때—'어머니 대지'에서 드렌카가 차지하고 있는 직사각형의 자그마한 땅에 자신의 씨를 뿌림으로써—자동차 전조등이 아스팔트에서 방향을 틀어, 보통 영구차들이 묘지로 들어올 때 사용하는 넓은 자갈길로 들어섰다. 전조등은 흔들거리며 전진하다 꺼졌고, 조용한 엔진도 완전히 정지했다. 새버스는 바지 지퍼를 올리며 허리를 구부리고 종종걸음으로 가장 가까운 단풍나무로 다가갔다. 그곳에서 무릎을 꿇은 채 허연 턱수염을 육중한 나무줄기와 오래된 돌담 사이에 감추었다. 자동차   대체로 영구차의 형태와 크기였다—의 실루엣으로 리무진이라는 것을 알아차릴 수 있었다. 차에서 내린 한 형체가 드렌카의 무덤을 향해 힘찬 걸음으로 흔들림 없이 올라오고 있었다. 키가 크고, 커다란 외투 차림이었으며, 긴 부츠를 신은 것으로 보였다. 그는 손전등을 켰다 껐다 하며 방향을 잡고 있었다. 달빛이 비치는 묘지의 희끄무레하고 어슴푸레한 공기 속에서 그 긴 부츠를 신고 거인처럼 껑충껑충 앞으로 달려오는 것처럼 보였다. 이 위로 올라오면 추울 것이라고 예상한 게 분명했다. 그의 출발지는 분명히—그 사람은 신용카드 왕이었다! 스콧이었다!

196센티미터의 키. 스콧 루이스. 157센티미터의 드렌카는 보스턴의 엘리베이터에서 그를 쳐다보고 미소를 지으며 정확한 시간을 아느냐고 물었다. 그걸로 충분했다. 리무진 기사가 천천히 교외를 돌아다니는 동안 그녀는 뒷자리에서 그의 자지 위에 앉아 있곤 했다. 차는 가끔 루이스의 집도 지나갔다. 스콧 루이스는 드렌카에게 세상에 그녀 같은 여자는 없다고 말한 남자들 가운데 하나였다. 새버스는 그가 리무진 전화로 그 말을 했다는 이야기를 들었다.

"그 사람은 내 몸에 관심이 아주 많아." 그녀는 즉시 새버스에게 보고했다. "사진을 찍고 싶어하고 나를 보고 싶어하고 늘 키스하고 싶어해. 씹 핥는 걸 아주 좋아해—아주 부드럽더라고." 하지만, 부드러운 작자였는지는 몰라도, 드렌카가 보스턴 호텔에서 그와 두번째로 만난 저녁에는 그녀가 도착하고 나서 불과 십 분 뒤에 루이스가 부른 콜걸이 문을 두드렸다. 다음날 아침에 드렌카는 전화로 새버스에게 말했다. "그게 마음에 들지 않았던 건 나에게 발언권이 없었다는 거. 그냥 나한테 떠안겨진 일이었다는 거야." "그래서 어떻게 했어?" "그냥 그 상황에서 최선을 다했어, 미키. 그 아이는 상류계급 창녀 차림으로 호텔방에 왔더라고. 가방을 여는데 그 안에 온갖 게 다 있는 거야. 하녀 복장 좋아해요? 인디언 스타일로 하는 게 좋아요? 그러더니 딜도 몇 개를 꺼내들고 말하는 거야? '이게 좋아요 저게 좋아요?' 이윽고, 좋아, 이제 시작. 하지만 어떻게 그런 걸로 흥분이 되겠어? 그건 나한테는 너무 딱딱한 편이었어. 어쨌든, 이럭저럭 시작을 하게 되었던 것 같아. 그러니까 남자는 구경꾼에 가까운 역할을 하겠다는 거였지. 여자 둘이 그걸 어떻게 하는지 보는 데 관심이 있었던 거야. 여자애한테 주로 내 아래를 빨아주라고 하더라고. 너무 기계적이고 차갑게 느껴졌지만, 결론을 내렸어, 좋아, 어디 한번 해보자. 그래서 결국은 노력을 좀 해서 그런 식으로 흥분을 할 수 있게 됐어. 하지만 결국에는 루이스하고 더 박아댔지―우리 둘이 박아대는 동안 그 아이는 저기 어디 그림 속에 들어가 있는 것 같았고. 루이스가 싼 다음에 난 그 아이 보지에 키스하기 시작했는데, 바싹 말라 있는 거야. 하지만 잠시 후에는 아이도 조금씩 움직이기 시작했고 그게 나의 사명 같은 게 됐지. 내가 창녀를 달굴 수 있을까? 아마 어느 정도는 성공을 했던 것 같지만, 그냥 연기를 하는 건지 아닌지 알기 힘들었어. 그애가 나한테 뭐라 그랬는지 알아? 나한테? 그애가 그러는 거야, 우리가 다 옷을 입은 다음에. '언니는 올라가게 하기가 아주 힘들어요!' 그애는 화가 나 있었어. '남편들은 나한테 늘 이런 걸 시키는데'―그애는 우리가 부부인 줄 알았지―'언니는 유난히 힘이 들었어요.' 남편하고 부인이 아주 흔해,

미키. 그 창녀는 그게 자기가 늘 하는 일이라 그랬어." "그 말이 믿기 힘들었어?" 그가 물었다. 그녀는 행복하게 웃음을 터뜨리며 대답했다. "그러니까 모두가 우리처럼 미쳤다는 게?" "우리보다 더 미친 거지." 새버스는 그녀에게 자신 있게 말했다. "훨씬, 훨씬 더 미친 거야."

드렌카는 루이스의 발기를 '무지개'라고 불렀는데, 그녀가 즐겁게 설명한 바에 따르면 "그의 자지는 좀 길고 휜 편이기" 때문이었다. "그리고 약간 굽어 있어, 한쪽으로." 새버스의 지시에 따라 그녀는 그 윤곽을 종이에 그대로 따라 그려 왔다—새버스는 아직도 어딘가에 그 그림을 보관하고 있었다. 아마 그녀가 죽은 뒤로는 볼 수 없었던 그녀의 지저분한 사진들 사이에 끼어 있을 것이었다. 루이스는 그녀의 남자들 가운데 새버스 외에 그녀가 엉덩이에 박게 해준 유일한 사람이었다. 그만큼 특별했다. 루이스가 창녀한테도 그렇게 하고 싶어했을 때, 창녀는 미안하다, 나는 여기까지다, 하고 선을 그었다.

오 그래, 드렌카는 이 사내의 구부러진 자지와 유쾌한 시간을 보냈다! 분이 치밀어오르게도! 하지만 실제로 그 일이 벌어지고 있었을 때, 새버스는 그녀가 이야기를 하는 동안 종종 천천히 하라고 말해야 했다. 너무 사소해서 전달할 필요가 없는 것은 존재하지 않는다고, 그가 관심을 가지지 않을 만큼 미세한 디테일은 존재하지 않는다고 그녀를 일깨워야 했다. 그는 그녀에게 이런 종류의 이야기를 졸라댔고, 그녀는 순순히 따랐다. 둘 다 흥분시키는 일이었다. 그의 생식기의 짝. 그의 가장 훌륭한 제자.

하지만 그가 드렌카를 그녀 모험의 훌륭한 서술자로 만드는 데는 오랜 세월이 걸렸다. 그녀는 적어도 영어로는, 끝이 잘린 문장들을 겹겹이 쌓아가는 경향이 있어, 그러다보면 그는 그녀가 무슨 말을 하고 있는 것인지 이해하지 못하기 십상이었기 때문이다. 하지만 그녀가 그의 이야기에 귀를 기울이고 또 그에게 이야기를 하면서, 점차, 그녀가 생각하고 있는 모든 것과 그녀가 하는 말 사이의 상관관계가 강해지기 시작했다. 결국 그녀의 말은 구문 면에서 그들이 사는 산악지대 현지인 열에 아홉 명보다는 나아지게 되었다. 물론 악센트는 마지막까지 현저하게 육감적이었다. have는 chave로, heart는 cheart로. stranger나 danger를 마무리할 때는 r를 강하게 굴리고. 또 l은 거의 러시아어의 l 같아서, 입안 뒤쪽 먼 데서 나타났다. 그 결과 그녀의 말에는 즐거운 그림자가 드리우고, 전혀 신비하지 않은 발언도 약간 신비하게 바뀌었다─이런 음성적 매력 때문에 새버스는 더욱더 매혹되었다.

드렌카는 영어의 관용적 표현을 기억하는 데 가장 약했지만, 죽음에 이르는 그 순간까지, 클리셰가 된 구절, 격언, 진부한 말을 새버스는 감히 개입할 꿈도 꾸지 못할 그녀만의 완전한 오브제 트루베*로 만들어버렸다─사실, 어떤 것들(예를 들어 '얽히는 데는 둘이 필요해' 같은 것)은 결국 그도 채택하게 되었다. 그녀는 자신이 매끄럽게 관용적 표현을 사용한다고 믿었는데, 새

---

* objet trouvé. '발견된 오브제'라는 뜻으로, 사물에 변형을 가하지 않고 있는 그대로 작품으로서 제시하는 것.

버스는 그 자신감을 떠올리자, 또 그 긴 세월 동안 드렌카의 재미있는 말실수로 인해 자신의 모든 방어적 태도가 사라져버렸던 수많은 경우를 따뜻한 마음으로 회상하게 되자, 다시 한번 슬픔의 웅덩이 속으로 하강했다. 견디며 싱글거린다…… 남은 날을 헤아린다…… 내 머리 밑의 지붕…… 똥통이 팬에 부딪힐 때…… 사과와 사과를 비교할 수는 없다…… "멍멍!" 하고 외친 소년…… 통나무처럼 쉽다…… 살아서 음식을 하고…… 내 다리를 끌어내고 있어…… 꽥꽥거리기를 받아야 했어…… 스스로 말을 해, 조니…… 문을 닫고 막아버린 사건…… 나를 이도 저도 아니게 만들지 마…… 죽은 창녀를 패고…… 소금을 조금 치면 효과가 좋아…… 그 사람은 내가 바닥 없는 오줌이라고 생각해…… 그 사람이 자기 약을 먹게 해…… 일찍 일어나는 새는 절대 지각을 하지 않아…… 그 사람이 짖어대는 건 네가 우는 것보다 심해…… 그래서 나를 고리로 데려갔지…… 그건 난로에 석탄을 가져오는 것과 같아…… 가짜 번호판에 치인 듯한 기분이야…… 너하고 갈아야 할 뼈가 있어…… 범죄는 대가를 지불하지 않아…… 늙은 개한테는 앉는 법을 가르치지 못해…… 드렌카는 마티아의 개에게 걸음을 멈추고 옆에서 기다리라고 할 때 "뒤꿈치!"라고 하는 대신 "발!" 하고 소리쳤다. 한번은 드렌카가 새버스의 침실에서 오후를 보내려 브릭퍼니스 로드로 왔는데─로즈애나는 케임브리지의 여동생 집에 가 있었다─그녀가 도착했을 때는 가볍게 비가 내리고 있었지만 새버스가 마련한 샌드위치를 먹고 마리화나를 피우고 침대에 들어갔을 때에는 낮이 달 없는 밤으로 거의 바뀌어 있었다. 괴이한 정적의 캄캄한 시간이 지나가고, 이윽고 그들의 산 위에서 폭풍우가 몰아치기 시작했다—새버스는 나중에 라디오에서 토네이도가 매더매스카폴스에서 서쪽으로 불과 15마일 거리에 있는 이동주택 주차장을 박살낸 것을 알게 되었다. 머리 위에서 난기류가 아주 시끄럽게 극적으로 움직이며, 목표물을 발견한 대포처럼 새버스의 소유지를 두들겨대고 있을 때, 드렌카는 시트 밑에서 그에게 달라붙어 흐릿한 목소리로 말했다. "이 집에 천둥잡이가 있기를 바라." "내가 이 집의 천둥잡이야." 그는 그녀를 그렇게 안심시켰다.

새버스는 루이스가 허리를 굽혀 무덤에 꽃다발을 내려놓는 것을 보고 생각했다. 하지만 그 여자는 내 거야! 나한테 속한 여자라고!

루이스가 다음에 한 일은 너무 혐오스러워 새버스는 어둠 속에서 돌이나 작대기를 찾아 미친듯이 더듬었다. 그것을 들고 달려나가 그 개자식의 머리통을 후려칠 생각이었다. 루이스는 반바지 지퍼를 내리더니 발기한 것을 끄집어냈다. 그 순간 새버스는 그 윤곽을 그린 그림을 '기타' 서류철에 보관해두었다는 기억이 났다. 루이스는 오랫동안 몸을 앞뒤로 흔들고, 흔들며 신음을 토하더니, 마침내 별이 가득한 하늘을 향해 얼굴을 들어올렸고, 이어 우렁차고 뜨거운 바소 프로폰도* 목소리가 언덕들을 가로지르며 메아리쳤다. "빨아줘, 드렌카, 쭉쭉 다 빨아줘!"

---

* 남성 성악가의 음역 중 최저음.

새버스가 시각적으로 궤적을 따라갈 수 있는 형광 빛은 아니었지만, 아무리 산꼭대기의 적막 속이라 해도 바닥에 철퍼덕하고 떨어지는 소리가 들릴 만큼 덩어리가 지거나 밀도가 높은 것은 아니었지만, 루이스의 실루엣이 정지한 것만으로도, 또 30피트 떨어진 곳에서 그의 숨소리가 들렸다는 사실만으로도, 새버스는 그 키 큰 애인이 방금 자신의 질척한 것을 키 작은 애인의 것과 섞었다는 것을 알 수 있었다. 다음 순간 루이스는 무릎을 꿇더니, 그녀의 무덤 앞에서 울음 섞인 낮은 목소리로 다정하게 읊조렸다. "……젖통……젖통……젖통……젖통……"

새버스는 딱 거기까지만 참을 수 있었다. 그는 단풍나무의 불룩 튀어나온 커다란 뿌리들 사이에서 발로 캐낸 돌멩이, 비누만큼 크고 둥근 돌멩이를 집어들어 드렌카의 무덤 쪽으로 던졌다. 돌멩이는 근처 묘석에 맞으며 큰 소리를 냈고, 루이스는 벌떡 일어서며 미친듯이 사방을 두리번거렸다. 이어 기다리고 있는 리무진을 향해 언덕을 달려내려갔고, 바로 시동이 걸렸다. 차는 진입로에서 후진으로 빠져나가 도로로 들어섰고, 그제야 전조등이 들어왔다. 리무진은 휑하니 사라졌다.

새버스는 드렌카의 무덤으로 서둘러 다가가다 루이스의 거대한 꽃다발을 보았다. 꽃이 아마도 쉰 송이는 되지 싶었다. 손전등의 도움을 받아 그가 알아볼 수 있는 것은 장미와 카네이션뿐이었다. 여름에 드렌카에게서 교육을 그렇게 받았음에도, 다른 것은 이름을 전혀 알 수 없었다. 그는 무릎을 꿇고 줄기들을 모아놓은 굵직한 꽃다발을 집어들어 가슴에 안고 흙길을 따라 간선도로와 자신의 차가 있는 쪽으로 걷기 시작했다. 처음에는 꽃다발이 가게에서 사들고 온 것이라 축축한 거라고, 그곳의 물이 담긴 꽃병에 싱싱하게 보관되어 있었기 때문이라고 여겼는데, 특이한 질감에 그 축축한 물질이 무엇인지, 순식간에, 이해하게 되었다. 꽃들은 그것으로 폭 젖어 있었다. 그의 두 손도 그것으로 뒤덮였다. 더럽고 낡은 헌팅 재킷의 가슴 부분도 마찬가지였다. 그는 캐시 굴즈비와 스캔들이 생기기 전에 그 재킷의 거대한 주머니에 인형을 넣고 대학에 가곤 했다.

드렌카는 결혼 뒤 이민을 와서 일 년이 지나기 전까지 마티야가 우울해져서 자신과 박는 데 완전히 관심을 잃었다고 새버스에게 말해준 적이 있었다. 그녀는 너무 쓸쓸해서 토론토—그들은 유고슬라비아에서 빠져나온 후 그곳에서 잠깐 살았었다—에서 의사를 찾아가 남편이 아내와 그걸 몇 번 해야 하느냐고 물었다고 했다. 의사는 드렌카에게 그녀가 생각하는 합당한 기대치가 얼마인지 물었다. 젊은 신부는 잠시 생각해보지도 않고 대답했다. "오, 하루에 네 번쯤이요." 의사는 혹시 주말이면 몰라도, 일하는 부부가 그렇게 할 시간이 어디 있겠느냐고 물었다. 그녀는 손가락으로 계산을 하며 설명했다. "새벽 세시쯤 가끔 비몽사몽간에 한 번 하죠. 잠에서 깨서 일곱시에 하고. 퇴근을 하고 자기 전에 하고. 잠들기 전에는 두 번 할 수도 있어요."

새버스가 어두운 묘지 언덕을 조심스럽게 내려가다가—더럽혀진 꽃은 여전히 두 손으로 움켜쥐고 있었다—이 이야기를 떠올린 것은 그 승리의 금요일 때문이었다. 마티야의 로터리클럽 연설 불과 일흔두 시간 뒤, 그녀는 네 남자의 정액이 넘쳐나는 몸으로 그날—그 주가 아니라 그날—을 마감했다. "네 환상들과 마주하면 아무도 너를, 드렌카, 소심하다고 비난할 수 없겠구나. 넷이라니." 그가 말했다. "음, 다음이라는 게 있다면 나도 그 가운데 뽑히면 영광일 것 같은데." 그는 이 이야기를 듣는 순간 자기도 모르게 욕망이 불타올랐을 뿐 아니라 존경심도 불타올랐다—정말이지 여기에는 훌륭한 게 있었다, 영웅적인 게 있었다. 약간 통통한 축에 속하는 이 자그마한 여자, 거무스름하게 예쁘지만 코가 묘하게 손상된 듯 보이는 여자, 초등학생 시절 살던 스플리트(인구 99,462명)와 뉴잉글랜드의 그림 같은 마을 매더매스카폴스(인구 1,109명) 너머의 세계에 관해서는 거의 아무것도 모르는 이 난민이 새버스에게는 대단히 중요한 여자로 보였다.

　"피부과의사를 만나러 보스턴에 갔을 때였어." 그녀가 그에게 말했다. "아주 흥미진진했지. 진료실에 앉아 있는데 나는 내가 의사의 정부라는 걸 알고 있고 의사는 달아올랐고 그래서 바로 진료실에서 자기의 크고 딱딱한 걸 보여주고 그걸 꺼내서 바로 그 자리에서 나한테 박았으니까. 진료시간에. 오래전에는 토요일이면 그 의사하고 박으러 진료실로 가곤 했어. 아주 잘 박아줬어. 어쨌든 거기에서 신용카드 왕한테 갔지. 루이스란 작자 말이야. 다른 남자가 또 기다리고 있다는 게, 다른 남자를 또 달아오르게 할 수 있다는 게 흥미진진했어. 아마 거기서 강한 걸 느꼈나봐. 한 남자 이상을 유혹할 수 있다는 거에서. 루이스는 나한테 박았고 안에다 쌌어. 그래서 난 기분이 좋았지. 그건 나 말고는 아무도 몰라. 나는 두 남자의 정액을 갖고 걸어다니는 여자다. 세번째 남자는 학장, 마누라하고 우리 여관에 묵었던 대학 선생이야. 마누라가 유럽에 가 있어서 나는 그 남자하고 저녁을 먹었어. 나는 그 남잘 몰랐어—그때가 처음이었어. 당신 정말 내가 그 모든 걸 죄다 까놓고 말해주길 바라? 난 생리가 시작됐다는 걸 알았어. 난 그 남자를 우리가 손님들을 위해 칵테일파티를 열었을 때 만났지. 그 남자는 내 옆에 서서 팔로 내 젖꼭지를 밀어댔어. 그러면서 자기 게 크고 단단해졌다고 하더라고. 눈에 다 보일 정도였어. 대학의 학장이라는데—그런데 우린 칵테일파티에서 그런 이야길 하고 있는 거야. 나는 그런 설정에 달아올라, 사람들 앞에서 그렇게 할때, 하지만 비밀리에 할 때 말이야. 그래서 그 남자가 정성 들여그 저녁을 마련한 거야. 우린 둘 다 아주 뜨거웠지만 동시에 아주수줍었거나 신경이 예민했어. 우린 그 집 식사실에서 저녁을 먹었고 난 공산주의하의 어린 시절에 관한 그의 질문에 답을 했어. 마침내 우린 위층으로 올라갔지. 그 남자 힘이 꽤 세더라고. 나를 안는데 정말이지 갈비뼈가 부러질 뻔했다니까. 그런데 믿어지지 않을 정도로 예의가 발랐어. 아마 수줍음을 타고 겁도 먹었나봐. 이러더라고, '뭐, 그쪽이 원치 않으면 우린 아무것도 할 필요가 없어요.' 난 약간 망설였어. 막 생리가 시작되었거든. 하지만 나는 그남자하고 박고 싶었어. 그래서 욕실로 가서 탐폰을 뺐지. 우린 옷을 벗기 시작했는데 아주 뜨거웠고 아주 흥미진진했어. 키가 큰남자였고, 아주 힘이 셌어. 아름다운 말도 많이 했지. 난 아주 흥분했고 그 남자 자지가 얼마나 큰지 알고 싶었어. 그래서 마침내 옷을 다 벗었을 때 자지가 아주 작은 것 같아 실망했어. 그 사람이 나한테 너무 겁을 먹어 그게 진짜로 서지 않았는지도 몰라. 잠시 후에 내가 말했어. '음, 나 생리해요.' 그러니까 이러더라고. '상관없어요.' 내가 말했지. '가서 수건 가져올게요.' 그래서 침대에 수건을 깔아놓고 본격적으로 시작했지. 그 사람은 날 갖고 온갖 걸 다 했어. 하지만 정말이지 제대로 단단하게 서지는 않더라고. 난 단단하게 세워주려고 단단히 맘먹고 노력했지만 그 사람이 겁을 먹었던 것 같아. 내가 무서웠던 거야. 내가 너무나 자유로워서. 난 그렇게 느꼈어—그 사람이 좀 압도당하고 있다고. 하지만 실제로 세 번 싸기는 했어." "단단해지지도 않고. 동시에 압도된 상태에서. 대단하군." 새버스가 한마디했다. "작게 단단해졌어." 그녀가 설명했다. "그런데 어떻게 쌌다는 거야? 빨아줬어?" "아니, 아니, 내 안에 쌌어, 사실은. 그리고 사방으로 피가 흐르고 있었는데도 날 빨아줬고. 그래서 엄청 지저분해졌지, 한참 박기도 하고 한참 피도 쏟아지고. 피가 있다는 사실—그걸로 또 드라마가 보태지더라고. 액과 기름이 많았어—기름은 아니지. 어떻게 말해야 하나? 진한 액체야, 함께 섞여버린 체액들. 다 끝나고 일어섰을 때—그렇게 일어날 땐 어떻게 해야 돼? 이 사람을 알지도 못하고, 좀 창피하고, 우리 몸엔 수건이 들러붙어 있는데." "수건 이야기 좀 해줘." "하얀 수건이었어. 완전히 빨개지지는 않았어. 욕실 수건 크기였지. 커다란 얼룩들이 생겼어. 짜면 나오겠더라고, 피가 말이야. 주스 같았어, 즙 같은 액체. 하지만 그렇다고 전부가 완전히 빨개진 건 아냐, 절대로. 큰, 커다란 얼룩들이 있었지, 아주 무거웠고. 그건 분명한―알리바이는 아니고. 그걸 영어로 뭐라 그래? 알리바이의 반대?" "증거?" "그래, 범죄의 증거였어. 그래서 의논을 했는데 그 사람이 그러더라. '글쎄, 내가 이걸 어쩌면 좋을까?' 그러고 서 있었어, 이 키 큰 남자, 이 힘센 남자가, 아이처럼 그 수건을 들고서 말이야. 약간 창피해하면서, 하지만 나한테 그걸 보여주고 싶어하지는 않으면서. 나는 범죄처럼 굴고 싶지 않았어, '어머, 이건 나쁜 거네' 하는 척하기 싫었어. 그렇게 하는 게 내게는 당연한 거였어, 그래서 산뜻하게 처리하고 싶었어. 그 사람이 말했지. '가정부한테 이걸 빨게 할 수도 없고 빨래 바구니에 던져둘 수도 없어요. 내다버려야 할 것 같네요. 하지만 어디에 버린담?' 그래서 내가 말했지. '내가 가져갈게요.' 그 사람 얼굴에 엄청난 안도감이 번졌어. 난 그걸 비닐봉지에 담아서 가지고 왔어. 그 축축한 꾸러미를 쇼핑백에 넣어서. 그래서 그 사람은 아주 행복해했고, 나는 집으로 차를 몰고 가 그걸 세탁기에 넣었지. 그랬더니 깨끗해지더라고. 물론 다음날 그 사람은 나한테 전화를 했고, 이렇게 말했어. '나의 드렌카, 정말이지 아주 극적이었어요.' 그래서 내가 그랬지, '어, 나한테 수건이 있는데 깨끗해요. 돌려드릴까요?' 그러니까 그러더라고, '아니요, 고맙지만 됐어요.' 그 사람은 수건을 돌려받고 싶어하지 않았고 그 사람 부인은 그걸 전혀 알아채지 못했을 거야." "그럼 그날 네번째로 박은 남자는 누구야?" "음, 집에 와서 지하실에 내려가 세탁기에 수건을 집어넣고 위층으로 올라왔는데 마티야가 한밤중에 부부로서의 내 의무를 이행하기를 바라는 거야. 내가 벗고 샤워를 하러 들어가는 걸 보더니 흥분한 거지. 그건 내가 해야만 하는 일이니까, 했지. 자주 있는 일이 아니어서 다행이지." "그래서 네 남자를 거치면 어떤 느낌이야?" "음, 마티야는 잠이 들었어. 정말 알고 싶어하는 것 같아서 하는 말인데, 난 아주 혼란스러웠던 것 같아. 그렇게 하는 건 아주 부담스러운 일인 것 같아. 전에도 셋하고는 해봤어. 여러 번. 하지만 넷하고 한 적은 없어. 섹스라는 면에서는 아주—아주 도전적인 일이고 어쩐지 흥분도 돼, 비록 네번째가 마테이긴 했지만. 그리고 어쩌면 어떤 면에서는 약간 변태적이라고 할 수도 있어. 내 한 부분은 그걸 엄청나게 즐겼어. 하지만 내가 진짜로 느낀 것을 말하자면—잠이 오지 않았어, 미키. 그것 때문에 불안정하고, 불안한 느낌이었어. 내가 누구한테 속한 건지 모르겠다는 느낌이었어. 당신을 계속 생각했어. 그러니까 도움이 됐지만, 그렇게 하려고 너무 큰 대가를 치른 셈이야, 그 엄청난 혼란이라니. 만일 그 혼란을 없앨 수 있다면, 뭐라 그러나—외삽한다?—어쨌든 그래서 그걸 그냥 성적인 걸로만 만들 수 있다면, 그럴 수만 있다면 흥미진진한 일이라고 생각해." "지금까지 겪어본 가장 흥미진진한 일이야, 돈나 조반나*?" "오, 맙소사." 그녀는 호탕하게 웃음을 터뜨렸다. "그건 모르겠는걸. 어디, 생각해보자." "그래, 생각해. 일 카탈로고.**" "오, 과거에, 아마 삼십 년 전쯤에, 그 이상

---

* 돈 조반니를 여성형으로 만든 것.

** 〈Madamina, Il catalogo è questo〉를 말하는 것으로, 오페라 〈돈 조반니〉에서 돈 조반니의 하인 레포렐로가 돈 조반니가 사귄 여자들의 목록을 이야기하는 아리아.

인지도 모르고, 기차를 타고, 가령, 유럽을 돌아다니면서, 기차 차장하고 하곤 했어. 있잖아, 그때는 에이즈 이전 시대였어. 그래, 그 이탈리아 차장." "차장하고 어디서 해?" 그녀는 어깨를 으쓱했다. "붐비지 않는 객실을 찾는 거지." "정말이야?" 그녀는 다시 웃음을 터뜨렸다. "그럼, 정말이지." "결혼을 했을 때였어?" "아니, 아니, 자그레브에서 일 년 일할 때였어. 그 차장이 열차에 들어오곤 했던 것 같아. 약간 잘생긴 이탈리아 남자고, 이탈리아어를 했어. 알잖아, 걔들은 섹시해. 어쩌면 내 친구들, 우린 파티 같은 걸 하고 있었거든―누가 뭘 시작했는지는 기억이 안 나. 아냐, 내가 그랬다. 내가 그 사람한테 담배를 팔았어. 이탈리아 여행은 비싸니까 뭔가 팔 걸 가지고 다니거든. 유고슬라비아에서 싸게 사서. 담배는 쌌어. 이탈리아 사람들이 이 담배를 사들이곤 했지. 강 이름이 붙어 있었어, 유고슬라비아 담배에는. 드리나. 모라바. 이바르. 그래, 그때는 다 강 이름이었어. 두 배, 간혹 원래 산 돈보다 세 배는 벌 수 있어. 그래서 그 사람한테 담배를 팔았지. 그렇게 시작되었던 거야. 그해 고등학교를 졸업하고 자그레브에서 일하고 있을 때, 난 누가 박아주는 걸 아주 좋아했어. 내 씹이 정액으로, 싼 걸로 가득차는 게 아주, 아주 좋은 느낌이었어. 근사한, 아마도 강력하다고도 할 수 있는 느낌이었어. 남자친구가 누구든 그 아이가 잘 박아주어서 이제 완전히 축축하다는 걸 잘 아는 상태에서 다음날 출근을 하곤 했지. 바지도 축축했고 그렇게 젖은 채 돌아다니는 거야―나는 그게 즐거웠어. 나이가 있는 남자를 알았던 기억도 나. 은퇴한 부인과의사였고, 어떻게 하다가 이 얘길 하게 됐는데, 그 사람은 박은 뒤에 싼 걸 썹에 담고 다니는 게 건강에 아주 좋다고 생각했고, 나도 동의했어. 그 남자는 그것 때문에 달아올랐어. 하지만 소용없었지. 너무 늙었거든. 난 아주 늙은 남자하고 하는 건 어떨지 호기심이 있었는데 그 사람은 이미 일흔이었고 문을 닫고 막혀버린 사건*이 되었던 거야."

새버스는 차에 이르자 그 너머의 하이킹 길을 따라 스무 걸음 정도 더 걸어가 거무스름한 덩어리를 이룬 나무들 속에 꽃다발을 던져버렸다. 그런 다음에 이상한 짓, 자신이 인생에서 우리를 둘러싸고 있는 가없는 모순들에 단련되어 있다고 믿는 그와 같은 이상한 남자에게조차 이상하다고 여겨지는 짓을 했다. 그의 이상한 면 때문에 사람들은 대부분 그를 견디지 못했다. 따라서 그날 밤 누군가 우연히 묘지에서 사분의 일 마일 떨어진 숲속에서 손가락에 묻은 루이스의 정액을 핥으며 보름달 밑에서 큰 소리로 읊조리는 그의 모습을 봤다고 상상해보라. "나는 드렌카다! 나는 드렌카다!"

새버스에게 뭔가 무시무시한 일이 일어나고 있었다.

---

* closed and shut case. 드렌카의 엉터리 영어 관용 표현으로, 쉽게 해결되는 사건을 뜻하는 'open and shut case'를 비튼 것. 여기서는 남자로서 끝났다는 의미다.

하지만 무시무시한 일은 사람들에게 늘 벌어지고 있다. 다음날 아침 새버스는 링컨 겔먼의 자살 소식을 들었다. 링크는 새버스가 로어이스트사이드에서 얼마 안 되는 관중을 모으던 50년대와 60년대 초에 몇 년 동안 그의 '외설 극장'(과 '바워리 지하 극단')의 제작자였다. 니키가 사라진 뒤 새버스는 겔먼 가족의 커다란 브롱크스빌 집에서 일주일 머문 적이 있었다.

링크의 파트너인 노먼 카원이 전화로 소식을 전했다. 노먼은 이 이인조 가운데 차분한 쪽으로, 당시 그들의 사무실에서 상상력이 풍부한 선봉 역할이라기보다는 링크의 무리하는 경향을 막아주는 분별력 있는 관리인이었다. 그는 링크의 평형추였다. 어느 토론에서나, 심지어 복도 끝 남자화장실의 위치에 관한 토론에서도, 그는 링크가 사람들에게 상황을 설명하는 데 들이고 싶어하는 시간의 약 이십분의 일 정도면 핵심에 이를 수 있었다. 돈을 밝히는 저지시티 주크박스 도매상의 아들이고 교육을 잘 받은 노먼은 정확하고 신중한 사업가로 성장해, 호리호리하고 키가 크고 때 이르게 머리가 벗어지는 남자가 종종 소유하고 있는 것으로 보이는―특히 그런 남자가 노먼처럼 회색 핀스트라이프 양복을 깔끔하게 차려입고 등장하면 나타나는―조용한 힘의 아우라를 풍겼다.

"그 친구의 죽음에," 노먼이 털어놓았다. "많은 사람들이 안도했네. 장례식에서 연설할 사람들 대부분이 지난 오 년 동안 그 친구를 본 적이 없어."

새버스는 삼십 년 동안 보지 못했다.

"모두 현재의 사업 동료들, 가까운 맨해튼 친구들이야. 하지만 이 사람들도 그 친구를 보지 못했어. 링크는 같이 있을 수가 없었어―우울하고, 강박적이고, 부들부들 떨고, 겁에 질려 있었지."

"얼마나 오래 그랬는데?"

"칠 년 전에 우울증에 걸렸어. 그후로는 두 번 다시 고통 없는 날을 누려보지 못했어. 고통 없는 시간을. 우리는 오 년 동안 그 친구를 사무실로 실어날랐지. 그럼 그 친구는 손에 계약서를 들고 그냥 둥둥 떠서 돌아다니면서 이러는 거야. '이게 다 괜찮은 게 분명해? 불법이 아닌 게 분명해?' 마지막 이 년은 집에 있었지. 일 년 반 전에는 이니드가 도저히 참을 수 없어서 사무실에서 모퉁이만 돌면 나오는 곳에 링크가 있을 아파트를 구했어. 이니드는 거기에 가구를 들여놓았고 링크는 거기 살았어. 매일 가정부가 와서 먹이고 씻겨줬지. 나도 일주일에 한 번은 들르려고 했지만 억지로 가야만 했네. 끔찍했어. 그 친구는 앉아서 이야기를 듣다가 한숨을 쉬고 고개를 저으면서 말하곤 했어. '너는 몰라, 너는 몰라……' 지금까지 몇 년 동안 내가 그 친구한테 들은 건 그 말뿐이야."

"자네가 뭘 모른다는 거야?"

"공포. 괴로움. 불편. 어떤 약도 듣지 않았어. 그 친구 방은 약국 같았지만, 단 하나의 약도 효과가 없었네. 전부 구토를 유발했지. 프로작을 먹으면 환각이 생겼어. 웰부트린을 먹어도 환각이 생겼어. 그러다가 암페타민―덱세드린―을 주기 시작했지. 이틀 동안은 차도가 있을 것만 같았어. 그러다 구토가 시작됐고. 생기는 건 부작용뿐이야. 입원도 소용없었어. 석 달 입원을 했는데, 병원에서는 퇴원을 시키면서 이제 자살 충동은 사라졌다더군."

그의 추진력, 그의 열정, 그의 원기, 그의 속도, 그의 능률, 그의 근면, 그의 떠들썩한 농담. 자신의 시대나 장소와 완전히 하나가 되었던―새버스는 그렇게 기억했다―사람, 고도로 적응한 뉴요커로서 그 광적인 현실에 딱 맞게 재단되어 있고, 살고 성공하고 즐기려는 정열이 절로 배어나오던 사람. 그의 정서는 새버스가 보기에 너무 쉽게 그의 눈에 눈물을 가져왔고, 그는 빠르게 말의 홍수를 쏟아냈는데, 그것은 그의 초인적 동력의 연료를 이루는 강박들이 얼마나 강한지 드러내주었다. 하지만 그의 삶은 정말이지 견고한 성취물이었으며, 목표와 목적과 다른 사람에게 기운을 불어넣는 기쁨이 가득했다. 그러다가 삶은 방향을 틀었고 두 번 다시 스스로 방향을 바로잡지 않았다. 모든 것이 사라졌다. 비합리적인 것들이 모든 것을 엎어버렸다. "뭔가 구체적인 계기가 있었던 거야?" 새버스가 물었다.

"사람들이 흩어졌지. 나이드는 것도 도움이 안 되고. 나는 이런 위기를 겪고 있는 우리 나이 또래 남자들을 많이 알아, 바로 여기 맨해튼에서. 고객들, 친구들. 어떤 충격은 예순 무렵에 사람을 그냥 망가뜨려버려―판이 이동하고 땅이 흔들리기 시작하고 벽에서 모든 그림이 떨어지지. 나도 지난여름에 한 번 치렀어."

"너도? 네가 그랬다니 믿기 힘든걸."

"나 아직 프로작 먹어. 전부 다 겪었지―다행히도 축약판으로. 왜냐고 물으면 말해줄 수 없을 것 같아. 그냥 어느 시점에 잠을 못 자게 되더니, 두어 주 뒤에 우울증이 몰려왔어―공포, 떨림, 자살 생각. 총을 한 자루 사서 머리 위쪽을 날려버리려고 했어. 여섯 주가 지나서야 프로작 약발이 듣기 시작했어. 그런데 그게 자지 친화적인 약이 아니더라고, 적어도 나한테는. 그걸 여덟 달째 먹고 있어. 딱딱하게 선다는 게 어떤 느낌인지 기억이 안 나. 하지만 나이가 나이라 어차피 됐다 안 됐다 그럴 판이니 뭐. 나는 살아서 나왔어. 링크는 못 그랬고. 그 친구는 점점 악화됐어."

"단순한 우울증 말고 다른 것일 수도 있잖아?"

"단순한 우울증만으로도 벅차."

새버스도 그 정도는 알고 있었다. 그의 어머니는 절대 스스로 나서서 자기 목숨을 앗을 사람은 아니었지만, 사실, 모티를 잃고 오십 년 동안 그녀에게는 앗을 목숨이라는 게 없었다. 1946년, 열일곱 살이었을 때, 징집되기까지 일 년을 기다리는 대신 고등학교를 졸업하고 불과 몇 주 뒤에 바다로 갔을 때, 새버스가 그렇게 한 이유에는 어머니의 압제적 어둠—그리고 아버지의 애처롭게 무너진 상태—으로부터 탈출하려는 욕구도 있었지만, 자위가 그의 삶을 거의 좌우하게 된 이후 그의 내부에서 힘을 모으고 있던 충족되지 않는 갈망도 있었고, 왜곡과 과잉의 시나리오들 속에 넘쳐흘렀으나 이제는 그가 뱃사람의 옷을 입고 허벅지 대 허벅지, 입 대 입, 얼굴 대 얼굴로 만나게 될 꿈도 있었다. 전 세계에 펼쳐진 창녀의 세상이라는 꿈. 배가 닻을 내리는 부두와 항구의 술집에서 일하는 수만 명의 창녀들, 생각할 수 있는 모든 쾌락을 제공하는 모든 색소의 살, 표준말이 아닌 포르투갈어, 프랑스어, 스페인어로 하수구의 외설적 일상어를 구사하는 창녀들.

"링크한테 전기충격치료를 하려 했지만 이 친구가 너무 겁을 먹고 거부를 했어. 그게 도움이 되었을지도 모르는데, 그 제안이 나올 때마다 링크는 구석에서 웅크리고 울더라고. 이니드를 볼 때마다 완전히 무너졌어. 이니드를, '엄마, 엄마, 엄마' 하고 부르면서. 물론, 링크는 멋진 유대인 울보 가운데 하나였지. 셰이스타디움에서 국가가 연주되면 울고, 링컨기념관을 보면 울고. 우리 아들들을 쿠퍼스타운에 데려갔을 때 거기 베이브 루스의 글러브가 있었는데 링크가 울기 시작하는 거야. 하지만 이번 건 다른 거였어. 이건 우는 게 아니었어, 이건 통곡이었어. 말로 할 수 없는 고통의 압박을 받아서 나오는 통곡이었어. 그 통곡에는 내가 알거나 네가 아는 남자의 모습은 조금도 없었어. 링크가 죽었을 때 우리가 알던 링크는 죽은 지 이미 칠 년째였어."

"장례식은?"

"리버사이드 채플에서, 내일. 오후 두시. 앰스터댐과 76번가가 만나는 곳. 오랜만에 얼굴들 좀 볼 수 있을 거야."

"링크 얼굴은 보지 못하겠군."

"사실, 볼 수 있어. 원한다면. 화장 전에 누군가가 시신을 확인해야 해. 뉴욕 법이야. 내가 할 거야. 관을 열 때 함께 가. 우리 친구한테 무슨 일이 벌어졌는지 보게 될 거야. 백 살은 된 것처럼 보였어. 머리칼은 완전히 하얘졌고 얼굴은 그냥 겁에 질린 자그마한 물건이었어. 야만인들이 오그라뜨리는 그 두개골처럼."

"모르겠어." 새버스가 대꾸했다. "내일 갈 수 있을지."

"못 오면 못 오는 거지. 신문에서 보기 전에 알려줘야겠다고 생각했어. 신문에는 사인이 심장마비로 나갈 거야―그게 가족이 선호하는 원인이니까. 이니드는 부검을 하지 않으려 했네. 링크는 죽고 나서 열세 시간 또는 열네 시간이 지나서 발견됐어. 침대에서 사망, 그렇게들 이야기하지. 하지만 가정부 이야기는 달라. 아마 지금쯤 이니드는 자기 이야기를 믿게 되었을 거야. 그동안 내내 그녀는 그 친구가 나을 거라고 진정으로 기대했네. 마지막까지 확신했지. 열 달 전에 이미 한 번 손목을 그었는데도."

"이봐. 나를 기억해줘서 고마워. 전화해줘서 고마워."

"사람들이 너를 기억해, 미키. 많은 사람이 아주 존경하는 마음으로 너를 기억하고 있어. 링크가 눈물을 글썽이던 사람 가운데 하나가 너야. 그러니까 그가 아직 자기를 잃지 않았을 때 말이야. 너 같은 재능을 벽지에 처박아두는 건 절대 좋은 생각이 아니라고 봤지. 그 친구는 네 연극을 좋아했어, 네가 마법사라고 생각했지.

'미키가 왜 그런 거야?' 링크는 네가 여길 떠나 거기 올라가 살면 절대 안 된다고 생각했지. 자주 그 이야기를 했어."

"뭐, 다 오래전 일이야."

"링크가 잠시라도, 니키가 사라진 게 어떤 식으로든 네 책임이라고 생각한 적 없다는 건 네가 알아야 해. 나도 물론 그랬어. 지금도 마찬가지고. 그 우물에 독을 타는 좆같은 놈들—"

"글쎄, 우물에 독을 타는 놈들이 옳았고 너희가 틀렸지."

"전형적인 새버스의 외고집이로군. 너는 그걸 믿지 못하는 거야. 니키는 그럴 운명이었어. 엄청난 재능이 있고, 아주 예뻤지만, 아주 약했고, 아주 가난했고, 아주 신경증적이었고 좆도 망가져 있었지. 그 아이는 절대 버틸 방법이 없었어, 방법이."

"미안, 내일은 못 가." 새버스는 전화를 끊었다.

◆ ◆ ◆

요즘 로즈애나의 제복은 리바이스 재킷과 왜가리처럼 가느다란 그녀의 다리만큼이나 폭이 좁은 물 빠진 청바지였는데, 최근에 어시나의 핼이 그녀의 머리를 너무 짧게 자르는 바람에 새버스는 그날 아침식사 때 데님으로 꾸민 아내가 대학 시절 핼의 젊고 예쁜 동성애자 친구들 가운데 한 명이었을 것이라는 상상을 드문드문 이어갔다. 하긴 그 시절에는 머리가 어깨까지 내려왔음에도 그녀는 사내아이 같은 분위기를 풍겼다. 사실 사춘기 이래로 그런 분위기가 있었다—가슴이 납작하고 키가 컸으며 성큼성큼 걷는 걸음걸이에 말을 할 때는 턱을 묘하게 치켜올리는 버릇이 있었는데, 그런 점이 그의 연약한 오필리아*가 사라지기 오래전부터 새버스에게 묘한 매력으로 다가왔다. 로즈애나는 완전히 다른 종류의 셰익스피어 여주인공 그룹에 속해 있는 것처럼 보였다―미란다와 로절린드처럼 건방지고, 튼튼하고, 현실적인 젊은 여자 무리. 또 로즈애나는 로절린드가 아든의 숲에서 사내아이 옷차림으로 다닐 때 그랬던 것처럼 화장을 하지 않았다. 머리카락은 아직 매혹적인 황금빛 갈색이었으며, 바싹 짧게 잘랐어도 어루만지고 싶은 부드러운 깃털처럼 광택이 흘렀다. 얼굴은 타원형, 넓은 타원형이었으며, 위로 치켜올라간 작은 코와 넓고 풍만하고 사내아이 같은 느낌을 벗어버린 유혹적인 입은 그 윤곽이 조각을 해놓은 듯했다. 이 망치와 끌로 다듬은 듯한 모습은 그녀가 지금보다 젊었을 때는 생명이 주입된 인형이라는 동화 같은 착각을 일으켰다. 이제 그녀는 술을 마시지 않았고, 새버스는 로즈애나의 얼굴 조형에서, 어머니가 떠나고 아버지가 그녀를 거의 파괴하기 전에 분명히 그곳에 있었을 어여쁜 아이의 흔적을 보았다. 그녀는 남편보다 훨씬 말랐을 뿐 아니라 머리 하나가 더 컸다. 또 매일 조깅을 하고 호르몬 치환 요법을 받아 쉰여섯 살의 아내라기보다는 식욕이 부진한 딸처럼 보였다―둘이 함께 외출하는 드문 경우의 이야기지만.

로즈애나가 새버스에게서 가장 증오하는 것이 무엇일까? 새버스가 로즈애나에게서 가장 증오하는 것은 무엇일까? 글쎄, 서로

---

 *「햄릿」의 등장인물.

를 성나게 하는 것은 세월과 함께 바뀌었다. 오랫동안 그녀는 아이를 갖는 것을 고려조차 하지 않으려는 새버스의 태도 때문에 그를 증오했고, 그는 그녀가 쉴새없이 전화로 여동생 엘라에게 자신의 '생물학적 시계' 이야기를 하며 투덜대는 것 때문에 그녀를 증오했다. 마침내 그는 그녀에게서 전화를 빼앗아 그들의 대화가 얼마나 불쾌한지 엘라에게 직접 알려주었다. 그는 엘라에게 말했다. "물론 야훼가 나에게 군이 이렇게 큰 자지를 준 건 댁의 언니의 걱정처럼 하찮은 걱정을 달래주라는 뜻은 아니었소!" 아이를 가질 수 있는 시기가 지나버리자 로즈애나는 자신의 증오의 이유를 더 잘 집어낼 수 있게 되어 이제 새버스가 존재한다는 단순한 사실 때문에 그를 경멸했고, 이는 그가 그녀를 단지 존재한다는 이유로 경멸하는 것과 대체로 비슷했다. 덧붙여 생활과 관련한 예측 가능한 사항이 있었다. 그녀는 그가 부엌 식탁을 정리한 뒤에 부스러기를 아무 생각 없이 바닥으로 쓸어버리는 방식을 증오했고, 그는 그녀의 재미없는 이방인goy 유머를 증오했다. 그녀는 그가 고등학교 이후로 육해군 잉여물자를 뒤섞어 입고 다니는 걸 증오했고, 그는 자신이 그녀를 안 세월 내내 그녀가 절대, 심지어 찬란한 방종이 지배하던 간통 시기에도 자신이 싼 것을 우아하게 삼킨 적이 없다는 사실을 증오했다. 그녀는 그가 십 년 동안 침대에서 그녀를 건드리지 않은 것을 증오했고 그는 그녀가 전화로 지역 친구들과 이야기하는 냉정하고 단조로운 말투를 증오했다―그리고 그는 그 친구들, 환경에 열광하는 공상적 개혁가들이나 AA의 술꾼 출신들을 증오했다. 매해 겨울 타운의 도로 관리 담당자들은 돌아다니며 흙길에 줄지어 서 있는 백오십 년 된 단풍나무를 베었고, 매더매스카폴스의 단풍나무를 사랑하는 사람들은 매년 도시 행정위원장에게 항의 청원을 냈고, 그러면 이듬해에 도로 관리 담당자들은 나무들이 죽었거나 병들었다고 주장하면서 또다른 숲 속 길의 오래된 단풍나무들을 베고 그것으로—통나무를 장작으로 팔아서—담배, 포르노 비디오, 술을 계속 조달할 쩐을 챙겼다. 그녀는 그가 본인의 일에 대해 끝도 없이 신랄하게 구는 것을 경멸했는데 이것은 그가 그녀의 음주를—그녀가 공공장소에서 취해 말싸움을 하려 하고, 집에서든 밖에서든 크고 모욕적인 목소리로 공격적으로 말하는 것을—경멸해온 것과 마찬가지였다. 그러나 이제 로즈애나는 술을 마시지 않았고, 그래서 새버스는 그녀의 AA 슬로건과 더불어 그녀가 AA 모임이나 학대받는 여성 그룹에서 입에 붙어오는 말투를 증오했다. 그 그룹에서 로즈애나는 가엾게도 남편에게 맞아본 적이 없는 유일한 사람이었다. 가끔 말다툼을 하다가 궁지에 몰리면 로즈애나는 새버스가 자신을 '말로' 학대한다고 주장했지만, 그것은 교육받지 못한 시골 여자들이 지배하는 그룹에서는 높게 쳐주지 않는 항목이었다. 그들은 맞아서 이가 나가거나 의자가 부서지도록 머리를 맞거나 담뱃불로 궁둥이와 젖가슴을 지지는 짓을 당했다. 새버스는 또 로즈애나가 사용하는 그 표현들도 증오했다! "그런 뒤에 토론이 있었고 우리는 그 특정한 단계에 관해 의견을 공유했어……" "아직 그건 여러 번 공유하지 못했어……" "많은 사람들이 어젯밤에 공유한 것은……" 선량한 사람들이 씹을 한다는 말을 혐오하듯 그가 혐오하는 말은 공유한다는 것이었다. 그는 멀리 외딴 언덕에 살고 있었는데도 총이 없었다. 매일 '공유'에 관해서 말하는 아내와 사는 집에 총을 두고 싶지 않았기 때문이다. 그녀는 그가 늘 아무런 설명 없이 갑자기 나가는 것, 늘 시도 때도 없이 떠나는 것을 증오했고, 그는 아주 많은 것을 감추는 동시에 거의 아무것도 감추지 못하는 그녀의 인위적인 웃음, 때로는 당나귀 울음소리이고, 때로는 짖는 소리이고, 때로는 깔깔거림이지만 진정한 기쁨으로 울리는 적은 없는 웃음을 증오했다. 그녀는 그가 스스로에게 몰두하는 것과 경력을 망쳐버린 관절 때문에 격분하는 것을 증오했고, 물론 캐시굴즈비 스캔들 때문에 그를 증오했다. 그로 인한 수치 때문에 생긴 신경쇠약이 없었다면 그녀가 입원을 해서 회복이 시작되는 일도 없었겠지만. 그리고 관절염 때문에, 스캔들 때문에, 거만한 구제불능의 실패자이기 때문에, 그는 한푼도 벌지 못하고 그녀 혼자 생계를 위해 벌이를 하고 있다는 사실을 증오했지만, 새버스도 그것은 증오했다―이것이 그들이 합의하는 몇 안 되는 점 가운데 하나였다. 그들 둘 다 상대가 옷을 벗고 있는 모습이 눈에 흘끗 들어오는 것조차 역겹게 생각했다. 그녀는 그의 늘어나는 허리, 축 늘어진 음낭, 원숭이처럼 털이 무성한 어깨, 성경에나 나올 것 같은 허옇고 한심한 턱수염을 증오했고, 그는 조깅을 하는 사람의 비썩 마르고 젖통이 없는 상태―갈비뼈, 골반, 흉골 등, 드렌카는 말랑말랑하게 속이 차 있는 반면 로즈애나는 기근 피해자처럼 뼈만 앙상한 모든 것을 증오했다. 그들이 이 긴 세월 집에 함께 남아 있었던 것은 그녀는 술을 마시느라 너무 바빠 무슨 일이 벌어지는

지 몰랐기 때문이고 그는 드렌카를 발견했기 때문이었다. 이 때문에 매우 견고한 결합이 유지되고 있었다.

로즈애나는 고등학교에서 퇴근해 집으로 차를 몰고 오는 길에 오로지 부엌에 들어가자마자 마실 샤도네이 첫 잔만을 생각하곤 했다. 저녁을 준비하면서 두번째와 세번째 잔, 새버스가 스튜디오에서 돌아오면 그와 함께 네번째 잔, 저녁을 먹으면서 다섯번째 잔, 그가 디저트를 가지고 스튜디오로 돌아갈 때 여섯째 잔, 그리고 저녁 나머지 시간 동안 완전히 혼자서 또 한 병. 그녀는 종종 자신의 아버지가 그랬던 것처럼—여전히 옷을 다 입은 채로—아침에 거실에서 잠을 깼다. 전날 밤 거실 소파에서 잔을 손에 쥐고 병을 옆쪽 바닥에 둔 채 벽난로의 불길을 지켜보다 뻗은 것이다. 아침이면 무시무시한 숙취가 찾아와 몸이 퉁퉁 부은 느낌이 들고, 땀이 나고, 속에는 수치와 자기혐오가 가득했으며, 새버스와 절대 말 한마디 나누지 않았고 커피를 함께 마시는 경우도 드물었다. 그는 커피를 들고 스튜디오로 갔고, 그런 뒤에 서로 다시 보지 않다가 저녁때가 되면 또 의식이 시작되었다. 밤이면 모두가 행복했다. 로즈애나는 샤도네이와 함께 있고 새버스는 차를 타고 어디론가 떠나 드렌카의 아래를 핥았다.

그녀가 '회복에 들어선' 이후에는 모든 것이 바뀌었다. 이제 일주일에 일곱 밤, 저녁식사 직후, 그녀는 차를 몰고 AA 모임에 갔고, 옷에서 담배 냄새를 풍기며 열시쯤 돌아왔고 기분은 단호하다 싶을 정도로 차분했다. 월요일 저녁이면 어시나에서 공개토론회가 열렸다. 화요일 저녁에는 컴벌랜드에서 단계 모임이 있었는데. 이곳이 그녀의 홈그룹이었으며 그곳에서 그녀는 얼마 전 금주 사주년을 기념했다. 수요일 저녁에는 블랙월에서 단계 모임이 있었다. 그녀는 이 모임은 별로 좋아하지 않았다―블랙월 출신의 센 척하는 노동자와 정신병원 직원들, 이들은 공격적이고 화를 내고 외설적이었기 때문에 열세 살까지 대학 분위기의 케임브리지에 살았던 로즈애나는 신경이 곤두섰다. 그러나 서로 소리를 질러대는 성난 사내들에도 불구하고 그것이 매더매스카폴스로부터 50마일 거리 안에서 열리는 유일한 수요일 모임이기 때문에 참석했다. 목요일이면 컴벌랜드에서 열리는 연사 초청 비공개 모임에 갔다. 금요일에는 또다른 단계 모임에 갔는데, 이것은 마운트켄들에서 열렸다. 토요일과 일요일에는 이틀 모두 오후와―어시나에서―저녁에―컴벌랜드에서―모임이 있었고 그녀는 네 모임에 다 갔다. 일반적으로 알코올중독자가 자기 이야기를 하면, 사람들은 '정직' '겸손' '금주' 같은 토론 주제를 골랐다. 새버스가 듣고 싶어하든 말든 로즈애나가 해준 이야기에 따르면, "회복 원리의 하나는 자기 자신에게 정직해지려고 노력하는 거야. 오늘밤에는 그 이야기를 많이 했어. 자기 내부에서 무엇이 편안한지 찾아내는 것." 그가 총을 소유하지 않는 또하나의 이유는 편안하다는 표현 때문이었다. "그렇게 '편안하면' 따분하지 않아? 집의 모든 불편이 그립지 않아?" "아직 그렇게 편안하다고 생각하지 않아. 그래, 듣다보면 잠이 오는 술꾼 무용담들이 있지. 하지만 그런 이야기 형식에서 이루어지는 일은," 그녀는 그의 비꼼만이 아니라 그의 눈에 담긴, 너무 진정제를 많이 먹은 사람의 표정도 전혀 느끼지 못하고 말을 이어갔다. "동일시를 할 수 있다는 거야. '나는 저것과 나를 동일시할 수 있다.' 나는 술집에서 술을 마시지 않았지만 밤에 집에 앉아 몰래 술을 마시고 비슷한 종류의 고통을 겪었던 여자와 동일시를 할 수 있어. 나한테 그건 아주 편안한 종류의 느낌이야. 내가 유별난 게 아니다. 다른 사람도 내가 어쩌다 이렇게 되었는지 이해할 수 있다. 오랫동안 금주한 사람들, 그 사람들에게서 느껴지는 내적 평화와 영성의 분위기―그게 그런 사람들을 매력적으로 만들어. 그냥 그런 사람들하고 함께 앉아 있는 것만으로도 뭔가가 생겨. 그런 사람들은 삶과 평화를 이룬 것 같아. 영감을 줘. 거기에서 희망을 얻을 수 있어." "미안해." 새버스는 로즈애나의 금주 무용담에 치명타를 가하고자 하는 마음으로 중얼거렸다. "난 동일시할 수가 없어." "그건 우리가 알지." 로즈애나는 기죽지 않고 말했고, 이제 더는 그의 술꾼이 아니었기 때문에 자신의 마음을 계속 이야기했다. "모임에 가면 가족들이 모든 걸 악화시킨다는 이야기가 자꾸 들려. AA에 가면 거기에서 더 중립적인 가족을 갖게 되지. 역설적으로 자기 가족보다 더 애정이 많고, 더 이해심이 많고, 덜 심판하는 가족. 또 우리는 서로 말을 끊지 않는데, 이것도 집과 다른 점이야. 우리는 그걸 혼선이라고 불러. 우리는 혼선을 일으키지 않아. 또 우리는 채널을 돌리지도 않아. 어떤 사람이 이야기를 하면 모두 그 사람이 끝낼 때까지 귀를 기울여. 우리는 자신의 문제만이 아니라 귀를 기울이고 관심을 가지는 방법에 관해서도 배워야 돼." "그런데 술에서 손을 떼는 유일한 방법이 초등학교 이학년짜리처럼 말하는 법을 배우는 거야?" "활동성 알코올중독자일 때 나는 알코올을 감추고, 병을 감추고, 행동을 감추면서 나 자신을 끔찍하게 망쳤어. 완전히 다시 시작해야만 돼, 그래. 내 말이 초등학교 이학년짜리처럼 들린다 해도 나는 괜찮아. 사람은 비밀만큼 병이 들어." 그가 그 의미 없고, 천박하고, 멍청한 격언을 듣는 것은 이번이 처음이 아니었다. "아냐." 그는 그녀에게 말했다―마치 그녀가 말하는 것이나 그가 말하는 것이나 어느 누가 말하는 것이 그에게 정말 중요하기라도 한 것처럼, 마치 그들 가운데 누가 그런 주절거림을 통해 진실의 경계에 다가갈 수 있기나 한 것처럼. "사람은 비밀만큼 모험을 하게 되고, 비밀만큼 혐오스러워지고, 비밀만큼 외로워지고, 비밀만큼 매력이 생기고, 비밀만큼 용기가 생기고, 비밀만큼 공허해지고, 비밀만큼 헤매는 거지. 사람이란 비밀만큼 인간적―" "아냐. 당신은 비인간적이고, 불인간적이고, 역겨워. 당신이 당신의 내적 존재와 함께 똑바로 앉아 있는 걸 막는 게 바로 비밀이야. 비밀을 가지면서," 그녀는 단호하게 새버스에게 말했다. "내적 평화를 이룰 수는 없어." "흠, 비밀을 제조하는 건 인류의 주요 산업이기 때문에 그게 내적 평화까지 처리해주지." 자신의 마음에 드는 수준으로 고요함을 유지할 수가 없게 되자 로즈애나는 모든 것을 삼킬 듯한 예전의 증오로 자신의 젖가슴을 노려보다 AA 팸플릿 하나에 빠져들었고, 새버스는 스튜디오로 돌아가 죽음에 관한 또다른 책을 읽었다. 그게 현재 그곳에서 그가 하는 모든 일이었다. 죽음, 무덤, 매장, 화장, 장례, 장례 건축물, 장례 비문에 관한 책, 오랜 세월에 걸쳐 죽음을 바라보는 여러 태도에 관한 책, 마르쿠스 아우렐리우스까지 거슬러올라가며 죽어가는 기술에 관한 실용서들을 잇따라 읽는 것. 바로 그날 저녁에는 상대방의 죽음la mort de toi에 관한 책을 읽었다. 그가 이미 어느 정도는 익숙하지만 앞으로 더 익숙해지게 될 운명인 것과 관련한 내용이었다. "지금까지 우리는 죽음에 대한 두 가지 태도를 보여주었다. 첫번째 태도는 가장 오래되고, 가장 오랫동안 유지되었고, 가장 일반적인 것으로, 종의 집합적 운명에 익숙하게 체념하는 것이며 우리는 죽을 것이다Et moriemur라는 표현으로 요약될 수 있다. 두번째는 12세기에 나타난 것인데 근대 시기 내내 자아, 자신의 존재에 부여한 중요성을 드러내는 것으로, 이것은 또다른 구절인 la mort de soi, 즉 자기 자신의 죽음으로 표현할 수 있다. 그러나 18세기부터 서양 사회의 인간은 죽음에 새로운 의미를 부여하는 경향이 생겼다. 그들은 죽음을 찬양하고, 극화하고, 죽음을 불온하고 탐욕스러운 것이라고 생각했다. 하지만 그들은 이미 자신의 죽음보다는 상대방의 죽음에 더 관심을 가지고 있었다……"

그들이 혹시라도 주말에 함께 있게 되어 타운 스트리트를 따라 반 마일을 걷게 되면, 로즈애나는 지나가거나 차를 타고 가는 거의 모든 사람에게 인사를 했다―늙은 부인, 배달하는 소년, 농부, 모두에게. 하루는 심지어, 그 많은 사람들 가운데 하필이면 크리스타에게 손을 흔들었다. 아이는 고급 식료품점 진열창 안에 서서 커피를 홀짝이고 있었다. 드렌카와 그의 크리스타! 아래 밸리에 있는 병원이나 치과에 갈 때도 같은 일이 벌어졌다―모임들 때문에 로즈애나는 그곳 사람들도 다 알았다. "카운티 전체가 술에 취한 거야?" 새버스가 물었다. "나라 전체라고 하는 게 더 맞겠지." 로즈애나가 대꾸했다. 어느 날 컴벌랜드에서 그녀는 지나가다가 그녀에게 그냥 고개만 까닥인 사람이 레이건 밑에서 국무차관을 하던 사람이라고 털어놓았다. 늘 커피를 만들고 간식으로 먹을 쿠키를 꺼내놓으려고 모임에 일찍 온다는 것이었다. 그녀는 케임브리지에 가서 엘라네 집에서 하룻밤 자고 올 때마다—좋은 날이었다, 그런 날은, 새버스와 드렌카에게—그곳에서 열리는 모임, 여자들의 모임 때문에 환희에 젖어 돌아왔다. "나를 완전히 사로잡았어. 얼마나 유능해 보이던지, 얼마나 세련돼 보이던지, 얼마나 자신 있어 보이던지, 얼마나 좋아 보이던지, 정말 감탄했어. 적응되어 보이고. 정말이지 영감을 줘. 거기 들어갔는데 아무도 아는 사람이 없는 거야. 그랬더니 묻더라고. '외부에서 오신 분 있나요?' 그래서 손을 들고 말했지. '매더매스카폴스에 사는 로즈애나라고 해요.' 모두 손뼉을 쳤고 그러다가 이야기할 기회가 생겨서 그냥 생각나는 대로 이야기했어. 케임브리지에서 보낸 어린 시절 이야기를 했지. 어머니와 아버지에 관해서, 무슨 일이 있었는지. 그랬더니 사람들이 귀를 기울이더라고. 그 멋진 여자들이 귀를 기울이는 거야. 사랑의 느낌, 그걸 경험하게 돼, 나의 고통을 이해하는 느낌, 커다란 공감과 감정이입의 느낌. 그리고 받아들이는 느낌." "나도 당신 고통을 이해해. 나도 공감해. 나도 감정이입을 해. 나도 받아들이고 있어." "아, 그럼, 가끔 당신도 모임이 어땠느냐고 물어보지, 그건 맞아. 하지만 나는 당신하고는 이야기를 할 수가 없어, 미키. 당신은 이해하지 않을 거야—이해하지 못할 거야.

당신은 이해를 시작할 수도 없어, 그렇게 타고났어. 그래서 당신한테는 이게 따분하고 멍청해 보이는 거야. 비꼴 일이 늘어나는 거지." "비꼬는 건 내 병이야." "당신은 내가 활동성 술꾼이었을 때를 더 좋아했던 것 같아." 그녀가 말했다. "그런 우월성을 즐겼어. 기왕의 우월한 것으로는 부족했는지, 그걸 가지고 또 나를 내려다볼 수 있었어. 당신의 모든 실망이 내 책임일 수도 있어. 당신 인생은 이 좆나게 역겨운, 추락하는 술꾼 때문에 망했지. 며칠 전 밤에 어떤 남자가 자신이 알코올중독자로서 얼마나 타락했는지 이야기하더라. 그 사람은 그때 뉴욕주 트로이에 살고 있었어. 길거리에서. 그 사람들, 그러니까 다른 술꾼들이 그 사람을 쓰레기통에 처박아넣었고 그 사람은 쓰레기통에서 빠져나올 수가 없었어. 그 사람은 몇 시간이고 거기 앉아 있었는데 거리를 지나가는 사람들은 다리가 비틀린 채 쓰레기통 안에 앉아 밖으로 나오지 못하는 이 인간에게 아무런 관심이 없었어. 술을 마시고 있을 때의 내가 당신한테 바로 그랬어. 쓰레기통 안에 들어가 있었지." "그것과는 동일시를 할 수 있겠네." 새버스가 말했다.

이제 쓰레기통에서 나온 지 사 년이 되었는데 그녀는 왜 계속 그와 함께 있을까? 로즈애나가 자신의 고통에 그렇게 큰 공감을 보여준 케임브리지의 유능하고, 세련되고, 자신 있는 여자들처럼 독립할 힘을 찾게 해주는 데 밸리의 치료사인 바버라는 왜 그리도 시간이 오래 걸리는지 새버스는 놀랄 지경이었다. 하지만 로즈애나가 새버스와 겪는 문제, 즉 '노예 상태'는, 바버라에 따르면, 감정적으로 무책임한 어머니와 폭력적인 알코올중독자 아버지를 상대해야 했던 참담한 역사에서 연유하는데, 새버스는 그들 둘 다의 사디스트적 도플갱어였다. 그녀의 아버지 캐버노는 하버드의 지리학 교수로, 그의 음주와 괴롭힘을 더는 견디지 못한 아내가 그를 두려워하며 가족을 버리고 로망어 객원교수와 파리로 달아난 후 로즈애나와 엘라를 키웠다. 아내는 이 객원교수에게 아주 비참하게 속박당한 채 오 년을 살다가 혼자 자신의 출생지인 보스턴으로 돌아왔는데, 이때 로즈애나는 열세 살, 엘라는 열한 살이었다. 그녀는 두 딸이 베이스테이트 로드로 와서 자신과 함께 살기를 바랐고, 두 딸은 그렇게 하기로 결정하고 아버지—두 딸도 아버지를 두려워했다—와 새로 들어와 로즈애나를 견디지 못해 힘들어하던 그의 두번째 부인을 떠났다. 그 직후 아버지는 케임브리지의 집 다락방에서 목을 맸다. 이것이 로즈애나에게 자신이 이 긴 세월 동안 새버스와 하고 있는 짓을 설명해주었다. 그녀는 새버스의 '지배적 나르시시즘'에 알코올에 못지않게 중독되어 있었다.

이런 관련성—어머니, 아버지, 새버스 사이의 관련성—은 새버스보다 바버라에게 훨씬 분명해 보였다. 이 모든 것에 그녀가 좋아하는 표현대로 '패턴'이 있는지 몰라도, 그 패턴은 그에게는 포착되지 않았다.

"당신 인생의 패턴," 로즈애나가 화가 나서 물었다. "그것도 당신에게는 포착되지 않아? 당신이 얼굴이 시뻘게지도록 부정deny해도, 그 패턴은 거기 있어, 거기 있다고."

"그걸 부정한다고 말해야지. 그 동사는 타동사야. 어쨌든 얼간이들의 웅변이 이 땅에 퍼지기 전에는 그랬어. 인생을 지배하는

'패턴'에 관해 말하자면, 바버라한테 그건 보통 혼돈이라 부른다고 말해줘."

"니키는 네가 지배할 수 있는 무력한 아이였고 나는 구원자를 찾는 술꾼이었어. 타락을 즐겼고. 그런데도 이게 패턴이 아니야?"

"패턴은 천조각에 인쇄된 거야. 우리는 천이 아니야."

"하지만 나는 정말이지 구원자를 찾고 있었고, 정말이지 타락을 즐겼어. 그건 내가 자초한 일이라고 생각했어. 내 인생의 모든 건 광기와 소음과 혼란이었어. 베닝턴 칼리지 출신의 여자애 셋이 뉴욕에 함께 살고, 검은 속옷 빨래가 어디에나 걸려 있고 널려 있었어. 남자친구들이 늘 모두 불러대고. 남자들이 불러대고. 나이 많은 남자들. 어떤 유부남 시인이 누군가의 방에서 벌거벗고 있고. 그곳은 혼란이었어. 식사라고는 하지 않았지. 성난 연인들과 격분한 부모가 등장하는 드라마가 늘 돌아가고 있었고. 그러다 어느 날 거리에서 난 당신의 별난 손가락 쇼를 보았고 우리는 만났고 당신은 나더러 작업장으로 한잔하러 오라고 초대했어. B 애비뉴와 9번가가 만나는 곳이었지, 공원 바로 옆. 다섯 층을 올라가니까 그 완벽하게 고요한, 아주 작고 하얀 방이 나왔어. 모든 게 정돈되어 있고 위에는 천창이 있었지. 나는 유럽에 온 줄 알았어. 인형들이 모두 줄지어 있었어. 당신 작업대—모든 도구가 제자리에 걸려 있고, 모든 게 단정하고, 깨끗하고, 질서 있고, 제자리에 있었어. 당신 캐비닛. 믿을 수가 없었어. 얼마나 차분하고 합리적이고 안정되어 보이던지. 하지만 거리에서 연기를 할 땐 그 스크린 뒤에 미치광이가 있는 것 같았어. 당신의 맨 정신. 당신은 나한테 한잔하라고 권하지도 않았지."

"유대인은 그런 거 안 해."

"나는 몰랐지. 내가 아는 건 당신한테 미친 예술이 있고 세상에서 당신에게 중요한 건 오로지 당신의 미친 예술뿐이라는 것, 내가 뉴욕에 간 건 나의 예술을 위한 것이고, 그림을 그리고 조각을 해보려는 것이었는데, 나에게 있는 건 오로지 미친 삶뿐이었다는 거야. 당신은 정말 집중하고 있었어. 아주 강렬했지. 녹색 눈. 당신은 아주 잘생긴 남자였어."

"삼십대 남자들은 모두 잘생겼지. 지금 나하고 뭘 하고 있는 거야, 로즈애나?"

"내가 술꾼이었을 때 왜 나를 떠나지 않은 거야?"

그녀에게 드렌카 이야기를 할 때가 온 것일까? 어떤 순간이 찾아와 있었다. 드렌카가 죽었다는 것을 알게 된 아침 이후 지금까지 몇 달 동안 어떤 순간이 찾아오고 있었다. 그는 오랜 세월 뭔가가 절박하다는 느낌이 전혀 없이 표류해왔는데 이제 그 순간이 그를 향해 달려오고 있었을 뿐 아니라, 그가 스스로 그동안 살아온 모든 것으로부터 벗어나 그 순간 안으로 달려들어가고 있었다.

"왜?" 로즈애나가 되풀이했다.

그들은 막 저녁을 먹었고, 이제 로즈애나는 모임에 가고 새버스는 그녀가 나간 뒤 묘지에 가야 할 시간이었다. 그녀는 이미 데님 재킷을 입고 있었지만, 전에는 샤도네이를 통해 회피했던 '대결'을 이세는 두려워하지 않기 때문에 이번만큼은 그가 그들의 비참한 역사를 진지하게 받아들이도록 밀어붙이기 전에는 집을 나서려 하지 않았다.

"나는 그 익살맞은 우월성이 지겨워. 비꼼과 끝없는 농담이 지겨워. 대답해. 왜 나를 떠나지 않은 거야?"

"당신 봉급 때문이지. 내가 떠나지 않은 건," 그가 말했다. "부양받기 위해서였어."

그녀는 당장이라도 울음을 터뜨릴 것 같아, 말을 하려고 하기보다는 입술을 깨물었다.

"그만해, 로지. 바버라가 오늘은 아무런 새로운 이야기를 해주지 않았군."

"정말이지 믿기 힘들어."

"바버라를 의심하는 거야? 그러다간 다음에는 하느님을 의심하게 될 거야. 무슨 일이 벌어지는지 완전하게 이해하고 있는 사람이 매더매스카폴스는 말할 것도 없고 세상천지에 몇이나 남아 있겠어? 그런 사람은 남아 있지 않다는 것, 내가 그들의 지도자라는 것이 늘 내 인생의 전제였어. 그런데, 바버라 같은 사람, 무슨 일이 벌어지고 있는지 완전히 이해하는 사람을 찾아내다니, 이런 벽촌에서, 모든 것을 정말이지 완전하게 알고 있는 사람, 가장 넓은 의미의 인간, 대학에서 심리학을 공부하며 얻은 삶의 지식에 기초하여 판단을 내리는 인간을 발견하다니…… 바버라 덕분에 뚫고 들어갈 수 있었던 다른 어두운 신비가 뭐가 있어?"

"아, 별로 신비한 건 아니야."

"그래도 말해봐."

"내가 나 자신을 파괴하는 것을 지켜보는 게 당신에게는 진짜

기쁜 일이었을 수도 있다는 것. 니키가 자신을 파괴하는 것을 지
켜보는 것이 당신에게 그랬듯이. 그게 당신이 나를 떠나지 않은
또하나의 유인일 수도 있다는 것."

"두 마누라의 파멸을 내가 기쁘게 지켜봤다. 패턴일세! 그런데
이제 그 패턴은 내가 니키가 사라진 것만큼이나 당신이 사라지는
것을 즐거워하라고 요구하지 않을까? 그 패턴이 이제 당신이 사
라지는 것도 요구하지 않을까?"

"요구해. 요구했어. 그게 바로 내가 사 년 전에 향하던 곳이었
어. 그때 죽음에 가장 가까이 다가갔어. 나는 겨울이 오기를 기다
리느라 안달이 났어. 오로지 웅덩이의 얼음 밑에 있고 싶은 마음
뿐이었거든. 당신은 캐시 굴즈비가 나를 거기 집어넣기를 바라고
있었어. 하지만 그 아이는 오히려 나를 구했지. 당신의 마조히스
트 학생―걸레가 내 생명을 구한 거야."

"그런데 나는 내 마누라들의 불행을 왜 그리 즐거워할까? 틀림
없이 내가 마누라들을 증오하기 때문이야."

"당신은 모든 여자를 증오해."

"바버라에게는 아무것도 숨길 수가 없구먼."

"당신 어머니, 미키, 당신 어머니."

"책임질 사람이? 나의 자그마한 어머니, 반은 제정신이 아닌
상태로 죽음으로 다가갔던 어머니라고?"

"어머니가 '책임을 져야' 한다는 게 아니야. 그분은 그냥 그분
이었어. 그분이 사라진 첫 사람이었어. 당신 형이 전사했을 때 당
신 어머니는 당신 인생에서 사라졌어. 당신을 버렸어."

"그래서 그게, 바버라의 논리를 따른다면, 그게 내가 당신이 좆나게 지겹다고 생각하는 이유야?"

"조만간 당신은 어떤 여자든 지겹다고 생각하게 될 거야."

드렌카는 아니야. 드렌카는 절대 안 그래.

"그래서 바버라는 언제 당신이 나를 쫓아내게 할 계획이야?"

이것은 로즈애나가 지금 벌이기로 계획한 대결에서 더 나아가는 것이었다. 그녀가 갑자기 지난 4월 애국자의 날에 보여주었던 모습으로 바뀌었기 때문에 그는 그것을 알 수 있었다. 그날 그녀는 처음으로 보스턴 마라톤을 시도했고 결승선 바로 너머에서 기절했다. 그렇다, 새버스를 제거한다는 주제는 그녀가 스스로 조금 더 준비가 될 때까지 나오지 말았어야 했다.

"그래서 나를 쫓아내기로 정해놓은 날이 언제냐니까?" 그는 다시 물었다.

새버스는 로즈애나가 낡은 계획을 버리고 그에게 '지금'이라고 말하겠다는 결심에 이르는 것을 지켜보았다. 그 때문에 그녀는 자리에 앉아서 두 손에 얼굴을 묻어야 했다. 자동차 열쇠가 여전히 그녀의 손가락에서 달랑거렸다. 고개를 들었을 때 그녀의 얼굴에는 눈물이 흘러내리고 있었다—바로 그날 아침 그는 그녀가 전화로 이야기하는 것을 우연히 들었다. 어쩌면 다름 아닌 바버라에게 한 것인지도 몰랐다. "나는 살고 싶어. 잘살기 위해 필요한 일은 뭐든 할 거야, 어떤 일이든. 나는 강해지는 느낌이고 내 일에 모든 걸 쏟아넣을 수 있어. 일을 하러 가면 그 모든 순간을 사랑하게 돼." 그리고 이제 그녀는 눈물을 흘리고 있었다. "나는 이런 식으로 되기를 바라지 않았어." 그녀가 말했다.

"바버라는 언제 당신이 나를 쫓아내게 할 계획이야?"

"제발. 제발. 당신은 지금 내 인생의 삼십이 년을 얘기하고 있는 거야! 이건 절대 쉽지 않아."

"내가 일을 쉽게 만들어주지. 오늘밤에 나를 쫓아내." 새버스가 말했다. "당신이 그럴 수 있을 만큼 맨정신인지 보자고. 나를 쫓아내. 로즈애나. 나가서 다시는 돌아오지 말라고 말해."

"당신이 이러는 건 정당하지 않아." 그녀는 오랫동안 이렇게 히스테리에 사로잡혀 운 적이 없었다. "아버지 일이 있었는데, 그 모든 일이 있었는데, 제발 '나를 쫓아내'라는 말은 말아줘. 나는 그 말을 들을 수가 없어."

"나가지 않으면 경찰을 부르겠다고 말해. 경찰은 아마 모두 AA 출신일 거야. 주 경찰관, 여관집 아이, 발리치네 아이를 불러. 그 아이한테 AA에 당신 남편보다 당신을 사랑하고, 이해하고, 심판하지 않는 가족이 있어서 나를 쫓아내고 싶다고 말해. '12단계'는 누가 썼지? 토머스 제퍼슨인가? 아, 그 사람한테 전화해, 그 사람과 공유해, 그 사람한테 당신 남편이 여자들을 증오하기 때문에 쫓아내버려야 한다고 말해! 바버라한테, 나의 바버라한테 전화해. 내가 전화할게. 그 여자한테 당신들 흠 없는 두 여자가 얼마나 오래전부터 나의 추방을 계획해왔느냐고 묻고 싶어. 사람들은 자신의 비밀만큼 병들어 있다고? 그래, 모리스라는 짐을 덜어버리는 게 도대체 얼마 동안이나 당신의 작은 비밀이었던 거지, 여보?"

"더는 못 들어주겠어! 나는 이런 소리를 들을 사람이 아니야!

당신은 재발에 대한 불안이 없어. 당신은 영원한 재발 속에 살고 있으니까! 하지만 나는 있다고! 나는 큰 노력을 기울이고 엄청난 고통을 겪으면서 나 자신을 되찾았어, 미키. 무시무시하게 참담하고 잠재적으로 치명적인 질병으로부터 나 자신을 되찾았다고. 인상 찌푸리지 마! 당신한테 내 어려움을 이야기하지 않으면 당신은 절대 모를 거야. 나는 지금 아무런 자기 연민이나 감상 없이 이 말을 하는 거야. 이렇게 회복되는 데 내 모든 에너지와 노력이 들어갔다고. 하지만 나는 아직도 커다란 변화 상태에 있어. 아직도 자주 고통스럽고 겁이 나. 그래서 난 이렇게 소리지르는 걸 견딜 수 없어. 견디지 않을 거야! 그만해! 당신은 지금 마치 아버지처럼 나한테 소리를 지르고 있어."

"내가 당신한테 씨발 누구처럼 소리를 지른다는 거야! 나는 당신한테 나 자신처럼 소리를 지르고 있는데!"

"소리지르는 건 비합리적이야." 그녀가 필사적으로 소리쳤다. "소리를 지르고 있으면 당신은 제대로 생각을 못해! 나도 마찬가지고!"

"안 그래! 나는 소리를 지르고 있을 때만 비로소 제대로 생각을 하게 돼! 난 합리적이기 때문에 소리를 지르는 거야! 유대인에겐 소리를 지르는 게 생각을 철저하게 하는 방법이야!"

"'유대인'이 그거랑 무슨 상관이 있어? 당신은 겁을 주려고 일부러 '유대인' 얘기를 하고 있어!"

"나는 당신한테 겁을 주려고 일부러 모든 걸 해, 로지!"

"하지만 나가면 어디로 갈 건데. 당신은 생각을 하고 있지 않아.

어떻게 살 거야? 당신은 예순네 살이야. 돈 한푼 없어. 당신은 나가지 못해." 그녀는 울부짖었다. "죽겠다고 작정하지 않고는."

"아니, 당신이 그걸 견디지 못하는 거지, 안 그래?" 그는 그렇게 말하면서도 아무런 고통이 없었다.

그렇게 벌어진 일이었다. 드렌카가 죽고 나서 다섯 달 뒤, 새버스가 사라지는 데, 로즈애나를 떠나는 데, 마침내 정리를 하고 그들의 집을 떠나는 데 필요한 것은 그것뿐이었다. 그 정도뿐이었다―차에 올라타 링크 겔먼이 어떤 꼴인지 보러 가는 데 필요한 것은.

♦ ♦ ♦

새버스는 먼길을 택해 앰스터댐과 76번가가 만나는 곳까지 갔다. 세 시간 반 걸리는 여행에 열여덟 시간의 여유가 있었기 때문에 동쪽으로 12마일을 달려 턴파이크와 만나는 대신, 배틀마운턴을 넘어 92번 도로로 가서 뒷길을 거쳐 40마일 정도 남쪽에서 턴파이크를 타기로 했다. 그렇게 하면 마지막으로 드렌카를 찾아가볼 수 있었다. 그는 자신이 어디로 갈지, 무엇을 할지 전혀 몰랐고, 앞으로 그 묘지를 다시 찾게 되는지도 알 수 없었다.

정말이지 그는 도대체 무슨 짓을 하고 있는 것일까? AA에 관해 로즈애나에게 이러쿵저러쿵하지 않는다. 그녀에게 학교 아이들에 관해 묻는다. 그녀를 가볍게 포옹해준다. 그녀를 데리고 여행을 간다. 그녀의 보지를 핥는다. 이것은 대수롭지 않은 일이며,

이것으로 일이 잘 돌아갈지도 몰랐다. 그녀가 대학을 막 나온 팔다리가 길쭉한 화가 지망생이고 섹스에 열광하는 여자아이들이 가득한 아파트에 살던 때는 늘 그걸 했다. 그의 두 귀를 안듯이 감싸는 그녀의 긴 뼈들이 늘 너무나 좋았다. 활달하고, 개방적이고, 독립적이고—이십사 시간 보호가 필요하지 않다고 여겨지는 사람, 니키의 멋지고 새로운 대립물……

로즈애나는 오랜 세월 새버스의 인형 파트너였다. 그들이 만나기 전 그녀는 여섯 달 동안 누드를 조각하고 여섯 달 동안 추상화를 그렸으며, 그다음에는 도자기를 굽고 목걸이를 만들기 시작했다. 그러다가, 사람들이 목걸이를 좋아하고 사주기 시작했음에도, 일 년 뒤에는 흥미를 잃고 사진을 시작했다. 그러다가 새버스를 통해 인형을 발견하고, 자기 솜씨의 용도, 그림을 그리고 조각하고 칠하고 만지작거리는 솜씨, 심지어 잡동사니를 모으고 온갖 종류의 물건을 소중히 간직하는 솜씨의 용도를 발견했다. 이런 것들은 그녀가 전부터 아무런 목적 없이 해오던 일이었다. 그녀의 첫 인형은 새였다. 깃털과 스팽글이 달린 손가락 인형으로, 새버스가 생각하는 인형과는 전혀 비슷하지 않았다. 그는 인형은 아이들을 위한 것이 아니라고 설명했다. 인형은 "나는 순진하고 착해요" 하고 말하지 않는다. 그 반대를 말한다. "나는 너하고 놀 거야, 내가 원하는 방식으로." 그녀는 가만히 지적을 받아들였으나, 그렇다고 해서 인형 제작자로서 자신이 일곱 살 때, 아직 엄마와 아빠와 유년이 있던 시절에 알았던 행복을 찾는 일을 정말로 그만두었다는 뜻은 아니었다. 곧 그녀는 새버스를 위해 인형 머리를 조각하기 시작했다. 옛날 유럽 인형처럼 나무로 조각했다. 그것을 조각하고, 사포질을 하고, 유화 물감으로 아름답게 칠하고, 눈이 깜박이고 입이 움직이게 하는 법을 깨우치고, 손을 조각했다. 처음에는 흥분한 상태에서 사람들에게 순진하게 말했다. "한 가지를 시작하니까 다른 일이 이어져. 좋은 인형은 저절로 만들어져. 나는 그냥 따라갈 뿐이야." 그러다가 그녀는 밖으로 나가 기계, 가장 싼 싱어 재봉틀을 한 대 사서 설명서를 읽더니 디자인을 하고 의상을 만들었다. 그녀의 어머니도 예전에 옷을 만들었지만 그때 로즈애나는 조금도 관심이 없었다. 그런데 이제는 하루의 반은 기계에 달라붙어 있었다. 사람들이 버리는 모든 것을 로즈애나는 수집했다. 그녀는 친구들에게 말하기 시작했다. "뭐든 원하지 않는 게 있으면 나한테 줘." 낡은 옷가지, 거리에서 가져온 물건, 사람들이 옷장을 치우느라 버린 물건. 그녀가 그 모든 것을 이용하는 방식은 놀라웠다―세계를 재활용하는 로즈애나. 그녀는 커다란 패드에 세트를 디자인하고, 그것을 만들고, 칠했다―둘둘 마는 세트, 페이지처럼 넘어가는 세트. 그 모든 일을 늘 꼼꼼하게, 하루에 열 시간 내지 열두 시간씩 했다. 가장 꼼꼼한 일꾼이었다. 그녀에게 인형은 작은 예술품이기도 했지만, 그것을 넘어서서 하나의 부적이었다. 사람들이 거기에 자신을 투사하게 만드는 방식이 마법적으로 느껴졌다. 심지어 분위기가 은근히 반도덕적이고 왠지 위협적인 동시에 사악한 재미를 주는 새버스의 극장에서도 그것은 마찬가지였다. 새버스의 손이 그녀의 인형에게 생명을 준다, 그녀는 그렇게 말했다. "당신 손은 바로 인형의 심장이 있는 곳에 가 있어. 나는 목수고 당신은 영혼이야." 그녀는 '예술'에 관해 부드럽고 로맨틱했으며, 그가 냉혹하고 짓궂은 데 반해 과장되고 약간 피상적이었지만, 그럼에도 그들은 한 팀이었다. 결코 행복과 일치로 찬란하게 빛나지는 않았지만 오랫동안 효과적으로 움직여온 팀이었다. 아버지 없는 딸로서 그녀는 너무 일찍, 아직 세상의 뾰족한 못들을 제대로 접해보지 못한 시기에 인생의 남자를 만나는 바람에 자기 자신의 마음과 완전히 접해본 적이 없었으며, 오랫동안 새버스가 그녀에게 무슨 말을 해주지 않으면 무슨 생각을 할지 알지 못했다. 그가 아직 어린 나이에 자신을 열어 받아들였던 많은 양의 삶이 그녀에게는 왠지 이국적으로 느껴졌는데, 여기에는 니키를 잃은 것도 포함되어 있었다. 그녀가 가끔 그의 압도적 존재감의 피해자가 되었는지는 몰라도, 그런 압도적 존재감에 너무 매혹되어 있었기 때문에 감히 그것 없이 사는 젊은 여자가 될 수는 없었다. 그는 일찍부터 힘겹게 얻는 교훈의 열렬한 추종자였고, 그녀는 순진하게도, 그의 영리함과 냉소주의만큼이나 배를 타고 돌아다닌 일도 생존을 위한 벼락치기 공부거리로 삼았다. 사실 그녀는 그와 함께 있으면서 늘 위험했고, 안달했고, 비꼼을 두려워했지만, 그와 함께 있지 않을 때는 그것이 훨씬 심해졌다. 그녀는 오십대 초반에 인사불성의 상태에서 구토를 하는 지경까지 내려갔다가 AA에 이르러서야 그곳 사람들이 말하는 언어 속에서, 그녀가 조금의 아이러니나 비판 없이, 심지어, 아마도, 완전한 이해조차 없이 그냥 받아들였을 그 단어들 속에서, 새버스의 회의주의나 빈정대는 재치가 아닌, 그녀 자신을 위한 지혜를 찾아냈다.

드렌카. 그들 가운데 하나는 술 마시기drink로 내몰리고 있고, 하나는 드렌카Drenka로 내몰리고 있다. 하지만 새버스는 열일곱 살 이후로 유혹적인 창녀라면 사족을 못 썼다. 그는 열여덟 살에 유카탄에서 그 창녀와 결혼했어야 했다. 인형극 광대가 되는 대신 뚜쟁이가 되었어야 했다. 적어도 뚜쟁이는 대중이 있고 생계를 유지할 수 있으며 텔레비전을 켤 때마다 머핏*들의 좆같은 입을 보고 미쳐버릴 필요가 없다. 아무도 창녀를 애들을 위한 오락이라고 생각하지 않는다―무슨 의미라도 될 수 있는 인형극과 마찬가지로, 창녀는 본디 성인을 즐겁게 해주는 것이다.

즐거움을 주는 창녀들. 절친한 친구 론 메츠너와 함께 고등학교를 졸업하고 나서 한 달 뒤 차를 얻어 타고 뉴욕에 가서 그곳에서 만난 어떤 사람이 그들에게 브루클린의 노르웨이 선원 센터에 가면 여권 없이 국외로 나갈 수 있다고 말해주었을 때, 어린 새버스는 반대편 끝에 그 모든 보지가 있다는 것을 전혀 몰랐다. 그때까지 그의 성적인 경험은 애즈버리 출신의 이탈리아계 여자애들을 더듬고 기회가 있을 때마다 자위를 하는 것뿐이었다. 지금 그의 기억에 남은 것은 라틴아메리카에서 배가 항구에 다가가면 싸구려 향수, 커피, 보지의 그 믿을 수 없는 냄새가 난다는 것이었다. 리우건 산투스건 바이아건 또는 남아메리카의 다른 어떤 항구건 거기에는 그 맛있는 냄새가 있었다.

---

* 원래 인형이라는 뜻이지만, 여기서는 텔레비전 프로그램 〈머핏 쇼〉에 등장하는 인형을 가리킨다.

동기는, 우선은, 그저 바다로 달아나는 것이었다. 그는 평생 매일 아침 대서양을 보며 생각했다. "언젠가는, 언젠가는……" 매우 집요했다, 그 느낌은. 당시에 그는 그것을 전적으로 어머니의 우울을 피해 달아나고자 하는 욕망에만 갖다붙이지 않았다. 그는 평생 바다를 보았고 바다에서 낚시를 했고 바다에서 수영을 했다. 따라서 그에게는ㅡ모티가 죽은 지 겨우 열아홉 달밖에 지나지 않은, 참척을 당한 부모에게는 아닐지 몰라도ㅡ이제 의무교육으로 읽고 쓰는 것은 배웠으니 바다로 가서 진짜 교육을 받는 것이 지극히 당연해 보였다. 그는 아바나로 가는 노르웨이 부정기 화물선을 타는 순간 보지에 관해 배웠으며, 모두가 그 이야기를 하고 있다는 것을 알았다. 배를 오래 탄 선원들에게는 배에서 내리면 창녀에게로 향한다는 사실이 전혀 특별할 것이 없었으나, 열일곱 살인 새버스에게는ㅡ뭐, 상상할 수 있을 것이다.

배가 달빛을 받으며 아바나 항구의 모로성을 미끄러져 지나가는 것ㅡ세상 어느 항구 진입 못지않게 기억에 남을 만한 광경이었다ㅡ만으로는 충분히 자극적이지 않았다는 듯이, 정박을 하자 그는 배에서 내려 전에 한 번도 해보지 않은 일을 향해 곧장 달려갔다. 이곳은 바티스타의 쿠바, 미국의 커다란 창녀촌이자 도박장이었다. 십삼 년 후에는 카스트로가 산에서 내려와 이 모든 재미를 끝장내게 되지만, 평범한 뱃사람 새버스는 운이 좋아 아슬아슬하게 기회를 얻을 수 있었다.

새버스는 상선 근무 자격증을 얻고 조합에 가입하고 나자 배를 고를 수 있었다. 그는 조합 회관에서 어슬렁거리며ㅡ이미 낙원을 맛보았기 때문에—'로맨스 운항'을 기다렸다. 산투스, 몬테, 리우, 부에노스아이레스. '로맨스 운항'만 하며 평생을 보내는 사람들도 있었다. 그 이유는, 새버스에게나 그들에게나, 창녀였다. 창녀, 매음굴, 인간에게 알려진 온갖 종류의 섹스.

그는 묘지를 향해 천천히 차를 몰고 올라가며 호주머니에 십칠 달러, 공동 명의 통장에 삼백 달러가 있다고 계산했다. 우선 아침에 뉴욕의 은행에 가서 수표부터 써야 했다. 로지가 손을 쓰기 전에 먼저 쩐을 꺼내라. 그래야 했다. 그녀는 한 달에 두 번 봉급 수표를 받지만 그가 사회보장과 메디케어* 자격을 얻으려면 일 년은 있어야 할 것이다. 그의 유일한 재능은 손으로 하는 이 멍청한 재주뿐인데, 그의 손은 이제는 염병할 쓸모가 없다. 어디에 살 수 있고, 어떻게 먹고, 아프면 어떻게 하나?…… 그녀가 의무 불이행을 이유로 그와 이혼을 하면 그는 의료보험은 어떻게 하고, 항염증제와 항염증제가 위를 태워버리는 것을 막으려고 먹는 약값은 어디서 얻나. 약을 살 돈이 없고, 손이 늘 아프고, 다시는 어떤 통증 경감도 가능하지 않다면……

그런 생각을 하는 바람에 새버스는 심장이 두근거리기 시작했다. 차는 평소의 은신처로 파고들었다. 드렌카의 무덤에서 사분의 일 마일 떨어진 곳이었다. 그가 해야 하는 일은 진정하고 다시 차를 빼 집으로 향하는 것뿐이었다. 해명을 할 필요는 없을 것이다. 그런 적이 없다. 소파에서 자고 내일부터는 또 예전의 존재하

---

* 노인 의료보험제도.

지 않는 상태를 한껏 즐기며 살면 된다. 로즈애나는 그를 절대 쫓아내지 못할 것이다―아버지의 자살이 그것을 허락하지 않을 것이다. 바버라가 내적 평화와 편안이라는 면에서 어떤 보상을 약속했다 해도. 그 자신으로 말하자면 삶이 아무리 가증스러워도 집에 있을 때 가증스러운 것이지 밖에 나와 도로 옆 배수로에 있을 때 가증스러운 것이 아니었다. 수많은 미국인이 자신의 집을 증오했다. 그러나 미국의 노숙자 수는 가정과 가족이 있으면서 그 모든 것을 증오하는 미국인의 수와 비교가 되지 않았다. 그녀의 보지를 핥아라. 밤에, 그녀가 모임을 끝내고 들어올 때. 그럼 그녀는 깜짝 놀랄 것이다. 네가 창녀가 되어라. 창녀와 결혼한 것만큼 좋지는 않겠지만, 너는 이제 일흔을 육 년 남겨놓고 있으니 그렇게 해라―돈을 위해 그녀를 핥아라.

이때쯤 새버스는 차에서 나와 손전등을 들고 헤매며 길을 따라 묘지로 가고 있었다. 거기에 누가 있는지 없는지 알아내야 했다.

리무진은 없었다. 오늘밤에는 픽업트럭이 한 대 있었다. 누가 운전석에 있을까봐 가서 번호판을 보기가 겁났다. 그냥 동네의 젊은 사내들이 달밤에 언덕에 올라가 빙 둘러서서 딸딸이를 치고 있거나 여기저기 묘석에 앉아 대마초를 피우고 있는 것인지도 몰랐다. 그는 그런 사내들을 주로 컴벌랜드에서, 슈퍼마켓의 계산대 줄에서 만났다. 그들은 각자 어린아이 두셋과 자그마한 미성년 아내―이미 인생이 다 지나가버린 것처럼 보이는―를 데리고 있었다. 아내는 혈색이 좋지 않고, 임신한 배로 팝콘, 치즈 버글, 소시지 롤, 개 사료, 포테이토칩, 아기 물휴지, 꿈속의 돈처럼 겹겹이 쌓인 12인치짜리 둥근 페퍼로니피자가 쌓인 카트를 밀고 있었다. 범퍼 스티커를 보면 그런 사내들이라는 것을 알 수 있었다. 어떤 사내들은 '우리 하느님이 다스린다'고 적힌 범퍼 스티커를 붙이고 있고, 어떤 사내들은 '내가 운전하는 방식이 마음에 들지 않으면 1-800-똥-먹어라에 전화해'라고 적힌 범퍼 스티커를 붙이고 있고, 어떤 사내들은 둘 다 붙이고 있었다. 일주일에 두 번 개인 진료를 하는 블랙월의 주립병원 정신과의사는 이 산골짜기에서 무엇을 치료하느냐고 묻는 새버스에게 이렇게 대답한 적이 있다. "근친상간, 아내 구타, 음주 습관—그 순서대로입니다." 그리고 이곳은 새버스가 삼십 년 동안 살아온 곳이었다. 링크 말이 옳았다. 니키가 사라지고 나서 떠나지 말았어야 했다. 노먼 카원의 말이 옳았다. 그녀가 사라진 것을 두고 아무도 새버스에게 책임을 물을 수 없었다. 그 자신 외에 누가 그것을 기억이나 할까? 어쩌면 그는, 이렇게 오랜 세월이 흐른 뒤에, 자신이 모티를 죽이지 않았듯 니키를 파괴한 것도 아님을 확인하러 뉴욕으로 가는 것인지도 몰랐다.

니키—오로지 재능, 황홀한 재능, 다른 것은 전혀 없었다. 그녀는 더하고, 빼고, 곱하고, 나누는 것은 말할 것도 없고, 왼쪽과 오른쪽도 구별하지 못했다. 북과 남도 동과 서도 구분하지 못했다. 인생의 오랜 기간을 살아온 뉴욕에서도. 추한 사람들이나 늙은 사람들이나 장애가 있는 사람들을 보는 것을 견디지 못했다. 벌레를 두려워했다. 어둠 속에 혼자 있는 것을 두려워했다. 어떤 이유로 신경이 예민해지면—노란 재킷, 파킨슨병 환자, 휠체어를 타고 침을 질질 흘리는 아이 때문에―밀타운*을 왕창 먹었으며, 밀타운 때문에 그녀는 멍한 눈을 크게 뜨고 손을 부들부들 떠는 미친 여자가 되었다. 차가 역화逆火를 일으키거나 근처에서 문이 쾅 닫힐 때마다 그녀는 펄쩍 뛰거나 소리를 질렀다. 그녀는 굴복하는 방법을 누구보다 잘 알았다. 도전적으로 나서려 하다가도 몇 분만 지나면 눈물을 글썽이며 말했다. "하라는 대로 다 할게―나한테 이런 식으로 다그치지만 마!" 그녀는 사리를 판단하지 않았다. 어린아이처럼 고집스럽거나 아니면 어린아이처럼 복종적이었다. 그녀는 샤워를 하고 수건으로 몸을 감싸고 나오다가 그가 있으면 쏜살같이 그를 지나 방으로 달려가 그를 깜짝 놀라게 했다. "왜 그러는 거야?" "뭘 그래?" "방금 그런 거―나한테 몸을 감추는 거." "난 그런 거 하지 않았는데." "했어, 수건으로." "추워서 그런 건데." "왜 뛰어간 거야, 내가 보는 걸 원치 않는 것처럼." "미쳤어, 미키. 왜 말을 꾸며내고 그래. 왜 늘 나한테 다그치는 거야?" "왜 네 몸이 추한 것처럼 행동해?" "난 내 몸이 마음에 들지 않아. 내 몸이 싫어! 내 가슴이 싫어! 여자는 애초에 가슴이 없었어야 했어!" 그러면서도 그녀는 어떤 종류든 반사되는 면을 지나갈 때마다 어김없이 자신이 극장 바깥에 전시된 사진에서처럼 생기 있고 어여쁜지 얼른 살피곤 했다. 그리고 일단 무대에 서면 수많은 병적 공포는 사라지고, 모든 기벽은 그 순간 존재하지 않게 되었다. 삶에서 가장 두려워하던 것들도 연극에서는 아무

---

* 신경안정제 상표명.

런 어려움 없이 마주하는 척할 수 있었다. 그녀는 새버스에 대한 사랑과 새버스에 대한 증오 가운데 어느 쪽이 더 강한지 알지 못했다―그녀가 확실하게 아는 것은 그의 보호 없이는 자신이 생존할 수 없었을 것이라는 점뿐이었다. 그는 그녀의 장갑판裝甲板, 그녀의 쇠사슬 갑옷이었다.

니키는 이십대 초반에 이미 새버스 같은 제멋대로인 연출자가 원하는 모양대로 만들 수 있는 배우였다. 무대에서, 심지어 그냥 리허설에서도, 서서 지시를 받기를 기다릴 때도, 신경과민의 기색, 반지를 만지작거린다든가, 손가락으로 옷깃 주위를 훑는다든가, 손에 잡히는 무엇으로든 탁자를 두드린다든가 하는 행동은 전혀 없었다. 차분하고, 주의깊고, 지칠 줄 모르고, 불평하지 않고, 정신이 맑고, 똑똑했다. 새버스가 무슨 요청을 하든, 쫀쫀하게 현학적으로 굴든 지나치게 나아가든, 그녀는 그가 스스로 상상한 그대로를 즉석에서 재현해낼 수 있었다. 그녀는 시원찮은 배우들에게는 인내심을 보이고 좋은 배우들에게서는 영감을 받았다. 일터에서 누구에게도 절대 예의를 잃지 않는 반면, 백화점에서는 판매원에게 속물적인 우월감을 과시하는 것을 보고 새버스는 따귀를 갈기고 싶은 마음이 들 정도였다. "네가 뭐라고 생각하는 거야?" 그는 거리로 나오자마자 물었다. "이번에는 또 왜 다그치는 거야?" "왜 저 여자를 그렇게 개같이 대해?" "오, 저 여자는 그저 작은 창녀니까." "그럼 씨발 너는 뭔데? 너희 아버지는 클리블랜드에 목재 야적장을 소유했지. 우리 아버지는 트럭에서 버터와 달걀을 팔았고." "왜 얘기가 우리 아버지한테로 가는데? 나는 우리

아버지 싫어했어. 어떻게 감히 우리 아버지 이야기를 꺼낼 수 있어?" 새버스의 인생에서 자신의 아버지를 실패자라고 생각한 또한 명의 여자. 드렌카의 아버지는 멍청한 당원이었으며, 그녀는 쉽게 속아넘어가는 아버지의 충성심 때문에 그를 경멸했다. "기회주의자라면 이해할 수 있어—하지만 신자라니." 로지의 아버지는 딸을 겁에 질리게 한 알코올중독 자살자였고, 니키의 아버지는 주위 사람들을 괴롭히는 천박한 사업가로, 그에게는 명함, 식당, 여자들이 아내와 자식에 대한 책임보다 의미가 크다고 할 수 있었다. 그녀의 아버지가 그녀의 어머니를 만난 것은 부모와 함께 할머니 장례식에 참석하러 그리스에 갔다가 후에 주로 그곳의 보지가 어떤지 알아볼 목적으로 혼자 그 나라를 여행하던 때였다. 그곳에서 그는 미래의 아내, 살로니카 출신의 부르주아 아가씨와 연애를 했으며, 몇 달 뒤 그녀를 클리블랜드로 데려왔고, 그의 아버지, 그 자신보다 더 주위 사람을 괴롭히는 천박한 사업가였던 아버지는 그곳에 목재 야적장을 소유하고 있었다. 그 노인네의 집안 사람들은 시골 사람들이었으며, 그의 그리스어에는 끔찍한 마을 방언이 섞여 있었다. 그리고 전화에 대고 퍼붓는 욕설! "좆까라 그래! 니미 씨발! 성모마리아 씨발Gamóto! Gamó ti mána sou! Gamó ti panaghía sou!"…… 그리고 그녀의 둔부, 그러니까 자기 며느리의 둔부를 꼬집고! 니키의 어머니는 자신이 시적인 젊은 여자라고 상상했고, 자신의 바람둥이 남편, 상스러운 인척들, 촌티 나는 클리블랜드, 그 사람들이 좋아하는 부주키* 음악—그 모든 것 때문에 미칠 것 같았다. 그녀에게 칸타라키스와 그가 속한 무시무시한 가족과 결혼한 것보다 더 큰 실수는 없었다. 하지만 열아홉 시절에 그녀는 물론 지배적인 구식의 아버지, 자신이 혐오하는 아버지로부터 달아났던 것이고, 그녀가 그렇게 쉽게 얼굴을 붉히게 만드는—또 평생 처음으로 그렇게 쉽게 올라가게 해주는—이 활기찬 미국인이 당시 그녀에게는 위대한 일들을 하라고 부르심을 받은 남자로 보였다.

그녀의 구원은 아름답고 귀여운 니콜레타**였다. 그녀는 아이에게 푹 빠졌다. 어디를 가나 데려갔다. 둘을 떼어놓을 수가 없었다. 그녀는 음악에 재주가 있던 니키에게 그리스어와 영어로 노래를 가르쳤다. 소리 내어 읽어주고 암송하는 법을 가르쳤다. 그럼에도 이 어머니는 매일 밤 울었고, 마침내 니키와 함께 뉴욕으로 이사했다. 그녀는 먹고살기 위해 세탁소에서 일하다가, 우편물 정리하는 일을 했고, 결국 색스백화점에서 일하게 되어 처음에는 모자를 팔았고, 몇 년 뒤에는 여성 모자부 책임자가 되었다. 니키는 공연예술고등학교를 다녔다—이렇게 니키와 그녀의 어머니는 세상과 맞서 싸웠는데, 1959년 희귀한 혈액 질병으로 갑자기 어머니의 투쟁이 끝나버렸다……

새버스는 묘지의 긴 돌담과 나란히 움직였다. 땅 쪽으로 몸을 낮추고 도로 가장자리의 부드러운 흙을 밟아 최대한 소리를 죽였다. 묘지에 누가 있었다. 드렌카의 무덤에! 청바지 차림—호리호

---

* 만돌린 비슷한 그리스의 현악기.
** 니키가 니콜레타의 애칭이다.

리하고, 안짱다리이고, 꽁지머리를 기른…… 아까 그것은 전기공의 픽업트럭이었다. 배럿, 그녀가 욕조에서 박고 샤워를 하며 비누거품을 내는 것을 좋아하던 남자였다. 얼굴에서 시작해서 가슴과 배로 내려오고, 그런 다음 자지로 내려오지. 그럼 그게 커져, 아니면 이미 커져 있거나. 그래, 오늘은 배럿이 죽은 자에게 경의를 표하는 밤이었고, 그는 정말이지 이미 커져 있었다. 가끔 그 아이는 내 두 다리를 들어올리고 그런 식으로 샤워중에 나를 안고 해. 다시 새버스는 돌멩이를 찾았다. 루이스 때보다 족히 15피트는 더 멀었기 때문에 스트라이크존 근처에라도 닿을 가능성이 조금이라도 큰 가벼운 돌을 찾았다. 어둠 속에서 적당한 무게와 크기의 돌을 찾아내는 데는 시간이 걸렸다. 그러는 동안 배럿은 무덤 아래쪽에서 소리 없이 딸딸이만 쳐대고 있었다. 막 싸려는 순간 좆을 정통으로 맞추는 것. 새버스가 배럿의 손동작 속도로 오르가슴이 찾아오는 순간을 가늠하고 있을 때 묘지에서 두번째 형체가 보였다. 언덕을 천천히 올라오고 있었다. 제복 차림이었다. 묘지 관리인? 제복을 입은 인물은 보이지 않게 기척도 없이 슬그머니 움직였다. 마침내 배럿 뒤로 3피트 거리까지 다가갔고, 배럿은 이제 임박한 급상승을 제외한 모든 것을 잊고 있었다.

제복을 입은 인물은 일부러, 거의 나른하다는 느낌이 들 정도로 조금씩 오른팔을 들어올렸다. 손에는 긴 물체를 들고 있었는데, 끝이 불룩하게 부풀어 있었다. 손전등. 배럿에게서 긴 저음이 터져나오다가, 그 꾸준하고 단조로운 저음이 갑자기 끝나면서 알아들을 수 없이 더듬거리는 소리가 팡파르처럼 터졌다. 새버스는 저격을 아직 시작하지 않았으나, 환희에 찬 절정은 손전등을 든 남자에게도 신호였다는 것이 드러났다. 그는 도끼를 휘두르듯이 손전등으로 배럿의 두개골을 내리쳤다. 배럿이 땅으로 쓰러지며 작게 쿵 소리가 났고, 빠르게 두 번 쾅 쾅 하는 소리가 났다─젊은 전기공은…… 너는 대단해, 너는 정말이지 뭔가 달라…… 불알에 두 방을 얻어맞았다.

공격자가 자기 차에 뛰어올라─그는 차를 픽업트럭 바로 뒤에 슬며시 대놓았다─시동을 걸었을 때에야 새버스는 그가 누구인지 깨달았다. 오만하게 공개적으로 도전하는 것인지 아니면 도저히 끌 수 없는 순수한 분노를 터뜨리는 것인지, 주 경찰관의 순찰차는 모든 빛을 번쩍이며 멀어져갔다.

그날 밤, 링크의 장례식에 가기 위해 뉴욕으로 차를 몰고 가면서, 그는 오로지 니키 생각만 했다. 차 안에서 어머니, 이리저리 미끄러지고 조수에 쓸리는 파편처럼 표류하다 곤두박질치는 어머니와 이야기를 할 수 있었던 유일한 화제는 니키가 사라지게 된 과정뿐이었다. 그의 결혼생활 사 년 동안 어머니는 니키를 겨우 대여섯 번 보았고 보았을 때도 말을 거의 또는 전혀 하지 않았다. 니키가 누구인지, 왜 거기 있는지 파악하지 못했다. 니키는 상심했지만 그래도 똑똑하고 친절한 아이처럼 다시 순진하게 다가가 열심히 어머니와 대화해보려고 노력했으나 소용이 없었다. 나이든 사람들과 기형인 사람들과 병든 사람들에 대한 공포가 있는 니키는 고통에 시달리는 새버스 어머니의 시련을 감당할 수가 없어 브래들리로 가는 차에서 어김없이 위경련에 시달렸다. 한번은 그들이 들어갔을 때 옆에 있는 탁자를 덮은 오일클로스 위에 틀니를 빼놓고 부엌 의자에서 졸고 있던 새버스 부인이 유난히 홀쭉하고 옷차림도 어수선해 보이자 니키는 견디지 못하고 뒷문으로 달려나가고 말았다. 그 이후로 새버스는 어머니를 보러 갈 때는 혼자 갔다. 그는 어머니를 데리고 한때 어머니가 가장 좋아했던 파커하우스롤을 내놓는 벨마의 해물 레스토랑으로 점심을 먹으러 갔고, 브래들리로 돌아오는 길에는 고집을 부려 어머니 팔을 붙들고 판잣길을 십 분 동안 산책했다. 그런 뒤에 그는 어머니를 집으로 데려갔는데, 어머니는 그제야 크게 안도했다. 그는 어머니가 무슨 말을 하도록 다그치지 않았고, 그 긴 세월 중에는 그가 "잘 지냈어, 엄마?"와 "갈게, 엄마" 두 마디만 하는 만남도 있었다. 그와 더불어 오고 갈 때 키스 한 번씩. 그는 초콜릿을 덮은 체리 한 상자를 자주 사들고 갔는데, 다음에 가보면 상자가 열리지도 않은 채, 그녀가 그의 손에서 받아 놓아둔 그곳에 그대로 있곤 했다. 그는 모티와 함께 쓰던 옛 방에서 자고 갈 생각은 해보지도 않았다.

하지만 이제 그의 자그마한 어머니는 어두운 차 안에서 괴로움을 벗어버린 채, 슬픔이 말라버린 채, 눈에 보이지 않게 파닥거리며 돌아다니고 있으므로, 이제 순수하게 영靈이므로, 순수하게 정신뿐이므로, 소멸할 수 없는 존재이므로, 그의 첫 결혼이 소멸해버린 참사에 관해 전부 다 들어도 견딜 수 있을 것이라는 생각이 들었다. 어머니는 틀림없이 조금 전 두번째 결혼이 끝나는 자리에서 지켜보고 있었을 것이다. 또 그가 새벽 네시에 잠에서 깨어 다시 잠들지 못할 때도 매번 그곳에 있지 않았을까? 바로 그날 아침에도 그가 욕실에서 턱수염 가장자리를 다듬을 때 그의 턱수염이 어머니 자신의 아버지, 새버스에게 이름을 물려주었고 그가 태어나던 순간부터 닮은 것처럼 보였던 그 랍비가 기르던 물 흐르듯 늘어진 턱수염의 복제품이 아니냐고 물어보지 않았던가? 자주 그의 곁에서, 그의 입안에서, 그의 터무니없는 삶을 꺼버리라고 두 개골이 울리도록 일깨우지 않았던가?

오로지 죽음, 죽음과 죽은 자들, 세 시간 반 동안, 오로지 니키, 그녀의 불가해함, 그녀의 이상함, 그녀의 외모, 원시적인 검음의 느낌을 주는 머리카락과 눈, 이 세상 것이 아닌, 처녀에게 속한 것 같고, 천사에게 속한 것 같은, 파우더를 뿌려놓은 듯 흰 피부…… 니키, 그리고 모순적이고 헤아릴 수 없는 모든 것, 심지어 두려움으로 자신을 마비시키는 소름 끼치는 것마저도 영혼 안에 체현하는 재능.

런던의 왕립 극예술 아카데미에서 전액 장학금을 받게 되자 니키는 자기 어머니와 함께 그곳으로 옮겨갔다. 처음에 그들은 영국인 의사와 결혼해 켄싱턴에서 안락하게 살던 어머니 사촌의 너그러움에 의지했다. 이윽고 어머니는 사우스오들리 스트리트의 고급 모자가게에서 일을 찾았고, 인자한 가게 주인 빌과 네드는 겁 많은 니키에게서 웅변처럼 뿜어져나오는 여리고 섬세한 면들에 반해 거의 세를 받지 않고 가게 위의 작은 방 두 개를 쓰게 해주었다. 심지어 자신들의 시골집 다락에 있는 가구도 갖다주었다. 가구 가운데는 니키가 아주 작은 '여분의' 방에서 잘 때 쓴 작은 침대도 있었고, 불면증에 시달리는 어머니가 소설의 도움을 받으며 매일 밤이 새도록 줄담배를 피우는 '응접실'에서 사용하던 소파도 있었다. 화장실은 아래층, 가게 뒤쪽에 있었다. 그들이 사는 곳은 아주 좁아 니키는 어미의 배 주머니 속에 들어가 있는 캥거루라 해도 좋을 것 같았다. 사실 그녀는 집이 더 작았다 해도, 그들 둘에게 침대가 하나뿐이었다 해도 상관없었을 것이다.

니키는 드라마 스쿨을 졸업한 뒤 뉴욕으로 돌아갔지만, 그녀의 어머니는 클리블랜드의 기억을 도저히 극복하지 못하고 미국인들이 시끄럽고 야만스럽다고 싸잡아 욕하며—그녀가 일하는 고급 상점을 찾아오는 손님들과 비교하면 물론 그랬는데, 이 손님들은 과부가 된(그렇게 이야기를 꾸몄다) 모자 판매인(빌과 네드의 말에 따르면 크레타의 귀족 혈통이었다)에게 더할 나위 없이 친절했다—런던을 떠나지 않았다. 그렇게 니키가 혼자 독립을 할 때가 왔다. 어머니는 '소년들'—그녀의 사장 둘을 모두 그렇게 불렀다—을 통해 사귀게 된 수많은 좋은 친구들 사이에 안전하게 남아 있었다. 그녀와 니키는 쉬는 주말이면 누군가의 시골집에 초대를 받는 일이 잦았고, 많은 부유한 고객들이 칸타라키스 부인을 속을 털어놓을 친구로 여겼다. 또 사촌 레나와 의사가 제공하는 안전망도 있었는데, 그들은 아주 관대했고, 특히 니키에게는 말할 것도 없었다. 모두가 니키에게 관대했다. 그녀는 매혹적인 사람이었다. 물론 미국으로 떠날 때에는 아직 남자와 성적 경험은 없었지만. 그 방면을 보자면, 일곱 살 때 어머니 품에 안겨 아버지의 집에서 달아난 뒤로 그녀는 동성애자가 아닌 남자들과 친숙한 사이가 된 적이 없었다. 따라서 그녀가 장차 남자들을 얼마나 매혹시킬지는 아직 답이 나오지 않은 문제였다.

새버스는 자신의 어머니에게 말했다. "니키 어머니는 어느 날 아침 일찍 죽었어. 니키는 그전에 런던에 가서 어머니 병의 마지막 단계가 진행되는 동안 함께 있었지. 비행기표는 빌과 네드가 사줬어. 병원에서는 더 해줄 게 없었기 때문에 어머니는 모자가게 위에 있는 방으로 돌아와 죽기를 기다렸어. 마지막이 다가오자 니키는 거의 나흘 동안 어머니 옆을 떠나지 않고 손을 잡은 채 어머니를 편안하게 해주려고 애썼어. 그러다가 나흘째 되는 날 아침에 가게 뒤 화장실에 내려갔고 그녀가 위층으로 돌아왔을 때 어머니가 숨을 쉬지 않고 있었어. '어머니가 방금 돌아가셨어.' 니키가 전화로 나한테 그러더라고. '그런데 난 그때 거기 없었어. 어머니 옆에 없었다고. 어머니 옆에 없었단 말이야, 미키! 어머니는 혼자 죽었어!' 빌과 네드의 도움으로 나는 저녁 비행기로 런던에 갈 수 있었어. 다음날 아침식사 때쯤 도착해서 곧장 사우스오들리 스트리트로 갔지. 가보니 니키는 어머니 옆의 의자에 앉아 있는데 차분하고 흔들림 없는 모습이더라고. 죽은 다음날이었는데도 시신은 아직 나이트가운 차림이었어. 죽은 자리에 그대로 있었고. 거기에 그렇게 일흔두 시간을 더 있었어. 더는 그 모습을 견딜 수가 없어 나는 니키한테 소리쳤어. '당신은 시칠리아의 농부가 아니야! 이만하면 됐어! 이제 당신 어머니는 떠날 시간이 됐어!' '아냐. 아냐. 아냐!' 니키가 나한테 주먹을 휘둘러대는 바람에 나는 뒤로 물러섰어. 층계를 내려와 몇 시간 동안 런던을 배회했지. 내가 니키한테 말하려고 했던 것은 니키가 주검을 두고 시작한 경야가 이 정도면 적당하다가 아니라 여기까지가 제정신이다 하는 나의 감각을 넘어섰다는 거였어. 나는 니키한테 니키가 어머니의 시신과 아무런 제한 없이 친밀감을 나누는 것, 죽은 여자 옆에 앉아서 매일 하루종일 그 여자를 즐겁게 해주려고 수다스럽게 떠들어대는 것, 어머니가 끝내지 못한 뜨개질을 이어가고 소년들의 친구를 환영하는 것, 죽은 여자의 손을 어루만지는 것, 그 여자 얼굴에 키스하는 것, 머리카락을 쓰다듬는 것―날것 그대로의 물리적 사실을 망각한 이 모든 것―때문에 니키가 나에게 터부가 되고 있다고 말하려 했던 거야."

새버스의 어머니는 이 이야기를 계속 듣고 있었을까? 그는 어쩐 일인지 그녀의 관심이 다른 데 있다는 느낌을 받았다. 그는 이제 코네티컷에 들어와 있었다. 느릿느릿 흐르며 뻗어나가는 아름다운 강을 따라 달리고 있었다. 그는 어머니가 이렇게 생각하고 있을지도 모른다고 생각했다. "저 강에서라면 어렵지 않을 거야." 하지만 링크를 보기 전에는 안 돼, 엄마…… 자신이 직접 하기 전에 그것이 어떤 것인지 보아야 했다.

새버스가 자신이 해야만 하는 일을 깨닫거나 인정한 것은 이번이 처음이었다. 그의 인생이라는 문제는 결코 풀릴 수 없었다. 그의 인생은 분명한 목적이 있고 분명한 수단이 있는 종류의 인생이 아니었다. 따라서 "이건 본질적이고 저건 본질적이지 않다, 이건 견딜 수 없기 때문에 하지 않을 거고, 저건 견딜 수 있기 때문에 할 거다" 하고 말하는 것은 불가능했다. 그의 삶에서는 종잡을 수 없는 면이 유일한 권위를 이루면서 일차적인 즐거움을 주었기 때문에 그 엉킨 부분을 푸는 것은 불가능했다. 그는 자신의 헛

된 삶이 모티의 죽음, 또는 어머니가 무너진 것, 또는 니키가 사라진 것, 또는 자신의 멍청한 직업, 또는 관절염에 걸린 손의 무용성 탓이라고 말하고 있는 게 아니란 걸 어머니가 이해해주기를 바랐다—그는 그저 그녀에게 이 일이 벌어지기 전에 벌어졌던 일을 전하고 있을 뿐이었다. 그것이 알 수 있는 전부였다. 하긴, 자신이 일어났다고 생각하는 일이 공교롭게도 다른 누군가가 일어났다고 생각하는 일과 부합하지 않는다면, 그것조차도 어떻게 안다고 말할 수 있을까? 모두가 모든 것을 잘못 알고 있었다. 그가 어머니에게 말하고 있는 것은 틀렸다. 만일 듣고 있는 사람이 어머니가 아니라 니키라면 니키는 지금 소리치고 있을 것이다. "그게 아니야! 나는 그렇지 않았어! 당신이 오해하는 거야! 늘 오해했어! 늘 아무런 이유도 없이 나를 다그쳤어!"

집 없고, 마누라 없고, 애인 없고, 돈 없고…… 차가운 강물에 뛰어들어 빠져 죽어라. 숲속으로 기어올라가 잠이 들어라. 내일 아침에 혹시라도 잠이 깬다면 길을 잃을 때까지 계속 올라가라. 모텔에 투숙해서 면도를 하겠다고 야간 당직 직원의 면도날을 빌려 귀에서 귀까지 목을 그어라. 할 수 있다. 링컨 겔먼은 했다. 로즈애나의 아버지는 했다. 아마 니키 자신도 했을 것이다. 면도날, 그녀가 매일 밤 〈미스 줄리〉*에서 자살을 하겠다며 들고 퇴장했던 것과 아주 똑같은 곧은 면도날로. 그녀가 사라지고 나서 일주일쯤 뒤 새버스는 소도구실에 가서 그 면도날을 찾아봐야겠다는 생

---

* 스웨덴 극작가 스트린드베리의 희곡.

각이 들었다. 그것은 줄리가 하인인 장과 함께 자고 나서 그로 인해 오염되었다고 느끼다가 마침내 그에게 "네가 내 입장이라면 어떻게 할 것 같아?" 하고 물을 때 장이 건네주는 것이다. "가, 아직 밝을 때—헛간으로……" 장은 그렇게 대답하며 그녀에게 면도날을 건넨다. "달리 끝낼 방법이 없어…… 가!" 그는 말한다. 그 희곡의 마지막 대사—가! 그래서 줄리는 면도날을 들고 간다. 그리고 궁지에 몰린 니키는 불가피하게 줄리를 따른다. 면도날은 소도구실의 서랍, 있어야 하는 그곳에서 나타났지만, 그럼에도 새버스는 여전히, 무서운 것은 자기최면이라고, 실재하지 않는 존재의 고통을 어리석을 정도로 끌어안는, 니키의 스스로를 없애버리는 무자비한 공감능력에서 그들의 재앙이 생겨났다고 믿게 되는 때가 있었다. 그녀는 자신의 커다란 상상력을 새버스의 상상력의 고압적 야수성이 아니라 스트린드베리의 상상력의 고압적 야수성에 열심히 굴복시켰다. 스트린드베리가 새버스 대신 한 것이다. 그보다 나은 사람이 어디 있겠는가?

"사흘째까지는 이런 생각을 했던 게 기억나. '이런 식으로 더 계속되면 이 여자하고는 다시 박지 않겠다—이 여자하고 같은 침대에 누울 수 없을 것이다.' 니키가 꾸며내는 그 제의들이 나에게 낯설고 또 내가 유대인들 사이에서 자주 보았던 의식과 어긋났기 때문이 아니야. 니키가 가톨릭교도나 힌두교도나 이슬람교도라서 이런저런 종교의 애도 관행의 안내를 받았더라면. 위대한 아멘호테프 치세의 이집트인이라서 죽음의 신 오시리스가 선포한 의례적이고 데데한 것들을 마지막 세목까지 준수했다면, 차라리 그랬다면 나는 예의를 지키며 입을 다물고만 있었을 거라고 봐. 내가 유감이었던 것은 니키가 완전히 혼자였다는 거야—오직 자기 어머니하고만 세상과 맞서고, 세상과 동떨어지고, 단둘이서만 세상과 차단되어, 교회도 다니지 않고, 도와줄 친족도 전혀 없고, 사랑하는 사람의 죽음에 대한 반응이 자비롭게 결합해 들어갈 수 있는 소박한 전통적 예식조차 없었다는 거야. 경야에 들어간 지 이틀째 되는 날 우연히 사제가 지나가는 것을 보게 되었어. 사우스오들리 스트리트에서 말이야. '저 사람들이 진짜 송장 먹는 귀신들이야.' 니키가 그러더라고. '저런 사람들은 죄다 싫어. 멍청한 동화를 들려주는 사제, 랍비, 성직자들!' 나는 니키한테 말하고 싶었어. '그럼 삽을 가지고 와서 당신이 직접 해! 나도 성직자의 팬이라고는 할 수 없어. 삽을 가져다 네드네 정원에 묻어드리자고.'

니키 어머니는 소파에 뉘어져 있었어, 오리털 이불을 덮은 채로. 그 모습이 마치—방부처리 전문가가 나타나, 니키의 표현대로, '어머니를 절이기' 전에는—마치 그냥 우리가 있는 데서 하루 종일 자고 있는 것 같았지. 살아 있을 때 그러던 것처럼 턱을 한쪽으로 약간 기울이고. 창문 너머는 신선한 봄날 아침이었어. 니키의 어머니가 매일 먹이를 주던 참새들이 꽃이 피는 나무들을 빠르게 오가거나 마당의 정원 창고 위 자갈에서 목욕을 하고, 뒤쪽의 열린 창으로는 저 아래 튤립의 광택을 내려다볼 수 있었지. 반쯤 먹다 남은 개 먹이 그릇이 문 옆에 놓여 있었지만 니키 어머니의 작은 애완용 개는 그때는 사라지고 없었어. 레나가 데리고 온 개였는데. 어머니가 죽은 날 아침에 무슨 일이 있었는지 나중에 내게 이야기해준 사람도 레나였어. 그전에 니키는 나한테, 사체를 살피고 사망진단서를 써주러 온 의사가 구급차를 불렀지만 자기가 장례 때까지 어머니를 집에 두기로 하고 구급차를 보냈다고 했어. 하지만 그때 니키 곁에 있으려고 서둘러 왔던 레나가 해준 말로는, 의사가 부른 구급차를 '보낸' 게 아니었대. 기사가 문으로 들어와 좁은 계단을 올라오기 시작하자 니키가 '안 돼, 안 돼!' 하고 말했다는 거야. 기사가 자기는 맡은 일을 하는 것뿐이라고 하자 니키가 그 사람 얼굴을 세게 때렸고 그 바람에 남자는 달아나고 니키는 며칠 동안 손목이 쑤셨다네. 나도 니키가 경야 동안 이따금씩 손목을 문지르는 걸 봤어. 레나가 말해주기 전에는 왜 그러는지 몰랐지만."

그런데 그는 자신이 도대체 누구한테 이야기하고 있다고 생각하고 있는가? 스스로 유도한 환각, 이성에 대한 배신, 의미 없는 혼란의 조리 없음을 확대하는 어떤 도구—그것이 바로 그의 어머니였다. 그의 또하나의 인형, 그의 마지막 인형, 줄에 매달려 여기저기 날아다니는 보이지 않는 마리오네트. 이 인형은 수호천사의 역이 아니라 그를 나룻배에 실어 다음 거처로 데려갈 준비를 하는, 세상을 떠난 영혼의 역을 맡고 있었다. 아무것도 아니게 된 삶에, 조악한 극적 본능이 야하고 한심한 손길로 마지막 순간의 드라마를 부여하고 있었다.

운전은 끝날 줄 몰랐다. 방향을 틀 곳을 놓친 것인가 아니면 이 자체가 다음 거처인가. 장소가 사라진 어둠을 통과해 끝도 없이 운전해 나아가는 관. 그러면서 자신을 전혀 예상하지 못했던 사람으로 만들어버린 통제 불가능한 사건들을 이야기하고 또 이야기한다. 그것도 그렇게 빠른 속도로! 그렇게 빨리! 너는 누구인가에서부터 시작해 모든 것이 달아나버린다. 그러다 어떤 규정할 수 없는 지점에 이르러, 무자비한 적대자는 바로 자신임을 어렴풋이 이해하게 된다.

어머니는 이제 자신의 영을 새버스 주위에 드리우고 있었다. 자신 안에 그를 넣고 감싸고 있었다. 자신이 정말로 그의 상상에 제어되지 않고 독립적으로 존재하고 있다고 그를 납득시키는 방식.

"니키한테 물어봤어. '장례식은 언제 할 거야?' 하지만 니키는 대답을 하지 않았지. '정말이지 받아들일 수가 없어.' 니키가 그러더라고. '정말로 받아들일 수 없을 정도로 슬퍼.' 니키는 어머니를 뉘어놓은 소파의 가장자리에 앉아 있었어. 나는 니키의 손을 잡고 있었어. 니키는 다른 손을 뻗어 어머니의 얼굴을 어루만졌어. '마눌라무, 마눌리차무.' 그리스어로 '사랑하는 나의 자그마한 어머니'를 그렇게 줄여 부르지. '견딜 수가 없어. 무서워.' 니키가 말했어. '나는 어머니 곁을 떠나지 않을 거야. 여기서 잘 거야. 어머니 혼자 두고 싶지 않아.' 나도 니키를 혼자 두고 싶지 않았기 때문에 니키와 니키 어머니와 함께 앉아 있었어. 그러다가 오후 늦게, 레나의 의사 남편의 의뢰를 받고 런던의 큰 장례회사 지도사가 장례식 준비를 의논하러 왔어. 나는 가능하면 스물네 시간 안에 죽은 사람을 묻는 데 익숙한 유대인이지만, 니키는 아무것도 아니었어. 어머니의 자식일 뿐 다른 아무것도 아니었어. 장례지도사가 오기를 기다리는 동안 니키한테 유대인 관습을 이야기해주니까 니키는 이러더라고. '다음날 땅에 집어넣는다고? 유대인은 정말 잔인하네!' '뭐, 그렇게 볼 수도 있지.' '그렇게 볼 수 있는 게 아니라, 그런 거야.' 니키는 그렇게 말했어. '잔인해! 끔찍해!' 나는 더 말하지 않았어. 니키는 장례식을 아예 원치 않는다고 확언하더라고.

장례지도사는 네시쯤 줄무늬 바지에 검은 모닝코트를 입고 찾아왔어. 아주 정중하고 공손했고, 그날 세번째 장례식을 마치고 급히 오는 길이라 옷을 갈아입을 여유가 없었다고 설명했어. 니키는 어머니를 움직이지 않고 그냥 그 자리에 그대로 둘 거라고 통고했어. 장례지도사는 아주 높은 수준의 완곡어법으로 대응했는데, 자문을 하는 내내 한 번 실수한 걸 빼면 계속 그런 어법을 구사했어. 상층계급 악센트를 사용하면서. '원하는 대로 하시지요, 칸타라키스 씨. 하지만 우리는 칸타라키스 씨가 불쾌한 일을 겪는 것을 결코 바라지 않습니다. 만일 모친이 칸타라키스 씨와 함께 그대로 계실 거라면 우리 직원 한 명이 와서 모친께 주사를 놓아드려야 합니다.' 나는 그 말을 니키 어머니를 씻기고 방부처리를 해야 한다는 뜻으로 받아들였어. '걱정 마세요.' 장례지도사는 싹싹하게 장담했어. '우리 직원은 영국 최고니까요.' 그 사람은 자랑스럽게 웃었어. '왕가 일도 하지요. 아주 재치 있는 친구입니다, 사실. 이 일을 하다보면 그렇게 될 수밖에 없습니다. 우리는 음침한 무리가 될 수 없는 사람들이지요.'

그러는 동안 파리 한 마리가 시신의 얼굴에 내려앉았고, 나는 니키가 그걸 보기 전에 얼른 파리가 날아가버리기를 바랐어. 하지만 니키는 그걸 봤고 벌떡 일어섰어. 내가 거기 가고 나서 처음으로 히스테리가 폭발했지. '놔두세요.' 장례지도사가 나한테 그러더라고. 나도 파리를 몰아내려고 벌떡 일어나 있었지. '쏟아내게 놔두세요.' 그 사람은 현자처럼 그렇게 말하는 거야.

니키는 진정되고 나자 파리가 돌아오지 못하게 하려고 어머니 얼굴에 티슈를 올려놓았어. 나중에 니키가 요청해서, 나는 파리약을 사와 방에 뿌렸어. 시신 쪽으로는 뿌리지 않으려고 조심했지. 니키는 티슈를 집어 스웨터 호주머니에 넣었어. 어스름녘에 니키는 부지불식간에―부지불식간이 아닌지도 모르지만―그 휴지로 코를 풀었어…… 내가 보기에는 완전히 미친 행동이었어. '이렇게 묻는 게 무례할지 몰라 걱정됩니다만, 어머니가 키가 얼마였습니까?' 장례지도사가 물었어. '전화를 걸면 회사에서 물어볼 거라서요.'

그 사람은 몇 분 뒤 회사로 전화를 걸어서 화요일에 화장장을 언제 이용할 수 있는지 물었어. 아직 금요일밖에 안 되었고, 니키의 상태를 고려할 때 화요일은 아주 먼 것 같았어. 하지만 니키는 장례식을 하지 않고 어머니를 영원히 그곳에 두고 싶어했기 때문에 나는 아예 안 하는 것보다는 화요일에라도 하는 게 낫다고 판단했어.

장례지도사는 회사에서 화장장 일정을 확인하는 동안 기다렸어. 이윽고 전화기에서 고개를 들더니 나한테 말했어. '회사에서 한시에 빈자리가 있답니다.' '오, 안 돼.' 니키가 훌쩍였지만 나는 좋다고 고개를 끄덕였어. '그거 잡아.' 그 사람이 전화기에 대고 쏘아붙이듯이 말했고, 그 바람에 그 사람도 세상이 현실적인 장소이고 우리가 현실적인 사람인 것처럼 말할 수 있다는 게 마침내 드러났지. '예배는요?' 그 사람이 전화를 끊은 뒤에 니키한테 물었어. '누가 하든 상관 안 해요.' 니키가 모호하게 말했어. '하느님 얘기만 계속 해대지 않으면.' '무교.' 그 사람이 말하면서 공책에 적었어. 그녀 어머니의 키, 니키가 어머니를 넣어 태우려고 선택한 관의 등급과 더불어. 그러더니 자상하게 화장 절차를 설명하면서 가능한 선택지들을 펼쳐놓기 시작했어. '관이 사라지기 전에 자리를 뜨실 수도 있고 다 사라질 때까지 기다리실 수도 있습니다.' 니키는 그 생각을 하자 정신이 멍해서 답을 못했기 때문에 내가 대신 대답했어. '기다리겠습니다.' '유해는요?' 그 사람이 물었고 내가 대답했어. '유언장을 보면 그냥 뿌려달라고 했습니다.' 니키는 어머니의 콧구멍과 입술을 덮은 채 움직임이 없는 티슈를 보면서 누구에게라 할 것 없이 말했어. '뉴욕으로 갖고 돌아갈 것 같아요. 어머니는 미국을 싫어했어요. 하지만 유해는 우리와 함께 가야 한다고 생각해요.' '가지고 가실 수 있습니다.' 장례지도사가 대답했어. '당연히 그러실 수 있죠, 칸타라키스 씨. 1902년 법에 따르면 유해는 원하는 대로 하실 수 있습니다.'

　방부처리 전문가는 일곱시 반이 되어서야 도착했어. 장례지도사는 그 사람이 '키가 크고, 두꺼운 안경을 썼고, 아주 재치가 있다'고 미리 이야기해줬어. 그 이야기를 하면서 그는 디킨스적인 즐거움도 조금 맛보는 것 같았는데, 그건 영국제도 밖 어느 곳의 장례지도사에게서도 보기 힘든 거지. 하지만 어스름녘에 아래층 문에 나타난 기술자는 그냥 키만 큰 게 아니더라고. 거대했어. 서커스에서 튀어나온 듯한 힘센 거인이더라고. 두꺼운 안경을 썼고 거대한 머리 양옆에 잔가지 두 개처럼 튀어나온 검은 머리카락을 빼면 완전히 대머리였어. 그 사람은 검은 양복 차림으로 문간에 서 있었어. 커다란 검은 상자 두 개를 들고 있었는데, 각각 아이가 들어갈 만큼 컸어. '커민스 씨이신가요?' 내가 물었어. '리질리 회사에서 왔습니다, 선생님.' 사탄 회사에서 왔다고 말했어도 괜찮았을 거야. 그래도 나는 그 말을 믿었을걸, 코크니* 악센트니 뭐 그런 것들 때문에. 어쨌든 내 눈에는 전혀 재치 있는 사람으로 보이지 않았어.

나는 그 사람을 데리고 시신에 오리털 이불을 꼭 여며놓은 곳으로 갔어. 그 사람은 모자를 벗더니 니키에게 고개를 살짝 숙이더라고. 마치 우리가 왕실 사람들이나 되는 것처럼 정중하게 말이야. '혼자 있게 해드리죠.' 내가 말했어. '나가서 산책이나 하다가 한 시간쯤 뒤에 돌아오겠습니다.' '한 시간 반을 주십시오, 선생님.' 그 사람이 말했어. '좋습니다.' '몇 가지 여쭈어도 될까요, 선생님?'

나는 니키가 이미 그 사람의 거대한 덩치에 ─다른 무엇보다도 일단 그 덩치에─놀랄 만큼 놀랐기 때문에 그 사람 질문까지 들을 필요는 없다고 생각했어. 다 섬뜩한 질문들일 테니 말이야. 아닌 게 아니라 니키는 그 사람이 이제 바닥에 내려놓은 커다란 검은 상자 두 개에서 눈을 떼지 못했어. '먼저 밖에 나가 있어.' 나

---

* 런던 동쪽에 거주하는 노동자계급과 그들이 사용하는 방언을 가리키는 말.

는 니키한테 말했어. '내가 이 사람하고 이야기를 끝낼 때까지 아래층에 내려가 바람 좀 쐬고 있어.' 니키는 말없이 시키는 대로 했어. 전날 화장실에 갔다가 돌아와 어머니가 죽은 걸 발견한 이후 처음으로 어머니 곁을 떠난 거야. 뭘 하든 그 남자, 그 상자들과 함께 있는 것보다는 나았던 거지.

다시 안으로 돌아오자 방부처리 전문가는 나한테 시신에게 어떤 옷을 입힐 거냐고 물었어. 나야 모르지. 그래서 얼른 나가 니키한테 물어보고, 그냥 나이트가운 차림 그대로 두면 된다고 말해줬어. 그 순간 만일 그 사람이 장례와 화장 준비를 하는 거라면 장신구는 빼야 할 거라는 생각이 들었어. 그래서 그 사람한테 그래달라고 말했지. '뭘 달고 계시는지 보지요, 선생님.' 그 사람은 말하더니 함께 시신을 살펴보자고 손짓을 하더라고.

그런 상황은 예상하지 못했지만, 목격자가 동석하지 않은 상태에서는 귀중품을 빼지 않는다는 것이 그 사람한테는 직업윤리의 문제인 것 같아서 옆에 가서 섰고, 그 사람은 오리털 이불을 걷어 시신의 푸르스름하고 뻣뻣한 손가락을 드러냈어. 잠옷이 밀려 올라간 곳에 파이프처럼 가느다란 두 다리가 보였지. 그 사람은 반지를 빼서 나한테 주고, 귀걸이를 빼려고 머리를 들었어. 하지만 혼자서는 하지 못해서, 그 사람이 귀걸이를 빼는 동안 내가 머리를 들고 있어야 했어. '진주 목걸이도요.' 내가 말하니까 그 사람은 고리가 앞으로 오도록 목걸이를 돌렸어. 하지만 고리가 풀리지를 않는 거야. 서커스 괴력사 같은 아주 큰 손가락으로 애를 썼지만 소용이 없었고 나는 계속 한 손으로 머리를 받치고 있었지. 니키 어머니와 나는 신체적으로 서로 편하게 다가간 적이 없었기 때문에 아마 이게 단연 우리가 가장 친밀했던 순간일 거야. 머리는 완전히 죽은 무게*가 나가는 것 같더라고. 이렇게 완전히 죽은 거구나, 나는 생각했어—점점 견딜 수가 없더라고. 결국 내가 나서서 고리를 풀어보려고 했는데, 몇 분 동안 만지작거렸지만 나도 풀지를 못해 포기하고 아주 딱 맞게 걸고 있던 그 진주 목걸이를 최대한 조심해서 머리와 머리카락 쪽으로 끌어올렸어.

나는 검은 상자 두 개 사이로 물러나면서 걸려 넘어지지 않으려고 주의했어. '자, 그럼,' 나는 그 사람한테 말했어. '한 시간 반 뒤에 돌아오겠습니다.' '오시기 전에 전화를 하시는 게 좋을 겁니다, 선생님.' '고인을 지금 그대로 놓아두실 건가요?' '네, 선생님.' 그러더니 그 사람은 네드의 정원을 내다보는 창들, 그리고 맞은편 거리를 마주보는 뒤쪽 창문들을 보더니 나한테 물었어. '저기서 들여다볼 수가 있나요, 선생님?' 그러자 갑자기 이 매력적인 마흔다섯 살의 여자를 그와 단둘이 놓아두고 간다는 것에 마음이 몹시 불안해졌어, 아무리 죽었다 해도. 하지만 내가 생각하는 건 생각할 수도 없는 것이다—그렇게 생각을 하고 말했어. '커튼을 쳐두는 게 안전할 겁니다.' 커튼은 새것이었어. 니키가 그전 해에 생일 선물로 사준 것이고 어머니가 죽기 전 마지막 한 주 동안만 걸려 있던 것이거든. 어머니는 새 커튼은 필요 없다고 고집을 부리면서 풀어보려고도 하지 않다가, 니키가 침대 옆에서, 그 죽

---

* 보통 자력으로 움직이지 못하는 물체의 자중(自重)을 가리키는 말.

어가는 여자한테 값이 십 파운드도 안 하는 거라고 거짓말을 했을 때에야 커튼을 걷자고 했던 거야.

우리는 레나네 집에 가 있었는데, 거기에서 레나하고 나는 니키를 목욕도 시키고 뭘 좀 먹이려고 했어. 하지만 니키는 둘 다 하지 않겠다고 했어. 심지어 하루종일 죽은 사람을 만졌으면서도 손을 씻으라고 했더니 그것마저 안 하더라고. 그냥 말없이 의자에 앉아 돌아갈 시간이 오기만 기다렸어. 한 시간이 지난 뒤 나는 방부처리 일이 얼마나 진척이 있는지 보려고 전화를 했어.

'끝냈습니다. 선생님.' 그 사람이 말했어. '다 원래 그대로인가요?' '네, 선생님. 고인이 누우신 베개 옆에 꽃이 있습니다.' 우리가 나올 때는 없었다. 네드가 그날 꺾어온 꽃을 그 사람이 받아서 거기에 갖다놓은 것이 틀림없었다. '머리를 똑바로 바로잡아야 했습니다.' 그 사람이 말했어. '관에 들어가셔야 하니까요.' '알겠습니다. 나가시면서 아래층 문만 당겨서 닫아주세요. 바로 갈 겁니다. 램프는 그냥 켜두시겠어요?' '켜두었습니다. 선생님. 머리 옆의 작은 램프요.' 그는 그림 같은 장면을 준비해두었던 거야.

우리가 돌아갔을 때 내가 처음 본 건─"

그가 머리를 박살내려 했던 사람은 새버스였다. 당연하다! 새버스가 어머니의 무덤을 모독하는 현장을 덮치러 나선 것이다! 지금까지 몇 주 동안, 아니 어쩌면 몇 달 동안, 매슈는 야간 순찰 때 순찰차를 타고 그를 지켜본 것이 틀림없었다. 새버스가 캐시 굴즈비를 극악무도하게 이용한 이래 매슈는 모욕감을 느낀 공동체의 다른 많은 사람들과 마찬가지로 새버스에 대한 존경심을 잃었고,

차를 타고 가다 길에서 우연히 새버스의 차와 마주칠 때마다 운전자가 누구인지 알아보았다는 인사를 하지 않음으로써 그 점을 분명히 보여주었다. 매슈는 차를 타고 돌아다니면서 자신이 매더매스카폴스에서 어린 시절부터 알았던 사람들에게 경례를 붙이기를 좋아했으며, 타운 사람들의 위반 행위는 여전히 너그럽게 봐주는 것으로 잘 알려져 있었다. 새버스 자신에게도 아첨한다 싶을 정도로 너그러웠던 적이 있었다. 그가 경찰학교를 나오고 몇 달 지나지 않아 아직 잔꾀를 모르던 시절, 교통 순찰대에서 속도위반 단속차를 몰던 시절이었다. 그는 새버스─'작은 동굴'에 올라가 즐거운 오후를 보낸 뒤 제한속도를 훨씬 넘어서 달리고 있었다─를 쫓아왔고, 사이렌을 울려 길가에 멈추게 했다. 하지만 매슈는 운전석 창으로 성큼성큼 걸어와 안을 들여다보고 누구인지 알게 되자 얼굴을 붉히며 "어이쿠" 하고 말했다. 그는 고등학교 마지막 학년 때 로즈애나와 친해졌으며, 그녀는 한 번 이상(그녀는 취하면 모든 것을 한 번 이상 말했다) 매슈 발리치가 컴벌랜드에서 수업하면서 만난 가장 감수성이 예민한 몇 아이 가운데 하나로 손에 꼽을 만하다고 말한 적이 있었다. "내가 무슨 잘못을 했나요, 발리치 경관님?" 새버스는 모든 시민이 가진 권리에 따라 진지하게 물었다. "맙소사, 완전히 날아가고 계셨잖아요, 선생님." "그래요?" 새버스가 대꾸했다. "보세요, 걱정 마세요." 매슈는 그에게 말했다. "저는 제가 아는 사람들한테는 일반적인 멸사봉공의 주경찰관이 아니에요. 사람들한테 말하고 다니실 필요는 없지만, 저는 제가 아는 사람한테는 그런 식으로 행동하고 싶지 않아요. 저도 주 경찰관이 되기 전에는 운전을 빨리 했거든요. 위선자가 될 생각은 없습니다.""흠, 그거 정말 친절한 얘기로군. 내가 어찌해야 하나요?""뭐." 매슈는 그 코가 없는 얼굴로 활짝 웃었다―그날 오후 그의 어머니가 세번째인가 네번째로 올라가면서 보여준 웃음과 똑같았다. "무엇보다도 속도를 낮추시면 되죠. 그러면 이 자리를 그냥 벗어날 수 있어요. 어서 가세요! 나중에 뵈어요, 새버스 씨! 로즈애나한테 안부 전해주시고요!"

따라서 이제 그런 일도 끝이었다. 그는 감히 다시는 드렌카의 무덤을 찾아갈 수 없었다. 다시는 매더매스카폴스에 돌아갈 수 없었다. 단지 가정과 결혼만이 아니라, 이제 가장 무법의 상태에 이른 법으로부터도 도주.

"우리가 돌아갔을 때 내가 처음 본 건 진공청소기가 벽장에서 나와 큰방 구석에 놓여 있었다는 거야. 청소를 하려고 그걸 쓴 걸까? 뭘 청소했을까? 그러다 끔찍한 화학약품냄새를 맡았지.

오리털 이불 밑의 여자는 이제 우리가 하루종일 함께 있던 여자가 아니었어. '어머니가 아니야.' 니키는 그러면서 울음을 터뜨리더라고. '나 같아 보여! 나야!'

나는 니키 말이 무슨 뜻인지 알아들었어, 처음에는 미친 소리처럼 들렸지만 말이야. 니키는 자기 어머니의 세련되게 다듬어진 잘생긴 모습을 더 간결하고 눈에 확 띄게 바꿔놓은 외모였기 때문에, 방부처리 전에 닮았던 것과는 비교도 안 되게, 이제는 오싹할 정도로 둘이 닮아 보였어. 니키는 어머니의 주검으로 돌아가 그것을 물끄러미 봤어. '머리가 똑바르네.' '그 사람이 바로잡았어.' 내가 니키한테 말했어. '하지만 어머니는 늘 머리를 한쪽으로 기울이고 다녔는걸.' '이제는 안 그래.' '오, 무지하게 엄해 보이네요, 마눌리차.' 니키가 주검한테 말했어.

엄했지. 조각한 듯했고. 진짜로 조각상 같았어. 아주 공식적으로 아주 죽어버린 거였지. 그런데도 니키는 자기 의자에 다시 앉아 경야를 이어가기 시작했어. 커튼은 쳐놓았고 작은 조명만 빛을 발하고 있었고 베개를 베고 누운 방부처리를 한 머리 옆에는 꽃이 있었어. 나는 그 꽃을 집어서 쓰레기통에 버리고 모든 걸 끝내고 싶은 충동을 느꼈어. 이 여자의 액체로 이루어진 자아는 전부 사라졌다. 나는 그렇게 생각했어. 그 검은 상자 안으로 빨려들어간 다음—그런 다음에는 뭐? 가게 뒤쪽의 변기 속으로 내려갔을까? 커튼을 쳐놓은 방에 둘만 남게 되어 장신구를 다룰 때처럼 조심할 필요가 없게 되자 검은 양복을 입은 그 거인이 벌거벗은 주검을 제멋대로 다루는 것이 눈에 보이는 듯했어. 장과 방광을 비우고, 피를 뽑아내고, 포름알데히드를 주사하고. 내가 냄새를 맡은 게 포름알데히드라면 말이야.

이걸 절대 허락하지 말았어야 했는데, 나는 생각했어. 우리가 직접 정원에 묻었어야 했는데. 애초에 내가 옳았던 거야. '어떻게 할 거야?' 내가 물었어. '오늘밤에는 여기 그대로 있을 거야.' 니키가 대답했어. '그럴 수는 없어.' 내가 말했어. '어머니 혼자 있게 하고 싶지 않아.' '나는 네가 혼자 있게 하고 싶지 않아. 너는 혼자 있을 수 없어. 나는 여기서 자지 않을 거야. 너는 레나 집으로 돌아가는 거야. 아침에 다시 오면 돼.' '어머니를 두고 갈 수 없어.'

'나하고 함께 가야 돼, 니키.' '언제?' '지금. 지금 작별인사를 하고 나가는 거야.' 니키는 의자에서 일어나 소파 옆에 무릎을 꿇었어. 어머니의 뺨, 머리카락, 입술을 만지면서 말했어. '정말로 사랑했어요, 마눌리차. 오 마눌리차무.'

나는 환기를 하려고 창문을 열었어. 응접실 끝에 있는 부엌의 냉장고를 청소하기 시작했어. 뜬 우유는 배수관에 쏟아버렸어. 종이봉투를 하나 찾아내서 냉장고의 내용물을 담았어. 하지만 돌아가보니 니키는 아직도 어머니와 이야기를 하고 있었어. '오늘밤에는 이만 가야 돼.' 내가 말했어.

니키는 저항하지 않고 내가 부축하는 대로 바닥에서 일어났어. 하지만 층계참으로 나가는 문간에 서서 또 어머니를 돌아봤어. '그냥 저렇게 두면 안 될까?' 니키가 물었어.

나는 니키를 데리고 층계를 내려가 옆문으로 갔어. 손에는 쓰레기를 들고 있었지. 하지만 니키가 다시 몸을 돌리는 바람에 나는 쓰레기봉투를 든 채로 니키를 따라 다시 응접실로 올라가야 했어. 니키는 다시 주검으로 가서 어루만졌어. 나는 기다렸어. 엄마, 나는 기다리고 또 기다렸고, 그러면서 생각했어, 도와주자, 니키가 여기서 빠져나오게 도와주자. 하지만 뭘 해야 도와줄 수 있는지, 그냥 있으라고 해야 하는지 억지로 가게 해야 하는지 알 수가 없었어. 니키는 주검을 가리켰어. '저게 우리 어머니야.' 니키가 말했어. '나하고 함께 가야 돼.' 내가 말했어. 결국, 얼마나 시간이 더 흘렀는지는 몰라도, 니키는 나를 따라왔어.

하지만 다음날은 더 심각해졌어—아침에 니키는 나아졌고, 얼른 어머니한테 가려고 안달이었어. 그런데 거기에 데려다주고 나서 한 시간 뒤에 전화를 해서 '어때?' 하고 물었더니 니키가 이러더라고. '오, 아주 평화로워. 여기 앉아서 뜨개질하고 있어. 수다도 좀 떨면서.' 그래서 오후가 끝날 무렵 레나의 집으로 다시 데려오려고 갔더니 이러는 거야. '아주 즐겁게 수다를 떨었어. 내가 엄마한테 무슨 말을 했냐 하면……'

일요일 아침에―마침내, 마침내, 마침내―심한 폭풍우 속에서 니키 어머니를 데려가려고 영구차가 와서 나는 문을 열어주러 갔어. 장례지도사가 경고하더군. '일요일에 직원을 부르면 이십오 파운드 추가입니다. 선생님―장례비용이 이미 많이 들어갔는데 말이죠.' 하지만 나는 말했어. '그냥 부르세요.' 레나가 내지 않으면 내가 내려 했지―그때도 지금하고 다를 것 없이 일 달러도 여유가 없었지만 말이야. 나는 니키가 따라오는 걸 원치 않았어. 하지만 자기도 가야 한다고 고집을 부렸을 때에야 나는 목소리를 높였지. '자, 생각 좀 해봐. 오줌발처럼 비가 쏟아지고 있어. 구질구질해. 사람들이 당신 어머니를 그 방에서 꺼내 상자에 담아서 이런 폭풍우 속으로 들고 나가는 걸 보면 당신은 마음이 전혀 좋지 않을 거야.' '하지만 오늘 오후에 가서 어머니를 봐야 돼.' '볼 수 있어, 볼 수 있어. 정말 볼 수 있다니까.' '내가 오늘 오후에 가도 좋은지 반드시 물어봐줘야 돼!' '당신 어머니를 다 준비시켜놓기만 하면 당신은 언제든 분명히 거기에 갈 수 있어. 하지만 오늘 아침의 현장, 그건 건너뛰어도 돼. 어머니가 사우스오들리 스트리트를 떠나는 걸 보고 싶어?' '당신 말이 맞을지도 몰라.' 니키는 그렇게 말했지만, 물론 나는 내 말이 옳은지, 아니면 현실이 니키한테 스며들게 하려면 자기 어머니가 사우스오들리 스트리트를 떠나는 걸 보는 게 사실은 필요한 일이 아닌지 스스로 의문을 품고 있었어. 하지만 현실이 다가오지 못하게 막고 있기 때문에 니키가 완전히 무너지지 않고 버티고 있는 것인지도 모르잖아? 모르겠더라고. 아무도 모르지. 종교에 니키가 혐오하는 제의가 있는 이유가 그것인가봐.

세시에 니키는 장례식장에서 다시 어머니와 함께 있게 되었는데, 우연히도 그 장례식장은 내가 찾아가기로 약속했던 영국인 친구의 아파트에서 그리 멀지 않았어. 나는 니키한테 주소와 전화번호를 주고 볼일을 마치면 그 친구 집으로 오라고 했어. 그랬는데 니키는 전화를 해서 내가 볼일을 다 볼 때까지 기다릴 테니 장례식장으로 와서 자기를 데려가라고 하더라고. 그건 내가 생각하던 게 아니었어. 이 사람은 고착되었구나, 나는 생각했어, 나는 이 사람을 거기에서 떼어낼 수가 없구나.

그래도 나는 니키가 내 친구 집에 나타날 거라는 희망을 버리지는 않았는데, 다섯시가 되어서 어쩔 수 없이 내가 그쪽으로 걸어갔어. 현관에서 당직을 서는 직원한테 연락을 좀 해달라고 부탁했지. 일요일이라 그 직원 혼자인 것 같더라고. 그랬더니 그 사람 말이 니키가 자기 어머니를 '방문'하고 있는 곳으로 나를 데려오라는 메시지를 남겼다는 거야. 그 사람은 나를 데리고 복도를 걸어가다 긴 층계를 따라 내려가 또다른 복도로 들어갔어. 문이 줄줄이 늘어선 곳이었지. 그 문으로 들어가면 염해놓은 주검을 친척들이 볼 수 있는 작은 방이 나온다고 상상이 되더라고. 니키는 그런 작은 방 중 하나에 자기 어머니와 함께 있었어. 열린 관 옆에 의자를 당겨놓고 앉아 어머니의 뜨개질거리를 다시 붙들고 있었어. 나를 보더니 가볍게 웃음을 터뜨리며 이러는 거야. '기분좋은 수다를 떨었어. 방 때문에 크게 웃었어. 우리가 달아났을 때 클리블랜드에서 살던 방 크기 정도라서. 봐.' 니키는 나한테 말했어. '어머니의 작고 예쁜 손을 봐.' 니키는 레이스가 달린 작은 덮개를 들춰 어머니의 깍지를 낀 손을 보여주었어. '마눌리차무.' 니키는 그러면서 그 손에 연거푸 키스를 했어.

우리와 함께 위층으로 돌아가려고 문간에서 기다리던 당직 직원도 그걸 보고 크게 놀란 것 같았어. '가야 돼.' 내가 단호하게 말했어. 니키는 울기 시작했어. '몇 분만 더.' '여기 두 시간 넘게 있었어.' '사랑해 사랑해 사랑해 사랑해―' '알아, 하지만 이제 가야 돼.' 니키는 일어서서 어머니 이마를 쓰다듬고 거기에 입을 맞추기 시작했어. 계속 '사랑해 사랑해 사랑해 사랑해―' 하면서. 조금씩 조금씩 간신히 니키를 그 방에서 끌어낼 수 있었어.

문을 나설 때 니키는 직원한테 고맙다고 인사했어. '정말 내내 친절하셨어요.' 그렇게 말하는 니키가 약간 멍해 보였어. 밖으로 나오면서 니키는 내일 아침에 먼저 꽃집에 들러 어머니 방에 갖다놓을 싱싱한 꽃을 좀 사도 되겠느냐고 물었어. 나는 생각했지, 우리는 지금 죽음을 상대하고 있는데, 무슨 좆같은 꽃이야! 하지만 레나의 집에 있는 방으로 돌아갈 때까지는 속 이야기를 하지 않았어. 우리는 말없이 홀랜드파크를 걸어서 가로질렀어. 아름다운 5월의 일요일이었지. 우리는 공작과 잘 꾸며놓은 정원을 지나, 켄싱턴가든을 가로질렀어. 밤나무에 꽃이 피고 있었지. 마침내 레나의 집에 이르렀어. '이봐,' 나는 말하면서 우리 방 문을 닫았어. '옆에 서서 그걸 지켜보는 일은 더는 못하겠어. 당신은 죽은 사람과 사는 게 아니야, 산 사람들하고 사는 거라고. 아주 간단한 거야. 당신은 살아 있고 당신 어머니는 죽었어. 아주 슬프게도 마흔다섯에 죽었지만, 이 모든 게 나한테는 점점 감당할 수 없는 일이 되어가고 있어. 당신 어머니는 가지고 노는 인형이 아니야. 뭘 보고도 당신하고 함께 웃음을 터뜨리지 않는다고. 어머니는 죽었어. 아무도 웃고 있지 않아. 이건 그만두어야 해.'

하지만 니키는 아직 이해하지 못하는 것 같았어. 이렇게 대답하더라고. '어머니가 각 단계를 통과하는 걸 봤어.' '단계 같은 건 없어. 어머니는 죽었어. 그게 유일한 단계야. 내 말 들려? 그게 유일한 단계stage이고, 당신은 무대stage에 서 있는 게 아니야. 이건 연기가 아니라고. 이 모든 게 아주 불쾌해지고 있어.' 니키는 잠시 어리둥절한 표정이더니, 핸드백을 열고 약병을 꺼냈어. '이걸 먹지 말았어야 했나봐.' '그게 뭔데?' '약. 의사한테 부탁했어. 의사가 엄마 상태를 보러 왔을 때 내가 장례식을 견딜 수 있도록 뭘 좀 달라고 했어.' '이걸 몇 알이나 먹고 있었어?' '먹어야만 했어.' 그게 니키 대답이었어. 그러더니 저녁 내내 울었고, 나는 약을 변기에 버렸어.

다음날, 니키는 욕실에서 이를 닦고 나오더니 나를 보고—완전히 예전의 모습으로 돌아가서 나를 보고—말했어. '끝났어. 내 어머니는 이제 여기 없어.' 그러고 나서 다시는 장례식장으로 돌아가지도, 어머니 얼굴에 키스하지도, 어머니와 함께 웃음을 터뜨리지도, 어머니에게 커튼을 사주지도, 다른 무슨 일을 하지도 않았어. 대신 그뒤로 매일 빠짐없이 어머니를 그리워하다―그리워하고, 울고, 어머니한테 말을 걸다가―본인이 사라져버렸어. 그때 나는 그 일을 이어받아 죽은 자와 함께하는 삶을 시작한 거고, 이제 니키의 그 기괴한 짓은 우습게 보일 정도가 되어버렸지. 생각해보면 내가 니키한테 얼마나 역겨움을 느꼈던지―마치 한계를 넘어간 것이 '죽음'이 아니라 니키이기라도 한 것처럼."

◆ ◆ ◆

1953년―저글러, 마법사, 뮤지션, 포크싱어, 바이올린 연주자, 공중그네 곡예사, 선전선동 연극 패거리, 뻥가는 것 외에는 달리 할 일이 없는 야릇한 옷을 입은 젊은이들이 맨해튼 전역에서 자신을 전시하기 시작하던, 연극적이라고 악명 높던 십 년으로부터 거의 십 년 전―로마 유학에서 막 돌아온 스물네 살의 새버스는 브로드웨이와 116번가가 만나는 곳 동쪽 편, 컬럼비아대학 교문 바로 바깥에 스크린을 치고 거리 공연자가 되었다. 당시 그가 거리에서 보여준 전공 분야, 그의 트레이드마크는 손가락으로 하는 연기였다. 손가락은 결국 움직이라고 만들어진 것이었으며, 움직이는 범위가 아주 크지는 않아도, 각각이 목적을 갖고 움직이면서 독자적인 목소리를 내면, 자기 나름의 현실을 만들어내는 그 힘으로 사람들을 놀라게 할 수 있었다. 가끔 새버스는 그냥 한 손에 얇은 여성용 스타킹을 끼우는 것만으로 온갖 종류의 외설적인 환각을 만들어낼 수 있었다. 가끔은 테니스공에 구멍을 뚫고 손가락 끝을 집어넣어, 손가락 한두 개에 머리, 뇌가 있는 머리를 만들었으며, 그러면 이 뇌는 음모, 열광, 공포, 작품을 제공했다. 가끔은 손가락 하나가 스크린 가까이에 있는 구경꾼에게 공에 작은 구멍을 뚫고, 나아가 뇌가 있는 공을 손톱에 끼우는 일까지 돕도록 권유했다. 가장 초기의 한 프로그램에서는 왼손 가운뎃손가락을 재판에 회부하는 것으로 쇼를 마무리하는 것을 좋아했다. 법정이 손가락을 재판해 유죄—외설죄—로 판명되면 고기를 저미는 작은 기계가 굴러나왔고, 가운뎃손가락은 경찰(오른손)에 끌려가 손가락 끝이 고기 저미는 기계 상단의 타원형 입안으로 들어가야 했다. 경찰이 크랭크를 돌리면 가운뎃손가락은—모든 혐의에 무죄라고, 가운뎃손가락에 자연스럽게 찾아오는 일을 했을 뿐이라고 열정적으로 소리치며—고기 저미는 기계 안으로 사라졌고, 곧 스파게티 가닥 같은 익히지 않은 햄버거 고기가 고기 저미는 기계의 반대편 주둥이에서 나오기 시작했다.

아무것도 씌우지 않은 손가락, 혹은 도발적인 옷을 입힌 손가락에도 늘 자지를 가리키는 면이 있으며, 새버스는 거리로 나온 처음 몇 해 동안 만든 촌극에서 그렇게 가리키는 면을 애써 감추려 하지 않았다.

한 촌극에서는 그의 두 손이 죔쇠가 달린, 꼭 맞는 검은 새끼염소 가죽 장갑을 끼고 나타났다. 그가 손가락 하나씩 하나씩 장갑을 벗는 데는 십 분이 걸렸다. 긴 시간이었다, 십 분은. 마침내 손가락이 다른 손가락들에 의해 완전히 다 노출되었을 때―어떤 손가락들은 전혀 내키지 않는 듯했다―잘 보면 관객 가운데 꽤 많은 젊은 남자들이 잔뜩 부풀어오른 것이 눈에 띄었을 것이다. 젊은 여자들에게 미치는 영향은 분별하기가 더 어려웠지만, 그들은 자리를 뜨지 않았고, 그들은 지켜보았고, 그들은 당황하지 않았다. 1953년이었음에도 이십오 분짜리 쇼가 끝나고 스크린 뒤에서 새버스가 나타나고 짧게 자른 검은 턱수염 위로 아주 짓궂은 미소가 번지면, 그의 이탈리아식 뾰족한 모자에 동전을 몇 개 던져주기도 했다. 그는 작은 녹색 눈이 모질어 보이는 해적이었다. 바다에서 보낸 세월 덕분에 들소처럼 두꺼운 가슴이 육중했다. 그는 사람들이 길을 막아서고 싶어하지 않는 그런 가슴의 소유자였다. 성적으로 매우 흥분되어 있고 법은 아랑곳하지 않을 것이 분명한, 다른 사람이 무슨 생각을 하든 염병할 전혀 관심이 없는, 견고한 설비 같은 땅딸막한 남자. 그는 거품이 이는 듯한 이탈리아어를 빠르게 주절거리며 나타나 큰 몸짓으로 감사의 뜻을 표하고, 이십오 분 동안 잠시도 쉬지 않고 두 손을 들고 있는 것이 그와 같은 힘센 이십대 남자에게도 인내를 요하는, 종종 고통스럽고 힘든 일이라는 티를 전혀 내지 않았다. 물론 쇼에 나오는 모든 목소리 연기는 영어로 했다―새버스는 쇼가 끝난 뒤에만 이탈리아어를 했는데, 그저 재미삼아 한 것일 뿐이었다. 재미야말로 그가 '맨해튼 외설 극장'을 세운 이유였다. '로맨스 운항'에 여섯 번 참여한 이유였다. 칠 년 전 집을 떠난 뒤 거의 모든 것을 한 이유였다. 그는 자신이 하고 싶은 일을 하고 싶었다. 이것이 그의 대의였고, 그 것으로 인해 그는 체포되고 재판을 받고 유죄판결을 받았다. 그가 고기 저미는 기계 촌극에서 예측한 바로 그 범죄 때문이었다.

스크린 뒤에서도 어떤 각도에서는 새버스가 관객을 슬쩍 보는 것이 가능했으며, 구경을 하러 들른 스무 명 남짓한 학생들 사이에서 매력적인 여자아이가 눈에 띨 때마다 진행중인 드라마를 중단하거나 대충 마무리지었다. 그러면 손가락들이 자기들끼리 소곤거리기 시작했다. 그러다가 가장 대담한 손가락—가운뎃손가락—이 차분하게 앞으로 조금씩 나아가, 스크린 너머로 우아하게 몸을 내밀고, 그 여자에게 다가오라고 손짓을 했다. 그러면 여자아이들은 실제로 앞으로 나왔다. 일부는 성격 좋은 사람처럼 웃음을 터뜨리거나 싱글거렸고, 일부는 이미 약간 최면에 걸린 것처럼 진지한 표정으로 속마음을 드러내지 않았다. 손가락은 정중하게 잡담을 나누다가 진지하게 심문을 하기 시작했다. 손가락과 데이트를 해본 적이 있는지, 그녀의 가족이 손가락을 허락할지, 그녀 자신은 손가락이 매력 있다고 생각할 수 있는지, 그저 손가락에 불과한 것과 행복하게 사는 것을 상상할 수 있는지…… 그러는 동안 다른 손이 슬그머니 그녀의 겉옷 단추를 풀거나 지퍼를 내리기 시작했다. 보통 그 손은 그 이상 나아가지는 않았다. 새버스는 거기에서 더 밀어붙이지 않는 게 좋다는 것 정도는 알았으며, 그러면 이 막간 희극은 해로울 것 없는 익살극으로 끝났다. 하지만 가끔, 새버스가 여자아이의 답으로부터 이번 상대가 다른 대부분의 아이들보다 장난스럽거나 유난히 매혹되어 있다고 판단했을 경우에는 심문이 느닷없이 분방해지고 손가락들이 블라우스를 벗기는 쪽으로 나아가기도 했다. 손가락들은 딱 두 번 브래지어 후크를 풀었고, 딱 한 번 드러난 젖꼭지를 애무하려고 시도했다. 그리고 그때 새버스는 체포당했다.

그들이 어떻게 서로에게 끌리지 않을 수 있었겠는가? 니키는 RADA*에서 막 돌아왔고 오디션 연락이 오면 응했다. 그녀는 컬럼비아대학 캠퍼스 근처의 방에 살았고, 교활하고 외설적인 가운뎃손가락에 의해 며칠 연속으로, 스크린 가까이 다가오는 예쁘고 젊은 여자들 가운데 하나였다. 평생 처음으로 그녀는 곁에 어머니가 없었고, 그래서 지하철에서 망연자실했고, 거리에서 겁을 먹었고, 방에 있으면 격심하게 외로우면서도 외출하는 것은 무서워서 몸이 굳었다. 또 오디션을 거듭해도 아무런 성과가 없자 절망하기 시작하여 아마 일주일도 더 못 버티고 대서양을 건너 캥거루 주머니로 돌아갈 판이었을 텐데 그 가운뎃손가락이 장난에 참가해보라고 손가락질을 했다. 그 손가락으로서는 그럴 수밖에 없었을 것이다. 그는 키가 165센티미터였고 그녀는 거의 183센티미터였으며, 검은 곳은 더 검을 수 없을 만큼 검었고 흰 곳은 더 흴 수 없을 만큼 희었다. 그녀는 언제나 의미심장한 그 미소를 지었다. 분별력 있는 사람들에게서도 그녀를 숭배하고자 하는 비합리적 욕망을 자극하는 배우의 미소, 묘하게도 절대 우울하지 않고 오히려 '삶에 어려운 것은 전혀 없다'는 메시지를 전하는 미소였

---

* 왕립 극예술 아카데미.

다—하지만 그녀는 군중의 맨 끝 가장자리에 뿌리를 내리고 조금도 움직이려 하지 않았다. 그러나 쇼가 끝난 뒤, 새버스가 그 턱수염과 그 눈으로 튀어나와 이탈리아어 문장들을 줄줄 늘어놓을 때 니키는 떠나지 않고 그대로 있었고 떠날 생각도 없는 것처럼 보였다. 그가 그녀에게 다가가, "아름다운 아가씨, 나는 아무것도 아니고, 별 볼 일 없는 사람입니다. 공기만 먹고 사는 수수한 사람이죠—돈은 내 배고픈 어린 자식 여섯 명과 씀씀이가 큰 마누라한테만 들어갑니다Bella signorina, per favore, io non sono niente, non sono nessuno, un modest'uomo che vive solo d'aria—i soldi servono ai miei sei piccini affamati e alla mia moglie tisica —" 하고 간청하자 그녀는 손에 쥐고 있던 일 달러 지폐—그것은 그녀가 한 달 동안 살아야 할 돈의 백분의 일을 뜻했다—를 그의 모자에 넣었다. 이렇게 둘은 만났다. 이렇게 니키는 '바워리 지하 극단'의 주연배우가 되었다. 이렇게 새버스는 손가락과 인형으로 연기를 할 뿐 아니라 살아 있는 생물도 조작할 기회를 얻었다.

그는 연출을 해본 적이 없었지만 아무것도 두려워하지 않았다. 심지어—아니 특히—외설 재판에서 유죄판결을 받아 집행유예와 벌금형을 선고받았을 때도. 노먼 카원과 링컨 겔먼이 당시 맨해튼 남부에 있던 어느 거리 못지않게 가난했던 애비뉴 C에 있는 좌석 아흔아홉 개짜리 극장에서 공연할 제작비를 마련해주었다. '외설 극장'의 손가락과 인형 쇼는 일주일에 사흘, 저녁 여섯시에서 일곱시까지 공연되었으며, 여덟시에는 '바워리 지하 극단' 작품이 레퍼토리 상연 방식으로 무대에 올라갔다. 극단은 모두 새버스의 나이나 그보다 어린 사람들로 구성되었으며, 거의 무료로 일을 했다. 스물여덟이나 스물아홉 이상인 사람은 무대에 선 적이 없었다. 심지어 그의 참담한 〈리어왕〉에도. 니키가 코딜리아로 나왔고 리어 역할은 다름 아닌 이 신참 연출자였다. 결과는 참담했지만, 그래서 뭐? 중요한 것은 자신이 원하는 일을 하는 것이었다. 그의 건방짐, 그의 자화자찬적인 자기중심주의, 얼마든지 악당이 될 잠재성이 있는 예술가의 위협적 마력은 많은 사람들에게 감당할 수 없는 것이었으며, 실제로 그는 쉽게 적을 만들었는데, 그 가운데는 그의 재능은 꼴사납고 뛰어나지만 역겨운 것이며, 그가 '규율 잡힌' 표현을 얻을 수 있는 적절하고 그럴듯한 수단을 아직 발견하지 못했다고 믿는 연극 전문가들이 많았다. 일찍이 1956년에 이미 외설로 체포된 새버스 안타고니스테스[*]. 새버스 아브스콘디투스[**], 도대체 그에게 무슨 일이 일어난 것인가? 그의 삶은 무엇으로부터의 기나긴 도주인가?

◆ ◆ ◆

밤 열두시 삼십분이 막 지났을 때 새버스는 뉴욕에 도착해 노먼 카원의 센트럴파크 웨스트 아파트에서 몇 블록 떨어진 곳에서 차를 댈 자리를 찾아냈다. 거의 삼십 년 만에 이 도시에 돌아왔지

---

[*] '적대자' '대립인물'이라는 뜻의 그리스어.

[**] '숨은'이라는 뜻의 라틴어.

만, 밤의 어둠 속 브로드웨이 북부는 그가 72번가 지하철역 바깥에서 스크린을 세워놓고 러시아워 손가락 쇼를 할 때 기억에 남아 있는 광경과 아주 흡사했다. 이면도로는 전혀 변하지 않은 것처럼 보였다. 넝마나 담요에 싸여 있거나, 판지 상자 밑에 있는 몸들, 찢어지고 형태가 사라진 옷가지에 들어가 있는 몸들만 빼면. 그 몸들은 아파트 건물의 석조 구조물에 기대 있거나 브라운스톤 집의 난간을 따라 누워 있었다. 4월. 하지만 그들은 야외에서 자고 있었다. 새버스는 로즈애나가 사회개량주의적인 친구들과 전화로 하는 이야기를 지나가다 들은 것 말고는 그들에 대해 아는 게 없었다. 오랫동안 그는 피할 수 있으면 신문을 읽지도 뉴스를 듣지도 않았다. 뉴스는 그에게 아무것도 이야기해주지 않았다. 뉴스는 사람들이 이야기하는 화젯거리였고, 새버스는 규범화된 일들의 한계 내의 흐름에는 무관심했기 때문에 사람들에게 이야기를 하고 싶지 않았다. 그는 누가 누구와 전쟁을 하는지, 비행기가 어디에서 추락을 했는지, 방글라데시에서 무슨 일이 일어났는지 관심이 없었다. 심지어 미합중국의 대통령이 누구인지 알고 싶지도 않았다. 톰 브로코*를 보고 있느니 차라리 드렌카와 박는 것이, 그 누구하고든 박는 것이 나았다. 이제 그의 쾌락의 범위는 좁아서 절대 저녁 뉴스로까지 확대되지 않았다. 새버스는 버너로 팔팔 끓인 소스가 졸아들듯이 졸아들어 있었다. 자신의 정수를 농축하여 도전적으로 자기 자신이 되는 것이 나았다.

---

* 미국 NBC 뉴스의 앵커.

하지만 그가 뉴스를 챙겨 보지 않는 것은 주로 니키 때문이었다. 신문, 어디에서건 어떤 신문이건 신문을 넘겨 보기만 하면 지금도 니키에 관한 어떤 실마리를 찾으려고 했다. 전화벨이 울릴 때 전화를 건 사람이 니키이거나 니키에 관해 알고 있는 사람일 거라는 생각이 사라지기까지도 오랜 시간이 걸렸다. 장난전화가 최악이었다. 로즈애나가 수화기를 들었는데 외설적인 말을 하거나 숨만 쉬는 사람일 때면 그는 생각하곤 했다. 혹시 니키를 아는 사람일까, 나한테 뭔가 해줄 이야기가 있는 사람일까? 숨만 쉬는 사람이 니키는 아니었을까? 하지만 그가 어디로 이사했는지 니키가 알까? 매더매스카폴스를 들어는 봤을까? 그가 로즈애나와 결혼한 것을 알까? 그녀가 그날 밤 왜 떠나는지 어디로 떠나는지 아무런 암시도 없이 달아나버린 것은 혹시 그날 저녁에 그와 로즈애나가 함께 있는 것, 둘이서 톰프킨스스퀘어파크를 가로질러 그의 작업장으로 가는 것을 보았기 때문이 아닐까?

뉴욕에서 새버스가 생각할 수 있는 것은 니키가 사라졌다는 사실뿐이었으며—거리에 나가면 그것은 강박이 되었고, 끝날 줄 몰랐다—이것이 그가 다시는 뉴욕으로 돌아오지 않은 이유였다. 아직 세인트마크스 플레이스의 아파트에 살 때는 밖에 나가면 거리에서 그녀를 지나칠 것만 같아 언제나 모든 사람을 살펴보고 이 사람 저 사람을 쫓아가기 시작했다. 어떤 여자가 키가 크고 머리 색깔이 같으면—니키가 염색을 하거나 가발을 쓰는 습관이 생기지 않았으리라는 법은 없었지만—그 여자를 쫓아가 따라잡고 옆에서 키를 대본 다음 키가 맞으면 앞질러가서 몸을 빙그르 돌려 그녀의 얼굴을 똑바로 바라보았다—니키인지 확인해보자! 한 번도 맞은 적은 없었다. 물론 그런 여자들 가운데 몇 명과는 사귀게 되어, 커피를 마시러 가고, 산책을 하러 가고, 씹을 해보려 했다. 반은 했다. 하지만 니키를 찾지는 못했다. 경찰이나 FBI나 그가 노먼과 링크의 도움을 얻어 고용한 유명한 탐정도 찾지 못했다.

그 시절—40년대, 50년대, 60년대 초—사람들은 요즘과 같은 방식으로 사라지지 않았다. 요즘은 누가 사라지면 무슨 일이 벌어졌는지 금방 확신할 수 있다. 바로 알 수 있다. 그들은 살해당했다. 그들은 죽었다. 하지만 1964년에는 아무도 폭행치사를 제일 먼저 생각하지 않았다. 사망증명서가 없으면 살아 있다고 믿어야 했다. 사람들이 지금과 같이 엄청난 빈도로 지구 가장자리로 그냥 떨어져버리지 않았다. 그래서 새버스는 니키가 어딘가에 살아 있다고 믿을 수밖에 없었다. 물리적으로 묻을 주검이 없다면 정신적으로도 묻을 수 없었다. 매더매스카폴스로 이사온 후로는 아무에게도, 심지어 드렌카에게도 사라진 아내 이야기를 한 적이 없지만, 사실 니키는 새버스가 죽기 전에는 죽을 수가 없었다. 그는 뉴욕 거리에서 그녀를 찾다가 자신이 미쳐간다고 느꼈을 때 매더매스카폴스로 이사했다. 그 시절에는 아직 그 도시에서 어디나 걸어 다닐 수 있었고, 그것이 그가 한 일이었다—어디나 걸어다녔고, 어디나 살펴보았고, 아무것도 찾지 못했다.

경찰은 미국 전역과 캐나다의 경찰서에 회람을 돌렸다. 새버스 자신은 미국 전역의 대학, 수녀원, 병원에, 신문기자와 칼럼니스트에게, 그리스인 타운의 그리스 레스토랑에 전단 수백 장을 보냈다. 경찰은 '실종' 전단 내용을 정리하고 인쇄했다. 니키의 사진, 나이, 키, 몸무게, 머리 색깔, 심지어 입고 있던 옷까지. 그들이 그녀가 무슨 옷을 입고 있었는지 알았던 것은 새버스가 주말에 그녀의 서랍장과 옷장을 뒤져 그곳에 없는 물건들을 기억해낼 수 있었기 때문이다. 니키는 입고 있는 옷만 걸치고 떠난 것 같았다. 돈은 얼마나 갖고 있었을까? 십 달러? 이십 달러? 그들의 얼마 안 되는 은행 계좌에서는 꺼낼 것이 없었고, 심지어 부엌 탁자에 있는 잔돈더미에 손을 댄 흔적도 없었다. 그녀는 그것도 가져가지 않았다.

　그녀가 입고 있던 옷에 대한 묘사와 그녀의 사진이 그가 탐정에게 줄 수 있는 전부였다. 그녀는 아무런 메모도 남기지 않았는데, 탐정 말에 따르면, 대부분은 남겼다. '자발적 실종,' 그는 그렇게 불렀다. 탐정은 자신의 책상 뒤 선반에서 파일을 전부 꺼냈다. 모두 무려 열 개였는데, 사라졌지만 아직 찾지 못한 사람들의 사진과 인상착의가 담겨 있었다. "보통 뭔가를 남겨놓지요―메모, 반지……" 새버스는 탐정에게 니키가 사랑했던 죽은 어머니와 증오했던 살아 있는 아버지에게 집착하고 있다고 말해주었다. 어쩌면 그녀는 충동에 사로잡혀―그녀가 충동의 피조물이라는 것은 하느님이 알았다―일곱 살 이후로 본 적이 없는 아둔한 속물을 용서하기 위해, 아니면 죽이기 위해 클리블랜드로 날아간 것인지도 몰랐다. 그것이 아니면, 그녀의 여권이 여전히 그들 아파트의 서랍에 있다는 사실에도 불구하고, 어떤 식으로든 런던으로, 켄싱턴가든의 서펀타인 호수 옆의 그 장소로 돌아간 것일 수도 있었다. 그곳에서 아이들이 보트를 띄우고 연을 날리던 어느 일요일 아침, 그는 그녀가 물위에 유해를 뿌리는 모습을 지켜보았다.

하지만 그녀는 어디에도 있을 수 있었고, 모든 곳에 있을 수 있었다―탐정은 어디에서부터 시작해야 할까? 아니, 탐정은 사건을 맡으려 하지 않았다. 그래서 새버스는 전단을 더 보내는 일로 돌아갔다. 전단에 늘 손으로 쓴 편지를 동봉했다. "이 사람은 내 아내입니다. 사라졌습니다. 이 사람을 알거나 본 적이 있습니까?" 그는 상상이 이끄는 곳 어디에나 전단을 보냈다. 심지어 매음굴을 생각하기도 했다. 니키는 아름다웠고, 유순했고, 길고 긴 몸과 긴 코, 검은색과 흰색이 배합된 그리스인의 외모로 미국에서는 틀림없이 단번에 눈길을 사로잡았을 것이다―어쩌면 『성역』* 에 나오는 여대생처럼 매음굴에 들어가게 되었을지도 몰랐다. 그는 한 번, 딱 한 번이지만, 부에노스아이레스의 한 매음굴에서 아주 세련된 젊은 여자와 마주친 기억이 났다.

뉴욕에서 아내를 찾아 매음굴을 다니기 시작하면서 그에게는 두 가지, 이웃의 미국 아가씨(그게 로즈애나였다)와 이국적인 아가씨(니키, 항구 생활, 매음굴 생활의 로맨스)가 합쳐졌다. 서드애비뉴 북쪽에는 이웃집 아가씨를 만나는 장소들이 있었다. 층계를 올라가면 일종의 살롱이 나왔는데, 가끔 그곳을 로트레크의 그림에 나오는 구식 살롱, 또는 그것과 닮은 가짜로 보이게 만들려고 노력한 흔적이 느껴졌다. 젊은 여자들이 그곳을 어슬렁거리고

---

*윌리엄 포크너의 소설.

있었다. 그곳에서 이웃집 아가씨는 찾을 수 있었지만, 니키는 한 번도, 한 번도 찾지 못했다. 그는 이런 장소 서너 곳의 고객이 되었으며 마담들에게 니키의 사진을 보여주었다. 그들에게 그녀가 나타난 것을 본 적이 있느냐고 물었다. 마담들은 모두 똑같은 대답을 했다. "보지 못한 게 아쉽구면."

이윽고 극장으로 그에게 편지가 쉰 통 정도 왔다. 과거에 니키가 연기하는 것을 본 적 있는 사람들이 위로를 전하려는 것이었다. 그는 그녀가 돌아올 때를 대비해 편지를 서랍장에 그녀의 어머니가 물려준 장신구와 함께 보관해두었는데, 장신구 가운데는 그와 방부처리 전문가가 시신에서 빼낸 것도 있었다—니키는 그것들도 전혀 가져가지 않았다. 그녀에게 이 편지들을 전할 수 있다면—아니, 그보다도 편지를 쓴 사람들을 그녀에게 보낼 수 있다면. 그녀가 어디에 숨어 있든 그곳에 그들을 보내 그녀를 방 한가운데 의자에 앉혀놓고 가만히 있어달라고 하고는, 한 번에 한명씩 그녀 앞을 지나가면서 원하는 만큼 시간을 들여 천천히 그녀가 스트린드베리, 체호프, 셰익스피어의 작품에서 그들에게 어떤 의미였는지 이야기하게 할 수 있다면. 그들 모두 나서서 그녀에게 감동적인 찬사를 전하기 한참 전에 그녀는 걷잡을 수 없이 울어버릴 것이다. 어머니 때문이 아니라 이제는 자신 때문에, 자신이 버린 재능 때문에. 그녀에게 찬사를 보내는 마지막 사람이 이야기를 하고 난 뒤에야 새버스는 방에 들어갈 것이다. 이 대목에서 그녀는 일어서서 코트—옷장에서 사라진 그녀의 몸에 꼭 맞는 코트, 올트먼 가게에서 함께 산 코트—를 입고, 아무런 저항 없이 그를 따라 자신이 일관성이 있고, 부서지지 않았고, 강하다고 느낄 수 있는 곳으로, 자신이 상황을 통제한다고, 비록 두 시간이지만, 통제한다고 생각할 수 있는 곳으로—다시 무대로, 지상에서 그녀가 연기를 할 필요가 없고, 그녀의 악마들도 존재하지 않는 유일한 곳으로—갈 것이다. 무대에 있는 것이 그녀를 지탱해주는 것, 그들을 지탱해주는 것이었다. 조명 아래로 걸어나감으로써 그녀는 모든 것을 더 강렬하게 만들었다!

어머니에 대한 애도가 끝없이 이어지면서 그녀는 이미 새버스에게 견딜 수 없는 사람이 되었다. 그가 구해야 하는 것은 배우였다.

수백만에 또 수백만의 젊은 쌍들이 그렇듯이, 처음에는 성적 흥분이 있었다. 뿜어져나오는 간헐천처럼 순수한 니키의 나르시시즘과 자신을 버리는 엄청난 재능이 뒤섞이는 방식이 아무리 당혹스럽다 해도, 그녀가 침대에 벌거벗고 누워 그가 자신을 어디부터 어떻게 하는지 보려고 애원하듯 쳐다볼 때는 그 두 가지가 흠 하나 없이 완벽하게 결합되어 있는 것 같았다. 그리고 거기에는 혼이 담겨 있었다, 늘 그것이 있었다. 로맨틱하고, 이 세상에 속하지 않은 듯한 면, 모든 추한 것에 대한 무력한 항의가 있었다. 우묵한 긴장을 형성하고 있는 그녀의 배, 설화석고 사과 같은 그녀의 갈라진 둔부, 열다섯 살짜리 처녀 느낌의 창백한 젖꼭지, 너무 작아 무당벌레가 날아가지 못하게 가둘 때처럼 한 손으로 다 담아낼 수 있는 젖가슴, 안으로 안으로 끌어당기면서도 아무 말도 하지 않는, 웅변적으로 아무 말도 하지 않는 불가해한 눈—그 모든 연약함을 내어주는 것이 주는 흥분! 그냥 그녀를 굽어보는 것만으로도 좆대가리가 당장 터져버릴 것 같은 느낌이었다.

"그렇게 서 있으니 콘도르네." 그녀가 말했다. "그래서 무서워?" "응." 그녀가 대답했다. 그가 허리띠로 그녀의 엉덩이를 처음 때렸을 때 그들은 둘 다 자신들이 하고 있는 일에 놀랐다. 거의 모든 사람의 압제에 시달렸던 니키는 약간 채찍질을 당하는 정도에는 진짜 두려움을 전혀 드러내지 않았다. "너무 세게 때리지는 마." 하지만 유순하게 엎드린 자신을 처음에는 가볍게, 그다음에는 그렇게 가볍지만은 않게 스치는 가죽에 그녀는 고양된 상태에 빠져들었다. "이건, 이건……" "말해봐!" "부드러움이야─그런데 점점 거칠어져!" 누가 누구의 의지를 누구에게 강요하고 있는지 알 수 없었다─그냥 니키가 다시 한번 굴복하는 것인지, 아니면 이것이 그녀의 욕망의 알맹이인지?

물론 터무니없는 면도 있어서, 새버스는 희극적인 측면 때문에 드라마에서 빠져나와 그것을 보여주기 위해 침대에서 벌떡 일어난 적이 여러 번이었다. "오, 마음에 두지 마." 니키는 웃음을 터뜨리며 말했다. "그것보다 더 상처를 주는 일도 많아." "예를 들어?" "아침에 일어나는 거." "네 비열한 면들이 정말 마음에 들어, 니콜레타." "너를 위해서 그런 게 더 많았으면 좋겠다는 마음일 뿐이야." "갖게 될 거야." 그녀는 웃음을 짓는 동시에 얼굴을 찌푸리며 처량하게 말했다. "아니라고 생각해." "두고 봐." 의기양양한 인형극 광대는 조각상처럼 그녀 위에 우뚝 서서 한 손으로 발기한 것을 잡고 다른 손으로는 그녀를 침대 틀에 묶은 실크 띠를 잡은 채 말했다.

결국 옳았던 사람은 니키였다. 시간이 지나면서 침대 옆 탁자에서 물건이 하나씩 사라졌다—허리띠, 띠, 재갈, 눈가리개, 냄비에 넣어 스토브에서 약간 데운 베이비오일. 얼마 후 그는 함께 마리화나를 피운 뒤에만 그녀와 박는 것을 즐길 수 있었고, 그럴 때는 거기 있는 것이 반드시 니키일 필요도, 어떤 인간적인 것일 필요도 전혀 없었다.

얼마 후에는 그를 사로잡던 그녀의 오르가슴조차 따분해지기 시작했다. 클라이맥스는 외부로부터 다가오는 것처럼 그녀를 덮쳐, 마치 변덕처럼 갑자기 나타났다. 8월의 한낮에 느닷없이 터지는 우박 폭풍이었다. 오르가슴 전에 진행되는 모든 일이 그녀에게는 일종의 공격이었는데, 그녀는 그것을 물리치지 않았고, 이쪽에서 아무리 열심히 해도 끝도 없이 흡수하며 쉽게 살아남을 수 있었다. 하지만 그녀의 광적인 절정, 몸부림, 흐느낌, 큰 신음, 위로 고정된 채 뚫어져라 바라보는 불투명한 눈, 그의 두피를 파고드는 손톱—그것은 그녀가 간신히 견뎌낼 수 있는 경험처럼 보였고, 그녀가 그 경험에서 결코 회복되지 못할지도 모른다는 느낌을 주었다. 니키의 오르가슴은 경련 같아서, 몸이 피부에서 달아나버렸다.

반면 로즈애나의 오르가슴은 여우 사냥에서처럼 말을 타고 쫓아야 했다. 그녀 자신이 피에 굶주린 여우 사냥꾼이었다. 로즈애나의 오르가슴은 그녀의 많은 것을 요구했다. 보고만 있어도(그가 그것을 지켜보는 것이 지겨워지기 진의 이야기지만) 숨이 가빠지는, 앞으로 밀고 나가는 다그침이었다. 로즈애나는 다른 대의—오르가슴은 자연스러운 발전이 아니라 너무 귀해서 애써 끌어와 존재하게 해야 하는 기이한 것이라는 대의—에 완전히 헌신하여 자신에게 저항하는 뭔가와 맞서 싸워야 했다. 그녀가 절정을 성취하는 데에는 긴장감을 불러일으키는 영웅적인 면이 있었다. 마지막 순간까지 그녀가 성공할지 못할지, 또는 이쪽이 심근경색 없이 굳게 버틸 수 있을지 없을지 절대 알 수가 없었다. 어른이 아이와 체커를 두면서 아이의 모든 수에 좌절하는 척할 때처럼, 그녀의 노력에 과장되고 거짓된 면이 있지는 않은지 그는 의문을 품게 되었다. 뭔가가 잘못되었다. 심각하게 잘못되었다. 그러나 그때, 막 포기하려는 순간, 그녀는 성공했다. 해냈다. 마지막 순간에, 그의 위에 올라타서. 그녀의 온 존재가 썹 안에 압축되었다. 그는 결국 자신이 거기 있을 필요가 없었다고 느끼게 되었다. 그는 그저 기다란 나무 자지가 달린 골동품 인형이라고 해도 좋았다. 그는 거기 있을 필요가 없었다—그래서 없었다.

드렌카의 경우에는 웅덩이에 조약돌을 던지는 것 같았다. 들어가면 중심으로부터 바깥쪽으로 잔물결이 퍼져가다 마침내 웅덩이 전체가 굽이치며 빛으로 떨렸다. 그들은 오늘은 또는 오늘밤은 이것으로 끝내자고 말하곤 했는데, 새버스가 버틸 수 있는 한계에 이른 정도가 아니라 오십이 넘은 뚱뚱보로는 위험할 정도로 그것을 넘어서고 있었기 때문이었다. "올라가는 게 너한테는 산업이로군." 그는 그녀에게 말했다. "넌 공장이야." "노땅." 그녀는 새버스가 숨을 고르는 동안 그가 가르쳐준 말을 사용하며 말했다. "다음에 당신이 설 때 내가 뭘 하고 싶은지 알아?" "다음에는 몇

월에 설지 모르겠는걸. 지금 말해줘봐야 기억도 못하겠다."" 음, 최대한 높이 세우고 싶어."" 그런 다음에?"" 당신 좆 위에서 내 안팎을 뒤집는 거야. 장갑을 벗는 것처럼."

◆ ◆ ◆

니키를 찾으며 한 해를 보낸 뒤 이러다가 미쳐버릴지도 모른다는 두려움이 생기기 시작했다. 뉴욕을 떠나는 것도 전혀 도움이 되지 않았다. 뉴욕에서 벗어나자 지역 전화번호부에서 그녀의 이름을 찾게 되었다. 물론 이름을 바꾸었을 수도 있고, 그리스계 미국인들이 편의를 위해서 자주 그러듯이 이름을 줄였을 수도 있었다. 칸타라키스는 일반적으로 줄여서 카트리스라고 했다―니키도 한때 예명으로 카트리스를 쓸까 생각했다. 어쨌든 그게 그녀가 제시한 이유였지만, 새로운 이름을 쓴다고 해도 어머니에게 품위 있는 삶을 불가능하게 만들어버린 아버지에 대한 그녀의 혐오가 조금도 줄어들지는 않을 것임은 아마 그녀 자신조차 이해하고 있지 못했을 것이다.

어느 겨울날 새버스가 애틀랜타에서 열린 인형 축제에서 공연을 한 뒤 비행기를 타고 돌아가는데 뉴욕 날씨가 험해지는 바람에 비행기가 볼티모어로 방향을 튼 적이 있었다. 대기실에서 그는 공중전화부스로 가서 칸타라키스와 카트리스를 둘 다 찾아보았다. 있었다. N. 카트리스. 전화를 걸었지만 받지 않아서, 그는 공항에서 달려나와 택시를 타고 그 주소로 찾아갔다. 집은 작은 목조 방갈로들이 늘어선 거리에 있는 갈색 목조 방갈로로, 그냥 커다란 판잣집이라 해도 좋았다. 돌보지 않은 앞마당 한가운데에 개조심이라는 표지판이 흙에 꽂혀 있었다. 그는 부서진 층계를 올라가 문을 두드렸다. 창문 안을 들여다보려고 집 둘레를 뺑뺑 돌았고, 심지어 앞마당을 둘러싸고 있는 6피트 높이의 철망 담장을 거의 꼭대기까지 올라가기도 했다. 그러다 경찰관 두 명이 차를 몰고 다가와 새버스를 체포했다. 이웃이 경찰을 부른 것이 틀림없었다. 그가 경찰서에서 링크에게 전화를 할 수 있게 되어 상황을 설명하고, 링크가 경찰에게 새버스 씨에게는 정말로 일 년 전에 실종된 아내가 있다고 설명하고 나서야 혐의가 풀렸다. 경찰서 밖으로 나가자, 다시 돌아가 배회하지 말라는 경찰의 경고에도 불구하고 그는 다른 택시를 불러 N. 카트리스가 사는 판잣집으로 돌아갔다. 이제 저녁이 되었지만 불은 꺼져 있었다. 문을 두드리자 이번에는 아주 큰 개가 짖는 소리가 들렸다. 새버스는 소리쳤다. "니키, 나야. 미키라고. 니키, 당신 거기 있지! 거기 있는 거 알아! 니키, 니키, 제발 문 좀 열어!" 개만 답을 할 뿐이었다. 니키는 문을 열려고 하지 않았다. 그녀는 이 개자식을 두 번 다시 보고 싶지 않았기 때문이다. 또는 거기 없었기 때문이다, 죽었기 때문이다, 자살했기 때문이다. 아니면 강간을 당한 뒤 살해되어 조각으로 잘리고 묵직한 자루에 담겨 시프스헤드만*에서 2마일 정도 떨어진 바다로 옮겨져 뱃전 너머로 버려졌기 때문이다.

---

* 뉴욕시 브루클린 남부에 있는 만.

그는 개의 점점 강해지는 진노를 피하기 위해 다음 방갈로로 달려가 문을 두드렸다. 흑인 여자의 목소리가 안에서부터 외쳤다. "누구세요?" "이웃에 사는 사람을 찾고 있습니다—니키요!" "무슨 일로?" "집사람을 찾고 있어요, 니키 카트리스." "안 돼"가 그녀에게서 나온 대답의 전부였다. "옆집이요. 583호, 댁의 이웃, N. 카트리스. 제발, 집사람을 찾아야 합니다. 실종됐어요!" 문을 연 사람은 놀랄 만큼 여위고 주름이 많은 흑인 노파로, 지팡이를 짚었지만 허리는 꼿꼿했으며 검은 안경을 쓰고 있었다. 여자는 재미있어하며 사근사근하게 말했다. "그 여자를 때리고, 이제 또 때리려고 돌아오기를 바라는군." "때리지 않았습니다." "그런데 왜 사라져? 너는 여자를 때리고, 여자는 그래도 생각이 좀 있어서 달아나는 거지." "제발, 옆집에 누가 삽니까? 대답해주세요!" "네 부인, 지금은 그 여자한테 새 남자친구가 생겼어. 그리고 이거 알아? 그 사람도 그 여자를 때릴 거야. 어떤 여자들은 그런 식으로 살아." 그 말과 더불어 그녀는 문을 닫았다.

그날 저녁 새버스는 뉴욕으로 가는 비행기를 탔다. 그 눈먼 흑인 노파 덕분에 그는 자신이 차였고, 버림받았고, 내버려졌다는 것을 이해하게 되었다! 그녀는 그를 걷어차고, 일 년 전에 다른 사람과 떠났는데, 그는 여전히 그녀를 찾으러 돌아다니고 그녀 때문에 슬퍼하고 그녀가 어디에 있는지 궁금해하다니! 그녀가 달아난 것은 그가 로즈애나와 박아댔기 때문이 아니었다! 니키가 새로운 남자와 박아댔기 때문이었다!

집으로 돌아온 새버스는 그녀가 사라진 이후 처음으로 무너졌고, 브롱크스빌의 겔면 부부를 찾아가 두 주 동안 매일 밤 방에서 울었다. 이제 로즈애나는 아파트에서 그와 함께 살고 있었으며, 다시 도자기 목걸이를 만들어 빌리지의 한 가게에서 팔았기 때문에 둘이 근근이 먹고살 돈은 있었다. 새버스의 극단은 거의 해체되다시피 했고 관객은 그를 버렸다. 극단에―어쩌면 뉴욕 전체에서 니키 또래 중에는―니키와 같은 마법이 있는 배우가 없다는 것이 큰 이유였다. 새버스의 무관심 때문에 몇 달에 걸쳐 연기는 점점 나빠졌다. 리허설을 지켜보기는 해도 그의 눈에는 아무것도 들어오지 않았다. 거리에 나가 손가락 연기를 하는 일은 거의 없었다. 거리에 나가면 하는 일이라곤 니키를 찾는 것뿐이었기 때문이다. 여자들을 보고 여자들을 쫓아다니고. 가끔 그 여자들과 박았다. 차라리 그러는 편이 나았다.

그날 밤 집에 가자 로즈애나가 히스테리를 부렸다. "왜 전화하지 않은 거야! 어디 있었어? 당신 비행기는 당신을 태우지 않고 착륙했어! 내가 무슨 생각을 했겠어? 내가 무슨 생각을 했을 거라고 생각해?"

욕실에서 새버스는 타일 바닥에 무릎을 꿇고 자신에게 말했다. "더는 이럴 수 없어. 이러다간 너 미치고 말 거야. 로즈애나도 미칠 거야. 넌 남은 평생 제정신이 아닐 거야. 다시는 이 일로 울 수 없어. 오, 맙소사, 내가 다시는 이러지 않게만 해주세요!"

처음도 아니지만 그는 모티가 전쟁에서 돌아오기를 기다리며 판잣길에 앉아 있던 어머니를 생각했다. 그녀도 모티가 죽었다고는 절대 믿지 않았다. 도저히 생각할 수 없는 한 가지가 있다면 그것은 그들이 죽었다는 생각이다. 그들은 다른 삶을 살고 있다. 우리는 왜 그들이 집에 오지 않는지 온갖 이유를 꾸며댄다. 소문을 다루는 일에 뛰어들게 된다. 누군가는 버지니아의 여름 극장에서 니키가 다른 이름으로 연기하는 것을 보았다고 맹세할 것이다. 경찰은 그녀와 인상착의가 같은 미친 여자를 캐나다 국경에서 보았다고 전할 것이다. 오직 링크만이 단둘이 있을 때 새버스에게 이렇게 말할 용기가 있었다. "미크, 니키가 죽었다는 걸 정말 모르는 거야?" 그러면 그의 대꾸는 늘 똑같았다. "시체는 어디 있는데?" 아니, 상처는 결코 아물지 않고 늘 벌어져 있다. 어머니가 마지막까지 그랬던 것처럼. 모티가 전사했을 때 그녀는 저지당했다, 앞으로 나아가는 것을 저지당했다. 그리고 그녀의 삶에서 모든 논리가 빠져나가버렸다. 그녀는 모든 사람들이 그러듯이 삶이 논리적이고 선형적이기를 바랐다. 그녀가 정리하는 집과 부엌과 아들들의 옷장 서랍처럼 질서정연하기를 바랐다. 그녀는 그전까지 아주 열심히 일을 해서 집안의 운명을 통제하고 있었다. 그녀는 평생 모티를 기다렸을 뿐 아니라 모티에게서 설명을 기다렸다. 왜? 그 질문이 새버스를 따라다녔다. 왜? 왜? 누군가 우리에게 이유를 설명해주기만 한다면, 어쩌면 우리는 거짓을 받아들일 수 있을지도 모른다. 너는 왜 죽었나? 너는 어디로 갔나? 나를 아무리 미워했다 해도, 왜 돌아와서, 서로를 미워하는 다른 모든 커플들처럼, 우리의 선형적이고 논리적인 삶을 계속하지 않는가?

니키는 그날 밤 〈미스 줄리〉 공연이 있었다. 열로 휘청기려도 일터에 나타나지 않은 적은 단 한 번도 없던 니키. 새버스는 평소와 마찬가지로 로즈애나와 저녁을 보냈기 때문에 집에 돌아갔을 때에야 무슨 일이 있었는지 알았다. 니키가 극장에서 돌아올 시간보다 삼십 분 먼저 집에 갔는데, 그것이 배우를 아내로 두고 있는 남자의 좋은 점이었다―밤에 아내가 어디에 있고 얼마나 오래 나가 있을 것인지 늘 알고 있다는 것. 처음에는 니키가 자신을 찾으러 나갔을지도 모른다고 생각했다. 아마도 그녀 나름으로 의심하는 마음이 있었기 때문에, 우회하는 길로 극장에 가다가 새버스가 로즈애나의 엉덩이에 손을 얹은 채 공원을 가로지르는 것을 우연히 보았다고. 꼭대기 층 뒤쪽에 그가 아주 작은 작업실을 갖고 있는 브라운스톤 건물 현관으로 그들이 들어가는 것을 보았을지도 몰랐다. 니키는 폭발적이고, 미친듯이 감정적이며, 괴상한 행동이나 말을 해놓고 나서도 나중에는 그것을 기억하지도 못하거나, 기억은 하지만 그게 왜 괴상한지는 모를 수도 있었다.

새버스는 그날 밤 로즈애나에게 아내가 현실과 환상을 구분하지 못한다고, 아니면 원인과 결과 사이의 관련을 이해하지 못한다고 불평했다. 삶의 초기부터 니키 또는 니키의 어머니가, 아니면 둘이 공모해서, 어린 니키를 탓할 수 없는 피해자로 만들었고, 그 결과 그녀는 어떤 일에서든 자신이 어떤 책임이 있는지 결코 보지 못했다. 오직 무대에서만 그녀는 이 병적인 결백을 벗어버리고 상황을 장악하여 결과가 어떻게 나올지 스스로 결정했으며, 절묘한 솜씨로, 상상했던 뭔가를 현실적인 뭔가로 바꾸어놓았다. 그는 로즈애나에게 니키가 런던에서 구급차 기사의 따귀를 때리고 어머니의 주검과 사흘 동안 이야기를 나누었다는 이야기를 해주었다.

사라지기 불과 며칠 전까지도, 니키는 그렇게 '엄마한테 작별인사를 해서' 얼마나 기뻤는지, 그게 지금까지도 얼마나 만족스러운지 되풀이해 이야기했다. 심지어 그녀는 주검을 어루만지던 사흘을 회상할 때마다 늘 그랬듯, 유대인이 주검을 가능한 한 빨리 '버리는' 것이 얼마나 잔인한 일인지 농담을 했고, 다시 한번 새버스는 따지고 들지 말자고 결심했다. 하고많은 백치 같은 짓들 가운데 군이 그 백치 같은 짓을 집어내 바꾸려 할 필요가 뭐가 있겠는가? 〈미스 줄리〉에서 니키는 〈미스 줄리〉 밖에서는 될 수 없는 모든 것이 될 수 있었다. 교활하고, 빈틈없고, 밝고, 오연하고―현실로부터 움츠러드는 것을 제외한 모든 것이 될 수 있었다. 연극의 현실성. 그녀를 마비시키는 것은 현실의 현실성뿐이었다. 니키의 혐오, 공포, 히스테리―그는 불만이 가득하고, 그런 불만에서 헤어나오지 못하는 또 한 명의 배우자이며, 이제 얼마나 더 견딜 수 있을지 모르겠다. 그는 로즈애나에게 그렇게 말했다.

그러고 나서 그와 로즈애나는 씹을 했고 그녀는 떠났고 그는 세인트마크스 플레이스로 갔다. 그가 사는 건물 층계에 노먼과 링크가 앉아 있었다. 새버스는 니키가 돌아오기 전에 샤워를 해 로지의 냄새를 씻어내려고 서둘러 오던 길이었다. 어느 날 밤 니키는 새버스가 잠들었다고 여기고 담요 밑에서 코를 킁킁거리기 시작했고, 그제야 그는 로지가 점심때 찾아왔던 걸 잊고 자신이 세수만 한 채 잠자리에 들었다는 것을 깨달았다. 그게 딱 일주일 전이었다.

노먼이 무슨 일이 있었는지 이야기해주었고, 링크는 두 손으로 머리를 감싸고 앉아 있었다. 니키는 대역이 없었기 때문에, 개막 이래 쭉 그랬던 것처럼 이날도 표가 매진되었음에도 공연을 취소하고 표는 환불하고 모두 집에 보내야 했다. 소식을 전하려 했으나 아무도 새버스를 찾을 수 없었다. 제작자들은 층계에 앉아 한 시간 이상 기다리고 있었다. 링크는 이 모든 일 때문에 애처로울 정도로 괴로워하며 애원하듯 새버스에게 그녀가 어디 있는지 아느냐고 물었다. 새버스는 니키가 진정이 되고 무슨 일 때문에 속이 상했든 그것을 이겨내는 즉시 연락을 하고 돌아올 거라고 장담했다. 그는 걱정하지 않았다. 니키는 별나게, 아주 별나게 행동할 수 있는 사람이었다. 그들은 니키가 얼마나 별날 수 있는지 알지 못했다. 새버스는 말했다. "이건 그저 니키의 여러 이상한 행동 가운데 하나일 뿐이야."

하지만 아파트로 올라갔을 때 젊은 두 제작자는 새버스에게 경찰에 연락을 하라고 했다.

◆ ◆ ◆

그는 뉴욕에 온 지 오 분도 지나지 않아 다시 처음으로 돌아가 '왜?'에 시달리기 시작했다. 진흙이 묻은 낡은 부츠(묘지에 다녀오는 길에 묻은 것이었다) 앞쪽 끝으로 넝마 밑에 묻힌 몸들을 하나씩 하나씩 깨워서 혹시 한때 그의 아내였던 백인 여자가 그들 가운데 있는지 보고 싶은 충동을 자제해야 했다. 수줍고, 예의바르고, 강렬하고, 겁 많고, 이 세상 사람 같지 않고, 변덕스럽고, 사람을 홀리는 듯한 니키, 언제나 파악하는 것이 불가능한 까다로운 인물. 하지만 그에게 남긴 흔적은 지울 수 없었다. 그녀는 어떤 사람이 되는 것보다 훨씬 자신 있게 어떤 사람을 모방할 수 있었고, 사라지던 날까지 감정적 처녀성에 매달려 있었고, 위험이나 불행이 눈앞에 닥치지 않아도 늘 몸속에 두려움이 흘러다녔고, 불과 스물두 살 때 보여준 인위적이지 않은 자기 변화의 재능, 자신이 거의 알지 못하는 현실을 복제하는 재능에 그가 완전히 반해서 결혼을 했다. 그녀는 누가 한 무슨 말에든 어김없이 특이하고 모욕적인 의미를 부여했고, 동화 바깥에서는 절대로 진정한 평안을 느끼지 못했다. 연극에서는 가장 성숙한 역할이 전문이었던 소녀…… 그에게서 풀려난 삶에서도 그런 역할로 변화해갔을까? 그녀는 어떻게 되었을까? 또 왜?

　1994년 4월 12일 현재, 그녀의 사망증명서는 여전히 없었다. 죽은 자를 묻을 우리의 필요성은 매우 분명하지만, 우선 그 사람이 진짜 죽었는지 확인을 해야 한다. 그녀가 혹시 클리블랜드로 돌아갔을까? 런던으로? 어머니인 척하려고 살로니카로? 하지만 그녀에게는 여권도 돈도 없었다. 그녀는 새버스로부터 또는 모든 것으로부터 달아난 것일까, 아니면 이제 자신의 직업에서 특별한 사람이 되는 일을 피할 수 없다는 사실이 압도적으로 분명하게 다가오던 시점에 배우가 되는 것으로부터 달아난 것일까? 그렇잖아도 그녀는 이미 그것 때문에 겁에 질려 있었다, 그런 종류의 성공이 주는 부담 때문에. 이제 5월이면 쉰일곱이 될 것이다. 그는 그녀의 생일이나 그녀가 사라진 날을 결코 잊지 못할 것이다. 지금 니키는 어떤 모습일까? 포름알데히드 이전 그녀의 어머니 모습일까, 아니면 이후의 모습일까? 그녀는 이미 자기 어머니보다 열두 해를 더 살았다―1964년 11월 7일 이후에도 살아 있다면.

모티가 1944년에 물에 빠진 비행기에서 탈출했다면 지금은 어떤 모습일까? 지금 드렌카는 어떤 모습일까? 그녀를 파내면, 여전히 그녀가 여자라고, 여자들 가운데 가장 여자다운 여자라고 말할 수 있을까? 그녀가 죽은 뒤에도 그녀와 씹을 할 수 있을까? 왜 못해?

그래, 그날 저녁 뉴욕으로 달아나면서 새버스는 자신이 링크의 주검을 보러 달려가는 거라고 생각했지만, 사실은 절대 그의 뇌리를 떠나지 않는 첫번째 아내의 몸, 그녀의 몸, 살아 있는 몸으로 마침내 안내받아 가고 있는 것인지도 몰랐다. 그런 생각이 터무니없다는 것은 중요하지 않았다. 새버스의 예순네 해 동안의 삶은 오래전에 말이 되느냐 아니냐 하는 문제로부터 그를 자유롭게 풀어주었다. 이렇게 되었으니 그가 전보다 상실에 더 잘 대처하게 될 것이라고 생각할지도 모르겠다. 하지만 이것은 모든 사람이 늦든 이르든 상실에 관해 배우게 되는 것을 보여주는 역할을 할 뿐이다. 어떤 존재의 부재는 가장 강한 사람이라도 무너뜨릴 수 있다는 것.

"하지만 왜 그걸 끄집어내는 거야?" 그는 어머니에게 으르렁거렸다. "왜 니키, 니키, 니키야? 나도 이제 죽을 때가 다 되었는데!" 그러자 마침내 그녀가 입을 열었다. 그의 자그마한 어머니가 센트럴파크 웨스트와 웨스트 74번가가 만나는 모퉁이에서 그를 야단쳤다. 그가 열두 살이 되어 이미 근육질에 호전적인 어른으로 성장해버린 이후로는 한 번도 감히 그러지 못했는데. "그게 네가 가장 잘 아는 것이고, 가장 많이 생각해온 거야. 그런데도 너는 아무것도 알지 못해."

"이상했지." 노먼이 말하며, 새버스가 겪은 시련을 생각했다.

새버스는 동정심이 이 남자를 조금 더 주무르기를 기다렸다가 조용히 그의 말을 고쳐주었다. "아주." 새버스가 말했다.

"그래." 노먼이 바로 말을 받았다. "아주라고 말하는 게 공정할 것 같군."

그들은 부엌 식탁에 앉아 있었다. 아름다운 식탁이었다. 채소와 과일을 그린 반짝거리는 타일이 유약을 바른 커다란 상아색 이탈리아 타일들을 둘러싸고 있었다. 노먼의 아내 미셸은 방에서 자고 있었고, 두 오랜 친구는 마주보고 앉아 작은 소리로 니키가 극장에 나타나지 않고 아무도 그녀가 어디에 있는지 몰랐던 밤 이야기를 하고 있었다. 노먼은 전날 밤 전화할 때와는 달리 새버스를 앞에 두고서는 전혀 편해 보이지 않았다. 새버스가 너무 변모한 바람에 깜짝 놀란 것 같았다. 한편으로는 어쩌면 노먼 자신의 성취된 꿈들로 이루어진 거대한 보물 때문인지도 몰랐는데, 그것은 새버스의 눈에 보이는 어디에서나 분명하게 드러났다. 노먼의 밝은 갈색의 자비로운 눈을 들여다볼 때도 마찬가지였다. 햇빛을 받으며 테니스를 치면서 보낸 휴가 때문에 검게 그을리고, 청년일 때만큼이나 마른 몸에 운동선수처럼 유연한 그에게서 새버스는 최근에 겪었다는 우울증의 흔적을 전혀 찾아볼 수 없었다. 그는 대학을 졸업할 무렵에 이미 대머리였기 때문에 아무것도 변하지 않은 것처럼 보였다.

노먼은 바보가 아니었고, 책을 읽고 널리 여행을 했지만, 새버스 같은 실패자, 실물로 나타난 실패자를 파악하는 것은 링크의 자살을 받아들이는 것만큼이나, 아니, 어쩌면 그보다 더 어려운 듯했다. 링크의 상태야 매년 악화되는 것을 관찰해왔지만, 1965년에 뉴욕을 등진 새버스는 1994년에 부엌 식탁에서 샌드위치를 앞에 놓고 한숨을 쉬고 있는 남자와 거의 아무런 친연성이 없었다. 새버스는 욕실에서 손, 얼굴, 턱수염을 씻었지만, 그래도 노먼이 어리석게도 하룻밤 자고 가라고 초대한 부랑자라고 해도 좋을 만큼 그를 기겁하게 했다. 어쩌면 세월이 흐르면서 노먼이 새버스가 떠난 것을 매우 예술적인 드라마로 부풀린 것인지도 몰랐다—벽지에서 독립을, 영적 순결과 고요한 명상을 찾아 나선 것으로. 사실 노먼이 그를 생각하는 일이 있었다면, 선한 마음이 우러나오는 사람답게 자신이 그에게서 감탄했던 부분들을 기억하려고 했을 것이다. 그런데 왜 그게 새버스를 화나게 했을까? 그는 완벽한 부엌과 완벽한 거실과 책들이 줄지어 늘어선 복도를 향해 열려 있는 모든 방의 완벽한 모든 것보다 그런 자비에 훨씬 짜증이 났다. 물론 자신이 그런 감정을 불러일으킬 수 있다는 것은 그에게는, 새버스에게는 즐거운 일이었다. 노면의 눈으로 자신을 보는 것은 물론 재미있었다. 그러나 섬뜩하기도 했다.

노면은 니키가 사라진 뒤 그녀의 종적을 찾는 일에 어느 정도 가까이 간 적이 있느냐고 묻고 있었다. "나는 그런 노력을 그만두려고 뉴욕을 떠난 거야." 새버스는 대꾸했다. "가끔 니키는 내가 어디 사는지 모른다는 것을 깨닫고 마음이 쓰이긴 했지. 니키가 나를 찾고 싶어하면 어찌될까? 하지만 나를 찾게 되면 로즈애나도 찾게 될 거야. 일단 산속으로 들어가고 나서는 니키를 내 인생에 두는 즐거움을 나에게 허락한 적 없었어. 나는 니키한테 남편과 자식이 있다고 상상하지 않았어. 내가 니키를 찾아 나서고, 니키가 나타나고—그런 걸 다 중단한 거야. 내가 그 일을 이해하는 유일한 방법은 그 생각을 안 하는 거였어. 계속 살아갈 생각이라면 이것을 괴이한 일로 받아들이고 끝을 내야 한다. 그걸 생각해서 무슨 소용이 있었겠어?"

"그게 산이 상징하는 건가? 니키에 관해 생각하지 않는 장소?"

노면은 그저 영리한 질문을 하려는 것이었고, 그 질문들은 실제로 영리했지만, 새버스의 하산의 핵심을 완전히 놓치고 있었다.

새버스는 계속 진실이어도 좋고 아니어도 좋은 문장을 노면과 교환했다. 그에게는 대수롭지 않은 일이었다. "내 인생은 바뀌었어. 그냥 더는 그 정도의 속도로 전진할 수가 없었어. 전혀 앞으로 나아갈 수 없었지. 뭐든 통제한다는 생각은 내 머리에서 완전히 사라졌어. 니키와의 일 때문에 나는," 그는 자신의 얼굴에 질린 표정이 나타나기를 바라며 웃음을 지었다. "좀 난감한 입장에 놓이게 됐어."

"그럴 것 같군."

내가 길에서 미리 전화를 하지 않고 문간에 나타났다면, 수위의 눈에 띄지 않고 엘리베이터를 타고 십팔층까지 올라와 카원의 문을 두드렸다면, 노먼은 절대 현관에 선 남자를 나로 알아보지 못했을 거다. 시골뜨기의 플란넬 셔츠 위에 너무 큰 헌팅 재킷을 입고 진흙이 묻은 이런 커다란 부츠를 신었으니 나는 지금 도그패치* 출신의 방문객처럼 보일 거다. 만화에 나오는 턱수염을 기른 인물이나 1900년에 문간에 나타날 만한 사람, 러시아의 유대인 거주지 출신으로 미국에서 보내는 남은 인생 동안 지하실 석탄통 옆에서 자게 되는 부랑자 아저씨로 보일 거다. 새버스는 자기가 어떻게 보이는지, 어떻게 보이게 되었는지, 자신이 어떻게 보이든 상관없다고 생각할 때 어떻게 보이는지, 의도적일 때 어떻게 보이는지, 미리 연락을 받지 못한 노먼의 눈을 통해 볼 수 있었다―그리고 그것이 즐거웠다. 그는 사람들을, 특히 편안한 사람들을 불편하게 만드는 데서 맛보는 소박한 즐거움에 대한 미각을 전혀 잃지 않았는데, 그 즐거움은 아주 오래된 것이었다.

그래도 노먼을 보자 짜릿한 흥분이 느껴졌다. 새버스는 교외에 사는 성공한 자식들을 만나러 간 가난한 부모들이 느끼는 것과 비

---

* 만화에 나오는 켄터키주 산속의 상상의 도시.

숫한 감정을 느꼈다―황송하고, 어리둥절하고, 익숙한 자리에서 벗어나 있었지만, 그래도 자랑스러웠다. 노먼이 자랑스러웠다. 노먼은 평생 개똥 같은 연극판에서 살았지만 그 자신은 멍청한 똥이 되지 않았다. 그가 그렇게 자기 일에 사려 깊고, 그렇게 선량하고 품위 있고 생각이 깊기만 할까? 그렇다면 그는 박살이 날 것이다. 그럼에도 새버스에게는 노먼의 인정 많은 기질이 나이가 들고 성공을 거두면서 확장되기만 한 것처럼 보였다. 그는 새버스가 편안함을 느끼게 해주려고 노심초사하는 것 같았다. 허연 턱수염을 기른 새버스, 야망과 세속적 소유를 버린 어떤 거룩한 사람처럼 산꼭대기에서 내려온 새버스를 보았을 때 노먼이 느낀 것은 어쩌면 역겨움이기는커녕 경외감 비슷한 것인지도 몰랐다. 나한테 종교적인 뭔가가 있다는 게 말이 되는 이야기인가? 내가 한 일―그러니까 하지 않은 일―이 거룩한 의미가 있었나? 로지한테 전화해서 말해줘야겠군.

동기가 무엇이든 노먼은 이 이상 간절할 수가 없었다. 하지만 그와 링크, 잘나가는 아버지를 둔 이 두 친구는 저지시티에서 어린 시절을 함께 보낸 뒤 컬럼비아를 졸업하자마자 동업을 시작하여 새버스의 외설 재판에서 발생하는 비용을 대주었던 순간부터 그렇게 친절할 수가 없었다. 그들은 새버스에게 숭배에 근접하는 존경심을 보여주었는데, 새버스의 마음속에서 그것은 연예인(그는 기껏해야 그 정도였다―니키는 예술가였지만)을 대하는 태도라기보다는 나이든 성직자에게 다가갈 때 보여주는 태도에 가까웠다. 이 두 특권층 유대인 아이들에게는 그들이 당시에 말하기 좋아하던 대로 '믹 새버스를 발견'한 것이 흥미진진한 일이었다. 새버스가 저지 해안의 노동계급이 사는 아주 작은 카운티에서 버터와 달걀을 파는 가난한 장사꾼의 아들이라는 사실, 그가 대학을 다니는 대신 열일곱에 상선을 타고 바다로 나갔다는 사실, 육군에서 나온 후 제대군인원호법의 혜택으로 로마에 이 년 살았다는 사실, 결혼한 지 일 년밖에 안 되었는데 벌써 다른 여자를 찾아 어슬렁거린다는 사실, 그가 무대 위에서나 아래에서나 마음대로 쥐고 흔드는 겁나게 아름다운 젊은 아내―그녀 자신도 별났지만 새버스보다는 훨씬 좋은 집안에서 태어난 게 분명했으며 아마도 배우로서는 천재라고도 할 수 있었다―가 그 없이는 삼십 분도 살지 못할 것 같다는 사실을 알게 되자 그들의 젊은이다운 이상주의에 불이 붙었다. 그가 눈 하나 깜짝하지 않고 사람들에게 모욕을 주는 방식에는 자극적인 데가 있었다. 그는 잠재적으로 엄청난 연극적 재능을 지닌 신인일 뿐 아니라 힘차게 삶과 충돌하는 젊은 모험가로, 이십대인데 이미 사는 게 뭔지 아는 사람이었으며, 그들두 사람 어느 쪽보다도 자연에 닿아 있는 기질 때문에 늘 과하게 나가는 방향으로 불끈거리는 사람이었다. 50년대 당시 '믹'에게는 전율을 일으킬 만큼 이질적인 뭔가가 있었다.

새버스는 맨해튼 부엌에 안전하게 앉아 노먼이 따라준 맥주를 마저 다 홀짝이며 발리치 경관이 누구의 머리를 깨버리려 했는지 이제 확신이 들었다. 드렌카의 소유에서 뭔가 범행의 증거가 될 만한 것이 나타났거나 아니면 밤에 묘지에서 새버스가 눈에 띈 것이었다. 아내도 없고, 애인도 없고, 돈도 없고, 일도 없고, 집도 없고…… 그리고 그것도 모자라 이제는 달아나고 있었다. 그가 너무 늙어 바다로 돌아갈 수 없는 것만 아니라면, 손가락이 불구만 아니라면, 모티가 살았고 니키가 제정신이었다면, 또는 그가 제정신이었다면—전쟁, 광기, 괴팍함, 병, 어리석음, 자살, 죽음이 없었다면, 그는 지금보다 훨씬 나은 상태일 가능성이 높았다. 그는 예술을 위해 대가를 모두 치렀으나, 다만 어떤 예술도 이루지 못했다. 구식의 모든 예술적 고난—고립, 가난, 절망, 정신적이고 신체적인 장애—을 겪었지만 아무도 알아주거나 관심을 갖지 않았다. 아무도 알아주거나 관심을 갖지 않는다는 것도 예술적 고난의 또하나의 형태지만, 그의 경우 그것은 아무런 예술적 의미가 없었다. 그는 그저 추해지고, 늙고, 울화가 가득한 사람, 수없이 많은 그런 사람들 가운데 하나일 뿐이었다.

실망의 법칙에 순종하여, 순종을 모르는 새버스는 울기 시작했고, 그조차도 그 울음이 연기인지 자기 불행의 크기인지 알 수가 없었다. 그러자 어머니가 그날 저녁 두번째로 입을 열었다—이제 부엌에서, 살아 있는 유일한 아들을 위로하려 하고 있었다. "이게 인간의 삶이야. 누구나 견뎌야 할 큰 상처가 있는 법이지."

새버스(모든 사람의 신실함을 믿지 않은 덕분에 모든 것의 배신에 약간은 대비가 된 상태로 살 수 있는 것이라고 생각하기를 좋아했다): 내가 유령조차 속였구나. 하지만 그는 이런 생각을 하면서—그의 머리는 식탁 위에 놓인 작달막하고 묵직한, 흐느끼는 샌드백이었다—동시에 생각했다. 하지만 내가 울음을 얼마나 간절히 원하는지!

간절히 원한다고? 이거 왜 이래. 아니다, 새버스는 자신이 하는 말을 하나도 믿지 않았고, 믿지 않은 지가 오래되었다. 자신이 어쩌다 이런 실패자가 되고 말았는지 묘사하려고 주도면밀하게 노력할수록 진실로부터 더 멀어지는 것 같았다. 진실한 삶은 다른 사람들에게 속하는 것이었다. 어쨌든 다른 사람들은 그렇게 믿었다.

노먼은 새버스의 손을 잡으려고 식탁을 가로질러 손을 뻗었다.

됐다. 적어도 일주일은 묵게 해줄 거다.

"너." 그는 노먼에게 말했다. "너는 뭐가 중요한지 이해하는군."

"그래, 나는 살아가는 기술의 달인이야. 그래서 내가 여덟 달 동안 프로작을 먹은 거지."

"내가 할 줄 아는 건 적대하는 것뿐이야."

"뭐, 그것도 있고 다른 것도 몇 가지 있지."

"정말 하찮은, 정말 개똥 같은 인생이야."

"술기운이 머리까지 올랐군. 너처럼 지치고 처지면 모든 게 과장돼. 링크의 자살도 그런 것과 관계가 깊어. 우리 모두 그걸 겪었어."

"모든 사람의 비위를 거슬러."

"왜 이래." 노먼은 대꾸했고, 새버스의 손을 잡은 손이 더 단단해졌다…… 하지만 "우리집에 와 있는 게 나을 것 같은데"라는 말은 언제 나올까? 새버스는 돌아갈 수가 없기 때문이다. 로즈애나는 그를 집에 들이지 않을 것이고, 매슈 발리치는 그의 존재를 알아냈으며 죽일 만큼 격분해 있었다. 그는 갈 곳이 없었고 할일이 없었다. 노먼이 "여기 와 있어" 하고 말하지 않으면 끝이었다.

새버스는 갑자기 식탁에서 머리를 들고 말했다. "어머니는 내가 열다섯 살 때부터 긴장증적 우울증을 앓았어."

"그런 얘긴 한 적 없잖아."

"형이 전사했거든."

"그것도 몰랐네."

"우리는 창에 황금별*을 걸어놓는 집이었어. 형만 죽은 게 아니라 어머니도 죽었다는 뜻이었지. 나는 학교에서 하루종일 생각했어. '집에 갔을 때 형이 거기 있기만 하면 좋을 텐데. 전쟁이 끝났을 때 형이 거기 있기만 하면 좋을 텐데.' 학교에서 집으로 돌아갔을 때 황금별을 보는 게 얼마나 겁이 났는지. 어떤 날은 정말로 형을 잊어버릴 수가 있었는데, 집에 걸어가면 황금별이 보이는 거야. 어쩌면 그래서 바다로 간 건지도 몰라, 황금별로부터 줏나게 도망치려고. 황금별은 말했어. '이 집에 있는 사람들은 무시무시한 일을 겪었다.' 황금별이 있는 집은 황폐해진 집이었어."

"그랬는데 결혼하니까 아내가 사라지고."

"그래, 하지만 그 덕분에 나는 더욱 지혜로워졌어. 나는 두 번 다시는 미래 생각을 할 수가 없었어. 미래에 나를 위한 게 뭐가 있겠어? 나는 기대하는 쪽으로는 절대 생각을 하지 않아. 나의 기대라고 하면 나쁜 소식을 어떻게 감당할까 하는 거야."

자신의 삶에 관해서 분별력 있게 합리적으로 말하려고 노력하는 것은 눈물보다 훨씬 더 가짜로 느껴졌다―단어 하나마다, 음절 하나마다. 진실을 갉아 구멍을 또하나 뚫는 좀.

---

* 사랑하는 사람을 군복무중 잃은 가족의 표시.

"니키를 생각하면 지금도 흔들려?"

"아니." 새버스가 말했다. "전혀. 삼십 년이 지나고 나니 내가 생각하는 건, '씨발 그게 뭐였을까?' 하는 것뿐이야. 나이가 들수록 그 일이 더 비현실적이 되어가. 내가 젊었을 때 나 자신에게 말하던 것들—어쩌면 그녀는 여기로 갔을 거다, 어쩌면 저기로 갔을 거다—그런 것들이 이제는 적용되지 않기 때문에. 니키는 오직 자기 어머니만이 줄 수 있을 것처럼 보이는 어떤 걸 얻으려고 늘 안간힘을 쓰고 있다—어쩌면 여전히 그걸 찾아다니고 있는지도 모른다. 그때는 그런 생각이었어. 이렇게 거리를 두게 되니 그냥 이래. '그 모든 일이 정말로 일어났던가?'"

"파급효과는?" 노먼이 물었다. 그는 새버스가 다시 자기를 제어하는 것을 보고 안도했지만, 그럼에도 계속 그의 손을 쥐고 있었다. 새버스는 그게 무척이나 짜증스러웠으나 그냥 내버려두었다. "너한테 준 영향. 그게 너한테 어떤 상처를 줬어?"

새버스는 천천히 생각했는데, 그가 생각하는 것은 대체로 이런 것이었다—이런 질문들은 무익해서 답할 필요가 없다. 답 뒤에 또하나의 답이 있고, 그 답 뒤에 또하나의 답, 계속 그런 식이다. 새버스가 지금 하고 있는 일은, 노먼을 만족시키기 위해, 그런 것을 이해하지 못하는 사람인 척하는 것뿐이다.

"내가 상처받은 것 같아?"

그들은 함께 웃음을 터뜨렸고, 그제야 노먼은 그의 손을 놓았다. 또 한 명의 감상적인 유대인. 감상적인 유대인은 그 자신에게서 배어나온 기름에 튀겨버려도 시원찮았다. 뭔가가 늘 그들을 감동시키고 있었다. 새버스는 정말이지 이 도덕적으로 진지하고 완전히 응석받이로 자라 성공한 두 사람, 카윈 또는 겔먼 어느 쪽도 결코 견딜 수가 없었다.

"그건 태어난 게 나한테 얼마나 상처를 주었느냐고 묻는 것과 같아. 내가 어떻게 알겠어? 내가 그것에 관해 뭘 알고 있겠어? 내가 할 수 있는 말은 뭔가를 통제한다는 생각은 내 마음에 없다는 것뿐이야. 나는 인생에서 그런 쪽으로 움직여 가."

"고통, 고통, 너무 큰 고통." 노먼이 말했다. "도대체 어떻게 거기에 마음이 쓰이는 걸 넘어설 수 있는 거야?"

"마음을 쓴다고 해서 뭐가 달라지겠어? 나는 아무것도 바꾸지 못하는데. 내가 마음을 쓴다? 나는 마음을 쓴다는 생각 자체가 떠오르지를 않아. 그래, 나는 지나치게 감정적이 되곤 했지. 하지만 마음을 쓰는 거? 마음을 쓰는 게 무슨 소용이 있었어? 이런 일들에서 이유나 의미를 찾으려고 하는 게 무슨 소용이 있었어? 스물다섯이 되었을 때 나는 이미 그런 건 없다는 걸 알았어."

"실제로 없는 건가?"

"내일 링크한테 물어봐, 관을 열 때. 그 친구가 말해줄 거야. 그 친구는 색다르고 재미있고 에너지가 넘쳤으니까. 나는 링컨을 아주 잘 기억해. 그 친구는 추한 것은 전혀 알고 싶어하지 않았어. 다 멋지기를 바랐어. 자기 부모를 사랑했지. 그 친구네 노친네가 무대 뒤로 왔던 때가 기억나는군. 탄산음료 제조업자였어. 내 기억이 맞는다면 셀처의 거물이었지."

"아니, 퀸치였어."

"퀜치. 그거였군."

"퀜치 와일드 체리 덕분에 링크는 태프트*에 갈 수 있었지. 링크는 거기를 크베치**라고 불렀어."

"강철 같은 잿빛 머리카락에 얼굴이 검게 그을린 자그마한 불굴의 인간이었지, 그 노친네. 그 쓰레기를 직접 병에 담아 파는 데서 시작했고 트럭도 자기가 몰았어. 속셔츠 차림으로 돌아다니고. 상스럽고. 말도 문법에 맞게 못하고. 짐짝으로 꾸려놓은 듯한 몸집이었어. 링크는 니키의 분장실 의자에 앉아 있었는데 그냥 아버지를 데려와 자기 무릎에 앉혀놓았고, 쇼가 끝난 뒤 우리 모두 함께 이야기를 나누는 동안에도 그렇게 아버지를 안고 있었어. 두 사람 모두 그걸 아무렇지 않게 생각하더라고. 그 친구는 자기 노친네를 흠모했어. 자기 마누라도 흠모했고. 자식들도 흠모했고. 적어도 내가 알 때는 그랬어."

"늘 그랬지."

"그러니까 어디에 의미가 있다는 거야?"

"내가 좀 알아."

"아무것도 알지 못해, 노먼―누구에 관해서도 아무것도 알지 못하는 거야. 내가 니키를 알았을까? 니키한테는 또다른 삶이 있었어. 모두에게 또다른 삶이 있지. 나는 니키가 괴짜라는 걸 알았어. 하지만 나도 괴짜였지. 나도 내가 도리스 데이***하고 살고 있는

---

* 코네티컷의 사립학교.
** '쥐어짠다'는 뜻의 이디시어에서 나온 말로, '불평이 많은 사람'을 가리킨다.
*** 미국 배우이자 가수.

게 아니란 건 이해했어. 약간 비합리적이고, 자기한테 파묻혀 있고, 미친듯이 폭발하는 경향이 있었지. 하지만 그런 일이 일어날 만큼 비합리적이고 미쳤을까? 내가 우리 어머니를 알았을까? 물론이지. 어머니는 원래 하루종일 휘파람을 불며 돌아다녔어. 어머니가 감당 못할 일은 없었지. 한데 어떻게 됐나 봐. 내가 형을 알았을까? 원반 던지기, 수영부, 클라리넷. 그러다 스무 살에 전사했어."

"사라진다. 그 말조차도 이상해."

"사라졌다 나타난다는 말은 더 이상해."

"로즈애나는 어때?"

새버스는 손목시계를 보았다. 올해로 반세기가 된 동그란 스테인리스스틸 시계였다. 검은 문자반, 하얀 야광 숫자와 바늘. 모티의 벤루스 군용 시계였다. 열두 시간과 스물네 시간 숫자가 있고 용두를 뽑아 초침을 멈출 수 있었다. 임무 비행을 할 때 서로의 시간을 맞추는 용도. 시간 맞추기가 모티에게는 큰 쓸모가 있었다. 일 년에 한 번 새버스는 시계를 보스턴의 어떤 곳으로 보냈고, 그곳에서 시계를 닦고 기름을 치고 닳은 부품을 교체해주었다. 그는 1945년에 이 시계가 그의 것이 된 이후로 매일 아침 태엽을 감아왔다. 그의 두 할아버지는 매일 아침 성구상聖句箱*을 걸치고 하느님을 생각했다. 그는 매일 아침 모티의 시계태엽을 감으며 모티를 생각했다. 시계는 1945년에 정부가 모티의 다른 물건들과 함께

* 유대교에서 아침 기도 때 몸에 걸치는 것.

돌려준 것이다. 주검은 이 년 뒤에 돌아왔다.

"음," 새버스가 말했다. "로즈애나는…… 바로 일곱 시간쯤 전에, 로즈애나와 나는 갈라섰어. 이제 로즈애나가 사라진 거야. 결국은 그렇게 됐어, 모트. 사람들은 왼쪽 오른쪽으로 사라져."

"지금 어디 있어? 알고는 있어?"

"아, 집에."

"그럼 네가 사라진 거로군."

"노력하고 있어." 새버스는 말했다. 다시, 갑자기, 눈물의 대대적 맹공이 시작되었다. 그를 완전히 삼켜버릴 듯한 괴로움이 찾아와 그 첫 순간에는, 이날 저녁 두번째로 이렇게 무너지는 것이 첫번째보다 조금이라도 정직하게 혹은 덜 정직하게 지어낸 것인지 아닌지 더는 자문할 수조차 없었다. 그의 회의주의, 냉소주의, 비꼼, 신랄함, 조롱, 자기 조롱, 그리고 그가 소유한 명석함, 일관성, 객관성이 다 빠져나갔다―절망만 빼고 그를 새버스로 표시해주는 모든 것이 바닥나버렸다. 절망만큼은 남아돌 정도로 풍부했다. 그는 조금 전 노먼을 모트라고 불렀다. 그는 이제 완전히 끝장나버린 사람처럼 울고 있었다. 그의 울음에는 뜨거운 감정이 있었다―공포, 큰 슬픔, 패배가 있었다.

아니, 있었나? 손가락들을 볼꼴 사납게 만든 관절염에도 불구하고 속마음에서 그는 여전히 인형 예술가였으며, 간지, 책략, 비현실성을 사랑하는 사람이자 그 방면의 달인이었다―이것은 아직 자신에게서 뜯어내지 못했다. 그게 사라지면, 그는 죽은 것이나 다름없었다.

"괜찮아, 믹?" 노먼이 식탁을 돌아서 다가와 새버스의 어깨에 두 손을 얹었다. "정말 부인을 떠난 거야?"

새버스는 손을 뻗어 노먼의 두 손을 자신의 손으로 덮었다. "갑자기 어떤 상황인지 기억상실에 걸렸지만…… 그래, 그렇게 보여. 로즈애나는 이제 알코올이나 나의 노예가 아니야. 두 악마 모두 AA가 쫓아버렸지. 그렇게 해서 이르게 된 결말은 아마도 로즈애나가 봉급을 혼자 챙기고 싶어한다는 것이겠지."

"로즈애나가 너를 먹여 살리고 있었잖아."

"나도 살아야 했어."

"장례식 뒤에는 어디로 갈 거야?"

그는 노먼을 보며 활짝 웃음을 지었다. "링크와 함께 있으면 어떨까?"

"무슨 소리를 하는 거야? 자살을 하겠다는 거야? 그게 네가 지금 생각하고 있는 건지 알아야겠는데. 자살 생각을 하는 거야?"

"아니, 아니, 나는 끝까지 계속 가게 될 거야."

"그거 진심이지?"

"그렇게 생각하는 쪽으로 기울고 있어. 나는 자살자일 때도 다른 모든 경우와 같아. 사이비 자살자지."

"야, 이건 심각한 일이야." 노먼이 말했다. "우리는 지금 함께 이 일을 겪고 있어."

"노먼, 내가 너를 못 본 지가 백 년은 됐어. 우리는 어떤 일도 함께 겪고 있지 않아."

"이 일은 함께라니까! 자살을 할 거라면 내 앞에서 해. 준비가 되면 내가 그 자리에 있기를 기다렸다가 내 앞에서 하라고."

새버스는 대답하지 않았다.

"너 병원에 가봐야 돼." 노먼이 말했다. "내일 병원에 가봐야 돼. 돈이 필요해?"

새버스는 종이쪽지와 종이성냥 덮개에 갈겨쓴 판독할 수 없는 메모와 전화번호로 가득한 지갑—아주 뚱뚱했지만 신용카드와 현금은 없었다—에서 자신과 로즈애나의 계좌와 연결된 백지수표를 뽑아들었다. 거기에 삼백 달러를 썼다. 노먼이 그가 쓰는 것을 지켜보다 수표에 부부의 이름이 둘 다 인쇄되어 있는 것을 보았음을 깨닫고 새버스는 설명했다. "돈을 다 빼는 중이야. 로즈애나가 선수를 쳐서 수표가 튕겨나오면 나중에 현금을 보내줄게."

"됐어. 삼백 달러 가지고 뭘 할 수 있겠어? 넌 지금 아주 심각한 상태라고, 얘야."

"나는 아무런 기대도 없어."

"그건 이미 나한테 써먹었잖아. 내일 밤도 여기서 자는 게 어때? 우리 도움이 필요하면 계속 여기 있어. 애들은 다 떠났으니까. 우리 아기는, 데버라는 브라운대학에 가 있어. 집은 텅 비었어. 어디로 갈지도 모르면서, 이런 기분으로 장례식 뒤에 서둘러 떠날 수는 없지. 넌 병원에 가봐야 돼."

"아니." 새버스가 말했다. "아냐. 여기 계속 있을 순 없어."

"그럼 입원해야 돼."

이 말에 세번째로 새버스의 눈물이 터졌다. 평생 이렇게 운 것은 딱 한 번, 니키의 실종 때뿐이었다. 모티가 죽었을 때 어머니가 이보다 더 심하게 우는 것을 지켜보기는 했다.

입원. 그 말이 나오기 전까지만 해도 그는 이 모든 울음이 얼마든지 가짜일 수 있다고 믿고 있었기 때문에, 자신에게 울음을 꺼버릴 힘이 없을 것 같다는 사실을 알게 된 것은 상당히 실망스러운 일이었다.

노먼이 그를 달래고 부축해 부엌 의자에서 일으켜 식사실을 가로지르고, 거실을 통과하고, 복도를 따라 내려가 데버라의 방으로 들어간 다음, 방향을 잡아 침대 위에 앉히고 도그패치 부츠의 진흙으로 떡이 된 끈을 풀어 발에서 벗겨주는 동안 새버스는 몸을 떨고 있었다. 만일 그가 정말로 무너지는 것이 아니라 단지 흉내만 내고 있는 것이라면, 이것이야말로 그의 일생일대의 연기였다. 이가 딱딱 맞부딪칠 때도, 심지어 우스꽝스러운 턱수염 밑으로 턱이 떨리는 것이 느껴질 때도, 새버스는 생각했다. 그래, 이건 새로운 거다. 이런 게 더 많아질 거다. 그리고 아마도 그 가운데는 간지에서 생겨난 것보다는, 그가 존재할 내적인 이유—대체 그게 뭔지 몰라도, 어쩌면 간지가 바로 그 이유일 수도 있고—가 이제 사라지게 되었다는 사실에서 생겨난 것이 더 많을 것이다.

그는 노먼이 제대로 이해할 수 있는 말은 간신히 세 단어만 내뱉을 수 있었다. "다들 어디 갔어?"

"여기 있지." 노먼이 그를 달랬다. "다 여기 있어."

"아냐." 혼자만 남게 되자 새버스는 대꾸했다. "다 탈출했어."

◆ ◆ ◆

새버스는 데버라의 방을 나가면 바로 나오는 분홍색과 흰색이 섞인 소녀 취향의 예쁜 욕실에서 목욕을 하면서 세면대 밑의 서랍 두 개에 뒤죽박죽 섞여 있는 내용물에 관심이 생겼다—로션, 연고, 알약, 파우더, 더바디샵 병, 콘택트렌즈 세정제, 탐폰, 매니큐어, 매니큐어 제거제…… 각 서랍 안에 어지럽게 놓인 물건들을 헤치며 바닥에 이르렀지만 드렌카가 삶의 마지막에서 두번째 여름에 실비야의 물건들 사이에서 발굴해낸 종류의 사진은 단 한 장도—묶음은 말할 것도 없고—없었다. 탐폰 외에 그가 매력을 느낀 유일한 물건은 짜내려고 위로 돌돌 말아올린, 거의 다 쓴 질 윤활 크림 튜브였다. 그는 뚜껑을 열고 호박색 기름을 손바닥에 조금 짠 다음 엄지와 중지로 비벼보았다. 그 물질이 손가락 끝을 적시자 여러 가지가, 드렌카에 관한 온갖 일이 기억났다. 그는 뚜껑을 도로 닫고 나중에 실험해보기 위해 튜브를 타일이 덮인 카운터에 올려놓았다.

그는 데버라의 방에서 옷을 벗은 뒤 옷장과 책상에 있는 투명한 플라스틱 액자에 담긴 사진들을 모두 보았다. 서랍장과 옷장은 시간이 날 때 확인해볼 것이다. 데버라는 거무스름한 머리에 얌전하고 기분좋은 느낌의 미소, 지적으로 보이는 미소를 띠고 있었다. 그녀의 몸은 사진 속의 다른 젊은 사람들에 가려서 보이지 않았기 때문에 다른 것은 많이 알 수 없었다. 그래도 그 모든 얼굴들 가운데 그녀의 얼굴만 그나마 약간 비밀을 감춘 듯한 느낌을 주고 있었다. 데버라가 카메라 앞에서 아주 풍성하게 내보인 아이 같은 순진함에도 불구하고, 그녀는 어떤 정신, 심지어 어떤 재치 같은 것을 가진 사람처럼 보였으며, 입술의 용기는 그녀의 가장 큰 보물이었다. 상상할 수 있는 가장 타락하지 않은 얼굴에 굶주리고 유혹적인 입이 자리잡고 있었다. 어쨌든 새버스는 새벽 두시 가까운 시간에 그 모습을 그렇게 읽었다. 더 감질나는 여자아이를 기대하고 있었지만, 입과 젊음으로 만족해야 했다. 그는 욕조에 들어가기 전에 벌거벗은 채 종종걸음으로 데버라의 방으로 들어가 책상에서 그가 찾을 수 있는 가장 큰 사진을 챙겼다. 데버라가 자기 나이 또래인 굵고 튼튼한 근육질 빨간 머리의 어깨에 바싹 파고들어 찍은 사진이었다. 그는 거의 모든 사진에서 그녀 옆에 있었다. 죽어 마땅한 남자친구였다.

잠시 새버스가 한 일이라고는 분홍색과 흰색으로 이루어진 흡족하게 따뜻한 욕조에 누워, 자신의 눈길에 데버라를 집에 있는 그녀의 욕조로 이동시킬 힘이라도 있는 것처럼 사진을 뜯어본 것뿐이었다. 이윽고 그는 한쪽 팔을 뻗어 변기 뚜껑을 들어올릴 수 있었고, 그러자 데버라의 분홍색 변기 시트가 드러났다. 그는 손으로 그 둥근 시트를 따라가며 문질렀는데, 막 딱딱해지려는 순간 욕실 문을 가볍게 두드리는 소리가 들렸다. "괜찮아?" 노먼은 그렇게 물으며 문을 활짝 열고 새버스가 물에 들어가 자살하지 않았는지 확인했다.

"괜찮아." 새버스가 말했다. 변기 시트에서 손을 거두는 데는 시간이 걸리지 않았지만, 사진은 다른 손에 있었고 비틀린 질 크림 튜브는 카운터에 있었다. 그는 노먼이 어떤 사진인지 볼 수 있도록 그것을 내밀었다. "데버라." 새버스가 말했다.

"그래. 그게 데버라야."

"귀엽구먼." 새버스가 말했다.

"왜 사진을 갖고 욕조에 들어간 거야?"

"보려고."

침묵은 판독이 불가능했다―그것이 무슨 뜻인지 또는 무엇을 예고하는지 새버스는 상상할 수 없었다. 그가 확실하게 아는 것은 그가 노먼에게 겁을 먹은 것보다 노먼이 그에게 더 겁을 먹었다는 사실이었다. 벌거벗고 있다는 것 또한 노먼처럼 양심이 발달한 사람을 상대할 때는 이로운 점이었다. 무방비 상태로 보인다는 이점이 있었다. 이런 종류의 상황을 감당하는 새버스의 재능에 노먼은 맞먹기를 바랄 수도 없었다. 망한 자가 무모해지는 재능, 방해 활동가가 전복을 하는 재능, 심지어 미치광이―또는 미치광이를 흉내내는 자―가 보통 사람을 위압하거나 겁먹게 하는 재능. 새버스에게는 별로 잃을 것이 없는 아무도 아닌 자가 될 수 있는 힘이 있었고, 노먼도 그것을 알았다.

그는 질 크림 튜브는 보지 못한 것 같았다.

이 순간 우리 둘 가운데 누가 더 외로울까, 새버스는 의문을 품었다. 그는 무슨 생각을 하고 있을까? '우리의 테러리스트 등장. 내가 그자를 익사시켜야 한다.' 하지만 노먼은 새버스가 결코 누려본 적 없는 방식의 존경이 필요한 사람이었고, 따라서 그렇게 하지 않을 가능성이 높았다.

"애석할 거야." 노먼이 마침내 말했다. "그게 젖으면."

새버스는 자신이 발기했다고는 믿지 않았지만, 노먼이 한 말의 모호함 때문에 의문을 품지 않을 수 없었다. 그는 군이 확인해보지는 않고 대신 완벽하게 저의 없는 질문을 했다. "이 운좋은 녀석은 누구지?"

"일학년 때 남친. 로버트." 노먼은 말하면서 사진을 향해 손을 뻗었다. "최근에 와서야 월로 바뀌었지." 새버스는 욕조에서 몸을 기울여 사진을 건네주었는데, 안타깝게도, 그렇게 움직이다가 자신의 자지가 물에서 위로 각도를 틀고 있다는 것을 알게 되었다.

"다시 자신으로 돌아오는가보군." 노먼이 새버스의 눈을 응시하며 말했다.

"응, 고마워. 훨씬 나아졌어."

"네가 정말로 어떤 사람인지 아는 건 결코 쉬운 일이 아니었어, 미키."

"아, 실패자라고 하면 될 것 같은데."

"뭐에 실패해?"

"실패하는 것에 실패했지, 우선."

"너는 늘 인간이 되려고 싸웠어, 맨 처음부터."

"정반대야." 새버스가 말했다. "인간이 되는 것에 대해 나는 늘 말했지. '올 거면 와라.'"

이 대목에서 노먼은 타일 카운터에서 질 크림을 집어든 다음 세면대 밑의 아래쪽 서랍을 열고 튜브를 던져넣었다. 그는 서랍을 세게 닫은 자신의 힘에 새버스보다 더 놀란 것 같았다.

"침대 옆 탁자에 우유를 한 잔 뒀어." 노먼이 말했다. "필요할지도 몰라서. 따뜻한 우유가 가끔 진정 효과가 있거든."

"좋지." 새버스가 말했다. "잘 자. 푹 자게."

노먼은 나가려다가 변기 쪽을 한 번 건너다보았다. 왜 뚜껑이 세워져 있는지 절대 짐작 못 할 것이다. 하지만 그가 새버스 쪽으로 돌린 마지막 눈길은 그렇지 않다는 것을 암시했다.

노먼이 떠난 뒤 새버스는 욕조에서 몸을 일으켜, 물을 뚝뚝 떨어뜨리며 노먼이 데버라의 책상에 갖다놓은 사진을 가지러 갔다.

새버스는 다시 욕실로 돌아가 서랍을 열고 질 크림을 꺼내 튜브를 입술에 갖다댔다. 혀에 대고 작은 콩알만큼 짜낸 다음 입천장을 따라 굴려 이 뒷면으로 밀어갔다. 바셀린 같은 뒷맛이 희미하게 남았다. 그뿐이었다. 하긴, 뭘 바랐을까? 데버라의 톡 쏘는 맛?

그는 사진을 들고 욕조로 돌아가, 중단되었던 지점에서 다시 이어나갔다.

◆ ◆ ◆

변소에 가려고 한 번도 일어나지 않았다. 몇 년 만에 처음이었다. 아버지가 준 우유가 전립선을 진정시켰을까, 아니면 딸의 침대 덕분이었을까? 우선 그는 새 베갯잇을 벗겨내고, 코를 킁킁거리며 찾아다녔다. 베개 자체에 달라붙어 있는 그녀의 머리카락 냄새를 추적했다. 그러다가, 시행착오를 거친 끝에 세로로 매트리스의 중간 지점 바로 오른쪽에서 간신히 감지할 수 있는 골을 발견했다. 그녀 몸의 형태가 파놓은 미세한 고랑이었다. 그녀의 시트와 이불 사이에서, 그녀의 베갯잇 없는 베개를 베고, 그 고랑 안에서, 그는 잤다. 이 로라애슐리*풍으로 꾸며놓은 분홍색과 노란색 방에서, 책상의 컴퓨터는 혼수상태에 빠져 있고, 돌턴 스쿨의 문양 전사轉寫가 거울을 장식하고 있고, 버들고리 세공 바구니에 아기 곰들이 함께 뒤엉켜 있고, 메트로폴리탄미술관 포스터들이 벽에 붙어 있고, 어린 시절 가장 좋아했던 책들―『아기 사슴 이야기』, 안데르센의 동화―과 더불어 K. 쇼팽, T. 모리슨, A. 탄, V. 울프가 책꽂이에 꽂혀 있고, 책상과 서랍장에는 수영복, 스키복, 교복 차림의 다양한 무리와 함께 찍은 사진 액자가 놓여 있는 방에서…… 흰색과 분홍색 줄무늬로 장식하고 가장자리를 꽃무늬로 수놓은 방에서, 데버라가 처음으로 음핵의 권리를 충족시키려고 달려든 방에서, 새버스는 다시 열일곱 살이 되어 술 취한 노르웨이인을 가득 태우고 브라질의 커다란 항구 한 곳―토두스우스산투스만에 있는 바이아였고, 아마존, 위대한 아마존이 멀지 않은 곳에서 굽이치고 있었다―에 정박한 부정기 화물선에 타고 있었다. 그 냄새가 났다. 믿어지지 않았다. 싸구려 향수, 커피, 보지. 머리를 데버라의 베개로 완전히 감싸고, 그녀의 고랑을 온몸의 무게로 누르면서, 그는 바이아를 기억하고 있었다. 교회와 일 년 내내 하루도 쉬지 않고 열리는 매음굴이 있던 곳. 노르웨이 뱃사람들은 그렇게 말했고 열일곱의 그가 그 말을 믿지 않을 이유는 없

---

* 여성복과 가정용품 판매점 체인 이름.

었다. 부디 돌아가서 확인 좀 해줘. 데버라가 내 딸이라면 삼학년 땐 그곳에 보낼 텐데. 바이아에서 자유롭게 놀며 상상력을 키우라고. 아이는 미국 선원들만 있어도 인생 최고의 시간을 보낼 것이다―라틴아메리카계, 흑인, 심지어 핀란드 사람, 핀란드계 미국인, 온갖 종류의 백인 노동자, 늙은 남자, 어린 사내…… 브라운에 사 년 있는 것보다 바이아에 한 달 있는 게 창작이라는 면에서는 더 많은 것을 배운다. 아이한테 뭔가 비합리적인 일을 하게 해라, 노먼. 그게 나한테 어떤 도움이 되었는지 봐라.

창녀들. 내 인생에서 주도적인 역할을 했다. 창녀들과는 늘 편안했다. 창녀들을 유별나게 좋아했다. 그 양파 같은 부위에서 나는 스튜 같은 악취. 나에게 그보다 더 의미 있었던 게 뭘까? 그때는 그게 살아야 할 진짜 이유였다. 하지만 지금은, 터무니없게도, 아침 발기가 사라졌다. 사람이 인생에서 견뎌야 하는 것들. 아침 발기―손에 쥔 쇠지레 같은, 사람 잡아먹는 거인에게서 자라나온 것 같은. 다른 어떤 종이 발기한 채로 잠을 깰까? 고래가? 박쥐가? 혹시라도 그들이 왜 여기에 존재하는지 밤새 잊었을까봐 진화가 수컷 호모사피엔스에게 매일 상기시켜주는 것. 여자가 그게 뭔지 모른다면 죽도록 무서운 게 당연하다. 그것 때문에 변기에 오줌을 눌 수가 없다. 오줌 줄기가 위로 올린 변기 시트가 아니라 물을 때리게 하려면 손으로 억지로 아래로 내려야 한다―개에게 끈을 묶을 때처럼 조준을 해야 한다. 똥을 누려고 앉으면, 바로 그곳에서, 그것이 중성스럽게 주인을 쳐다보고 있다. 이를 닦을 때도 간절하게 기다리고 있다―"오늘은 뭘 할까요 우리?" 인생 전체에 걸쳐 아침 발기의 이글거리는 갈망보다 충실한 것은 없다. 거기에는 기만이 없다. 흉내도 없다. 불성실도 없다. 그 추진력을 향해 모두 만세를! 진짜 사는 것처럼 사는 인간! 뭐가 중요한지 결론을 내리는 데는 평생이 걸리는데, 그때가 되면 그건 이제 없다. 그래, 적응을 배워야만 한다. 유일한 문제는 어떻게다.

그는 계속 살아갈 이유는 둘째 치고, 침대에서 일어날 이유라도 생각해보려 했다. 데버라의 변기 시트? 링크의 주검을 잠깐 보는 것? 그녀의 물건들—물건들을 뒤질 일이 기억나자 그는 침대에서 나와 뱅앤올룹슨 뮤직 시스템 옆의 서랍장으로 다가갔다.

차고 넘친다! 묻혀 있는 보물들! 찬란한 색조의 실크와 새틴. 빨간 서커스 줄무늬가 박힌 유치한 면 속옷. 뒤에 새틴을 댄 스트링 비키니. 신축성 있는 새틴 끈 비키니. 그런 끈이면 치실로 써도 되겠다. 자주색, 검은색, 흰색의 가터벨트. 르누아르의 팔레트다! 장미색. 옅은 분홍색. 군청색. 흰색. 자주색. 황금색. 빨간색. 복숭아색. 수가 놓인 검은색 와이어 브라. 작은 나비매듭 리본이 달린 레이스 푸시업 브라. 물결무늬 레이스 하프 브라. 새틴 하프 브라. C컵. 다채로운 색깔의 팬티스타킹으로 이루어진 독사의 굴. 드렌카가 그를 미치게 만들려고 신는 흰색, 검은색, 초콜릿 갈색의 안이 비치는 실크-레이스 팬티 팬티스타킹. 달콤한 버터스카치 색깔 실크 캐미솔. 표범 무늬 팬티들과 그와 짝을 이루는 브라. 레이스 보디 스타킹, 세 개, 모두 검은색. 끈 없는 검은색 새틴 보디슈트의 패드를 넣은 푸시업 컵과 컵 가장자리에 달린 레이스와 고리와 끈. 끈. 브라 끈, 가터 끈, 빅토리아시대 코르셋 끈. 제정신을 가진 사람이라면 누가 끈을 사모하지 않으랴, 지탱하고 들어올리는 그 모든 아브라카다브라*를? 끈이 없는 건 또 어떤가? 끈 없는 브라. 맙소사, 모든 게 효과가 있다. 테디(루스벨트? 케네디? 헤르츨**?)라고 부르는 그것, 위는 슈미즈, 아래는 다리 구멍이 뚫린 헐렁한 팬티여서 풀고 자시고 할 것 없이 바로 몸을 꿸 수 있는 올인원. 실크 꽃무늬 비키니 속옷. 하프 슬립. 구식 하프 슬립을 아주 좋아했다. 하프 슬립에 브라 차림으로 서서 심각하게 담배를 피우며 셔츠를 다리고 있는 어떤 여자. 감상적인 늙은 새버스.

그는 빨지 않은 팬티스타킹을 찾기 위해 냄새를 맡다 하나를 들고 욕실로 갔다. D***가 그러는 것처럼 앉아서 오줌을 누었다. D의 변기 시트에서. D의 팬티스타킹. 하지만 아침 발기는 과거의 것이었다…… 드렌카! 너한테는 정말로 쇠지레였다! 쉰두 살에, 백 명의 남자에게 삶의 원천이었는데, 죽다니! 그건 정당하지 않다! 충동, 충동! 보고 또 봤고, 하고 또 했고, 오 분만 지나면 다시 매혹되고. 모든 남자가 아는 것. 다시 빠져들고 싶은 충동. 절대 포기하지 말았어야 했는데, 새버스는 생각했다―바이아 같은 관능적인 항구의 삶, 심지어 아마존 둘레의 개똥 같은 작은 항구, 말그대로 정글 항구에서의 삶. 그곳에서는 온갖 종류의 배에서 나온 승무원들, 온갖 종류의 나라에서 온, 데비****의 속옷들만큼이나

---

* 주문을 외울 때 쓰는 말.

** 모두 테디라는 이름을 가진 인물.

*** 데버라의 머리글자.

**** 데버라의 애칭.

다채로운 색깔의 선원들과 어울릴 수 있었다. 그들 모두 같은 곳으로 가고 있었고, 결국은 모두 매음굴에서 만났다. 마치 야한 꿈에서처럼, 모든 곳에 선원과 여자들, 여자와 선원들, 그리고 나는 내 업을 배우고 있었다. 여덟시에서 열두시까지 망보기, 그다음에는 갑판에서 뱃사람으로서 하루종일 일하고. 페인트를 벗기고 다시 칠하고, 페인트를 벗기고 다시 칠하고. 그런 다음 다시 망보기, 배 이물에서 바다 망보기. 가끔은 멋졌다. 나는 그전부터 오닐을 읽고 있었다. 그때는 콘래드를 읽고 있었다. 배의 어떤 남자가 나한테 책을 여러 권 주었다. 나는 그걸 다 읽었고, 읽으면서 딸딸이를 쳤다. 도스토옙스키—모두가 악의를 품고 엄청나게 화가 나서 돌아다니고, 모두가 음악을 따라 움직이는 것처럼 사납게 날뛰고, 몸무게를 200파운드는 빼야 할 것처럼 사납게 날뛰고. 래스컬 낙오프.* 나는 생각했다. 도스토옙스키는 그와 사랑에 빠졌다. 그래, 나는 별이 빛나는 그런 밤에 열대의 바다에서 이물에 선 채로, 끝까지 버텨서 모든 개똥 같은 것을 헤치고 나아가 배의 고급선원이 되겠다고 다짐하곤 했다. 그 모든 시험을 치르고 배의 고급선원이 되어 평생 그런 삶을 살라고 나 자신을 다그치곤 했다. 열일곱, 튼튼한 어린아이…… 그리고 아이답게 나는 그렇게 하지 않았다.

커튼을 걷자, 데버라의 방이 모퉁이에 있어서 창으로 센트럴

---

* Rascal Knockoff. '해치우는 악당' 정도의 의미를 가진 이름으로, 도스토옙스키의 소설 『죄와 벌』에 나오는 라스콜니코프를 빗대 만든 것.

파크를 가로질러 이스트사이드의 아파트 건물들이 내다보인다는 것을 알 수 있었다. 수선화와 나뭇잎들이 매더매스카폴스를 찾아오려면 아직 석 주나 있어야 하지만, 센트럴파크는 대초원이라 해도 좋을 것 같았다. 데비가 이가 나면서 보았던 파노라마. 반면 그는 여전히 해변이라면 언제라도 좋았다. 이제까지 산꼭대기 숲에서 뭘 하고 있었던 것일까? 니키의 실종으로부터 달아났을 때, 그와 로즈애나는 저지로 가서 바다 옆에 살았어야 했다. 직업적인 어부가 되었어야 했다. 로즈애나를 버리고 바다로 돌아갔어야 했다. 인형. 그 많은 좆같은 소명들 가운데 하필이면. 인형과 창녀 가운데 그는 인형을 선택한다. 그것만으로도 그는 죽어 마땅하다.

이제야 서랍장 발치에 어지럽게 흩어진 데버라의 속옷이 눈에 들어왔다. 마치 서둘러 옷을 벗고—아니면 옷이 벗겨진 채—방에서 달려나간 것 같았다. 즐거운 상상. 간밤에 자신이 이미 속옷을 헤집었다고 추측할 수밖에 없었다—기억은 없었지만. 자다가 일어나 데버라의 물건들을 보다가 몇 개를 바닥에 흘린 것이 분명했다. 이제 그는 자기 희화화에 깊이 빠져들었다. 나는 내가 아는 것보다 더 골칫거리다. 이건 심각하다. 때 이른 노쇠. 노매, 치매, 재앙을 향해 맹렬하게 달려가는 색정광.

그래서 뭐? 자연스러운 인간사인데. 이것의 이름은 회춘. 드렌카는 죽었지만 데버라는 살아 있고, 섹스 공장은 스물네 시간 가동되고, 용광로는 활활 타오르고 있다.

그는 어디를 가든 매일매일 입는 것—낡은 카키색 티셔츠와 그 위에 닳아빠진 플란넬 셔츠, 엉덩이 쪽이 묵직하고 평퍼짐한 코듀로이 바지―을 입으며 집에 누가 있나 귀를 기울였다. 여덟시 십오분밖에 안 되었지만 벌써 텅 비었다. 처음에는 바닥에 놓인 것에서 검은색 와이어 브라와 실크 꽃무늬 비키니 팬티 가운데 선택을 하지 못했지만, 브라는 와이어 때문에 부피가 커서 이목을 끌 것이라 생각해 팬티를 집어 바지 주머니에 쑤셔넣고 나머지는 속옷이 쌓인 서랍 안에 던져넣었다. 오늘밤에 그 서랍에서 다시 놀 수도 있었다. 그리고 다른 서랍에서. 그리고 옷장에서.

그는 그 맨 위 서랍에 있는 향낭 두 개를 이제야 보았다. 하나는 라벤더향이 나는 엷은 자주색 벨벳이었고 또하나는 솔잎의 알싸한 냄새를 풍기는 빨간 깅엄이었다. 둘 다 그가 찾던 냄새는 아니었다. 웃기는 일이었다―현대의 아이, 돌턴 졸업생, 이미 메트로폴리탄의 마네와 세잔을 감상할 줄 아는 아이지만, 남자들이 많은 돈을 쓰며 코를 쿵쿵대는 냄새는 솔잎이 아니라는 것을 조금도 이해하지 못하는 것 같았다. 뭐, 카워 양도 수업 외에 다른 일에서 이 속옷을 입기 시작하면 어떤 식으로든 알게 되겠지.

그는 노련한 뱃사람이었기 때문에 그녀의 침대를 반듯하고 팽팽하게 정리했다.

그녀의 침대her bed.

간단한 두 단어, 각각 영어만큼이나 오래된 음절이지만, 새버스에게 미치는 힘은 압제적이라고 해도 좋았다. 그가 얼마나 완강하게 삶에 매달리는지! 젊음에 매달리는지! 쾌락에! 발기에! 데버라의 속옷에! 그럼에도 내내 그는 십팔층에서 공원의 엷은 녹색을 굽어보면서 뛰어내릴 때가 되었다고 생각하고 있었다. 미시

마. 로스코. 헤밍웨이. 베리먼. 케스틀러. 파베세. 코신스키. 아실 고키. 프리모 레비. 하트 크레인. 발터 벤야민.* 비할 데 없는 무리. 거기 가담하는 데 불명예스러운 건 전혀 없었다. 포크너는 술로 자살한 것이나 다름없었다. 에이바 가드너가 그랬던 것처럼 (AA에 나와서 '공유'를 했더라면 죽지 않고 살아 있었을 저명한 사망자에 관한 권위자가 된 로즈애나는 그렇게 말했다). 축복받은 에이바. 남자에게는 에이바를 놀라게 할 수 있는 것이 별로 많지 않았다. 그녀에게는 우아함과 추잡함, 그 두 가지가 깔끔하게 엉켜 있었다. 예순둘에 죽었으니**, 나보다 두 살 어렸다. 에이바, 이본 드 카를로***—그들이 롤 모델이다! 칭찬할 만한 이데올로기들은 좆까라 그래라. 천박, 천박, 천박하다! 『자기만의 방』을 읽고 또 읽는 건 이제 그만—『에이바 가드너 전집』을 구해라. 꼬집고 만지작거리는 레즈비언 동정녀 V. 울프, 십분의 일은 음란이고, 십분의 구는 공포로 이루어진 에로틱한 삶—보르조이****의 지나치게 사육된 영국식 패러디, 영국인에게만 가능한 방식으로 아무 노력 없이도 자신보다 열등한 모든 자보다 우월할 수 있는데, 이들은 평생 그녀의 옷을 한 번도 벗기지 못했다. 하지만 자살자다, 잊지 마라. 이 명단은 해가 갈수록 점점 더 영감을 준다. 나는 그 명단에서 첫 인형극 광대가 될 수 있다.

---

* 모두 자살한 예술가.

** 미국 영화배우 에이바 가드너는 실제로는 예순일곱 살에 사망했다.

*** 캐나다 출신의 미국 배우이자 가수.

**** 러시아산 개.

살아가는 것의 법칙. 성쇠. 모든 생각에는 그에 반하는 생각이 있고, 모든 충동에는 그에 반하는 충동이 있다. 미쳐 죽거나 사라지기로 결심하는 것도 당연하다. 너무나 많은 충동, 하지만 그것은 전체 이야기의 십분의 일도 되지 않는다. 정부 없이, 아내 없이, 소명 없이, 집 없이, 돈 한푼 없이 그는 열아홉 살짜리 아무것도 아닌 아이의 비키니 팬티를 훔치고, 아드레날린이 부풀어오르는 것에 편승하여 팬티를 호주머니에 안전하게 보관한다—이 팬티들이 바로 그에게 필요한 것이다. 다른 누구의 뇌도 딱 이런 식으로는 작동하지 않는가? 아마 그러지 않을 것이다. 그러나 이것이 단순하고 순수한 노화, 마지막 롤러코스터의 자멸적 환희다. 새버스는 맞수와 마주한다—삶. 인형은 바로 너다. 괴상한 어릿광대는 바로 너다. 네가 바로 펀치*이고, 얼간이이고, 금기를 갖고 노는 인형이다!

바닥이 테라코타로 장식된 커다란 부엌, 광택이 나는 구리 제품에 반사되어 반짝이는 햇빛으로 불타오르는 부엌, 화분에 심은 환한 식물이 가득한 온실처럼 강건해 보이는 부엌에서 새버스는 식탁에 자신을 위해 마련된 자리, 풍경을 마주보는 자리를 보았다. 그의 접시와 칼붙이 둘레에는 네 가지 상표의 시리얼 상자, 모양이 다르고 색깔이 다르지만 다 영양가 있어 보이는 빵 세 덩어리, 마가린 통, 버터 접시, 햇빛을 프리즘에 통과시킬 때 얻을 수 있는 줄무늬의 색깔들을 거의 다 보여주는 잼 단지 여덟 개가 있

---

* 인형극의 전통적인 등장인물.

었다. '블랙 체리' '스트로베리' '리틀 스칼릿'…… 쭉 나아가 '그린게이지 플럼'과 '레몬 마멀레이드', 그 유령 같은 노란색까지. 사란 랩으로 팽팽하게 싸놓은 허니듀 반쪽과 자몽 반쪽(잘게 잘라놓았다), 젖꼭지가 달린 도발적인 품종의 처음 보는 오렌지가 든 작은 바구니가 있었고, 그를 위해 마련한 자리 옆의 접시에는 다양한 종류의 티백이 있었다. 아침식사용 그릇은 아이가 그린 듯한 농부와 풍차로 장식된 묵직하고 노란 프랑스 도기였다. 캉페르.* 캉페르를 넘어서는.

그런데 왜 미국에서 나 혼자만 이게 개똥 같다고 생각하는 걸까? 왜 나는 이렇게 살고 싶지 않았던 걸까? 물론 제작자는 역시 그들답게 일탈적인 인형극 광대보다는 파샤**처럼 살지만, 잠을 깰 때마다 정말이지 지독하게 훌륭한 이런 것과 마주하다니. 팬티로 꽉 찬 주머니와 병 위에 병이 쌓인 팁트리 프리저브스***. '리틀 스칼릿'은 뚜껑에 '$8.95'라고 적힌 가격표를 자랑하고 있었다. 대체 나는 캉페르할 수 있는 무엇을 이루었을까? 이런 잼을 보게 되면 자신에게 혐오감을 갖지 않기가 힘들다. 아주 많은 것이 있는데 나는 그 가운데 너무 적은 것을 갖고 있으니.

다시 공원이 있었다. 부엌 창 너머에. 그리고 남쪽으로는 메트로폴리스의 광경이 장관으로 펼쳐졌다. 맨해튼 미드타운. 그가 없는 사이에, 새버스가 저 위 북쪽 산에서 인형과 좆대가리만 만지

* 도기로 유명한 프랑스의 도시 이름.
** 터키 문무 고관에 대한 존칭.
*** 팁트리라는 상표의 잼들.

작거리면서 빈둥거리며 세월을 보내는 동안 노먼은 부자가 되었고 여전히 모범적이었으며, 링크는 미쳐버렸고, 니키는 그의 집작으로는 쉰일곱의 얼빠지고 뚱뚱한 여자가 되어 42번가 지하철역 바닥에서 똥을 누는 노숙자가 되었다—"왜?" 그는 소리칠 것이다. "왜?" 그래도 그녀는 그가 누구인지도 모를 것이다. 하지만 그녀는 노먼의 아파트만큼이나 크고 호화로운 맨해튼 아파트에 살고 있을 수도 있다. 그녀 나름의 노먼 같은 사람과 함께. 그녀는 평범한 이유로 사라졌을 수도 있다. 예를 들어…… 니키가 떠오르는 건 여기서도 여전히 뉴욕이 보인다는 충격 때문이다. 나는 그걸 생각하지 않을 거다. 할 수가 없다. 그것은 영원한 시한폭탄이다.

이상하다. 네가 절대 생각하지 않는 것 한 가지는 그녀가 죽었다는 거다. 심지어 죽은 자들도 생각하지 않는다. 나는 여기 이위, 빛과 온기 속에 있고, 비록 좆돼버렸기는 하나, 오감, 정신, 여덟 가지 종류의 잼을 갖고 있고—죽은 자는 죽었다. 직접적인 현실은 저 창문 밖에 있다. 그 현실은 너무 크고, 너무 많아서, 모든 것이 다른 모든 것과 얽혀 있다…… 무슨 큰 생각을 새버스는 표현하려고 애쓰고 있었던 것일까? 그는 묻고 있는 것일까, "나 자신의 진실한 삶에는 도대체 무슨 일이 일어난 것인가?" 이것은 다른 곳에서 일어나고 있는 것일까? 하지만 그렇다면 어떻게 이 창문 밖을 내다보는 것이 이렇게 어마어마하게 현실적일 수 있을까? 그래, 그게 진실한 것과 현실적인 것의 차이다. 우리는 진실속에서 살게 되지 않는다. 그래서 니키가 달아난 것이다. 그녀는 이상주의자로서, 순진하고 감동적이고 재능 있는 환상가로서 진실 속에서 살기를 바랐다. 글쎄다, 만일 그걸 발견한 거라면, 얘야, 네가 처음일 거다. 내 경험에 따르면 삶의 방향은 지리멸렬 쪽이다—네가 절대 대면하려 하지 않을 바로 그것 쪽이다. 어쩌면 그게 네가 하겠다고 생각할 수 있는 유일하게 일관성 있는 것이었을지도 모르지, 지리멸렬을 부정하기 위해 죽는 것이.

"맞지, 엄마? 엄마한테는 지리멸렬한 게 엄청나게 많았어. 모티의 죽음이 여전히 믿어지지 않잖아. 엄마가 그뒤에 입을 다문 건 옳았어."

"너는 실패자처럼 생각하는구나." 새버스의 어머니가 대꾸했다.

"나는 실패자야. 내가 노먼한테 그런 말을 한 게 바로 어젯밤이잖아. 나는 실패의 꼭대기에 있어. 달리 내가 어떻게 생각해야 돼?"

"네가 원한 건 매음굴과 창녀뿐이었어. 너한테는 뚜쟁이의 이데올로기가 있지. 너는 뚜쟁이가 되었어야 했어."

무려 이데올로기씩이나. 그녀는 내세에 가더니 어떻게 이리 똑똑해졌는지. 그곳에서 강좌라도 열어주는 게 틀림없다.

"너무 늦었어, 엄마. 흑인 애들 때문에 시장에서 경쟁이 심해졌어. 다른 걸 얘기해봐."

"너는 정상적이고 생산적인 삶을 살았어야 해. 가족을 이루었어야 해. 직업을 가졌어야 해. 인생에서 달아나지 말았어야 해. 인형이라니!"

"그때는 그게 좋은 생각 같았어요, 어머니. 심지어 이탈리아에서 공부도 했다고."

"이탈리아에서는 창녀를 공부했지. 너는 일부러 인생의 잘못된 면에서 살기 시작했어. 너는 내 걱정에 귀를 기울여야 했어."

"기울여. 기울인다고⋯⋯" 다시 울고 있다. "기울인단 말이야. 나도 엄마하고 똑같은 걱정을 하고 있어."

"그런데 왜 영감탱이alte kocker 턱수염을 기르고 놀이터 복장으로 돌아다니는 거야―그것도 창녀들하고!"

"원한다면, 옷하고 창녀는 시비를 걸어도 좋아. 하지만 수염은 내가 내 얼굴을 보고 싶지 않을 때 꼭 필요하단 말이야."

"짐승처럼 보이잖아."

"그럼 내가 어떻게 보여야 돼? 노먼처럼?"

"노먼은 언제나 사랑스러운 아이였어."

"나는?"

"너는 늘 다른 곳에서 자극을 받았지. 늘. 아주 조그만 아이였을 때부터 너는 집에서 작은 나그네였어."

"사실이야? 그건 몰랐는데. 나는 아주 행복했어."

"하지만 늘 작은 나그네였지. 모든 걸 익살극으로 만들었어."

"모든 걸?"

"너 말이야? 물론이지. 지금도 봐라. 죽음 자체를 익살극으로 만들고 있잖아. 죽는 거보다 심각한 게 있니? 없어. 하지만 너는 그걸 익살극으로 만들고 싶어해. 심지어 자살을 해도 너는 위엄 있게 하지 않을 거야."

"그건 너무 많은 걸 요구하는 거야. 나는 자살을 하는 사람이

'위엄 있게' 자살을 한다고 생각하지 않아. 그게 가능하다고 믿지 않아."

"그럼 네가 처음으로 그렇게 해봐. 널 좀 자랑하게 해줘."

"하지만 어떻게요, 어머니?"

식탁의 그의 자리 옆에는 잘 잤나로 시작하는 꽤 긴 메모가 있었다. 대문자로 쓴 잘 잤나였다. 메모는 노먼이 쓴 것이고, 컴퓨터로 인쇄한 것이었다.

잘 잤나

우리는 출근해. 링크의 장례식은 두시에 시작해. 리버사이드 76번지. 거기서 봐―우리 옆자리를 맡아놓을게. 청소하는 여자(로사)가 아홉시에 와. 빨거나 다림질할 게 있으면 그 여자한테 그냥 부탁하면 돼. 필요한 게 있으면 로사한테 말해. 나는 아침에 쭉 사무실에 있을 거야(994-6932). 자고 나서 회복이 좀 되었으면 좋겠군. 엄청난 스트레스를 받고 있던데. 여기 있는 동안 정신과의사하고 이야기를 좀 하면 좋겠어. 내가 만나는 의사는 천재는 아니지만 그만하면 똑똑해. 닥터 유진 그레이브스야(성은 불길하지만 자기 할일은 해).* 그 사람에게 전화를 했는데 원하면 전화하라고 하더군(562-1186). 오늘 오후 늦게 상담이 하나 취소된 게 있대. 진지하게 생각해줘. 그 사람이 나를 여름의 혼란에서 구해줬어. 약도 도움이 될 수 있어―

---

* 그레이브스(Graves)는 '무덤'이라는 뜻.

그 사람하고 이야기하는 것도. 너는 상태가 나쁘니 도움을 받아야 해. 받아들여. 진한테 전화 좀 해. 미셸이 안부 전하더군. 장례식에 올 거야. 우린 네가 오늘밤에 우리하고 집에서 저녁을 먹을 거라고 기대하고 있어. 조용히, 우리 셋이서. 네가 다시 네 발로 설 때까지 우리집에 있을 거라고 생각하고 있어. 그 침대는 네 거야. 그 집은 네 거야. 너하고 나는 오랜 친구잖아. 남은 친구가 그렇게 많지 않아.

노먼

메모에는 클립으로 평범한 하얀 봉투가 끼워져 있었다. 오십 달러짜리 지폐들이었다. 전날 저녁 노먼이 찾을 수 있도록 써준 공동계좌 수표 액수에 해당하는 여섯 장뿐 아니라 네 장이 추가로 들어 있었다. 미키 새버스가 오백을 갖게 된 것이다. 드렌카에게 삼인조 썸을 시킬 수 있을 만한 돈이었다. 만일 드렌카가…… 그래, 드렌카는 없었다. 그리고 노먼이 새버스가 써준 수표를 찾을 의도가 없을 수도 있기 때문에—로즈애나가 그 쩐 가운데 그녀의 몫을 새버스에게 강탈당하는 일이 없도록 벌써 찢어버렸을 가능성이 높았다—서두르기만 한다면 새버스는 십 퍼센트를 수수료로 받고 수표를 현금으로 교환해주는 곳을 찾아, 삼백 달러짜리 공동계좌 수표를 새로 쓸 수 있었다. 그러면 모두 칠백칠십이 생기는 셈이었다. 갑자기 죽을 이유가 삼십에서 오십 퍼센트 줄어들었다.

"처음에는 자살의 익살극을 벌이더니, 이제는 또 생명의 익살극을 벌이네."

"달리 어떻게 할 방법을 모르겠어요, 어머니. 날 좀 내버려둬요. 입다물고. 어머니는 존재하지도 않잖아요. 유령은 없다고요."

"아냐. 오직 유령만 있어."

새버스는 이어 엄청난 양의 아침을 먹었다. 드렌카가 병든 이후로 이렇게 기쁘게 먹어본 적이 없었다. 그렇게 먹고 나니 마음이 너그러워졌다. 삼백 달러는 로즈애나가 갖게 해주자. 데버라의 고랑은 이제 그의 고랑이다. 미셸, 노먼, 닥터 코핀*이 그를 다시제 발로 서게 해줄 것이다.

그레이브스.

그는 옷가지를 너무 쑤셔넣어 지퍼를 잠글 수 없게 된 옷가방 꼴로 옷을 잔뜩 껴입은 뒤 예전 뱃사람의 걸음걸이로 굴러다니듯 아파트를 어슬렁거리며, 모든 방, 욕실, 서재, 사우나를 검열했다. 장을 다 열어 모자, 코트, 부츠, 단화, 개어놓은 시트, 색색으로 쌓아놓은 부드러운 수건을 살폈다. 세상에서 가장 좋은 책만 모아놓은 마호가니 책꽂이가 줄지어 선 복도를 따라 천천히 내려갔다. 바닥의 깔개, 벽의 수채화에 감탄했다. 카원 가족의 차분하면서도 우아한 모든 것—램프, 설비, 문손잡이, 심지어 브랑쿠시**가 디자인한 것처럼 보이는 변기 청소기—을 꼼꼼히 살펴보며, 그러는 동안에도 한 병에 $8.95인 '리틀 스칼릿'을 두껍게 바른, 씨가 박

---

* Coffin. '관'이라는 뜻.
** 루마니아 조각가.

힌 호밀 흑빵의 단단한 끝 부분을 삼키면서 자기가 그곳의 주인인
양 행세하고 있었다.

만일 일이 다르게 풀렸다면 지금 이 모든 게 이렇지 않을 텐데.

새버스는 단 잼 때문에 여전히 손가락이 끈끈한 채로 결국 데버
라의 방으로 다시 돌아와 책상 서랍을 뒤졌다. 심지어 실비야한테
도 있었다. 모두에게 있었다. 단지 어디에 감추어두는지 찾기만 하
면 되는 문제였다. 야훼도, 예수도, 알라도 폴라로이드로 누릴 수
있는 재미를 밟아 뭉갤 수는 없었다. 글로리아 스타이넘*이라 해
도 그럴 수는 없다. 야훼, 예수, 알라, 글로리아가 한편, 삶에 설렘
을 주는 그 가장 깊은 욕구가 다른 편에서 시합을 벌일 경우, 그
세 사나이와 글로리아를 택한다면 십팔 점을 접어주겠다.

자, 어디에 감춘 거냐, 데버라? 내가 뜨겁냐 아니면 차갑냐?**
책상은 큰 떡갈나무 골동품으로 광택이 나는 황동 손잡이가 달렸
는데, 원래는 어떤 19세기 법률가의 사무실에 있던 것 같았다. 특
이했다. 아이들은 대부분 플라스틱으로 만든 쓰레기를 좋아하는
데. 아니면 이런 걸 두고 척한다고 하는 건가? 그는 맨 위 긴 서랍
의 내용물을 꺼내기 시작했다. 책장 갈피마다 마른 잎과 꽃을 끼
워 눌러놓은 가죽 장정의 커다란 스크랩북 두 권. 식물학적으로
현혹시키다니, 정교하게 작전을 짰군…… 하지만 아무도 속일
수 없지. 가위. 클립. 풀. 자. 꽃무늬 디자인 표지의 아직 주소 하

---

* 미국 페미니스트 운동가이자 언론인.
** 찾는 물건에 가까이 가면 뜨겁다고 하고 멀어지면 차갑다고 힌트를 주는 놀이.

266

나 적히지 않은 자그마한 주소록. 가로 5인치 세로 6인치 정도 크기의 회색 상자 두 개. 유레카! 하지만 안에는 개인 전용 문구文具가 있었는데, 라벤더 향낭처럼 옅은 자주색이었다. 한 상자에는 손으로 쓴 종이 몇 장이 반으로 접혀 있어 잠시 가망이 있어 보였지만 짝사랑에 관한 시의 초고일 뿐이었다. "나는 두 팔을 펼쳤지만 아무도 보지 못했네…… 나는 입을 열었지만 아무도 듣지 못했네……" 너의 에이바 가드너를 안 읽고 있구나, 얘야. 다음 서랍에서는, 제발. 1989년부터 1992년까지의 돌턴 연감. 테디베어 몇 개 더. 여기에 여섯 개하고 고리버들 세공 바구니에 여덟 개. 위장. 영리하다. 다음. 일기! 대박! 몇 권을 쌓아, 그의 주머니에 든 속옷과 흡사하게 색색의 꽃무늬가 그려진 판지로 묶어놓았다. 그는 캠페르하기 위해 일기를 꺼냈다. 그렇군, 짝을 맞춘 속옷, 일기, 주소록. 이 아이는 모든 걸 가졌다. 다만. 다만! 사진은 어디에 감춘 거야, 데비? "다이*에게, 나도 모르게 그에게 점점 끌려. 내 감정을 파악하려고 하는 중이야. 왜, 왜 연애란 건 이렇게 힘든 거야?" 왜 그와 박은 얘기는 쓰지 않는 거야? 브라운에서는 글이 왜 존재하는지 아무도 안 가르쳐줬나? 그녀에게 전혀 어울리지 않는 쓰레기가 몇 페이지 이어졌고 그는 마침내 다른 일기와 마찬가지로 시작되지만—"다이에게"—중간에 펜으로 세로로 줄을 그어 두 단으로 나눈 일기에 이르렀다. 한쪽에는 나의 장점, 다른 쪽에는 나의 약점이라고 적혀 있었다. 여기에 뭔가가? 이제 그는 뭐든

---

* 일기를 뜻하는 다이어리를 애칭으로 부른 것.

받아들일 태세였다.

나의 장점	나의 약점
자기 규율	낮은 자존심
백핸드	서브
낙관적	쉽게 반함
에이미	어머니
세라 L.	낮은 자존감
로버트(?)	로버트!!!!
비흡연자	너무 감정적
비음주자	엄마한테 참을성 없음
	엄마한테 사려 깊지 못함
	다리
	대화에 끼어들기
	늘 경청하지는 않음
	먹기

휴, 이것도 일이다. 앞면에 대학 마크가 전사되어 있고 그 밑에 붙은 하얀 딱지에 '예이츠, 엘리엇, 파운드. 화 목 10:30. 솔로몬 002. 크란스도르프 교수'라고 타자로 찍은, 고리 세 개가 걸린 얇은 공책. 공책에는 그녀가 수업시간에 필기한 것과 더불어 크란스도르프가 학생들에게 나누어주었을 시의 복사본이 있었다. 첫 시는 예이츠의 것이었다. '메루'라는 제목. 새버스는 그것을 천천히

읽었다…… 그가 읽어본 예이츠의 첫 시였다─그리고 누가 쓴 것이든 그가 읽어본 마지막 시들 가운데 하나이기도 했다─뱃사람 인생을 살던 시기 이후로.

문명은 함께 둘러싸여 있다.
하나의 통치 밑에, 평화를 닮은 것 밑에 들어와 있다
다양한 착각에 의해서; 하지만 남자*의 삶을 생각하고,
그래서 그는 공포에도 불구하고
세기에 세기를 거듭하여 노략질을 멈출 수 없다,
노략질, 날뛰기, 파헤치기를, 그러다 결국
현실을 황폐하게 만들 수도 있다.
이집트와 그리스여 잘 가거라, 또 잘 가거라, 로마!
메루산이나 에베레스트산 위의 은자들은
쏠려온 눈 밑에서 또는
눈과 겨울의 무시무시한 질풍이
벌거벗은 몸을 후려치는 곳에서 밤에 동굴에 들어가
낮이 밤을 다시 불러온다는 것, 새벽 전에
자신의 영광과 기념비들이 사라진다는 것을 알고 있다.

데비는 공책에 필기를 해놓았다. 시를 쓴 날짜 바로 밑이었다.

---

* man. 남자나 인간으로 옮길 수 있으나, 여기에서는 문맥상 남자로 옮겨놓았다.

메루. 티베트의 산. 1934년 WBY(아일랜드 시인)*는 성자가 세상을 버리고 산으로 올라간 것에 관한 힌두교도 친구의 번역에 머리말을 썼다.

K**: "예이츠는 모든 예술이 헛되다는 입장 직전까지 갔다."

시의 주제는 인간은 자신이 창조한 것, 예를 들어 이집트와 로마의 문명을 다 파괴하기 전에는 절대 만족하지 않는다는 것이다.

K: "시는 인간이 결국 만나게 될 허무의 공포에도 불구하고 모든 착각을 벗겨낼 의무를 강조한다."

예이츠가 친구에게 보낸 편지에서 논평한 것. "우리는 우리가 무無일 수도 있다는 강박에서 풀려난다. 공허와 마지막 키스를 한다."

남자=인간

학생들은 시에 여성의 관점이 없다고 비판했다. 무의식적인

---

* 윌리엄 버틀러 예이츠(William Butler Yeats)의 약자.
** 크란스도르프의 머리글자.

젠더 특권화에 주목하라—그의 공포, 그의 영광, 그의 (남근적) 기념비.

그는 남은 서랍들을 샅샅이 뒤졌다. 초등학교까지 거슬러올라가는, 데버라 카원이 받은 편지. 폴라로이드를 감추어두기에 완벽한 곳. 그는 끈기 있게 봉투들을 훑었다. 아무것도 없었다. 한줌의 도토리. 그림엽서, 한쪽 편은 텅 비고 다른 면은 복제화. 프라도, 내셔널갤러리, 우피치…… 스테이플 상자, 그는 그것을 열어보았다. 꽃과 테디베어를 세상에서 제일 사랑하는 척하는 이 열아홉 살짜리 소녀가 대여섯 개비의 '떨'을 감추어두기 위해 스테이플 상자를 이용하고 있을지도 몰랐다. 그러나 스테이플 상자에는 스테이플만 감추어져 있을 뿐이었다. 이 아이는 뭐가 잘못된 거야?

맨 아래 서랍. 장식이 새겨진 나무상자 두 개. 없다. 아무것도 없었다. 장식품. 구슬로 만든 아주 작은 팔찌와 목걸이. 땋은 머리 부분 가발. 머리띠. 검은 벨벳 재질의 나비 모양 머리핀. 머리카락 냄새 같은 것은 나지 않고. 라벤더 냄새만 나고. 이 아이는 변태다. 엉뚱한 방향으로.

옷장은 빽빽했다. 꽃무늬 프린트가 찍힌 주름치마. 헐렁한 실크 바지. 검은 벨벳 재킷. 조깅복. 머리 위 선반에 잔뜩 들어찬 페이즐리 목도리. 임부복처럼 보이는 크고 헐렁한 것들. 짧은 리넨 드레스. (그 다리로?) 사이즈 10. 드렌카는 사이즈가 몇이었더라? 이제는 기억나시 않았다! 잔뜩 쌓인 바지. 코듀로이. 다량의 청바지. 왜 학교에 다니는데 속옷과 옷을 모두, 심지어 청바지까지 집에 두고 있는 걸까? 학교에는 훨씬 많은 건가—그런 식으로 과시하는 부자인가?—아니면 특권층 여자아이들은 다 이렇게 하나? 어떤 동물들이 자기 영토를 표시하기 위해 오줌 자국을 남기듯 모든 걸 뒤에 남기는 건가?

그는 모든 재킷과 모든 바지의 호주머니를 뒤졌다. 목도리 더미를 뒤졌다. 이제 그는 화가 날 대로 났다. 씨발 대체 어디 있는 거야, 데버라?

서랍장. 진정해. 아직 서랍이 세 개 남았다. 맨 위, 속옷 서랍은 이미 한 번 이상 열어봤기 때문에, 또 시간의 압박을 느끼기 시작했기 때문에—장례식에 가기 전 시내에 가서 그의 처음이자 유일한 극장의 흔적을 찾아보는 것이 그의 계획이었다—그는 두번째 서랍으로 바로 갔다. 꽉 차 있어 서랍을 열기가 어려웠다. 티셔츠, 스웨터, 야구모자, 온갖 종류의 양말. 발가락마다 색깔이 다른 발가락 양말도 있었다. 얼마나 귀여운지. 그는 곧바로 서랍 바닥으로 뛰어들었다. 아무것도 없었다. 두 손으로 티셔츠 사이를 헤집었다. 아무것도 없었다. 그 밑의 서랍을 열었다. 수영복, 가지가지였고, 만지면 기분이 좋았지만, 더 철저하게 살피는 것은 나중으로 미루어야 했다. 또 하트 같은 좋은 무늬가 전체적으로 찍혀 있는 면플란넬 파자마, 가장자리에 주름 장식이 있고 레이스가 달린 나이트가운. 분홍색과 흰색. 이것도 나중에. 시간, 시간, 시간……
서랍장 옆 카펫에 티셔츠만 널려 있는 게 아니라 옷장 바닥에는 치마와 바지가 있고 목도리는 침대 위까지 올라가 있었다. 책상은 엉망이었다. 서랍은 다 열려 있고 일기들이 상단 서랍 위에 흩어져 있었다. 모든 걸 손으로 도로 담아야 한다는 것, 그게 지금 그를 죽이고 있었다.

맨 아래 서랍. 마지막 기회. 캠핑 장비. 뷔아르네 선글라스, 케이스에 담긴 채로 세 개. 모든 걸 셋, 여섯, 열 개씩 갖고 있었다. 그것만 빼고! 그것만 빼고! 그런데 있었다.

거기에 있었다. 황금. 그의 황금. 맨 아래 서랍의 맨 아래, 가장 먼저 봤어야 하는 그곳에, 오래된 공책과 또 등장한 테디베어가 뒤섞인 곳에, 단순한 스코티스* 상자가 있었다. 상자는 레몬빛을 띤 흰색 배경에 흰색, 연보라색, 옅은 녹색 꽃들이 있는 디자인이었다. '스코티스 상자마다 여러분 가족을 위해 여러분이 원하는 부드러움과 힘을 드립니다……' 바보가 아니구나, D. 상자의 레이블에는 손으로 '조리법'이라고 적어놓았다. 요 교활한 녀석. 사랑해. 조리법이라니. 똥구멍에 테디베어를 쑤셔넣어주지!

스코티스 상자 안에는 그녀의 조리법 ─ '데버라의 스펀지케이크' '데버라의 브라우니' '데버라의 초콜릿칩 쿠키' '데버라의 디바인 레몬 케이크' ─ 이 파란 잉크로 적혀 있었다. 만년필. 미국에서 만년필로 글을 쓰는 마지막 아이. 바이아에서는 오 분도 버티지 못하겠구나.

데버라의 침실 문간에 키가 작고 아주 몸집이 좋은 여자가 서서 소리를 지르고 있었다. 그녀가 움직일 수 있는 것은 오직 입뿐이었다. 나머지는 공포에 마비된 것 같았다. 한계까지 늘어난 황

─────────────

* 휴지 상표명.

갈색 스트레치 팬츠와 데버라의 대학 이름과 로고가 박힌 회색 스웨터 차림이었다. 불규칙하게 분포된 마맛자국에 살이 파인 크고 넓은 얼굴에서는 윤곽선이 선명하고 길게 늘어난 입술만 두드러졌다. 새버스가 알기에는, 멕시코 쪽 국경 너머 남쪽 토착민의 입술. 눈은 이본 드 카를로의 눈이었다. 누구나 얼굴에 잘생긴 곳이 적어도 하나는 있기 마련인데, 포유류에게 대개 그것은 눈이다. 니키는 새버스에게서 눈이 매혹적인 특징이라고 생각했다. 그가 30킬로그램은 덜 나가던 시절 니키는 그 눈을 높게 평가했다. 멀린의 눈처럼 녹색이야, 니키는 모든 게 아직 연극이던 시절, 그녀가 니키타이고 그는 아가페 무, 미할라키무, 미할리오*이던 시절에 그렇게 말했다.

"쏘지 마. 날 쏘지 마. 아이가 넷이야. 하나는 여기 있어." 그녀는 배, 조그만 풍선처럼 바늘로 찌르면 터질 것 같은 배를 가리켰다. "쏘지 마. 돈. 돈 찾아올게. 여기 돈 없어. 돈 보여줄게. 날 쏘지 마, 아저씨. 청소하는 여자야."

"쏘고 싶지 않아." 그는 카펫의 앉은 자리에서 허벅지에 조리법을 올려놓고 말했다. "소리지르지 마요. 울지 말아요. 괜찮아."

히스테리에 사로잡혀 손을 경련하듯 움직이며―그를 가리키고, 자신을 가리키고―그녀는 그에게 말했다. "돈 보여줄게. 당신 가져. 난 여기 있고. 당신 가. 경찰 없어. 돈 다 네가." 그녀는 이제 그에게 데버라의 더럽혀진 방에서 나와 자신을 따라 책들이

---

* '내 사랑 미키'라는 뜻의 그리스어.

늘어선 복도를 걸어가자고 손짓했다. 큰방에 있는 커다란 침대는 아직 정리가 되지 않았고, 책과 잠옷이 양쪽에 흩어져 있었다. 아기의 놀이방에 있는 알파벳 블록처럼 침대에도 책들이 흩어져 있었다. 그는 발을 멈추고 책 표지를 살폈다. 교육받은 부유한 유대인은 요즘 어떤 식으로 잠이 드나? 여전히 엘드리지 클리버인가? 『존 케네디: 권력의 프로필』. 『할말을 하다: 딜레이니 자매의 첫 백 년』. 『바르부르크 집안』……

나는 왜 이렇게 살지 않는 걸까? 침대 시트는 그와 로즈애나가 양쪽 끝에 붙어 자는 시트와는 달리 닳지도 않았고 소독제 때문에 희지도 않았으며 따뜻한 빛을 발산하고 있었다. 드렌카가 '작은 동굴'에서 자신의 이전 기록을 깨고 열세 번 올라간 것을 갖고 거품을 물던 그 10월의 날의 찬란한 영광을 떠올리게 하는 옅은 황금색 무늬였다. "더." 그녀는 간절하게 말했다. "더." 하지만 결국 그는 무시무시한 두통을 느끼며 떨어져나와 계속 목숨을 걸 수는 없다고 말했다. 그는 무겁게 웅크리고 앉아 창백한 얼굴로 땀을 흘리며 숨을 헐떡인 반면 드렌카는 혼자서 탐험을 이어나갔다. 그것은 그가 그때까지 본 어느 것과도 달랐다. 그는 생각했다. 이 여자는 마치 운명, 아니 신, 아니 죽음과 씨름하고 있는 것 같다고. 여기서 뚫고 나가 한 번만 더 올라가면 무엇도 그리고 누구도 이 여자를 다시는 막지 못할 것이다. 그녀는 여자와 여신 사이의 어떤 과도적 상태에 들어가 있는 것처럼 보였다—그는 누군가가 이 세상을 떠나가는 것을 지켜보는 듯한 묘한 느낌이 들었다. 그녀는 궁극적인 광란의 흥분 속에 끝없이 몸을 떨며 막 상승할, 상승하고 또 상승하려는 순간이었지만, 뭔가가 그녀를 저지했고 일 년 뒤 그녀는 죽었다.

왜 한 여자는 그걸 삼킬 때 너를 미친듯이 사랑하고 다른 여자는 한번 삼켜보라고 했을 뿐인데도 너를 죽어라 미워하는 것이냐? 왜 탐욕스럽게 그걸 삼키는 여자는 죽은 정부이고, 너를 침대 한쪽 옆에 밀어놓아 네가 심장을 허공에 짜내게 만드는 여자는 살아 있는 마누라인 거냐? 이런 운은 오직 내 것일 뿐이냐, 아니면 모두의 것이냐? 이게 케네디의 운이었나? 바르부르크 집안의 운이었나? 딜레이니 자매의 운이었나? 나의 사십칠 년 여자 실험에서, 이 자리에서 그것이 공식적으로 끝났다고 선언하는 바이지만…… 그럼에도 로사의 둔부라는 거대한 풍선은 임신한 배만큼이나 그의 호기심을 자극했다. 그녀가 큰방 옷장 서랍을 열려고 허리를 구부렸을 때 그는 오래전 아바나에서 입문하던 때를 떠올렸다. 살롱으로 들어가면 여자들이 고객을 위해 행진해 들어오던 고전적인 매음굴이었다. 어디서 빈둥거리고 있었는지 모르지만 젊은 여자들은 데버라의 옷장에 있는 그런 펑퍼짐한 옷과는 전혀 닮지 않은, 몸에 딱 달라붙는 드레스를 입고 들어왔다. 놀라운 것은 그가 이본 드 카를로를 고른 반면 그의 친구 론은—그는 결코 이 장면을 잊을 수 없었다—임신한 여자를 골랐다는 것이다. 새버스는 이유를 알 수 없었다. 그러다가 지식이 늘어났지만, 묘하게도 그에게 기회는 다시 오지 않았다.

지금까지는.

저 여자는 나한테 총이 있다고 생각한다. 어떻게 되나 보자. 지난번에 이 정도로 재미있었던 일은 매슈가 새버스 자신의 두개골이 아니라 배럿의 두개골을 쪼개던 광경이었다.

"자," 그녀는 애원했다. "가져. 가. 나 쏘지 마. 남편. 아이 넷."

그녀는 란제리가 1피트 정도 높이로 쌓여 있는 서랍을 열었다. 아이가 우편 주문 카탈로그 같은 것을 보고 주문한 화끈한 것이 아니라, 매끈하고 광택이 나는 것들이 완벽하게 쌓여 있었다. 수집가용 품목들. 그리고 새버스는 수집가였다. 평생 그래왔다. 내가 팬지와 메리골드는 구별할 줄 모르지만 속옷이라면? 내가 그걸 구분하지 못하면 누가 하겠는가.

로사는 조심조심 서랍에서 나이트가운을 한 움큼 집어들어 침대 발치에 가볍게 내려놓았다. 나이트가운은 밑에 가로 9인치 세로 12인치 크기의 마닐라 봉투 두 개를 감추고 있었다. 그녀는 하나를 그에게 건넸고 그는 그것을 열었다. 백 달러짜리 지폐가 백 장으로, 열 장씩 클립으로 묶여 있었다.

"이게 누구 거요? 이 돈은 누구―?" 그는 침대의 한쪽, 그다음에 다른 쪽을 가리켰다.

"부인La señora. 비밀 돈." 로사는 배를 굽어보고 있었다. 야단맞는 아이처럼 두 손―통통하고 놀랄 만큼 작았다―을 배 위에 모으고 있었다.

"늘 이렇게 많소? 늘 만萬인가Siempre diez mil?" 매음굴 스페인어는 거의 잊었음에도 아직 수, 가격, 부과된 세금 같은 것은 기억할 수 있었다. 그리고 파파야나 석류나 손목시계나 책 등, 얻기 위해서라면 애써 번 쩐을 내놓을 만큼 원하는 다른 것들과 마찬가지로, 그것 역시 밖에 나가서 살 수 있다는 사실은 기억할 수 있었다. "얼마Cuánto? 몇 페소Cuántos pesos?" "뭐해주는 데Para qué cosa?" 등등.

로사는 가끔은 더, 가끔은 덜이라는 뜻의 몸짓을 했다. 그가 밑바닥의 본능까지 뚫고 내려갈 수 있을 만큼 이 여자를 오래 진정시킬 수만 있다면……

"부인이 돈은 어디서 나지요?" 그가 물었다.

"몰라요No comprendo."

"이게 그녀가 일해서 버는 돈이오? 이탈리아어로 하면, 라보로In italiano, lavoro?"

"몰라요No comprendo."

트라바호! 이야, 돌아오고 있었다. 일trabajo. 그가 자신의 일trabajo을 얼마나 좋아했던지. 칠하고, 칠을 벗기고, 칠하고, 칠을 벗기고, 그러다가 해안에서 실없이 박아대고. 배에서 내려 바에 들어가 술을 마시는 것만큼이나 자연스러웠다. 어느 모로 보나 특별할 게 없었다. 하지만 나와 론에게는 세상에서 가장 특별한 일이었다. 배에서 내리면 전에 해본 적이 없는 것 한 가지를 향하여 곧장 나아갔다. 다시 하는 것을 멈추고 싶은 마음이 절대 들지 않을 것을 향하여.

"부인은 어떻게 돈을 벌고 있소? 어떤 일을 하지Qué trabajo?"

"치과. 치과의사예요Odontología. Ella es una dentista."

"치과의사? 그 부인이La señora?" 그는 손톱으로 앞니를 두드렸다.

"네sí."

하루종일 진료실을 들락거리는 남자들. 그들에게 가스를 줘라. 그 아산화질소라는 거. "다른 봉투." 그가 말했다. "다른 거, 다른 거 좀El otro, el otro, por favor."

"돈 없다." 그녀는 단호하게 대답했다. 이제 그녀에게 저항이 나타났다. 갑자기 그녀는 약간 노리에가 장군*처럼 보였다. "돈 없다. 그 봉투에는 아무것도 없어요En el otro sobre no hay nada."

"아무것도 없다고? 바닥 서랍의 바닥에 있는 나이트가운 열다섯 벌 밑에 감추어진 봉투가 텅 비었다고? 이거 왜 이러셔, 로사."

여자는 새버스가 '로사'라고 하며 말을 맺자 깜짝 놀랐지만, 그를 더 겁내야 하는지 덜 겁내야 하는지 모르는 것 같았다. 그녀의 이름은 부지불식간에 입에 올랐고 그것은 그녀가 어떤 미치광이를 상대하고 있는지 잘 모르고 있다는 사실을 다시 일깨우는 바로 그런 역할을 했다.

"절대 아무것도 없어요Absolutamente nada." 그녀가 용감하게 말했다. "다 비어 있어요, 선생님Está vacío, señor! 비었어!" 이 대목에서 그녀는 굴복하고 울기 시작했다.

"쏘지 않을 거요. 말했잖아. 알고 있잖소. 뭘 두려워하는 거요? 안 위험해No peligro." 그가 건강에 관해 물으면 창녀들이 그에게 해주곤 하던 말.

"비었다고!" 로사가 강하게 말하며, 아이처럼 팔오금에 대고

---

* 파나마의 장군. 독재자.

울었다. "사실이에요Es verdad!"

그는 기분에 따라 손을 뻗어 그녀를 위로해야 할지, 아니면 그녀가 권총이 있다고 생각하는 호주머니로 손을 뻗어 더 무자비하게 보여야 할지 알 수 없었다. 중요한 것은 그녀가 다시 살려달라고 소리를 지르며 뛰쳐나가는 일을 막는 것이었다. 이런 엄청난 흥분의 와중에도 자신이 이렇게 차분한 상태를 유지하고 있는 이유를 그는 설명할 수 없었다―그렇게 보이지 않을지 몰라도, 한 번도 그렇게 보인 적이 없을지 몰라도, 사실 그는 쉽게 흥분하는 사람이었다. 예민한 감정. 이렇게까지 냉담한 것은 그의 본성이 아니었다(끊임없이 취해 있는 술꾼과 함께 있을 때가 아니면). 새 버스는 사람들이 자신이 고통을 주기를 원하는 선 이상으로 고통을 받게 하고 싶지 않았다. 분명히 그는 자신을 기분좋게 해주는 것 이상으로 그들이 고통을 겪게 하고 싶지 않았다. 또 그는 유쾌한 수준을 넘어서까지 부정직한 적도 없었다. 적어도 이 점에서는 다른 사람들과 아주 비슷했다.

아니면 로사가 그를 갖고 노는 것일까? 그는 로사가 자신보다 훨씬 흥분하지 않는 사람이라고 확신할 수 있었다. 아이 넷. 청소하는 여자. 영어 못하고. 돈이 넉넉해본 적 없고. 무릎을 꿇고, 성호를 긋고, 기도하고―이 모든 게 무엇을 증명하기 위한 연기란 말인가? 왜 예수는 끌어들이나, 그도 골치 아픈 게 많은데? 양 손바닥에 못이 박히는 것, 그것은 양손에 뼈 관절염이 걸려보면 공감할 수 있다. 그는 최근에 거스가 주유소에서 해준 이야기를 듣고 폭소를 터뜨린 적이 있었다(드렌카가 죽고 나서 처음이었다).

거스의 여동생과 매제가 크리스마스에 일본에 갔는데, 어떤 대도시의 가장 큰 백화점에 갔을 때 그들 눈에 처음 띈 것은 입구 위십자가에 매달린 거대한 산타클로스였다. "일본놈들은 이해를 못해." 거스는 그렇게 말했다. 왜 그들이 이해해야 하는가? 누가 이해하는가? 하지만 새버스는 매더매스카폴스에서 이런 반박을 입밖에 내지 않았다. 그는 이미 로즈애나의 동료 교사 한 사람에게자신은 그녀의 전공인 '북미 원주민' 문학에 관심을 가질 수 없는데, 그것은 '북미 원주민'이 트레이프*를 먹기 때문이라고 설명하려다 곤경에 처한 적이 있었다. 그녀는 그게 무슨 뜻인지 알려고유대계 미국인 친구에게 자문을 구해야 했지만, 그 뜻을 알고 나서는 그에게 한바탕 퍼부었다. 그는 그들을 다 싫어했다, 거스만빼고.

그는 로사가 도벤**하는 것을 지켜보았다. 그것이 그에게서 유대인다운 면을 끌어내고 있었다. 바닥에 앉아 있는 가톨릭교도. 늘 그랬다. 끝났어? 내려가! 창녀는 너를 속일 수 있다. 청소하는여자는 너를 속일 수 있다. 누구라도 너를 속일 수 있다. 네 어머니도 너를 속일 수 있다. 오, 새버스는 정말이지 살고 싶었다. 그는이런 걸 즐겼다. 왜 죽는가? 두 아들 모두 기껏 요절이나 하라고아버지가 새벽부터 나가서 버터와 달걀을 팔았단 말인가? 유대인의 불행을 피한 손자가 기껏 미국 생활의 재미 가득한 한순간을

---

* treif. 유대인이 먹을 수 있게 처리한 코셔 음식의 반대말.
** doven. 원래는 유대인이 기도문을 외우는 것을 가리킨다.

내던져버리기나 하라고 궁핍한 조부모가 유럽에서 건너왔단 말인가? 버그도프 란제리 밑에 여자들이 이런 봉투를 감추어두는데 왜 죽는가? 이것만으로도 백 살까지 살 이유가 된다.

그는 여전히 손에 만 달러를 쥐고 있었다. 미셸 카원은 왜 이 돈을 감추고 있을까? 누구 걸까? 어떻게 벌었을까? 드렌카에게 처음 크리스타와 함께 하라고 준 돈으로 그녀는 매슈를 위한 전동공구를 샀다. 신용카드 왕 루이스가 그녀의 핸드백에 찔러준 수백 달러로 그녀는 집에 놓을 장식품tchotchkees ─ 장식용 접시, 조각을 새긴 냅킨 고리, 골동품 은촛대 ─ 을 샀다. 전기공 배럿에게 그녀는 돈을 주었다. 마지막 포옹 때 그가 그녀의 젖꼭지를 꼬집으면 그의 청바지에 이십 달러짜리를 찔러넣어주기를 좋아했다. 새버스는 배럿이 그 돈을 저축해두었기를 바랐다. 당분간은 쇼트를 고치지 못할지도 모르니까.

노먼의 첫 부인은 고등학교 시절 애인 사이였던 베티로, 새버스는 더이상 그녀를 기억하지 못했다. 미셸이 어떻게 생겼는지는 이제 두번째 봉투의 내용물에서 알아냈다. 그는 다시 한번 로사에게 서랍에서 봉투를 가져오라고 명령했고, 그가 권총이 없는 호주머니 쪽으로 손을 슬금슬금 옮기자 그녀는 얼른 말을 들었다.

그는 엉뚱한 방에서 사진을 찾고 있었다. 자신이 찍은 드렌카의 사진을 거의 복제해놓은 것처럼 누군가 미셸을 찍었다. 노먼일까? 삼십 년을 살고 자식 셋을 두었는데, 그럴 리가. 게다가 노먼이 찍은 거라면 왜 감추겠는가? 데버라 때문에? 데버라에게 해줄 수 있는 최선은 잘 좀 보라고 그 사진들을 주는 것일 텐데.

미셸은 아주 늘씬한 여자였다—좁은 어깨, 살 없는 팔, 곧고 장대 같은 다리. 약간 긴 다리, 니키처럼, 로즈애나처럼, 드렌카 이전에 그가 기어올라가기 가장 좋아하던 다리들처럼. 젖가슴은 그렇게 마른 사람에게서는 즐거운 놀라움을 주는 것이었다—묵직하고, 큼직하고, 폴라로이드 필름에 쪽빛으로 나오는 젖꼭지가 그 꼭대기에 앉아 있었다. 어쩌면 이 여자가 뭔가를 칠했는지도 모른다. 어쩌면 사진을 찍은 사람이 칠했는지도 모른다. 검은 머리는 뒤로 단정하게 넘기고 있었다. 플라멩코 댄서. 이 여자는 자신의 에이바 가드너를 읽었군. 실제로 그녀는 새버스가 론에게 개들은 "유대인처럼 보여. 아니 '처럼'도 빼야겠군" 하고 말하던 백인 쿠바 여자들과 완전히 닮았다. 코에 손을 댔나? 알기 힘들었다. 코는 탐사하는 사진사의 호기심의 대상이 아니었다. 새버스가 가장 마음에 든 사진은 해부학적으로 가장 세밀하지 않은 것이었다. 그 사진에서 미셸은 허벅지 위쪽에서 한 단 접히는, 부드러운 갈색 새끼염소 가죽 부츠만 신고 있었다. 우아와 추잡, 그의 주식主食. 다른 사진들은 대체로 표준적인 것으로, 베수비오산이 폼페이를 보전한 이후 인류가 알지 못하는 것은 없었다.

한 사진에서 그녀가 앉아 있는 의자 가장자리, 다른 사진에서 그녀가 드러누운 양탄자, 세번째 사진에서 그녀가 사랑을 나눈 창문 커튼⋯⋯ 그는 여기서도 라이솔* 냄새를 맡을 수 있었다. 하지만 보핍에서 드렌카를 지켜봐서 알 수 있듯이 허울만 좋은 모델

---

* 소독약 상표명.

또한 흥분제일 수 있었다. 애인이 그저 봉인 양하며 애인의 돈을 가져가는 것과 비슷한 흥분제.

그는 사진을 봉투에 다시 넣은 뒤 로사가 바닥에서 일어나는 것을 거들고 나서 서랍에 갖다두라고 봉투를 건네주었다. 돈도 그렇게 하면서, 하나도 안 빼돌렸다는 것을 보여주기 위해 클립으로 끼운 지폐 뭉치 열 개를 세어 보였다. 이어 나이트가운을 침대에서 집어들고, 잠시 두 손에 들고 있다가—충격적인 일이었지만, 놀랍게도 나이트가운의 감촉에서는 계속 살아야 할 만한 이유를 발견할 수 없었다—봉투 위에 도로 갖다두고 서랍을 닫으라는 손짓을 했다.

그렇게 끝났다. 그것이 전부였다. "끝Terminado." 창녀들은 네가 싸자마자 너를 자기 몸에서 밀어내며 간단하게 그렇게 말하곤 했다.

이제 그는 방 전체를 살폈다. 모두가 정말이지 순수했다, 내가 비방했던 이 호화로움은. 그래, 모든 부문에서 실패자였다. 동화 같은 시절 몇 년, 그리고 나머지는 완전 패배. 그는 목을 맬 것이다. 바다에서는 능란한 손가락으로 매듭을 짓는 데 명수였다. 이 방에서 아니면 데버라 방에서? 그는 어디에 목을 매는 게 최선일지 자리를 찾았다.

두툼한 잿빛을 띤 파란 양모 양탄자. 부드럽고 옅은 색조의 격자무늬 벽지. 16피트 높이의 천장. 장식을 넣은 석고 벽. 예쁜 소나무 책상. 장식을 절제한 골동품 옷장. 킹사이즈 침대의 속을 넣은 회색 격자무늬 머리판보다 톤을 한 단계 죽인 어두운 색조의 편안한 격자무늬 안락의자. 오토만 의자. 수를 놓은 소형 쿠션. 크리스털 화병에 꽂아놓은 꽃. 침대 뒤쪽 벽에 걸린, 얼룩덜룩한 소나무 틀로 둘러싸인 거대한 거울. 침대 발치 위쪽으로 긴 봉에 매달린 날개 다섯 개짜리 천장 선풍기. 저거다. 침대 위에 올라서서, 밧줄을 모터에 묶고…… 사람들은 먼저 거울로 그의 모습을 보게 될 것이다. 맨해튼 71번가 남쪽을 배경으로 좌우로 흔들리는 그의 주검. 엘 그레코의 그림. 전면에는 괴로워하는 형체, 배경에는 톨레도와 그 교회들, 오른쪽 위 모퉁이에 내 영혼이 그리스도에게 올라가는 것이 보이고. 로사가 나를 그리로 보내주겠지.

그는 그녀의 눈앞에 두 손을 들어올렸다. 각 손톱의 뿌리 아래쪽으로 매듭처럼 불거진 곳들이 있었고, 이런 아침이면 양손의 약손가락과 새끼손가락을 거의 움직일 수가 없었다. 두 엄지는 오래전에 숟가락 모양으로 바뀌었다. 로사 같은 소박한 정신을 가진 사람에게 그의 손은 저주를 짊어진 사람의 손처럼 보일 거다, 그는 그렇게 상상할 수 있었다. 그렇게 생각하는 것이 옳을 수도 있다—관절염을 진짜로 이해하는 사람은 없다.

"아파요Dolorido?" 그녀가 동정하는 표정으로 물으며, 주의깊게 각 손가락의 기형 상태를 살폈다.

"아파요. 많이 아파. 역겹지요Sí. Muy dolorido. Repugnante."

"아니에요, 선생님. 아니, 아니에요No, señor, no, no." 그녀는 서커스에서 여흥으로 보여주는 신기한 생물을 살피듯이 계속 손을 살폈다.

"댁은 무척 친절하구려Usted es muy simpática." 그가 그녀에게 말했다.

그때 그와 론이 아바나에서의 첫번째 밤에 찾아갔던 두번째 매음굴에서 이본과 젊은 임신부와 씹을 했던 것이 떠올랐다. 그들이 배에서 내렸을 때 생긴 일은 당시 대부분의 장소에서 생긴 일이었다. 거기에서 뚜쟁이나 이런저런 잔심부름꾼이 자기들이 데려가고 싶은 집으로 가자고 다그쳤다. 우리가 어린아이들이었기 때문에 우리를 노렸는지도 모른다. 다른 뱃사람들은 그들에게 꺼지라고 말했다. 그렇게 그와 론은 벽과 바닥에 지저분한 타일이 덮인 더럽고 낡고 무너져가는 곳으로 이끌려 가, 가구가 거의 없는 살롱으로 들어갔다. 그러자 늙고 뚱뚱한 여자들이 한 무리 나왔다. 로사를 보자 그것이 떠올랐다―그 뚱통의 창녀들. 애즈버리고등학교를 나온 지 두 달 된 내가 "아니, 아니, 사양하겠어" 하고 말할 만큼 침착했다면 믿어지겠나. 하지만 실제로 그랬다. 나는 영어로 말했다. "영계로. 영계로." 그러자 그 사내는 그들을 데리고 다른 곳으로 갔고, 그곳에서 그들은 이본 드 카를로와 임신한 여자를 발견했다. 쿠바 시장에서는 잘생겼다고 통할 수 있는 젊은 여자들이었다. 끝났어? 내려가!

"갑시다Vámonos." 그가 말하자, 로사는 순순히 그를 따라 복도를 걸어 데버라의 방으로 갔다. 그 방은 정말이지 도둑이 쓸고 간 것처럼 보였다. 책상 위에 따뜻한 배설물이 한 무더기 있다 해도 놀라지 않을 것 같았다. 그곳에서 저질러진 야만적 방종 행위는 저지른 자 자신도 놀라게 했다.

데버라의 침대에서.

그는 침대 가장자리에 앉았고 로사는 엉망이 된 옷장 옆에서 멈추었다.

　"당신이 한 일을 이야기하지 않을 거요, 로사. 이야기하지 않을 거야."

　"안 해?"

　"절대 안 해. 약속하오Absolutamente no. Prometo." 그는 너무 고통스러워 속이 뒤집힐 것 같은 손짓으로 이것이 둘만의 일이라는 것을 보여주었다. "우리의 비밀Nostro segreto."

　"비밀Secreto." 그녀가 말했다.

　"그래요. 비밀Sí. Secreto."

　"나한테 약속해요Me promete?"

　"그래요Sí."

　그는 지갑에서 노먼이 준 오십 달러짜리 한 장을 꺼내 가져가라고 손짓했다.

　"아냐." 로사가 말했다.

　"말하지 않겠소. 당신도 말하지 마. 당신이 부인señora의 돈, 의사의 돈을 보여주었다고 말하지 않을 테니까, 당신은 사진을 나한테 보여주었다고 말하지 마. 그 여자 사진. 알아들었지요 Comprende? 모든 걸 우리는 잊는 거요. '잊는다'를 스페인어로en español 뭐라고 하지? '잊는다.'" 그는 한 손으로 머리에서 뭔가가 튀어나가는 것을 보여주려고 했다. 오, 오! 볼타렌*! 날아갈 거다

---

* 관절염 통증 치료제.

Volare! 베네토 거리!* 베네토 거리의 창녀들, 그가 트라스테베레 에서 산, 십 센트어치 정도 되는 돈에 여섯 개를 주는 향기로운 복 숭아 같은 냄새를 물씬 풍기는 창녀들.

"잊는다Olvidar?"

"잊는다Olvidar! 다 잊으시오Olvidar todos!"

그녀는 다가왔고, 그로서는 기쁘게도 돈을 받았다. 그는 기형 이 된 손가락으로 그녀의 손을 움켜쥐고, 다른 손으로 두번째 오 십 달러를 꺼냈다.

"아니, 아니에요, 선생님No, no, señor."

"기부요Donación." 그는 그녀의 손을 쥔 채로 겸손하게 말했다.

그래, 그는 기부donación란 말을 기억했다. 너는 '로맨스 운항' 시절 전에 갔던 매음굴로 돌아갈 때마다 좋아하는 여자한테 나일 론 스타킹을 가져갔다. 사내들은 말했다. "그 여자 좋아해? 작은 기부donación를 해. 뭔가를 가져와서, 다시 찾아갈 때 그걸 여자한 테 줘. 그 여자가 너를 기억하느냐 마느냐는 다른 문제야. 어쨌든 나일론 스타킹은 기쁘게 받을 거야." 그 여자들의 이름? 수십 수 백 개의 항구 수십 수백 개의 매음굴 어딘가에 로사라는 이름도 틀림없이 있었을 것이다.

"로사," 그는 부드럽게 속삭이며 그녀를 잡아끌어 자신의 두 다리 사이로 들어오게 하려 했다. "내가 당신한테 주는 거요para

---

* Voltaren! Volare! The Via Veneto! v를 중심으로 한 소리에 기초한 연상 작 용을 보여주는 대목.

usted de parte mía."

"사양하겠어요No, gracias."

"제발Por favor."

"됐어요No."

"내가 너한테De mí para tí."

완전히 검은색이지만 어쨌든 그렇게 하라는 신호로 보이는 날 카로운 눈빛―네가 이겼어, 내가 졌어, 해, 어서 끝내버리자고. 데버라의 침대에서.

"여기." 그는 여자의 커다란 몸통 하부를 활짝 벌린 자신의 두 다리 사이에 이럭저럭 끼워넣을 수 있었다. 그는 검을 움켜쥔다. 황소를 본다. 진실의 순간El momento de verdad. "잡아."

로사는 아무 말 없이 시키는 대로 했다.

세번째 오십으로 확실하게 해야 하나, 아니면 이미 합의에 이른 건가? 얼마야Cuánto dinero? 뭐해주는 데Para qué cosa? 다시 그곳으로 돌아가, 아바나의 열일곱이 되어 쳐들어간다! 와서 으스대지 마라Vente y no te pavonees. 그 쭈그렁 할망구, 그 늙은 년, 늘 내 방에 머리를 들이밀고 서둘러 끝내게 하려고 했던 년. 마담의 노려보는 눈, 짙은 화장, 도살업자 같은 두툼한 어깨, 그리고 겨우 십오 분 뒤, 노예 감독의 경멸에 찬 장광설. "와서 으스대지 마라 Vente y no te pavonees!" 1946년.

"봐," 그는 그녀에게 서글픈 표정으로 말했다. "방. 혼돈이오."

그녀는 고개를 돌렸다. "네. 혼돈Sí. Caos." 그녀는 숨을 깊게 쉬 었다―체념인가? 혐오인가? 세번째 오십을 주면 기도할 때처럼 쉽게 무릎을 꿇을까? 기도를 하면서 동시에 빨아주면 재미있을 텐데. 라틴 나라들에서는 많이 벌어지는 일이다.

"내가 이 혼돈caos을 만들었소." 새버스가 말했다. 그가 숟가락 모양의 엄지로 그녀의 얽은 두 뺨을 쓰다듬어도 그녀는 이의를 제기하지 않았다. "내가. 왜냐Por qué? 잃어버린 게 있어서. 잃어버린 걸 찾을 수가 없었소. 알아들었소Comprende?"

"알아들었어요Comprendo."

"내 유리 눈을 잃어버렸소. 가짜 눈Ojo artificial. 이거." 그는 그녀를 조금 더 끌어당기고 자신의 오른쪽 눈을 가리켰다. 그녀의 냄새를 맡기 시작했다. 겨드랑이부터, 이어 나머지까지. 뭔가 익숙했다. 라벤더가 아니었다. 바이아! "이건 진짜 눈이 아냐. 이건 유리 눈이야."

"유리Vidrio?"

"그래! 그래! 눈, 유리 눈이오Sí! Sí! Este ojo, ojo de vidrio. 유리 눈."

"유리 눈." 그녀가 따라했다.

"유리 눈. 그래. 그걸 잃어버렸소. 어젯밤에 자려고 빼놨지. 보통 그러거든. 그런데 내가 집에, 내 집에a mi casa 있는 게 아니라서 평소에 두던 데 두지를 않았소. 여기까지 알아듣고 있소? 나는 여기 손님이오. 노먼 카원의 친구요. 겔먼 씨 장례식 때문에 여기 온 거요Amigo de Norman Cowan. Aquí para el funeral de señor Gelman."

"설마No!"

"정말이오Sí."

"겔먼 씨가 죽었다고요El señor Gelman está muerto?"

"안됐지만 그렇게 됐어."

"오오오오오."

"알아. 어쨌든 그래서 여기 오게 된 거요. 그 친구가 죽지 않았으면 우리 둘이 만날 일도 절대 없었겠지. 어쨌든 자려고 유리 눈을 뺐는데, 일어나보니 어디에 뒀는지 기억이 안 나는 거요. 나는 장례식에 가야 했지. 하지만 눈 없이 장례식에 갈 수 있겠소? 이해해요? 눈을 찾아야 했기 때문에 서랍, 책상, 옷장을 다 열었단 말이야"—그는 열에 들떠 방 여기저기를 가리켰고 그녀는 연신 고개를 주억거렸으며 입은 이제 굳게 다물지 않고 약간 순진하게 벌리고 있었다—"그 좆같은 눈깔을 찾으려고! 그게 어디로 갔을까? 사방을 뒤지다, 미쳐버리는 줄 알았소. 돌아! 미쳐Loco! Demente!"

이제 그녀는 그가 정말이지 슬랩-개똥-스틱 코미디처럼 그녀 앞에 펼쳐놓는 장면에 웃음을 터뜨리기 시작했다. "아니에요No." 그녀는 못마땅한 듯이 그의 허벅지를 두드리며 말했다. "미치지 않았어요No loco."

"사실이야sí! 그런데 그게 어디 있었게, 로사? 맞혀봐요. 눈이 어디에 있었을까Dónde was the ojo?"

그녀는 곧 우스개가 나올 것을 확신하고 고개를 좌우로 젓기 시작했다. "몰라요No sé."

이 대목에서 그는 힘차게 침대에서 뛰어내렸고, 이제 그녀가 침대에 앉아 그를 지켜보는 가운데 마임을 하기 시작했다. 그는 잠이 들기 전에 머리에서 눈알을 빼내고, 둘 곳을 몰라 두리번거리다—누군가 들어와 예를 들어 데버라의 책상에 그게 있는 걸 보고 소스라쳐 놀랄까봐(이 또한 마임으로 보여주자 그녀의 소녀 같은 웃음이 매혹적인 물결로 퍼져나갔다)—그냥 바지 호주머니에 집어넣었다. 그런 다음 이를 닦고(그녀에게 이것을 보여주고), 얼굴을 씻고(그녀에게 그것을 보여주고), 방으로 돌아와 옷을 벗고 멍청하게도—"멍청하게도! 멍청하게도Estúpido! Estúpido!"하고 그는 소리치며 가엾은 주먹으로 머리 양옆을 두들겼고 심지어 아픈 체하려고 잠시 멈추지도 않았다—데버라의 옷장 안 바지걸이에 바지를 걸었다. 그는 데버라의 널찍한 파란 실크 바지가 걸려 있는 바지걸이를 보여주었다. 그런 다음에 자기 바지를 거꾸로 걸어 옷장에 넣고, 눈알ojo이, 당연히, 호주머니에서 떨어져 바닥에 있는 운동화 속으로 들어가는 것을 보여주었다. "기가 막히지 않소? 아이의 신발zapato에! 내 눈이!"

그녀는 너무 심하게 웃음이 터져나오는 바람에 배가 갈라져 열리는 것을 막으려는 듯 두 팔로 자신의 몸을 꼭 죄어야 했다. 저 여자와 박을 생각이면 지금 침대로 올라가서 박아, 이 친구야. 데버라의 침대에서, 네가 박아보게 될 가장 뚱뚱한 여자와. 마지막으로 거대한 여자와 한 번. 그러고 나면 너는 마음 편하게 목을 매달 수 있어. 삶이 아무런 가치가 없는 것은 아니었을 거야.

"자." 그는 그녀의 손 하나를 잡아 자신의 오른쪽 눈으로 가져갔다. "유리 눈 만져본 적 있소? 만져봐요." 그는 말했다. "살살, 로사. 하지만 어서, 만져봐요. 다시는 이런 기회가 없을지도 몰라. 남자들은 대부분 자기 약점을 부끄러워하거든. 난 안 그래. 난 그걸 사랑해. 내가 살아 있다고 느끼게 해줘. 만져봐요."

그녀는 어정쩡한 태도로 어깨를 올렸다 내렸다. "정말요sí?"

"무서워하지 마. 이게 다 거래의 일부야. 만져보라니까. 살살 만져봐."

그녀는 헐떡거리다 숨을 깊이 들이마시더니 아주 작은 검지의 통통한 끝을 그의 오른쪽 눈 표면에 살짝 갖다댔다.

"유리야." 그가 말했다. "백 퍼센트 유리라고."

"진짜 같은데." 그녀가 말했다. 그러더니 처음에 두려워했던 것만큼 무섭지는 않다는 듯 다시 그것을 찔러보고 싶은 마음이 간절한 표정이었다. 겉보기와 반대로 그녀는 느리게 배우는 사람이 아니었다. 그리고 달려들 마음이 있었다. 그들 모두 달려들 마음이 있다. 시간을 들여 네 뇌를 쓰기만 하면―그리고 예순네 살만 아니면. 젊은 여자들! 그 모든 젊은 여자들! 생각만 해도 죽을 지경이었다.

"당연히 진짜 같지." 그가 대꾸했다. "이게 좋은 거라서 그런 거요. 최고지. 돈이 많이 들었소Mucho dinero."

인생 최후의 씹. 그녀 나이 아홉 살 때부터 일하고. 학교는 안 다니고. 배관 없는 집. 돈 없고. 어딘가에 있는 어떤 슬럼 출신이거나 가난한 농민 출신인 문맹의 임신한 멕시코인, 몸무게가 거의 너만큼 나가고. 이와 다르게 끝날 수는 없었을 것이다. 인생이 완벽하다는 마지막 증거. 가는 길 어디에서나 자기가 어디로 가고 있는지 알고 있다는. 안 돼, 인간 삶은 소멸되면 안 된다. 아무도 다시 이와 비슷한 걸 내놓을 수가 없다.

"로사, 부디 마음씨 곱게 써서 이 방 청소 좀 해주겠소? 당신은 정말로 마음씨 고운 사람이야. 저 아래서 예수한테 기도하면서 나를 속이려 하지 않았소. 그냥 나를 유혹에 들게 한 것에 대해 용서를 구하고 있었을 뿐이야. 그냥 배운 대로 바로 그렇게 뛰어들었소. 그걸 존경해요. 예수 같은 의지할 누군가가 있는 것도 괜찮을 듯해. 혹시 그가 나한테 처방전 없이 볼타렌을 얻어줄 수 있을지도 모르잖아. 그게 그 사람 전공 가운데 하나 아닌가?" 그는 자신이 무슨 말을 하고 있는지 알지 못했다. 피가 부츠 안으로 빠져나가기 시작했기 때문이다.

"무슨 말씀이신지 No comprendo." 하지만 그녀는 겁을 먹지 않았다. 그가 그녀에게 웃음을 지으면서 다시 침대에 힘없이 주저앉아 목소리에 속삭임 이상으로 힘을 싣지 못하고 간신히 이야기를 하고 있었기 때문이다.

"정리를 해요, 로사. 질서 regularidad를 만들어."

"알았어." 그녀는 그렇게 말하더니 턱수염이 허옇고 손가락은 미친듯이 움직이고 유리 눈이 박힌—그리고 장전한 권총을 갖고 있을 가능성이 아주 높은—이 미치광이가 그까짓 오십 달러짜리 두 장으로 기대하는 것을 어쩔 수 없이 하는 것이 아니라, 열성적으로 바닥에 있는 데버라의 물건을 집어들기 시작했다.

"고맙소, 소중한 사람." 새버스가 멍한 표정으로 말했다. "당신이 내 목숨을 구했소."

그때, 그가 다행히 침대 가장자리에 닻을 내리고 있는 동안 현기증이 그의 두 귀를 움켜쥐었고, 담즙이 목구멍으로 솟구쳐올랐다. 그는 어린 시절 파도를 탈 때 느끼던 기분을 맛보았다. 큰 파도를 너무 늦게 따라잡는 바람에 그것이 애즈버리의 궁궐 같은 메이페어극장의 상들리에처럼 그의 몸 위로 부서졌다. 그 커다란 상들리에에는 모티가 전사한 이후 오십 년 동안 그가 꾸어온 꿈에서, 고정해놓은 곳에서 떨어져, 아무 생각 없이 나란히 앉아 〈오즈의 마법사〉를 보고 있는 형과 그의 머리 위로 내려앉곤 했다.

그는 죽어가고 있었다. 로사의 즐거움을 위해 온 힘을 쏟는 바람에 심장마비가 와버렸다. 최후의 연기. 연장 공연은 없을 것이다. 인형극 장인이자 자지 같은 놈 경력을 마감하다.

로사는 이제 침대 곁에 무릎을 꿇고 앉아 따뜻하고 작은 손으로 그의 머리를 쓰다듬고 있었다. "아파?" 그녀가 물었다.

"낮은 자존감."

"의사 여기 불러?"

"아니올시다, 부인. 손이 아파요, 그뿐입니다." 정말 아팠다! 처음에 그는 통증에 시달리는 손가락들 때문에 몸이 떨린다고 생각했다. 그러다가 전날 저녁에 그랬던 것처럼 이가 덜거덕거리기 시작했고, 갑자기 구토가 치밀어올라 엄청난 힘을 동원해 싸우지 않으면 막을 수 없을 것 같았다. "어머니?" 답이 없었다. 다시 그녀의 침묵 연기. 아니면 여기 없는 건가? "엄마!"

"선생님 어머니? 어디 있는데요, 선생님Su madre? Dónde, señor?"

"죽었소Muerto."

"오늘Hoy?"

"그래Sí. 오늘 아침에. 오늘 새복Questo auroro. 새벽Aurora?"* 다

시 이탈리아어. 다시 이탈리아, 베네토 거리, 복숭아, 젊은 여자들!

"아, 선생님, 그럴 수가, 그럴 수가Ah, señor, no, no."

그녀는 착하게도 그의 수염이 북슬북슬한 뺨을 두 손으로 받쳐 주었다. 그녀가 자신의 산 같은 가슴으로 그를 끌어당겼을 때, 그는 그대로 끌려갔다. 그녀가 그의 호주머니에서 권총을 꺼내 두 눈 사이를 쐈다 해도 가만히 있었을 것이다. 그에게 권총이 있다면 말이지만. 그녀는 정당방위를 주장할 수 있었다. 강간. 그에게는 이미 1마일 길이의 성희롱 기록이 있었다. 사람들은 이번에는 그의 발을 묶어 밖에 거꾸로 매달 것이다. 로즈애나는 사람들이 무솔리니에게 그랬던 것처럼 그를 그런 꼴로 만드는 광경을 보게 될 것이다. 그리고 거기에 덧붙여 그의 좆대가리를 자를 것이다. 버지니아에서 해병대 출신의 폭력적인 남편 새끼가 똥구멍에 박는다는 이유로 12인치 길이의 부엌칼로 잠자는 남편의 좆cock을 잘랐던 여자처럼. "당신은 나한테 그러지 않겠지, 여보, 그렇지?" "그럴 거야." R.**는 상냥하게 말했다. "당신한테 그게 있다면."*** 그녀와 밸리에 사는 그녀의 모든 진보적인 친구들은 쉬지 않고 이 사건에 관해 이야기를 했다. 로즈애나는 할례에는 놀랐던

---

* 'questo aurora'는 이탈리아어로 '오늘 새벽'. 'auroro'는 성의 혼란에 따른 'aurora'의 오기이며 'aurora'는 스페인어로도 '새벽'이다.

** 로즈애나의 머리글자.

*** 영어에서 남성의 성기를 가리키는 'cock'이라는 말은 원래 수탉을 가리키는데, 수탉의 남성성에서 유래했다고 보기도 하고, 수탉의 볏과 남성 성기가 닮은 모습에서 유래했다고 보기도 한다. 유대인인 새버스는 할례를 받았으므로 이 볏에 해당하는 부분이 없다고 볼 수도 있다.

반면 이 사건에는 별로 놀라지 않는 것 같았다. "유대인의 야만이야." 그녀는 보스턴에서 친구 손자의 할례 의식bris에 다녀온 뒤 그에게 말했다. "옹호할 수 없어. 역겨워. 걸어나오고 싶었어." 그러나 남편의 좆을 잘라버린 여자는, 로즈애나가 그 여자에 관해 흥분해서 말하는 것을 볼 때, 영웅이 된 것 같았다. "틀림없이 다른 방법으로 이의를 제기했을 수도 있었을 거야." 새버스가 말했다. "어떻게? 911에 전화해서? 어떻게 되나 한번 전화 걸어서 직접 확인해봐." "아니, 아니, 911이 아니고. 그건 정의가 아니지. 아니, 뭔가 불쾌한 걸 그 남자 똥구멍에 쩔러넣어서. 예를 들어, 그 사람이 혹시 흡연자라면 파이프를 쩔러넣어서. 심지어 불이 붙은 걸로 쩔러넣어도 좋고. 흡연자가 아니라면, 프라이팬을 똥구멍에 쑤셔넣어도 되겠네. 직장直腸에는 직장으로. 출애굽기 21장 24절. 하지만 자지를 자르는 건—정말이지, 로지, 인생이 그저 못된 장난의 연속은 아니잖아. 우리가 이제 여학생도 아니고. 인생이 그저 깔깔거리고 쪽지 전달하고 하는 건 아니지 않느냔 말이야. 이제 우리도 다 큰 여자야. 이건 심각한 일이라고. 노라가 『인형의 집』에서 어떻게 하는지 기억나? 노라는 토르발트의 자지를 자르지 않아—그 문을 열고 나가버린다고. 씨발. 문을 열고 나가버리는 데 꼭 19세기 노르웨이 사람이 될 필요는 없다고 봐. 문은 지금도 존재하니까. 미국에도 아직 문이 칼보다 많아. 오직 문만이 열고 걸어가는 데 배짱이 필요해. 말해봐, 복수를 하는 즐거운 방법으로 한밤중에 내 자지를 자르고 싶었던 적이 있어?" "응. 자주." "하지만 왜? 내가 뭔 짓을 해서, 또는 뭔 짓을 하지 않아서 그런 생각이 든 거야? 나는 한 번도 의사의 처방과 당신의 서면 허락 없이는 당신 항문에 들어간 적이 없는 것 같은데." "잊어줘." 그녀는 말했다. "이제야 알게 되었는데 그걸 잊는 게 좋은 생각인지 모르겠는걸. 당신 정말로 그런 생각을 해본 거야, 칼을 들고—" "가위였어." "가위로 내 좆을 잘라낸다." "취했어. 화가 났었고." "오, 나빴던 옛 시절의 샤도네이가 강하게 목소리를 냈던 것뿐이네. 그럼 오늘은 어때? 이제 '금주 상태'인데 뭘 자르고 싶어? 빌 W.[*]는 무슨 제안을 해? 손 정도면 어떨까. 씨발, 어차피 시원찮은 손인데. 목은 어때. 당신네들한테 남근의 강렬한 상징은 뭐야? 계속 이렇게 나가, 그럼 당신네들 덕분에 프로이트가 훌륭해 보이게 될 거야. 나는 당신과 당신 친구들이 이해가 안 돼. 당신네는 도로 관리 담당자들이 신성한 단풍나무 가지에 가까이 갈 때마다 타운 스트리트 한가운데 앉아 연좌 농성을 벌여, 모든 작은 가지 앞에 몸을 던져. 하지만 이런 불행한 사건이 일어나면 완전히 투사가 돼. 이 여자가 밖으로 나가서 복수로 남편이 가장 아끼는 떡갈나무를 베어버렸다면, 이 남자는 당신네 모두를 자기편으로 얻을 기회가 생겼을지도 몰라. 이 남자가 나무가 아닌 게 너무 안된 일이지. 대체 불가능한 삼나무가 아닌 게 말이야. 그랬다면 시에라 클럽[**]이 대거 몰려나왔을 텐데. 그 여자는 존 바에즈[***]한테서 자신의 잘린 머리를 건네받았을 거야. 삼나무? 삼나무를 절단냈다? 그럼 스피

---

[*] AA의 설립자 가운데 한 사람.

[**] 미국의 환경 단체.

[***] 미국 가수이자 평화운동가.

298

로 애그뉴*만큼이나 나쁜 사람이 돼! 당신네는 모두 자비롭고 따뜻해. 연쇄살인범이라도 사형은 반대하지. 그래서 최대 보안 감옥에 갇힌 타락한 식인종을 위한 시를 심사해. 동남아시아의 공산주의자 적에게 네이팜탄을 떨어뜨리는 건 그렇게 끔찍해하면서 어떻게 해병대 출신이 바로 여기 미합중국에서 자지가 잘린 일에는 그렇게 행복한 거야? 내 것도 잘라, 로즈애나 캐버노. 내가 십 대일로, 백 대 일로 내기를 거는데, 그러면 당신 내일부터 다시 술을 빨게 될 거야. 자지를 자르는 건 당신 생각만큼 간단치 않아. 양말을 꿰맬 때 하는 것처럼 그냥 싹둑, 싹둑, 싹둑, 이렇게 하는 게 아니거든. 양파를 다질 때처럼 그냥 탁, 탁, 탁 하는 게 아니란 말이야. 양파가 아니라고. 인간 자지야. 피가 가득해. 레이디 맥베스를 기억해? 스코틀랜드에는 AA가 없었어. 그래서 그 불쌍한 여자는 자기 흔들의자로 갔어. '그 노인네 안에 그리 피가 많을 줄 누가 생각이나 했겠는가?' '아직도 피 냄새가 난다. 아라비아의 모든 향수로도 이 작은 손을 달콤하게 만들지 못하겠구나.' 이 여자는 실신해버려―레이디 '발전소' 맥베스가 말이야! 그래서 당신은 어떻게 되는 거야? 버지니아의 그 여자는 정말이지 영웅이야―야비한 인간인 동시에 말이야. 하지만 당신은 배짱이 없어, 여보. 당신은 시골 학교 선생일 뿐이야. 우리는 악悪 이야기를 하는 거야, 로지. 당신이 인생에서 할 수 있는 최악은 주정뱅이 노숙자가 되는 거야. 씨발 주정뱅이 노숙자가 뭐야? 쌔고 쌨어. 주정뱅이는

---

* 닉슨 대통령 밑에서 부통령을 지내다 불명예스럽게 사임한 인물.

누구나 주정뱅이 노숙자가 될 수 있어. 하지만 모두가 자지를 자를 수 있는 건 아니야. 이 멋진 여자가 전국의 다른 멋진 여자 여남은 명을 격려해준 것은 의심하지 않지만, 내가 보기에 당신은 실제로 나서서 그 짓을 하는 데 필요한 것은 전혀 갖고 있지 않아. 당신은 내가 싼 걸 삼켜야 하면 토할 거야. 오래전에 나한테 그렇게 말했어. 자, 그런데 어떻게 마취제도 없이 사랑하는 남편을 수술하고 싶다고 생각하는 거야?" "두고 보는 게 어떨까?" 로즈애나가 웃음을 지으며 말했다. "아니. 아니. 두고 보지 말자고. 나는 영원히 살지 않으니까. 내일모레면 일흔이야. 그럼 당신은 당신이 얼마나 용기 있는지 증명할 수 있는 큰 기회를 놓치게 될 거야. 잘라버려, 로즈애나. 하룻밤을 골라, 어느 날 밤이라도. 잘라버려. 어디 한번 해보라고."

그는 바로 그것에서 도망나온 것이고 그래서 여기 있는 것이 아닐까? 다용도실에 거대한 가위가 있었다. 바느질통에는 훨씬 작은 가위, 왜가리처럼 생긴 것이 있었고, 책상 중간 서랍에는 주황색 플라스틱 손잡이가 달린 것이 있었다. 화분 창고에는 산울타리를 가지치기할 때 쓰는 가위가 있었다. 로즈애나가 이 사건에 집착하고 나서 몇 주 동안 새버스는 밤에 드렌카의 무덤을 찾아 배틀마운틴에 올라갔을 때 그 가위들을 전부 그곳의 숲에 버릴까 하는 생각을 했다. 그러다가 그녀의 미술 수업에 가위가 가득하다는 것을 기억했다. 모든 아이가 하나씩 들고, 자르고 붙였다. 또 한 가지, 버지니아의 배심원은 일시적 정신착란을 근거로 이 여자가 무죄라고 선언한다. 이 분 동안 미쳤다는 것이다. 루이스가 슈멜링과 두번째로 붙었을 때 슈멜링을 케이오시키는 데 걸린 시간과 거의 비슷하다. 자르고 버리려면 빠듯한 시간이지만 그녀는 용케 해냈다. 성공했다—세계 역사상 가장 짧은 정신착란이다. 기록이다. 유서 깊은 원투펀치, 그것으로 끝이었다. 로즈애나와 평화운동가들은 아침 내내 전화를 했다. 그들은 이것이 위대한 판결이라고 생각했다. 그에게는 이 경고로 충분했다. 여성해방에는 위대한 날이었지만 해병대와 새버스에게는 암흑의 날이었다. 그는 그 가위의 집에서 다시는 자지 않을 것이다.

그런데 지금 그를 위로하는 자는 누구인가? 그녀는 젖을 먹일 생각인 것처럼 그의 머리를 안고 있었다.

"가엾은 사람Pobre hombre," 그녀는 중얼거렸다. "가엾은 아이, 가엾은 어머니Pobre niño, pobre madre……"

그는 울고 있었다. 양쪽 눈에서 모두 눈물이 나와 로사는 깜짝 놀랐다. 그래도 그녀는 계속 그의 슬픈 마음을 달래주었고, 스페인어로 부드럽게 중얼거리며 머리를 쓰다듬어주었다. 그 머리에서는, 그가 뱃사람 모자를 쓴 열일곱 살이고 삶의 모든 것이 보지로 이어지던 시절, 뜨거운 녹색 바늘과 다를 것이 없던, 그의 눈과 대비를 이루는 새까만 머리카락이 자라곤 했다.

"어쩌다 눈이 하나?" 로사가 그의 몸을 살며시 흔들며 물었다. "왜Por qué?"

"전쟁La guerra." 그가 신음을 토했다.

"그거 운다, 유리 눈?"

"말했잖아, 싼 거 아니라고."

그녀의 살집의 마법에 걸려, 그녀의 얼얼한 냄새에 바짝 달라붙어 있던 그의 코는 깊은 곳으로 더 깊이 가라앉았고, 새버스는 자신이 투과되는 존재가 된 듯한 느낌, 자기를 이루던 조합물 전체에 마지막으로 남아 있던 것이 이제 한 방울씩 흘러나가고 있는 듯한 느낌이 들었다. 밧줄의 매듭을 묶을 필요는 없을 것이다. 메말라 사라질 때까지 그냥 이렇게 똑똑 떨어져 죽음으로 흘러들어 갈 것이다.

따라서, 이것이 그간 그의 삶이었다. 무슨 결론을 끌어낼 수 있을까? 결론이 있기는 할까? 그의 안으로부터 겉으로 떠오른 사람은 어쩔 도리 없이 그 자신이었다. 다른 누구도 아니었다. 그것을 받아들이거나 떠나거나 둘 중 하나였다.

"로사." 그는 울었다. "로사. 엄마. 드렌카. 니키. 로즈애나. 이본."

"쉬이이이이, 가엾어라pobrecito, 쉬이이이이."

"숙녀 여러분, 만일 내가 내 삶을 부적절하게 사용한다면……"

"무슨 말인지 몰라요, 가엾어라No comprendo, pobrecito." 그녀가 말했고, 그래서 그는 입을 다물었다. 사실은 그도 이해하지 못했기 때문이다. 그는 이 붕괴 전체를 자신이 반쯤은 가짜로 꾸며내고 있다고 상당히 자신했다. '새버스의 외설 극장.'

2부

사
느
냐
죽
느
냐

새버스는 링크의 장례식 전 몇 시간을 립 밴 윙클*을 연기하며 보낼 생각으로 거리에 나섰다. 그 생각에 그는 소생했다. 그는 그 인물처럼 보였고 심지어 립보다 오래 이곳에서 벗어나 있었다. RVW**는 그저 미국 독립전쟁을 놓쳤을 뿐이다―새버스가 오랜 세월 들은 바로 판단해보건대, 그 자신은 뉴욕이 온전한 정신과 시민생활에 완전히 적대적인 곳으로 바뀌는 과정을 놓친 셈이었다. 1990년대에 이르러 영혼을 죽이는 기술을 완벽하게 다듬어놓게 되는 도시. 만일 살아 있는 영혼이 있다면(새버스는 이제 자신에게 그런 것이 있다고 주장하지 않는다) 그 영혼은 이곳에서 밤이든 낮이든 어느 시간에나 천 가지 다양한 방식으로 죽을 수 있

　　* 워싱턴 어빙의 단편소설 「립 밴 윙클」의 주인공. 낯선 이가 주는 술을 마신 후 하룻밤 사이에 이십 년이 흘렀다는 내용이다.
　　** 립 밴 윙클(Rip Van Winkle)의 머리글자.

었다. 비유적이지 않은 죽음, 제물이 되고 마는 시민의 죽음, 무력한 노인부터 아주 어린 초등학생까지 공포에 감염되어 있는 모든 사람의 죽음은 말할 것도 없었다. 도시 전체에서 그 어느 것도, 심지어 콘에드*의 터빈조차도 공포만큼 감전시키는 힘이 강력하지는 않았다. 뉴욕은 완전히 잘못된 도시였고, 이제 지하철 외에 어느 것도 지하에 없었다. 이곳은 가끔은 아무런 수고도 하지 않고, 가끔은 상당한 비용을 들여서 모든 것의 최악을 얻을 수 있는 곳이었다. 뉴욕에서는 좋았던 옛 시절, 옛날 방식의 삶이 불과 삼 년 전만 해도 존재했던 것으로 여겨졌다. 부패와 폭력의 강도가 높아지고 제정신이 아닌 행동으로 뒤집히는 속도가 그만큼 빨랐다. 적어도 두 반구는 채울 만큼의 슬럼, 감옥, 정신병원으로 흘러넘치고, 운동화 한 켤레를 위해 세상을 뒤집어도 좋다는 범죄자, 광인, 아이들 무리가 압제를 행사하는 타락의 진열장. 삶을 진지하게 생각하려 애쓰는 소수의 사람들은 결국 자신들이 모든 비인간적인 것에 맞서 생존하고 있음을 알게 되는 도시―아니, 너무나 인간적인 것일지도. 사람들은 이 도시의 혐오스러운 모든 것이 사실 자신이 진정으로 되고 싶어하던 집단 인류의 특징적인 모습을 드러내는 것이라는 생각에 몸서리를 치게 되었다.

자, 새버스는 뉴욕을 '지옥'이라고 묘사하는 이런 이야기를 계속 들었지만 그것을 그대로 받아들이지는 않았다. 첫째로 모든 위대한 도시는 '지옥'이기 때문이고, 둘째로 인류의 더 야하고 가증

---

* 에너지회사 이름.

스러운 것에 관심이 없다면 애초에 거기 가 있을 필요가 없지 않은가, 하는 생각 때문이다. 셋째로 그가 듣기에 이런 이야기를 하는 사람들―매더매스카폴스의 부유한 사람들, 그곳의 여름 별장으로 쉬러 온 극소수의 전문적인 엘리트와 나이든 사람들―은 무슨 말을 한다 해도 도저히 믿을 수 없는 사람들이었기 때문이다.

이웃들(새버스가 어디에 사는 누군가를 이웃으로 생각한다고 말할 수 있다면)과는 달리, 그는 우선 자기 자신부터 시작해서, 사람들의 최악의 면에 저절로 움츠러들거나 하지 않았다. 삶의 오랜 기간 동안 북부의 아이스박스에 보존된 상태로 지냈지만, 최근 몇 년 동안 그는 그래도 자신만은 아마 도시의 일상적 공포에 역겨움을 느끼는 사람들과는 다를 것이라고 생각해왔다. 그는 오래전에 매더매스카폴스(와 로지)를 떠나 뉴욕으로 돌아왔을지도 모른다. 그에게 짝패만 없었다면…… 니키의 실종으로 인해 여전히 솟아나오는 감정만 없었다면…… 그의 짜증나는 우월감과 케케묵은 망상증이 뉴욕 대신 선택한 어리석은 운명만 아니었다면.

그렇다고 망상증을 과장하면 안 된다, 그는 그렇게 생각했다. 그것은 그의 생각의 유독한 창끝은 절대 아니었고, 진짜로 과대한 규모로는 절대 일어나지 않았고, 그것을 풀어놓는 데는 어떤 것도 전혀 필요하지 않았다. 물론 이제 그것은 일종의 만인의 망상증과 비슷해졌으며, 미끼에 얼른 달려들 만큼 호전적인 면이 있었지만 대체로 너덜너덜해지고 스스로 물린 상태였다.

어느새 그의 몸이 다시 떨리고 있었고, 이제 모사의 일일한 냄새가 주는 위로와 노스탤지어를 일으키는 그 의미가 없었다. 아까

뒤짐을 당한 데버라의 방에서 다시 그랬던 것처럼 일단 그놈의 것이 자리를 잡으면, 의지의 행사로는, 더 살아 있고 싶지 않다는 욕망을 끄기가 힘들었다. 지하철역으로 향하는 동안 그 욕망은 그와 함께 걷고 있었다. 그의 동반자였다. 이 거리를 걷는 게 수십 년 만이지만 거리는 전혀 눈에 들어오지 않았다. 죽고 싶다는 소망에 뒤처지지 않느라 바빴기 때문이다. 그는 한 걸음 한 걸음 발을 맞추어 행진했다. 바다에서 돌아와 포트딕스*에서 공산주의자들을 죽이는 자가 되는 훈련을 받을 때 흑인 기간요원에게 귀에 못이 박히게 들었던 보병의 노래에 박자를 맞추고 있었다.

좋은 집이 있었지만 떠났다—
그게 옳았어!
좋은 집이 있었지만 떠났다—
그게 옳았어!
큰 소리로, 하나-둘,
큰 소리로, 셋-넷,
큰 소리로, 하나-둘-셋-넷—
셋-넷!

더-살아-있고-싶지-않다는-욕망은 역 층계까지 새버스와 함께했고, 새버스가 토큰을 산 뒤에는 그의 등에 달라붙어 십자형

---

* 뉴저지에 위치한 미 육군 훈련시설.

회전문을 거쳐 계속 따라왔다. 열차에 탔을 때는 그를 마주보고 무릎 위에 앉았고, 새버스의 굽은 손가락으로 그 욕망을 충족할 수 있는 많은 방법을 꼽기 시작했다. 이 귀여운 손가락은 손목을 그었고, 이 귀여운 손가락은 드라이클리닝 봉투를 이용했고, 이 귀여운 손가락은 수면제를 먹었고, 이 귀여운 손가락은 대양 옆에서 태어났기에 파도 속으로 쭉 달려나가 물에 빠져 죽었다.

새버스와 더-살아-있고-싶지-않다는-욕망이 부고를 작성하는 데는 다운타운까지 열차를 타고 가는 시간만큼 걸렸다.

모리스 새버스, 인형극 광대, 64세, 사망

인형극 광대이자 한때 연극 연출가로서 약간 명성을 얻다가 오프오프브로드웨이에서 사라져 추적당하는 범죄자처럼 뉴잉글랜드에 은신했던 모리스 '미키' 새버스가 화요일에 센트럴파크 웨스트 115번지 바깥의 보도에서 사망했다. 새버스 씨는 십팔층 창에서 떨어졌다.

사망 원인은 자살이다. 새버스 씨가 목숨을 끊기 몇 분 전 항문성교를 했던 로사 콤플리카타 씨는 그렇게 말했다. 콤플리카타 씨는 가족의 대변인이다.

콤플리카타 씨에 따르면 그는 창문에서 뛰어내리기 전 변태적 행동을 해달라고 그녀에게 오십 달러짜리 지폐 두 장을 주었다. "하지만 딱딱한 좆대가리가 안 됐다." 체격이 좋은 대변인은 울면서 그렇게 말했다.

집행유예

새버스 씨는 1953년 거리 공연자로 출발했다. 연예계 관측통은 새버스를 품위 있는 50년대와 소란스러운 60년대 사이의 '사라진 고리'로 파악한다. 그의 '외설 극장'을 중심으로 소규모 컬트가 형성되었으며, 이곳에서 새버스 씨는 인형 대신 손가락을 이용하여 음란한 인물들을 표현했다. 그는 1956년에 외설 혐의로 기소되었고, 유죄판결을 받고 벌금을 물었으며 삼십 일 형은 유예되었다. 복역을 했다면 그는 교정되었을지도 모른다.

새버스 씨는 노먼 카원과 링컨 겔먼(겔먼의 부고는 B7, 3단 참조)의 후원하에 1959년 아주 밋밋한 〈리어왕〉을 연출했다. 코딜리아 역의 니키 칸타라키스는 본지 비평가로부터 상찬을 받았지만 새버스 씨의 리어 연기는 '과대망상증적 자살'이라는 낙인이 찍혔다. 티켓 구매자는 극장에 들어갈 때 익은 토마토를 받았으며, 저녁 공연이 끝날 때면 새버스는 그것으로 자신이 더럽혀진 것을 즐기는 듯했다.

돼지인가 완벽주의자인가?

RADA에서 훈련을 받은 칸타라키스 양은 '바워리 지하 극단'의 스타이자 연출가의 아내로, 1964년 11월 그들의 집에서 종적이 묘연해졌다. 그녀의 운명은 지금도 알지 못하며, 살인도 배제된 적이 없다.

"돼지 플로베르가 루이즈 콜레를 살해했다."* 귀족 페미니스트인 뒤 플리시타스 백작부인은 오늘 전화 인터뷰에서 말했다. 뒤 플리시타스 백작부인은 전기를 픽션으로 만드는 것으로 유명하다. 그녀는 현재 칸타라키스 양의 전기를 픽션으로 만들고 있다. "돼지 피츠제럴드가 젤다를 살해했다."** 백작부인은 계속해서 말했다. "돼지 휴스가 실비아 플라스를 살해했고*** 돼지 새버스가 니키를 살해했다. 그가 그녀를 살해한 온갖 다양한 방법이 다 거기에, 『니키: 돼지에 의한 여배우 살해』에 다 나와 있다."

오늘 접촉해본 '바워리 지하 극단'의 원년 단원들은 새버스 씨가 아내를 연출할 때 무자비했다고 입을 모았다. 그들은 모두 그녀가 그를 죽이기를 바랐으나, 시도도 하지 않고 사라져버린 것에 실망했다.

새버스 씨의 친구이자 공동제작자인 노먼 카원—그의 딸인 속옷 차림의 브라운대 학생 데버라는 새버스 씨가 뛰어내려 사망하기 불과 몇 시간 전 정교하게 연출한 뮤지컬 쇼 〈반세기의 자위여 안녕〉에서 주역을 맡았다—은 다른 이야기를 전한다. "미키는 진정 멋진 사람이었다." 카원 씨는 그렇게 논평했다. "누구에게도 문제를 일으키지 않았다. 혼자 있기 좋아하는 편

---

* 플로베르와 루이즈 콜레는 둘 다 프랑스 작가이며, 둘은 연인 관계였다.
** 피츠제럴드는 미국의 소설가이고, 젤다는 그의 부인이다.
*** 휴스와 플라스는 영국과 미국의 시인으로, 둘은 부부였다.

이었지만, 늘 누구에게나 친절한 말을 했다."

야박한 첫 창녀

새버스 씨는 중미와 남미뿐 아니라 카리브해의 매음굴들에서도 훈련을 받은 뒤 맨해튼에서 인형극 광대로 자리를 잡았다. 그는 결코 고무*를 사용한 적이 없음에도 기적적으로 한 번도 성병에 걸린 적이 없었다. 새버스 씨는 종종 그의 첫 창녀 이야기를 했다.

"내가 선택한 여자는 아주 흥미로웠지." 그는 지하철에서 옆에 앉은 사람에게 말한 적이 있다. "평생 절대 잊지 못할 거요. 어차피 누구나 첫 여자는 못 잊는 법이니까. 내가 그 여자를 택한 것은 배우, 영화배우 이본 드 카를로를 닮았기 때문이오. 어쨌든, 여기서 나는 나뭇잎처럼 떨고 있소. 하지만 이건 올드 아바나 얘기요. 그곳이 얼마나 멋지고 로맨틱했는지 기억나오. 발코니가 늘어선 쇠퇴해가는 거리들. 처음이었소. 그때까지는 한 번도 해본 적이 없었거든. 그런데 그곳에서 이본과 함께 있었지. 우리 둘 다 옷을 벗기 시작했소. 문간의 의자에 앉아 있던 기억이 나네. 그 모든 일의 맨 처음이자 가장 오래 지속된 것은 그 여자가 빨간 속옷, 빨간 브래지어와 팬티를 입고 있었다는 거요. 환상적이었소. 다음에 내가 기억하는 것은 그녀 위

---
* 콘돔을 가리킨다.

에 올라가 있었다는 거요. 그다음에 기억하는 것은 다 끝나고 그 여자가 '나한테서 내려가!' 하고 말했다는 거요. 약간 야박하게. '내려가!' 이런 일이 매번 일어나지는 않지만 이때가 처음이었기 때문에 나는 매번 이럴 거라고 생각하고 내려왔지. '끝났어? 내려가!' 창녀들 가운데도 좀 못된 유형들이 있소. 절대 잊지 못할 거요. 나는 생각했소. '좋아, 어떤들 어떠리?' 하지만 불친절하고 심지어 야박하게 느껴졌소. 벽지 출신의 아이가 열 가운데 한 명은, 아무리 예쁘다 해도, 그렇게 야박하고 빡빡하다는 걸 어떻게 알았겠소?"

이스라엘을 위해 아무 일도 하지 않았다

새버스 씨는 첫 아내를 살해했다는 혐의를 받은 뒤 오래지 않아 외딴 산속 마을로 떠났고, 그곳에서 죽을 때까지 두번째 아내의 부양을 받았는데, 그녀는 오랫동안 그의 좆을 자르는 것을 꿈꾸다가 학대받는 여성 그룹으로 피신했다. 삼십 년간 은신하면서 그는 크로아티아계 미국인 이웃 드렌카 발리치 부인을 거의 매춘부로 만드는 것 외에는, 가망 없는 미치광이 니체의 『선악을 넘어서』를 오 분짜리 인형극으로 개작한 것 말고 다른 작업은 거의 하지 않은 것으로 보인다. 오십대에 그는 양손이 미란성 골관절염에 걸려, 원위지절간관절과 근위지절간관절이 손상되었고, 상대적으로 계관절은 손상을 덜 입었다. 그 결과는 지속적 통증과 경화로 인한 근본적인 불안정성과 기능 상실, 그리고 진행성 기형이었다. 그가 지나치게 오랫동안 임플란트 관절 성형의 이점과 관절 고정의 이점을 비교해왔기 때문에 그의 아내는 샤르도네의 전문가가 되었다. 골관절염은 모든 것에 더욱더 신랄해지고 하루종일 발리치 부인을 타락시키는 방법만 생각할 훌륭한 핑계를 제공해주었다.

유족으로는 뉴저지주 넵튠의 베스 모모某某 묘지에 거주하는 그의 어머니 예타의 유령이 있다. 그녀는 그의 생애 마지막 해 동안 쉬지 않고 그를 쫓아다녔다. 그의 형 모턴 새버스 중위는 2차대전 때 필리핀에서 격추당해 전사했다. 예타 새버스는 그 충격에서 평생 벗어나지 못했다. 새버스 씨는 어머니로부터 어떤 것에서도 절대 벗어나지 못하는 능력을 물려받았다.

다른 유족으로는 매더매스카폴스에 거주하는 아내 로즈애나가 있다. 그녀는 칸타라키스 양이 사라지던 밤 혹은 그에 의해 살해되고 시신이 처리되던 밤에 그와 동거하고 있었다. 뒤 플리시타스 백작부인은 새버스 씨가 새버스 부인, 즉 전 로즈애나 캐버노를 강요해 공범으로 만들었고, 그 결과 그녀는 알코올중독에 빠져들게 되었다고 믿는다.

새버스 씨는 이스라엘을 위해 아무 일도 하지 않았다.

◆ ◆ ◆

흐릿한 형체 쌩하고 지나가는 흐릿한 형체 왜 지금 가장 불쾌한 발명품 아무도 이런 티커 테이프는 생각을 하지 않아 나는 앞으로 나아가지를 않아 여기로 내려와서 멍청하게 잃어버린 것을 찾다니 멍청이 짓 '그리크 빌리지' 지로 샌드위치 수블라키 샌드위치 바클라바* 니키 알아 집시 복장 반짝이 구슬 천사처럼 빅토리아시대 부츠에 강간 없인 절대 박지 않아 쳐들어서 넣고 아니 아니 거기가 아니고 하지만 그녀가 올라갈 수 있었던 유일한 방법은 거기였어 하느님 똥구멍에 박지 않는 자들을 용서하소서 이봐 지로 니키 알아 수블라키 니키 알아 세인트마크스호텔 $25.60부터 방 세줌 니키 알아 문신을 한 땅딸이 니키 알아 여전히 쓰레기 우리가 떠날 때부터 가죽가게 손목 발목을 묶고 눈 가리고 나아가 비밀을 알고 싶어 비밀만 알고 싶을 뿐이야 네가 나를 사내아이처럼 이용할 때 나는 네 사내아이 너는 내 계집애 내 사내아이 네 인형 손 인형 손 인형을 만들어줘 '에스닉 보석' 또 가죽 늙은 사람들 나도 그런 사람 '릴리저스 섹스 옷가게' 향 니키 늘 니키 불타는 선물가게 티셔츠 향 절대 향이 떨어지지 않아 화재용 비상구 여전히 페인트칠이 필요하군 긴 머리 마지막 전진기지 이삿짐 운송업자 이삿짐 운송업자 이삿짐 운송업자 벌건 얼굴 같은 벽돌 어깨가 널찍한 여자들 폴란드계 미국인 홈 쿠킹 왜라는 말 외에 내가 무슨 말을 할까 그러니 왜 굳이 그 여자가 여기here 있을 가능성은 적어 내가 그 여자her일 가능성보다 이건 견딜 수 없어 신은 있어 진열장의 저게 우리 것일 수 있을까 니키가 저기 색을 넣었어 걸어놨어 사라졌어 내가 구세군의 백이십 달러를 남겨놨어 젠

---

* 지로와 수블라키는 그리스 음식. 바클라바는 중동 음식.

장 그녀가 사랑했던 목재 블라인드 저기 있군 빨간 테이프 빛바랜 널들 삼십 년 뒤에 그리워하다니 니키들 블라인드

"한 대? 한 대 피울래?"

"오늘은 아니야, 자기."

"아저씨, 배고파 죽겠어. 훌륭한 거 있어. 진짜배기야. 난 아침도 못 먹었어, 점심도 못 먹었어. 여기 나온 지 두 시간이야. 젠장 하나도 못 팔았어."

"인내, 인내. '인내 없이 불법적인 일은 이루어지지 않는다.' 벤저민 프랭클린."

"좆도 뭘 좀 먹어야 할 거 아냐, 아저씨."

"얼마야?"

"오."

"이."

"젠장. 이건 진짜배기라니까."

"하지만 굶고 있는 건 너니까 칼자루는 나한테 있는 거지."

"좆까. 노땅. 늙은 유대인."

"쯧쯧. 스스로 천하게 구는군. '친유대인도 반유대인도 되지 마라/그러면 밤이 낮을 따라오듯이 어김없이/그대는 어떤 사람하고도 잘못되는 법이 없으리.'"

"나도 언젠가는 여기 나와 구걸하고 개똥 같은 걸 팔고 하지 않을 거야. 유대인들이 여기 나와 구걸하게 될 거야. 모든 거지가 유대인이 될 때까지 기다려. 너도 그렇게 될 거야."

"검은 러시모어산*이 생기면 유대인이 모두 구걸을 하게 되겠

지, 이 사람아. 그보다 하루라도 빨리 그렇게 되지는 않을 거야―
마이클 잭슨, 제시 잭슨, 보 잭슨, 레이 찰스가 새겨져 있는 검은
러시모어산이 생기는 날보다."

"오에 이 달러. 난 굶어죽어간다고, 아저씨."

"가격은 적당하군―그렇게 하지. 하지만 유대인을 더 좋게 생
각하는 법은 배워야 돼. 당신네 사람들은 우리보다 훨씬 먼저 여
기 와 있었어. 우리는 당신네 같은 유리한 위치에 있지 않았다고."

니나 코딜리아 데스데모나 '에스트로프 약국'이 여전히 여기
있네 맙소사 '프라이에 비블리오테크 운트 레제할레' '도이체스
시약소施藥所' 모두 지하 인도 부티크 인도 레스토랑 티베트 장신
구 일본 레스토랑 '레이 피자' 키예프 일주일에 칠 일 매일 이십사
시간 힌두교 입문 늘 그녀는 읽고 있었다 다르마 아르타 카마 그
리고 목샤 환생으로부터의 해방 최고의 목표 죽음 물론 훌륭한 주
제지 어쩌면 최고인지도 물론 낮은 자존감에 대한 해법이지 '레
이싱 폼' 바르샤바 신문 부랑자 부랑자 바워리 부랑자 여전히 계
단통에 두 손으로 머리를 감싸고 호주머니에서 오줌이 뿜어져나
오고

"나는 정말이지 죄의 길로 가고 있어, 아저씨."

"뭐라고 했지? 다시 한번만."

"죄의 길. 먹을 게 필요해. 아직 아침이나 점심을 못 먹었어."

"걱정할 게 아니네. 아무도 못 먹었으니까."

---

* 미국의 대통령 얼굴들이 조각된 산.

"난 죄가 없어, 아저씨. 덫에 걸렸어. 누가 좀 도와줘."

"내가 네 사건을 맡아주마, 애야. 나는 나의 무죄를 믿듯이 네 무죄를 믿어."

"고마워, 아저씨. 당신 변호사?"

"아니, 힌두교도. 너는?"

"나는 유대인. 하지만 불교를 공부했어."

"그래, 기대 이상으로 잘했다고 네 청바지에 온통 적혀 있네."

"지혜로운 늙은 힌두교도의 눈에는 다 어떻게 보여?"

"오, 누구나 다 그런 건 아니지만, 나는 우연히도 곤경을 사랑해. 숲에서 나오는 식물을 먹고 살지. 늘 순결과 자제를 이루려 하고. 감각의 억제를 실행에 옮겨. 고행을 해."

"난 뭘 좀 먹어야 돼, 아저씨."

"동물을 먹는 건 피해야 돼."

"젠장, 동물은 안 먹어."

"여배우를 피해."

"유대인이 아닌 여자shiksa는?"

"불교를 공부하는 유대인에게 유대인이 아닌 여자를 먹는 건 금지되지 않지. 벤 프랭클린이 말했어. '하느님 똥구멍에 박지 않는 사람을 용서하소서.'"

"돌았군, 귀염둥이. 당신은 위대한 힌두 사나이야."

"나는 세상의 삶을 거쳐왔고 사회에 대한 나의 의무를 이행했어. 이제 나는 독신의 상태에 재입문해서 아이처럼 될 거야. 나 자신의 내부에 있는 신성한 불에 내적인 희생을 드리는 데 집중하고 있어."

"뭔 소린지."

"나는 환생으로부터 최종적 해방을 구하고 있어."

가로등주 섹스 판매 벌거벗은 여자 실루엣 전화번호 저게 무슨 소리 나는 힌두어 우르두어 방글라데시어를 해 그럼 나는 빠지는 거네 유대인이 아닌 여자 러시모어산 에이바 가드너 소냐 헤니 앤-마거릿 이본 드 카를로가 앤-마거릿을 때려 그레이스 켈리 그녀는 유대인 아닌 여자들의 에이브러햄 링컨이지

이렇게 새버스는 시간을 흘려보내고 있노라, 구두점 없이 생각하는 척하면서, J. 조이스가 사람들이 그런 식으로 생각하는 척했지, 또 자신이 느끼는 것보다 더 그리고 동시에 덜 고정되어 있지 않은 척하면서, 니키가 지하실에서 이마에 점을 찍고 사리를 팔거나 집시 옷을 입고 그를 찾아 그들의 이 거리를 배회하는 모습이 눈에 띌 거라고 기대하는 척 또 기대하지 않는 척하면서. 이렇게 새버스는 흘러가노라, 모든 조화를 이루지 못하는 것들이 충돌하는 것을 보면서, 악랄한 것과 순진한 것, 진짜와 사기, 혐오스러운 것과 웃음이 터져나오는 것, 자신의 희화화와 완전한 자기 자신, 진실을 끌어안는 것과 진실을 보지 못하는 것, 또 자기라고 부를 수 있는 것, 전-아들, 전-형제, 전-남편, 전-인형극 광대를 가까스로 유지한 채로 자기에게 쫓기면서, 지금 자신이 무엇을 하는 사람인지 무엇을 하려고 하는 것인지 전혀 모르면서, 바닥에 부랑자들이 층층이 깔려 있는 계단통들 속으로 머리부터 미끄러져 들어가려는 것인지, 아니면 더-살아-있고-싶지-않다는-욕망에

남자답게 굴복하려는 것인지, 아니면 세상에 모욕을 당하지 않은 사람이 남지 않을 때까지 모욕하고 모욕하고 모욕하려는 것인지.

적어도 그는 개막 첫날밤에 온 모든 사람에게 그가 직접 토마토를 나누어준 애비뉴 C를 찾아갈 만큼 정신을 잃지는 않았다. 이 또한 인도 요리를 내놓는, 땅속의 지긋지긋한 구멍이 되어 있는지도 몰랐다. 또 톰프킨스파크를 가로질러 한때 그의 작업실이 있던 곳으로 가지도 않았다. 그곳에서 그들은 소파가 다리에 달린 바퀴를 타고 문까지 반쯤 굴러갈 만큼 아주 열심히 아주 오래 박아대다가 시간이 되면 그는 옷을 입고 극장에서 돌아오는 니키보다 빨리 도착하려고 서둘러 집으로 돌아갔다. 그 황홀한 속박이 지금은 열두 살 난 소년의 환상처럼 보였다. 그럼에도 그에게 또 베닝턴칼리지를 막 졸업한 로즈애나 캐버노에게 실제로 그런 일이 일어났다. 니키가 사라졌을 때, 슬펐고 울었고 혼란에 괴롭기는 했지만, 또 젊은 남자가 그럴 수 있을 만큼 기쁘기도 했다. 무대의 바닥 문이 열리고 니키는 사라졌다. 꿈, 모두에게 공통된 불길한 꿈. 그녀가 사라지게 하라. 그가 사라지게 하라. 오직 새버스에게만 그 꿈이 현실이 되었다.

◆ ◆ ◆

그를 끌어내리고, 토해내고, 납작하게 두들기고, 어머니의 믹스마스터에 든 반죽처럼 패대기치고. 그런 다음 피날레로 해안에 다리부터 분만. 박자를 맞추어 올라타지 못한 파도의 일렁임에 휩

싸여 조약돌 해변 위로 끌려다니는 바람에 쓸리고 따끔거리고. 일어나면 어디에 와 있는지 알 수가 없었다─벨마까지 밀려왔는지도 몰랐다. 하지만 그는 깊은 곳으로 성난 듯 헤엄쳐 나아갔고, 모티가 반짝이는 팔을 위로 쭉 뻗으며 바닷소리를 이기려고 "헤르쿨레스! 어서!" 하고 악을 쓰는 곳으로 돌아갔다. 모티는 모든 파도를 정확하게 탔다. 함석 줄무늬가 난 코로 앞을 헤쳐나가며, 마지막 밧줄 너머 한참 먼 곳으로부터 식겁하게도 판잣길 아주 가까운 곳까지 조수가 가득찼을 때 파도를 탔다. 그들은 뉴어크에서 내려온 위퀘이크 사람들을 비웃곤 했다. 걔들은 파도를 탈 줄 모른다. 그들은 말하곤 했다. 그 뉴어크 유대인 아이들은 모두 폴리오로부터 도망치고 있다. 집으로 돌아가면 저 위 어빙턴에 있는 놀이공원 수영장으로 멱을 감으러 가게 해달라고 조를 거고 돈을 내고 표를 끊는 즉시 폴리오에 걸릴 거다. 그래서 그애들의 부모들이 아래 해안으로 데려온 거다. 저지시티 출신의 유대인이면 벨마로 가고, 뉴어크 출신 유대인이면 브래들리로 갔다. 우리는 판잣길 밑에서 그들과 블랙잭을 하곤 했다. 나는 그 위퀘이크 애들한테서 블랙잭을 배웠고, 그런 다음 바다에 나갔을 때 기술을 더 갈고닦았다. 우리의 블랙잭 게임은 그 작은 벽지 동네에서는 전설적이었다. 다운 포 더블! 업 더 슈트! 바이-자! 그리고 브라인리 애비뉴 해변에서 투피스 수영복을 입고 위퀘이크 배를 드러낸 위퀘이크 유대인 여자들. 그들이 여름을 맞아 찾아올 때, 그것이 너무도 좋았다. 그진까지 하는 일이라고는 라디오를 듣고 숙제를 하는 것뿐이었다. 안에 틀어박힌 고요한 시간. 그러다보면 갑자기 모든 일이 벌어지고 있었다. 애즈버리 거리는 사람들로 가득차고, 브래들리의 판잣길은 밤이면 사람들이 꽉 들어차고―메모리얼 데이 주말이 시작되는 순간부터 우리의 조그만 타운 생활은 끝이 났다. 애즈버리 전역에 웨이트리스들이 넘쳐나고, 전국에서 몰려든 여대생들이 일자리를 구하려고 줄을 섰다. 애즈버리가 중심이었고, 그다음이 일요일에는 차를 몰 수 없는 감리교 유대인촌shtetl인 오션 그로브, 그다음이 브래들리였다. 해변에는 저지 곳곳에서 온 유대인 여자아이들이 있었다. 모티와 나를 부리던 주차장 도둑에디 슈니어는 우리에게 경고하곤 했다. "유대인 여자애들은 건드리지 마. 그건 유대인 아닌 여자애shiksa들을 위해 아껴둬. 절대유대인 여자애들한테는 못되게 굴지 마." 그리고 파도를 타지 못한다고 우리끼리 수군대던, 위퀘이크에서 온 도시의 유대인 남자애들. 우리는 그들과 파도타기 시합을 하고, 그들과 내기를 하고 돈을 벌기 위해 파도를 타곤 했다. 모티가 늘 이겼다. 모티가 육군항공대에 입대하기 전 우리의 위대한 여름들.

썰물이 되면 관절염과 다른 병에 걸린 노인들이 잔물결이 치는 바다 가장자리에서 풍덩 물에 들어가기 위해 아래 지방으로 천천히 떠내려오고, 해에 그을린 아이들은 그곳에서 물이 줄줄 새는 장난감 물통을 들고 모래톱에 사는 게를 찾아 삽질을 했다. 모티, 그의 친구들 그리고 '꼬마 새버스'는 해변에 커다란 직사각형 마당을 다져놓고 그 위에 금을 그은 다음, 서너 명씩 한편을 먹고, 흠뻑 젖은 옷을 입은 채 버즈 놀이를 했다. 무모한 해안 아이들이 고안한 믿지 못할 정도로 잔인한 해변 놀이였다. '그것'이 되면 건너편으로 넘어가 한 사람을 치고 그들이 네 팔을 어깨에서 뽑기 전에 돌아와야 한다. 금에서 잡히면 네 팀이 너를 잡아당기고 다른 팀은 그 반대쪽으로 잡아당긴다. 고문대에 올라간 것과 비슷하다. "그럼 어떻게 되는데?" 드렌카가 물었다. "잡히면?" "바닥으로 끌어내리지. 잡히면 상대편이 바닥으로 끌어내려 공격을 하고 뒷구멍에 박아. 아무도 다치지는 않아." 드렌카는 웃음을 터뜨렸다! 해안에서 미국 남자애가 어떻게 노는지 드렌카가 이야기해달라고 했을 때 그가 그녀를 얼마나 웃길 수 있었던지. 버즈 놀이. 모래가 눈을 긁고, 귀를 채우고, 배를 태우고, 옷의 사타구니에 꽉 들어차고. 두 볼기 사이의 모래, 콧구멍으로 들어간 모래. 피가 묻은 모래 덩어리를 입에서 뱉고, 그리고 함께—"제로니모!"*—모두 다시 이제 파도가 잔잔해진 곳으로 나가고, 그러면 너는 등에 해를 받을 수 있고, 졸린 듯이 몸이 흔들리고, 아무것도 아닌 것에 웃고, 목청껏 '오페라'를 부르고—"투우사여/바다에 침을 뱉지 마라/타구를 사용해라/그럴 때 쓰라고 있는 거다!"—갑작스러운 영웅적 충동에 사로잡혀 바다 바닥까지 잠수해 들어가려고 엎드린 자세로 몸을 빙글빙글 돌리고. 16, 18, 20피트 아래로. 바닥은 어디 있지? 이윽고 모티에게 보여줄 모래 한줌을 쥐고 산소를 찾아 허파가 터져라 위로 올라가는 싸움.

모티가 웨스트엔드 카지노에서 얻은 구조원 일을 쉬는 날이면 미키는 육지에서나 바다에서나 그의 곁을 떠나지 않았다. 그는 얼

---

* 낙하산병이 뛰어내릴 때 외치는 소리.

마나 맷집이 좋았던지! 전쟁 전 마음껏 파도를 타러 가던 태평스러운 아이였을 때 그게 얼마나 좋은 기분이던지.

지금은 그렇지 않았다. 그는 노점상 매대의 가장자리를 움켜쥐고 커피가 자신을 구해주기를 기다리고 있었다. 생각이 그와 독립적으로 진행되고, 그가 자신이 있는 곳과 있지 않은 곳 사이의 야트막한 언덕에서 위태롭게 흔들리는 것처럼 보이는 동안 이런저런 장면들이 제멋대로 나타났다. 그는 전혀 자비롭지 않은 자기 분열 과정에 사로잡혀 있었다. 비행기가 대공포에 박살이 났을 때 모티에게 일어났을 게 틀림없는 일의 흐릿한, 흐릿한 유사물이었다. 걷잡을 수 없이 뱅글뱅글 도는 동안 자신의 삶을 되짚어 사는 것. 그는 기형이 된 한 손으로 커피 컵을 조심스럽게 잡고 다른 손으로 돈을 내는 동안에도 그들이 〈벚꽃 동산〉 리허설을 하고 있다는 분명한 인상을 받았다. 니키가 있었다. 그녀가 그의 마음에 남긴 자국은 화산의 입처럼 열릴 수 있었다. 벌써 삼십 년이 되었는데. 니키가 있다. 아무리 사소한 지시라도 귀를 기울이던 그 모습으로 지금도 듣고 있다―주의를 기울이는 관능적인 표정, 공황이 사라진 거무스름하고 꽉 찬 눈, 자신과는 다른 사람이 되어야 할 때에만 그 눈에 찾아오는 고요. 그의 말을 속으로 중얼거리고, 그의 말과 자신 사이에 아무런 방해물이 없도록 귀에서 머리카락을 쓸어내고, 그가 얼마나 옳은지 인정하기 위해 작은 패배의 한숨을 내쉬고. 그의 마음 상태는 그녀의 마음 상태, 그의 사물에 대한 감각은 그녀의 사물에 대한 감각. 니키는 그의 도구, 그의 기구, 그가 이미 만들어놓은 세계에 자기를 희생으로 바치는 기록기. 두두

두두두두 새버스, 그녀의 은신처를 창조한 넘을 수 없는 존재, 모든 상실과 그 상실에서 자라난 모든 두려움으로부터 그녀를 구원하려고 태어난 존재. 눈의 움직임조차 놓치지 않고, 광기에 근접할 만큼 꼼꼼하고, 특유의 그 거만한 방식으로 설명을 하는 동안, 모든 디테일을 설명하는 동안, 아무도 감히 눈 하나 깜빡하지 못하도록 위협적으로 허공을 손가락으로 찔러대고—그가 그녀에게 얼마나 무시무시해 보이던지. 커다란 마음을 가진 작은 황소, 사람을 취하게 만드는 그 자신이라는 브랜디로 주둥이까지 가득 찬 작은 나무통. 그런 식으로 고집을 부리고, 경고하고, 일깨우고, 꾸짖고, 흉내내는 그의 눈. 그 모든 것이 니키에게는 사나운 애무 같았고, 그녀는 자기 내부의 소심한 모든 것을 넘어서서, 위대해져야 한다는 그 돌 같은 의무감을 느꼈다. "오 나의 어린 시절. 그건 질문이야. 그 부드럽고 묻는 듯한 어조를 잃지 마. 말에 달콤함을 채워. 트로피모프한테 하는 말, 너는 그때 아이에 불과했어, 운운. 거기에도 달콤한 매력이 들어가 있어. 더 장난스럽게, 띄엄띄엄—트로피모프를 매혹시켜! 너의 등장. 쾌활하고, 흥분 상태이고, 관대하고—파리 사람이야! 춤. 가만히 앉아 있지를 못하겠어, 운운. 여기까지 오기 한참 전에 컵은 반드시 치워놔. 일어나. 로파힌과 파리 사람 춤을 추면 무대 앞으로 가게 될 거야, 무대 앞으로. 이 예기치 못한 파리 사람 춤의 훌륭함을 두고 로파힌을 칭찬해. 바라, 너. 그 여자한테 손가락을 흔들어. 가짜 책망이야. 그리고 놀리고, 빠르게, 양쪽 뺨에 키스하고, 너는 어쩜 늘 똑같니. 무슨 말인지 잘 모르겠어라는 대사—이건 훨씬 어찔하게. 백과사전에 나와 있어 다음에는 소리 내서 웃어. 웃는 걸 놓치지 마, 소리도—원하는 대로 온갖 달콤한 소리를 내. 그 소리들은 멋져, 그 소리들이 라넵스카야라고! 훨씬 더 놀리듯이 로파힌을 도발해. 그 사람이 과수원 판매 이야기를 계속 늘어놓을 때—그 대목에서 너는 커지는 거야. 너한테는 이 사업 이야기가 새 남자를 매혹시킬 훌륭한 기회에 불과하니까. 그 사람을 매혹시켜! 이 남자는 너를 보는 바로 그 순간 너를 사랑한다고 말했으니 너를 초대한 것이나 다름없어. 그 놀리는 소리는 어디로 갔어? 유혹하는 신음 말이야. 음악적인 흐으으음. 체호프가 한 말이야. '중요한 건 딱 맞는 웃음을 찾아내는 거다.' 부드럽게, 니키, 순진하게, 미적거리면서, 가짜로, 진짜로, 게으르게, 허영심을 드러내면서, 습관적으로, 매혹적으로—그 웃음을 찾아내라고, 니키, 아니면 좆도 완전히 말아먹고 말 거야. 이 여자의 허영심. 얼굴에 분을 바르고, 향수도 살짝 뿌리고, 등을 쭉 펴서 아름답게 보이도록 해. 너는 허영심이 많고 너는 나이가 들어가고 있어. 그걸 상상해봐. 부패하고 지친 여자지만 니키만큼 약하고 순진해. 그들은 파리에서 왔어. 네가 그걸 얼마나 가볍게 받아들이는지 보자고—그 미소를 봐야만 하겠어. 찢어진 전보에서 세 계단—겨우 세 계단—올라가다 뒤돌아서서 무너지는 거야. 그러니까 네가 탁자로 물러날 때 그 무너지는 걸 보자고. 내 마음에서 이 무거운 걸 들어낼 수만 있다면. 바닥을 봐. 생각에 잠긴 표정으로, 부드럽게, 내 과거를 잊을 수만 있다면. 계속 아래를 봐, 생각을 하면서, 남자 대사가 끝날 때까지—그런 다음 고개를 들면 어머니가 보이는 거야. 어머니야. 과거가 들어오고, 그게 그 순간 마법처럼 페탸로 나타나는 거야. 이 여자는 나무에서 어머니를 봐─하지만 페탸를 알아보지는 못하지. 왜 이 여자가 페탸한테 돈을 줄까? 네가 그렇게 하고 있으면서도 설득력이 없어. 이 남자가 이 여자를 꾀고 있는 걸까? 홀리고 있는 걸까? 옛날부터 좋은 친구일까? 지금 믿을 만하려면 전에 뭔가가 있었어야만 해. 야샤. 야샤가 누구야? 야샤가 뭐하는 사람이야? 야샤는 이 여자의 형편없는 판단력의 살아 있는 증거야. 거기에는 아무도 없어. 이 대사 전체는, 처음부터 끝까지, 아이한테 하는 것과 같아. 여자처럼 보여까지 포함해서. 로파힌의 과거는 막대기로 두들겨맞게 될 거야─네 어린 시절 에덴은 그 남자의 어린 시절 지옥이었어. 그렇기 때문에 이 남자는 순수와 순진으로 감상적인 치메스*를 끓이지 않아. 움츠러들지 않고, 니키, 움츠러드는 것 없이, 소리치는 거야. 봐! 과수원에서 어머니가 걸어가고 있어! 하지만 로파힌이 가장 보고 싶어하지 않는 것이 주정뱅이 아버지가 다시 살아나는 거야. 이 희곡을 이 여자의 꿈으로, 류바의 파리 꿈으로 생각해봐. 이 여자는 파리에 망명해 있고, 애인과는 불행한데, 그런데 꿈을 꾸고 있어. 나는 집에 돌아가보니 모든 게 예전 그대로라는 꿈을 꾸었다. 어머니가 살아 있었다, 거기 있었다─벚나무의 형태로 아기 방 창문 바로 바깥에 나타났다. 나는 다시 아이가 되었다. 아냐라고 부르는 나 자신의 아이. 그리고 나는 세상을 바꿀 이상주의적

---

* 원래는 야채, 고기, 말린 과일 등을 섞어 끓인 유대식 스튜인데 '야단법석'이라는 뜻으로 쓰인다.

학생의 구애를 받고 있었다. 그럼에도 동시에 나는 나 자신, 내 모든 역사를 가진 여자였고, 농노의 아들 로파힌도 이제 어른이 되어, 내가 과수원의 벚나무를 베어버리지 않으면 땅이 팔릴 거라고 계속 경고하고 있었다. 물론 나는 벚나무를 벨 수가 없었기 때문에, 대신 파티를 열었다. 하지만 춤을 추는 중에 갑자기 로파힌이 뛰어들어오고, 우리는 막대기로 그를 때려 내보내려 하지만, 로파힌은 땅이 정말 팔렸다고 알렸다. 그것도 그에게, 농노의 아들에게! 로파힌은 우리를 모두 집에서 몰아내고 과수원 나무를 베기 시작했다. 그 순간 나는 깨어났다…… 니키, 네 첫마디는 뭐지? 말해봐. 아이 방. 그래, 이 여자가 돌아간 곳은 아이 방이었어. 한쪽 끝에는 아이 방, 다른 쪽 끝에는 파리―하나는 되찾는 것이 불가능한 장소, 다른 하나는 관리가 불가능한 장소. 이 여자는 참담한 결혼의 결과를 피해 러시아에서 달아났고, 참담한 연애를 떠나기 위해 파리에서 달아나거든. 무질서로부터 달아나고 있는 여자. 무질서로부터 달아나는 거야, 니콜레타. 하지만 자기 안에 무질서를 안고 있어―그 여자가 바로 무질서야!"

하지만 내가 무질서였다. 나는 무질서다.

◆ ◆ ◆

모티의 벤루스 시계에 따르면 약 삼십 분 뒤에 암스테르담 애비뉴의 리버사이드 메모리얼 채플에서 링크 겔먼의 영원의 시간이 공식적으로 시작될 예정이었다. 그러나 새버스는 사람이 필요한 수단만 있다면 부서진 삶의 잔해를 가지고도 뭔가 해낼 수 있다는 주제에 깊은 관심을 갖고 있었기 때문에, 애스터 플레이스 역에 도착했을 때 열차를 타러 서둘러 내려가는 대신 재능 있는 연기자들로 이루어진 작은 극단이 미니멀리즘적인 안무를 이용해 효과적으로 생존 투쟁의 마지막 타락한 단계들을 연기하는 데 마음을 빼앗겼다. 그들의 원형극장은 맨해튼 남부의 이 1,2에이커의 공간으로, 교차점들과 열린 공간으로 이루어진 묘한 모양의 오아시스들이 복잡하게 뒤얽히는 이 공간에서는 동서남북으로 달리는 모든 것이 흩어졌다가 다시 합쳐졌다.

"록펠라Rockefella*가 아니더라도 사람fella을 도울 수는 있습니다. 록펠라가 아니더라도 사람을 도울 수는 있습니다―" 얼굴이 맞아서 오그라든 듯한 검고 아주 작은 인물이 새버스에게 읊조리며 컵을 들고 깡충 튀어올랐다. 그 노래하는 듯한 부드러운 목소리 때문에 삼 세기에 걸친 연쇄적인 사건들이 이 작은 점과 같은 고통받는 존재에게서 절정에 이르렀다는 사실이 제대로 보이지 않는 느낌이었다. 이 사람은 간신히 살아가고 있었지만 그럼에도―새버스는 얼마나 많은 다른 사람들이 자신의 컵을 들고 인접한 영토에서 같은 일을 하고 있는지 헤아려보며 생각했다―분명히 '올해의 인물'이었다.

새버스는 자신의 컵에 남은 것을 홀짝이며 마침내 물밑으로 가라앉은 대실패라고 할 수 있는 그의 과거로부터 고개를 들었다.

---

* 원래는 록펠러(Rockefeller)지만 뒤의 fella와 운을 맞추기 위해 바꾼 것.

현재 또한 우연히도 진행중이었다. 전시에 퍼스앰보이*에 있던 군함처럼 낮이나 밤이나 제조되고 있었다. 고대까지 거슬러올라가고 르네상스로부터 오늘로 곧장 달려오는 유서 깊은 현재―늘 시작되고, 결코 끝나지 않는 이 현재가 바로 새버스가 포기하고 있는 것이었다. 새버스는 그 끝도 없는 면이 역겹다고 생각한다. 이것 하나만으로도 죽어야 한다. 그러니 어리석은 인생을 살아왔다고 한들 어쩔 것인가? 두뇌라는 것이 박혀 있는 사람이라면 누구나 어리석은 삶을 살아가고 있는 동안에도 자신이 어리석은 삶을 살아가고 있다는 것을 안다. 두뇌라는 것이 박혀 있는 사람이라면 누구나 다른 종류의 삶은 없기 때문에 자신이 어리석은 삶을 살아갈 운명이라는 것을 이해한다. 여기에는 사적 감정이 개입될 여지가 전혀 없다. 그럼에도 미키 새버스―그래, 인간 역사를 구성하는 770억의 얼간이들로 이루어진 그 선별된 무리 가운데 단 하나뿐인 그 미키 새버스―가 상심하여 반쯤 웅얼거리는 "누가 염병할 신경이나 써?" 하는 말로 자신의 하나이자 유일함에 작별을 고할 때 그의 눈에는 어린아이 같은 눈물이 고인다.

　잿빛으로 변한 검은 얼굴, 거칠고 황폐해지고, 보고자 하는 모든 욕망을 잃은 눈―새버스가 보기에는 제정신의 어슴푸레한 가장자리에 가 있는 흐리고 멍한 눈―이 그 자신의 잿빛으로 변한 얼굴에서 불과 몇 인치 떨어진 곳에 나타났다. 그런 비참한 고통이라면 감당할 배짱이 있었기에 새버스는 고개를 돌리지 않았다.

---

* 뉴저지의 도시.

그는 자신의 고뇌가 이처럼 혐오스러운 생명 이하인 존재의 가장 희미한 모방에 불과하다는 걸 알았다. 흑인의 눈은 무시무시했다. 저 호주머니 깊은 곳에서 그의 손가락들이 칼 손잡이를 움켜쥐고 있다면, 나는 이렇게 물러서지 않고 있음으로써 내가 하고 있어야 하는 일을 하지 않고 있는 것인지도 모른다.

거지는 컵을 탬버린처럼 흔들어, 잔돈이 극적으로 덜거덕거리게 했다. 그가 새버스의 수염에 대고 음모를 꾸미듯 소곤거리자 썩는 것의 진한 냄새가 그의 숨을 오염시켰다. "이건 그냥 일일 뿐이야, 아저씨—누군가는 이걸 해야지."

정말로 칼이었다. 새버스의 재킷으로 푹 찌르고 들어오는, 칼. "일이 뭔데?" 새버스가 그에게 물었다.

"경계선 사례가 되는 거."

계속 차분함을 유지하며 불안해 보이지 않으려고 노력하라. "정말이지 자기 몫의 실망은 해본 사람처럼 보이는군."

"미국은 나를 사랑해."

"그렇게 말한다면야." 하지만 거지가 자신에게로 무겁게 몸을 기울이자 새버스는 소리를 질렀다. "폭력은 쓰지 말자고—들려? 폭력은 안 돼!"

그 말에 자극을 받았는지 공격자는 섬뜩하게 싱긋 웃었다. "포-옥-력? 포-옥-력? 말했잖아—미국은 나를 사랑한다고!"

자, 새버스가 자신에게로 밀고 들어오는 것이 실제로 간을 뚫고 들어오기 백만분의 몇 초 전의 칼끝이라고 느낀다면, 새버스가 진정으로 더-살아-있고-싶지-않다는-욕망을 느낀다면, 왜 그는 커다란 부츠의 뒤꿈치로 그 사랑받는 미국인의 발을 힘차게 밟은 것일까? 그가 이제는 염병할 신경도 쓰지 않는다면, 왜 염병할 신경을 쓰는 것일까? 다른 한편으로, 이 무한한 절망이 그저 그 정도의 흉내일 뿐이라면, 실제로는 자신이 그런 척하는 것만큼 희망 없음에 빠져 있는 것이 아니라면, 그는 자신 외에 달리 누구를 속이고 있는 것일까? 어머니? 미키가 결국은 아무것도 아니었다는 것을 그의 어머니가 이해하는 데 자살이 필요할까? 그게 아니라면 왜 그녀는 그를 따라다닐까?

흑인은 울부짖더니 비틀비틀 뒤로 물러났고, 새버스는 무엇인지는 몰라도 그의 목숨을 구해준 충동에 여전히 불타오르는 채로 재빨리 아래를 보았고, 자신이 칼끝으로 알았던 것이 사실은 굼벵이 또는 민달팽이 또는 구더기 형태, 그러니까 어떤 부드러운 벌레 같은 것으로, 석탄가루에 담갔다 꺼낸 것처럼 보인다는 것을 알았다. 그것을 알고 나자 이 모든 소동이 다 무엇 때문인지 의아해졌다.

그러는 동안, 이렇다 할 것 없는 그 자지나 그 주인인 미친 새끼, 그저 새버스의 친구가 되려고 제대로 생각을 하지도 않고 명백히 어설퍼 보이는 노력을 기울인 새끼에게 그 거리의 누구도 눈길을 주지 않은 것 같았다. 새버스가 그의 발을 짓밟은 것 또한 아무도 눈치채지 못했다. 새버스가 식은땀을 흘리게 만든 그 만남은 인형극 광대와 권투 링의 두 코너 사이의 거리 정도밖에 떨어져 있지 않은 두 거지에게는 보이지 않는 것이나 마찬가지였던 듯했다. 그들은 슈퍼마켓 카트와 빈 음료수 병과 캔으로 꽉 차서 터질 듯한 투명한 비닐봉지 더미를 사이에 두고 친밀하게 이야기를 나누고 있었다. 자기 것처럼 마음대로 카트를 가로질러 몸을 뻗는 태로 보아 카트와 약탈물의 주인인 듯한 호리호리한 쪽은 그만하면 괜찮아 보이는 운동복에 거의 새 상품이나 다름없는 운동화를 신고 있었다. 그 옆의 키 작은 남자는 자동차 정비소 바닥에서 훔쳐왔다고 해도 좋을 만한 넝마에 싸여 있었다.

둘 가운데 형편이 나은 쪽이 웅변조로 크게 떠들고 있었다. "야, 일정에 넣은 모든 일을 다 하기에는 하루의 시간이 부족해."

"이 좆같은 도둑놈." 다른 거지가 약하게 대꾸했다. 새버스는 그가 울고 있다는 것을 알았다. "넌 그거 훔친 거야, 이 얼굴에 똥을 처바른 놈아."

"야, 미안해. 일단은 너하고 약속을 잡아둘게. 하지만 내 컴퓨터가 다운되어서 말이야. 자동 세차기가 고장났어. 맥도널드에서 차를 탄 채 햄버거를 받는 것도 칠 분 안에는 못해. 주문한 대로 제대로 주지도 못하면서. 우리가 정말 잘해야 할 일들을 우리는 이제 잘하지 못해. IBM에 전화를 해. 어디 가면 그 랩톱컴퓨터를 살 수 있는지 물어봐. 걔네들 800번호로 걸라는 거야. 그럼 그래, '죄송합니다, 컴퓨터가 다운됐네요.' IBM에서 말이야." 그는 되풀이하며 아주 즐거운 표정으로 새버스를 보았다. "걔네도 제대로 하지를 못하는 거야."

"알아, 알아." 새버스가 말했다. "TV가 좆도 다 망쳐버렸지."

"TV가 좆도 완전히 망쳐버렸어, 아저씨."

"찰라* 기계가 제대로 돌아가는 마지막 물건이야." 새버스가 말했다. "찰라로 가득한 진열장을 봐. 똑같은 게 하나도 없어. 그래도 모두 자기 장르 안에 들어가 있지. 그러면서도 여전히 플라스틱으로 만든 것처럼 보여. 그게 찰라가 하고 싶어하는 거야. 플라스틱 이전에 이미 플라스틱처럼 보이고 싶어하는 거. 거기서 플라스틱의 아이디어를 얻은 거야. 찰라에서."

"장난 아니네. 그걸 어떻게 알아?"

"내셔널 퍼블릭 라디오에서. 그걸 들으면 세상을 이해하는 데 도움이 되지. 아무리 혼란스러워도 나에게는 언제나 이해에 도움을 얻을 수 있는 내셔널 퍼블릭 라디오가 있어."

근처 사방에서 눈에 띄는 유일한 다른 백인은 라피엣 스트리트 한가운데에 서 있었다. 나이를 판단할 수 없지만 지금까지 수십 년 동안 바워리 구역을 집으로 삼아온 아일랜드계의 불콰한 밴텀급 부랑자들 가운데 한 사람으로, 새버스는 이 동네에 살던 시절부터 그런 사람에게 아주 익숙했다. 그는 갈색 종이봉투에 담긴 병을 움켜쥐고 비둘기와 조용히 이야기를 나누고 있었다. 자기 발로 제대로 설 수도 없어 한두 걸음 비틀거리며 걸어가다 다시 무릎을 꿇으며 옆으로 쓰러지는 상처 입은 비둘기였다. 이른 오후의 차량들 한가운데에서 비둘기는 움직이려고 애를 쓰며 날개를 퍼덕였지만 소용없었다. 부랑자는 비둘기를 가운데 두고 다리를 벌리고 서서 빈손으로, 다가오는 차들이 비둘기를 피해 교차로를 통과해 가도록 유도하고 있었다. 어떤 운전자들은 화가 나서 경적을

---

* 유대인이 안식일에 먹는 빵.

울려대며 일부러 그를 치려는 듯 위험할 정도로 가까이 다가왔지만 부랑자는 그저 욕을 내뱉으며 새 위에 서서 계속 지켜주고 있었다. 그는 신고 있는 샌들 한쪽의 너덜거리는 바닥으로 살며시 비둘기를 도와 균형을 잡게 해주려고 노력했다. 그러나 계속 살살 밀어 새를 세우는 데까지는 성공해도 그가 발을 빼면 새가 다시 한쪽으로 쓰러지는 것을 보게 될 뿐이었다.

새버스의 눈에는 비둘기가 차에 치이거나 아파서 죽어가는 것처럼 보였다. 그는 갓돌로 다가가, 부랑자가 '핸디 집수리'라는 로고가 박힌 빨간색과 하얀색이 섞인 야구모자를 쓰고 병을 든 채 무력한 생물을 향해 허리를 굽히고 있는 것을 지켜보았다. "자," 그가 말했다. "좀 마셔…… 어서 좀……" 그러면서 병에서 몇 방울을 거리로 떨어뜨렸다. 비둘기는 스스로 움직이는 힘을 회복하려고 고집스럽게 시도했지만 노력할 때마다 힘이 점점 더 빠져나가고 있는 것이 분명해 보였다. 부랑자의 아량도 마찬가지였다. "자—자, 보드카야, 좀 마시라니까." 하지만 비둘기는 여전히 그 제안을 까맣게 모르고 있었다. 비둘기는 옆으로 누워 간신히 몸을 들썩였고, 날개가 간헐적으로 경련을 일으키다 늘어지는 것 외에 다른 움직임은 만들어낼 수 없었다. 부랑자는 경고했다. "여기 있다간 죽게 될 거야—마셔, 이 씨발 것아!"

마침내, 새의 무관심을 더 견디지 못하게 되자 그는 몸을 뒤로 젖혔다가 차량들이 다가오는 길에서 벗어난 곳으로 있는 힘껏 비둘기를 차버렸다.

비둘기는 새버스가 서서 지켜보고 있던 곳에서 불과 한 걸음 떨어진 배수로에 떨어졌다. 부랑자는 성큼성큼 걸어와 다시 걷어 찼고, 그것으로 문제는 해결되었다.

자기도 모르게 새버스는 박수를 쳤다. 그가 아는 한 이제는 자신과 같은 거리 공연자가 없었다―그러기에는 거리가 너무 위험했다. 이제 거리 공연자는 집 없는 거지와 부랑자였다. 거지의 카바레, 오래전에 소멸한 그의 '외설 극장'이 귀여운 머핏과 그들의 입이라면, 거지의 카바레는 그랑기뇰[*]이었다. 오염되지 않은 인생관으로 사람들을 행복하게 해주는 모든 품위 있는 머핏. 모든 게 순진하고, 아이 같고, 순수하고, 모든 일이 잘 풀릴 것이다―비결은 네 좆대가리를 길들이는 것, 네 좆대가리로부터 관심을 다른 데로 돌리는 것. 오, 그 소심함! 그의 소심함! 헨슨[**]이 아니라 그의 소심함! 겁! 온순함! 결국 완전히 입에 담을 수도 없는 존재가 되는 것이 두려워, 대신 산속에 들어가 숨는 쪽을 택하다니! 그가 겁을 주었던 모든 사람에게, 경악하여 그가 위험한 사람이라고, 혐오스럽고, 타락하고, 상스러운 사람이라고 생각한 사람들에게 그는 외쳤다. "천만에! 내 실패는 갈 만큼 충분히 가는 데 실패한 거야! 내 실패는 더 가지 못한 거라고!"

응답으로, 행인 한 명이 그의 커피 컵에 뭔가를 떨어뜨렸다. "좆 빨 놈, 나 아직 안 끝났어!" 그러나 컵에서 그 물건을 끄집어내 보니 껌이나 담배꽁초가 아니었다―사 년 만에 처음으로 새버

---

[*] 공포와 선정성을 강조한 단막극.
[**] 앞에 등장했던 인형극 광대 짐 헨슨.

스는 이십오 센트를 벌었다.

"하느님의 축복이 있기를, 선생." 그는 자선을 베푼 사람 뒤에 대고 소리쳤다. "하느님이 선생과 선생이 사랑하는 사람들과 선생이 소중히 여기는 집을 전기 보안장치와 컴퓨터로 통제하는 원거리 서비스로 축복하시기를."

다시 그곳에 와 있었다. 그가 시작한 방식이 곧 그가 끝나게 될 방식이었다. 관습 밖에서 간통과 관절염과 직업적 참담으로 점철된 삶을 분별없이, 목적이나 통일성 없이 살았다고 믿으며 오랜 세월 우울하게 돌아다니던 자. 하지만 그는 삼십 년 뒤 다시 한번 모자를 손에 들고 이 거리에 이르게 된 심술궂은 대칭에 실망하기는커녕 눈을 감은 채 헤매다 자신의 웅장한 설계 안으로 다시 들어왔다는 재미있는 느낌을 받았다. 이것은 승리라고 불러야 했다. 그는 자신에게 완벽한 장난을 친 것이다.

그가 지하철에서 구걸을 시작했을 무렵 그의 컵에는 잔돈으로 이 달러 이상이 있었다. 새버스에게는 사람들이 금세 비위가 상하게 만드는 그 느낌, 표정, 수다. 뭐라고 꼬집어 말할 수는 없어도 어쨌든 망가지고 비뚤어지고 역겨운 그 뭔가가 있는 것이 분명했다. 그래서 사람들은 잠시 그를 차단해놓고 빠른 걸음으로 얼른 그의 옆을 지나가, 다시는 그를 보거나 그의 말을 듣지 않기를 바랐다.

애스터 플레이스와 그가 '자살 특급'으로 갈아타야 하는 그랜드센트럴 사이에서 그는 의무를 이행하듯 무거운 걸음으로 열차에서 열차로 발을 옮기며 컵을 흔들고 〈리어왕〉에서 자신이 나누어준 토마토에 공격을 당한 이래 연기할 기회가 없었던 역의 대사를 읊어댔다. 예순넷에 새로 일을 시작하다니! 지하철의 셰익스피어, 대중을 위한 〈리어왕〉—부유한 재단들은 그런 것을 사랑한다. 지원금! 지원금! 지원금! 그가 연 이천오백을 잃게 만든 스캔들 뒤에 다시 자기 발로 서서 열심히 헤치고 나아가는 것을 적어도 로즈애나는 보게 하라. 그는 그녀와 타협할 것이다. 그들 사이의 경제적 공정성은 회복되었다. 그러나 그가 일하는 사람의 위엄을 다시 회복하고 있는 와중에도 여전히 남아 있던 자기 보전 감각이 지금 그는 매더매스카폴스의 타운 스트리트에서 광대짓을 하고 있는 것이 아니라고 주의를 주었다. 매더매스카폴스에서는 인간적 부패라는 것이 많은 부분 그의 내부에만 자리잡고 있는 것으로 여겨졌다. 새버스만이 위협이었다. 주변 어디에도 그만큼 위험한 사람은 없었…… 그 난쟁이 일본년 학장만 빼면. 그는 그녀의 좆같은 난쟁이 배짱을 싫어했다. 그녀가 그의 일자리를 빼앗은 마녀 집회를 이끌었기 때문이 아니었다—그는 그 일자리를 싫어했다. 쩐을 잃었기 때문이 아니었다—그는 그 쩐을 싫어했다. 임금대장에 등록된 피고용자가 되어 수표를 받고, 그것을 은행에 가져가 심지어 새버스한테까지 좋은 하루를 보내라고 말해줄 능력이 있기 때문에 텔러*라는 호칭을 얻은 사람이 앉아 있는 카운터에 가는 게 싫었다. 그는 그 수표에 배서하는 것보다 싫은 것을

---

* teller. 은행의 금전출납원을 가리키는 말이지만, 말 그대로는 '말하는 사람'이라는 뜻도 된다.

생각할 수 없었다. 모든 차감액을 뺀 총계를 적는 수표의 부표付票를 보는 것 정도가 예외일까. 늘 약이 올랐다. 그 부표를 이해하려 다보면, 그는 늘 화가 솟구쳤다. 지금 내가 여기 은행에서 내 수표에 배서하고 있다니—바로 내가 늘 원하던 것이로구나. 아니, 일자리가 아니었다. 돈이 아니었다. 그를 죽인 것은 그 여자아이들을 잃는 것이었다. 일 년에 그런 아이들 열두 명, 그 가운데 누구도 스물하나가 넘지 않았다. 그리고 늘 적어도 한 명은……

◆ ◆ ◆

그해—1989년 가을—에는 그게 캐시 굴즈비였다. 비유대인 여자 특유의 윗니가 튀어나온 입에 주근깨가 많은 그 빨간 머리 아이는 펜실베이니아주 헤이즐턴 출신의 몸이 듬직하고 팔다리가 큰 장학생으로, 그가 소중하게 여기는 183센티미터짜리의 또 한 예였다. 빵집 딸로 열두 살 때부터 방과후에는 가게에서 일했고 can을 'kin'이라고 발음했으며, going to는 패츠 월러가 "I'm gunna sit right down and write myself a lettuh"라고 노래할 때 하던 식으로 gunna라고 발음했다. 캐시는 꼼꼼하게 인형을 디자인하는 데 믿어지지 않는 재능을 보여주어 로즈애나가 그의 파트너였던 시절을 떠올리게 했고, 그래서 그해에는 캐시였을 것이다. 그녀가 불과 며칠 전 그들이 나누었던 전화 대화, 네번째 대화를 그녀의 선생 모르게 녹음한 테이프를 '우연히' 대학 도서관 이층 여자화장실 세면대에 두지만 않았다면. 몰래 들으려고 테이프를 화장실 칸 안으로 가지고 들어가려던 것뿐이라고 그녀는 그에게 맹세했다. 또 그것을 도서관에 가져간 것은 전화로 그들이 함께하게 된 이후 그녀의 머리가, 심지어 헤드폰이 없는 상태에서도, 다른 것으로는 도무지 불타오르지 않았기 때문이라고 아이는 그에게 맹세했다. 그에게서 그의 유일한 수입원을 빼앗는 복수를 할 생각은 해본 적도 없다고 아이는 그에게 맹세했다.

그 모든 일은 캐시가 어느 날 저녁 새버스 교수의 집으로 전화를 걸어, 독감에 걸려서 다음날 프로젝트를 내지 못하겠다고 말하고, 새버스가 이 갑작스러운 전화를 기회로 그녀에게 아버지처럼 그녀의 '목표'에 관해 묻고, 그녀가 밤에는 학생들이 즐겨 찾는 곳에서 바텐더를 하고 낮에는 도서관에서 '폴리 사이'* 논문을 쓰는 남자친구와 살고 있다는 사실을 알게 된 데서부터 시작되었다. 삼십 분 동안 오로지 캐시에 관해서만 이야기를 하다가, 새버스가 말했다. "뭐, 적어도 워크숍 걱정은 하지 마―그 독감과 함께 침대에 그대로 있어." 그러자 그녀는 "그러고 있어요" 하고 대답했다. "남자친구는?" "오, 브라이언은 버키에 있어요, 일하고 있죠." "그럼 너는 침대에만 있는 게 아니라, 아프기만 한 게 아니라, 완전히 혼자인 거네." "그럼요." "흠, 나도 그래." 그가 말했다. "사모님은 어디 계시고요?" 그녀가 물었고, 그 순간 새버스는 캐시가 1989~1990학년도 후보임을 파악했다. 전화를 하는 상대방 쪽으로부터 그런 입질이 오는 것을 느끼면, 대단한 낚시꾼이

---

* 정치학(political science)의 은어.

아니더라도 멋진 것을 낚았다는 사실을 알게 된다. 자기 연령 집단의 성장이 멈춘 듯한 은어로만 말하는 여자아이가 그런 아이답지 않게 께느른하고 미끄러지는 듯한 불온한 목소리로, 소리라기보다는 냄새처럼 풍겨오는 말로 "사모님은 어디 계시고요?" 하고 물을 때면 바로 움직이게 된다.

"나갔지." 그가 대답했다. "흐ㅇㅇㅇ음." "춥지 않아, 캐시? 추워서 그런 소리를 내는 거야?" "아-뇨." "춥게 있으면 안 돼. 침대에서 뭘 입고 있어?" "잠옷요." "독감인데? 그게 다야?" "오, 이것만 입어도 펄펄 끓어요. 계속 번쩍임flash이 생겨요. 아니, 화끈거림flush." "흠." 웃음을 터뜨리며, "나도 그래―" 하지만 그녀를 뱃전으로 올리기 위해, 크고 점이 박힌 모습 그대로, 퍼덕거리며 살아 있는 채로 올리기 위해, 조심스럽게, 부드럽게, 서둘지 않고, 세상의 모든 시간을 써가며 줄을 감기 시작하는 순간에도, 새버스는 속으로 너무 흥분한 나머지 살살 끌어올려지고 있는 것이 사실은 그라는 것, 그녀가 그를 미늘에 꿰어 한 무더기의 욕정을 거쳐 당겨올리고 있다는 것은 낌새도 채지 못했다. 불과 몇 달 전 예순 살에 접어든 그는 교묘하게 땅에 올려져, 아주 빠른 시간 내에 내장이 제거되고 박제된 채 가키자키 기미코 학장의 책상 위벽에 트로피로 걸리게 될 사람이 자신이라는 사실은 까맣게 몰랐다. 머나먼 옛 시절 아바나에서 이본 드 카를로가 젊은 상선 승무원에게 "끝났어? 내려가!" 하고 말했던 때부터, 그는 제멋대로인 사람을 상대할 때는 미칠 듯한 갈망에 사로잡혀 속옷과 함께 교활함을 벗어버리는 일은 절대 하면 안 된다는 것을 파악하게 되었다…… 그럼에도 주근깨가 다닥다닥 붙은 크고 듬직한 펜실베이니아 아이가 그를 밑바닥으로 끌어내리기 위해 덫을 놓을 만큼 이상이 결여되었을 수 있다는 생각은 새버스에게, 그래, 이제 족히 오십 년은 냉소적으로 살아온 교활한 늙은 새버스에게도 떠오르지 않았다.

처음 전화를 하고 나서 삼 주도 지나지 않아 캐시는 새버스에게, 서가에서 그들의 테이프를 들으며 저녁 공부를 시작했고, '웨스턴 시브'* 책들이 높이 쌓인 개인 열람석에 앉고 나서 겨우 십 분이 지났을 뿐인데 테이프 때문에 너무 젖어버려서 모든 것을 그대로 둔 채 이어폰을 들고 여자화장실로 달려가고 말았다고 설명하고 있었다. "그런데 어쩌다 테이프가 세면대에 있었던 거야?" 새버스가 물었다. "화장실 칸 안에 들어가 듣고 있었다면서." "다른 걸 집어넣으려고 테이프를 꺼냈어요." "왜 칸 안에서 하지 않았어?" "그러면 다시 듣기 시작하게 되었을 게 뻔해서요. 내 말은, 어떻게 해야 할지 전혀 몰랐다는 거예요, 기본적으로. 난 생각했어요, '이거 정말 미쳤구나.' 난, 그러니까, 너무 젖고 부풀었는데, 어떻게 집중을 하난 거예요? 과제 때문에 자료 조사를 하려고 도서관에 갔는데, 자위를 멈출 수가 없었다고요." "다들 도서관에서 자위를 해. 그것 때문에 다 거기를 가는 거야. 그러니까 그걸로는 설명이 안 돼, 왜 테이프를 두고 나왔는지—" "누가 들어왔어요." "누가? 누가 들어와?" "그건 중요하지 않아요. 어떤 여자애가.

---

* 서양문명(western civilization)의 은어.

그래서 혼란스러웠어요. 그때는 내가 뭘 하고 있는지도 알지 못할 판이었으니까요. 이 모든 게 날 미치게 했어요. 난, 그니까, 그 테이프 때문에 아주 미쳐버릴 것 같아 두려웠고. 그래서 그냥 걸어나왔어요. 정말이지 끔찍한 기분이었어요. 전화를 걸랴구 했어요 I was gunna call. 하지만 난, 그니까, 선생님이 두려웠어요." "누가 시킨 거야, 캐시? 누가 녹음을 하라고 시킨 거야?"

이제, 용서할 수 없는 실수 아니면 완전한 배신으로 새버스의 분노가 아무리 정당화될 수 있다 해도, 캐시가 그의 차 앞자리에 앉아 흐느끼며 소식을 털어놓는 동안, 그도 자신이 정직하지 못한 수준으로 내려가 있다는 것을 알고 있었다. (운명적으로, 바로 몇 년 뒤면 드렌카의 주검이 놓이게 될 배틀마운틴 묘지 건너편에 차를 세워놓고 있었다.) 진실은 그 또한 그들의 대화를 녹음했다는 것이었다. 그녀가 도서관에 두고 온 테이프의 대화만이 아니라 그 전의 세 번의 대화도. 하지만 그때 새버스는 지금까지 자신의 워크숍에 참여했던 여자아이들의 말을 녹음하고 그 컬렉션을 의회 도서관에 남길 계획이었다. 그 컬렉션이 보존되도록 보장하는 것이야말로 그가 언젠가 변호사를 불러 유언장을 쓰게 될 가장 중요한 이유로 꼽을 수 있었다―사실 유일한 이유였다.

'빅' 캐시와 녹음한 네 개를 포함하여 총 서른세 개의 테이프가 인형극 워크숍에 참여했던 학생 여섯 명의 말을 영구히 보존하고 있었다. 모두 '서신Corres'이라고 표시해놓은 구두상자 두 개에 넣어 낡은 서류 캐비닛 맨 아래 서랍에 넣고 잠가두었다. ('세금 1984'라고 표시한 세번째 구두상자에는 여자아이들 다섯 명의 폴라로이드 사진이 들어 있었다.) 테이프마다 날짜를 적어두고 모두 세례명만을 기준으로 알파벳 순서에 따라—책임감을 갖고—정리해두었으며, 해당 범주 내에서는 시간 순서에 따라 정돈해놓았다. 그가 이렇게 훌륭하게 테이프를 보관한 것은 건네줄 필요가 있을 때 찾기 쉽게 하려는 것만이 아니라, 그가 가끔 그러듯이 비합리적으로 걱정에 사로잡혀 한두 개가 잘못 놓였을지도 모른다고 생각하게 될 경우에 얼른 소재를 확인하려는 의도도 있었다. 가끔 드렌카는 그를 빨아주는 동안 테이프를 듣고 싶어했다. 그 경우가 아니면 이 테이프는 잠긴 서류 캐비닛을 떠난 적이 없었으며, 그 스스로 아주 좋아하는 것 가운데 하나를 꺼내 잠깐 들어보려 할 때는 언제나 스튜디오 문을 이중으로 잠갔다. 새버스는 그 구두상자에 보관하고 있는 것의 위험성을 알았지만 차마 테이프를 지우거나 시내 쓰레기장의 쓰레기 속에 묻어버릴 수가 없었다. 그것은 깃발을 태우는 것과 다름없을 터였다. 아니, 피카소의 작품을 더럽히는 것과 다름없을 터였다. 그가 이 여자애들을 순수의 습관이라는 속박에서 풀어줄 수 있었다는 점에서 이 테이프에는 일종의 예술이 담겨 있었기 때문이다. 그 아이들 또래의 남자아이가 아니라 나이가 세 배인 사람과 벌이는 불법의 모험을 제공했다는 점에 일종의 예술이 있었다—그의 늙어가는 몸이 그들에게 불러일으키는 바로 그 혐오 때문에 그들이 그와 함께 모험하는 것을 조금 더 범죄로 느끼게 되고, 그럼으로써 그들의 갓 피어나는 변태성이, 또 수치를 희롱하는 데서 오는 혼란스러운 환희가 마음껏 발현될 수 있었다. 그래, 모든 것에도 불구하고, 그에게는 여전히 그들에게 삶의 현란한 틈들을 열어줄 수 있는 예술적 솜씨가 있었다. 그들에게는 중학교 때 처음 'b.j.'*를 해본 이후로 처음 있는 일인 경우가 많았다. 캐시가 그들이 모두 사용하지만 그가 들으면 그들의 머리를 잘라버리고 싶어지는 그 언어로 말해주었듯이, 그녀는 그를 알게 되는 것을 통해 '권능을 얻었다'고 느꼈다. "여전히 불확실하고 무서운 순간이 있어요. 하지만 대부분의 경우에는 그냥 원해요…… 선생님과 시간을 보내는 걸 원해요…… 난 원해요─선생님을 돌보는 걸." 그는 웃음을 터뜨렸다. "내가 돌봄이 필요하다고 생각해?" "진심이에요." 그녀는 진지하게 말했다. "뭐가 진심이라는 거야?" "선생님을 돌보는 거요…… 그러니까 내가 선생님 몸을 돌볼 수 있다는 거예요. 그리고 선생님 가슴도." "그래? 내 심전도검사 결과를 본 거야? 내가 쌀 때 심장마비라도 올까봐 겁나는 거야?" "모르겠어요…… 내 말은…… 진심이 뭔지 모르겠지만 내가 진심이라는 거예요. 그게 진심이에요─방금 말한 거." "그럼 나는 너를 돌볼 수 있을까?" "그럼요. 그럼요. 그럴 수 있죠." "네 어느 부분을?" "내 몸이요." 그녀는 과감하게 대답했다. 그래, 그들은 틀에서 벗어날 수 있는 능력─그것에 관해서는 칠학년 이후로 알고 있었다─만이 아니라 그런 벗어남에 포함된 더 큰 위험을 감수할 능력까지도 경험했다. 연극 연출가이자 인형극 장인으로서의 재능을 그는 이 테이프에 아낌없이 쏟아부었다. 오십대에 접어든 후로는 이 테이프의 예술─이미 거기 있

---

* 펠라티오를 뜻하는 'blow job'의 약자.

는 것에 분방한 자유를 부여하는 음험한 예술—만이 그가 남긴 유일한 예술이 되었다.

그러다 딱 걸린 것이다.

캐시가 '잊어버린' 테이프는 아침에 가키자키의 사무실에 놓여 있게 되었을 뿐 아니라, 어떻게 된 일인지 학장에게 도달하기도 전에 자칭 '성적 학대, 비하, 구타, 전화 성희롱에 반대하는 여성Women Against Sexual Abuse, Belittlement, Battering, and Telephone Harassment'이라는 특별위원회—SABBATH*라는 약칭은 뒤의 일곱 단어로 만들었다—가 중간에 입수하여 재녹음하기까지 했다. 다음날 저녁 시간이 되자 SABBATH는 그 테이프가 계속 돌아가는 전화선을 열어놓았다. 위원회의 공동위원장인 두 여자, 예술사 교수와 지역 소아과의사는 대학 라디오 방송에서 열린 한 시간짜리 청취자 참여 쇼에서 전화를 걸 수 있는 지역 전화번호—722-2284, 우연히도 역시 S-A-B-B-A-T-H**였다—를 알려주었다. 전화 전송에 앞서 나오는, SABBATH가 준비한 소개말은 그 테이프를 "이 학문 공동체 역사상 교수가 여대생을 착취하고 모욕하고 성적으로 더럽힌 가장 뻔뻔스럽고 수치스러운 예"라고 묘사했다. 이어 소아과의사가 말하는 머리말이 시작되는데 새버스가 듣기에는 말하는 인물에게 어울리게 임상적인 말투였지만 법률가의 느낌을 주기도 했다—증오를 뚜렷하게 드러내는 법률가의 느낌.

---

* 새버스의 이름과 철자가 같다.
** 미국에서는 전화번호로 알파벳을 표시할 수 있었다.

"이제 여러분은 두 사람이 전화로 하는 이야기를 듣게 됩니다. 한 사람은 예순 살의 남자이고 다른 사람은 젊은 여자로, 대학생이며 이제 막 스무 살이 되었습니다. 남자는 부모와 같은 책임을 갖고 행동해야 하는, 이 여학생의 선생입니다. 그 남자는 모리스 새버스이며, 네 대학 연합 프로그램에서 인형극 객원교수로 일하고 있습니다. 사생활—또 순수성—을 보호하기 위해 젊은 여자의 이름은 테이프에 나올 때마다 삐 소리로 가렸습니다. 그것이 원래의 대화에서 유일하게 손을 댄 부분이며, 이 대화는 이 젊은 여자가 그의 강의에 등록한 날부터 당했던 일을 증거로 남기기 위해 몰래 녹음해놓은 것입니다. 그녀는 SABBATH 운영위원회에서 자발적으로 솔직하게 털어놓고 진술하면서 새버스 교수의 꾐에 넘어가 나누게 된 대화가 이 이전에도 있었다고 밝혔습니다. 더욱이 이 젊은 여자는 새버스 교수가 이 프로그램과 연관을 맺고 있던 기간에 협박하고 피해를 준 여러 학생 가운데 가장 최근의 예에 불과하다는 것이 드러났습니다. 이 테이프는 그 학생이 당해야 했던 이런 전화 대화 가운데 네번째를 녹음한 것입니다.* 여기까지 이

---

* (원주) 다음은 캐시 굴즈비(와 새버스)가 은밀히 녹음하고 SABBATH가 틀어주는 대화 전체의 무삭제 녹취록으로, 실제 대화는 722-2284로 전화하면 누구나 들을 수 있으며 전부 듣는 데 삼십 분이 걸린다. 첫 스물네 시간 만에 백 명이 넘는 사람들이 전화를 걸어 이 전화 성희롱을 처음부터 끝까지 다 들었다. 오래지 않아 테이프는 원본에서 복제되어 주 전역에 판매용으로 등장하기 시작했으며 〈컴벌랜드 센티널〉에 따르면 "프린스에드워드섬까지 진출하여, 그곳에서 '캐나다 여성 상황에 관한 샬럿타운 프로젝트'의 오디오 보조 교재로 사용되고 있다".

야기를 들으면 청취자는 새버스 교수가 미숙한 젊은 여자를 심리적으로 공격하는 과정에서 이 여자가 자신이 자발적인 참여자라고 생각하도록 조작할 수 있었다는 사실을 즉시 알아차리게 될 겁니다. 물론 이 여자가 이 일이 자신의 잘못이라고 생각하게 하는 것, 자신이 협조와 공모에 의해 수모를 자초한 '나쁜 여자'라고 생각하게 하는 것⋯⋯"

◆ ◆ ◆

그가 그녀를 태우기로 약속한 외딴 장소를 향해 차가 배틀마운

지금 뭐하고 있어?

엎드려 있어요. 자위하고 있어요.

어딘데?

집이에요. 침대 위.

혼자야?

ㅇㅇㅇㅇ음.

얼마나 혼자 있었어?

오래됐어요. 브라이언은 농구 시합 갔어요.

그렇군. 좋네. 완전히 혼자이고 자기 침대에서 자위하고 있고. 그래, 전화해줘서 기뻐. 뭐 입고 있어?

(아기 같은 웃음) 옷 입고 있어요.

무슨 옷을 입고 있는데?

청바지 입고 있어요. 그리고 터틀넥. 보통 입는 거.

그래, 그게 네가 보통 입는 거지, 그렇지? 지난번에 너하고 이야기하고 나서 나는 아주 흥분했어. 너는 정말 사람을 흥분시켜.

ㅇㅇㅇㅇ음.

틴 비탈을 내려갔다. 웨스트 타운 스트리트로 가는 들판과 숲을 나누는 교차로였다. 그뒤로 1800피트를 내려가는 동안 내내 아이는 고통에 사로잡혀 온몸을 떨며 울었다. 마치 그가 아이를 산 채로 무덤에 집어넣기라도 하려는 것 같았다. "오, 견딜 수가 없어요. 오. 마음이 아파요. 너무 비참해요. 나한테 왜 이런 일이 일어나는지 이해를 못하겠어요." 그녀는 분비액 배출이 상당한 몸집이 큰 아이로, 눈물도 예외가 아니었다. 그는 그렇게 많은 눈물은 본 적이 없었다. 그보다 못한 감식가라면 그 눈물을 진짜로 받아들였을지도 모른다.

"지극히 미성숙한 행동이야." 그가 말했다. "'흐느끼는 장면'이

정말이야. 넌 그거 몰라?

하지만 난 기분 나빴어요. 선생님 집으로 전화했을 때 내가 선생님을 방해한 듯한 느낌이었거든요.

내가 네 목소리를 듣고 싶지 않았다는 의미에서 방해를 한 건 아니야. 그냥 더 나아가기 전에 멈추는 게 좋겠다고 느꼈을 뿐이야.

죄송해요. 다시는 안 그럴게요.

좋아. 너는 그냥 잘못 판단했을 뿐이야. 왜 안 그러겠어? 너는 이런 건 처음인데. 그래. 너는 혼자이고 침대에 있구나.

네, 그리고 또, 원했어요…… 지난번에 우리가 이야기할 때 선생님이 말씀하셨을 때…… 그거…… 내가 역겨움을 느낀다고 말씀드렸잖아요. 있잖아요, 정말로 역겨워질 때…… 그랬더니 선생님은 뭐가 그러냐고 하셨고, 그래서 나는 뭐라뭐라 그랬어요. 난 그랬죠. 워크숍에서 나의 능력 부족…… 그랬는데 나는 내가 그냥 회피한 것일 뿐이라고 생각해요. 그니까, 내가 사실은, 그니까, 내가 정말로 선생님한테 말을 할 수가 없었다고 느꼈던 거예요(당황한 웃음)…… 그건 훨씬 구체적인 거였어요…… 나는 그저, 그니까…… 음, 어쩌면 바로 지금만 그러는 건지도 모르지만…… 그니까 나는 늘 섹스 생각만 하는 것 같아요(고백

라니."

"선생님을 빼고 싶어요." 그녀는 눈물을 흘리는 사이에도 간신히 신음을 토하듯 말했다.

"젊은 여자들의 감정적인 태도라니. 도대체 왜 뭔가 새로운 걸 제시하지 못하는 걸까?"

길 건너에 픽업트럭 두 대가 길가 묘목장의 포장되지 않은 주차장에 세워져 있었다. 묘목장의 온실은 숲이 울창한 이 산지에 백인이 침투하고 있음을 보여주는 첫번째 마음이 놓이는 표시였다(한때는 매더매스카족의 중심 지대였으며, 이 부족에게 이곳의 폭포들은 신성한 장소였다는 이야기가 있었다. 주차장과 피크닉

적인 웃음).

그래?

네, 그래요. 나는 그냥 내가 그걸 어떻게 할 수가 없다는 느낌이에요. 그건 완전…… 내 말은, 완전…… 완전 좋아요. 가끔은. (웃음)

자위를 많이 해?

음, 아니요.

아냐?

음, 사실은 기회가 없어요. 수업을 들어요. 그럼 너무 지루해서 내 생각은 완전히 다른 데 가 있어요. 그러면 으으으으음……

섹스 생각을 하는구나.

그렇죠. 항상. 그러면 난 그냥……나는 그게 정상이지만 좀 극단적이라고 생각해요. 그리고—죄책감이 들어요. 그런 것 같아요.

정말? 뭐에 죄책감을 느끼는데? 늘 섹스 생각을 하는 거? 다 그래.

그렇게 생각하세요? 대부분의 사람들은 그렇게 생각하는 것 같지 않아요.

대부분의 사람들 생각이 어떤지 알면 놀랄 거야. 나 같으면 걱정하지 않겠다. 너는 젊고 너는 건강하고 너는 사랑스러워. 그런데 왜 그러지 않겠어? 안 그래?

테이블을 설치하는 모독 행위에 반대하는 사람들의 이야기였다. 여름이면 그와 드렌카는 그 신성한 폭포들 가운데 가장 멀리 떨어진 지류 하나, '작은 동굴' 옆의 바위가 깔린 바닥을 채우며 흘러내리는 개울이 만드는 몸이 얼얼할 정도로 차가운 웅덩이에서 벌거벗고 장난을 쳤다. 도판 4를 보라. 춤을 추는 요정과 남근을 휘두르는 턱수염이 난 인물을 그린 매더매스카족 꽃병 그림의 일부. 개울가에 있는 와인 단지, 숫염소, 무화과 바구니에 주목하라. 메트로폴리탄미술관 소장. 서기 20세기).

"나가. 사라져."

"선생님을 세게 빨아주고 싶어요."

그런 것 같아요. 모르겠어요. 가끔 심리학 책에서 읽어요. 있잖아요. 진단을 받은 사람들, 그러니까, '성욕 과잉'이라고. 그럼 나도, 그러니까, "어라" 그러는 거예요. 지금 내 느낌으로는 내가 그냥, 마치, 선생님이 내가 색정증이라고 생각하려구 할지 모르겠지만 난 아네요. 나는…… 뭐라나…… 그러니까, 섹스하러 나다니진 않아요. 모르겠어요. 나는 그냥 내가 사람들과 갖는 모든 상호작용을 성적으로 만들고, 그래서 죄책감을 느끼는 것 같아요. 나는 이런 게…… 있잖아요…… 좋지 않다는 느낌이에요.

나한테도 그런 느낌이야?

어, ㅇㅇㅇㅇ음……

너는 우리 전화를 성적으로 만들고, 나는 우리 전화를 성적으로 만들고—그게 뭐가 문제야. 거기에 죄책감을 느끼는 건 아니지. 아니면 느끼는 거야?

글쎄요, 내 말은…… 모르겠어요. 어쩌면 죄책감을 느끼는 게 아니에요. 완전히 권능을 부여받은 느낌이에요. 하지만, 그럼에도, 나는 그냥, 그러니까, 내 말은, 그러니까, 일반적으로 나한테 능력이 없다고 생각하면서 퍼질러앉아 있지는 않는다는 거예요. 도대체 내 머릿속에서 무슨 일이 벌어지는 걸까. 난 그런 생각을 하면서 퍼질러앉아 있어요. 견딜 수가 없어요.

상하가 붙은 작업복을 입은 노동자가 트럭에 뿌리덮개 포대를 싣고 있었다—그 사람 외에는 아무도 눈에 보이지 않았다. 서쪽의 숲 너머에서 안개가 피어오르고 있었다. 이 철이면 피어오르는 안개는 매더매스카족에게는 틀림없이 그들을 지배하는 신이나 떠나간 영혼—그들의 어머니, 그들의 아버지, 그들의 모티, 그들의 니키—과 관련된 뭔가를 의미했겠지만, 새버스에게는 「가을에 부치는 송시Ode to Autumn」*의 서두 외에는 아무것도 떠오르게 하지 않았다. 그는 인디언이 아니었고, 안개는 그가 아는 누구의 유령

* 존 키츠의 시.

———————

그러니까 섹스에 집착하는 시기를 보내고 있는 거로군. 누구한테나 있는 일이야. 특히 학교에서 어떤 것도 재미가 없을 때는.

그게 문제인 것 같아요. 내가 거기에 반응하는 것 같아요. 반항을 하거나 어쩌거나 해야겠어요.

그게 네 마음을 사로잡지 못하는 거지. 그래서 네 마음은 텅 비고 뭔가가 안으로 들어오고 안으로 들어오는 건—네가 좌절감을 느껴서 그래, 좌절감에 답할 수 있는 게 섹스고. 아주 흔한 거야. 네 마음에는 아무것도 없고, 그래서 이걸로 그게 채워지는 거야. 걱정하지 마. 알겠지?

(웃음) 네. 다행이에요…… 아시다시피, 선생님한테는 이런 얘길 할 수 있을 것 같은 느낌이에요. 하지만 다른 누구에게도 얘기할 수 없을 것 같아요.

나한테는 말해도 되고 이미 말했고 나는 그게 괜찮아. 너는 리바이스를 입고 있고 터틀넥 셔츠를 입고 있지.

응.

그래?

응.

네가 뭘 해주기를 바라는지 알아?

도 아니었다. 이 지역적 스캔들은, 잊지 마라, 1989년, 그의 노쇠한 어머니가 죽기 이 년 전, 그녀가 다시 나타나는 바람에 그가 깜짝 놀라서 살아 있는 모든 것이 살아 있는 실체는 아니라는 점을 이해하게 되기 사 년 전 가을에 일어났다. 아직 '대수모'가 찾아오기 전이었으며, 여러 분명한 이유로 그는 그 일의 기원을 관능적 자극, 불길한 성娃*을 소유한 펜실베이니아 빵가게 주인의 무해한 실험을 하는 딸에게서 찾을 수 없었다. 배설물이 배가되면 자신을

---

* 굴즈비(Goolsbee)의 앞부분은 '사람 시체를 먹는 악귀'를 뜻하는 Ghoul과 발음이 비슷하다. 따라서 '악귀의 벌(Ghoul's bee)'이라는 뜻이라고 생각할 수도 있다.

뭐요?

리바이스 지퍼를 내려.

알았어요.

단추를 풀어.

알았어요.

그리고 지퍼를 내려.

알았어요…… 지금 거울 앞이에요.

거울 앞이라고?

응.

누워서?

그럼요.

이제 리바이스를 벗어…… 발목까지 내려.

(속삭이는 목소리로) 알겠어요.

그럼 벗어…… 시간을 줄게…… 벗었어?

응.

뭐가 보여?

더럽히게 된다. 불가피한 상황과 관련하여 모두가 그 정도는 알고 있다(또는 알고 있었다). 하지만 새버스조차도 폴린 레아주가 나오고 나서 이십오 년 뒤에, 헨리 밀러가 나오고 나서 오십오 년 뒤에, D.H. 로런스가 나오고 나서 육십 년 뒤에, 제임스 조이스가 나오고 나서 팔십 년 뒤에, 존 클리랜드가 나오고 나서 이백 년 뒤에, 로체스터 제이공작 존 윌멋이 나오고 나서 삼백 년 뒤에—라블레가 나오고 나서 사백 년, 오비디우스가 나오고 나서 이천 년, 아리스토파네스*가 나오고 나서 이천이백 년 뒤라는 것은 말할 것

* 모두 외설적인 내용이 담긴 작품의 저자들.

다리가 보여요. 사타구니도 보여요.

비키니 팬티를 입고 있어?

네.

손을 내려서 손가락을 팬티 사타구니 바로 위에 올려놔. 팬티 바깥쪽에. 그리고 아래위로 문질러. 그냥 살살 아래위로 문질러. 기분이 어때?

좋아요. 응. 기분 정말 좋아요. 기분 완전 멋져요. 젖었어요.

젖었어?

흠뻑 젖었어요.

아직 팬티 바깥이지. 그냥 바깥에서 문질러. 아래위로 문질러…… 이제 팬티를 옆으로 밀어. 그럴 수 있어?

응.

이제 손가락을 클리토리스에 올려. 그리고 그냥 아래위로 문질러. 어떤 느낌인지 말해줘.

기분좋아요.

그런 식으로 너를 흥분시켜. 그게 어떤 기분인지 말해줘.

손가락을 내 씹에 집어넣는 중이에요. 손가락 위에 올라타고 있어요.

도 없고—스무 살짜리에게 지저분한 말을 하는 법을 가르쳤다는 이유로 자유교양대학의 일자리를 어떻게 잃을 수 있는지 이해할 수가 없었다. 1989년에 오면 파파 굴즈비의 호밀빵이 아니고서야 지저분한 말을 하지 않을 수가 없었다. 무자비한 불신, 교활한 부정성, 세계를 비난하는 에너지에 대고 29센티미터짜리 자지를 휘두를 수만 있다면, 가혹한 장난, 넘쳐나는 대립, 서로 다른 팔백 가지 종류의 혐오에 대고 29센티미터짜리 자지를 휘두를 수만 있다면, 그는 그런 테이프가 필요 없었을 것이다. 그러나 젊은 여자애가 늙은 남자보다 유리한 점은 여자애는 모자만 던져도* 젖는 반면, 늙은 남자는 충혈시키려면 가끔 1톤의 벽돌을 던져야 할 필

엎드려 있어 아니면 누워 있어?

앉는 중이에요.

앉는 중이라고. 거울을 보면서?

응.

넣었다 뺐다 하면서?

응.

계속해. 손가락으로 씹을 해.

하지만 선생님이면 좋겠어요.

뭘 원하는지 말해.

선생님 좆을 원해요. 내가 정말, 정말 단단하게 해줄 거예요.

내가 그걸 네 안에 꽂기를 바라?

내 안으로 세게 꽂기를 바라요.

네 안에 멋지고 단단한 좆을?

으으으으음. 오, 내 젖을 만지고 있어요.

터틀넥을 벗고 싶어?

그냥 위로 올리고 있어요.

요가 있다는 것이다. 노화는 장난이 아닌 문제들을 제기한다. 좆대가리에는 평생 보증서가 따라오지 않는다.

안개는 강에서 초자연적인 느낌으로 피어오르고, 구명을 파내기 좋게 익은 호박은 온실 뒤쪽 넓게 펼쳐진 밭에 캐시의 얼굴에 박힌 주근깨처럼 점점이 박혀 있고, 나무에는, 혹시 몰랐을지도 모르지만, 잎들이 다 제대로 달려 있어, 마지막 하나까지 다양한 색깔로 완벽하게 물들어 있었다. 나무들은 그전 해에 그랬던 것처럼 눈부셨다, 또 그전 해에도 그랬던 것처럼. 그는 매년 이런 호화

* '즉각'이라는 뜻.

손가락으로 젖꼭지를 만지고 싶어?

그럼요.

그걸 촉촉하게 만드는 건 어때? 손가락으로 촉촉하게 해. 혀로 손가락에 침을 묻힌 다음에 젖꼭지 끝을 촉촉하게 해. 좋아?

오, 맙소사.

이제 다시 네 씹에 해. 네 씹에 해.

으으으으음.

뭘 원하는지 얘기해. 가장 원하는 게 뭔지 얘기해.

선생님이 내 등에 올라타기를 바라요. 선생님 좆이 내 안에 있기를. 오, 맙소사. 오, 맙소사, 선생님을 원해요.

뭘 원해, (삐)? 원하는 걸 말해.

선생님 좆을 원해요. 모든 곳에. 선생님 손이 모든 곳에 닿기를 바라요. 선생님 손이 내 다리를 만지기를. 배를 만지기를. 등을. 젖을, 내 젖을 꽉 쥐어주기를.

내 좆을 어디에 원해?

오, 내 입안에 있기를 바라요.

그게 네 입안에 있으면 뭘 할 건데?

356

로운 착색을 보았고 그것은 그가 매더매스카족의 물가에서 울어야 할 많은 이유가 되었다. 열대의 바다와 '로맨스 운항'과 부에노스아이레스 같은 장대한 도시들로부터 가장 멀다고 할 수 있는 곳에 처박혀 있는 셈이었기 때문이다. 그런 대도시에서는 열일곱 살의 흔해빠진 뱃사람이 1946년에 플로리다—B.A.*의 중심도로 이름이 플로리다였다—도로변에 있는 가장 훌륭한 스테이크 하우스에서 푼돈으로 식사를 할 수 있었고, 그런 다음 강, 유명한 라플라타강을 건너 가장 좋은 장소가 있는 곳에 갈 수 있었다. 그 말은

* 부에노스아이레스의 약자.

빨아요. 정말 세게 빨 거예요. 불알을 빨고 싶어요. 선생님 불알을 핥고 싶어요. 오, 맙소사.

또다른 건?

오, 나를 꽉 쥐어주기를 바라요. 그런 다음에 펌프질을 해주기를 원해요.

펌프질을? 지금 펌프질을 하는 중이야. 뭘 원하는지 말해.

나를 펌프질해주기를 바라요. 오, 선생님이 내 안에 있기를 바라요.

지금 뭐하고 있어?

엎드려 있어요. 자위하고 있어요. 선생님이 내 젖을 빨아주기를 바라요.

지금 빨고 있어. 지금 네 젖통을 빨고 있어.

오, 맙소사.

또 내가 너한테 뭘 해주기를 바라?

오, 맙소사. 올라가요.

올라가고 있어?

그러고 싶어요. 선생님이 여기 있으면 좋겠어요. 내 위에 있음 좋겠어요. 지금 내 위에 있음 좋겠어요.

지금 네 위에 있어.

가장 아름다운 여자들이 있는 장소란 뜻이었고, 남아메리카에서 그 말은 세상에서 가장 아름다운 여자들이라는 뜻이었다. 수많은 뜨겁고 아름다운 여자들. 그런데 그는 뉴잉글랜드에 은둔해버렸다니! 색색의 잎? 리우에 가보라. 거기에도 색색이 있다. 다만 나무가 아니라 살의 색일 뿐.

열일곱. 캐시보다 세 살 어린 나이였지만 내 귀여운 귀를 괴롭히는 일을 막아주는 것은 물론이고, 내가 임질에 걸리거나 돈을 뺏기거나 칼에 찔려 죽는 것을 막아주는, 응석을 죄다 받아주는mollycoddling 교수들로 이루어진 특별위원회는 없었다. 나는 몰리-블룸을-당하러molly-bloomed* 일부러 그곳에 갔다. 그게 열-

---

오. 맙소사. 오. 맙소사. 멈춰야 해요.

왜 멈춰야 해?

왜냐면―무서우니까. 누가 와도 듣지 못할까봐 무서우니까.

아무도 돌아오지 않는 줄 알았는데. 그 친구는 농구를 하고 있는 줄 알았는데.

글쎄요, 절대 모르는 거죠. 오. 맙소사. 오. 맙소사. 오. 맙소사. 이건 끔찍해. 멈춰야 해. 선생님 좆을 원해요. 세게 펌프질을 해주세요. 내 안으로 파고들어주세요. 오. 맙소사. 지금 뭐하고 계세요?

좆을 손에 잡고 있어.

꽉 쥐고 문지르고 있어요? 선생님이 그걸 문질렀으면 좋겠어요. 말해주세요. 내 입을 갖다대고 싶어요. 빨고 싶어요. 오. 맙소사. 거기에 키스하고 싶어요. 선생님 좆을 내 엉덩이에 넣고 싶어요.

지금은 내 좆으로 뭘 하고 싶어?

지금은 빨고 싶어요. 선생님 두 다리 사이에 있고 싶어요. 선생님이 내 머리를 잡아당기고.

세게?

아뇨. 그냥 살살. 그럼 내가 알아서 빙글빙글 움직일게요. 내가 빨게 해주세요.

358

좆도―일곱 살이 있는 이유다!

서리, 그는 사색에 잠겨―새버스는 그랬다고 생각했다―시간을 보냈고, 마침내 캐시는 그가 그의 낮은 기준에서도 감히 순전한 살무사에게 다시 자지를 거는 모험을 하지는 않을 것이며, 따라서 자신은 그냥 다시 일본 독사viperina에게로 주르르 미끄러져 가야 한다고 생각하게 되었다. 이 산을 '원래의 비유대인goyim'―역사적으로 '인디언'보다 정확하고 예의를 갖춘 명칭이기도 하고, 새버스는 문학 강좌에서 '사냥과 수렵'을 가르치는 로즈애나

* 몰리 블룸(Molly Bloom)은 제임스 조이스의 소설 『율리시스』의 등장인물.

해줄게. 제발 그래달라고 하면, 해줄게.

오, 맙소사. 이건 고문이야.

그래? 손가락은 씹에 넣고 있어?

아니요.

그건 고문이 아니야. 손가락을 씹에 넣어. (삐). 손가락을 네 씹에 넣으라고.

알았어요.

손가락을 네 씹에 바로 집어넣어.

오, 맙소사. 완전 뜨거워요.

거기 그대로 넣고 있어. 이제 아래위로 움직여.

오, 맙소사.

아래위로 움직여, (삐). 아래위로 움직여, (삐). 아래위로 움직여, (삐). 씹을 해, (삐). 어서, 씹을 해. 어서, 씹을 해.

오, 맙소사! 오, 맙소사!

어서, 씹을 해.

오! 오! 오! 미키! 오, 맙소사! 아아! 아아! 아아! 어머나! 오, 맙소사! 어머나! 정말 선생님을 원해요! 어어어어! 어어어이! 오, 맙소사…… 방금 올라갔어요.

의 친구에게 설명한 적이 있었다―으로부터 찬탈한 정착민들의 자랑스러운 후손인 둔한 얼간이들…… 무슨 생각을 하고 있었더라? 그가 생각했을 때, 다시 배반자 캐시로부터 감언이설이 흘러나오기 시작하고 그 바람에 그는 잃어버리게…… '지배하는 비유대인goyim'이 된 지 이미 오래인 둔한 얼간이들, 그들은 모두 또 한번의 서리, 전날 밤보다도 내려간 기온에 관해 즐겁게gaily ―〈마음이 젊고 즐거웠을gay 때〉*에서처럼 즐겁다는 뜻이다―소리를 질러댔다. 전날 밤에 로즈애나는 잠옷만 입은 채로 새벽 세시

* 영화 제목. gay가 '동성애자'란 뜻으로 쓰인 게 아님을 말하고 있다.

올라갔어?

네.

좋았어?

네.

다시 올라가고 싶어?

아-뇨.

아니라고?

아니에요. 선생님이 올라가길 바라요.

내가 올라가게 해주고 싶다고?

네. 내가 선생님 좆을 빨아줄라구요.

어떻게 내가 올라가게 할지 말해줘.

선생님을 빨아줄게요. 천천히. 아래위로. 좆을 따라 천천히 입술을 아래위로 움직여요. 내 혀를 움직여요. 좆 끝을 쭉쭉 빨아줄게요. 정말 천천히. 으으으음. 오. 맙소사……내가 어떻게 해주면 좋겠어요?

불알을 빨아줘.

좋아요. 좋아요.

에 타운 스트리트에 벌렁 드러누워 차에 치이기를 기다리고 있다가 주 경찰관에게 발견되었다.

그녀는 한 시간 전쯤 차를 몰고 집을 나섰으나 주차장과 브릭 퍼니스 로드 사이에 놓인 포장이 되지 않은 경사진 커브길 100야드 중 첫 50피트도 가지 못했다. 로즈애나는 시내가 아니라 어시나를 향해 달려가고 있었다. 어시나는 14마일 떨어져 있었고, 그곳에서 캐시는 대학으로부터 몇 블록 거리인 스프링 137번지에 있는 아파트에서 브라이언과 함께 살고 있었다. 지프를 그들의 앞마당인 건초밭에 있는 바위에 처박았음에도, 개울을 가로질러 타운 스트리트로 이어지는 다리까지 구불구불한 칠흑 같은 길을 따

네 혀를 내 엉덩이에 대주면 좋겠어. 그러고 싶어?

좋아요.

혀로 내 똥구멍을 잔뜩 흥분시켜줘.

네. 할 수 있어요.

손가락을 내 엉덩이 속으로 집어넣어줘.

좋아요.

해본 적 있어?

아아아니요. 아-뇨.

우리가 씹을 하는 동안 손가락을 움직여. 내 똥구멍에 살며시 갖다대. 그런 다음 네 손가락을 내 엉덩이에 박아. 그게 좋을 것 같아?

그럼요. 선생님이 올라가게 해주고 싶어요.

손으로 그걸 갖고 놀아. 뭐가 조금 나오면 그걸로 그 위쪽을 문지르면 돼. 마음에 들어?

네.

여자하고 씹해봤어?

아니요.

라 구두도 슬리퍼도 신지 않고 2마일 반을 비틀거리며 걸어가야 했음에도, 순찰하던 경찰관에게 발견되기 전에 십오 분에서 삼십 분 정도 옷도 제대로 입지 않은 채 아스팔트에 누워 있었음에도, 그녀는 얼어붙은 한 손에 노란 포스트잇을 쥐고 있었다. 테이프의 맨 끝에서 "사모님은 언제 돌아오세요?"하고 물은 여자아이의 주소가 적힌—술에 취해 휘갈겨 써서 그때는 그녀 자신도 읽을 수 없었지만—포스트잇이었다. 로즈애나의 의도는 이 작은 창녀를 직접 만나 자신이 씨발 어떻게 돌아왔는지 말해주는 것이었으나, 어시나 근처에도 가지 못한 채 너무 여러 번 땅에 넘어지는 바람에 차라리 타운에서 죽는 게 낫겠다고 판단했다. 그러면 그 아

안 해봤다고?

안 해봤어요.

그래? 그냥 물어본 거야. 그냥.

(웃음)

학교에서는 아무도 너하고 섭하려고 하지 않았어? 네 대학 연합 프로그램에서 어떤 여자도 너하고 섭하려 하지 않았어?

으으으음, 아니요.

정말?

으으으음, 아니요. 그렇다고 내가 그런 생각을 안 해봤다는 건 아니지만.

생각은 해봤다고?

그럼요.

무슨 생각을 해?

여자 위에 올라가 좆을 빼는 생각이요. 그리고 우리 섭을 맞대고—그리고 문지르고. 키스하고.

한 번도 안 해봤어?

아—뇨.

이는 두 번 다시 그 질문을 할 필요가 없을 테니까. 아무도 할 필요가 없을 테니까.

"지금 여기서 선생님을 빨고 싶어요."

새버스는 그날 약 여섯 시간을 운전했을 뿐 아니라―로즈애나를 어셔에 있는 개인 정신과병원에 데려다준 다음 늦지 않게 돌아와 캐시를 만났다―새벽 세시 직후부터 내내 이 최신의 격변과 대면하며 깨어 있었다. 세시쯤 그는 옆문을 크게 두드리는 소리에 잠을 깨고 깜짝 놀랄 만한 소식을 들었다. 그들의 킹사이즈 침대에서, 말할 필요도 없이 그와 가까운 곳에서 꼭 붙어 자지는 않지만 건너편 맨 가장자리에서 안전하게, 물론 그가 그곳까지 여행한

남자 둘하고 씹은 해봤어?

아-뇨.

안 해봤어?

아-뇨. (웃음) 선생님은요?

내 기억으로는 없어. 생각해본 적은 있어?

그럼요.

두 남자하고 씹하는 걸.

그럼요.

그런 거에 대한 환상이 있어?

네. 있는 거 같아요. 그냥 익명의 남자들 생각을 해요. 씹하는 거.

남자 하나 여자 하나와 씹한 적은 있어?

아니요.

생각해본 적은 있어?

모르겠어요.

몰라?

어쩌면요. 네. 있는 것 같아요. 왜 선생님은 이런 것들을 물어요?

지는 오래되었지만, 어쨌든 그곳에서 자고 있다고 생각했던 아내를 경찰이 데리고 온 것이었다. 그들이 퀸사이즈 침대에서 크기를 늘렸을 때 그는 집에 온 손님에게 새 침대가 너무 커서 그 안에서 로즈애나를 찾을 수 없다고 말한 적이 있었다. 공교롭게도 부엌 창문 바로 밖에서 정원일을 하고 있다가 그 이야기를 들은 로즈애나는 집안에 대고 소리쳤다. "한번 찾아보지도 않고?" 하지만 이것은 족히 십 년은 넘은 일로, 그래도 그가 사람들과 이야기를 하고 그녀는 하루에 한 병밖에 안 마시고 여전히 희망의 찌꺼기가 있던 시절이었다.

그래, 거기 문간에, 이제 진지하게 예의를 차리는 매슈 발리치

음, 너도 원하면 나한테 물어봐도 돼.
남자하고 박은 적 있어요?
없어.
한 번도요?
한 번도.
정말이요?
정말이야.
두 여자하고 씹한 적은 있어요?
으-응.
매춘부하고 씹한 적은 있어요?
으-응.
그랬다고요? 오, 맙소사(웃음).
그럼, 나는 두 여자하고 씹한 적이 있어.
좋던가요?
아주 좋았지. 아주 좋았어.
정말이요?

364

가 서 있었는데, 그의 전 미술 교사는 주 경찰관 제복 때문인지 술 때문인지 그를 알아보지 못했다. 매슈가 자신의 임무를 권위적으로 알리기 전에 그녀는 열심히 일하는 남편을 깨우는 것을 피하려면 아주 조용히 움직여야 한다고 소곤거린 게 분명했다. 그녀는 심지어 그에게 팁을 주려고도 했다. 잠옷만 입고 캐시가 사는 곳으로 향하면서도 혹시 술을 살 필요가 있을 경우에 대비해 핸드백을 들고 나가는 지각은 있었던 것이다.

새버스에게는 긴 밤, 아침, 오후였다. 우선 그녀가 좌초한 바위에서 지프를 견인해야 했고, 그런 다음 어서에 그녀를 위한 병상을 마련하기 위해 주치의를 통해 준비를 해야 했고, 숙취에 시달

그래. 그 여자들도 아주 좋아했지. 재미있었어. 나는 여자 둘하고 썹을 했지. 여자들은 자기들끼리 하고. 그리고 둘이 함께 날 빨아줬어. 그런 다음에 나는 하나를 빨아주곤 했고. 다른 여자가 나를 빨아주는 동안 말이야. 좋았어. 얼굴을 그 여자 썹에 묻었지. 다른 여자는 내 좆을 빨아주고. 그리고 나서 첫번째 여자가 다른 여자의 썹을 빨아주고. 그렇게 모두가 다른 모두를 빨아주게 되는 거지. 가끔은 한 여자가 빨아줘서 단단하게 만든 다음 다른 여자 썹에 그걸 집어넣어. 들어보니 어떤 것 같아?

좋은데요.

나는 여자 둘이 서로 빨아주는 걸 지켜보는 걸 좋아해. 늘 흥분되지. 서로 올라가게 해줘. 해야 할 일이 아주 많아. 안 그래?

그래요.

겁나?

응.

정말로?

조금요. 하지만 선생님하고 썹하고 싶어요. 선생님하고 하고 싶어요. 다른 사람하고 함께 선생님하고 썹하고 싶진 않아요.

리며 히스테리를 부리는 그녀가 어서 재활 프로그램에서 이십팔
일을 보내는 것에 동의하도록 강요하기 위해 노력을 기울여야 했
고, 마침내 여섯 시간에 걸쳐 병원을 왕복해야 했다. 가는 길 내내
로즈애나는 뒷좌석에서 그에게 고래고래 소리를 질렀으며, 위경
련에서 벗어나보려고 지나치는 주유소마다 차를 세우라고 화를
내며 명령할 때만 소리지르는 것을 멈추었다.

　왜 공개적으로 핸드백에 있는 병을 꿀꺽꿀꺽 마시는 대신 악취
나는 그 화장실들에서 서서히 술에 떡이 되어가야만 하는지 새버
스는 구태여 묻지 않았다. 자존심? 어젯밤에 그러고 나서, 자존
심? 또 그저 그의 일을 돕고 그가 좌절할 때 위로하고 관절염이

　그래달라고 부탁하는 게 아니야. 그냥 네 질문에 답을 하고 있을 뿐이야. 나는
그냥 너하고 씹하고 싶어. 네 씹을 빨고 싶어. 한 시간 동안 빨고 싶어. 오, (삐).
네 온몸에 싸고 싶어.
　내 젖에 싸주세요.
　그게 좋아?
　네.
　넌 정말 뜨거운 아이야, 안 그래? 지금 네 씹이 어떻게 보이는지 말해줘.
　아—뇨.
　안 된다고? 그게 어떻게 보이는지 말해주지 않을 거야?
　아—뇨.
　나는 상상할 수 있어.
　(웃음)
　아름다운 씹이야.
　무슨 일이 있었는지 아세요?
　무슨 일?
　부인과 약속이 있었어요. 나는 부인과의사가 나를 꼬시는 줄 알았어요.

가장 심할 때 그를 돌볼 의도밖에 없는 아내가 무자비하게 무시당하고 모욕당하고 착취당하고 배신당한 방식들을 그녀가 나열할 때에도 새버스는 말을 막으려는 아무런 노력을 하지 않았다.

차의 앞쪽에서 새버스는 처음 드렌카와 연인이 되어 서로에게 도취해 있을 때 밸리를 오르내리며 그가 빌린 모텔방에서 틀어놓고 함께 춤을 추곤 했던 굿맨의 테이프들을 틀었다. 어셔까지 서쪽으로 130마일을 달리는 동안 테이프는 대체로 로즈애나의 장광설을 삼켜주어, 새버스는 매슈가 그녀를 친절하게 되돌려주었던 때 이후 겪어야 했던 모든 것으로부터 약간의 휴식을 허락받을 수 있었다. 그들은 우선 씹을 했고, 그다음에 춤을 추었다. 새버스

그 남자가?

그 여자예요.

그 여자가?

전에 겪어본 것과 완전 달랐어요.

말해봐.

모르겠어요. 그 여자는 그냥, 그니까…… 그 여자는 완전 예뻤어요. 아름다웠어요. 질경을 집어넣고 말했어요. "오, 맙소사, 여기 안에 아주 많이 있구나." 계속 그 이야기를 했어요. 그러더니 그 거대하고 물컹한 덩어리를 들어냈어요. 모르겠어요. 괴상했어요.

그 여자가 너를 만졌어?

그럼요. 손을 내 안에 넣었어요. 손가락으로 검사를 했다는 뜻이에요.

너를 흥분시켰어?

그럼요. 그 여자가 만졌어요…… 허벅지에 작은 덴 자국이 있는데, 그 여자가 그걸 만졌고, 무슨 일이 있었는지 물었어요. 모르겠어요. 달랐어요. 그때……

그때 뭐?

아무것도 아니에요.

와 매슈의 엄마는. 그리고 새버스가 믿을 수 없다는 표정으로 싱글거리는 그녀의 얼굴을 향해 가사를 하나도 틀리지 않고 따라 부르는 동안 그가 싼 것이 그녀에게서 흘러내려, 그렇잖아도 반질거리는 그녀의 둥그스름한 안쪽 허벅지를 더욱 미끈미끈하게 만들었다. 싼 것은 그녀의 뒤꿈치까지 줄줄 흘러내렸고, 춤을 춘 뒤 그는 그것으로 그녀의 발을 마사지하곤 했다. 모텔 침대 끝에 쭈그리고 앉아 그녀의 종인 척하며 그녀의 큰 발가락을 빨았고, 그러면 그녀는 그가 싼 것이 자기가 싼 것인 척했다.

　(그런데 그 78회전 레코드들은 다 어디로 사라졌을까? 내가 바다에 간 뒤 모티의 보물 가운데 보물, 〈Sometimes I'm Happy〉

　말해봐.

　기분이 정말 좋았어요. 내가 미쳤는 줄 알았어요.

　미쳤는 줄 알았다고?

　네.

　너는 미치지 않았어. 너는 헤이즐턴 출신의 뜨거운 아이이고 너는 흥분한 거야. 어쩌면 너는 여자애하고 씹을 해야 할지도 모르겠다.

　아-뇨(웃음).

　너는 뭐든 원하는 대로 할 수 있어, 알아? 너 지금 내가 싸게 하고 싶어?

　네. 나는 땀범벅이에요. 여기는 춥기도 해요. 네, 선생님이 싸게 하고 싶어요. 선생님 좆을 빨고 싶어요. 정말 그러고 싶어요.

　계속해봐.

　지금 거기에 손을 대고 있어요?

　그럼.

　좋아요. 문지르고 있어요?

　딸딸이를 치고 있지.

　딸딸이를 치고 있어요?

의 1935년 빅터 녹음, 모티가 "가장 위대한 트럼펫 솔로, 이제껏, 모든 사람을 통틀어"라고 했던 버니 베리건의 솔로가 담긴 판은 어떻게 되었을까? 모티의 레코드들은 누가 가졌을까? 어머니가 죽은 뒤 모티의 물건들은 어떻게 되었을까? 어디에 있을까?) 숟가락 모양의 엄지로 크로아티아인의 넓은 광대뼈를 쓰다듬고 다른 엄지로는 그녀의 켜고 끄는 스위치를 가볍게 흔들면서 새버스는 드렌카에게 〈Stardust〉를 불러주었다. 호기 카마이클처럼 영어로 부른 것이 아니라 무려 프랑스어로—"Suivant le silence de la nuit / Répète ton nom……"—진 호크버그가 댄스파티에 모인 무리를 위해 부르던 것과 똑같이. 그는 모티가 클라리넷

아래위로 펌프질을 하고 있지. 아래위로 펌프질을 하고 있어. 불알이 빠져나가도록 쳐대고 있어. 오, 기분좋아, (삐), 기분좋아.

내 어디를 원해요?

네 씹으로 바로 내 좆 위에 앉기를 바라. 그 위로 쑥 미끄러져오기를. 그래서 바로 펌프질을 시작하기를. 그 위에 앉아서 그 위로 올라가기를.

내 젖을 꼭 쥐고?

내가 꼭 쥘게.

내 젖꼭지를 꼭 쥐고?

오, 네 젖꼭지를 깨물게. 네 아름다운 분홍 젖꼭지를. 오, (삐). 오, 이제 나오려고 꽉 차오르고 있어. 뜨겁고 걸쭉한 게 꽉 차고 있어. 뜨겁고 하얀 게 꽉 차고 있어. 밖으로 뿜어져나갈 거야. 네 입안에 싸도 돼?

네. 지금 선생님을 빨고 싶어요. 완전 빠르게. 선생님을 내 입안에 넣고 싶어요. 오, 맙소사. 그걸 세게 빨고 있어요.

빨아줘, (삐). 나를 빨아줘.

더 빨리 더 빨리?

빨아줘, (삐).

을 불던 스윙 밴드를 이끌었다(놀랍게도 그 또한 모티와 마찬가지로 태평양에서 B-25를 몰았고, 새버스는 늘 격추당한 게 그렸기를 남몰래 바랐다). 턱수염이 달린 술통, 새버스는 논란의 여지없이 그렇게 볼 수 있는 모습이었지만 드렌카는 환희에 젖어 정답게 "나의 미국인 남자친구. 나한테 미국인 남자친구가 있어" 하고 소곤거렸다. 그러는 동안 30년대 위대한 굿맨의 연주는 새버스가 〈We Three and the Angels Sing〉에서 광란의 트럼펫 연주를 한 굿맨 밴드 소속인 지기 엘먼의 이름으로 육 달러에 빌린 소독약 악취가 나는 방을 라레인 애비뉴 해변을 덮은 큰 천막으로 바꾸어주었다. 라레인 애비뉴 천막에서 1938년 어느 8월 밤에 모티

오, 맙소사.

나를 빨아줘. (삐). 내 자지를 빨고 싶어?

네, 선생님을 빨고 싶어요. 선생님 좆을 빨고 싶어요.

내 딱딱한 좆을 빨아. 단단하고 딱딱한 좆을. 내 단단하고 딱딱한 좆을 빨아.

오, 맙소사.

오, 꽉 차서 나오려고 해. (삐). 오, (삐), 지금 빨아줘. 아아아아! 아아아! 아아아! 아아아!…… 오, 이런…… 아직 거기 있어?

네.

좋아. 네가 아직 거기 있어서 다행이야.

(웃음)

오, 착한 아이.

선생님은 짐승이에요.

짐승? 그렇게 생각해?

네.

그럼 너는? 너는 뭐야?

나쁜 여자애.

는 미키에게 지터버그를 가르쳐주었고, 그때 그의 그림자였던 어린 사내아이는 겨우 아홉 살이었다. 아이의 생일 선물. 새버스는 1981년 눈 오는 오후에 보핍이라는 이름의 뉴잉글랜드의 한 모텔에서 스플리트 출신 여자에게 지터버그 추는 법을 가르쳐주었다. 그들이 여섯시에 차 두 대로 제설기가 눈을 치운 길을 달려 집으로 출발할 때쯤이면 그녀는 엘먼의 〈St. Louis Blues〉에서 해리 제임스의 솔로 이야기를 할 수 있었고, 〈Ding Dong Daddy〉의 마지막 솔로에서 햄프가 그 끽끽대는 듯한 소리로 "이-이" 하던 것을 아주 우스꽝스럽게 흉내낼 수 있었고, 스테이시의 솔로에서 부기우기 초반부가 점차 사그라지기 시작한 뒤 〈Roll 'Em〉에 관해 모티가 아는 체하며 미키에게 하곤 하던 박학한 말을 할 수 있었다. "이건 사실 그냥 F장조의 빠른 블루스에 불과해." 그녀는 심지어 새버스의 털이 많은 엉덩이와 뒷다리에 대고 〈Sweet Leilani〉에서 크루파가 두드리는 톰톰 박자를 쳐대며 반주를 할 수도 있었다. 헬렌 워드를 이어받은 마사 틸턴. 크루파를 이어받

그렇게 되는 건 좋은 거야. 그 반대보다 나아. 네가 좋은 여자애가 되어야 한다고 생각해?

어, 그게 사람들이 기대하는 거예요.

뭐, 너는 현실적이 되고 사람들은 비현실적이 되라고 해. 맙소사. 여기 엉망일세. (웃음)

오, 사랑스러운 (삐).

아직도 혼자세요?

그래. 아직도 혼자야.

사모님은 언제 돌아오세요?

은 데이브 터프. 1938년에 도시Dorsey 밴드에서 넘어온 버드 프리먼. 하인스 밴드에서 스태프 어레인저로 온 지미 먼디. 어느 긴 겨울 오후 보펍에서 미국인 남자친구는 드렌카에게 그녀가 헌신적인 남편에게서는 결코 배울 수 없는 것들을 가르쳐주었다. 그날 남편의 낡은 눈 속에 혼자 나가, 자신의 숨이 보이지도 않을 만큼 어두워질 때까지 돌담을 쌓는 것이었다.

어셔에서 새버스보다 스무 살 아래인 친절하고 잘생긴 의사는 만일 로즈애나가 '프로그램'에 협력할 경우 이십팔 일이면 집에 가고 술에서 벗어나는 길로 접어들게 될 것이라고 그에게 장담했다. "내기할까요?" 새버스는 말하고, 캐시를 죽이려고 매더매스카폴스로 다시 차를 몰고 왔다. 로즈애나가 그 테이프 때문에 잠옷을 입은 채 타운 스트리트에 뻗어 차에 치이기를 기다렸다는 것을 알게 된 새벽 세시 이후로 그는 캐시를 배틀마운틴 꼭대기로 데려가 목 졸라 죽일 계획을 세웠다.

잘 익은 거대한 호박이 차 건너편 어두워지는 들판에 자유롭게 둥둥 떠올라 추수기의 보름달이라는 긴박한 드라마가 시작될 무렵, 새버스는 한때 강력했던 손가락으로 교살을 시작하거나 그대로 쭉 가서 이 생에서 백만번째로 차에서 대가를 받아내는 것을 자제할―그녀는 오 분 만에 다섯번째로 그를 함정에 빠뜨릴 제안을 다시 하고 있었다―힘을 자신이 어디에서 찾았는지 말할 수가 없었다.

"캐시." 그는 말했고, 피로 때문에 자신이 죽어가는 전구처럼 가물거리며 희미해지고 있다는 느낌을 받았다. "캐시." 그는 달이 뜨는 것을 지켜보며 저 달만 자기편으로 삼았다면 상황이 다르게 전개되었을 것이라고 생각했다. "우리 모두에게 좋은 일을 해줘―나 대신 브라이언한테 해줘. 어쩌면 그게 그 친구가 귀머거리-벙어리가 되면서 노리고 있는 것인지도 몰라. 그 테이프를 들은 충격으로 그 친구가 귀머거리-벙어리가 되었다고 하지 않았어? 그러니, 집에 가서 그 친구한테 빨아주겠다고 수화를 하고 얼굴이 밝아지지 않나 살펴봐."

새버스를 너무 심하게 몰아붙이지 말라, 독자여. 내면의 떠들썩한 장시간 토론도, 지나치도록 넘쳐나는 자기 파괴도, 오랜 세월에 걸친 죽음에 관한 독서도, 고난, 상실, 곤경, 애도의 씁쓸한 경험도 그와 같은 유형의 남자(아마도 어느 유형의 남자나 마찬가지겠지만)가 그런 제안과 한 번이라도 마주쳤을 때 자기 뇌를 조금이라도 더 쉽게 활용하는 데 도움을 주지는 못한다. 하물며 〈로라〉의 진 티어니 같은 입 모양을 가진, 나이가 자신의 삼분의 일인 여자에게서 그런 제안이 되풀이되면 더욱 그러하다. 어쩌면 이 여자아이가 진실을 말하고 있는지도 모른다고. 아이가 정말로 우연히 테이프를 도서관에 두고 왔을지도 모른다고, 그 테이프가 정말로 우연히 가쿠모토의 손에 들어갔을지도 모른다고, 아이가 정말로 무력하여 자신에게 가해지는 압력에 굴복해 오직 자신을 구하려고 항복했을지도 모른다고―사실 그 아이 '또래', 그 아이는 자기 친구들을 그렇게 부르는데, 어쨌든 그 '또래' 가운데 누가 그렇게 하지 않겠는가―생각하기 시작하기 시작했다는 이유로 새버스를 너무 심하게 몰아붙이지 말라. 그녀는 달콤하고 품위 있는 아이였으며, 선량했고, 반쯤 미친 짓이지만 해로울 것 없는 과외 오락이라고 스스로 생각한 새버스 교수의 '오디오-비주얼 클럽'에 참가했다. 몸집이 크고 버릇없는 아이로, 교육을 제대로 받지 못했고, 20세기 말 학부생들이 선호하는 스타일로 일관성이 없었지만, 그가 그녀에게 혐의를 두려고 하는 사악한 곡예를 벌이는 데 필요한 풍부한 책략과 무자비한 면은 완전히 결여되어 있었다. 어쩌면 그냥 새버스가 몹시 화가 나고 지쳐 있기 때문에 커다란 오해에 사로잡혀서, 또 한번 자신의 멍청한 잘못의 희생자가 되고 있는지도 몰랐다. 아이가 그에 맞서 음모를 꾸미고 있다면 왜 이렇게 오랫동안 애처롭게 울고 있겠는가? 아이가 진정으로 유대와 친근감을 느끼는 대상이 그의 초超정숙한 적대자들, 그리고 무엇이 스무 살짜리 여자아이들을 위한 교육이고 교육이 아닌가에 관한 그들의 분노 섞인 불길한 고정관념이라면 왜 아이가 이처럼 그의 곁에 달라붙어 있을까? 아이는 진정한 감정처럼 보이는 것을 꾸며내는 새버스의 솜씨를 갖추기 시작했다는 기미도 보이지 않았다…… 아니, 보였나? 그렇지 않고서야 왜 자신에게 전적으로 이질적인, 자신에게 비본질적인 사람에게, 이미 지상에서 육십대의 삶으로 접어든 지 한 달이 지난 사람에게 빨게 해달라고 간청하고 있는 것일까, 터무니없이 비논리적이고 이해할 수 없게도 자신이 그의 것임을 분명하게 주장하는 것이 아니라면? 인생에서 알 수 있는 것은 거의 없다. 독자여―새버스가 상황을 잘못 파악한다 해도 그를 너무 심하게 몰아붙이지 말라. 아니면 캐시가 상황을 잘못 파악한다 해도 그녀를. 욕정광들의 거래에는 터무니없고, 비논리적이고, 이해할 수 없는 면이 수도 없이 포함되는 것이니.

스물. 내가 스무 살짜리에게 안 된다고 말하면서 생존이나 할 수 있을까? 스무 살짜리들이 몇 명이나 남았나? 서른 살짜리나 마흔 살짜리는 얼마나 남았나? 연기가 자욱한 어스름과 이울어가는 한 해가 주는 시대 종말의 마력에 사로잡혔는데, 그의 월하의 삶의 모든 쓰레기 같고 시답잖은 허튼소리에 대하여 여봐란듯한 우월성을 드러내는 달의 마력에 사로잡혔는데, 왜 그는 심지어 망설이는 것일까? 가미자키 같은 자들은 네가 뭘 하건 하지 않건 너의 적이며, 따라서 그냥 하는 게 낫다. 그래, 그래, 아직도 뭔가 할 수 있다면 너는 그걸 해야만 한다―그것이 둘로 잘린 벌레이건 전립선이 당구공만해진 남자이건, 월하의 존재의 황금률이다. 아직도 뭔가 할 수 있다면 너는 그걸 해야만 한다! 살아 있는 존재는 무엇이든 그것을 이해할 수 있다.

로마에서…… 로마에서, 캐시가 그의 옆에서 계속 흐느끼는 동안 이제 그의 기억이 떠오르고 있었다. 한때 아주 유명했다는 소문이 있는 한 나이든 이탈리아인 인형극 광대가 대회의 심사를 보러 학교에 왔는데, 새버스는 그 대회에서 우승했고, 나중에 인형극 광대는 자신과 똑같이 닮은 인형으로 식상한 묘기를 선보인 다음 젊은 새버스를 피아자 델 포폴로에 있는 카페로 데려갔다. 인형극 광대는 칠십대로, 작고 땅딸막하고 대머리에 안색은 형편없이 노르스름했지만, 태도가 매우 오만하게 독재적이어서 새버스는 자기도 모르게 경외감에 사로잡힌 자신의 교수처럼 행동했다. 정중한 태도를 보이는 것—비록 건방진 태도로 그렇게 했지만—조차 기분전환 삼아 즐기면서, 자신에게는 아무런 의미도 없는 이름을 가진 노인을 마에스트로*라고 불렀다. 그 인형극 광대에게는 견딜 수 없는 태도 외에도 목에 늘어진 푸짐한 살을 반쯤 감추는 스카프, 야외에서 대머리를 숨기는 베레모, 웨이터를 부르려고 탁자를 두드릴 때 쓰는 막대기가 있었다—이 모든 것을 보며 새버스는 상을 탔다는 이유로 그냥 견뎌야만 하는 늙은 보헤미안의 따분한 자화자찬이 홍수처럼 쏟아져나올 것을 예상하고 마음의 준비를 했다. 하지만 인형극 광대는 둘이 마실 코냑을 주문하자마자 말했다. "로마에서 따먹은 모든 여자애들 얘기를 해주게Dimmi di tutte le ragazze che ti sei scopato a Roma." 새버스가 대답으로 유혹의 병기고—그에게 이탈리아는 그런 곳이었다—에 관해 솔직하고 자유롭게 이야기하면서, 여러 번 도발에 자극을 받아 현지인 흉내를 내 우연히 만난 여자를 잡으려고 도시를 쭉 가로질러 쫓아간 과정을 묘사하자, 마스터의 눈은 전 상선 선원, '로맨스 운항'을 여섯 번 한 베테랑마저 약간 모범생이 된 것처럼 느끼게 만드는 냉소적인 우월성을 웅변적으로 드러냈다. 그러나 노인의 관심은 줄지 않았고, 미국인이 한정된 이탈리아어로 늘 제공할 수 있는 것 이상으로 정교하게 말해달라고 다그칠 때, 또 그가 묘사하는 유혹을 한 여자애의 정확한 나이를 되풀이하여 물을 때 외에는 말을 끊지도 않았다. 열여덟, 새버스는 순순히 대답했다. 스무

---

* '장인' '대가'라는 뜻.

살이었습니다, 마에스트로. 스물넷. 스물하나. 스물둘……

새버스가 이야기를 끝내고 나서야 마에스트로는 자신의 현재 정부는 열다섯 살이라고 알려주었다. 그는 느닷없이 일어나 떠나면서—새버스에게 계산서를 남기고 카페를 떠나면서—지팡이를 조롱하듯 움직이며 마지막으로 덧붙였다. "물론 나는 그 아이를 열두 살 때부터 알았지만Naturalmente la conosco da quando aveva dodici anni."

이제야, 거의 사십 년이 지난 뒤에야, 캐시가 여전히 그를 찾아오고 있고 아무것도 모르는 텅 빈 달이 여전히 그를 위해 떠오르고 있고, 이곳 산속과 아래쪽 밸리의 사람들이 불가에 편안히 자리를 잡고 앉아 전화로 캐시와 그가 절정에 오르는 소리에 귀를 기울이는 유쾌한 가을 저녁을 맞이하고 있을 때에야, 새버스는 그 늙은 인형극 광대가 그에게 진실을 말하고 있었다고 믿게 되었다. 열두 살. 알겠습니다, 마에스트로Capisco, Maestro. 모든 것을 걸 만하군요.

"캐서린."* 그가 서글픈 목소리로 말했다. "한때 너는 패배한 인간적 대의를 위한 싸움에서 내가 가장 신뢰하는 협력자였어. 내 말을 잘 들어. 내가 하는 말에 귀를 기울이는 동안은 울음을 멈춰. 너희 쪽 사람들은 테이프에 내 목소리를 담아 남자에 관해 세상에 알려주고 싶은 최악의 모든 것에 현실성을 부여하고 있어. 그 사람들이 갖고 있는 나의 범죄 증거의 백분의 일만 있어도 미국의

_____

* 캐시는 캐서린의 애칭.

모든 품위 있는 반남근적 교육기관에서, 가장 무른 학장조차 나를 쫓아내고 말 거야. 내가 이제 CNN에 대고 사정射精을 해야 하나? 카메라가 어디 있지? 저기 묘목장 옆 저 픽업트럭에 망원렌즈가 있나? 나한테도 물론 한계점이란 게 있어, 캐시. 나를 가둬놓고 남색을 하게 만들면 그 결과는 죽음이 될 수도 있지. 네가 이제 어떤 식으로 생각하도록 부추김을 받았는지는 몰라도, 그건 너한테도 생각만큼 재미있는 일은 아닐 수 있어. 잊었는지 모르지만, 뉘른베르크에서도 모두가 사형선고를 받지는 않았어." 그는 계속 그런 식으로 이야기했다―상황을 고려할 때, 멋진 연설이었다. 이게 녹음되어야 하는 건데, 그는 생각했다. 그래. 새버스는 계속 말을 이어갔다. 점점 설득력을 갖추어, 인종, 신조, 피부색, 민족에 관계없이 미국 남자가 싸는 걸 불법으로 만드는 헌법 수정을 지지하는 논리를 전개했다. 결국 캐시는 "나는 성년이에요!" 하고 외치더니, 운동복 상의의 어깨 쪽으로 눈물이 마른 얼굴을 닦아냈다.

"나는 내가 원하는 걸 해요." 그녀가 화가 나서 주장했다.

마에스트로, 당신이라면 어떻게 하겠습니까? 당신 허벅지에 얹힌 아이의 머리, 아이의 거품이 이는 입술에 둘러싸인 당신의 좆을 물끄러미 굽어보는 것, 아이가 눈물을 흘리며 당신을 빠는 모습을 지켜보고, 침, 정액, 눈물의 끈적끈적한 합성물로 저 방탕하지 않은 얼굴에 끈질기게 거품을 일으키는 것―삶이 이보다 멋진 마지막 선물을 줄 수 있겠습니까? 새버스의 눈에 그녀가 이렇게 감성이 풍부해 보인 적이 없었고, 그는 이 점을 마에스트로에게 지적했다. 전에 새버스의 눈에 그녀가 감성이 풍부해 보인 적은 한 번도 없었다. 하지만 눈물이 그녀를 빛나게 했고, 심지어 물릴 대로 물린 마에스트로에게도 그녀가 그녀 자신에게조차 새로운 영적 현존 안으로 깊이 파고드는 것처럼 보였다. 그녀는 실제로 성년이었다! 캐시 굴즈비는 방금 성장했다! 그래, 어떤 영적인 일만이 아니라 어떤 원초적인 일이 벌어지고 있었다. 그 뜨거운 여름날 저 위 '작은 동굴' 옆의 그림 같은 개울에서 그와 드렌카가 서로에게 오줌을 눌 때와 마찬가지로.

"오. 이 더러운 하등 생물들과 네가 한패가 아니라고 내가 믿을 수만 있으면 좋으련만. 이 독선적인 씹 같은 년들은 너희 아이들에게 남자에 관하여 끔찍한 거짓말을 해. 실제로는 네 아빠나 나 같은 일반적인 사람들이 일반적으로 열심히 찾아 헤매는 것에 불과한 일이 불길하고 극악하다고 거짓말을 한다고. 그게 그런 년들이 반대하고 있는 거야, 얘야—바로 나와 네 아빠 얘기야. 그게 결국은 그렇게 되는 거야. 우리를 희화화하고, 우리를 모욕하고, 우리에게서 삶의 즐거운 디오니소스적 기초에 불과한 것을 혐오하는 거야. 말해봐, 고대로 거슬러올라가서—서양 문명 최초의 봉우리로 거슬러올라가서—그때부터 본디 인간적이었던 것에 반대하면서 어떻게 자신을 문명화된 인간이라고 부를 수 있겠어? 어쩌면 그 여자가 고대 아티카의 비할 바 없는 신화들에 귀를 기울이지 않는 건 그녀가 일본인이기 때문인지도 몰라. 그게 아니고서는 이해가 안 돼. 그 사람들은 네가 어떻게 성에 입문하기를 바라는 거야? 브라이언한테서? 그애가 도서관에서 폴리 사이를 공부하는 사이사이에? 그 사람들은 너 같은 여자애를 입문시키는 일을 먼지처럼 메마른 학자한테 맡기겠다는 거야? 아니면 너는 혼자 알아서 익혀야 한다는 거야? 하지만 너한테 혼자 화학을 익힐 것을 기대하지 않으면서, 혼자 물리학을 익힐 것을 기대하지 않으면서, 왜 에로틱한 신비는 혼자 익혀야 한다는 거야? 어떤 사람들은 유혹이 필요하지 입문이 필요하지 않아. 어떤 사람들은 입문이 필요 없지만 여전히 유혹은 필요해. 캐시, 너는 둘 다 필요했어. 성희롱? 악당에게 애국이 마지막 피난처였던 그리운 옛 시절이 기억나네. 성희롱? 나는 성적인 지하세계에서 너의 단테에게 베르길리우스였던 거야! 하지만, 그 교수들이 베르길리우스가 누구인지 어떻게 알겠니?"

"난요." 그녀는 간절하게 말했다. "선생님을 완전 세게 빨고 싶어요."

그 '완전'! 하지만 그 완전 강렬해지는 '완전'을 들으면서, 그의 갈망하는 낡은 가죽 2제곱야드 구석구석에 상스럽고 자연스러운 신체적 만족을 향한 평생에 걸친 익숙한 충동이 걷잡을 수 없이 스멀거리는 것을 느끼며 새버스는, 자신의 기대와 달리, 존경할 만한 스승, 흥분의 칙령에 끝까지 순종한 진부하지 않은 마에스트로가 떠오른 것이 아니라, 병원에서 고통을 겪고 있는 자신의 아픈 아내가 떠올랐다. 하고많은 사람들 가운데! 이건 정당하지 않다! 말의 29센티미터처럼 딱딱한 29센티미터, 그런데 떠오르기 시작한 게 다름 아닌 로즈애나라니! 그의 눈앞에 그녀가 입원한 뒤 할당받은 작은 감방 같은 방이 보였다. 간호사실 옆방으로, 해독 감시를 하는 이십사 시간 동안 간호사가 그녀를 편리하게 관찰할 수 있었다. 간호사들은 삼십 분마다 혈압을 재면서 그녀가 그전 사흘 내내 꾸준히 술을 마셨기 때문에—병원 문에 이르는 그 순간까지 줄기차게 마셨기 때문에—겪게 될 떨림에 대하여 할 수 있는 일을 할 것이다. 그는 그녀가 칙칙한 셔닐 직물 이불이 깔려 있는 그 좁은 침대 옆에 서 있는 것을 보았다. 어깨가 완전히 굽어 키가 그와 비슷해졌을 정도였다. 침대에는 그녀의 옷 가방들이 있었다. 살펴볼 수 있도록 가방을 열어달라고 정중하게 요청했던 제복을 입지 않은 유쾌한 간호사 두 명이 꼼꼼하게 그녀의 물건들을 헤집으며, 눈썹 족집게, 손톱 가위, 헤어드라이어, 치실을 빼고(그녀가 찌르거나, 감전을 일으키거나, 목을 매지 못하도록), 리스테린 한 병을 압수하고(그녀가 절망에 사로잡혀 그것을 다 마시거나 병을 깨서 그 조각으로 손목이나 목을 긋지 않도록), 지갑에 든 모든 것을 살펴 신용카드, 운전면허증, 현금 전부를 꺼내고(병원으로 밀반입된 밀매 위스키를 사거나 구내 바깥으로 나가 어서의 술집으로 가거나 직원의 차를 밀어서 시동을 걸어 집으로 가지 못하도록), 모든 청바지, 스웨터, 속옷, 조깅용 물건을 뒤지고, 그것을 로즈애나는 망연자실하여 생기 없이 몹시도 쓸쓸하고 텅 빈 표정으로 지켜보았다. 그녀의 늙어가는 포크싱어 같은 잘생긴 모습은 무너졌다—육욕이 빠져나간 여자. 에로틱 이전의 청소년인 동시에 에로틱 이후의 망가진 몸. 그녀는 이 모든 세월을 단순한 상자 같은 집, 가을마다 방충망을 친 포치 너머 산비탈 과수원에서 사슴이 사과나무 열매를 따먹는 집에 산 것이 아니라, 자동 세차장 안에 갇혀 있었던 것인지도 몰랐다. 그곳에는 두들겨대는 빗줄기와 돌아가는 커다란 솔과 뜨거운 공기를 쏟아내는 입을 떡 벌린 송풍기를 피할 곳이 없었다. 로즈애나는 가죽만 남도록 다 벗겨지고, 시시껄렁하고 바닥이 드러난 현실 속에서 '운명의 곤봉질'*이라는 숭고한 표현을 그 근원까지 복원해냈다.

"원인은 풀려나고, 결과는 감옥에 가네." 로즈애나는 흐느꼈다. "바로 그게 인생 아니겠어." 그도 동의했다. "다만 감옥은 아니야. 병원이야, 로지, 게다가 병원처럼 보이지도 않는 병원. 고통이 중단되는 순간 이곳이 아주 예쁘다는 걸 알게 될 거야, 커다란 시골 여관처럼. 나무도 많고 친구들과 함께 걸을 수 있는 산책로도 많아. 차를 몰고 들어오다 보니 테니스코트도 있던데. 페더럴 익스프레스로 당신 라켓을 보내줄게." "내 비자 카드는 왜 가져가는 거야!" "악몽의 값을 악몽으로 치르지 않고 떨림의 값을 떨림으로 치르지 않기 때문이지. 당신도 가톨릭으로 크면서 배우게 됐을 텐데. 마지막에는 코를 통해 지불한다고.**" "뒤지려면 당신 물건을 뒤져야지! 그럼 당신을 영원히 가두어둘 수 있는 게 나올 텐데!" "간호사들이 그러길 바라, 날 뒤지기를? 뭐 때문에?" "당신이 십대 창녀들에게 사용하는 수갑이 있잖아!" 스물이오, 새버스는 두 간호사에게 알려주어야겠다는 생각을 했다, 이제는 십대가 아니고, 아쉽게도. 하지만 두 간호사 모두 새버스의 작별 농담

---

* 윌리엄 어니스트 헨리의 시 「Invictus」의 한 구절을 비튼 것. 원래는 운명(fate)이 아니라 우연(chance)이다.

** 제값보다 더 치른다는 뜻.

에 조금도 재미나 두려움을 느끼는 것 같지 않았기 때문에 구태여 그러지 않았다. 더러운 언어와 시끄러운 외침이야 간호사들도 이미 다 들어본 것이었다. 상대에게 발광하거나 겁에 질리거나 극도로 화를 내는 주정뱅이, 주정뱅이에게 그보다 더 화를 내는 상대. 고함을 지르고 비명을 지르고 비난하는 남편과 아내는 그들에게 새로운 것이 아니었다, 누구에게도 새로운 것이 아니었다―남편과 아내에 관해 알려면 굳이 정신병원에서 일할 필요도 없다. 그는 간호사들이 불쑥 나타나곤 하는 떨이나 면도날을 찾아 로즈애나의 모든 청바지의 모든 호주머니를 충실하게 확인하는 모습을 지켜보았다. 그들은 그녀의 열쇠를 압수했다. 좋다. 그것은 로즈애나에게도 가장 좋은 일이었다. 이제 그녀가 예고도 없이 집으로 불쑥 들어올 가능성은 사라졌다. 그는 로즈애나가 이런 상태에서 드렌카까지 상대하게 하고 싶지 않았다. 우선 중독부터 상대하자. "갇혀야 할 사람은 당신이야, 미키―당신을 아는 모든 사람이 그걸 알아!" "언젠가는 나를 실제로 가둘 거라고 확신해, 그게 정말로 합의가 된다면. 하지만 그건 다른 사람들이 알아서 하게 놔두자고. 당신은 이제 정말로 빨리 술에서 벗어나는 거야, 알아들어?" "당신은 내가 버-버-벗어나는 걸 원치 않아! 내가 술꾼인 걸 더 좋아해. 그-그래야 당신이 오-오-오―" "오래." 그는 그녀가 말의 턱을 넘어가는 것을 돕기 위해 소곤거렸다. 그녀는 격분한 상태에서 보드카를 1쿼트 이상 마시면 말을 더듬었다. "오-오래 고-고-고―" "오래 고통을 겪어온 남편으로 보일 수 있으니까?" "그래!" "아냐. 아냐. 동정은 내 취미가 아니야. 당신도 그

2부 사느냐 죽느냐   383

건 알잖아. 나는 나 자신이 아닌 다른 어떤 것으로도 보-보-봐달라고 하지 않아. 하지만 나 자신이 뭔지는 다시 말해줘―우리가 떨어져 있는 동안 잊고 싶지는 않으니까." "실패자! 좆같은 여-여-연속 실패자! 으-으-으-음모를 꾸미고, 거짓말하고, 벼-벼-벼-병적이고, 기만적인 완전한 실패자, 마누라 돈으로 살면서 애들하고 씹이나 하고! 이 사람이 바로," 그녀는 울면서 간호사들에게 말했다. "나를 여기 집어넣은 사람이에요. 나는 이 사람을 만나기 전에는 괜찮았어요. 전혀 이렇지 않았다고요!" "하지만," 그는 얼른 그녀를 다독였다. "겨우 이십팔 일이면 다 끝나고 당신은 내가 '이렇게' 만들어놓기 이전으로 돌아갈 거야." 그는 자신의 얼굴 옆으로 손을 들어올려 수줍게 손을 흔들어 인사했다. "날 여기 놔두고 갈 순 없어!" 그녀가 소리쳤다. "의사 말이 두 주가 지나면 당신을 보러 와도 된대." "하지만 이 사람들이 나한테 충격요법을 사용하면 어떡해!" "술 마신 걸로? 그럴 것 같지 않은데―그러나요, 간호사? 아냐, 아냐. 이 사람들이 사용하는 건 새로운 인생관이야. 틀림없이 당신이 나처럼 착각을 버리고 현실에 적응하기를 바랄 뿐일 거야. 안녕. 두 주는 잠깐이야." "날짜를 세고 있을 거야." 로지의 옛 자아가 말했지만, 그가 정말로 그녀를 거기에 두고 떠나는 것이 보이자 그녀 내부의 뭔가가 그녀의 독기를 품은 미소를 옹이가 많은 덩어리로 일그러뜨렸고 그녀는 울부짖기 시작했다.

이 소리는 새버스가 복도를 지나 계단을 내려가 병원 정문을 나설 때까지 따라왔다. 정문에서는 환자 한 무리가 담배를 피우며 새로 온 우는 사람이 어느 방에서 괴로워하고 있는지 확인하려고 위층을 보고 있었다. 그 소리는 그가 주차장으로 가 차 안으로 들어가 간선도로에 나설 때까지 따라왔고, 매더매스카폴스에 돌아오는 내내 그와 함께 있었다. 새버스는 테이프를 점점 크게 틀었지만 심지어 굿맨도 그 소리를 없앨 수가 없었다─심지어 〈Running Wild〉와 함께 내달리는 전성기의 굿맨, 크루파, 윌슨, 햄프턴도, 마지막 위대한 합주에서 베이스드럼을 치며 극적으로 문을 여는 크루파도 로즈애나의 여덟 마디 화려한 솔로를 지우지 못했다. 사이렌처럼 폭발하는 아내. 두번째 미친 아내. 다른 종류의 아내는 없는 걸까? 그에게는 없다. 아버지를 미워하며 인생을 시작했다가 대신 미워할 새버스를 발견한 두번째 미친 아내. 하지만 캐시는 보호해주고 자기희생적인 아빠, 굴즈비 집안의 아이들 셋을 대학에 보내려고 낮이나 밤이나 빵집에서 일하는 자기 아빠를 사랑했으며, 그것이 그녀에게 많은 도움이 되었다. 또는 새버스에게. 나는 이길 수 없다. 아무도 이길 수 없다, 나를 이용해서 '아버지'를 쫓아가려 할 때는.

만일 새버스가 평생 한 번도 사양해본 적 없는 것을 사양할 결심을 하게 해준 게 그날 먼저 겪었던 로즈애나의 울음이라면, 그것은 진정 기록을 깨는 울음이었다.

"집에 가서 브라이언을 빨아줄 시간이야."

"하지만 이건 정당하지 않아요. 나는 아무 짓도 하지 않았어요."

"집에 가지 않으면 죽여버릴 거야."

"그런 말 마세요─맙소사!"

"너는 내가 처음 죽이는 여자가 아니야."

"응. 그렇겠죠. 첫번째는 누구였나요?"

"니키 칸타라키스. 내 첫 마누라."

"재미없어요."

"재미없고말고. 니키를 살해한 것이 진정한 진지성을 주장할 때 내가 내세울 수 있는 유일한 근거지. 아니면 순수한 재미였던가? 뭐에 대한 거든 내 평가를 나는 한 번도 전적으로 확신해본 적이 없어서 말이야. 너한테도 그런 일이 있기는 한가?"

"어머나! 그니까, 지금 도대체 무슨 이야기를 하고 있는 거예요?"

"모두 하는 이야기를 하고 있을 뿐이야. 너도 대학에서 사람들이 뭐라고 하는지는 알지. 나한테 사라진 마누라가 있는데 그 마누라는 그냥 사라진 게 아니라고들 하잖아. 사람들이 그런 말 하는 걸 들었다는 사실을 부인할 수 있어―있어, 캐시?"

"어…… 사람들은 온갖 얘기를 하죠―안 그래요? 난 기억도 안 나요. 누가 듣기나 하겠어요?"

"내 감정을 생각해주다니, 이거 착한데. 하지만 그럴 필요 없어. 예순이 되면 고결한 구경꾼들의 조롱을 기분좋게 받아들이는 법을 배우게 되지. 게다가 공교롭게도 그 사람들 생각이 옳거든. 따라서 동료 인간에 관해 말할 때 자신의 반감을 지속적으로 표현하면 이상한 종류의 진실이 펼쳐질 수도 있다는 게 증명되는 셈이야."

"왜 나한테 진지한 얘기는 하나도 안 하는 거예요!"

"나는 누구한테도 이보다 진지한 얘기를 한 적이 없는데. 나는 마누라를 죽였어."

"제발 그만해요."

"너는 마누라를 죽인 사람하고 전화로 의사놀이를 하려고 연락을 한 거야."

"그러지 않았어요."

"그럼 대체 무슨 충동이었던 거야? 가장 높은 수준에 이른 고등교육기관에서 살인자로서의 내 정체성이 다 드러났는데, 너는 나한테 전화를 해서 잠옷을 입고 있고, 완전히 혼자 침대에 있다고 말해. 네 안의 뭐가 너를 그렇게 달군 거야? 네 속박은 뭐에 묶인 속박이야? 나는 마누라를 목 졸라 죽인 악명 높은 살인자—일인자*야. 그렇지 않고서야, 내가 누군가를 목 졸라 죽인 게 아니라면, 이런 곳에서 살아야만 하겠어? 나는 〈오셀로〉의 마지막 막을 우리 방에서, 우리 침대 위에서 연습하다가 이 두 손으로 그렇게 했어. 마누라는 젊은 배우였지. 〈오셀로〉? 그건 연극이야. 아프리카계 베네치아인이 백인 마누라를 목 졸라 죽이는 연극이지. 네가 그걸 한 번도 들어보지 못한 건 그게 폭력적인 흑인 남성이라는 고정관념을 영속화하기 때문이야. 하지만 예전 50년대, 인간성이 아직 중요한 것으로 등장하지 않았을 때는, 대학에서 학생들이 수많은 사악한 개똥 같은 책들의 피해자가 됐지. 니키는 모든 새로운 역을 두려워했어. 감당할 수 없는 두려움을 감당했지. 하

---

* killer-diller. 보통 '굉장한 사람' 정도의 의미로 사용하는 말.

나는 남자들에 대한 두려움이었어. 너하고 달리 니키는 남자들 문제에서 교활하지 못했거든. 이 점 때문에 니키는 그 역에 완벽한 사람이었어. 니키의 두려움을 줄이고자 미리 우리 둘이서만 우리 아파트에서 연습을 했지. '난 이거 못해!' 이 말을 나는 니키한테서 여러 번 들었어. 나는 고정관념에 따른 폭력적인 흑인 남성을 연기했어. 그가 그녀를 살해하는 장면에서 나는 실제로 그렇게 했지―그냥 니키를 살해한 거야. 니키가 하는 연기의 마력에 휩쓸려버린 거야. 그게 그냥 내 안의 뭔가를 열어서 그걸 보게 해준 거야. 어떤 사람에게는 손에 쥐일 듯이 직접적인 것은 역겹고, 환상만이 완전하게 현실적이지. 이게 니키가 자신의 혼돈으로부터 만들어낸 질서였어. 그런데 너는, 네가 네 혼돈으로부터 만들어내는 건 뭐야? 전화로 늙은 남자한테 네 젖통 얘기를 하는 거? 너는 묘사를 피해, 적어도 내 옆에서는. 그렇게 부끄러움을 모르는 인간인 동시에 아주 따분하지. 변태적이고 변덕스럽고, 죽음의 프렌치 키스이고, 이미 이중생활이라는 평판 나쁜 전율 속으로 깊이 빠져 들어 있어―그런데 따분해. 혼돈에 관한 한 네 혼돈은 결정적으로 비혼돈으로 보여. 카오스이론가들이 너를 연구해야 하는데. 캐서린이 행동하거나 말하는 것이 캐서린 속으로 얼마나 깊이 들어가는가? 원하는 것이 무엇이든, 아무리 위험하거나 기만적이라도, 너는 그걸 쫓아가. 그니까, 개인감정 없이, 알아?"

"좋아요. 그 사람을 실제로 어떻게 죽였어요?"

그는 두 손을 들어올리며 말했다. "이걸 사용했지. 말했잖아. '불을 꺼라, 그런 다음 불을 꺼라.'*"

"시체는 어쨌어요?"

"시프스헤드만에서 배를 빌렸지. 브루클린에 있는 항구 말이야. 나는 한때 소년 선원이었거든. 시체에 벽돌을 잔뜩 매달아 바다에서 니키를 뱃전 너머로 던졌지."

"그럼 브루클린까지는 시체를 어떻게 가져갔어요?"

"나는 늘 물건을 운반하고 다녔어. 그 시절에는 낡은 도지 자동차가 있었는데, 언제나 트렁크에 휴대용 무대하고 소도구하고 인형을 집어넣고 다녔지. 이웃들은 내가 그런 식으로 오가는 걸 늘 봤어. 니키는 강낭콩처럼 홀쭉하고 키만 훌쩍 컸어. 무게가 별로 나가지 않았지. 나는 니키를 반으로 접어 내 선원 가방에 쑤셔넣었어. 어렵지 않았어."

"안 믿어요."

"안됐군. 이건 내가 전에 누구한테도 한 적이 없는 얘긴데. 로즈애나한테조차. 그런데 지금 너한테 얘기한 거야. 우리의 작은 스캔들이 가르쳐주듯이, 너한테 말하는 게 사리분별의 명령을 따르는 거라고 할 수는 없지만 말이야. 누구한테 먼저 말할 거야? 구치두치 학장한테? 아니면 바로 일본 최고사령부로 갈 거야?"

"왜 그렇게 일본인에게 사회적 편견을 가져야만 하는 거예요?"

"그 사람들이 〈콰이강의 다리〉에서 앨릭 기니스에게 한 짓 때문이지. 그 사람을 그 좆같은 작은 상자에 집어넣었잖아. 나는 그 새끼들이 싫어. 누구한테 먼저 말할 거야?"

---

*「오셀로」에서 오셀로가 데스데모나를 죽이기 직전에 하는 대사.

"말 안 해요! 아무한테도 말하지 않을 거예요. 그건 사실이 아니니까!"

"사실이라면? 그럼 누군가에게 말할 거야?"

"뭘요? 선생님이 진짜 살인자라면요?"

"응. 그리고 내가 그렇다는 걸 네가 안다면. 테이프를 고자질했듯이 나를 고자질할 거야?"

"그 테이프는 깜빡했다니까요! 그 테이프는 우연히 두고 온 거예요!"

"나를 고자질할 거야, 캐시? 예야 아니요야?"

"왜 내가 이런 질문에 대답을 해야 해!"

"네가 좆도 누구를 위해 일하는지 알아내는 게 나한테 긴요한 일이니까."

"아무도 없어요!"

"나를 고자질할 거야? 예야 아니요야? 내가 살인자라는 게 사실이라면 말이야."

"음…… 진지한 답을 원하세요?"

"주는 대로 받겠어."

"음…… 경우에 따라 다르겠죠."

"어떤?"

"어떤? 음, 우리 관계에 따라."

"우리가 올바른 관계라면 나를 고자질하지 않을 수도 있다는 거야? 그건 어떤 관계일까? 얘기해봐."

"모르겠어요…… 사랑인 것 같아요."

"사랑하면 살인자도 보호해주는 거네."

"모르겠어요. 선생님은 아무도 죽인 적이 없어요. 이런 질문은 어리석어요."

"나를 사랑하긴 해? 내 감정은 걱정하지 마. 나를 사랑해?"

"어떤 면에서는요."

"예야?"

"예."

"내가 늙고 혐오스러워도?"

"사랑해요…… 선생님의 마음을 사랑해요. 선생님이 말하면서 마음을 노출하는 방식을 사랑해요."

"내 마음? 내 마음은 살인자의 마음이야."

"그 말 좀 그만해요. 나 무서워져요."

"내 마음? 글쎄, 이건 정말 계시네. 나는 네가 내 늙은 자지를 사랑하는 줄 알았는데. 내 마음? 이건 내 나이 된 사람한테는 정말 충격인데. 정말로 오직 내 마음 때문에 달려든 거야? 오, 안 돼. 내가 씹하는 이야기를 하는 내내 너는 내가 내 마음을 노출하는 걸 지켜보고 있었다는 거야! 내 마음에 원치도 않는 관심을 기울이고 있었다고! 감히 정신적 요소는 들어갈 자리가 없는 환경에 그걸 집어넣겠다는 거야. 살려줘! 나는 정신적으로 희롱을 당하고 있어! 살려줘! 나는 정신 희롱의 피해자야! 맙소사, 위장 장애가 생기네! 너는 내가 알지도 못하는 사이에 내 의지에 반해 나에게서 정신적 호의를 뽑아갔어! 너는 나를 얕잡아봤어! 내 자지를 니는 얕잡아봤어! 학장한테 연락해! 내 자지는 권능을 빼앗겼어!"

그 말이 끝나자 캐시는 마침내 문을 밀어 열 마음이 생겼으나, 너무 정신없이, 너무 힘을 주어 여는 바람에 차에서 갓길로 쓰러졌다. 그러나 거의 즉시 리복을 신은 발로 일어섰고, 앞유리 너머로, 그녀가 빠른 걸음으로 어시나를 향해 북쪽으로 가는 것이 보였다. 손을 넣는 인형은 날고, 공중에 뜨고, 회전할 수 있지만, 오직 사람과 마리오네트만이 달리고 걷는 데 한정되어 있다. 그래서 그가 마리오네트에 늘 따분함을 느끼는 것이다. 그들이 작디작은 무대를 오르내리며 늘 하는 일은 죄다 그 걷는 것뿐이어서, 마치 걷는 일이 모든 마리오네트 쇼의 주제가 될 뿐 아니라 인생의 주요한 주제가 되기라도 하는 것 같았다. 게다가 그 끈들—너무 눈에 띄고, 너무 많고, 너무 빤하게 은유적이었다. 그리고 늘 인간 극장을 노예처럼 모방하고. 반면 손 인형은…… 인형에 손을 쑥 밀어넣고 스크린 뒤로 얼굴을 감춘다! 동물의 왕국에 그와 같은 것은 없다! 페트루시카*까지 거슬러올라가 무엇을 해도 되고, 미치고 추할수록 더 좋다. 로마에서 그 마에스트로에게 일등상을 탄 새버스의 카니발 인형. 무대에서 적을 잡아먹고. 그들을 찢어발기고 그들 이야기를 하면서 내내 그들을 씹고 삼키고. 실수는 행동하고 말하는 것이 인형이 아닌 다른 누군가의 자연스러운 영역이라고 생각하게 되는 거다. 두 손과 목소리가 되면 그걸로 만족이다—그 이상을 기대하는 것은, 학생들이여, 광기다. 니키가 인형이었다면 지금도 살아 있을지 모른다.

---

* 러시아 민속 인형극의 주요 인물.

캐시는 터무니없이 커다란 달의 너무 큰 빛을 받으며 길을 따라 달아나고. 이제 사람들이 해독중인 로즈애나의 작은방 밑에 모여 역시 달빛을 받으며 담배를 피우고 있었다. 그녀의 울부짖음은 130마일 떨어진 곳에서도 여전히 들리고…… 오, 그녀는 오늘밤 괴로울 것이다. 그와 결혼생활을 하는 것보다 훨씬 무시무시한 시련과 맞서야 하니. 의사는 새버스에게 그녀가 전화를 해 와서 데리고 나가달라고 애걸할지도 모른다고 미리 주의를 주었다. 그러면서 동정심에 호소해도 무시하고 안 된다고 대답하라고 조언했다. 새버스는 최선을 다하겠다고 약속했다. 그는 집으로 가 그녀의 전화벨소리를 듣는 대신 차에 좀더 앉아 있었고, 거기에서 당장은 떠오르지 않는 이유로, '스탠더드 오일' 유조선에서 그에게 읽을거리를 주었던 남자를 기억하고, 그들이 퀴라소섬에서 그 거대한 파이프 시스템을 통해 짐을 내리던 일, 그리고 그 남자―결국엔 교사, 어쩌면 심지어 성직자가 될 것으로 예상되는데도 신기하게 바다에서 인생을 보내고 있는 신사답고 조용한 유형에 속했는데―가 그에게 윌리엄 버틀러 예이츠의 시집을 주었던 일을 기억했다. 외톨이. 독학한 외톨이. 그 남자의 침묵은 섬뜩한 느낌을 주었다. 또다른 미국인 유형. 바다에서는 미국인의 모든 유형을 만났다. 그 시기에 이미 많은 수는 라틴아메리카계였다―강인하고, 정말 강인한 라틴계 유형들. 아킴 타미로프*처럼 생긴 사람이 기억난다. 모든 종류의 우리 유색인 형제들, 생각할 수 있는 모든

---

* 아르메니아계 미국인 배우.

유형—상냥한 사람, 그렇게 상냥하지 않은 사람, 모든 사람. 내게 그 책을 주어 내가 독서를 시작하게 만든 사람이 있던 그 배에는 크고 뚱뚱한 흑인 주방장이 있었다. 나는 꼭대기 침상에 올라가 책을 들고 누워 있곤 했는데, 그러면 꼭 이 주방장이 들어와 내 불알을 움켜쥐었다. 그리고 웃음을 터뜨렸다. 나는 몸을 비틀어 빼내야 했다. 아마 그래서 내가 '동성애 혐오자'가 되었는지도 모른다. 그는 더 공격적인 움직임을 보이지는 않았지만, 만일 내가 반응을 보였다면 아주 흡족해했을 것인데, 그 점에는 의심의 여지가 없다. 흥미로운 것은 매음굴에서 그가 눈에 띄곤 했다는 것이다. 그런데, 시집을 준 남자는 완전한 퀴어였지만 나에게 전혀 손을 대지 않았다. 그때는 내가 녹색 눈의 예쁜 사내아이였음에도. 어느 시를 읽으라고만 말했다. 책을 많이 주었다. 몹시 착했다. 정말로. 네브래스카 출신의 남자. 나는 불침번을 설 때 그 시들을 외우곤 했다.

물론이다! 예이츠가 레이디 굴즈비에게 하는 말.

　어느 늦은 종교적인 남자가
　바로 어젯밤에
　오직 하느님만이, 오,
　너의 노란 머리가 아니라
　오직 너 자신 때문에 너를 사랑할 수 있다는 걸
　증명할 텍스트를 찾았다고 선언하는 걸 들었다.

이제 불과 몇 시간이면 캐시는 결승선을 넘을 것이다. 그는 그녀가 젖가슴에 테이프를 감고 '오점 없는' 가미조코의 품에 안기는 것을 볼 수 있었다. 젖가슴으로 테이프를 끊고. 가키조미. 가지코미. 누가 그 사람들의 좆같은 이름을 외울 수 있을까. 누가 외우고 싶어할까. 도조와 히로히토*면 그에게는 충분했다. 그녀는 히스테리에 사로잡혀 흐느끼며 학장에게 그의 무시무시한 고백을 전할 것이다. 그러면 학장은 캐시가 그런 척했던 것과 달리, 저항하지 못하고 그것을 믿어버릴지 모른다.

그는 집으로 차를 몰면서 〈The Sheik of Araby〉를 틀었다. 이 세상에 그 팔팔한 솔로 넷만큼 제대로인 것은 거의 없었다. 클라리넷. 피아노. 드럼. 비브라폰.

어떻게 이제는 아무도 도조를 미워하지 않게 되었을까? 그 살인자를 나 말고는 아무도 기억하지 않는다. 사람들은 도조가 자동차라고 생각한다. 하지만 한국인들에게 일본인들이 삼십오 년간 그들의 얼굴을 깔고 앉아 있던 일에 관해 물어보라. 만주 사람들에게 그들을 정복한 자들의 예의에 관해 물어보라. 중국인들에게 그 자그마하고 얼굴이 납작한 제국주의자 새끼들이 보여준 놀라운 이해력에 관해 물어보라. 일본놈들이 자신의 병사를 위해 바로 너 같은 여자애를 쟁여두었던 매음굴에 관해 물어보라. 더 어린 여자애들을. 학장은 내가 적이라고 생각한다. 호, 호! 그녀에게 고국의 남자애들에 관해, 그 아이들이 씹을 하며 아시아 방방곡곡을

* 2차대전 시기의 일본 총리와 왕.

다닌 것에 관해, 그들이 노예로 만들고 창녀로 만든 외국 여자들에 관해 물어보라. 마닐라 사람들에게 폭탄, 마닐라가 비무장 도시가 된 후에 일본놈들이 투하한 수 톤의 폭탄에 관해 물어보라. 마닐라는 어디 있지? 네가 어떻게 알까? 어쩌면 언젠가는 선생님이 성희롱 교육에서 한 시간을 빼내 자신의 모든 흠 없는 어린 양들에게 2차대전이라는 작은 참사에 관해 말해줄지도 모른다. 일본애들. 어느 곳의 누구 못지않게 인종적으로 오만하고—그들 옆에는 쿠 클럭스 클랜이 있다…… 하지만 네가 쿠 클럭스 클랜에 관해 무엇을 알까? 그런 사람 손아귀에 있으면서, 네가 뭔들 알 수가 있을까? 일본애들의 바닥을 알고 싶어? 나의 어머니, 역시 살면서 희롱을 당한 한 여자에게 물어보라. 그녀에게 물어보라.

그는 느긋하게 진 호크버그인 척하며 콰르텟과 함께 노래를 불렀다. 그는 정말이지 애들 한 무리가 일어나서 스윙을 하게 할 수 있는 사람이다. 즐기고 있었다. 새버스는. 데이트 강간을 찬양하고 아랍인을 모욕하는 20년대 옛 축가의 의미가 다양한 가사만이 아니라, 끝없이 이어지는 점잖지 않고 콕콕 쑤시는 연주, 그들의 야만인이 되는 일의 기쁨을 즐기고 있었다. 선교사들이 그들의 야만인 없이 어떻게 우쭐할 수 있었을까? 육체의 욕정에 관한 그들의 순진하고 좆같은 뻔뻔스러움! 젊은이들의 유혹자. 소크라테스, 스트린드베리, 그리고 나. 그러면서도 위대하다고 느끼고. 햄프턴*의 해머가 내는 유리 같은 종소리—그것은 거의 어떤 것

---

* 라이어널 햄프턴. 미국의 재즈 비브라폰 연주자.

이든 고칠 수 있었다. 아니면 혹시 방해가 되지 않게 로지를 치워버렸기 때문일까. 아니면 혹시 그가 한 번도 비위를 맞출 필요가 없었고 이제 와서 새삼스럽게 그럴 필요가 없다는 것을 알고 있기 때문일까. 그래, 그래, 그래, 그는 자신의 똥으로 가득찬 인생에 걷잡을 수 없는 따뜻한 애정을 느꼈다. 더 많은 것에 대한 우스꽝스러운 허기. 더 많은 패배! 더 많은 실망! 더 많은 기만! 더 많은 외로움! 더 많은 관절염! 더 많은 선교사! 하느님의 뜻이라면, 더 많은 씹! 모든 것에 더 참담하게 얽히는 것. 요란스럽게 살아 있다는 순수한 느낌을 얻고자 할 때는 존재의 지저분한 면을 이길 수 있는 게 없다. 나는 낮 공연의 우상은 아니었을지 모르지만, 나에 관해 무슨 말을 하든, 이것은 진짜 인간 삶이었다!

> 나는 애러비*의 셰이크,
> 당신의 사랑은 나의 것이다.
> 밤에 당신이 잠들었을 때면
> 당신 텐트로 나는 기어들어갈 것이다.
> 위에서 빛나는 별들이
> 사랑으로 가는 우리의 길을 밝힐 것이다.
> 당신은 나와 함께 땅을 다스릴 것이다,
> 나는 애러비의 셰이크.

———————————

* 아라비아.

삶은 진정 불가해하다. 새버스가 아는 한 그는 방금 자신을 배반하지도 않았고 자신에게 암캐짓을 하지도 않았고 절대 할 수도 없는 여자애를 버렸다―아버지를 사랑하고 어떤 어른도('아버지'를 제외하면, 새버스와 더불어) 절대 속이려 하지 않을 단순하고 모험심 많은 여자애. 그가 아는 한 그는 방금 텐트로 늘 다시 기어들어가 함께 있고 싶은 아이, 그 마지막 스무 살짜리를 그냥 겁을 주어 쫓아버렸다. 그는 순수하고, 애정이 많고, 의리 있는 코딜리아를 그녀의 악당 같은 자매 고네릴과 리건으로 착각했다. 그는 늙은 리어와 마찬가지로 거꾸로 생각했다. 그러나 그의 제정신을 위해서는 다행스럽게도, 브릭퍼니스 로드의 커다란 침대에서 그날 밤 그리고 다가올 이십칠일 밤 동안 드렌카와 박는 것으로 약간의 위로를 얻을 수는 있었다.

◆ ◆ ◆

로즈애나 면회가 허용되기 전 두 주 동안 새버스가 받은 유일한 연락은 그녀가 어셔에 간 첫번째 주가 끝날 때 보낸 엄청나게 사실적인 엽서였다. 받는 사람에 대한 아무런 언급 없이 그냥 매더매스카폴스 그들의 주소만 써서 부쳤다―그녀는 심지어 자기 이름도 쓰려고 하지 않았다. "23일 4:30p.m. 로더릭 하우스에서 나랑 만나. 저녁은 5:15. 나는 7~8p.m.에 AA 모임이 있어. 그날 밤에 차를 몰고 집으로 가고 싶지 않으면 어셔의 래기드 힐 로지에 묵으면 돼. R.C.S."

23일 한시 반에 그가 막 차에 타려고 할 때 집안에서 전화벨이 울렸고, 그는 틀림없이 드렌카일 거라고 생각하여 다시 부엌문으로 달려갔다. 수신자 부담으로 전화를 건 로즈애나의 목소리가 들리자 그는 오지 말라고 전화를 한 것이라고 짐작했다. 그러면 그녀가 전화를 끊자마자 그 소식을 드렌카에게 전할 생각이었다.

"어때, 로즈애나?"

그녀의 목소리는 원래 억양 변화가 심하지 않지만 지금은 다리미질을 한 것처럼 평탄했다. 엄하고 분노가 섞여 있고 평탄했다. "오는 거야?"

"막 차에 타려던 참이었어. 전화를 받으려고 집으로 다시 달려와야 했어."

"뭘 좀 가져왔으면 해서. 꼭." 그녀는 마치 그곳의 누군가가 어떤 이야기를 어떻게 하라고 지시하기라도 하는 것처럼 덧붙였다.

"뭘 가져오라고? 그러고말고." 그가 말했다. "뭐든지."

그 말에 대한 그녀의 답은 대본에 없던 거슬리는 웃음이었다. 그뒤에 얼음처럼 "내 파일 캐비닛. 뒤쪽 맨 위 서랍. 링 세 개짜리 파란 바인더. 그게 있어야 돼"가 따라붙었다.

"가져갈게. 그러려면 파일 캐비닛을 열어야 하는데."

"열쇠가 필요할 거야." 훨씬 더 얼음처럼, 그게 가능한지는 몰라도.

"그래? 어디에 있어?"

"승마용 부츠에…… 왼쪽 부츠."

하지만 그는 오랜 세월에 걸쳐 그녀의 모든 부츠, 구두, 운동화를 뒤져왔다. 전에는 그가 찾지 못하게 어디에 감추어두었다가 최근에 옮겨놓은 것이 분명했다.

"지금 가서 가져와." 그녀가 말했다. "지금 찾아봐. 중요해…… 꼭."

"그럼. 알았어. 오른쪽 부츠."

"왼쪽이라니까!"

그래, 그녀가 간신히 지탱하던 것을 무너뜨리기는 어렵지 않았다. 게다가 이것은 그녀가 이미 두 주를 겪고, 이제 두 주밖에 남지 않았을 때였다.

그는 열쇠를 찾았고, 파일 캐비닛에서 링 세 개짜리 파란 바인더를 챙겼으며, 전화로 돌아와 가져왔다고 그녀를 안심시켰다.

"파일 캐비닛은 잠갔어?"

그는 거짓말로 잠갔다고 대답했다.

"열쇠도 가져와. 파일 캐비닛 열쇠. 꼭."

"물론이지."

"그리고 바인더도. 파란색이야. 고무줄 두 개로 묶어놓은 거야."

"여기 제대로 가져왔어."

"절대 잃어버리면 안 돼!" 그녀는 폭발했다. "죽고 사는 문제야!"

"정말로 이걸 원하는 게 확실해?"

"내 말에 이렇다 저렇다 하지 마! 그냥 시키는 대로 해! 당신하고 말하는 것도 나한테는 쉬운 일이 아니니까."

"차라리 가지 말까?" 이 시간에 여관에 가서 경적을 두 번 울리는 것이 안전할지 의문이 들었다. 그것은 드렌카에게 '작은 동굴'에서 만나자고 보내는 신호였다.

"오고 싶지 않으면 오지 마." 그녀가 말했다. "당신은 누구에게 호의를 베푸는 게 아니야. 나를 보는 데 관심이 없다면, 나는 그것도 괜찮아."

"당신을 보는 데 관심이 있지. 그래서 당신이 이 전화를 했을 때도 차에 타고 있었던 거고. 기분은 어때? 좀 나아졌어?"

그녀는 흔들리는 목소리로 대답했다. "쉽지 않아."

"당연히 그렇겠지."

"염병할 힘들어." 그녀는 울기 시작했다. "감당 안 되게 힘들어."

"진전이 있기는 한 거야?"

"오, 당신은 이해 못해! 절대 이해 못할 거야!" 그녀는 소리를 지르고, 이어 전화를 끊었다.

바인더에는 어머니가 프랑스에서 돌아온 뒤 로즈애나가 아버지를 떠나 어머니와 살게 된 이후에 아버지가 그녀에게 보낸 편지가 있었다. 그는 자살을 하던 그날 저녁까지 매일 로즈애나에게 편지를 썼다. 자살 편지는 로즈애나와 그녀의 여동생 엘라 둘 다에게 보냈다. 로즈애나의 어머니는 딸들에게 온 편지를 한데 모아 그녀 자신이 폐기종으로 오랜 고통을 겪다가 죽기 전해까지 그들을 위해 보관해두었다. 바인더는 어머니의 골동품과 함께 로즈애나가 물려받았지만 그녀는 그것을 묶은 고무줄조차 풀 수가 없었다. 한동안은 버리겠다고 결심했지만 그러지도 못했다.

새버스는 어셔로 올라가다 중간쯤에 있는 간선도로 식당에 차를 세웠다. 그는 웨이트리스가 커피를 가져올 때까지 바인더를 허벅지에 올려놓고 있었다. 이윽고 고무줄을 벗겨 재킷 호주머니에 조심스럽게 넣고 바인더를 펼쳐 편지를 드러냈다.

그가 목을 매 자살하기 불과 몇 시간 전에 쓴 편지의 서두에는 "사랑하는 나의 자식, 로즈애나와 엘라에게"라고 적혀 있었고, 날짜는 "1950년 9월 15일, 케임브리지"였다. 로지는 열세 살이었다. 캐버노 교수의 마지막 편지를 새버스는 제일 먼저 읽었다.

1950년 9월 15일, 케임브리지
사랑하는 나의 자식, 로즈애나와 엘라에게

그 모든 것에도 불구하고 사랑하는이라고 말한다. 나는 늘 최선을 다하려고 노력했지만 완전히 실패하고 말았구나. 나는 결혼에 실패했고 일에서 실패했다. 너희 어머니가 우리를 떠났을 때 나는 망가져버렸다. 그리고 너희들, 나의 사랑하는 자식들조차 나를 버리자 모든 것이 끝났다. 그 이후로 나는 완전한 불면증에 걸리고 말았다. 이제는 힘이 없다. 나는 탈진했고 그 수많은 수면제 때문에 병이 들었다. 더는 계속할 수가 없으니 신이여 나를 도우소서. 나를 너무 가혹하게 심판하지 말아다오.

행복하게 살아라!
아빠가

1950년 2월 6일, 케임브리지
귀여운 로즈애나에게!

사랑하는 우리 귀염둥이를 내가 얼마나 그리워하는지 너는 상상도 못할 거다. 속이 완전히 텅 비어버린 것 같고 이걸 어떻게 극복해야 할지 모르겠구나. 하지만 동시에 일이 이렇게 되는 게 중요하고 필요했다고도 느낀다. 나는 작년 5월 이후 네가 변하는 걸 봤다. 너를 도와줄 수가 없어 몹시 걱정했는데 너는 나에게 털어놓고 싶어하지 않더구나. 너는 너 자신을 전혀 드러내지 않고 나를 밀어냈지. 네가 학교에서 그렇게 힘든 시간을 보내는 줄은 몰랐지만 네 학교 친구들이 한 번도 찾아오지 않았기 때문에 어느 정도는 짐작을 했다. 오직 예쁘고 귀여운 헬렌 카일리만 아침에 가끔 와서 너를 데려가곤 했지. 하지만 사랑스럽고 귀여운 내 아이야, 잘못은 너한테 있단다. 너는 우월감을 느꼈고 아마도 그걸 너 자신이 아는 것 이상으로 드러냈을 거야. 네 어머니도 여기에서 친구들과 똑같은 일을 겪었어. 사랑하는 귀여운 로즈애나, 내가 이런 말을 하는 것은 너를 비난하려는 게 아니라 이걸 잘 생각해보고 나중에 어머니와 이야기를 해보라는 거다. 그럼 인생을 살면서 자기중심적이면 안 된다는 걸 배우게 될 거다……

1950년 2월 8일, 케임브리지

……너는 네 아버지와의 접점을 잃었고 나는 이제 네가 스스로 두르고 있는 갑옷을 뚫고 들어갈 수가 없구나. 그것 때문에 몹시 걱정이 된다. 나는 너한테 어머니가 필요하다고 이해했고 그래서 심지어 새로 얻어주려고 노력했지만 완전히 실패하

고 말았다. 그런데 이제 너는 네 진짜 어머니를 돌려받게 되었구나, 네가 그렇게 오래 그리워하던 어머니를. 이제 너는 잘 지낼 수 있는 모든 가능성을 다시 찾았어. 이게 너한테 살아갈 용기를 새로 줄 거다. 그리고 학교에서도 다시 행복해질 거다. 지성 면에서 너는 평균보다 훨씬, 훨씬 위에 있으니까……

네 아버지의 집은 너에게 늘 열려 있다. 짧은 기간이든 긴 기간이든, 언제든 돌아오고 싶으면 말이다. 너는 내가 가장 사랑하는 아이이고 네가 없으니 빈 부분이 엄청나게 크구나. 이렇게 된 것이 너에게는 최선이라고 생각하며 위안을 얻으려고 노력할게.

자리를 잡는 대로 뭔가 써 보내주렴. 안녕, 나의 귀염둥이! 사랑이 담긴 천 번의 키스를, 너의 외로운

아빠가

1950년 2월 9일, 케임브리지

귀여운 로즈애나에게!

길에서 우연히 러먼 선생을 만났다. 네가 학교를 떠나 슬퍼하더구나. 선생들이 다 너를 무척 좋아했다고 하더라. 하지만 최근에 네가 좀 어려운 시간을 보냈다고 알고 있더구나. 감염 등등으로. 그것 때문에 네가 오래 결석을 해야 했다고. 그 여선생은 또 최근에 네가 헬렌 카일리나 마이라, 필리스, 애기 등 좋은 친구들과 어울리지 않았다고 했다. 그분 말은 이 아이들은 열심히 공부를 한 반면 로즈애나는 공부를 잘하고 싶은 욕

망을 잃어버렸다는 거였어. 몇 년 지나면 네가 어려움을 이겨 낼 거라고 생각하더구나. 비슷한 사례를 많이 봤다. 그렇게 말하더라. 또 나와 마찬가지로, 사춘기 여자아이들한테는 여학교가 낫다고 생각하고 있었다. 안타깝게도 네 어머니는 러먼 선생과 생각이 다른 것 같다만……

……그래, 사랑하는 귀여운 로즈애나, 네가 나의 햇빛이었고 진실하고 있는 그대로였을 때만큼 곧 행복해지기를 바란다. 하지만 그때 우리 문제가 시작되었지. 나는 너를 돕고 싶었지만 네가 내 도움을 원치 않았기 때문에 도울 수 없었다. 너는 네 걱정을 더는 내게 털어놓을 수가 없었지. 그때 너에게는 어머니가 필요했지만 안타깝게도 어머니는 없었고……

큰 포옹을 하며

아빠가

1950년 2월 10일, 케임브리지

로즈애나에게!

너는 떠날 때 나한테 자주 연락도 하고 편지도 쓰겠다고 약속했다. 너는 너무 착하고 솔직해서 나는 네 말을 믿었지. 하지만 사랑은 맹목적인 것. 네가 떠난 지 닷새가 흘렀는데 너한테서 편지 한 줄 받지를 못했구나. 게다가 어젯밤에는 나하고 이야기를 하고 싶어하지도 않더구나. 나는 집에 있었는데. 이제 나는 깨닫고 있다. 눈을 뜨고 있는 거지. 양심의 가책을 느끼는 거니? 이제 네 아버지 눈을 똑바로 볼 수 없는 거니? 이게 내가 혼자서 내 자식들을 돌봐야 했던 오 년 동안 너희에게 해준 모든 것에 대한 감사의 표현이냐? 잔인하구나. 끔찍해. 다시는 네 아버지가 있는 집에 와서 눈을 똑바로 볼 수 없는 거냐? 이해하기가 힘들구나. 하지만 심판하지는 않으마. 최근에 네가 최면 치료를 받았다고 알고 있다. 네 어머니는 나를 끝까지 괴롭히는 걸 자기 사명으로 삼은 듯하다. 그 사람의 유일한 관심은 나의 패배다. 네 어머니는 너희들이 생각하는 것만큼 바뀐 것 같지가 않구나.

어쩌면 나한테 몇 줄 써서 내가 어떻게 해야 하는지 말해주는 게 좋을지도 모르겠다. 내가 네 방을 싹 치우고 네가 존재했다는 것을 잊으려 해야겠니?

문구점에서는 왜 나한테 십 달러를 두고 거짓말을 했지? 그건 불필요했다. 아름다운 마지막 기억이 아니야.

아빠가

1950년 2월 11일, 케임브리지

사랑하는 귀여운 로즈애나!

오늘 고대하던 네 편지를 받아 천 번 감사의 말을 전하고 싶구나! 너무 행복해서 다른 사람이 된 기분이다. 내 망가진 인생에 다시 해가 비추고 있다. 지난번 편지는 용서해다오. 그걸 쓸 때는 너무 우울해서 다시 일어설 수 있다고 믿기가 힘들었다. 하지만 오늘은 모든 게 다른 느낌이다. 아이린은 이제 아주 친절해서 심지어 그 여자가 상냥하다고 말해도 될 것 같다. 그 여자가 최악의 위기. 그러니까 네가 떠난 상황에서 나를 도와주었던 셈이지……

물론 네가 네 아버지와 접촉을 완전히 끊지만 않는다면 넌 언제든 환영이다. 이제, 여기 집의 상황이 다시 차분하고 평화로우니 네 편지들은 우리 모두에게 온 마음으로 환영을 받을 거다. 최대한 자주 우리한테 편지를 써다오. 긴 서한문일 필요는 없다. 그냥 잘 있다는 짧은 인사면 된다. 물론 가끔은 네 영혼의 깊은 곳이 어떤 기분인지 네 아버지한테 몇 줄 쓰기는 해야지, 특히 슬픔이 너를 아래로 끌어내릴 때 말이다.

우리 모두가 사랑 사랑 사랑이 넘치는 안부를 보내지만, 특히 너를 예뻐하는

아빠가

이런 식으로 로즈애나가 어머니와 살기 위해 엘라와 함께 케임브리지를 떠난 1950년 2월의 어느 날부터 4월 말까지 편지가 갔다. 새버스는 병원 저녁식사 시간에 맞추려면 거기까지밖에 읽을 수 없었다. 어차피 맨 마지막까지 똑같은 의기소침한 메시지가 삐 소리를 내는 것을 듣게 될 게 분명했다ㅡ세상이 그와 맞서고, 그를 방해하고, 그를 모욕하고 짓밟고. 내가 네 방을 싹 치우고 네가 존재했다는 것을 잊으려 해야겠니? 딸에게서 닷새 동안 연락이 없자 피를 흘리는 캐버노 교수가 열세 살짜리 사랑하는 아이에게 한 말. 괴로워하는, 제정신이 아닌 술꾼ㅡ평생 전두에서 자유로운 날이 단 하루도 없었을 것이다, 돌이 들어올려지던 그날까지.

나를 너무 가혹하게 심판하지 말아다오. 행복하게 살아라! 아빠가. 그런 뒤에, 이제 더는 어떤 것과도 조화를 이루지 못하는 법이 없고. 마침내 모든 게 통제하에 들어오고.

새버스는 다섯시 직전에 병원 주차장으로 들어섰다. 그는 널찍한 사발 모양의 녹색 잔디와 창에 검은 셔터가 내려진 언덕 꼭대기의 삼층짜리 길고 하얀 미늘벽 판자 건물을 가르는 원형 진입로를 걸어올라갔다. 그 건물이 병원 본관이었는데, 우연의 일치로 매더매스카 호수를 굽어보는 발리치의 식민지풍 여관과 아주 흡사한 스타일의 건물이었다. 지난 세기에는 이곳에도 호수가 있었지만, 지금은 호수 같은 잔디밭이 있었고, 육중한 고딕 저택이 그곳을 굽어보고 있었다. 저택은 후사가 없는 소유주가 죽은 뒤 폐허가 되었다. 처음에 지붕이 무너졌고, 이어 돌벽이 무너졌고, 마침내 1909년에 호수의 물을 빼고 유령이 나올 것 같은 그림 같은 폐허를 증기 삽으로 구멍에 밀어넣고 흙을 덮어 결핵 요양원을 지었다. 지금 그 옛 요양원은 어서 정신병원의 본관이 되었지만 계속 '저택'으로 불렸다.

틀림없이 저녁식사 시간이 다가오기 때문이었겠지만, 담배를 피우려고 저택 현관 밖에 모인 사람들 수는 스물에서 스물다섯을 헤아렸다. 그들 가운데 몇 명은 놀랄 만큼 어렸다. 십대의 소년 소녀들로 밸리의 학생들과 같은 복장이었다. 남자아이들은 야구모자를 뒤로 썼고, 여자아이들은 대학 티셔츠, 운동화, 청바지 차림이었다. 그는 가장 예쁜 여자아이―똑바로 서기만 한다면 아마 키도 제일 컸을 것이다― 한테 로더릭 하우스로 가는 길을 알려달라고 물었고, 아이가 길을 가리키기 위해 팔을 들었을 때 손목에 최근에야 아문 것으로 보이는 가로로 벤 자국을 보았다.

평범한 가을의 늦은 오후였다―다시 말해서, 빛나고 특별했다. 이런 아름다움이 자살 충동에 시달릴 만큼 우울한 사람에게는 얼마나 무시무시하고, 얼마나 위험할까, 새버스는 생각했다. 하지만 아마도 일반적인 우울증 환자에게는 자신이 기어서 통과하고 있는 동굴이 삶의 방향으로 가고 있을지도 모른다고 믿게 만들 수도 있는 그런 종류의 날일 것이다. 유년의 가장 좋은 순간을 기억하고, 성인의 삶 자체는 아니라 해도, 적어도 두려움을 약하게 만드는 것이 이 순간에는 가능해 보인다. 정신병원의 가을, 가을과 그 가장 유명한 의미들! 내가 여기 있다면 어떻게 가을일 수 있을까? 가을이라면 내가 어떻게 여기에 있을 수 있을까? 가을이기는 한가? 다시 마법적인 변이 속에 있는 한 해이지만, 심지어 마음에 각인되지도 않는다.

로더릭 하우스는 잔디밭을 빙 둘러 다시 바깥의 시골 도로로 나가는 갈림길에서 아래쪽으로 조금 떨어진 곳에 있었다. 집은 저택을 이층으로 줄여놓은 모습이었다. 그런 집 일고여덟 채가 뒤쪽 나무들 사이에 불규칙하게 흩어져 있었으며, 각각 개방형 베란다가 딸려 있고 풀이 덮인 앞마당이 있었다. 새버스는 진입로가 언덕을 달리는 곳으로부터 로더릭으로 다가가다 잔디밭에 서로 바짝 붙여놓은 야외용 가구에 여자 네 명이 앉아 있는 것을 보았다. 흰 플라스틱 셰이즈*에 누워 있는 사람이 *그*의 아내였다. 그녀는 선글라스를 쓰고 미동도 없이 누워 있었으며, 그녀 주위의 다른 여자들은 활발하게 대화를 나누고 있었다. 그러다 누가 아주 웃기는 이야기를 했고—어쩌면 로즈애나가 한 것인지도—그녀는 몸을 일으켜 앉아 기뻐서 손뼉을 쳤다. 그녀의 웃음은 그간 그 어느 때보다 자연스럽게 들렸다. 그들이 아직 웃고 있을 때 새버스가 나타나 잔디밭을 가로질렀다. 여자 한 명이 로즈애나에게 몸을 기울였다. "그쪽 면회객이네." 그녀가 소곤거렸다.

"안녕하세요." 새버스가 말하며 형식적으로 그들에게 고개를 숙였다. "나는 로즈애나의 둥지 만들기 본능의 수혜자이고 이 사람이 삶에서 만나는 모든 저항의 구현체입니다. 여기 계신 분들도 각자 한심한 짝이 있을 것이 분명한데, 나는 이 사람의 짝이지요. 미키 새버스입니다. 여러분이 나에 관해 들은 모든 것은 다 사실입니다. 모든 게 파괴되었고 내가 그걸 파괴했습니다. 안녕, 로지."

그녀는 의자에서 벌떡 일어나 그를 끌어안지 않았지만 그는 놀라지 않았다. 하지만 그녀가 선글라스를 벗고 수줍게 "안녕" 하고 말했을 때…… 글쎄, 전화로 목소리를 들었을 때는 그런 어여쁨은 예상하지 못했다. 소스[**]를 끊고 그와 떨어져 지낸 지 겨우 열나흘인데 그녀는 서른다섯 살로 보였다. 피부는 맑은 황갈색이었으며, 어깨까지 내려온 머리는 갈색이라기보다는 황금색으로 빛났고, 심지어 입의 폭과 더불어 두 눈 사이의 매혹적인 폭도 회복한 것처럼 보였다. 그녀는 눈에 띄게 얼굴이 넓었는데, 오랫동안

---

[*] 긴 의자의 일종.
[**] 술을 가리키는 속어.

이목구비가 그 안에서 사라지고 있었다. 그러나 이제 거기에 그들 고난의 단순한 기원이 자리잡고 있었다—뻑 가버릴 것 같은 이웃집 소녀의 모습. 겨우 열나흘 만에 엉망이 되었던 이십 년의 삶을 벗어버린 것이다.

"이분들은," 그녀가 어색하게 말했다. "이·집의 거주자들이야." 헬렌 카일리, 마이라, 필리스, 애기…… "내 방을 볼래? 시간이 좀 있으니." 그녀는 이제 완전히 당황한 어린아이였다. 부모의 존재 때문에 너무 창피하여 친구들과 함께 있는 한 비참할 수밖에 없는 아이.

그는 로즈애나를 따라 층계를 통해 베란다로 올라가—그곳에는 여자들 세 명이 나와서 담배를 피우고 있었는데, 잔디밭에 있던 여자들과 마찬가지로 어린 축에 속했다—집안으로 들어갔다. 그들은 작은 부엌을 통과해 통지문과 신문 스크랩이 줄지어 붙어 있는 복도로 접어들었다. 복도의 한쪽은 작고 어두운 거실로 통하는데, 그곳에는 또 한 무리의 여자들이 텔레비전을 보고 있었고, 다른 한쪽은 간호사실로 통했다. 그곳에는 유리 칸막이가 설치되어 있었고, 책상 두 개 위에는 밝은 분위기의 '피너츠' 포스터들이 걸려 있었다. 로즈애나는 그를 끌고 문안으로 반쯤 들어갔다. "여긴 내 남편이에요." 그녀는 당직을 서는 젊은 간호사에게 말했다. "좋네요." 간호사가 대꾸하더니 새버스에게 정중하게 고개를 끄덕였고, 로즈애나는 새버스가 간호사에게도 모든 게 파괴되었고 그가 파괴했다고 말하기 선에 일른 끌고 나왔다. 정확히 맞는 말일 수도 있는 고발이기는 했지만.

"로즈애나!" 거실에서 친근한 목소리가 소리쳤다. "로즈애나 버내나!"

"안녕."

"베닝턴 칼리지로 돌아갔군." 새버스가 말했다.

그녀는 신랄하게 그에게 달려들었다. "그런 건 아니야!"

그녀의 방은 작았고, 새로 칠을 하여 하얗게 반짝거렸고, 커튼을 친 창문 두 개는 앞뜰을 내다보고 있었으며, 싱글베드, 낡은 나무 책상, 화장대가 있었다. 모두 누구에게나 필요한 것이었다. 정말로. 이런 장소에서는 영원히라도 살 수 있었다. 욕실로 고개를 들이밀고 수도꼭지를 틀어보고―"뜨거운 물이네." 그는 만족한 목소리로 말했다―다시 나왔을 때 그는 책상에서 액자에 넣은 사진 세 개를 보았다. 전쟁 직후 파리에서 모피 코트에 감싸인 어머니 사진, 엘라와 폴 부부와 그들의 통통한 금발 아이들(에릭과 폴라) 둘과 곧 세상에 나올 것이 분명한 셋째(글렌)의 오래된 사진, 그리고 그가 본 적이 없는 사진이었다. 양복, 타이, 풀을 먹인 칼라 차림으로 스튜디오에서 찍은 남자의 초상으로, 엄격하고 얼굴이 널찍한 이 중년 남자는 전혀 '망가져' 보이지 않았지만, 캐버노일 수밖에 없었다. 책상에는 작문 연습장이 펼쳐져 있었는데, 로즈애나는 떨리는 한 손으로 그것을 덮고 초조하게 방에서 원을 그리며 돌아다녔다. "바인더는 어디 있어?" 그녀가 말했다. "바인더를 까먹었구나!" 그녀는 이제 잔디밭에서 그가 보았던 선글라스를 낀 바람의 요정, 헬렌, 마이라, 필리스, 애기와 함께 명랑하게 웃음을 터뜨리던 사람이 아니었다.

"차에 두고 문을 잠그고 왔어. 의자 밑에 있어. 안전해."

"하지만," 그녀는 진지하기 짝이 없는 표정으로 외쳤다. "누가 차를 훔쳐가면 어떡해."

"그게 있을 법한 일이야, 로즈애나? 그 차를? 시간에 맞춰 오느라 서둘렀어. 저녁 먹고 나서 가져오면 된다고 생각했지. 하지만 당신이 원할 때 언제라도 떠날게. 그러기를 원하면 바인더를 갖다놓고 지금 떠날게. 당신은 이 분 전까지는 훌륭해 보였는데. 나는 당신 안색에 도움이 안 되는군."

"당신한테 이 장소를 보여줄 계획이었어. 당신을 데리고 돌아다니고 싶었어. 정말 그랬어. 내가 수영하는 곳을 보여주고 싶었어. 하지만 지금은 혼란스러워. 몹시. 텅 빈 느낌이야. 끔찍한 기분이야." 그녀는 침대 가장자리에 앉아 흐느끼기 시작했다. "여긴, 여긴 하루에 천 달러야"가 그녀가 마침내 입 밖에 낸 말이었다.

"그것 때문에 울고 있는 거야?"

"아니. 보험이 그건 처리해줘."

"그럼 뭐 때문에 울고 있는 거야?"

"내일…… 내일 밤, 모임에서, '내 이야기'를 해야 돼. 내 차례야. 메모를 하고 있었어. 두려워. 며칠 동안 메모를 했어. 구역질이 나고 배가 아파……"

"왜 두려워? 수업시간에 얘기한다고 생각해. 다 애들이라고 생각해."

"말하는 게 두려운 게 아니야." 그녀가 화가 나서 대답했다. "내가 말하는 내용이 문제야. 내가 진실을 말한다는 게."

"무슨 진실?"

그녀는 그의 어리석음을 믿을 수가 없었다. "무슨? 무슨? 저 사람!" 그녀가 소리치며 아버지 사진을 가리켰다. "저 남자!"

그래. 저 남자였다. 그게 그 사람이었다.

아주 순진하게, 새버스가 물었다. "저 사람이 무슨 짓을 했는데?"

"다. 전부 다."

저택 일층에 있는 식당은 쾌적하고 조용하고, 잔디밭을 내다보는 퇴창에서 들어오는 빛으로 환했다. 환자들은 앉고 싶은 곳에 앉았는데, 주로 여덟 명이 앉아도 충분한 커다란 오크 식탁들을 차지했고, 몇 사람은 벽을 따라 놓인 이인용 식탁에 떨어져 앉아 있었다. 다시 그는 호숫가의 여관과 드렌카가 여사제로서 관장하던 때의 그곳 식당의 쾌적한 분위기를 떠올렸다. 여관의 손님들과는 달리 환자들은 뷔페 음식을 먹었는데 오늘밤 탁자에는 프렌치프라이, 깍지 콩, 치즈버거, 샐러드, 아이스크림이 있었다―하루에 천 달러짜리 치즈버거. 로즈애나가 크랜베리주스 잔을 다시 채우려고 일어날 때마다 몸에 있는 알코올을 말리러 와 주스 기계 주위에 함께 모여 있던 사람들 가운데 한두 명이 그녀에게 웃음을 짓거나 말을 걸었고, 그녀가 다시 가득 채운 잔을 들고 지나가면 식탁에 있던 누군가가 그녀의 빈손을 잡았다. 내일 밤이 그녀가 '내 이야기'를 할 차례이기 때문일까, 아니면 오늘밤 '그'가 여기 있어서일까? 어셔의 누군가―환자, 의사, 간호사―가 주 경계 너머로 전화를 걸어 그녀가 이곳에 처박히게 만든 것을 한바탕 들은 적이 있는지 궁금했다.

하지만 그녀가 여기에 처박히게 된 것은 모든 것을 저지른 아버지 때문이었다.

그런데 어떻게 그녀는 그에게 이 '모든 것'을 전에 한 번도 말하지 않았을까? 어떻게 감히 그 이야기를 하지 않았을까? 감히 그것을 기억하지 않았을까? 아니면 그 혐의만으로도 그녀의 불행의 역사가 그녀에게 아주 명료하게 해명되었기 때문에 그것이 정말로 사실에 근거하고 있는지 아닌지는 잔인하게도 중요하지 않은 문제가 되어버린 것일까? 어쨌든 마침내 그녀는 숭고하면서도 무시무시한, 또 시대정신zeitgeist 기준으로 볼 때 대단히 합리적인 설명을 소유하게 되었다. 하지만 과거의 진짜 그림은 어디에ㅡ지금이라도 어디에든 있다면ㅡ있을까?

사랑하는 우리 귀염둥이를 내가 얼마나 그리워하는지 너는 상상도 못할 거다. 속이 완전히 텅 비어버린 것 같고 이걸 어떻게 극복해야 할지 모르겠구나. 너는 내가 가장 사랑하는 아이이고 네가 없으니 빈 부분이 엄청나게 크구나. 오직 예쁘고 귀여운 헬렌 카일리만 아침에 가끔 와서 너를 데려가곤 했지. 네가 나의 햇빛이었고 진실하고 있는 그대로였을 때. 너는 너무 착하고 솔직해서 나는 네 말을 믿었지. 하지만 사랑은 맹목적인 것. 양심의 가책을 느끼는 거니? 이제 네 아버지 눈을 똑바로 볼 수 없는 거니? 고대하던 네 편지. 내 망가진 인생에 다시 해가 비추고 있다.

그 케임브리지 다락방에서 목을 매단 건 누구일까, 상실감에 사로잡힌 아버지일까 아니면 퇴짜를 맞은 애인일까?

저녁식사 때 그녀는 쉬지 않고 이야기를 하면 새버스가 거기 없는 척, 또는 맞은편에 있는 사람이 다른 사람인 척할 수 있다고 생각하는 듯했다. "저 여자 봐." 그녀는 소곤거렸다. "내 뒤 두 탁자 건너, 자그마하고, 마르고, 안경 끼고, 오십대 초반?" 로즈애나는 그녀의 결혼 참사 이야기를 요약해주었다—딴 살림, 스물다섯 살짜리 여자친구와 세 살과 네 살의 어린 자식 둘. 남편이 옆 타운에 몰래 숨겨두었다. "머리를 땋은 여자애 보여? 빨간 머리…… 예쁘고 똑똑한 아이야…… 스물다섯…… 웰즐리대학…… 건설노동자 남자친구. 말버러 모델처럼 생겼어. 저애 말이 그래. 쟤를 벽에 내던졌다가 층계 밑으로 던진대. 그런데도 저애는 그 남자한테 전화질을 멈추지 못해. 매일 밤 전화해. 가책을 좀 느끼게 하려는 거라는데. 아직은 운이 없지만. 저 거무스름하고 좀 젊은 남자 보여, 노동계급? 당신 왼쪽으로 두 탁자 건너. 유리장수야. 상냥한 남자지. 마누라가 시댁 사람들을 싫어해서 애들을 데려가 보여주지 못하게 해. 종일 혼자 중얼거리며 돌아다녀. '소용없어…… 가망 없어…… 절대 바뀌지 않아…… 악을 쓰는 거…… 소동…… 견딜 수 없어.' 아침에 들리는 소리라곤 사람들이 자기 방에서 우는 소리뿐이야. 울면서 말해, '죽었으면 좋겠어.' 저기 저 남자 보여? 키가 크고, 대머리에, 코가 큰 남자? 실크 가운 입고? 게이야. 방에 향수가 한가득이야. 하루종일 가운만 입어. 늘 책을 들고 다니고. 프로그램엔 절대 안 와. 매년 9월마다 자살하려고 해. 10월마다 여기 오지. 11월이면 집에 가고. 로더릭의 유일한 남자야. 어느 날 아침 저 사람 방을 지나가다가 안에서 흐느끼는 소리를 들었어. 들어가서 침대에 앉았지. 자기 얘기를 해주더라고. 어머니가 자기 태어나고 나서 석 주 뒤에 죽었어. 류머티즘성심막염으로. 저 사람은 열두 살이 되어서야 어머니가 어떻게 죽었는지 알았어. 임신은 위험하다고 미리 경고를 받았는데도 저 사람을 가졌고 그래서 죽은 거야. 저 사람은 자기가 어머니를 죽였다고 생각하더라고. 저 사람 첫번째 기억은 아버지하고 함께 차에 앉아 이 집에서 저 집으로 실려가는 거야. 늘 사는 곳을 옮겼어. 다섯 살이 되자 그의 아버지는 어떤 부부가 사는 곳으로 들어갔어, 친구들이었지. 아버지는 거기서 삼십이 년을 살았어. 그 집 부인과 몰래 연애를 했고. 그 집 부부는 딸이 둘인데 저 사람은 그게 자기 누이들이라고 생각해. 하나는 확실히 누이야. 저 사람은 건축 제도공이야. 혼자 살아. 매일 밤 피자를 시켜. 텔레비전을 보면서 그걸 먹어. 토요일 밤이면 특별한 걸 만들어, 송아지고기 요리. 저 사람은 말을 더듬어. 말을 해도 거의 들리지를 않아. 나는 저 사람 손을 한 시간 정도 잡고 있었어. 울고 또 울더라고. 마침내 이러는 거야, '열일곱 살 때 어머니의 오빠가 왔어요, 내 외삼촌이, 그 사람은……' 하지만 말을 맺지 못했어. 누구한테도 자기가 열일곱 살 때 있었던 일을 말할 수가 없는 거야. 지금도 못해, 쉰셋인데도. 이게 레이 이야기야. 사람들 이야기를 들으면 들을수록 점점 더 심각해져. 이 사람들은 내적인 고요를 원하는데 얻는 거라곤 내적인 소음뿐이야."

그런 식으로 그녀는 그들이 아이스크림을 다 먹을 때까지 계속 이야기했고, 아이스크림을 다 먹자 벌떡 일어났다. 그들은 함께 그녀 아버지의 편지가 있는 곳으로 향했다.

새버스는 그녀 옆에서 빠른 걸음으로 주차장을 향해 진입로를 걷다가 저택 뒤쪽으로 조금 떨어진 언덕 꼭대기에 있는 유리와 분홍색 벽돌로 지은 현대식 건물을 보았다. "폐쇄동이야." 로즈애나가 말했다. "d.t.*가 있는 상태에서 들어오는 사람들 독을 빼는 데지. 충격을 주는 곳이야. 저쪽은 보고 싶지도 않아. 의사한테 그랬어. '절대 폐쇄동에는 보내지 않겠다고 약속해줘요. 나를 절대 폐쇄동으로 보낼 수는 없어요. 난 감당 못해요.' 그 사람이 그러더라고, '그런 약속은 할 수 없습니다.'"

"놀랍네," 새버스가 말했다. "휠캡만 훔쳐갔어."

그는 차문을 열었고, 그가 바인더(굵은 고무줄로 도로 묶어놓았다)를 앞좌석 밑에서 꺼내 그녀에게 건네는 순간 그녀는 다시 흐느끼고 있었다. 이 분마다 다른 누군가가 흐느끼는 곳. "여긴 지옥이야." 로즈애나가 말했다. "소란이 멈추지를 않아." 그러더니 그에게서 등을 돌려 다시 언덕을 달려올라가기 시작했다. 바인더를 가슴에 꼭 끌어안고 있었다. 그것만이 그녀를 폐쇄동에서 구해줄 수 있는 것처럼. 그가 자신의 존재로 인한 추가적인 괴로움을 그녀에게서 면해주어야 할까? 지금 떠나면 열시 전에 집에 갈 수 있다. 드렌카한테 가기에는 너무 늦지만 캐시는 어떨까? 아이를 집으로 데려가, S-A-B-B-A-T-H로 다이얼을 돌리고, 서로 아래쪽을 빨아주며 그 테이프를 듣는다.

일곱시 이십 분 전이었다. 로즈애나의 모임은 저택 '라운지'에

* 알코올중독에 의한 떨림 섬망증.

서 일곱시에 시작해 여덟시까지 계속되었다. 그는 녹색 사발 형태의 잔디밭을 어슬렁어슬렁 가로지르며, 여전히―얼마나 더 오래일지야 누가 알 수 있겠는가?―손님 흉내를 내고 있었다. 로더릭에 도착하자, 로즈애나가 저택 전화로 당직 간호사에게 연락을 해서, 자신이 AA에서 돌아올 때까지 그에게 방에 가서 기다려달라는 메시지를 남겨놓았다는 것을 알게 되었다. 그렇지 않아도, 초대를 받든 받지 않든 그것이 그의 계획이었다. 다음날 밤 자신을 드러낼 준비를 하던 작문 연습장을 책상에서 본 이후로.

어쩌면 로즈애나는 그것을 어디에 두었는지 잊은 것인지도 몰랐다. 어쩌면 단지 그를 눈으로 다시 보아야 하는 것만으로도(또 이 경우에는, 성경에서도 부부간 관계의 촉진제로서 유익한 속성을 찬양한 술이 주는 도움의 손길도 없이*), 생각을 제대로 하지 못해 간호사에게 도무지 이해가 되지 않는 메시지를 남긴 것인지도 몰랐다. 어쩌면 정말로 그가 그녀의 방에 혼자 앉아 거기 적힌 그녀의 괴로움을 읽기를 바란 것인지도 몰랐다. 하지만 그에게 무엇을 보여주려고? 그녀는 그가 이것을 제공하는 동안 자신은 그에게 저것을 제공하기를 바랐지만, 물론 그는 그런 구도에는 낄 생각이 없었다. 공교롭게도 그는 그녀가 저것을 제공하는 동안 자신은 그녀에게 이것을 제공하기를 바랐기 때문이다…… 하지만 그러면 왜 결혼을 유지하는가? 솔직히 말해서 그도 몰랐다. 삼십

---

* (원주) "독주는 죽을 사람에게나 주어라. 포도주는 상심한 사람에게나 주어라. 그것을 마시면 가난을 잊고 괴로움을 생각지 아니하리라."(「잠언」31:6~7)

년 동안 가만히 앉아 그것이 끝나기를 바랐다는 것은 실로 설명이 되지 않는 일이지만, 그러고 보면 사람들이 다들 그런다는 것을 떠올리게 된다. 불신과 상호 혐오가 기초가 되어 결합이 장기간 지속되는 부부가 지상에 그들밖에 없는 것은 아니었다. 그러나 인내가 한계에 이르렀을 때 로지에게는 그들이 실제로 그런 터무니없이 모순되는 갈망을 가진 유일한 부부인 것으로, 그럴 수밖에 없는 부부인 것으로 보였다. 서로의 행동이 그렇게 지루할 정도로 적대적이기만 한 유일한 부부, 서로에게서 각자가 가장 원하는 것을 빼앗은 유일한 부부, 차이를 둘러싼 싸움을 절대 넘어서지 못하는 유일한 부부, 함께해야 하는 이유가 증발해버려 이제 기억도 나지 않는 유일한 부부, 각자에게 불만이 만 가지 있음에도 서로 끊어내지 못하는 유일한 부부, 해가 갈수록 믿어지지 않을 만큼 더 사이가 나빠지는 유일한 부부, 둘 사이에 저녁식사중의 침묵이 그런 살벌한 증오를 담고 있는 유일한 부부……

새버스는 로즈애나의 일기가 대부분 자신에 관한 장광설일 것이라고 상상했다. 하지만 그에 관한 것은 전혀 없었다. 메모는 모두 다른 그, 풀을 먹인 칼라를 달고 있는 교수, 그녀가 아침에 잠을 깰 때 또 밤에 잠이 들 때 안간힘을 써서 마주보고 있는 사진 속의 교수에 관한 것이었다. 그녀의 삶에는 캐시 굴즈비보다 더 나쁜 게 있었다―새버스 자신은 중요하지 않았다. 지난 삼십 년은 중요하지 않았다. 내내 몸부림을 쳤지만 소용없었고, 그녀의 영혼을 영구히 일그러뜨린―그녀가 여기에서 보여주고 있듯이―상처는 내내 곪아만 갔다. 그에게는 그의 이야기가 있었다. 이것은 로즈애나의 이야기, 삶이라는 배신이 언제 어디에서 시작되었는가 하는 공식적인 기원의 이야기였다. 바로 여기에 탈출이 불가능한 무시무시한 폐쇄동이 있었고, 새버스는 한 번도 언급되지 않았다. 우리는 서로에게 얼마나 성가신 존재인가—실제로는 서로에게 존재하지도 않는데, 최초로 신성한 신뢰를 파괴한 자에 비하면 비현실적인 유령에 불과한데.

우리는 우리와 함께 살면서 저녁 준비를 돕는 여자, 가정부가 여럿 있었다. 아버지도 요리를 했다. 내 기억 속에서는 약간 흐릿하다. 가정부도 우리와 함께 식탁에 앉았다. 저녁식사는 그렇게 잘 기억이 나지 않는다.

방과후에 그는 거기에 없었다. 나한테 열쇠가 있었다. 가게에 들러 먹을 걸 좀 사곤 했다. 완두 수프. 내가 좋아하는 케이크와 쿠키. 여동생은 대개 집에 있었다. 우리는 오후에 간식을 먹곤 했다. 그런 뒤에 나가서 친구들과 놀았다.

그가 코를 심하게 골았다는 기억. 술과 관계가 있었다. 아침에 옷을 다 입은 채로 바닥에서 자고 있는 걸 보곤 했다. 너무 취해 침대에도 가지 못했다.

주중에는 마시지 않았지만 주말에 마셨다. 한동안 돛배가 있어서 여름이면 배를 타고 나가곤 했다. 그는 아주 강했다. 자기 마음대로 하고 싶어했다. 훌륭한 뱃사람은 아니었다. 조금 더 취하면 통제력을 잃고 걷다가 호주머니를 뒤집어서 돈이 없다는 것을 보여주곤 했다. 그러고 나면 동작이 어설퍼졌다. 친구를 데리고 가면 몹시 창피했다. 그가 이런 짓들을 할 때면 신체적으로 그에게 심한 역겨움을 느꼈다.

옷이 필요해서 그가 나를 옷가게에 데려가곤 했다. 아버지가 그런 일을 하는 게 몹시 창피했다. 그는 옷에 대한 감각이 없었고 가끔 내가 좋아하지 않는 옷을 사게 했고 억지로 입게 했다. 내가 싫어하던 로덴 재킷이 기억난다. 나는 그 옷을 화가 날 만큼 싫어했다. 나를 돌봐주고 나에게 조언을 해줄 여자가 없었기 때문에 심한 말괄량이가 된 기분이었다. 아주 힘들었다.

아버지는 가정부를 두곤 했고 그 가운데 몇 명은 아버지와 결혼하고 싶어했다. 한 가정부는 교육받은 여자였는데, 음식을 아주 잘했고 교수와 몹시 결혼하고 싶어했다는 기억이 난다. 하지만 그런 일은 늘 파국으로 끝났다. 엘라와 나는 문에 귀를 대고 로맨틱한 전개를 추적했다. 우리는 언제 그들이 씹을 하고 있는지 정확히 알았다. 그가 씹을 잘했다고 상상하지는 않는다. 술꾼이었기 때문이다. 하지만 우리는 늘 문 뒤에서 귀를 기울이고 있었고 벌어지는 일을 모두 알고 있었다. 그러다보면 현실이 찾아왔다. 그는 그들에게 상전 노릇을 하고, 심지어 설거지를 하는 방법까지 지시했다. 그는 지질학 교수였고 따라서 자신이 그들보다 설거지하는 방법을 잘 안다고 생각했다. 말다툼과 비명이 터지고, 그가 여자를 때렸다고 생각하지는 않지만, 늘 끝은 불쾌했다. 그들이 떠나면 늘 위기였다. 나에게는 늘 위기에 대한 예감이 있었다. 내가 열두 살, 열세 살이 되어 밖에 나가 남자애들을 만나는 데 관심을 갖게 되고 여자 친구들이 잔뜩 생기자, 그는 아주 힘들어했다. 혼자 진을 마시며 앉아 있다가 그대로 곯아떨어졌다. 그를, 혼자서는 해나갈 수 없는 고립된 사람을 생각하면 울음이 나온다. 지금도 나는 울고 있다.

그녀는 1945년에 떠났고, 나는 여덟 살이었다. 그녀가 떠났을 때가 기억나지는 않는다. 혼자 남겨진 게 기억날 뿐이다. 그러다가 그녀가 처음 돌아왔을 때가 기억난다. 1947년, 크리스마스였다. 그녀는 소리를 내는 동물 장난감을 몇 개 가져왔다. 나의 절망감. 나는 어머니를 돌려받고 싶었다. 엘라와 나는 다시 귀를 기울이고 있었다. 이제 문 너머에서 그녀와 우리 아버지가 무슨 이야기를 하려는지 알아내려는 것이었다. 어쩌면 그들도 썹을 하고 있었는지 모른다. 모르겠다. 하지만 문 너머에서 벌어지는 일을 우리는 열심히 들으려고 했다. 작지만 강렬한 목소리들이 있었고 가끔은 아주 큰 말다툼으로 이어지기도 했다. 어머니는 이 주 동안 머물렀고, 그녀가 떠나자 큰 안도감이 찾아왔다. 그만큼 긴장이 끔찍했기 때문이다. 그녀는 눈에 확 띄는 여자였고, 옷을 잘 입었으며, 파리에 살았기 때문에 내 눈에는 아주 세속적으로 보였다.

그에게는 잠가놓은 책상이 있었다. 엘라와 나는 칼로 그것을 여는 방법을 알았기 때문에 우리는 늘 그의 비밀에 다가갈 수 있었다. 여러 여자가 보낸 편지가 있었다. 우리는 웃음을 터뜨렸고 그게 아주 재미있는 농담거리라고 생각했다. 어느 날 밤 아버지가 내 방에 들어오더니 말했다. "오, 나는 사랑에 빠졌단다." 나는 아무것도 모르는 척했다. 그는 결혼할 것이라고 했다. 나는 생각했다. '잘됐네, 이제 아버지를 돌보는 의무에서 벗어날 수 있겠어.' 그 여자는 과부였고, 이미 예순이었다. 그는 그 여자가 돈이 좀 있다고 생각했다. 그러나 결혼하자마자 말다툼이 시작되었다. 다른 여자들의 경우와 똑같았다. 이번에는 나 자신이 모든 일의 한가운데에 있다고 느꼈다. 그들이 결혼한 사실에 책임을 느꼈다! 아버지는 나에게 와서 그 여자가 스스로 말한 것보다 나이가 많고 갖고 있다고 하던 돈이 없다고, 그래서 엉망이라고 말했다. 엄청난 참사. 그 여자는 나에게 욕을 하기 시작했다. 공부하지 않는다고, 응석받이라고, 믿을 만하지 않다고, 지저분하다고, 방을 청소하지 않는다고, 가망 없는 선머슴이고 절대 진실을 말하거나 자기 말을 듣지 않는다고 불평했다.

어머니 집에서 목욕을 하고 있는데 전화벨이 울렸고 어머니 비명이 들렸다. 처음 든 생각은 아버지가 계모를 죽였다는 것이었다. 하지만 어머니가 욕실로 들어오더니 말했다. "네 아버지가 죽었다. 난 케임브리지로 가야 해." 내가 말했다. "나는 어떡해요?" 어머니가 말했다. "공부해야지. 너는 갈 필요가 없을 것 같아." 하지만 나는 이게 나한테 중요한 일이라고 고집을 부렸고 어머니는 나를 데리고 가주었다. 엘라는 가고 싶어하지 않았고, 가기를 두려워했지만, 내가 억지로 데려갔다. 그는 엘라와 나에게 편지를 남겼다. 아직도 그 편지를 갖고 있다. 내가 어머니와 함께 살러 갔을 때 그가 나한테 보낸 편지를 다 갖고 있다. 그가 죽은 뒤로는 읽은 적이 없다. 우편으로 왔을 때는 읽을 수 없었다. 아버지한테서 편지를 받으면 하루종일 구역질이 났다. 어머니는 마침내 내가 편지를 뜯게 했다. 어머니가 있는 자리에서 내가 그것을 읽거나 아니면 어머니가 나한테 읽어주었다. "왜 네 아버지가 너를 그리워하는데 편지를 쓰지 않았니?" 삼인칭으로. "왜 네 아버지가 너를 그렇게 사랑하는데 편지를 쓰지 않았니? 왜 돈 얘기는 나한테 거짓말을 했니?" 그리고 다음날에는, "오, 나의 사랑하는 로즈애나, 드디어 너한테서 편지를 받았고 정말 행복하다."

그를 미워하지 않았지만 나한테 그는 대단히 불편한 존재였다. 그는 나에게 거대한 힘을 휘둘렀다. 그는 수업을 해야 했기 때문에 매일 술을 마시지는 않았다. 그가 밤늦게 내 방에 들어와 침대에서 내 옆에 누운 깃은 술에 취했을 때였다.

50년 2월 나는 엘라와 함께 어머니의 아파트로 들어갔다. 나는 어머니를 구원자로 보았다. 그녀를 숭배했고 존경했다. 그녀가 아름답다고 생각했다. 어머니는 나를 인형으로 만들었다. 하룻밤새에 나는 인기 있는 소녀가 되었고, 남자아이들이 모두 나를 쫓아왔고, 거의 하룻밤새에 키가 훌쩍 컸다. 심지어 '로즈애나 클럽'도 있다고 남자애들이 말해주었다. 하지만 나에게 쏟아지는 관심, 나는 그것을 받아들일 수 없었다. 나는 거기에 없었다. 다른 곳에 있었다. 힘들었다. 하지만 아주 새침해 보이게 되었다는 것은 분명히 기억난다. 귀여운 줄무늬 드레스, 페티코트. 파티에 갈 때는 머리에 장미. 어머니의 필생의 사명은 자신이 떠난 일을 정당화하는 것이었다. 안 떠났으면 그가 자신을 죽였을 것이라는 게 그녀의 말이었다. 그녀는 그와 이야기를 하려고 전화를 걸 때조차 두려워했다—핏줄이 붉어지고 얼굴이 창백해졌다. 매일 이런저런 방식으로 그 이야기를 들었던 것 같다. 자신이 달아난 것에 대한 정당화. 그녀는 그의 편지가 왔을 때도 싫어했지만 그가 너무 두려워 내가 그걸 읽지 못하게 하지는 않았다. 돈을 둘러싼 싸움도 있었다. 그는 내가 자신과 함께 살지 않으면 돈을 내고 싶어하지 않았다. 늘 나였고, 엘라는 절대 아니었다. 내가 그와 함께 살아야 했고, 아니면 돈을 내지 않으려 했다. 그들이 그 문제를 어떻게 해결했는지는 모른다. 내가 아는 것은 돈과 나를 둘러싸고 늘 싸움이 있었다는 것이다.

그에게는 뭔가 신체적으로 역겨운 게 있었다. 성적인 부분. 그때도 그랬고 지금도 나는 그에게 강한 신체적 혐오를 느낀다. 그의 입술에. 나는 그게 추하다고 생각했다. 그리고 그가 나를 안는 방식, 심지어 사람들 앞에서도, 어린 소녀가 아니라 자신이 사랑하는 여자처럼. 그가 산책을 나가자고 팔짱을 낄 때 나는 절대 벗어날 수 없는 손아귀에 사로잡힌 느낌이었다.

한동안 그에 관해 잊기 위해 내가 할 수 있는 다른 일을 하려고 미친듯이 바쁘게 움직였다. 그가 죽고 나서 여름에 프랑스에 갔고 열네 살 때 연애를 했다. 어머니 친구 집에 묵었고 그곳에는 온통 남자아이들이 있었다…… 그래서 실제로 그를 잊었다. 하지만 나는 오랫동안 혼란 속에 살았다. 늘 혼란 속에 있었다. 이제 나는 오십대 여자가 되었는데 그가 왜 나를 쫓아다니는지 모르겠지만, 실제로 그런 상태다.

지난여름 꽃을 몇 송이 꺾고 기분좋은 분위기를 만든 다음 편지를 읽을 준비를 했고 읽기 시작했지만 멈출 수밖에 없었다.

나는 살아남기 위해 술을 마셔야 했다.

이어지는 페이지에는 손으로 쓴 것들을 한 줄 한 줄 아주 심하게 지워놓아 읽을 수 있는 것이 거의 남아 있지 않았다. "그가 밤 늦게 내 방에 들어와 침대에서 내 옆에 누운 것은 술에 취했을 때였다"를 부연해줄 말을 찾았지만, 현미경으로 들여다보듯이 훑었음에도 파악할 수 있는 말은 '화이트와인' '어머니의 반지들' '괴로운 날'뿐이었다…… 하지만 그 표현이 들어간 맥락을 파악할 수가 없었다. 그녀가 여기에 쓴 메모는 모임에 나올 환자들의 귀나 그녀 자신을 포함한 그 누구의 눈을 위한 것이 아니었다. 이윽고 그는 페이지를 넘겼고 일종의 연습 비슷한 것을 발견했다. 이것은 아주 쉽게 읽을 수 있었다. 아마 의사가 시킨 것인 듯했다.

삼십구 년 전 2월. 열세 살 나이에 아버지를 떠날 때의 재현. 처음에는 내가 기억하는 대로, 그다음에는 내가 일어났기를 바라는 대로.

내가 기억하는 대로: 나는 그 며칠 전 편도선을 절제하러 입원했고, 아버지는 그곳으로 나를 데리러 왔다. 그에 대한 내 모든 두려움에도 불구하고 그는 나를 집에 두게 되어 아주 행복하다는 것을 알 수 있었지만, 나는 그에게 종종 느끼던 것을 느꼈다―정확히 딱 집어낼 수는 없었지만, 그의 숨과 입술 때문에 몹시도 불편했다. 행동 자체에 대한 기억은 없다. 그의 숨과 입술로 인해 내 안에서 시작되는 떨림만 있을 뿐. 엘라에게는 절대 말하지 않았다. 지금까지도 하지 않았다. 아무에게도 하지 않았다.

아빠는 자신과 아이린이 잘 안 되고 있다고 말했다. 그녀가 계속 나에 대한 불평을 한다고, 내가 얼간이이고 공부를 하지 않는다고, 또는 그녀가 하는 말을 듣지 않는다고. 내가 가능한 한 그녀로부터 떨어져 있는 게 최선이라는 이야기…… 아빠와 나는 점심식사 뒤 거실에 앉아 있었다. 아이린은 부엌을 치우고 있었다. 나는 힘이 없고 피곤했지만 단호했다. 그를 떠나겠다고 지금 말해야 했다. 모든 것이 이미 계획되어 있다고. 어머니는―이 점을 여러 번 강조했는데―자기에게 오는 것이 그녀가 강요한 것이 아니라 나의 의지이기만 하다면 나를 받아주겠다고 이미 동의했다. 법적으로 아버지가 우리에 대한 양육권을 갖고 있었다. 당시에는 좀 특이한 일이었다. 어머니는 우리에 대한 모든 권리를 포기했다. 아이들 둘이 서로 떨어지면 안된다고 생각했고 그녀에게는 우리를 기를 자원이 없었기 때문이다. 게다가, 우리가 모두 떠나면 아빠가 우리를 모두 죽일 것 같았기 때문이다. 실제로 그는 신문에서 어떤 남편이 정말로 모두를, 자신을 포함한 모두를 죽인 가족 비극에 관해 읽고 나서 그게 옳은 행동이라고 말한 적이 있었다.

아버지가 쉰여섯보다 훨씬 늙어 보이는 모습으로 내 앞에 서 있었던 때가 기억난다. 덥수룩한 흰머리에 초췌한 얼굴이었고, 약간 구부정하지만 키는 여전히 컸다. 컵에 커피를 따르고 있었다. 나는 용기를 내 떠나겠다고 말했다. 어머니한테 이미 이야기를 했는데 어머니도 내가 그리로 가는 것을 허락했다고. 아버지는 컵을 떨어뜨릴 뻔했고 얼굴이 잿빛으로 변했다. 모든 게 빠져나오고 껍데기만 남았다. 자리에 앉았고, 말이 없었다. 화를 내 나를 겁에 질리게 하지 않았는데, 그게 내가 두려워하고 있던 것이었다. 나는 자주 반항했지만, 늘 아버지를 죽어라 무서워했다. 하지만 이번은 아니었다. 나는 거기에서 빠져나와야 한다는 것을 알았다. 그러지 않으면 나는 죽은목숨이었다. 아버지는 간신히 이렇게만 말했다. "이해한다. 하지만 아이린한테는 알리지 말아야 해. 네가 몸을 좀 회복하러 어머니한테 간다고만 해두자." 여섯 달이 지나지 않아 아버지는 스스로 목을 맸다. 어떻게 나에게 책임이 있다고 믿지 않을 수 있었을까?

내가 일어났기를 바라는 대로: 약간 힘이 없었지만 수술이 끝나서 행복했고 집에 가게 되어 기뻤다. 아버지가 병원으로 데리러 왔다. 화창한 1월의 어느 날이었다. 아빠와 나는 점심을 먹고 거실에 앉아 있었다. 입안이 헐어서 씹어야 하는 건 먹을 수가 없었다. 식욕이 없었고 또 피가 나올 것 같아 걱정하고 있었다. 병원에서 다른 환자들이 천천히 출혈이 계속되는 바람에 다시 입원하는 것을 보면서 무서웠다. 제시간에 발견하지 않으면 피를 흘리다 죽을 수도 있다는 이야기를 들었다. 아빠는 소파에서 내 옆에 앉아 있었다. 나와 이야기를 하고 싶다고 말했다. 어머니가 전화를 해서 이제 내가 다 컸으니 자기한테 오고 싶어할지도 모른다는 이야기를 했다고 전했다. 아빠는 내가 힘든 시간을 보내고 있다는 걸 알고 있다고 말했다. 그해는 모두에게 어려웠다. 그와 아이린 사이에 불행한 일이 많았고 그는 그 사태가 나에게까지 번졌다는 것을 알고 있었다. 그의 결혼은 바라던 대로 흘러가지 않았지만, 그의 딸이자 아직 아이—이제 십대이기는 했지만 여전히 아이였다—인 나는 집안 상황에 아무런 책임이 없었다. 그는 아이린이 그에 관해 불평을 하고 그가 그녀에 관해 불평을 하게 되는 상황에서 내가 중간에 낀 것이 불행한 일이었다고 말했다. 그는 이것에 죄책감을 느꼈으며, 따라서, 나를 몹시 사랑하기 때문에 떠나보내는 것은 힘든 일이지만, 내가 가고 싶다면 그게 좋은 방법일 거라고 생각했다. 물론 내가 어머니에게 가면 그가 내 부양비를 보내줄 것이다. 그는 나에게 최선인 것을 진심으로 원한다. 이어서 그는 자기가 오랫동안 몸이 안 좋았고, 종종 불면증으로 고생한다고 말했다. 나는 그가 내 문제를 이해한다는 것에 엄청난 안도감을 느꼈다. 이제 마침내 나를 인도해줄 어머니가 생길 것이다. 또 언제라도 돌아올 수 있다. 내 방은 늘 그대로일 것이다.

아버지에게,

오늘, 병원으로 당신 편지들이 오기를 기다리면서 당신에게 편지를 쓰기로 결심했어요. 당시 내가 느꼈던 고통, 내가 지금 느끼는 고통—이것이 같은 걸까요? 나는 아니기를 바라는 듯해요. 하지만 똑같이 느껴져요. 다만 오늘은 내 고통으로부터 숨는 게 지겨울 뿐이에요. 오래된 숨는 기술(술에 취하는 것)은 다시는 효과가 없을 거예요. 나는 자살 성향이 없어요, 당신과는 달리. 내가 죽기를 바랐던 것은 과거가 나를 내버려두고 사라져주기를 바랐기 때문이에요. 나를 내버려두어라, 과거여, 그냥 잠 좀 자게 해줘라!

그래서 내가 여기 있는 거예요. 당신은 정신병원에 있는 딸을 두셨어요. 당신이 그런 거예요. 바깥은 아름다운 가을날이에요. 맑고 파란 하늘. 색이 변하는 나뭇잎. 하지만 안에서 나는 여전히 겁에 질려 있어요. 내 인생이 낭비라고는 말하지 않겠지만 내가 당신한테 강탈을 당했다는 걸 아세요? 내 치료사와 나는 그 이야기를 했고 이제 나는 내가 정상적인 남자와 정상적인 관계를 가질 능력을 당신에게 강탈당했다는 것을 알고 있어요.

엘라는 당신이 한 최고의 일은 자살이라고 말하곤 했어요. 엘라에게는 그것이 아주 간단한 일이었죠. 아름다운 자식들을 거느린, 괴롭힘을 당한 적이 없는 내 여동생에게는! 내가 얼마나 이상한 가족 출신인지. 지난여름 엘라네 집에 갔을 때 당신 무덤을 찾아갔어요. 장례식 뒤로는 한 번도 가본 적이 없었는데. 꽃 몇 송이를 꺾어 묘석에 올려놓았죠. 그곳에서 당신은 할아버지 할머니 캐버노 옆에 누워 있더군요. 나는 당신, 그리고 그렇게 무시무시하게 끝난 인생 때문에 울었어요. 성운처럼 흐릿한 인물인 당신. 너무 추상적이지만 동시에 나에게는 너무 중요했어요. 내일 밤 내 과제를 수행해야 할 때 하느님이 나를 지켜봐주시기를!

정신병원에 있는 당신 딸,

로즈애나가

여덟시 십분이 되었을 무렵 그는 모든 것을 세 번씩 읽었는데 그녀는 아직도 방으로 돌아오지 않았다. 새버스는 아버지의 사진을 살피면서, 그가 입은 피해와 그가 준 피해의 표시가 눈에 띄나 살피려 했지만 소용없었다. 그녀가 싫어한 입술에서도 특별한 것은 볼 수 없었다. 그런 다음에는 그녀가 집으로 돌아오면 그들의 침대에서 드렌카를 밀어낸 뒤 그를 세뇌시킬 작정으로 갖고 있는 것이 분명한, 베개 옆 탁자 위의 문고판 『화학물질에 의존하는 사람들의 가족을 위한 단계적 안내』를 견딜 수 있을 만큼 읽어보았다. 여기에서 그는 '공유하다'와 '동일시'라는 말을 소개받았는데, 이것은 곧 '행복하다'나 '졸립다'나 '언짢다'나 '의사'처럼 집안의 조력자가 될 것이었다. 책에는 이런 내용이 있었다. "감정적 고통은 넓고 깊을 수 있다…… 말다툼에 말려들면 상처를 받는다…… 미래는 어떤가? 상황은 점점 나빠질 것인가?"

그는 그녀의 승마용 부츠에서 찾아낸 서류 캐비닛 열쇠를 책상에 놓았다. 그러나 로즈애나가 어디 있는지 물어보러 간호사실로 내려가기 전에 그녀의 연습장으로 돌아가 십오 분을 더 들여 그녀가 죽은 아버지에게 그날 쓴 편지 바로 밑에 자기 나름의 기여를 했다. 자신의 필체를 가릴 생각은 하지 않았다.

귀여운 로즈애나에게!

물론 너는 정신병원에 있지. 너 지신을 나에게서 분리시키고 나를 예쁘고 귀여운 헬렌 카일리에게서 분리시키는 것에 관해 내가 되풀이해 경고했잖니. 그래, 너는 정신적으로 병이 들었고, 너는 완전히 술에 빠져들었고, 너 스스로는 자신을 회복하지도 못해. 그럼에도 오늘 네 편지는 나에게 진짜 충격을 주었다. 만일 법적 조치를 하고 싶으면 그렇게 해라, 비록 내가 죽은 몸이기는 하지만. 나는 죽음이 나에게 평화를 줄 것이라고 기대한 적이 없다. 이제, 내 사랑하는 귀염둥이, 네 덕분에 죽어 있는 것이 살아 있는 것만큼이나 끔찍하구나. 법적 조치를 해라. 하지만 네 아버지를 버린 너는 전혀 그럴 입장이 아니다. 오 년 동안 나는 전적으로 너를 위해 살았다. 네 교육과 옷 등에 든 비용 때문에 나는 교수 봉급으로 결코 안정을 누릴 수 없었다. 나 자신으로 말하자면, 그 세월 동안 나는 아무것도 사지 않았다, 옷가지도. 심지어 보트도 팔아야 했다. 너를 사랑으로 돌보기 위해 내가 모든 것을 희생하지 않았다고는 아무도 말하지 못한다. 양육의 여러 방법에 관해서는 논란이 있을지 몰라도.

더 쓸 시간이 없구나. 사탄이 면담에 들어오라고 부르고 있다. 사랑하는 귀여운 로즈애나, 결국 너하고 네 남편은 행복할 수가 없는 거냐? 그렇다면 그것은 전적으로 네 어머니 잘못이다. 사탄도 동의한다. 치료 시간에 사탄과 함께 네가 선택한 남편 이야기를 했는데 내가 지은 죄가 전혀 없다는 걸 분명하게 알겠더구나. 네가 정상적인 남자와 결혼하지 않았다면 그건 전적으로 사춘기라는 위험한 시기에 너를 남녀공학에 보낸 네 어머니의 잘못이다. 네 인생의 모든 고통은 전적으로 그 여자 책임이다. 나의 불안은 내가 살아 있었던 먼 옛날에 뿌리를 두고 있는데, 여기에서도 사라지지 않는구나. 네 어머니가 너한테 한 일과 네가 나한테 한 일 때문이다. 우리 그룹에는 배은망덕한 딸을 둔 아버지가 또 있다. 그 사람이 자기 괴로움을 공유했고 우리는 동일시를 했다. 아주 도움이 되었지. 나는 내가 배은망덕한 딸을 바꿀 수 없다는 걸 배웠다.

그런데 나를 얼마나 더 멀리 밀어내고 싶은 거니, 내 귀여운 것아? 이미 나를 충분히 멀리 밀어내지 않았니? 너는 전적으로 네 고통을 기준으로만 나를 심판하고, 전적으로 네 거룩한 감정을 기준으로만 나를 심판하고 있다. 하지만 한 번쯤은 나의 고통, 나의 거룩한 감정을 기준으로 나를 심판해보는 게 어떻겠니? 어떻게 네 아픔에만 매달려 있어! 박해하는 세상에서 너혼자만 아픔이 있는 것처럼. 네가 죽을 때까지 기다려라—죽음은 아픔, 유일한 아픔이니까. 영원히 계속되는 아픔. 네 죽은 아버지를 두고 이런 공격을 계속하는 것은 비열하다—너 때문에 나는 여기서 영원히 치료를 받게 될 거야. 다만, 다만 네가, 사랑하는 귀여운 로즈애나, 네가 아빠의 삶을 망치기 위해 한 모든 일에 얼마나 가책을 느끼고 있는지, 슬퍼하는 아빠에게 어떻게든 딱 몇천 페이지만 쓸 마음이 있다면 다르지만.

지옥에 있는 너의 아버지,

아빠가

"아마 아직 저택에 있을걸요." 간호사가 말하며 손목시계를 보았다. "어울려 담배를 피우거든요. 그리로 가보시는 게 어때요?

만일 이쪽으로 오고 있으면 진입로에서 만날 거예요."

하지만 저택에 가보니, 아닌 게 아니라 담배를 피우는 사람들은 다시 정문 바깥에 모여 있었지만 로즈애나는 론다와 함께 수영을 하러 체육관에 갔다는 이야기를 들었다. 체육관은 잔디밭을 따라 내려가다 길을 건너면 나오는 제멋대로 뻗어나간 낮은 건물이었다―사람들 말이 창문으로 수영장이 보인다고 했다.

그곳에는 수영을 하는 사람이 아무도 없었다. 조명이 환하게 밝혀진 커다란 수영장이었다. 그는 뿌연 유리를 통해 안을 살피다가 그녀가 혹시 바닥에 있는지도, 죽은 건지도 모른다는 생각에 안으로 들어갔다. 하지만 쌓인 수건 옆의 데스크에 앉아 있던 젊은 여직원은 아니, 로즈애나는 오늘밤에 오지 않았다, 하고 말했다. 오후에 이미 백 번 왕복을 끝냈다.

그는 모임이 열렸던 라운지를 들여다보려고 다시 어두운 언덕을 걸어 저택으로 올라갔다. 그는 유리장수의 안내를 받아 그곳으로 향했는데, 유리장수는 피아노에 앉은 누군가가―말버러 맨의 웰즐리 여자친구였다―한 손으로 〈Night and Day〉를 두들기는 동안 응접실에서 잡지를 읽고 있었다. 라운지는 널찍한 복도를 따라 자리잡고 있었고, 양쪽 끝에는 공중전화가 있었다. 한쪽 전화에는 작고 바싹 마른 스무 살가량의 남미계 여자아이가 서 있었는데, 로즈애나는 저녁식사 때 그 아이가 코카인을 거래하는 중독자라고 말해주었다. 그 아이는 화려한 색깔의 나일론 운동복을 입고 귀에는 헤드셋을 낀 채, 새버스가 짐작하기로는 푸에르토리코계 또는 도미니카계 스페인어로 전화를 통해 시끄럽게 말다툼을 하고 있었다. 그가 이해하는 바로는, 그녀는 자기 어머니한테 쫑까는 소리 하지 말라고 말하고 있었다.

라운지는 한쪽 끝에 텔레비전 화면이 있는 커다란 방으로, 긴 의자를 비롯하여 편한 의자가 많이 흩어져 있었지만, 지금은 스탠딩 램프 옆의 탁자에서 조용히 카드놀이를 하는 나이든 두 여자 말고는 텅 비어 있었다. 한 명은 머리가 흰 환자로, 땅딸막했지만 노쇠하고 지쳐빠진 분위기가 왠지 어울리는 느낌이었는데, 아까 그녀가 식당 문에 이십 분 늦게 나타났을 때 환자 여러 명이 장난으로 갈채를 보내자 그녀는 고급스러운 뉴잉글랜드 악센트로 거만하게 입을 열며 무릎을 굽혀 인사했다. "관객 여러분, 지금은 오후 공연입니다." 그녀는 말하고 나서 뒤꿈치를 들고 나비처럼 파닥이며 식당으로 들어왔다. "운이 좋다면 오전 공연에 오실 수도 있습니다." 그녀와 카드놀이를 하는 여자는 그녀의 자매로, 면회객이었으며, 그녀 또한 칠십대 후반에 접어든 것이 분명했다.

"로즈애나 보셨나요?" 새버스가 그들을 향해 소리쳤다.

"로즈애나는 의사를 만나고 있어요." 환자가 대답했다.

"밤 여덟시 반인데요."

"인간사의 특징인 고난은 저녁때라도 줄어들지 않죠." 환자가 말했다. "그 반대예요. 한데 댁은 로즈애나에게 그렇게 중요하다는 남편인 게 분명하군요. 그래. 그래요." 그녀는 신중하게 그를 재보더니―허리, 키, 턱수염, 대머리, 의상―우아하게 웃음을 지으며 말했다. "댁이 아주 훌륭한 분이라는 것은 틀림이 없네요."

새버스는 저택 이층에서 줄지어 늘어선 환자들의 방을 지나 복도 끝에 이르렀고, 그곳에 간호사실이 있었는데, 크기는 로더릭에 있는 방의 두 배이고 밝고 명랑한 분위기는 훨씬 덜했지만, 자비롭게 '피너츠' 포스터는 없었다. 간호사 두 명이 서류 작업을 하고 있었고, 나지막한 서류 캐비닛 위에 근육질의 젊은 남자가 앉아 다리를 흔들며 탄산음료를 마시고 있었다. 옆에 있는, 펩시가 가득한 비닐봉지와 발치의 쓰레기통으로 보아 여섯 내지 일곱 캔째로 보였다. 거무스름한 턱수염에 검은 청바지, 검은 폴로셔츠, 검은 운동화 차림의 남자는 어쩐지 삼십여 년 전의 새버스와 닮은 듯했다. 그는 열띤 목소리로 한 간호사에게 설명을 하고 있었고, 간호사는 이따금씩 흘끗 올려다보며 그가 하는 말에 들은 체를 했지만 바로 서류 작업으로 눈을 돌렸다. 그녀 자신도 서른을 넘지 않은 것이 분명했다. 작고 두툼한 몸이 튼실해 보였고 눈이 맑았으며 거무스름한 머리는 짧고 단정하게 잘랐다. 새버스가 문에 나타나자 그녀는 다정하게 윙크를 했다. 그들이 도착한 날 오후 로지의 옷가방을 뒤졌던 두 간호사 가운데 한 명이었다.

"이데올로기적인 백치들!" 검은 옷의 젊은 남자가 선언했다. "20세기에 세번째로 큰 이데올로기적 실패야. 똑같은 거야. 파시즘. 공산주의. 페미니즘. 모두가 한 집단의 사람들을 다른 집단 사람들과 대립시키려고 기획된 거야. 선한 아리아인 대 그들을 억압하는 나쁜 타자들. 선한 가난한 사람들 대 그들을 억압하는 나쁜 부자들. 선한 여자들 대 그들을 억압하는 나쁜 남자들. 이데올로기 보유자는 순수하고 선하고 깨끗하고 타자는 악해. 하지만 누가 악한 건지 알아? 자신이 순수하다고 상상하는 사람이 악한 거야!

나는 순수하다. 너는 악하다. 그런 걸 어떻게 받아들일 수가 있겠어, 캐런?"

"받아들이지 않아, 도널드." 젊은 간호사가 대꾸했다. "내가 받아들이지 않는다는 걸 알잖아."

"그 여자는 그런다니까. 내 전처는 받아들인다니까!"

"나는 네 전처가 아니야."

"인간의 순수란 건 없어! 존재하지 않아! 존재할 수가 없어!" 그는 강조하려고 서류 캐비닛을 걷어찼다. "그것은 절대 존재해서는 안 돼! 그건 거짓이니까! 그 여자의 이데올로기는 다른 모든 이데올로기와 같아―거짓에 기초하고 있어! 이데올로기의 압제야. 이 세기의 병이지. 이데올로기가 병을 제도화해. 이십 년이 지나면 새로운 이데올로기가 나올 거야. 사람 대 개. 개가 사람으로서의 우리 인생에 대한 책임을 뒤집어쓸 거야. 개 다음에는 뭘까? 우리의 순수성을 더럽히는 걸 누가 책임질까?"

"네가 왜 그런 이야기를 하는지 알아듣고 있어." 캐런이 책상 위의 일에서 눈길을 떼지 않고 중얼거렸다.

"실례하오." 새버스가 말했다. 그는 방안으로 몸을 기울였다. "남자분의 반감을 온 마음으로 지지하기 때문에 말을 끊을 생각은 없지만 로즈애나 새버스를 찾고 있는데 의사를 만나고 있다는 이야기를 들어서. 이게 사실로 입증될 방법이 있겠소?"

"로즈애나는 로더릭에 있습니다." 검은 옷의 도널드가 말했다.

"하지만 지금 거기 없던데. 그 여자를 못 찾고 있소. 여기까지 왔는데 로즈애나를 잃어버리다니. 나는 그 여자 남편이오."

"그러세요? 모임에서 댁에 관한 멋진 이야기를 아주 많이 들었습니다." 도널드는 말하더니 다시 운동화를 신은 두 발로 서류 캐비닛을 쾅 차고 비닐봉지에 손을 넣어 펩시를 찾았다. "위대한 신 판."

"위대한 신 판Pan은 죽었지dead." 시치미를 떼며deadpan 새버스가 그에게 말했다. "하지만 이제 보니"—이제 우렁찬 목소리였다—"댁은 진실을 두려워하지 않는 젊은이로군. 이런 곳에서 뭘 하고 있는 거요?"

"떠나려 하고 있어요." 캐런이 약이 오른 아이처럼 눈알을 굴렸다. "도널드는 오늘 아침 아홉시부터 떠나려 하고 있어요. 도널드는 이곳을 졸업했지만 집에 가지를 못해요."

"집이 없거든요. 그년이 내 집을 파괴했어요. 이 년 전에." 그는 새버스에게 말했고, 새버스는 이제 방으로 들어가 쓰레기통 옆의 빈 의자를 차지했다. "어느 날 밤 출장을 마치고 돌아갔죠. 집사람 차가 집에 없더라고요. 집에 들어갔더니 텅 비어 있는 거예요. 가구도 다 사라지고. 그 여자가 남긴 건 결혼사진이 있는 앨범뿐이었어요. 나는 바닥에 앉아 결혼사진을 보며 울었죠. 매일 퇴근해서 집에 가면 결혼사진을 보며 울었어요."

"그리고 착한 소년처럼, 저녁을 마셨지." 캐런이 말했다.

"술은 우울을 진정시키려는 것뿐이었어. 그건 이겨냈어. 내가 병원에 있는 건," 그는 새버스에게 말했다. "그 여자가 오늘 결혼하기 때문이에요. 오늘 결혼했죠. 다른 여자하고 결혼했어요. 랍비가 둘을 결혼시켜줬어요. 집사람은 유대인도 아닌데!"

"전前." 캐런이 말했다.

"하지만 다른 여자는 유대인이고?" 새버스가 물었다.

"그럼요. 랍비는 다른 여자 가족의 비위를 맞추려고 온 거죠. 그건 어떻게 생각하세요?"

"글쎄," 새버스가 부드럽게 말했다. "랍비는 유대인의 정신에서 높은 자리를 차지하지."

"좆까라 그러세요. 나도 유대인이에요. 랍비가 좆같이 레즈비언 두 명을 결혼시키다니 뭐하는 짓이에요? 이스라엘에서 랍비가 그런 짓을 할 것 같아요? 아니죠. 오직 뉴욕주 이서카에서만 그러는 거예요!"

"인류의 그 모든 찬란한 다양성을 끌어안는 것," 새버스가 교수처럼 턱수염을 쓰다듬으며 물었다. "그게 이서카 랍비계에 오랫동안 유지되어온 특별한 전통이오?"

"좆도 그렇지 않죠! 그 사람들은 랍비예요! 똥구멍 같은 인간들이라고요!"

"말조심, 도널드." 지금 말하고 있는 건 다른 간호사였다. 강인한 쪽인 것이 분명했다―노련하고, 단단하고, 강인하고. "바이털사인을 확인할 시간이에요, 도널드. 곧 약 시간이 될 거고요. 여기는 바빠질 거예요. 계획이 뭐라고요? 계획을 세우기는 했나요?"

"떠날 거예요, 스텔라."

"좋네요. 언제?"

"바이털사인 뒤에요. 모두에게 반드시 작별인사를 하고 싶어요."

"하루종일 모두에게 작별인사를 했잖아요." 스텔라가 그의 기억을 되살려주었다. "저택의 모두가 당신을 데리고 산책을 나가 이제 해낼 수 있다고 말해줬어요. 도널드는 해낼 수 있어요. 해낼 거예요. 술집에 들러 한잔하지 않을 거예요. 이서카의 형네 집으로 곧장 차를 몰고 갈 거예요."

"집사람은 레즈비언이에요. 어떤 똥구멍 같은 랍비가 오늘 그 사람을 다른 여자와 결혼시켰어요."

"확실한 건 아니잖아요."

"내 처제가 거기 있었어요, 스텔라. 내 전 마누라가 그 역겨운 여자하고 추파* 밑에 서 있었어요. 시간이 되자 마누라는 잔을 깼고요. 내 마누라는 비유대인shiksa이에요. 두 사람은 레즈비언이고요. 유대교가 여기까지 온 거예요? 믿어지지가 않아요!"

"도널드, 마음 곱게 써요." 새버스가 말했다. "유행을 따라 살고 싶어한다고 유대인을 비방하지 말아요. 유대인조차 '완전 싸구려Total Schlock의 시대'에는 궁지에 몰린다고. 유대인은 이길 수 없어요." 새버스는 스텔라를 향해 말을 이어갔는데, 그녀는 필리핀 사람처럼 보였으며, 그 자신과 마찬가지로 나이도 많고 지혜도 많은 사람이었다. "유대인은 여전히 턱수염을 기르고 허공에 두 팔을 흔든다는 이유로 조롱을 당하거나, 아니면 성 혁명의 최신의 종servant이 되었다는 이유로 여기 도널드 같은 사람들에게 비웃음을 사지요."

"만일 집사람이 얼룩말하고 결혼한다면?" 도널드가 분개해서

---

* 유대교에서 결혼식이 거행되는 동안 신랑 신부 위에 설치하는 지붕.

물었다. "랍비는 집사람을 얼룩말하고도 결혼시켰을까요?"

"얼룩말zebra 아니면 제부zebu?" 새버스가 물었다.

"제부가 뭐죠?"

"제부는 큰 혹이 달린 동아시아 암소요. 요즘은 많은 여자가 제부를 찾아서 남편을 떠나지. 그걸 말한 거요?"

"얼룩말이요."

"음, 나는 아닐 거라고 생각해. 랍비는 얼룩말에는 손도 대지 않을 거야. 댈 수가 없지. 얼룩말은 발굽이 갈라지지 않았거든. 랍비가 사람과 짐승의 결혼을 주관하려면 그 짐승은 되새김질을 하고 또 발굽이 갈라졌어야 해. 낙타. 랍비는 사람과 낙타의 결혼은 시킬 수 있소. 암소. 소는 어떤 종류든 좋아. 양. 하지만 사람을 토끼하고 결혼시키지는 못하지. 토끼는 되새김질은 하지만 발굽이 갈라지지 않았거든. 또 자기 똥도 먹고. 이것은 액면으로만 보자면 토끼한테 유리한 점이라고 생각할 수도 있소. 자기 먹이를 세 번 새김질하는 셈이니까. 하지만 필요한 건 두 번이라. 그래서 랍비가 사람을 돼지와 결혼시키지 못하는 거요. 그렇다고 돼지가 불결하다는 건 아니지만. 그건 문제가 아니오, 문제였던 적이 없소. 문제는 돼지가, 발굽은 갈라졌는데, 되새김질을 하지 않는다는 거지. 얼룩말은 되새김질을 할 수도 있고 하지 않을 수도 있소―나도 몰라. 하지만 발굽은 갈라지지 않았소. 랍비한테는 원 스트라이크면 바로 아웃이지. 물론 랍비는 사람을 황소하고는 결혼시킬 수 있소. 황소는 암소와 같지. 신성한 동물이오, 황소는. 가나안의 신 엘―유대인은 거기서 엘-로-힘*이라는 말을 얻었지―그건 황소요. '명예훼손 반대 연맹'**은 이걸 가볍게 생각하려 하지만, 마음에 들든 들지 않든, 엘로힘의 엘은 황소요! 기본적인 종교적 열정이란 황소를 숭배하는 거요. 젠장, 도널드, 당신네 유대인은 그걸 자랑스러워해야 해요. 고대 종교는 모두 외설적이었어요. 이집트인이 우주의 기원을 어떤 식으로 상상했는지 알아요? 아이라도 백과사전을 보면 그걸 알 수 있소. 신이 자위를 했지. 그랬더니 신의 정액이 뿜어져나와 우주를 창조한 거요."

간호사들은 새버스가 대화를 이끌고 가는 방향에 행복한 표정이 아니었다. 그래서 인형극 광대는 그들에게 직접 이야기를 하기로 마음먹었다. "신이 딸딸이를 쳤다고 해서 놀라는 거요? 음, 신들은 놀라워요, 아가씨들. 포피를 잘라내라고 명령하는 게 신이오. 맏이를 제물로 바치라고 명령하는 게 신이오. 어머니와 아버지를 떠나 광야로 들어가라고 명령하는 게 신이오. 사람을 멀리 보내 노예로 만들어버리는 게 신이오. 파괴하는 게 신이오―파괴하러 내려오는 게 신의 영이지―하지만 생명을 주는 것도 신이오. 모든 피조물 가운데 생명을 주는 이 신만큼 성질 더럽고 강한 게 뭐가 있소? 토라***의 신은 그 모든 공포에 싸인 세계를 구현하고 있소. 그리고 그 모든 진실에 싸인 세계를. 그건 유대인을 칭찬해줘야 해요. 정말로 보기 드물고 감탄할 만한 솔직함이지. 다른 어떤 민족의 신화가 자기들 신의 잔학한 행동과 더불어 그들 자신

---

* 구약성서에서 하느님을 가리키는 보통 명사.
** 국제적인 유대인 조직.
*** 유대교의 율법.

의 그런 행동을 드러내나? 성경을 읽어보시오, 거기 다 있소. 타락하고, 우상을 숭배하고, 학살하는 유대인과 이 고대 신들의 정신분열증. 원형적인 성경 이야기가 뭐요? 배신의 이야기요. 변절의 이야기. 그냥 기만에서 기만으로 이어져. 성경에서 가장 위대한 목소리는 누구의 목소리요? 이사야지. 모든 것을 말살하고자 하는 미친 욕망! 모든 것을 구원하고자 하는 미친 욕망! 성경에서 가장 위대한 목소리는 제정신을 잃어버린 사람의 목소리요! 그리고 그 신, 히브리의 신—그 신은 피할 수가 없소! 충격적인 것은 신의 괴물 같은 특징이 아니라—많은 신들이 괴물 같아서 그게 거의 전제조건이었던 것처럼 보일 정도니까—그 신이 의지가 되지 않는다는 점이오. 그 신의 힘 너머에는 아무런 힘이 없어. 신의 가장 괴물 같은 특징은, 내 친구들, 전체주의요. 이 복수심에 차고, 부글부글 끓는 신, 벌을 정하는 이 새끼는 최종적이오! 내가 펩시 하나 먹어도 될까요?" 새버스가 도널드에게 물었다.

"굉장하네요." 도널드가 말했다. 그는, 새버스가 생각하고 있었던 것과 마찬가지로, 정신병원에 있는 사람들은 어쩌면 바로 이런 식으로 말을 해야 하는 것인지도 모른다고 생각하면서, 비닐봉지에서 차가운 캔을 하나 꺼내, 새버스에게 건네주기 전에 심지어 그것을 따주기까지 했다. 새버스가 그것을 길게 들이켜고 있을 때 애송이 코카인 판매상이 바이털사인을 검사하러 들어왔다. 그녀는 헤드셋으로 음악을 들으면서 대체로 높낮이가 없고 변화도 없는 쉰 목소리로 가사를 따라 부르고 있었다. "잘해봐! 잘해봐! 잘해봐, 베이비, 잘해봐, 잘해봐, 잘해봐, 잘해봐!" 그녀는 도널드를 보자 말했다. "나가는 거 아녜요?"

"네 혈압 재는 걸 마지막으로 한 번 보고 싶었어."

"아하. 그럼 달아오르나보죠, 도니?"

"혈압이 대체 얼마요?" 새버스가 물었다. "어떻게 생각하시오?"

"린다요? 린다한테는 별 상관없어요. 혈압은 린다의 인생에서 큰 문제가 아니에요."

"어떻게 생각하시오, 린다?" 새버스가 그녀에게 물었다. "늘 엄마한테 화를 내고 있는데Estas siempre enfadada con tu mama？"

"싫어해요La odio."

"왜, 린다Por qué, Linda？"

"나를 싫어하니까Ella me odia a mí."

"혈압은 120에 100이로군." 새버스가 말했다.

"린다가요?" 도널드가 말했다. "린다는 아이예요. 120에 70입니다."

"폭을 놓고 내기할까?" 새버스가 말했다. "폭에 일 달러, 이완압 또는 수축압을 맞히면 또 일 달러, 둘 다 맞히면 삼 달러." 그가 바지 호주머니에서 일 달러 뭉치를 꺼내 손바닥에 대고 한 장씩 펴서 쌓아나가자, 도널드는 지갑에서 지폐 몇 장을 꺼내 린다가 앉아 있는 의자 옆에서 혈압계의 가압대를 쥐고 서 있던 캐런에게 주며 말했다. "어서 재요. 저분하고 한판 하게."

"지금 뭐하는 거야?" 캐런이 물었다. "무슨 한판?"

"어서. 혈압을 재라니까."

"아이고, 맙소사." 캐런이 말하며 가압대를 린다에게 채웠고,

린다는 다시 테이프에서 나오는 노래를 따라 부르고 있었다.

"입다물어." 캐런이 말했다. 그녀는 청진기에 귀를 기울이며 대장에 기록했고, 그런 다음에 린다의 맥박을 쟀다.

"뭐였어?" 도널드가 말했다.

캐런은 말없이 대장에 맥박수를 기입했다.

"아 씨발, 캐런─뭐였냐니까?"

"120에 100." 캐런이 말했다.

"젠장."

"사 달러." 새버스가 말했고, 도널드는 돈을 벗겨내 그에게 주었다. "다음." 이발사 시아라파가 다음 손님을 부르듯, 예전 브래들리 시절에.

문간에는 실크 가운을 걸친 레이가 있었다. 그는 말없이 의자로 가서 소매를 걷었다.

"140에 90." 새버스가 말했다.

"160에 100." 도널드가 말했다.

레이가 초조한 표정으로 손에 쥔 책을 두들기자 캐런이 그의 손가락들을 어루만져 긴장을 풀어주었다. 이윽고 그녀는 혈압을 쟀다. 린다는 문틀에 몸을 기대고 누가 돈을 다 따는지 보려고 기다리고 있었다. "이거 멋져." 그녀가 말했다. "이거 끝내줘."

"150에," 캐런이 말했다. "100."

"폭은 내가 이겼고," 새버스가 말했다. "이완은 그쪽이 이겼군. 비긴 거네. 다음."

다음은 손목에 흉터가 있는 젊은 여자로, 키가 크고 예쁜 금발이었지만 어깨가 구부정했다. 저녁식사 전에 새버스에게 로더릭 하우스로 가는 길을 알려준 여자였다. 그녀가 도널드에게 말했다. "안 떠나?"

"함께 가준다면, 매들린. 좋아 보이네, 자기. 거의 똑바로 섰어."

"놀랄 것 없어—나는 그대로니까." 그녀가 말했다. "오늘 내가 도서관에서 뭘 봤는지 들어봐. 잡지들을 읽고 있었거든. 들어봐." 그녀는 청바지 호주머니에서 종이를 한 장 꺼냈다. "잡지에서 적어왔어. 한마디도 빼놓지 않고. 〈의학 윤리 저널〉. '행복은'"—그녀는 고개를 들어 흘끗 보고 말했다. "저자의 강조예요."—"'행복은 정신의학적 질병으로 분류하여 주요한 정서적 질병, 유쾌한 유형이라는 새로운 이름으로 주요한 진단 매뉴얼의 미래 개정판에 포함되어야 한다고 제안되었다. 관련 문헌을 검토한 바에 따르면 행복은 통계적으로 비정상이고, 별도의 증상 묶음으로 구성되며, 광범한 인지적 비정상성과 관련이 있고, 아마도 중추신경계의 비정상적 기능을 반영하는 것으로 보이는 것으로 드러났다. 이런 제안에 대한 한 가지 이의 제기 가능성은 남아 있다—행복은 부정적으로 가치 평가되지 않는다는 것이다. 그러나 이런 이의 제기는 과학적으로 타당성이 없는 것으로 치부되고 있다.'"

도널드는 자신이 시간을 질질 끄는 이유가 정말로 매들린과 함께 달아나려는 것이기라도 한 듯 기분좋고, 당당하고, 매혹된 듯한 표정이었다. "그거 네가 꾸며낸 거지?"

"내가 꾸며냈다면 아주 교묘한 거겠지. 아니야. 어떤 정신과의사가 꾸며낸 거야. 그래서 교묘하지가 않은 거지."

"오 말도 안 돼, 매들린. 손더스는 멍청하지 않아. 전에 정신분석가였다고." 그는 새버스에게 말했다. "이곳을 운영하는 사람 말입니다. 이제는, 그러니까, 모든 일에서 느긋하게 굴려고 하는 그 멋진 척하는 정신과의사죠―별로 분석적이지는 않고. 그 왜 거창한 인지적 행동적인 것에 관한 어쩌고에 빠져 있어요. 자기가 강박적으로 반추를 하고 있으면 스스로 멈추려고 노력하는 거. 그냥 '그만!' 하고 말하도록 자신을 훈련하는 거죠."

"그거 멍청하지 않아?" 매들린이 물었다. "그런데, 내 분노와 자신감 없는 건 어떻게 해야 하는 거야? 쉬운 게 없어. 즐거운 것도 없고. 오늘 아침에 '적극성 훈련'에서 만난 그 백치 같은 치료사는 어떻게 해야 하는 거야? 그 여자를 오늘 오후에 다시 만났어―중독의 의학적 측면에 관한 비디오를 앉아서 다 봐야 했는데, 그다음에 그 여자가 토론을 이끌었어. 내가 손을 들고 말했지. '이 테이프에서 내가 이해를 못하는 게 몇 가지 있어요. 있잖아요, 쥐 두 마리로 실험을 할 때―' 그러자 그 백치 치료사가 이러는 거야. '매들린, 이건 그 점에 관한 토론이 아니에요. 여러분이 느끼는 것에 관한 토론이에요. 이 테이프를 보고 여러분의 알코올 중독에 대해 어떤 느낌이 들던가요?' 내가 말했어. '좌절감을 느꼈어요. 답보다는 질문이 더 생겼어요.' '좋아요.' 그 여자는 특유의 건방진 태도로 말했어. '매들린은 좌절감을 느끼네요. 다른 사람은? 닉, 닉은 어떤 느낌인가요?' 그렇게 방안에 있는 사람이 다 돌아가며 말했어. 그런 다음에 내가 다시 손을 들고 말했지. '혹시 잠시라도 느끼는 것 수준에서 정보 수준으로 토론을 옮길 수 있다면 ─ ' '매들린.' 그 여자가 그러더라고. '이건 사람들이 이 테이프에 반응하여 느끼는 걸 다루는 토론이에요. 정보가 필요하면 도서관에 가서 찾아보는 게 좋을 거예요.' 그래서 도서관에 가게 된 거야. 내가 느끼는 거. 내가 내 중독에 관해 어떻게 느끼는지 누가 상관이나 하겠어?"

"느끼는 것만 계속 관찰하겠다고 마음먹으면," 캐런이 말했다. "그게 중독되는 걸 막아줄 거예요."

"그럴 가치가 없어요." 매들린이 말했다.

"있어요." 캐런이 말했다.

"그렇지." 도널드가 말했다. "네가 중독자인 건, 매들린, 사람들과 연결되어 있지 않기 때문이고, 사람들과 연결되어 있지 않은 건 사람들한테 자기가 느끼는 걸 말하지 않았기 때문이야."

"오, 왜 그냥 다 좋으면 안 되는 거야?" 매들린이 물었다. "나는 그저 뭘 해야 할지 누가 나에게 말해주는 걸 원할 뿐인데, 어차피."

"네가 그런 말 할 때 정말 마음에 들어." 도널드가 말했다. "'나는 그저 뭘 해야 할지 누가 나에게 말해주는 걸 원할 뿐인데.' 그 귀여운 목소리에는 자극적인 데가 있어."

"저 사람의 부정성은 무시하세요, 매들린." 간호사 캐런이 그녀에게 말했다. "그냥 매들린을 놀리는 것일 뿐이에요."

하지만 매들린은 어떤 것도 무시하지 못하는 것처럼 보였다. "글쎄." 그녀는 도널드에게 말했다. "어떤 상황에서는 나는 정말로 누가 나한테 뭘 해야 할지 말해주는 걸 좋아해요. 그리고 어떤 다른 상황에서는 요구하는 걸 좋아하고."

"그것 봐." 도널드가 말했다. "모든 게 좆도 너무 복잡해."

"오늘 오후에는 미술 치료를 받았어." 매들린이 그에게 말했다.

"그림을 그렸나, 자기?"

"콜라주를 했지."

"누군가 그걸 해석해주고?"

"그럴 필요 없었어."

도널드는 웃음을 터뜨리며 펩시를 하나 더 마시기 시작했다. "그런데 울음은 어떻게 됐어?"

"정말 부진한 하루였어. 오늘 아침에 울면서 잠을 깼어. 아침 내내 울었어. '명상' 시간에도 울었어. 그룹에서도 울었고. 이제 다 말라버릴 만도 한데."

"다들 아침에는 울어요." 캐런이 말했다. "하루를 시작하는 과정의 일부일 뿐이에요."

"왜 오늘이 어제보다 나빠야 하는지 모르겠어요." 매들린이 그녀에게 말했다. "늘 똑같이 어두운 생각을 하지만, 어제 어두웠던 것보다 오늘 더 어둡지는 않아요. '명상' 시간에 우리의 귀여운 일일 명상집에서 누구 이야기를 읽었는지 알아요? 셜리 매클레인이에요. 오늘 아침에는 날카로운 물건을 보관하는 간호사한테 내 족집게를 받으러 갔어요. 내가 그랬죠. '날카로운 물건 보관하는 데서 내 족집게 좀 꺼내주세요.' 그러니까 간호사가 그러더라고요. '그건 여기서 사용해야 돼요, 매들린. 방으로 가지고 가는 건 안 돼요.' 그래서 내가 말했어요. '니가 자살을 한다 해도 족집게로 하지는 않을 거예요.'"

"자기를 족집게로 집어서 죽는다?" 도널드가 말했다. "힘든 일이지. 어떻게 그렇게 하겠어, 캐런?"

캐런은 그를 무시했다.

"나는 몹시 화가 났어." 매들린이 말했다. "내가 그랬지. '전구를 깨서 그걸 삼킬 수도 있다고요. 내 족집게 내놔요!' 하지만 주려고 하지 않는 거야, 내가 울고 있다는 이유만으로."

"AA에서는," 도널드가 새버스에게 말했다. "모임을 시작할 때 한 바퀴 쭉 돌아가요. 모두 자기소개를 해야 하죠. '안녕하세요, 내 이름은 크리스토퍼입니다. 나는 알코올중독자입니다.' '안녕하세요, 내 이름은 미첼입니다. 나는 알코올중독자입니다.' '안녕하세요, 나는 플로라입니다. 나는 십자가중독자입니다.'"

"십자가중독자?" 새버스가 물었다.

"누가 알겠어요―가톨릭하고 관계가 있는 뭐겠죠. 내 생각에 그 여자는 엉뚱한 그룹에 들어온 것 같아요. 어쨌든, 그러다 매들린 차례가 와요. 매들린은 일어나죠. '내 이름은 매들린이에요. 잔으로 파는 레드와인은 뭐가 있죠?' 담배는 어때?" 그가 매들린에게 물었다.

"나는 기본적으로 악마처럼 담배를 피워대."

"쯧쯧." 도널드가 말했다. "흡연은 친밀한 관계를 막으려는 또 하나의 방어 도구일 뿐이야, 매들린. 이제 아무도 흡연자와 키스하고 싶어하지 않는다는 걸 알잖아."

"들어왔을 때보다 훨씬 많이 피우고 있어. 두 달 전에 생각할 땐 정말로 그걸……"

"발라버렸다?" 도널드가 말했다. "그 말이 발라버렸다일 수도 있어?"

"그러려고 했는데, 생각을 했지. 저분이 있을 때는 그 말을 사용하지 않아야겠다. 있잖아, 아무것도 정말 쉽지가 않아—아무것도. 그래서 신경이 곤두서. 이럴 때는 1을 눌러라, 저럴 때는 2를 눌러라. 하지만 하루종일 전화를 끊지 말고 기다리라는 말만 들으면 어떻게 해야 돼? 모든 게 힘든 싸움이야. 여기 처음 왔을 때부터 시작해서 지금까지도 관리 의료 체계와 싸우고 있어. 내가 포킵시 중환자실에 입원했을 때 자기들한테 연락을 했어야 했다고 계속 이야기를 하는 거야. 하지만 나는 씨발 혼수상태였다고. 혼수상태일 때는 1을 누르고 2를 누르는 게 어려워. 누를 수 있다 해도 중환자실에는 전화기가 없어."

"혼수상태였다고요?" 새버스가 물었다. "그게 어떤 거요?"

"혼수상태인 거예요. 정신이 꺼지는 거죠." 매들린이 열 살 이후로 큰 변화가 있었을 것처럼 들리지 않는 목소리로 말했다. "반응이 없는 거죠. 어떤 것과도 달라요."

"이 신사분은 로즈애나의 남편이에요." 도널드가 그녀에게 말했다.

"아." 매들린의 눈이 커졌다.

"매들린은 배우입니다. 혼수상태가 아닐 때는 낮에 하는 드라마에 나오죠. 인생에서 자기 손으로 죽는 것 외에는 아무것도 원하지 않는 아주 지혜로운 이기씨예요. 가족한테 사랑스러운 유서를 남겼죠. 일곱 어절로. '내가 무엇을 했기에 이런 선물을 받는지 모르겠어요.' 새버스 씨는 네 혈압에 내기를 걸고 싶어해."

"상황을 고려할 때 정말 친절하시네요." 그녀가 대꾸했다.

"120에 80." 새버스가 말했다.

"너는 얼마에 걸래?" 매들린이 도널드에게 물었다.

"나는 낮게 걸게, 자기. 90에 60으로 걸겠어."

"그건 살아 있다고 볼 수 없지." 매들린이 말했다.

"잠깐만요." 필리핀계 간호사 스텔라가 말했다. "이게 도대체 뭐하는 거예요?" 그녀가 데스크에서 일어나 도박꾼들과 맞섰다. "여서는 병원이에요." 그녀는 말하면서 새버스를 똑바로 노려보았다. "이 사람들은 환자예요…… 도널드, 정신력을 좀 보여줘요, 도널드. 차에 타고 집에 가요. 그리고 손님, 손님은 여기 게임을 하러 온 건가요, 아니면 부인을 보러 온 건가요?"

"아내가 나를 피해 숨어 있소."

"나가요. 여기서 나가세요."

"아내를 찾을 수가 없는데."

"꺼져요." 그녀가 새버스에게 말했다. "가서 신들하고 함께 사세요."

새버스는 매들린이 혈압을 재고 복도에 혼자 나타날 때까지 간호사실 옆의 모퉁이 너머에서 기다렸다. "나를 다시 로더릭 하우스까지 데려다줄 수 있나요?"

"미안해요, 밖에는 나갈 수가 없어서."

"그냥 정확한 방향만 가르쳐주면……"

그들은 함께 층계를 내려가 일층으로 갔다. 그녀는 포치까지 갔고, 그곳의 층계 위에서 로더릭 하우스의 불빛을 가리켰다.

"아름다운 가을밤이네요." 새버스가 말했다. "저기까지 함께 걸어가줘요."

"안 돼요. 나는 고도 위험 인물이에요. 여기는 정신치료 병원치고는 자유가 많은 편이에요. 하지만 어두워진 뒤에는 밖에 나가는 게 허락되지 않아요. 나는 ACU에서 나온 지 일주일밖에 안 됐어요."

"ACU가 뭔가요?"

"급성 환자 치료실."

"언덕 위에 있는 곳?"

"맞아요. 빠져나올 수 없는 홀리데이 인*이죠."

"거기에서 가장 급성 인물이었소?"

"그건 나도 몰라요. 별로 관심이 없었거든요. 아침식사 뒤에는 카페인을 허용하지 않기 때문에 아침부터 차를 쟁여두느라 바빴어요. 정말 한심하죠. 카페인 밀반입 작업을 하느라 바빠서 친구를 많이 사귀지 못하다니."

"와요. 빨아먹을 립턴 티백을 찾아줄게요."

"안 돼요. 오늘밤에 프로그램이 있어요. '재발 방지'에 가야 할 것 같아요."

"좀 앞서나가는 것 아니오?"

"사실, 아니에요. 나는 재발을 계획하고 있거든요."

---

* 호텔 체인 이름.

"나하고 갑시다."

"정말이지 가서 재발 관련 작업을 해야 돼요."

"어서."

그녀는 서둘러 층계를 내려와 그와 함께 어두운 진입로를 따라 로더릭 하우스로 걸어가기 시작했다. 그는 빨리 움직여야 했다.

"몇 살이오?" 새버스가 물었다.

"스물아홉이요."

"열 살로 보이는데."

"오늘밤에는 너무 어려 보이지 않으려고 노력했죠. 효과가 있지 않았나요? 늘 불러 세우던데. 신분증을 보여달라고. 병원에 가서 기다릴 때마다 안내원이 〈세븐틴〉을 읽으라고 줘요. 보이는 것 말고도 나는 실제보다 어리게 연기를 하기도 해요."

"그건 나빠질 거라고 예상할 수 있겠네."

"아무려나요. 가혹한 현실인걸."

"왜 자살을 하려고 한 거요?"

"모르겠어요. 지루하지 않은 유일한 일이라고나 할까. 생각할 가치가 있는 유일한 일. 게다가, 하루가 반쯤 지나면 이미 하루가 길 만큼 길었다는 생각이 들고, 그럴 때 하루를 보내버릴 수 있는 딱 한 가지 방법이 있어요. 술 아니면 침대죠."

"효과가 있나요?"

"아니요."

"그래서 그다음에 자살을 시도하는군. 최후의 금기를."

"내가 그걸 시도하는 건 나의 때가 오는 것보다 앞서 나 자신의 필멸성과 대면하고 있기 때문이에요. 그게 핵심적 문제라는 걸 깨닫기 때문이죠. 아시다시피. 엉망이 된 결혼과 자식과 일과 그 모든 것—나는 그걸 다 겪어볼 필요 없이 이미 그 무익함을 깨달았어요. 왜 내가 그냥 빨리감기를 할 수 없는 거죠?"

"생각이 있는 사람이군, 안 그렇소? 그 생각이 만드는 모자이크가 마음에 들어."

"나는 내 나이보다 지혜롭고 성숙해요."

"아가씨의 나이보다 성숙하고 나이보다 미성숙하지."

"이 무슨 역설이에요. 흠, 젊음은 한 번밖에 없지만, 미성숙은 평생 갈 수 있다니."

"살고 싶지 않은 너무 지혜로운 아이. 배우라고 했소?"

"물론 아니에요. 도널드의 유머예요—매들린의 인생은 낮에 하는 드라마다. 도널드는 우리 사이에 로맨틱한 성격의 뭔가를 고대했던 것 같아요. 유혹의 요소가 있기는 했고, 그건 그 나름의 귀여운 방식으로 감동적이었어요. 나에 관해서 강렬하고 비위를 맞춰주는 이야기를 많이 했죠. 똑똑하다. 매력적이다. 내가 똑바로 서야 한다고 했어요. 내 어깨를 어떻게 해야 한다고. '길게 늘려, 자기.'"

"똑바로 서면 무슨 일이 생기는데?"

그녀의 목소리가 작아졌고 그녀가 중얼거린 답을 그는 듣지도 못했다. "큰 소리로 말해야 하오, 아가씨."

"미안해요. 아무 일도 안 생긴다고 했어요."

"왜 그렇게 조용히 말하는 거요?"

"왜냐고요? 그거 좋은 질문이네요."

"똑바로 서지 못하고 큰 소리로 말하지 못하고."

"오, 꼭 우리 아버지 같네요. 나의 높고 끽끽거리는 목소리."

"그게 아버지가 하는 말이오?"

"평생이요."

"아버지가 있는 또 한 사람이로군."

"네 정말로."

"똑바로 서면 키가 실제로 얼마나 되는 거요?"

"178센티미터 조금 못 돼요. 하지만 인생의 최저점에 있을 때는 똑바로 서기가 힘들죠."

"단지 178센티미터만이 아니라, 단지 현저하게 활동적인 정신만이 아니라 납작한 가슴까지 있으면 고등학교를 거쳐야 할 때 힘들지."

"어머나, 남자가 나를 이해해주네."

"아가씨가 아니오. 젖통이지. 나는 젖통을 이해해. 열세 살 때부터 젖통을 연구해왔거든. 나는 여자 젖통만큼 크기 면에서 큰 차이를 보여주는 다른 신체 기관이나 부위는 없다고 생각하오."

"나도 알아요." 매들린은 이제 갑자기 드러내놓고 즐거워하며 웃음을 터뜨리기 시작했다. "그런데 왜 그런 거죠? 왜 신은 가슴 크기에 이렇게 엄청난 차이를 허용한 거죠? 놀랍지 않나요? 젖가슴이 나보다 열 배나 큰 여자도 있어요. 더 큰 여자도. 그렇죠?"

"그렇지."

"사람들은 코가 크잖아요." 그녀가 말했다. "나는 코가 작아요.

하지만 나보다 코가 열 배 큰 사람이 있을까요? 기껏해야 네다섯 배죠. 왜 신이 여자한테 이렇게 했는지 모르겠어요."

"그 차이가," 새버스가 입을 열었다. "아주 다양한 욕망을 수용하지, 아마도. 하지만," 그는 다시 생각하며 덧붙였다. "아가씨 표현대로 하자면 젖가슴은, 일차적으로 남자를 유혹하려는 게 아니오—자식을 먹이려는 거지."

"하지만 크기는 젖을 만드는 것과 관계가 있는 것 같지 않은데요." 매들린이 말했다. "아니에요, 그걸로는 왜 이렇게 엄청난 차이가 있는가 하는 문제를 해결할 수 없어요."

"어쩌면 신이 우유부단했던 건지도 모르지. 종종 그런 일이 있다오."

"젖가슴 수가 달랐다면 더 재미있지 않았을까요?" 매들린이 물었다. "그게 더 재밌지 않았을까요? 그러니까—어떤 여자는 두 개, 어떤 여자는 여섯 개……"

"자살은 몇 번이나 시도했소?"

"딱 두 번이요. 부인은 몇 번 시도했어요?"

"딱 한 번. 지금까지는."

"왜요?"

"억지로 자기 노친네와 자야 했거든. 어린 시절에, 아버지의 귀염둥이 딸이었지."

"정말 그랬어요? 다들 그 얘기를 해요. 자신에 관한 가장 단순한 이야기가 모든 것을 설명한다—그게 이 집 전문이죠. 사람들은 매일 신문에서 훨씬 더 복잡한 이야기를 읽어요, 그런데 자신의 인생에 관해서는 이런 단순한 형태의 이야기를 건네받죠. '치료의 용기'에서는 석 주 동안 내가 아빠를 고자질하게 했어요. 모든 질문에 대한 답은 프로작이나 근친상간이에요. 지루하기 짝이 없어요. 온갖 거짓된 자기 성찰. 그 자체로도 자살 충동을 일으키기에 충분해요. 부인은 그나마 내가 참고 들어줄 수 있는 두세 명 가운데 한 분이에요. 다른 사람들과 비교할 때 우아한 정신을 갖고 있죠. 상실과 직면하고자 하는 부인의 욕망은 뜨거워요. 발굴을 할 때도 뒤로 물러서지 않아요. 하지만 물론 기원을 거슬러올라가는 이런 사유에서는 구원 같은 걸 찾을 수 없죠."

"그럴까? 나라면 모르겠는걸."

"흠, 이 사람들은 이 끔찍한 걸 그들의 생살이 드러난 영혼과 대면시키려 하는데, 이건 이 사람들한테는 너무, 너무 힘든 거라서, '사유'하고는 별로 비슷하지도 않은 그 모든 멍청한 소리만 늘어놓게 돼요. 그래도 부인한테는 그 나름의 어떤 영웅주의가 있어요. 부인이 몹시 고통스러운 해독에 맞서는 방식. 부인한테는 일종의 심사숙고 같은 게 있는데, 나한테는 물론 없는 거예요. 여기서 여기저기 돌아다니며 자신의 과거의 조각들을 모으고, 아버지의 편지들을 갖고 씨름하고……"

"멈추지 말아요. 아가씨야말로 시간이 갈수록 더욱더 우아한 정신이 되어가는걸."

"보세요, 부인은 술꾼이고, 술꾼은 사람들을 미치게 만들고, 남편에게는 그게 십자가예요. 그건 좋아요. 하지만 부인은 열심히 투쟁을 하고 있는데 선생님은 거기에 천재성이 결여되어 있다고 경멸하죠. 부인한테는 선생님의 재치 같은 게 없고, 그래서 꿰뚫는 듯한 냉소주의는 가질 수 없어요. 하지만 자기 상상력의 한계 안에서 사람이 가질 수 있을 만큼의 고상함은 갖고 있다고요."

"집사람이 갖고 있다는 걸 아가씨가 어떻게 알지?"

"모르죠. 그냥 꾸며낸 말이에요. 말을 하면서 지어낸 거예요. 다 그러지 않나요?"

"로즈애나의 영웅주의와 고상함이라."

"내 말은 부인이 실제로 큰 충격을 받았고 자신의 고통을 스스로 벌었다는 게 내 눈에는 분명하다는 거예요, 그뿐이에요. 부인은 자신의 고통을 정직하게 얻어냈어요."

"어떻게?"

"아버지의 자살이요. 아버지가 부인을 숨막히게 했던 그 끔찍한 방법이요. 부인의 인생에서 큰 인물이 되려고 한 아버지의 노력이요. 그러다 자살. 단지 부인이 자기 자신의 인생을 구해냈다는 이유로 복수를 해버리다니. 그건 어린 소녀에게는 엄청난 타격이었어요. 정말이지 그보다 큰 건 있을 수 없어요."

"그래서 그 사람이 내 집사람과 씹을 했다고 생각해 안 했다고 생각해?"

"아니요. 안 했다고 생각해요, 그건 필요하지 않으니까. 그게 아니어도 선생님 부인은 당할 만큼 당했어요. 지금 우리는 어린 소녀와 아버지 얘기를 하는 거예요. 어린 소녀들은 아버지를 사랑해요. 거기에서 충분히 많은 일이 빚어져요. 필요한 건 구애뿐이에요. 유혹은 필요 없어요. 사랑을 육체로 완성했기 때문이 아니라 완성하지 않으려고 자살한 것일 수도 있어요. 많은 자살자, 늘 죄책감을 갖고 반추하는 우울한 사람들은 자기가 없으면 가족이 나아질 거라고 생각해요."

"아가씨도 그렇게 생각했나요, 매들린?"

"아니요. 나는 가족이 없으면 내가 나아질지도 모른다고 생각했어요."

"아가씨는 이 모든 걸 알고 있는데, 또는 꾸며낼 만큼 알고 있는데, 어째서 내가 이런 곳에서 아가씨를 만나게 된 걸까?"

"내가 이 모든 것을 알기 때문에 선생님이 이런 곳에서 나를 만나게 된 거예요. 내가 도서관에서 누구 책을 읽고 있는지 맞혀볼래요? 에릭 에릭슨*이에요. 나는 친밀 대 고립 단계에 있어요, 내가 그 사람을 정확하게 이해한 거라면. 나는 정말이지 결국은 잘 안 될 것 같아요. 선생님은 생식 대 정체 단계에 있지만, 통합 대 절망 단계로 아주 빠르게 다가가고 있어요."

"나는 자식이 없소. 젠장, 뭣도 생식하지 않았지."

"자식이 없는 사람도 이타주의 행동을 통해 생식을 할 수 있다는 걸 아시면 안심이 될 거예요."

"내 경우에는 그럴 것 같지 않아. 그런데 뭐라고, 내가 고대해야 하는 게?"

"통합 대 절망."

"그런데 내 상황은 어떻소, 아가씨가 읽은 것으로 보면?"

---

* 미국 심리학자.

"글쎄요, 인생이 기본적으로 의미가 있고 목적이 있느냐 아니냐에 따라 다르죠." 그녀는 웃음을 터뜨렸다.

새버스도 웃음을 터뜨렸다. "'목적이 있다'는 말이 뭐가 그렇게 웃기나요, 매들린?"

"정말 어려운 질문만 하시네요."

"그렇지, 뭐, 질문을 해서 알아낼 수 있는 게 뭔지 보면 놀랍잖소."

"어쨌든, 나는 아직 생식은 걱정할 필요가 없어요. 말했잖아요, 나는 친밀 대 고립 단계라고."

"그래서 어떻게 해내고 있소?"

"친밀 문제에서 내가 어떻게 하고 있느냐는 미심쩍다고 생각해요."

"고립 문제에서는?"

"에릭슨 박사가 약간 극단적 대립을 의도했다는 느낌이 들어요. 한쪽에서 잘하지 못하면, 다른 쪽에서는 상당히 높은 점수를 얻을 수밖에 없거든요."

"그래서 아가씨는?"

"글쎄요, 주로 로맨틱한 경기장에서는 그런 것 같아요. 에릭슨 박사를 읽기 전에는 깨닫지 못했어요. 이게 나의 '발달상의 목표'라는 걸." 그녀는 다시 웃음을 터뜨리기 시작했다. "아직 그 목표를 이루지 못한 것 같아요."

"아가씨의 발달상의 목표가 뭐요?"

"한 남자, 그리고 그 남자의 모든 좆같은 복잡한 요구와 안정적인 작은 관계를 맺는 것인가봐요."

"마지막으로 그런 걸 이룬 게 언제였소?"

"칠 년 전이요. 나락으로 떨어지는 실패는 아니었어요. 나 자신에 대해 얼마나 안타깝게 느끼는지는 사실 객관적으로 말할 수 없어요. 나는 다른 사람들이 자신의 존재를 신용하듯이 나의 존재를 신용하지 않아요. 모든 게 연기라는 느낌이에요."

"모든 게 연기다."

"아무려나요. 나에게는 어떤 접착제가 빠져 있어요. 다른 모두에게는 근본적이지만 나에게는 없는 어떤 것. 내 인생은 내 눈에 현실로 보인 적이 없어요."

"아가씨를 다시 만나봐야겠군." 새버스가 말했다.

"그러니까. 이게 지금 작업이로군요. 긴가민가했지만 믿을 수가 없었어요. 선생님은 늘 피해를 본 여자한테 끌리세요?"

"다른 종류의 여자가 있는 줄은 몰랐는걸."

"피해를 봤다고 일컬어지는 게 뻐꾸기*라고 일컬어지는 것보다는 낫죠, 안 그래요?"

"내가 보기에 아가씨는 스스로 피해를 봤다고 일컫는 것 같은데."

"아무려나요. 그게 말하다보면 생기는 위험이죠. 고등학교에서는 나더러 또라이라고 했어요."

"'또라이'가 뭐야?"

---

* 미친 사람을 가리킨다.

"멍청이 비슷한 거예요. 캐스터먼 선생님한테 전화해보세요, 제 수학 선생님이에요. 그 사람이 말해줄 거예요. 늘 가사 수업을 듣다가 온몸에 밀가루를 뒤집어쓰고 수학 교실에 들어갔으니까요."

"나는 자살을 시도한 여자하고 자본 적이 없소."

"부인하고 자세요."

"그건 또라이 짓이야."

그녀의 웃음은 이제 매우 교활해졌다. 즐겁고 놀라운 일이었다. 즐거움을 주는 사람, 우연히도 청소년처럼 보이기는 하지만 청소년과는 전혀 관계없는 밝은 영혼이 가득한 사람. 고통으로도 차단하지 못한 직관의 보물이 담긴 모험적 정신의 소유자 매들린은 「전도서」가 독본인 학교―인생은 무익하고 매우 끔찍한 경험이며, 진정으로 진지한 일은 읽는 일뿐이다―에서 알파벳을 발견한 기민한 일학년짜리의 더 슬프지만 더 지혜로운 밝은 전망을 보여주었다. 그녀가 말을 하는 동안에 침착한 태도가 자리를 잡지 못하고 미끄러져 겉도는 것이 눈에 보일 정도였다. 침착성은 그녀의 중력의 중심이 아니었고, 그녀에게서 보이는 다른 어떤 것도 마찬가지였다. 어쩌면 말하는 방식은 다를 수도 있었는데, 개인 감정을 섞지 않는 편이기 때문에 그것이 그에게 매혹적으로 다가오고 있었다. 그녀에게 여자의 젖가슴과 여자의 얼굴을 주지 않은 것이 무엇이든 그것은 그녀의 정신에 에로틱한 의미를 충전시켜 그런대로 보상을 해주고 있었다―그래서 그 영향이 적어도 모든 자극에 늘 주의깊은 새버스를 압도하고 있었다. 그녀의 시성에 스며 있는 관능적 약속이 그의 딱딱해진 물건의 진부한 희망을 기분좋게 어질러놓았다.

"선생님한테는 어떨까요." 그녀가 그에게 물었다. "나하고 자는 게? 시체하고 자는 것 같을까요? 유령하고? 부활한 시체하고?"

"아니. 마지막 단계까지 가본 사람과 자는 거지."

"사춘기 로맨티시즘은 선생님이 똥구멍 같은 인간으로 보이게 만들어요." 매들린이 말했다.

"난 전에도 똥구멍처럼 보였어. 그래서 뭐? 아가씨는 그 나이에 뭐가 그렇게 쓰라린 건데?"

"네, 나의 회고적 쓰라림이죠."

"뭐에 관한 건데?"

"나도 모르겠어요."

"왜 몰라."

"정말이지 핵심을 딱 짚고 들어오는 걸 좋아하시네요, 안 그래요, 새버스 선생님? 나한테 뭐가 그렇게 쓰라린 건가? 긴 세월 동안 나는 어떤 것들을 위해 일하고 계획을 세웠어요. 그 모든 게 내가 보기에는…… 잘 모르겠어요."

"내 차로 내려와요."

그녀는 그 제안을 진지하게 생각해보더니 대답했다. "보드카 한 쿼트?"

"한 파인트." 그가 대꾸했다.

"성적 호의에 대한 대가인데? 한 쿼트."

"오분의 일."

"한 쿼트."

"구해 오지." 그가 말했다.

"그러세요."

새버스는 주차장으로 달려가, 미친듯이 어서까지 3마일을 운전해, 주류 판매점을 찾아내, 스톨리치나야 두 쿼트를 사서, 매들린이 기다리고 있을 주차장으로 돌아왔다. 그는 이 모든 일을 십이 분 만에 해냈으나 그녀는 거기에 없었다. 저택 바깥에서 담배를 피우는 사람들 사이에도 없었고, 저택 라운지에서 두 늙은 여자와 카드놀이를 하고 있지도 않았고, 응접실에도 없었다. 응접실에서는 구타당하는 웰즐리 아가씨가 이제 끈질기게 〈When the Saints Go Marching In〉을 부르며 자기 운을 시험하고 있었다. 그는 그들이 갔던 길을 다시 되짚어갔지만, 로더릭 하우스로 가는 길 어디에도 그녀는 없었다. 그래서 그는 아름다운 가을밤에 신뢰하지 않을 이유가 없었던 사람에게 바람을 맞은 채 갈색 봉투에 든 50도짜리 최고의 러시아 보드카 두 쿼트를 겨드랑이에 끼고 그늘에 홀로 있었다. 그때 경비원—아주 큰 흑인으로 파란색 보안요원 제복 차림에 워키토키를 들고 있었다—이 다가와 정중하게 무슨 볼일이 있느냐고 물었다. 설명이 불충분하다는 것이 드러나자, 경비원 둘이 더 나타났다. 아무도 신체적으로 그를 공격하지는 않았지만 새버스는 경비원들 가운데 가장 어리고 가장 방심하지 않는 사람의 모욕을 견디며 자발적으로 그들에게 이끌려 차로 갔다. 그곳에서 세 경비원은 그의 면허증과 자동차등록증을 손전등으로 비추어 조사하고, 그의 이름과 다른 주에서 발행한 차량번호판을 기록하고, 차 열쇠를 받아 차에 탔다. 둘은 새버스와 스톨리치나야와 함께 뒤에 탔고, 한 명은 앞에 타 차를 운전하여 구내를 벗어났다. 새버스 부인은 잠자리에 들기 전에 질문을 받게 될 것이고 아침 일찍 의료 책임자(공교롭게도 로즈애나의 주치의이기도 했다)에게 보고서가 올라갈 것이다. 만일 환자가 면회자를 시켜 알코올을 반입하게 한 것이면, 그의 부인은 즉시 퇴소당할 것이다.

그는 매더매스카폴스에 새벽 한시가 다 되어서 도착했다. 피곤했지만 호수를 향해 차를 몰아 폭스 런 크로싱을 따라 올라가며 여관을 지나 발리치 부부가 사는, 물을 굽어보는 언덕 꼭대기까지 갔다. 그들은 산 위의 어느 집 못지않게 널찍하고 호사스러운 새 집에 살았다. 이 집은 마티야에게는 꿈―그 자체로 하나의 나라인, 웅장한 가족 성이라는 꿈―의 실현이었는데, 이 꿈은 초등학교 시절로 거슬러올라갔다. 그 시절 그는 숙제로 부모에 관해 쓰면서, 훌륭한 '개척단원'답게, 부모와 체제의 관계가 어떤지 선생님한테 솔직하게 말해야 했다. 마티야는 이 집을 지으면서 심지어 유고슬라비아에서 대장장이를 데려오기까지 했다. 달마티아 해안에 사는 장인으로. 그는 여관 별관에 여섯 달 동안 머물면서 호수 서쪽 끝에서 연출되는 석양을 바라볼 수 있는 거대한 녹색 테라스를 위한 야외 난간, 둥근 천장을 향해 회전하며 올라가는 넓은 중앙 계단의 난간, 집에서 전자 장치로 여닫는 가느다란 선 세공이 들어간 철문을 블랙월 근처 대장간에서 만들었다. 쇠로 만든 샹들리에는 스플리트에서부터 바다를 건너왔다. 하청업자인 마티야의 남동생이 이 샹들리에를 그런 종류의 골동품을 모두 취급

하는 집시에게서 샀다. 상주하는 대장장이가 샹들리에를 위해 만든 사슬이 하늘색 둥근 천장으로부터 이층 높이를 내려와 현관 홀에서 멈추었고, 홀의 마호가니 이중문 양쪽에는 납을 넣은 스테인드글라스 유리 패널들이 들어갔다. 이 문은 말이 끄는 마차도 대리석 바닥(마티야가 채석장을 살피러 버몬트에 갔다가 이 집을 위해 특별히 잘라서 가져온)을 따라 몰고 들어갈 수 있을 만큼 컸다. 새버스가 보기에는—마티야가 구경을 시켜준다고 실비야를 데리고 나가고, 드렌카는 실비야의 침대에서 그녀의 던들을 입고 썹을 당하던 첫날—집안의 어떤 두 방도 서로 같은 높이에 있지 않고, 반들반들 광택이 나는 폭 넓은 계단 세 개, 네 개, 다섯 개를 오르내려야 다른 방에 도달할 수 있는 것 같았다. 방들 사이의 층계 옆에 있는 대좌에는 나무로 조각한 왕들이 올려져 있었다. 보스턴의 한 골동품상이 빈에서 찾아준 것들이었다—중세의 왕 열일곱 명, 그들이 베어야 했던 목을 다 합치면 적어도 마티야가 인기 좋은 메뉴인 국수를 곁들인 치킨 파프리카슈를 만들기 위해 목을 자른 닭의 수만큼은 될 것이다. 집안에는 침대가 여섯 개였는데, 모두 프레임이 황동이었다. 분홍색 대리석 자쿠지*에는 여섯명이 앉을 수 있었다. 중앙에 첨단 기술로 만든 조리용 아일랜드식탁이 자리잡은 현대적인 부엌에는 열여섯 명이 앉을 수 있었다. 벽에 태피스트리를 걸어놓은 식사실에는 서른 명이 앉을 수 있었다. 그러나 아무도 자쿠지를 사용하거나 식사실에 들어가지 않았

---

* 물에서 기포가 생기게 만든 욕조.

고, 발리치 부부는 폐소공포증이 일어날 것 같은 침대 딱 한 군데에서만 잤으며, 심야에 여관에서 가지고 올라온 조리된 음식을, 티토가 지은 노동자 주택 단지에서 흔히 눈에 띄는 황량하고 초라한 방에서, 빈 계란 상자 네 개에 받쳐놓은 텔레비전을 앞에 두고 먹었다.

마티야는 직원은 말할 것도 없고 손님들 사이에서도 자신의 행운이 질투심을 불러일으킬까 두려워했고, 그래서 의도적으로 뉴잉글랜드의 어느 전나무 못지않게 오래되었다고 하는 넓은 삼각형 모양의 전나무 숲 뒤에 집을 지었다. 숲의 나무들은 극적으로 하늘을 가리키고 있었다. 식민지 시대의 도끼를 피한 당당한 스쿠너선 돛대들. 마티야의 백만 달러짜리 집—그의 공상적인 이민 목적에 합치하는 집—의 지붕 선은 첫눈에 보기에는 위만 제외하고 모든 방향으로 뻗어나가고 있는 것처럼 보였다. 이상했다. 길들여지고 절제하고 검약하는 외국인. 자신의 헌신적인 근면만이 아니라 80년대의 뚱뚱한 고양이 대잔치의 수혜자이기도 한 그는 티토 동지에 대한 개인적 승리를 자신이 상상할 수 있는 한 가장 웅장하게 표현하는, 자신을 위한 풍요의 궁전을 그리고 있는 반면, 그의 부인의 무절제한 애인, 토착 미국인 돼지는 1920년대에 지하실 없이 지은 방 네 개짜리 작은 상자에 살고 있었다. 지금은 충분히 쾌적한 집이 되었지만, 그것은 오직 붓과 재봉틀, 또 망치와 못을 다루는 로즈애나의 창의력 덕분이었다. 60년대 중반에 로즈애나는 새버스를 가정적으로 길들인다는 반짝이는 아이디어를 내놓고 눅눅한 토바코 로드의 참담한 집을 침몰로부터 구조해

470

냈다. '가정과 노爐.' 숲, 개울, 눈, 해동, 봄, 뉴잉글랜드의 봄, 기록된 역사상 인류를 소생시키는 가장 위대한 힘으로 꼽을 만한 그 놀라운 봄. 그녀는 산의 북쪽에 희망을 걸었다―그리고 아이에게. 하나의 가족. 어머니, 아버지, 크로스컨트리 스키, 아이들, 소리를 지르는 활기차고 건강한 아이들 무리, 어떤 위협도 받지 않고 사방을 뛰어다니고, 그들이 숨쉬는 바로 그 공기 덕분에 볼꼴 사나운 부모처럼 성장하는 것을 피하고, 전적으로 삶의 힘에 내맡겨져 있고. 시골에서 가정적으로 길들이기. 볼보 번호판에 적힌 '자유롭게 살거나 죽거나'라는 도시 거주자의 오랜 농민적 꿈은 정화淨化의 규정이었고, 그녀는 그것을 통해 아버지의 유령을 안식시킬 뿐 아니라 새버스도 니키의 유령을 입다물게 할 수 있기를 바라고 기도했다. 로즈애나가 거기에서부터 술에 취하는 궤도에 진입하게 된 것도 놀랄 일은 아니었다.

발리치의 집에는 불이 다 꺼져 있었다. 적어도 새버스가 전나무 벽 사이로 볼 수 있는 빛은 없었다. 그는 경적을 두 번 울리고, 기다렸다가, 다시 두 번 울렸다. 그리고 앉아서 십 분을 기다리다가 시간이 되었다고 생각하여 다시 경적을 울리고 떠나기 전에 오 분만 더 기다려보기로 했다.

드렌카는 잠이 얕았다. 어머니가 되면서 잠이 얕아졌다. 아주 작은 소리에도, 귀여운 매슈의 방에서 들리는, 괴로워서 나오는 아주 작은 울음소리에도, 그녀는 침대에서 나와 아이를 품에 안았다. 새버스에게 해준 말에 따르면, 매슈가 아기였을 때 그녀는 아기의 숨이 멈추지 않았는지 확인하기 위해 아기 침대 옆의 바닥에

누워 자곤 했다. 심지어 아이가 네다섯 살이 되었을 때조차 그녀
는 침대에 누워 있다가도 가끔 아이의 안전이나 건강에 대한 두려
움에 사로잡혀 아이 방의 바닥에서 밤을 보내곤 했다. 그녀는 다
른 모든 일을 할 때처럼, 마치 문을 부수고 들어가듯 어머니 노릇
을 했다. 그녀를 유혹으로, 모성으로, 소프트웨어로 끌어들여라,
그러면 그녀의 모든 것, 단 한 번도 구속되지 않는 그 모든 몰아치
는 에너지가 깊은 자국을 남길 것이다. 완전히 힘을 발휘하면 이
여자는 특별했다. 무엇이 요구되든, 반감이라곤 없었다. 물론 두
려움은 있었다, 많은 두려움. 그러나 반감, 그것은 전혀 없었다.
놀라운 경험이었다. 대상과의 거리를 철저하게 없애버리는, 자신
의 삶 자체가 위대한 실험인 이 슬라브인, 그의 삶의 에로틱한 빛.
그는 샤틀레와 포르트 생드니의 아치길 사이에 있는 생드니 거리*
에서 손가락에 작은 열쇠를 대롱거리는 그녀를 발견한 것이 아니
라, 지역 주민이 일 년에 두 번 시계를 바꾸는 데서 환희를 느끼고
만족하며 사는 조심성의 수도 매더매스카폴스에서 그녀를 발견
했다.

　그는 유리창을 내렸고 발리치의 말들이 길 건너 방목장에서 숨
을 쉬는 소리가 들렸다. 이윽고 두 마리가 담장 옆에서 불쑥 나타
났다. 그는 스톨리치나야 병을 땄다. 바다로 나간 이후 술을 조금
씩 마시기는 했으나 절대 로즈애나 같지는 않았다. 그런 절제―
그리고 할례―가 그가 유대인으로서 보여줄 수 있는 거의 전부였

---

* 파리에서 매춘으로 유명한 거리.

다. 어차피 그게 아마도 유대인이라는 것의 가장 큰 장점이기도
할 것이다. 두 모금 마셨더니 그녀가 그곳에 있었다. 잠옷 차림에
어깨에 숄을 두르고 있었다. 그가 창밖으로 손을 뻗자 그것들이 그
곳에 있었다. 260마일의 왕복 여행이었지만, 드렌카의 젖가슴만
으로도 가치가 있었다.

"뭐야? 미키, 무슨 일이야!"

"빨아줄 가능성은 별로 없겠지, 아마도."

"자기야, 안 돼."

"차에 타."

"안 돼. 안 돼. 내일."

그는 손전등을 그녀의 손에서 빼내 자신의 허벅지를 비추었다.

"오. 아주 크네. 내 귀염둥이! 하지만 지금은 못해. 마테가—"

"내가 싸기 전에 그가 깨면, 좆도, 우리 달아나는 거야, 그래버
리는 거야—나는 그냥 시동을 걸 거고 그럼 우리는 브론스키와 안
나*처럼 튀는 거야. 이 엿같은 숨는 짓거리는 이제 됐어. 우리 인생
전체가 숨고 있잖아."

"내가 말하는 건 매슈야. 지금 일하고 있어. 올 수도 있어."

"우리가 몸을 더듬는 애들이라고 생각할 거야. 타, 드렌카."

"못해. 당신 미쳤어. 매슈는 이 차를 알아. 당신 취했네. 나 가봐
야 돼! 사랑해!"

"로즈애나가 내일 나올지도 몰라."

---

*톨스토이의 소설『안나 카레니나』의 등장인물.

"어라." 그녀가 소리쳤다. "두 주가 더 남은 줄 알았는데!"

"이걸 어떻게 해야 돼?"

"잘 알잖아." 드렌카는 열린 창 안으로 몸을 기울여, 그것을 잡더니 한 번 당겨주었다―"집에 가." 그녀는 간청하더니 집으로 돌아가는 좁은 길을 향해 달려갔다.

새버스는 브릭퍼니스 로드로 돌아가는 십오 분 동안 길에서 다른 차량을 딱 한 대 보았다. 주 경찰 순찰차였다. 그래서 그녀가 일어나 있었던 것이다―스캐너에 귀를 기울이느라. 성경적 정의正義에 따라 그녀의 아들에게 불륜적 남색을 당한다는 생각에 흥미를 느끼며 그는 경적을 울리고 상향등을 번쩍였다. 하지만 당분간은 악운의 흐름이 끝난 것 같았다. 아무도 카운티의 중요한 성범죄자를 엉덩이가 찢어져라 쫓아와 차를 세우게 하고 면허증과 차량등록증 제출을 요구하지 않았다. 아무도 어쩌다 그가 운전대를 잡은 손에는 보드카 병을 들고 다른 손에는 자지를 쥐고, 도로에는 전혀 집중하지 않고, 심지어 드렌카에게도 집중하지 않고, 고갱이가 아주 맑은 정신을 가면처럼 가리고 있는 그 아이의 얼굴에만, 어깨가 구부정하고 목소리가 조용조용하고 손목에 새로 그은 흉터가 있는 호리호리한 금발에게만, 완전히 궤도를 벗어난 상태에서 빠져나온 지 겨우 석 주밖에 되지 않은 아이에게만 집중한 채 운전을 하게 되었는지 해명해보라고 권유하지 않았다.

◆ ◆ ◆

"'비노니, 나를 조롱하지 마시라. / 나는 아주 어리석고 분별없는 늙은 남자, / 스무 살씩 네 번 먹고도 또 먹었으며, 한 시간도 더 많지 않고 적지 않아. / 그리고 나는, 솔직히 말하거니와, / 안타깝게도 정신이 완벽한 상태가 아니라오. / 내 생각에는······'"*

그다음에는 사라져버렸다. 애스터 플레이스에서 북쪽으로 한 정거장 떨어진 곳에서 완전히 말라버렸다. 하지만 카윈 집에서 로사와 연출한 소프트 포르노 드라마 뒤에 링크의 장례식장으로 가는 지하철에서 구걸을 하는 동안 그 정도라도 떠올린 것은 엄청나게 놀라운 기억의 힘이었다. 내 생각에는 뭐더라? 내 생각을 내가 생각하는 것은 어렵지 않을 것이다. 정신은 영구 운동 기계다. 절대 어떤 것으로부터도 자유로울 수 없다. 정신은 모든 것의 손아귀에 들어가 있다. 개인적인 것은 어마어마한 거지요, 나의 아저씨, 은하수도 난쟁이로 만들어버리는 파편들의 별자리올시다.** 그게 그대를 안내하지요. 별들이 눈먼 큐피드의 화살 같은 기러기를 안내하듯이. 그 기러기떼wild geese가 드렌카의 찔린goose'd 똥구멍 위를 날아가는 동안, 그대는 그대의 암에 걸린 크로아티아인 몸에 올라타고 상스러운 캐나다의 기러기 울음소리를 호색적으로 흉내내며, 그녀의 악성종양에 하얀 잉크로 그대의 낭비된 염색체 표

---

* 「리어왕」 4막 7장에 나오는 대사이며, 이어지는 니키와 새버스의 대화도 마찬가지다.
** 「리어왕」을 흉내내고 있다.

시를 새겨놓지요.

　뒤로, 멀리, 멀리 뒤로. 니키가 말한다. "전하, 나를 아시겠어요?" 리어가 말한다. "댁은 영이지, 알아. 어디서 죽었소?" 코딜리아가 뭐라 뭐라 말한다. 의사가 뭐라 뭐라 말한다. "내가 어디 있었지? 여기는 어디야? 환한 대낮인가? 나는 완전히 속았어…… 뭐라 뭐라 뭐라." 니키. "오 나를 보세요, 전하,/손을 들어 제 머리에 축복을 내려주세요./아니요, 전하, 무릎 꿇는 게 아니고요." 그러자 리어는 말한다, 1944년 12월의 화요일이었다, 나는 방과후에 집에 갔고 차 몇 대를 보았다. 아버지의 트럭을 보았다. 저게 왜 저기 있을까? 뭔가 문제가 있다는 것을 알았다. 집 안에 아버지가 보였다. 몹시 고통스러워하는. 몹시 고통스러워하는. 어머니는 히스테리. 어머니의 손. 손가락. 신음을 토하고. 비명을 지르고. 벌써 모인 사람들. 어떤 남자가 문으로 다가왔다. "안타깝습니다." 그는 말하며 어머니에게 전보를 주었다. 작전중 실종. 두번째 전보가 도착하기까지 또 한 달, 잠정적이고, 혼란스러운 시간—희망, 공포, 찾을 수 있는 이야기라면 뭐든 찾아보고, 전화벨이 울리고, 전혀 알 수가 없고, 우호적인 필리핀 게릴라들이 그를 붙잡았다는 이야기가 우리에게 전해지고. 그의 분대의 누군가는 자신이 비행중에 그를 지나갔다고 말했다. 그는 마지막 비행을 하고 있었다. 대공포 사격이 아주 심했고 모티의 비행기는 격추당했다. 하지만 우호적인 지역에 떨어졌다…… 그러자 리어는 대답한다. "나를 무덤에서 *끄*집어내다니 잘못한 거요." 하지만 새버스는 두번째 전보를 떠올리고 있다. 한 달 전도 끔찍했지만 이만큼 끔찍하지는 않았다. 전사 통지는 형제를 한 명 더 잃어버리는 것과 같았다. 참담했다. 어머니는 늙고. 어머니가 죽어간다고 생각했다. 어머니도 죽을까봐 두려워했다. 암모니아 향이 나는 소금. 의사. 집이 사람들로 가득차고. 누가 집에 있었는지는 분명하게 말하기 어렵다. 흐릿하다. 모두가 있었다. 하지만 삶은 끝났다. 가족은 끝장났다. 나는 끝장났다. 나는 정신을 차리게 하려고 그녀에게 암모니아 향이 나는 소금을 주었고 소금은 쏟아졌고 내가 그녀를 죽였을까봐 두려웠다. 내 인생의 비극적 시기. 열네 살에서 열여섯 살 사이. 그것과 비교할 수 있는 것은 아무것도 없으니. 그것은 그녀만 부순 게 아니라, 우리 모두를 부수었다. 아버지는 남은 인생 동안 완전히 바뀌어버렸다. 그는 나에게 안심할 수 있는 강한 힘이었다. 아버지의 체격 때문에, 또 그가 아주 의지할 만했기 때문에. 어머니는 늘 더 감정적인 쪽이었다. 더 슬퍼하는 쪽, 더 행복해하는 쪽. 늘 휘파람을 불고. 하지만 아버지에게는 인상적인 맑은 정신이 있었다. 따라서 그가 박살나는 것을 보는 건! 지금 내 감정을 보라―이런 걸 기억하는 나는 열다섯이다. 감정들은 활성화되면 변하지 않는다. 똑같다, 새롭고 얼얼하다. 모든 게 지나간다고? 아무것도 지나가지 않는다. 똑같은 감정이 여기 있다! 그는 나의 아버지였고, 열심히 일하는 남자였고, 새벽 세시에 트럭을 몰고 농부들에게 갔다. 밤에 집에 오면 피곤했고, 아침에 아주 일찍 일어나야 했기 때문에 우리는 조용히 있어야 했다. 그가 화가 나면―드문 일이었지만―하지만 일단 화가 나면, 이디시어로 화를 냈고 무시무시했다. 그가 무엇 때문에 화가 났는지도 잘 알지 못했기 때문이다. 하지만 그 일 뒤로, 그는 다시는 화를 낸 적이 없었다. 차라리 화를 냈더라면! 그뒤로 그는 온유해졌고, 수동적이 되었고, 늘 울었다. 어디에서나, 트럭에서, 고객들과 있을 때, 이교도 농부들과 있을 때 울었다. 그 좆같은 일이 아버지를 부수어버렸다! 시바* 뒤에 그는 다시 일로 돌아갔다. 공식 애도의 해가 지난 뒤 그는 우는 것을 멈추었지만, 1마일 떨어진 곳에서도 눈에 들어오는 개인적인, 사적인 고통이 늘 있었다. 나 자신도 기분이 별로 좋지 않았다. 내 몸의 일부가 사라진 느낌이었다. 좆대가리는 아니고, 아니지, 다리, 팔이라고 할 수도 없지만, 생리적이면서도 내적인 상실의 느낌. 끌로 나를 다듬은 것처럼 안으로부터 푹 파여버린 상태. 보호기관은 멀쩡하지만 안은 텅 빈, 해변에 놓인 참게 껍질처럼. 안의 그 모든 것이 사라져버린. 안으로부터 푹 파여버린. 구멍을 뚫어 파낸. 끌로 파버린. 아주 답답했다. 그리고 몸져누운 어머니—나는 어머니를 잃게 될 것이라고 확신했다. 어떻게 살아남겠는가? 우리 가운데 어느 누가 살아남겠는가? 어디를 가나 그렇게 텅 비어 있었다. 하지만 나는 강한 자가 되어야 했다. 심지어 그전부터 나는 강한 쪽이어야 했다. 그가 해외로 가고 우리가 아는 것이라고는 그의 APO** 번호뿐일 때도 아주 강인해야 했다. 불안. 고문하는 듯한. 늘 걱정했다. 나는 모티가 하던 것처럼 아버지 배달 일을 돕곤 했다. 모티는 제정신을 가

---

* 가족과 사별한 유대인이 장례식 후 지키는 칠 일의 복상(服喪) 기간.
** Army Post Office. 군사우체국.

진 누구도 하지 않았을 일을 했다. 지붕에 올라가 돌아다니며 뭔가를 고치고. 누운 자세로 시미 춤을 추듯 포치 밑의 어두운 침전물 속으로 쑥 들어가, 뭔가에 와이어를 감고. 매주 어머니를 위해 바닥을 닦았다. 그래서 나도 이제 바닥을 닦았다. 모티가 태평양으로 배를 타고 나간 뒤 나는 그녀를 진정시키려고 많은 노력을 했다. 매주 우리는 영화를 보러 가곤 했다. 전쟁 영화는 근처에도 가지 않았다. 하지만 보통 영화를 보는 중에도 전쟁에 관한 이야기가 갑자기 튀어나오거나 누가 해외에 나간 누군가에 관해 무슨 말을 하기만 해도 어머니는 속이 상했고 나는 그녀를 진정시켜야 했다. "엄마, 이건 그냥 영화야." "엄마, 그 생각은 하지 말자." 그녀는 울곤 했다. 몹시. 그러면 나는 그녀와 함께 나와서 걸어 돌아다녔다. 우리는 APO를 통해 편지를 받곤 했다. 그는 가끔 봉투에 작은 만화를 그려 보냈다. 나는 그 만화를 고대하곤 했다. 하지만 그걸 보고 기분이 좋은 사람은 나뿐이었다. 한번은 그가 집 위를 날아갔다. 노스캐롤라이나에 주둔하고 있었는데 보스턴까지 비행을 해야 했다. 그는 우리에게 말했다. "집 위를 날아갈 거야. B-25를 타고." 여자들이 모두 앞치마를 두른 채 밖으로 나갔다. 대낮에 아버지가 트럭을 타고 집에 왔다. 내 친구 론도 거기 있었다. 모티는 실제로 그렇게 했다―위로 날아가면서 날개를 기울였다. 그 납작한 갈매기형 날개를. 론과 나는 손을 흔들고 있었다. 그가 나에게 얼마나 대단한 영웅이었던지. 그는 나에게, 다섯 살 아래인 동생에게 믿을 수 없을 정도로 다정했다―그냥 한없이 다정했다. 그는 정말 체격이 좋았다. 포환던지기 선수. 육상 스

타. 풋볼을 거의 필드 전체 길이만큼 던질 수 있었다. 공을 던지거나 포환을 던지는 데 엄청난 능력이 있었다— 뭔가를 던지는 것, 그게 그의 기술이었다. 멀리 던지는 것. 그가 실종된 뒤에 나는 그 생각을 하곤 했다. 학교에서 나는 뭔가를 멀리 던지는 것이 그가 정글에서 살아남는 데 도움이 될지도 모른다는 생각에 빠져들곤 했다. 12월 12일에 격추당해 15일에 부상으로 죽었다. 그것이 또 하나의 괴로움이었다. 그들은 그를 병원에 데려갔다. 나머지 승무원은 즉사했지만, 비행기는 게릴라가 지배하는 구역 위에서 격추당했고 게릴라들이 그를 꺼내 병원으로 데려가 그는 사흘 동안 살아 있었다. 그게 훨씬 견디기 힘들었다. 승무원은 즉사하고 형은 사흘 더 살았다. 나는 망연자실했다. 론이 왔다. 보통 그는 우리집에서 살다시피 했다. 그가 말했다. "나와." 내가 말했다. "못 나가." 그가 말했다. "무슨 일인데?" 나는 말할 수 없었다. 며칠이 지나서야 그에게 말할 수 있었다. 하지만 학교에서는 사람들에게 말할 수가 없었다. 그럴 수가 없었다. 말을 할 수가 없었다. 체육 선생님이 있었다. 크고 강한 남자였는데, 모티가 육상을 그만두고 체육교사 훈련을 받기를 바랐다. "형은 어떠니?" 그는 나에게 묻곤 했다. "잘 있어요." 나는 대답하곤 했다. 그 말을 할 수가 없었다. 다른 선생님들, 그에게 늘 A를 주었던 실과 선생님. "형은 어떠냐?" "잘 있어요." 그러다 그들도 마침내 알게 되었지만 나는 절대 말을 하지 않았다. "이봐, 모티는 어떻게 지내?" 나는 그 거짓말을 영구화했다. 이 거짓말은 이야기를 듣지 못한 사람들에게 쭉 계속되었다. 나는 적어도 일 년 동안은 망연자실한 상태였다. 한동안

480

은 여자아이들이 립스틱을 바르고 그들에게 젖통이 있다는 것조차 무서웠다. 모든 도전이 갑자기 너무 커 보였다. 어머니는 나에게 그의 손목시계를 주었다. 그것 때문에 죽을 것 같았지만, 나는 그것을 찼다. 그것을 차고 바다에 갔다. 그것을 차고 육군에 입대했다. 그것을 차고 로마에 갔다. 지금 여기 있다, 그의 군용 벤루스. 매일 태엽을 감는다. 바뀐 것은 줄뿐이다. 초침의 멈춤 기능이 아직도 작동한다. 육상부에 들어갔을 때 그의 유령에 관해 생각해보곤 했다. 그게 첫번째 유령이었다. 나는 아버지와 그를 닮았다, 늘 상체 쪽이 강했다. 게다가, 모티는 포환을 던졌기 때문에 나도 던져야 했다. 나 자신에게 그를 불어넣었다. 포환을 던지기 전에 하늘을 올려다보고 그가 나를 굽어보고 있다고 생각하곤 했다. 나는 힘을 달라고 했다. 주 대회에 나갔다. 오등이었다. 그 비현실성을 알았지만 그냥 계속 그에게 기도했고 전의 어느 때보다 멀리 던졌다. 그래도 우승은 못했지만, 그의 힘은 얻었다!

지금 그것을 사용할 수도 있다. 그건 어디 있을까? 손목시계는 있다. 하지만 힘은 어디 있는가?

새버스가 "내 생각에는⋯⋯"에서 머리가 텅 비어버렸던 곳의 오른쪽 자리에 그의 머리가 텅 비게 만든 원인이 있었다. 겨우 스물하나나 스물둘밖에 안 되었고, 완전히 검은색으로 조각된―터틀넥 스웨터, 주름치마, 타이츠, 구두, 심지어 반짝거리는 검은 머리가 이마에서 흘러내리지 않도록 막아주는 검은 벨벳 머리띠까지. 그녀는 그를 빤히 쳐다보고 있었는데, 그를 멈추게 한 것이 그 눈길, 그 온화하고 익숙한 부드러움이었다. 그녀는 옆에 있는 검은 나일론 배낭에 한쪽 팔을 얹고 앉아 말없이 그가 「리어왕」 4막의 마지막 장을 기억하려고 노력하는 것을 지켜보고 있었다. 리어는 잠든 채 프랑스 진영으로 실려간다—"네, 부인. 깊이 잠든 사이에 / 우리가 새 옷을 입혀드렸습니다"—그곳에서 그를 깨우는 것은 코딜리아다—"어떠세요, 왕이시여? 기분이 어떠신가요, 전하?" 그때 리어는 대답한다. "나를 무덤에서 *끄*집어내다니 잘못한 거요……"

응시하는 여자는 말을 하고 있었지만, 너무 소리가 작아 그는 처음에는 듣지를 못했다. 그가 생각한 것보다 어려서, 아마 학생일 것이고, 아마 열아홉을 넘지 않았을 것 같았다.

"그래, 그래, 크게 말해봐." 니키가 뭔가 말하기를 두려워할 때마다 그가 하던 소리였는데, 니키는 말할 때 절반은 그렇게 두려워했다. 해가 갈수록 더 들리지 않게 말을 하는 바람에 더욱더 그를 미치게 했다. "뭐라고?" "별거 아냐." 그를 돌아버리게 만들었다.

"'내 생각에는,'" 그녀는 이제 분명하게 들리도록 말하고 있었다. "'내가 댁을 알고, 이 남자를 알고 있는 것 같소……'" 그녀가 대사를 알려준 것이다! 연극과 학생, 업타운의 줄리아드로 가고 있는.

그는 되풀이했다. "'내 생각에는 내가 댁을 알고, 이 남자를 알고 있는 것 같소.'" 그런 다음 자신의 힘으로 앞으로 나아갔다. "'하지만 의심스럽소. 나는 이곳이 어디인지도 / 모르는 판이니, 내가 가진 모든 기술도……'" 여기에서 그는 다음이 무엇인지 모르는 척했다. "'내가 가진 모든 기술도……'" 약하게, 두 번, 그는 이 행을 되풀이하고 그녀를 보며 지원을 요청했다.

"'이 옷도 기억하지 못하고,'" 그녀가 대사를 일러주었다. "'또 나는 모르니……'"

그녀는 그가 다시 거기서부터 해나갈 수 있다는 신호를 보내자 웃음을 지으며 말을 멈추었다. "'또 나는 모르니/어젯밤에 어디서 잤는지도. 나를 비웃지 마오/필시 이 여자분이……'"

니키의 딸이라고 생각한다고 해서.

불가능하지 않다! 니키의 아름답게 애원하는 눈, 니키의 당혹스럽게도, 늘 불확실한 목소리…… 아니, 그녀는 단지 마음이 착하고 지나치게 감수성이 풍부한 아이, 오늘밤 흥분해서 가족에게 턱수염을 허옇게 기른 늙은 남자가 렉싱턴 IRT*에서 자신에게 「리어왕」을 암송하고 있었는데 자신이 용기를 내어 대사를 기억하는 것을 도와주었다고 떠들 아이일 뿐 아니라―니키의 딸이기도 했다. 그녀가 오늘밤 집에 가서 만날 가족은 니키의 가족이었다! 니키는 살아 있었다. 니키는 뉴욕에 있었다. 이 아이는 그녀의 딸이었다. 그리고 그녀의 딸이라면, 어떤 식으로든 그의 딸이기도 했다. 아버지가 누구든 간에.

새버스는 이제 그녀의 머리 바로 위에 머물러 있었다. 그의 감정은 그를 가로지르며 굴러내리는 사태沙汰가 되어, 그를 휩쓸고, 그를 여전히 그 자신에게로 묶어두고 있는 얕은 뿌리를 뽑아버렸다. 그들이 모두 살아 있어 니키의 집에 있다면 어쩔 것인가? 모

---

* Interborough Rapid Transit. 뉴욕시 지하철 노선 가운데 하나.

티. 엄마. 아빠. 드렌카. 죽음을 철폐하고—전율을 일으키는 생각이었다. 지하철을 타고 있든 타고 있지 않든 그가 그런 생각을 한 첫번째 사람은 아니었지만, 그는 간절하게 그 생각을 했다. 이성을 부인하고, 그가 열다섯 살 때 그들이 모티를 돌려받아야만 했던 때와 마찬가지로 그 생각을 했다. 가을을 맞이한 벽시계처럼 삶을 되돌리기. 그냥 벽에서 그것을 내려 죽은 자들이 모두 표준시처럼 나타날 때까지 태엽을 감고 다시 감기.

"'필시 이 여자분이,'" 그는 여자에게 말했다. "'내 자식 코딜리아일 거라고 생각한다고 해서.'"

"'맞아요, 맞습니다.'" 아무런 속셈이 없는 코딜리아의 무방비 응답, 헤매고 다니는 고아의 목소리가 십분의 일이고 나머지는 지쳐 비틀거리는 여자의 목소리인 니키의 통렬할 만큼 간단한 약강 삼보격, 그것을 눈길이 니키와 똑같은 여자아이가 말하고 있었다.

"어머니가 누구요?" 새버스가 그녀에게 소곤거렸다. "어머니가 누구인지 말해주시오."

그 말에 아이는 창백해졌다. 그녀의 눈, 니키의 눈, 아무것도 숨길 수 없는 그 눈은 막 끔찍한 이야기를 들은 아이의 눈 같았다. 그에 대한 그녀의 모든 공포가 표면으로 바로 떠올랐다. 니키가 그렇게 되는 것도 언제나 시간문제일 뿐이었지만. 이런 미친 괴물에게 감동을 받다니, 셰익스피어를 인용할 수 있다는 이유로! 지하철에서 미친 게 틀림없는 사람, 무슨 짓이라도 할 수 있는 사람과 얽히게 되다니—얼마나 백치 같은 짓인가!

그녀의 생각을 읽는 것은 간단한 일이었음에도, 새버스는 리어 못지않게 낙담하여 극적으로 읊조렸다. "너는 니키 칸타라키스의 딸이로구나!"

여자아이는 미친듯이 배낭의 끈을 끌어당겨 열더니 지갑을 찾아 그에게 줄 돈을 꺼내려 했다. 그가 가버리게 만들 돈. 그러나 새버스는 논란의 여지가 없는 사실—니키가 살아 있다는—을 한번 더 봐야 했기에, 불구가 된 손으로 그녀의 얼굴을 틀며, 니키의 살아 있는 피부를 느끼며, 말했다. "어머니가 나를 피해 어디에 숨어 있는 거냐?"

"그만!" 그녀가 소리를 질렀다. "내 몸에 손대지 마요!" 그러면서 마치 파리떼가 공격하기라도 한 것처럼 그의 관절염에 걸린 손가락들을 찰싹 때렸고, 그 순간 그의 뒤에서 누가 다가와 거슬리는 힘으로 새버스의 겨드랑이에 손을 끼웠다.

강력하게 그를 붙든 사람에게서 그가 볼 수 있는 것은 양복뿐이었다. "진정해요." 그런 말이 들리고 있었다. "진정해. 그런 걸 마시면 안 됩니다."

"내가 뭘 마셔야 하는데? 나는 예순네 살이고 평생 하루도 아팠던 적이 없어! 어릴 때 편도선 빼고는! 나는 내가 마시고 싶은 걸 마셔!"

"진정해요, 맥. 그만해, 진정하고, 쉼터로 돌아가세요."

"쉼터에서 이가 옮았단 말이야!" 새버스가 마주 고함을 질렀다. "'나를 함부로 다루지 마'!"

"당신이 저 여자를 함부로 다루잖아—당신이 함부로 다루고 있습니다요, 두목!"

기차가 그랜드센트럴에 도착했다. 사람들이 열린 문을 향해 빠르게 움직였다. 여자아이는 사라졌다. 새버스는 놓여났다. "'부디 당부하노니.'" 새버스는 혼자 어슬렁어슬렁 열차에서 내려 니키의 딸을 찾으려고 사방을 두리번거렸다. "'부디 당부하노니.'" 그는 앞에 컵을 흔들며 플랫폼을 따라 위엄 있게 성큼성큼 걸어가면서 그로부터 물러서는 사람들을 향해 소리쳤다. "'부디 당부하노니……'" 이어 니키의 딸이 대사를 일러주지 않았는데도 그다음이 무엇인지 기억났다. 1961년 '바워리 지하 극단'의 극장에서는 그에게 어떤 의미도 있을 수 없는 말이었다. "'부디 당부하노니, 잊고 용서해주시오. 나는 늙고 어리석다오.'"

이것은 사실이었다. 이제는 자신이 흉내를 내고 있다고 믿기가 힘들었다. 불가능하지는 않았지만.

그대는 이제 내게 오지 못할 것이다
절대, 절대, 절대, 절대, 절대.

시계를 파괴하라. 군중에 합류하라.

다름 아닌 미셸 카윈, 노먼의 부인이 브로드웨이의 한 약국에서 볼타렌 오십 알을 보내주면서 네 번 리필 처방전을 써주었고, 그래서 그는 그날 저녁식사를 하면서 기분좋은 상태였다. 곧 손의 통증에서 어느 정도 벗어날 것임을 알았기 때문이기도 했고, 또 그녀가 속옷 밑에 백 달러짜리 지폐 백 장이 든 봉투와 함께 감춰져 있던 폴라로이드 사진에서 보던 것만큼 여읜 것이 전혀 아니었기 때문이기도 했다. 그녀는 드렌카의 체형과 아주 흡사하게, 멋지게 살이 붙은 여자였다. 그녀는 아주 편안하게 웃음을 터뜨렸다—아주 빠르게 그에게서 재미와 즐거움을 느끼기 시작했다. 또 그가 식탁 밑으로 몰래 신발을 신지 않은 그녀의 발을 추적하여 그 위에 그의 슬리퍼 바닥을 가볍게 올려놓은 뒤에도 그녀는 괴로움을 암시하는 행동을 전혀 하지 않았다.

슬리퍼는 노먼에게 빌린 것이었다. 노먼은 또 비서를 육해군

불하품 전문점에 보내 새버스가 갈아입을 옷을 사게 했다. 그들이 장례식에서 집으로 돌아오자 카키 바지 두 벌, 워크 셔츠 두 벌, 양말 몇 켤레, 속옷, 팬티가 모두 큰 종이봉투에 담겨 데비의 침대에 놓여 있었다. 심지어 손수건까지. 그는 밤에 데비의 물건들 사이에 자신의 새 물건을 정리해 넣을 수 있기를 고대했다.

미셸이 감춘 폴라로이드는 적어도 오 년은 지난 것이 분명했다. 옛 바람의 기념품. 새로운 바람에 대비해서? 그녀는 상당히 무르익은 듯 보였다. 어쩌면 편안하고, 몸이 좀더 무거워지고, 남자들과는 이제 볼일이 없다고 생각하기 때문인지도 모르지만. 아마 드렌카의 나이일 텐데 물론 드렌카의 마티야와는 전혀 닮지 않은 남편과 살고 있었다. 조만간 모든 남편이 드렌카의 마티야를 닮게 되겠지만, 안 그런가?

전날 밤 놈Norm은 자신이 복용하는 항우울제가 '자지 친화적인' 약이 아니라고 말했다. 따라서 여기에는 그녀와 박는 사람이 없다, 그 정도는 분명했다. 그렇다고 그녀가 밖에서 한 번 대주고 천 달러를 얻는다고 할지언정 새버스가 고삐를 죄고 다그치겠다는 것은 아니었지만. 아마도 남자가 그녀에게 돈을 주는 것이 아니라 미셸이 남자에게 돈을 주는 쪽일 것이다. 젊은 남자. 그녀의 웃음에는 음탕하게 덜거덕거리는 천한 소리의 흔적이 있어 그는 그렇게 믿고 싶은 마음이 들었다. 아니면 그 돈은 그녀가 짐을 싸서 떠나고 싶을 때를 대비한 것인지도 몰랐다.

떠날 계획. 누가 그런 계획이 없겠는가? 그 계획은 재산이 있는 사람들의 유언만큼 구불구불 진화해가며, 여섯 달마다 다시 쓰고 수정하는 과정을 거친다. 이쪽과 함께 남겠다, 아니, 저쪽과 함께 남겠다. 이 호텔, 저 호텔, 이 여자, 저 여자, 두 여자, 여자 없이, 이제는 절대 여자 없이! 비밀 계좌를 열겠다, 반지를 전당포에 맡기겠다, 증권과 채권을 팔겠다…… 그러다 예순, 예순다섯, 일흔이 되고, 이제는 그러든 그러지 않든 무슨 상관이 있겠는가? 물론 떠날 것이다. 하지만 이번에는 정말로 떠날 것이다. 어떤 사람들에게는 죽음에 대해 말할 수 있는 최선이 이것이다―마침내 결혼에서 벗어났다. 그것도 호텔에 묵는 걸로 끝날 필요 없이. 그 비참한 일요일들을 호텔에서 혼자 겪을 필요 없이. 이런 부부들을 그대로 유지해주는 것은 그런 일요일이다. 마치 혼자 보내는 일요일이 지금보다 나쁘기라도 할 것처럼.

아니, 이것은 좋은 결혼생활이 아니다. 누구의 식탁에 앉아 식사를 하는 그런 정도의 추측이 크게 어긋날 일은 없겠지만, 새버스는 그 웃음으로부터―그가 식사를 한 지 불과 십 분밖에 지나지 않아 발장난을 허락받고 있다는 사실은 젖혀놓는다 해도―이 결혼에서 뭔가가 잘못되었다는 것을 알 수 있었다. 그녀의 웃음에는 작용하고 있는 힘들을 그녀가 더는 어쩌지 못한다는 인정이 담겨 있었다. 그녀의 웃음에는 자신이 포로라는 사실, 노면에게, 폐경에, 일에, 노화에, 점점 나빠질 수밖에 없는 모든 것에 포로라는 사실에 대한 인정이 담겨 있었다. 예측할 수 없는 일이 벌어져서 두 번 다시 좋은 결과를 낳을 가능성은 거의 없다. 더욱이 '죽음' 은 자기 코너에서 쪼그려앉았다 일어서기 운동을 하고 있다가 머지않아 곧 링을 가로질러 그녀에게 달려들 것이다, 드렌카에게 달려들었듯이 무자비하게―그녀가 지금 태어나서 가장 무게가 많이 나가는 때라 해도, 61 정도나 64가 나간다 해도, '죽음'은 '투톤' 토니 갈렌토와 '맨 마운틴' 딘*이기 때문이다. 그 웃음은 그녀가 등을 돌리고 있는 동안에, 다른 쪽, 올바른 쪽을 바라보며 삼십대와 사십대의 일용할 양식이었던 요구와 기쁨의 역동적 혼합물에, 그 모든 부지런한 활동에, 그 모든 호사스럽고 휴가 같은 삶에 두 팔을 활짝 벌리고 있는 동안에―그렇게 지칠 줄 모르고 바빴던 동안에―그녀의 모든 것이 변해버렸다고 말해주었다…… 그 결과 카원 부부가 콩코드를 타고 긴 주말여행으로 대서양을 건너 파리까지 가는 데 걸리는 짧은 시간에 그녀는 쉰다섯이 되어 일과성 열감으로 타버리고, 그녀의 딸은 이제 자류磁流를 뿜어내는 여성적 형체가 되었다. 그 웃음은 머무는 것이 지겹다고, 떠날 계획을 짜는 것이 지겹다고, 만족되지 않는 꿈이 지겹다고, 만족된 꿈이 지겹다고, 적응하는 것이 지겹다고, 적응하지 않는 것이 지겹다고, 그냥 존재하고 있는 것을 제외한 거의 모든 것이 지겹다고 말하고 있었다. 모든 것을 지겨워하면서도 존재하고 있는 것 자체에 크게 기뻐하는 것―그것이 그 웃음에 담겨 있는 것이었다! 반쯤은 패배하고, 반쯤은 재미있고, 반쯤은 억울하고, 반쯤은 놀라고, 반쯤은 부정적인, 환희에 찬 큰 웃음. 그는 그녀가 마음에 들었다, 엄청나게 마음에 들었다. 아마도 새버스 자신만큼이나 견디기 힘든 짝일 듯했다. 그는 노먼이 무슨 말이든 할 때마다 그녀에

---

* 둘 다 미국의 헤비급 프로 권투선수. 각각 '2톤' '인간 산' 정도의 의미다.

게서 남편에게 아주 약간이지만 잔인해지고 싶어하는 욕망을 분별해낼 수 있었고, 그녀가 그의 가장 좋은 것, 그에게서 가장 좋은 바로 그것들을 조롱하는 것을 보았다. 남편의 단점 때문에 미치지 않으면 남편의 장점 때문에 미치게 된다. 그는 이길 수 없기 때문에 프로작을 먹고 있다. 모든 것이 그녀를 떠나고 있다. 그녀의 둔부를 제외하면─이 둔부는 그녀의 옷장이 알려주는 바에 따르면 철이 지날수록 넓어지고 있다. 다른 남자들이 광기나 병이라는 흉터를 지니고 있는 것처럼 합리성과 윤리적 의무라는 표지를 지니고 있는 이 한결같고 왕자님 같은 남자를 제외하면. 새버스는 그녀의 정신 상태, 인생 상태, 고통 상태를 이해했다. 어스름이 깔리면서, 섹스, 우리의 최고의 사치품은 엄청난 속도로 멀어지고, 모든 것이 엄청난 속도로 달아나면, 너는 추잡한 씹질을 거절한 것 하나하나가 얼마나 어리석은 짓이었는지 깨닫고 놀라게 된다. 이런 식으로 젊은 귀염둥이 대접을 받는다면 지금 너는 그런 씹질 한 번에 오른팔이라도 내줄 것이다. 이것은 대공황과 다르지 않다. 오랜 세월에 걸쳐 한밑천 잡았는데 하룻밤새에 파산한 것과 다르지 않다. 열감은 그녀에게 알려준다. "예측할 수 없는 일이 벌어져서 두 번 다시 좋은 결과를 낳을 가능성은 거의 없다." 열감은 조롱하듯 성적 황홀경을 흉내낸다. 그녀는 물기에 잠겨 있다. 질주하는 시간이라는 바로 그 불 속에서. 용광로에서 십칠 초마다 십칠 일 나이를 먹으며. 그는 모티의 벤루스로 그녀의 시간을 쟀다. 그녀의 얼굴 전체에서 십칠 초의 폐경이 스며나오고 있었다. 그것으로 그녀의 몸에 양념을 바를 수도 있다. 그러다가 잠근 수도꼭지처럼 그냥 멈춘다. 하지만 그 안에 들어가 있는 동안은 그녀가 거기에 바닥이 없는 것처럼 느낀다는 것을 알 수 있다―이번에는 그것이 자신을 잔 다르크처럼 구워버릴 거라고 느낀다는 것을.

이런 난교의 과거와 예쁘고 어린 딸이 담긴 노화 요리만큼 새 버스에게 감동을 주는 것은 없다. 더군다나 이 경우처럼 그 안에 아직 웃음을 터뜨릴 여유가 있는 경우에는. 그 웃음 속에서 모두가 한때 어땠는지 볼 수 있다. 나는 그 유명한 모텔 씹질을 하고 남은 존재다―나의 늘어진 젖통에 메달을 걸어라. 저녁식사 때 화형을 당하는 것은 재미없다.

그리고 '죽음'은, 그는 발 앞쪽으로 그녀의 맨발 발등을 고루 밟으며 그녀에게 일깨웠다, 우리 위에 있다, 우리를 누르고 있다, 우리를 지배하고 있다, '죽음'은. 너는 링크를 봤어야 한다. 그가 착한 어린 소년처럼, 피부는 녹색이고 머리는 하얀 착한 어린 소년처럼 완전히 잠잠해진 것을 봤어야 한다. 왜 녹색일까? 내가 알았을 때는 녹색이 아니었는데. "무시무시해." 노먼은 얼른 주검을 확인한 뒤에 말했다. 그들은 거리로 나와 코카콜라 한 잔을 마시러 커피숍으로 갔다. "오싹하다니까." 노먼이 말하며 몸을 부르르 떨었다. 하지만 새버스는 그것을 즐겼다. 그것이 바로 그가 여기까지 먼길을 차를 몰고 와 보려던 것이었다. 많이 배웠다, 미셸. 시키는 대로 하는 착하고 귀여운 소년처럼 거기 누워 있게 된다.

미셸 카원의 발을 자신의 발로 누르는 것만으로는 살아야 할 이유가 충분하지 않다는 듯이, 새로운 카키 바지와 새로운 자키 팬티도 있었다. 오랫동안 직접 살 생각은 해보지도 않았던, 큰 봉투에 들어갈 만한 양의 옷이었다. 심지어 손수건까지. 예전 손수건과 지금 손수건 사이에는 오랜 시간이 자리잡고 있었다. 그가 입었던 모든 누더기, 겨드랑이가 누레지는 티셔츠, 고무줄이 헐렁해진 박서 팬티, 짝이 안 맞는 양말, 일 년 열두 달 마미 요쿰*처럼 과시하며 신고 다니는 끝이 뾰족한 부츠…… 사람들이 '진술'이라고 부르는 부츠던가? 사람들이 말하는 이 좆같은 방식 때문에 그는 괴팍한 사람이 된 느낌이었다. 통 안의 디오게네스인가? 진술을 하다니! 그는 밸리의 여대생들이 지금 모두 자신의 것과 다르지 않은 투박하고 무거운 신, 끈을 묶는 작업화를 신고 레이스가 달린 노처녀 고모 드레스 차림이라는 것을 눈여겨보았다. 드레스는 여성적이지만 그 모습이 관습적으로 여성적이지는 않았다. 신발에 다른 뭔가가 있었기 때문이다. 신발은 말한다. "나는 강인해. 나를 함부로 다루지 마." 반면 레이스가 달린 긴 구식 드레스는 말한다…… 그래서 다 합쳐서 우리는 하나의 진술을 얻게 되는 셈인데, 그것은 대강 이렇다. "선생님, 친절하게도 나하고 박으려고 애쓰신다면, 내가 선생님의 좆같은 머리를 걷어차버리겠어요." 심지어 자존감이 낮은 데비조차 클레오파트라처럼 번쩍번쩍 광을 낸다. 오트 쿠튀르**가 다른 모든 것과 함께 내 옆을 지나가고 있다. 내가 카키 바지를 입고 거리에 나설 때까지 기다려라.

---

* 만화 '릴 애브너'의 등장인물로, 부츠를 신고 다닌다.
** 고급 맞춤복.

맨해튼이여, 나를 들여보내다오!

그는 자신이 상자 안에 들어가 시키는 대로 하는 착하고 귀여운 소년이 아니라는 것에 득의만면하여 활기가 돌았다. 또한 로사에게 고자질을 당하지 않은 것에도. 그녀는 누구에게도 그들의 아침에 관해 이야기하지 않았다. 자비라는 것이 인생에는 있다, 그것을 누릴 자격은 전혀 없는데도. 우리가 서로에게 저지르는 그 모든 범죄. 그럼에도 우리는 새 바지를 입고 다시 한번 시도해볼 기회를 얻는다!

아까 식이 끝난 뒤 장례식장 밖에서 링크의 여덟 살 난 손자 조슈아는 자기 어머니—노먼이 그녀의 손을 쥐고 있었다—에게 말했다. "사람들이 누구 이야기를 하는 거였어요?"

"할아버지. 링크가 할아버지 이름이었어. 알잖아. 링컨.*"

"하지만 그건 할아버지가 아니었어요." 소년이 말했다. "할아버지는 그렇지 않았는데."

"그래?"

"네. 할아버지는 아기 같았어요."

"하지만 늘 그렇진 않았어, 조시. 아파서 아기처럼 되셨던 거야. 하지만 그전에는 친구들이 말하는 거하고 똑같았어."

"그건 할아버지가 아니었어요." 소년은 단호하게 고개를 저었다. "미안해요, 엄마."

링크의 가장 어린 손주 이름은 로리였다. 아주 작고 기운이 넘

---

* 링크는 링컨의 애칭.

치는 여자아이로 눈이 크고 거무스름하고 관능적이었는데, 장례식이 끝난 뒤 보도를 따라 새버스에게 달려와 말했다. "산타, 산타, 나는 세 살이에요! 할아버지가 상자 안에 들어가 있어요!"

언제나 강한 인상을 주는 그 상자. 나이가 몇이든, 그 상자를 보면 반드시 그 위력에 휘둘렸다. 우리 가운데 한 명은 딱 그만한 공간을 차지한다. 우리를 그 안에 신발처럼 담거나 상추처럼 적재할 수 있다. 관을 발명한 바보는 시적 천재이자 재치가 뛰어난 사람이었다.

"크리스마스에는 뭘 원하니?" 새버스는 아이에게 물으며, 무릎을 꿇어 턱수염을 만지고 싶어하는 아이의 욕구를 채워주었다.

"하누카*요!" 로리는 무척 흥분해서 소리쳤다.

"그렇게 될 거다." 그는 아이에게 말하며, 비틀린 손가락으로 아이의 영리하고 귀여운 입을 만지고 싶은 충동, 시작한 곳으로 돌아가버리게 될 충동을 억제했다.

시작한 곳. 사실 그것이 주제였다. 그의 출발점이 된 외설적 공연.

이야기를 꺼낸 사람은 노먼이었다. 그는 미셸에게 새버스가 오래전 1956년에 컬럼비아대학 정문 앞에서 체포당한 이유가 되었던 촌극, 그의 왼손 가운뎃손가락이 예쁘고 어린 학생을 바로 스크린까지 다가오게 해 그녀와 대화를 트고 그러는 동안 다른 손의 다섯 손가락이 그녀의 코트 단추를 능숙하게 풀기 시작했던 촌극을 묘사했다.

---

* 팔 일에 걸친 유대교의 겨울 축제.

"이야기해봐, 믹. 셸*한테 어떻게 체포됐는지 얘기해줘."

믹과 셸. 셸과 믹. 이인조, 그런 게 있다면. 노먼은 그것을 이미 인식하고 있는 듯. 식탁에 앉은 지 삼십 분이 지나지 않아 새버스의 영락한 모습이 자신의 모든 질서정연한 성공보다 아내를 더 흔들어놓을 수 있다는 것을 이해하고 있는 듯했다. 나이들어가는 새버스의 실패에는 젊은 새버스의 폭발적–파괴적인 활력에서 노먼이 느끼곤 했던 위험과 다르지 않은 혼란의 위협이 있었다. 나의 무례한 행동은 늘 그를 위태롭게 했다. 그는 그게 나에게 무슨 짓을 했는지 알 것이다. 대혼란의 아주 작은 조짐이라도 버텨낼 수 있도록 세워진 이 막강한 요새. 그런데 여기에서, 끝에 거의 다가와서, 시작 때처럼, 그는 내가 이 상황으로부터 만들어내는 악취나는 작은 지저분함을 보며 계속 자신을 낮춘다. 내가 그를 겁나게 한다. 아버지의 표현을 빌리자면 '안주인 같은bolbotish'. 이 관대하고, 사랑스럽고, 안주인 같은 성공한 인물이 계속 자지putz 같은 놈에게 머리를 조아리고 있다. 너는 내가 망가진 배기관이 달린 낡은 셰비를 타고 684번 도로를 따라 내려온 것이 아니라, 끓어오르는 불길 속에서 튀어나왔다고, 복마전에서 백열광을 발산하며 튀어나왔다고 생각하는지도 모르겠다.

"내가 어떻게 체포되었느냐," 새버스가 말했다. "사십 년이야, 놈. 거의 사십 년이라고. 내가 어떻게 체포됐는지 이제는 기억이나 날지 모르겠는걸." 물론 그는 기억했다. 그 가운데 어느 것도

---

* 믹은 미키, 셸은 미셸.

잊은 적이 없었다.

"그 여자애는 기억나겠지."

"여자애." 그가 되풀이했다.

"헬렌 트럼불." 노먼이 말했다.

"그게 그 여자애 이름이었던가? 트럼불? 그리고 판사는?"

"멀크론."

"그래. 그 사람은 기억나네. 멋진 연기를 했지. 멀크론. 경찰관은 아브라모위츠였고. 맞지?"

"아브라모위츠 경관, 맞아."

"그래. 경찰관은 유대인이었어. 검사는 또 아일랜드 사람이었고. 그 머리를 아주 짧게 깎은 아이."

"막 세인트존스를 나왔지." 노먼이 말했다. "포스터."

"그래. 아주 불쾌했지, 포스터. 나를 좋아하지 않았어. 격분했지. 정말로 격분했어. 사람이 어떻게 이런 짓을 할 수가 있나? 그래. 세인트존스 출신. 맞아. 머리를 아주 짧게 자르고, 렙 타이를 매고, 그 사람 아버지가 경찰관이었지. 그 사람은 자신이 일 년에 만 달러 이상을 벌 거라고는 절대 생각도 하지 않았고 나를 평생 감옥에 집어넣고 싶어했지."

"셸리*한테 말해줘."

왜? 그는 뭘 하려는 건가, 나를 가장 좋은 빛 속에서 보여주려는 건가, 아니면 가장 나쁜 빛 속에서 보여주려는 건가? 그녀가

---

* 미셸의 애칭.

나 때문에 달아오르게 하려는 건가, 아니면 흥미를 잃게 만들려는 건가? 잃게 만드는 쪽이어야 했다. 저녁식사 전, 거실에서 새버스와 단둘이 있을 때, 그는 자신의 아내와 아내가 하는 일을 두고 애처가다운 감탄의 장광설을 푸짐하게 늘어놓았다—로즈애나가 결혼생활 내내 죽어라 바라던 것, 갈망하던 것이었다. 미셸이 저녁식사를 하기 위해 샤워를 하고 옷을 갈아입는 동안 노먼은 펜실베이니아 치대에서 나온 동창생 잡지 최근 호를 들추어 미셸과 그녀의 아버지, 휠체어에 앉은 노인의 사진을 보여주었다. 부모와 자식이 모두 펜실베이니아 치대 졸업생인 사람들을 다룬 기사에 딸린 여러 장의 사진 가운데 하나였다. 미셸의 아버지는 칠십대에 접어들어서도, 뇌졸중에 걸리기 전까지 오랫동안 뉴저지주 페어론에서 치과의사 일을 했다. 노먼에 따르면 그 역시 치과의사 아버지를 둔 오만한 새끼로, 미셸이 태어났을 때 이렇게 말했다. "이애가 딸이라는 건 아무런 상관 없어, 젠장—우리는 치과 가족이고, 이 아이는 치과의사가 될 거야!" 결국 그녀는 아버지가 다녔던 치대에 다녔을 뿐 아니라 이 년을 더 들여 치주전문의가 되고 동기 가운데 일등을 함으로써 언제나 강하게 몰아붙이는 그 개자식을 넘어서버렸다. 노먼은 프로작을 먹는 동안에도 저녁에 와인 마시는 걸 허락받았다고 하며 잔을 어루만지면서 말했다. "치주전문의가 신체적으로 얼마나 힘이 드는 일인지 말로 할 수 없어. 대부분 미셸은 오늘밤처럼 집에 돌아와, 기진맥진해서. 도구를 들고 위쪽 두번째나 세번째 어금니의 뒤 바깥쪽 모퉁이를 깨끗이 닦아내고 저쪽, 잇몸 위쪽의 홈 안으로 치고 올라간다고 상상해봐. 거길 누가 볼 수나 있겠어? 누가 닿을 수나 있겠어? 미셸은 신체적으로도 놀라워. 이 일을 한 지 이십 년이 넘었어. 내가 말한 적 있지, 진료를 일주일에 사흘로 줄이는 게 어때? 치주 질환 환자들은 어차피 매년 봐야 돼, 영원히─미셸의 환자들은 계속 미셸을 기다려줄 거거든. 하지만 아니, 미셸은 매일 아침 일곱시 반에 나가서 일곱시 반이 되어야 집에 와. 어떤 주에는 심지어 토요일에도 출근을 해." 그래, 토요일, 새버스는 생각하고 있었다, 그날은 셸리에게 중요한 날이 틀림없다…… 그러는 동안에도 노먼은 설명을 하고 있었다. "미셸과 같은 식으로 꼼꼼히 하면, 그러면 모든 이의 모든 표면을 닿을 수 없는 곳까지 닦아내야 돼…… 인정해, 미셸한테는 휘어진 도구가 있어서 도움이 되지. 스케일러와 큐렛이라고 부르는, 치아 뿌리를 청소하는 도구가 있어. 왜냐하면 미셸은 위생사처럼 치관 부분만 건드리는 게 아니거든. 홈이 있으면 뿌리 면까지 올라가야 돼, 뼈 손실이 있으면─" 그가 얼마나 그녀를 칭찬하는지! 얼마나 관심을 가지는지! 얼마나 알고 있는지─그리고 모르는지. 저녁식사 전에 새버스는 이런 찬사가 자신을 저지하려고 기획된 것인지, 아니면 약 때문에 그런 말들이 저절로 흘러나오는 것인지 의문을 품었다. 내가 지금 프로작의 말을 듣고 있는 것인지도 모른다. 아니면 '사무실에서 늦게까지 일하는 것'에 대한 그의 부인의 정교한 변명을 듣고 있을 뿐인지도─다른 누군가가 자신에 관해 믿어달라고 말한 어떤 것을, 마치 스스로 믿고 있는 양, 어설프게 되풀이하는 소리를 듣고 있을 뿐인지도 모른다. 노먼은 말을 이어갔다. "그 위쪽이 작업을 해야 하는 곳이기 때문이지. 단지 에나멜을 반짝거리게 닦아 예쁜 치아를 만들려는 게 아니야. 치석을 파내려는 것이기도 해, 그건 아주 잘 달라붙거든―이런 일을 하루 하고 나서 미셸이 다리를 절며 퇴근하는 걸 본 적이 있어―이건 뿌리에서 치석을 끊어내려는 것이기도 해. 물론, 초음파 도구의 도움을 받기는 하지. 초음파 장치를 써, 전기로 움직이는 거지. 초음파 에너지를 뿜어내고, 홈 안으로 올라가 모든 쓰레기를 조각내 떼어내는 데 도움을 주지. 하지만 과열되지 않도록 물론 물을 뿌려줘. 그래서 안개 속에서 사는 것과 같아, 그렇게 물을 뿌리는 것 때문에. 물안개 속에서 사는 거지. 열대우림에서 이십 년을 보낸 셈이야……"

그러니까 그녀가 아마존이다, 그런 이야기인가? 한때 무시무시했던 부족장의 딸로, 부족장을 이기고 더 나아간 아마존 전사로서, 따개비처럼 들러붙은 치석에 맞서 스테인리스스틸 스케일러와 휘어진 큐렛으로 무장하고 초음파 에너지를 뿜어내는…… 새버스는 도대체 어떤 결론을 내려야 할까? 그녀는 노먼이 감당할 수가 없다? 그는 그녀를 자랑스러워하는 것만큼이나 그녀에게 혼란을 느끼고 있다―또 제압당하고 있다? 막내가 대학에 다니느라 나가 있고 그와 치과 왕조 상속녀 둘만 나란히 있다는 것…… 새버스는 저녁식사 전 거실에서 어떻게 생각을 해야 할지 알 수 없었고, 그것은 식탁에서도 마찬가지였다. 노먼은 그에게 이십대 시절 도전적인 아웃사이더였던 그의 이야기를 하라고 강권하고 있었다. 새버스는 외모가 깔끔하고 예의바른 컬럼비아 출신이었던 노먼 자신과는 출발부터 달랐다. 노먼은 주크박스 도매상의 아들로서 젊은 시절 내내 아버지의 쉰 목소리와 속된 성공을 부끄러워했다. 두 짐승의 아들과 딸. 오직 나에게만 부드럽게 사랑해주는 아버지가 있었으나 결국 우리 세 사람이 어떻게 되었는지 보라.

"어, 그러니까 나는 그곳에 있었소. 1956년. 116번가와 브로드웨이가 만나는 곳. 거기 대학 정문 바로 옆에. 스물일곱 살이었고. 그 경찰관은 며칠 동안 그 근처에 서서 지켜보고 있었지. 보통 학생들이 스무 명, 스물다섯 명 정도 있고. 행인도 좀 있었지만, 대부분은 학생이었지. 끝나고 나면 모자를 돌렸소. 전부 해서 삼십 분이 채 안 걸렸지. 그전에도 한 번 젖가슴 한쪽을 꺼내게 한 적이 있었던 것 같아. 어떤 아이를 그렇게까지 가게 하는 거, 그 시절엔 드문 일이었지. 나도 기대하지는 않았소. 그 행동에 깔린 생각 자체가 내가 그렇게까지는 갈 수 없다는 것이었소. 하지만 그때는 그렇게 되어버렸소. 젖통이 밖으로 나온 거요. 나와버린 거요. 그랬더니 경찰관이 다가와서 말하더군. '보쇼, 당신, 그러면 안 돼.' 경찰관은 스크린 뒤에 있는 나를 굽어보고 그렇게 소리치고 있었소. '괜찮습니다, 경관.' 나는 말했소. '이것도 쇼의 일부예요.' 나는 계속 몸을 낮추고 있고 가운뎃손가락이 경찰관한테 그 말을 했지, 여학생한테 말을 하고 있던 손가락이 말이오. 나는 머리를 굴렸소. '잘됐다, 이제 경찰관도 쇼에 끌어들였다.' 보고 있던 아이들은 경찰관도 쇼의 일부가 아닌지 궁금해하더군. 아이들은 웃음을 터뜨리기 시작했소. '당신 그러면 안 돼.' 경찰관이 나한테 말했소. '여기는 애들도 있어. 애들이 가슴을 볼 수 있다고.' '여기 애들은 없는데요.' 손가락이 말했소. '일어나.' 경찰관이 나에게 말했소. '일어서라고. 거리에서 가슴을 노출시키면 안 돼. 맨해튼 한가운데에서, 116번가와 브로드웨이가 만나는 곳에서 열두시 십오분에 가슴을 노출시키면 안 돼. 게다가, 당신은 이 젊은 여자를 이용하고 있어. 이 사람이 댁한테 이러는 걸 원하시는 건가요?' 경찰관이 여학생한테 물었소. '성적 학대로 고발하시겠습니까?' '아니요.' 여자는 말했소. '내가 이러라고 허락했는걸요.'"

"그 여자는 학생이었군요." 미셸이 말했다.

"넵. 바너드 학생."

"용감했네요." 미셸이 말했다. "'내가 이러라고 허락했는걸요.' 경찰관은 어떻게 나오던가요?"

"이러더군. '허락? 댁은 최면에 걸린 겁니다. 이자가 댁에게 최면을 건 거라고요. 댁은 이자가 댁한테 그런 짓을 하고 있는 것도 몰랐어요.' '아니에요.' 여학생은 도전적으로 말했소. '괜찮다고 했어요.' 여학생은 경찰이 다가오자 겁을 먹었지만 그래도 그 자리에는 다른 학생들도 다 함께 있었고, 학생들은 대체로 경찰에 반감이 있었소. 그래서 여학생은 그냥 분위기를 파악하고 그걸 따랐던 거요. 여학생은 그랬소. '괜찮아요, 경찰관님—저 사람을 그냥 놔두세요. 아무것도 잘못한 게 없어요.'"

"데비 같지 않아?" 미셸이 노먼에게 말했다.

새버스는 프로작이 이번 것은 어떻게 처리하는지 보려고 기다렸다. "얘기를 들어보지." 노먼이 말했다.

"그러니까 경찰이 여학생한테 말했소. '저 사람은 그냥 놔둘 수 없습니다. 여기에는 애들이 있을 수도 있어요. 거리에서 블라우스를 열고 가슴을 내놓는 것, 또 사람들이 보는 데서 젖꼭지를 비트는 것을 경찰이 허용한다면 사람들이 경찰을 두고 뭐라고 하겠습니까? 아가씨는 저자가 센트럴파크에서 그렇게 하도록 내가 놔두기를 바라는 겁니까? 당신 그랬어?' 경찰이 나한테 물었소. '센트럴파크에서도?' '글쎄요. 센트럴파크에서도 쇼를 하기는 합니다만.' '안 돼, 안 돼.' 경찰이 나한테 말했소. '이건 안 돼. 사람들이 민원을 제기하고 있어. 저기서 드러그스토어를 운영하는 사람이 민원을 제기하고 있어, 이 사람들이 여기 모여 있게 하지 마라, 장사에 도움이 안 된다.' 나는 경찰관한테 말했소, 그건 알지 못했다—굳이 말하자면, 드러그스토어가 내 사업에 해를 준다고 느꼈다. 그러자 애들이 웅성거리기 시작했고, 이제 경찰관은 열이 받았소. '잘 들어, 이 아가씨는 자기 가슴을 내놓고 싶어하지 않았고, 심지어 내가 그 점을 지적하기 전에는 그걸 알지도 못했어. 이 여자는 당신한테 최면에 걸린 거야.' '알고 있었다니까요.' 여학생이 말했고, 애들이 모두 박수를 쳤소—정말로 그 여학생한테 감동을 받은 거였지. '경관님, 잘 들으세요.' 내가 말했소. '내가 한 일은 괜찮은 겁니다. 이 여자분도 동의했고요. 그냥 재미입니다.' '재미없어. 나는 이런 걸 재미있다고 생각하지 않아. 저기 드러그스토어 주인도 이런 걸 재미있다고 생각하지 않아. 여기에서는 이런 행동을 할 수 없어.' '알겠어요, 알겠다고요.' 나는 말했소. '이제 어쩌려는 겁니까? 하루종일 이런 얘기를 하면서 어기 이러고서 있을 수는 없는 노릇이니까. 나도 먹고살아야 합니다.' 애들은 이 말도 아주 좋아했소. 하지만 경찰관은 상황을 고려할 때 품위를 유지하고 있었소. 그가 한 말은 이것뿐이었소. '다시 이런 걸 하지 않겠다고 약속해.' '하지만 이건 내 공연인데요. 이건 내 예술입니다.' '아, 예술이니 뭐니 그런 엿같은 소리 하지 마. 젖꼭지를 만지작거리는 게 예술하고 무슨 상관이 있어?' '새로운 예술 형식입니다.' 내가 말했지. '오, 헛소리, 헛소리, 당신네 부랑자들은 늘 나한테 예술 얘기를 하더라고.' '나는 부랑자가 아닙니다. 이게 내가 생계를 위해서 하는 일이라고요, 경관님.' '흠, 뉴욕에서는 이걸 생계로 삼을 수 없어. 면허는 있나?' '없습니다.' '왜 면허가 없나?' '이건 면허를 딸 수가 없어요. 나는 감자를 파는 게 아닙니다. 인형극에는 면허가 없어요.' '인형은 안 보이는데.' '내 인형은 두 다리 사이에 넣고 다니지요.' 내가 말했소. '조심해, 땅딸이. 인형은 안 보여. 손가락만 보여. 그리고 인형극에는 면허가 있어―거리 공연에는 면허가―' '그건 얻을 수가 없습니다.' '당연히 얻을 수 있지.' 경찰관이 말했소. '얻지 못합니다. 게다가 저 아래 내려가서 네다섯 시간 기다리고 나서 결국 얻지 못한다는 사실이나 확인하는 일은 할 수 없다고요.' '좋아,' 경찰관이 말했소. '그러니까 면허 없이 판매를 했다는 거지.' '거리에서 여자 가슴을 만지는 것에 대한 판매 면허는 없지요.' '그러니까 그런 짓을 했다는 건 인정하는 거로군.' '오 젠장,' 나는 말했소. '이건 말도 안 됩니다.' 그러자 상황이 적대적으로 바뀌기 시작했고, 경찰은 나를 잡아 가두겠다고 말했소."

"그 여학생은요?" 다시 미셸.

"여학생은 훌륭했소. 이렇게 말했지. '이보세요, 그 사람을 그 냥 놔두세요.' 그러니까 경찰이 말했소. '체포를 방해하려는 거야?' '그 사람을 놔두세요!' 여학생이 경찰관한테 말했소."

"딱 데비야." 미셸이 웃음을 터뜨렸다. "완전히 데버라야."

"그래요?" 새버스가 물었다.

"자로 잰 것처럼." 그녀는 자랑스러워했다.

"경찰관은 내가 진짜 엉덩이의 가시처럼 굴기 시작했기 때문에 나를 붙들었소. 나는 말했소. '이봐요, 나는 안 가요. 이건 웃기는 일입니다.' 그러자 경찰관이 말했소. '가야 돼.' 여학생이 말했소. '그 사람을 놔둬요.' 경찰관이 말했소. '이봐, 계속 이러면 아가씨도 집어넣겠어.' '말도 안 돼.' 여학생이 말했소. '나는 방금 물리학 수업을 듣고 나왔어요. 아무 짓도 하지 않았단 말이에요.' 상황은 통제를 벗어났고 경찰관은 여학생을 밀어냈소. 그래서 나는 소리치기 시작했소. '이봐, 여자를 밀지 마.' '오,' 경찰관이 나한테 말했소. '갤러해드 경* 납셨네.' 1956년에는 경찰관이 아직도 그런 말을 할 수 있었소. 이건 서양의 몰락이 대학으로부터 경찰서까지 퍼져나가기 전의 일이니까. 어쨌든 경찰관은 나를 가뒀소. 내 장비를 다 챙기게 해주더니 데려가 가둔 거야."

"여학생도 함께." 미셸이 말했다.

"아니. 나만 데려갔소. '이 친구를 입건하고 싶습니다.' 경찰관이 입건 담당자한테 말했소. 96번가에 있는 관할서였소. 물론 나

---

* 아서왕의 원탁기사로 고결한 성품으로 유명하다.

는 무서웠지. 경찰서로 들어가면 입건 담당자가 앉아 있는 커다란 책상과 마주하게 되는데 이 커다란 책상이 무섭거든. 나는 말했소. '이건 완전 엉터리야.' 하지만 아브라모위츠가 '이자는 무면허 판매, 무질서 행위, 괴롭힘, 공격, 외설로 입건해야 됩니다. 그리고 체포에 저항. 공무집행방해' 하고 말했을 때, 그 말을 들었을 때, 나는 여생을 감옥에서 보내야 한다고 생각했고, 그러자 미칠 것 같았소. '이건 완전히 엉터리야! ACLU*에 연락할 거야! 그럼 당신은 끝장이야!' 나는 그 경찰관한테 말했소. 바지에 똥을 쌀 것 같았지만 그렇게 소리치고 있었소. '그래, ACLU.' 아브라모위츠는 말했소. '그 빨갱이 새끼들. 좋지.' ACLU에서 변호사가 오기 전에는 아무 말도 하지 않을 거야!' 이제 경찰관도 소리치고 있었소. '그 새끼들 좆까라 그래. 너도 좆까. 우린 변호사 필요 없어. 우리는 지금 그냥 널 체포할 거야, 땅딸이─법원에 가야 할 때 변호사를 여기로 불러.' 책상에 앉은 경사는 이 모든 얘기를 듣고 있었소. 경사가 나한테 말했소. '무슨 일이 있었는지 말해보게, 젊은이.' 나는 사실 내가 하는 말이 무슨 뜻인지 눈곱만큼도 몰랐지만 그냥 되풀이해서 말했소. '변호사가 올 때까지는 아무 말도 안 할 거야!' 이제 아브라모위츠는 좆까 하는 분위기에 푹 빠져 있었소. 하지만 다른 경찰관이 말했소. '무슨 일이야, 아들?' 나는 생각했소, 말해라, 이 경찰은 나쁜 사람이 아니다. 그래서 말했소. '들어보세요, 겨우 이런 거예요. 그런데 저 사람이 돌아버린 겁니

---

* American Civil Liberties Union. 미국 자유인권협회.

다. 가슴을 보자 돌아버린 거예요. 늘 일어나는 일입니다. 애들은 거리에서 늘 서로 만지곤 해요. 이 사람은 퀸스에 삽니다—그러니 무슨 일이 벌어지고 있는지를 모르죠. 여름에 여기서 여자애들이 어떻게 돌아다니는지 본 적이 있을까요? 퀸스에 살고 있는 이 사람만 빼고는 거리의 모두가 압니다. 가슴 노출은 별일이 아니라고요.' 그러자 아브라모위츠가 말했어요. '그냥 가슴 노출이 아니야. 당신은 그 여자를 몰라, 당신은 그 여자를 만난 적도 없어. 그런데 당신은 젖꼭지를 드러냈어. 당신은 단추를 풀었어, 그 여자는 정말이지 무슨 일이 벌어지는지 몰랐어. 당신이 손가락으로 그녀의 관심을 다른 데로 돌리고 있었고 당신은 그 여자한테 상처를 줬어.' 나는 상처를 주지 않았습니다—당신이 상처를 줬어요. 당신이 그 여자를 밀었어요.' 당직 경사가 말했소. '그러니까 브로드웨이에서 여자 옷을 완전히 벗겼다고 말하려던 건가?' '아니! 아닙니다. 내가 한 거라고는 이것뿐이에요.' 그런 다음에 다시 설명을 했소. 그 사람은 매혹되더군. '어떻게 그게 가능하지, 넓은 거리에서, 한 번도 만난 적이 없는 여자한테?' '내 예술입니다. 경사님. 그게 내 예술이에요.' 그 말에 경사는 웃음을 터뜨렸소." 새버스가 말했고, 그 말에 미셸 또한 웃음을 터뜨리는 것을 보았다. 그리고 노먼, 아주 행복했다! 내가 자기 아내를 유혹하는 동안 한 걸음 떨어진 곳에서 지켜보면서. 이 프로작이란 건 대단한 약이다.

"'해리,' 당직 경사가 아브라모위츠에게 말했소. '이 아이를 그냥 놔두는 게 어때? 나쁜 애는 아니야. 얘가 한 것이라고는 자기 예술뿐이잖아.' 경사는 여전히 웃고 있었소. '손가락 그림. 아기

똥. 뭐가 달라? 전과도 없잖아. 다시는 하지 않을 거야. 이 아이한테 학대 혐의가 열일곱 개 있다면 몰라도……' 하지만 아브라모위츠는 이제 격분했소. '안 돼! 거긴 내 거립니다. 거기 있는 모두가 나를 알아요. 저자가 나한테 폭력을 썼다고요.' '어떻게?' '나를 밀어냈습니다.' '몸에 손을 댔나? 경찰관 몸에 손을 댔어?' '네. 내 몸에 손을 댔습니다.' 그러니까 이제 나는 그 여학생한테 손을 대려고 한 게 아니라, 경찰관한테 손을 대려고 한 게 되었소. 그런 적은 없지만. 물론 당직 경사는 해리를 달래려고 하다가 결국 해리 편으로 넘어갔소. 체포하는 경찰관의 편으로. 그래서 그들은 나를 그 모든 혐의로 잡아넣었소. 경찰관은 벌어진 일에 관하여 선서진술서를 작성했소. 그리고 나에 대한 기소가 이루어졌지. 일곱 가지 혐의에 대해. 그 하나하나가 일 년짜리였소. 나는 센터 60번가로 출두하라는 명령을 받았소―맞지, 놈? 센터 60번가?"

"센터 60번가, 22부, 오후 두시 삼십분. 다 기억하고 있군."

"그래서 변호사는 어떻게 구했어요?" 미셸이 그에게 물었다.

"노먼. 노먼과 링크. 전화를 받았소, 놈 아니면 링크한테서."

"링크였어." 노먼이 말했다. "가엾은 링크. 그 상자 안에."

그도 충격을 받았다. 그것은 그저 상자에 불과하다. 절대 클리셰가 될 것 같지 않은 말.

"링크가 말했소. '우리는 네가 체포되었다는 걸 알고 있어. 너한테 보내줄 변호사가 있어. 법대를 갓 나온 조그만 양아치shmegeggy가 아니라 이 업계에서 어느 정도 지내본 사람이야. 제리 글레켈이라고. 사기 사건, 폭행과 구타, 강도, 주거침입을 다뤄봤지. 지금은 조직범죄 쪽 일을 하고 있어. 돈벌이는 아주 잘되지만 일 자체가 멋지지는 않지. 이건 그 친구가 나에 대한 호의로 해줄 용의가 있어.' 그랬지, 놈? 링크에 대한 호의로, 어찌어찌 서로 아는 사이라서 말이야. 글레켈은 이게 다 엉터리이고 기각될 확률이 아주 높다고 했소. 나는 글레켈에게 말했소. 나는 ACLU에 아직도 마음이 가 있다. 그러자 글레켈은 자유인권협회로 가서 이게 그쪽에서 지원할 만한 사건이라고 생각한다고 말했소. 내가 그 사람을 대리하겠다, 글레켈은 말했소. 당신들은 그를 지원하고, 법정 조언자 의견서를 제출해라. 우리가 이걸 ACLU 후원 사건으로 만들겠다. 글레켈이 다 궁리해낸 거였지. 이건 사실 거리에서의 예술적 자유, 경찰에 의한 거리의 자의적 통제 문제를 다루는 거다. 누가 거리를 통제하느냐? 인민이냐 경찰력이냐? 두 사람은 무해한 일을 하고 있었다. 그냥 장난일 뿐이었다―변론은 아주 명쾌했지, 경찰권 남용의 또 한 사례일 뿐이다. 왜 이런 아이가 X와 Y와 Z 등등을 저 안에서 보내야 하는가? 그래서 우리는 재판으로 갔소. 재판에는 약 스물두 명이 등장했지. 길을 잃을 만큼 큰 법정이었지. 컬럼비아의 시민권 학생 그룹. 열두 명 정도 되는 애들과 그들의 고문. 〈컬럼비아 스펙테이터〉에서 나온 사람. 컬럼비아 라디오 방송국에서 나온 사람. 그 사람들은 나 때문에 거기 있는 게 아니었소. 그 여학생, 헬렌 트럼불이 내가 아무것도 잘못한 게 없다고 말하고 있었기 때문에 거기 온 거였소. 1956년에는 이게 아주 작은 소동을 일으켰소. 이 여자가 어디에서 그런 배짱이 생겼을까? 이건 샬럿 무어먼이 빌리지에서 가슴을 드러내고 첼로를 연주하기 오래전 일이거든. 게다가 이 여학생은 공연자가 아니라 그 냥 아이이고. 그 자리에는 심지어 〈네이션〉에서 나온 누군가도 앉 아 있었소. 낌새를 챈 거지. 그리고 판사가 있었소. 멀크론. 늙은 아일랜드 남자고, 검사 출신이었지. 지쳐 있고. 많이 지쳐 있었어. 그는 이 엿같은 걸 심리하고 싶지 않았소. 관심이 없었지. 거리에 는 죽고 죽이는 일이 벌어지고 있는데, 그 사람은 여기에서 젖꼭 지를 비튼 작자하고 시간을 낭비하고 있는 거야. 그래서 판사는 기분이 좋지 않았소. 검사는 세인트존스 출신의 어린애였고, 나를 평생 철창 뒤에 가두고 싶어했소. 재판은 두시, 두시 반에 시작했 는데, 한 시간 전쯤 증인들을 자기 방으로 불러 거짓말을 외우게 했소. 그럼 증인이 증언대에 올라가 외운 말을 읊는 거야. 세 명이 었지, 내 기억으로는. 여학생이 내 손을 계속 밀어내려 했는데 내 가 멈추지를 않았다고 말한 어떤 늙은 부인. 약제사, 오직 유대인 약제사만이 할 수 있는 방식으로 인도주의적으로 분개하는 유대 인 약제사. 그 작자는 여자의 등밖에 볼 수 없었는데도 여자가 화 를 냈다고 증언했소. 글레켈은 반대심문을 했고, 여학생은 약제사 에게 등을 돌리고 있었기 때문에 약제사가 그것을 볼 수 없었다 고 주장했소. 유대인 약제사는 이십 분 동안 거짓말을 했소. 그리 고 경찰관도 증언을 했지. 그는 처음에 불려 나왔소. 그 사람은 증 언을 했고 나는 돌아버렸소―나는 화가 났고, 나는 꿈틀거렸고, 나는 격분했소. 이윽고 내가 일어서서 증언을 했소. 검사가 물었 소. '피고는 셔츠 단추를 풀어도 좋겠냐고 여자한테 물어봤습니 까?' '아니요.' '아니라고? 피고는 당시 관객 가운데 어떤 사람들

510

이 있었는지 알았습니까?' '아니요.' '피고는 관객 가운데 어린아이들이 있다는 것을 알았습니까?' '관객 가운데 어린아이는 없었습니다.' '피고는 선서를 한 상태에서, 확실하게, 관객 가운데 어린아이가 없었다고 진술할 수 있습니까? 피고는 저기 아래 있었고 관객은 여기 위에 있었습니다. 피고는 저기 뒤쪽에서 아이 일곱 명이 걸어가는 것을 보지 못했습니까?' 그러자 약제사는, 있잖소, 아이 일곱 명이 있었다고 증언하게 됩니다. 그리고 늙은 부인도. 모두가, 있잖소, 모두 젖통 때문에 내 목을 매달고 싶어한 거요. '보세요, 이건 예술의 한 형태입니다.' 이 말은 늘 사람들을 자극했소. 세인트존스 출신의 아이는 얼굴을 찌푸렸소. '예술? 피고가 한 일은 단추를 풀어 여자의 가슴을 드러낸 건데, 그게 예술이라고? 피고는 다른 여자 옷을 몇 번이나 벗겼습니까?' '사실 그렇게까지 간 일은 거의 없습니다. 안타깝게도. 하지만 그게 예술입니다. 예술은 여자들이 그런 행동을 하게 할 수 있는 겁니다.' 판사, 멀크론, 그 사람이 처음 한 말, 그게 지금 나와요. 밋밋한 어조로. '예술.' 마치 방금 죽음에서 깨어난 것처럼. '예술.' 검사는 대화에 끼어들려고도 하지 않았소. 정말 터무니없었소. 예술! 판사가 나한테 말했소. '애는 있소?' '없습니다.' '애는 상관하지 않는군. 직업은 있소?' '이게 내 직업입니다.' '직업이 없군. 부인은 있소?' '없습니다.' '여섯 달 이상 직업을 가져본 적 있소?' '상선 승무원. 미국 육군. 이탈리아에서 제대군인원호법.' 그런 식으로 판사는 나를 얽어넣었소. 그는 한 방을 날렸지. '피고는 자신을 예술가라고 부르고 있소. 하지만 나는 부랑자라고 부르겠소.' 그러자 내 변호사가 NYU[*]의 교수를 불렀소. 큰 실수였지. 그건 글레켈의 발상이었소. 그들에게는 『율리시스』 사건에서 증언한 교수들도 있고, '기적' 사건[**]에서 증언한 교수들도 있다―당신 사건에서 증언을 할 교수가 왜 없어야 하는가? 하지만 나는 그걸 원치 않았소. 증언대에서 교수들은 약제사나 경찰관과 마찬가지로 속에 똥만 가득하거든. 셰익스피어는 위대한 거리의 예술가였다. 프루스트는 위대한 거리의 예술가였다. 기타 등등. 교수는 나와 나의 공연을 조너선 스위프트와 비교하려고 했소. 교수들은 늘 악취 나는 farshtunkeneh 하찮은 존재를 변호할 때면 스위프트를 끌어들이거든. 어쨌든 이 초 정도가 지나자 판사는 교수가 증인이 아니라는 걸 알았소―전문가 증인이었던 거지. 멀크론에게는 칭찬받을 일이지만, 그 사람은 당황했소. '저 사람은 전문 분야가 뭐요?' '그런 거리 예술은 타당한 예술 형태입니다.' 내 변호사가 말했소. '그들이 하고 있는 일, 거리에서의 이런 상호작용은 전통적인 것입니다.' 판사는 얼굴을 가렸소. 오후 세시 반인데 이 사람은 내 사건 전에 이미 백열두 가지 사건을 심리했던 거요. 나이가 일흔인데 하루종일 판사석에 앉아 있었소. 판사가 말하더군. '이건 정말이지 말도 안 되오. 나는 교수 이야기를 들을 생각이 없소. 피고는 가슴을 만졌소. 벌어진 일은 피고가 가슴을 만졌다는 거요. 나는 교수 증언은 전혀 들을 필요가 없소. 교수는 집에 가도 좋소.'

---

[*] 뉴욕대학교.
[**] 영화 검열 폐지를 낳은 재판.

글레켈은 이랬소. '아닙니다, 재판장님. 이 사건은 더 넓은 시각에서 보아야 합니다. 더 넓은 시각이란 정당한 거리 예술이 있다는 것이고, 거리 예술에서 벌어지는 일은 극장에서와는 다른 방식으로 사람들이 예술에 참여하게 만들 수 있다는 겁니다.' 글레켈이 말하는 동안에도 판사는 여전히 얼굴을 가리고 있었소. 판사는 자기가 말하는 동안에도 얼굴을 가리고 있었지. 삶이라는 것 자체 때문에 그는 얼굴을 가리고 싶어진 거야. 판사도 옳았어. 훌륭한 사람이었지, 멀크론은. 그 사람이 그리워. 상황을 파악하고 있었어. 하지만 내 변호사는 계속 말을 이어갔소, 글레켈은 계속한 거요. 글레켈은 조직범죄 일을 하는 게 지겨웠거든. 더 높은 열망이 있었던 거야. 지금 보면 대체로 그 사람은 〈네이션〉 기자한테 자기주장을 일러주고 있었던 것으로 보여. 그 사람은 이랬소. '거리 예술의 유일무이한 특징이 바로 그런 친밀성입니다.' '보시오,' 멀크론이 말했소. '피고는 웃음을 좀 얻으려고, 또는 관심을 좀 얻으려고 거리에서 가슴을 만졌소. 그게 옳소, 젊은 친구?' 이렇게 검사에게는 나에게 맞서는 증인 셋과 경찰관이 있었소. 게다가 우리에게는 교수도 사라졌고. 하지만 우리한테는 그 여학생이 있었소. 우리한테는 헬렌 트럼불이 있었지. 만능 패는 그 여학생이었소. 그 여학생이 거기까지 오는 것은 특별한 일이었소. 이른바 피해자가 범법자를 위해 증언하는 상황이었지. 물론 글레켈은 이게 피해자가 없는 범죄라고 말하고 있었지만. 사실, 피해자는, 피해자란 게 있다면, 글레켈의 수중에 들어가 있었지만, 김사는 아니, 피해자는 대중이다, 하고 말했소. 가엾은 대중, 이 좆같은 부랑자에

게, 이 예술가에게 속아넘어가다니. 만일 이자가 거리에 나돌아다
닐 수 있다면, 검사는 말했소, 그래서 이런 짓을 할 수 있다면, 어
린아이들도 이런 짓을 하는 게 괜찮다고 생각할 거다. 그리고 만
일 어린아이들이 이런 짓을 하는 게 괜찮다고 생각한다면, 은행을
어쩌고저쩌고 하는 것도, 여자를 강간하는 것도, 칼을 사용하는
것도 괜찮다고 생각할 거다. 만일 일곱 살짜리 아이들이―존재하
지 않았던 아이 일곱 명이 이제 일곱 살짜리 아이 일곱 명이 되었
소―낯선 여자들과 이러는 게 재미있고 괜찮다고 생각하게 된다
면……"

"그런데 그 여학생은 어떻게 되었어요?" 미셸이 물었다. "증언
을 했을 때."

"어떻게 되었으면 좋았겠소?" 새버스가 그녀에게 물었다.

"그 아이가 어떻게 버텼죠?"

"그 아이는 중간계급 아이, 대담한 아이, 멋지고 도전적인 아이
였지만, 일단 법정에 들어오면, 어떻게 그 아이가 버틸 거라고 기
대할 수 있겠소? 겁을 먹었지. 바깥 거리에서야 착한 아이였고 배
짱이 있었지―116번가와 브로드웨이가 만나는 곳은 젊은 사람
들의 세상이니까. 하지만 여기 법정 안에서는 경찰관, 검사, 판사
가 동맹을 맺고 있었소…… 여긴 그들의 세계이고, 그들은 서로
믿고 있었소. 장님이 아니고서야 눈에 다 보였지. 그러니 그 아이
가 어떻게 증언을 했겠소? 겁먹은 목소리였지. 나를 도울 의도로
나오기는 했지만, 법정에 들어오자, 큰 방, 큰 벽, 나무에 모두에게
정의라고 적혀 있는 곳에 오자, 아이는 겁을 먹었소."

"데비야." 미셸이 말했다.

"아이는 소리를 지르지 않았다고 증언했소. 약제사는 아이가 소리를 질렀다고 했는데 아이는 소리를 지른 적이 없다고 한 거요. '그러니까 맨해튼 한가운데에서 어떤 남자가 증인의 가슴을 만지고 있는데, 그러고 있는데, 증인은 소리를 지르지 않았다는 건가요?' 봐. 꼭 그 아이가 창녀처럼 들리잖아. 그게 그자가 입증 하려는 거였소, 데비가." 새버스는 완전히 의도적으로, 하지만 자 신의 잘못을 듣지도 못하는 척하면서 말한다. "창녀라는 걸." 아무 도 그의 말을 고쳐주지 않는다. "'거리에서 남자들이 얼마나 자주 증인의 가슴을 만집니까?' '그런 적 없어요.' '놀랐나요, 당황했나 요, 충격을 받았나요, 이랬나요, 저랬나요?' '의식하지 못했어요.' '의식하지 못했다고요?' 아이는 신경이 곤두섰지만 버텼소. '그건 게임의 일부였어요.' '증인은 보통 거리 한가운데에서 남자들이 증 인의 가슴을 갖고 게임을 하게 둡니까? 증인이 모르는 남자, 한 번 도 이야기를 나누어본 적이 없는 남자, 얼굴을 볼 수도 없는 남자 가?' '하지만 저 사람이 내가 소리를 질렀다고 증언했어요.' 데비 가 말했소. '나는 소리를 지른 적이 없어요.'"

"헬렌." 노먼이 말했다.

"트럼불." 새버스가 말했다. "헬렌 트럼불."

"방금 데비라고 했어."

"아냐, 헬렌이라고 했는데."

"상관없어요." 미셸이 말했다. "그 여자애는 어떻게 됐어요?"

"흠, 그자는 정말이지 아이한테 집요하게 굴었소. 세인트존스를 위하여. 경찰관이었던 자기 아버지를 위하여. 도덕성을 위하여. 미국을 위하여. 스펠먼 추기경*을 위하여. 바티칸을 위하여. 예수와 마리아와 요셉을 비롯하여 거기 구유에 있던 무리 모두를 위하여, 거기 구유에 있던 당나귀와 소를 위하여, 박사들과 몰약과 유향을 위하여, 우리 모두에게 머리에 뚫린 좆같은 구멍처럼 필요한 그 모든 좆같은 가톨릭 일을 위하여, 이 세인트존스 출신의 아이는 정말이지 데비의 엉덩이를 갈가리 찢어놓았소. 정말 잔인하게 굴었지. 좆도 모든 방향에서 아이에게 발길질을 해댔소. 나는 거리에서 젖꼭지나 비틀었지. 이 작자는 바로 씹으로 달려들더라고. 기억나? 그래, 나는 기억나. 놈. 그건 진짜 음핵 절제였고. 나는 그걸 처음 보게 되는 특권을 누렸지. 이자는 아이의 좆같이 작은 공알을 아이에게서 바로, 그 자리에서 바로, 모두에게 정의라는 문구 바로 아래에서 잘라냈고, 판사와 경찰관과 약제사는 그걸 꿀꺽 삼켰소. 그래, 그자는 정말로 아이를 박살내버렸지. '증인은 가슴을 노출시킨 채 강의실에 들어간 적이 있습니까?' '없어요.' '브롱크스 과학고등학교에 다닐 때, 바너드에 와서 예술적 자유의 옹호자가 되기 전에, 브롱크스 과학고의 누군가가 다른 학생들이 모두 보는 데서 증인의 가슴을 만진 적이 있습니까?' '없어요.' '하지만 그 학생들 가운데 일부는 증인의 친구들 아니었나요? 거리에서 처음 보는 사람들 앞에서 그러는 것보다 친구들 앞에서 그러는 게 덜 창피한 것 아닌가요?' '아니요. 네. 모르겠어

---

* 반동적인 태도로 유명한 미국 추기경.

요.' 어이쿠─이번 라운드에는 그자가 구유의 무리 쪽에 점수를 올려주었소. 마침내 그자는 아이가 자기가 틀렸을지도 모른다고 생각하게 만들었소. 115번가, 114번가, 113번가에서 가슴을 노출한 적이 있습니까─지켜보고 있던 어린아이들은 어떻게 생각합니까?' '어린아이들은 없었어요.' '이보세요, 증인은 여기 서 있고, 이자는 저기서 공연을 하고 있어요─그 일이 일어나는 데 모두 일 분 삼십 초가 걸렸어요. 그 일 분 삼십 초 동안 뒤에서 누가 걸어다니는지 증인이 봤나요? 예나 아니요로 답하세요.' '아니요.' '시간은 정오였습니다. 아이들은 점심시간이었어요. 거기에는 저 위쪽 음악학교 애들도 있고, 사립학교 애들도 있어요. 증인은 남자나 여자 형제가 있습니까?' '네. 둘 다 있습니다.' '몇 살입니까?' '열두 살하고 열 살이요.' '증인 여동생은 열 살이군요. 증인의 열 살짜리 여동생이, 증인이 116번가와 브로드웨이가 만나는 완전히 공개된 장소에서 차량 수십 대가 지나가고 사람 수백 명이 돌아다니는 곳에서 모르는 어떤 남자에게 증인이 하라고 허락한 일을 알면 어떨까요? 이 남자가 증인의 젖꼭지를 비트는 동안 증인이 거기 가만히 서 있었다는 것─그걸 증인의 여동생에게 말해주는 건 어떻게 생각하세요?' 데비는 당당하게 맞서려고 노력했어. '그래도 괜찮을 것 같아요.' 그래도 괜찮을 것 같다. 얼마나 대단한 아이야! 지금 그 아이를 찾을 수 있고 그 아이가 허락해준다면, 나는 116번가와 브로드웨이가 만나는 곳으로 가서 아이 발바닥을 핥을 거야. 그래도 괜찮을 것 같다. 1956년에. '그 남자가 증인의 여동생에게 그러면 어떨까요?' 그 말에 아이는 짜증이 났어. '내 여동생은 겨우 열 살이에요.' 아이는 그렇게 말했소. '이 이야기를 어머니에게 했나요?' '아니요.' '이 이야기를 아버지에게 했나요?' '아니요.' '안 했죠. 따라서 증인이 이 남자를 위해 증언을 하는 것은 이 남자가 안됐다고 느끼기 때문이라는 게 사실 아닌가요? 이 남자가 한 짓이 옳아서가 아니라, 안 그래요? 안 그래요? 안 그래요, 데비?' 자, 이제 아이는 울고 있었소. 그자들이 그렇게 만든 거지. 그자들이 그렇게 만들어버린 거야. 이 아이가 창녀라는 걸 아주 멋지게 증명한 거야. 나는 꼭지가 돌았어. 이 사건에서 기본적인 거짓말은 거기 어린아이들이 있었다는 거였기 때문에. 그리고 있었으면 또 어때? 나는 일어섰고, 소리를 질렀어. '그렇게 어린애들이 많았다면, 왜 여기에서 증언하는 아이는 하나도 없는 겁니까!' 하지만 검사는 내가 소리를 지르자 좋아했어. 글레켈은 나를 앉히려 했지만, 검사는 나한테 말을 했소. 목소리가 아주 엄숙했지. '아이들을 여기 끌어들여 이런 일에 노출시키고 싶지 않았습니다. 나는 피고 같은 사람이 아니니까.' '씨발 절대 아니지, 당신은 내가 아니지! 그리고 애들이 지나가고 있었다면, 걔들이 어떻게 되는데─팍 죽어버리나? 이건 쇼의 한 부분이라니까!' 뭐, 그렇게 소리치기는 했지만 내가 그 아이보다 나의 대의에 더 큰 도움을 준 건 아니었소. 아이는 울면서 나가버렸고, 판사는 어느 편이든 증인이 더 있느냐고 물었소. 글레켈이 말했소. '요약을 하고 싶습니다, 재판장님.' 판사가 말했소. '그런 건 필요없소. 그렇게 복잡하지도 않으니까. 그러니까, 만일 이자가 그 여자하고 거리 한가운데에서 성교를 하고 있어도, 당신은 그것도 예술이라고 말하고 있는 거요? 그리고 셰익스피어와 성경에 선례가 있기 때문에 나는 그걸 어쩌지 못한다는 거요? 이보시오. 이 일과 거리의 성교를 어떻게 구별할 수 있겠소? 설사 저 여자가 동의한다 해도.' 그래서 나는 유죄판결을 받았소."

"무슨 근거로?" 미셸이 물었다. "그 혐의 전부?"

"아니, 아니. 풍기문란 행위와 외설. 거리에서 외설적 공연."

"'풍기문란 행위'라는 게 도대체 뭐예요?"

"내가 풍기문란 행위지. 판사는 각각의 범법 행위에 대해 일 년까지는 얼마든지 선고할 수가 있었소. 하지만 그 판사는 나쁜 사람이 아니었소. 이제 오후 네시가 되어가고 있었소. 판사는 법정을 내다보았소. 그 사람은 그 법정에서 처리해야 할 사건이 열두 건, 아니 스무 건 더 있었고, 그는 어서 집에 가서 술을 마시고 엉망으로 취하고 싶었는데, 가장 가까운 술에서 남서쪽으로 400마일 떨어져 있는 듯한 표정이었지. 좋아 보이지 않았어. 당시에 나는 관절염이 뭔지 몰랐소. 지금 생각하니 그 사람한테 동정이 가요. 그 사람은 온몸이 좋지 않았고 통증 때문에 미칠 것 같았소. 그런데도 그는 나에게 말했소. '다시 이 일을 할 거요, 새버스 씨?' '이게 내가 먹고사는 방법입니다. 재판장님.' 판사는 얼굴을 가리더니 두번째로 나에게 심문했소. '이런 일을 다시 할 거요? 나는 피고가 약속해주기를 바라오. 만일 피고를 감옥에 집어넣지 않으면 피고는 이런 일을 하지 않고 저걸 만지지 않고 이걸 만지지 않겠다고.' '약속 못합니다.' 나는 말했소. 세인트존스 출신은 코웃음을 쳤소. 멀크론이 말했소. '만일 피고가 범죄를 저질렀는데도 그걸 다시 하겠다고 말한다면, 나는 피고를 감옥에 삼십 일 동안 집어넣겠소.' 여기에서 나의 ACLU 변호사 제리 글레켈이 내 귀에 대고 소곤거렸소. '안 하겠다고 말해요. 엿을 먹어. 그냥 그렇게 말해요.' 제리는 몸을 기울이며 말했소. '엿을 먹여─여기서 나갑시다.' '재판장님, 안 하겠습니다.' '하지 않겠다. 훌륭하오. 삼십 일, 집행유예. 벌금 백 달러, 즉시 납부.' '돈이 없습니다, 재판장님.' '무슨 소리요, 돈이 한푼도 없다는 거요? 변호사가 있잖소, 변호사한테 돈을 주고 있잖소.' '아닙니다, ACLU에서 이 변호사를 보내준 겁니다.' '재판장님,' 제리가 말했소. '제가 백 달러를 내놓겠습니다. 제가 백 달러를 내겠습니다. 우리 다 집에 갑시다.' 그러고 나서 나오는 길에 세인트존스 출신이 우리 옆을 지나가면서 우리 말고는 아무도 듣지 못하게 말했소. '그런데 둘 중에 누가 그 여자를 따먹게 되는 거요?' 내가 그자에게 말했소. '그러니까, 우리 유대인 가운데 누구냐는 거야? 우리 모두야. 우리 모두 그 여자를 따먹게 될 거야. 심지어 나의 늙은 할아버지zaydeh도 그 여자를 따먹게 될 거야. 우리 랍비도 그 여자를 따먹게 될 거야. 당신만 빼고 모두 따먹게 될 거야, 세인트존스. 당신은 집에 가서 당신 마누라나 따먹게 될 거야. 그게 당신이 받은 선고야─평생 수녀가 된 자기 언니를 숭배하는 메리 엘리자베스를 따먹는 게.' 그래서 갑자기 상황이 뜨거워졌고, 다행히도 링크와 놈과 글레켈 덕분에 싸움은 중단되었는데, 이 때문에 백 달러가 더 들어갔소. 이것도 글레켈이 냈는데, 나중에 링크와 놈이 갚았고, 전체적으로 나로서는 운좋게 끝났다고 할 수 있지. 꼭 멀크론 같은 계몽주의

철학자가 그 자리에 있으란 법은 없거든. 사보나롤라*가 있었을
수도 있는 거니까."

실제로 그렇게 되었다, 새버스는 생각했다. 삼십삼 년 뒤에 일
본 여자처럼 보이게 옷을 입은 사보나롤라가 나타났다. 헬렌 트럼
불. 캐시 굴즈비. 사보나롤라들이 그들을 무너뜨렸다. 그들은 내
가 자기 발 위에, 또 누구의 발 위에라도 발을 얹기를 바라지 않는
다. 그들은 내 발이 관 속의 링크의 발과 같기를, 아무것에도 닿지
않고 닿은 것에는 죽은 상태이기를 바란다.

지금까지 잠시라도 새버스는 그녀의 발을 그냥 놓아두지 않았
다. 이미 교접에 이렇게 가까이 다가가 있었다! 전체 공연 내내
그는 단 한 번도 그녀를 놓친 적이 없었다—노먼과 달리 그녀는
그의 이야기가 너무 즐거운 나머지 그가 헬렌을 데비라고 부를 때
마다 순간적으로라도 움찔하는 법이 없었다. 그녀를 위해 그가 여
자애의 발을 핥는 장면을 집어넣었을 때도. 그녀는 바깥 거리의
익살극에서부터 멀크론의 법정 놀이터 피날레에 이르기까지 그
의 바로 옆에 있었고, 그녀의 크고 통통한 웃음은 반은 지상의 행
복으로 반은 미칠 듯한 괴로움으로 채워져 있었다. 그녀는 리어왕
처럼 '교접이 번창하게 하라!'는 생각을 하고 있었다. 이 혐오스
러운 괴짜와 공모하여 자신의 오랜 성향과 진자처럼 흔들리는 젖
가슴을 써먹을 수 있을지도 모른다고. 죽음의 권태는 말할 것도
없고 그 불가피한 청렴에 마지막으로 크게 쾅하고 맞서 예전의 윤

---

* 15세기 이탈리아 종교개혁자.

기가 도는 생활방식을 누릴 기회가 있을지도 모른다고 생각하고 있었다(고 새버스는 생각했다). 링크는 실제로 권태로워 보였다. 훌륭하고 녹색이고 권태롭고. 나를 책망하지 마라, 드렌카—너라도 단숨에 이렇게 할 거다. 이건 우리와 떼려야 뗄 수 없는 범죄다. 나는 곧 너하고 링크와 마찬가지로 권태롭게 될 거다.

◆ ◆ ◆

모두 일찍 잠자리에 들었다. 새버스는 바로 데비의 물건들을 뒤적거릴 만큼 어리석지는 않았다. 아니나 다를까, 저녁 설거지가 끝나고 모두 잘 자라는 인사를 하고 십 분밖에 지나지 않았는데 노먼이 문을 두드리더니 목욕 로브를 주면서 지난 일요일 자 〈뉴욕 타임스〉를 버리기 전에 보겠느냐고 물었다. 두 팔에 그 신문의 여러 섹션을 꼭 끌어안고 있었다. 새버스는 제안을 받아들이기로 했다. 노먼이 일요일 자 신문에 실린 쓰레기chazerai가 수면제가 되어 자신의 손님이 잠에 빠져들 수 있게 한다는 생각으로 스스로를 기만할 수 있도록 해준다—그가 그러고 싶어한다는 가정 하에—는 이유 하나만으로도. 아마도 전과 다름없이 믿음직한 수면제이기는 할 것이었다. 하지만 새버스에게는 그보다 나은 생각이 있었다. "마지막으로 일요일 자 〈뉴욕 타임스〉를 본 게 삼십 년이 넘었군. 하지만 뭐 못 볼 거 없지." "거기서는 뉴욕 신문 안 봐?" "거기서는 아무것도 안 봐. 뉴욕 신문을 보면 프로작도 먹게 될걸." "그래도 일요일 아침에 베이글은 먹을 수 있지?" "요일에

522

관계없이. 우리는 아주 오랫동안 베이글에서 자유로운 지대였어. 마지막 남은 곳 가운데 하나였지. 하지만 지금은 시민들이 투표로 안 된다고 한 앨라배마의 한 카운티만 빼면, 아마 미국 어디에서도 가엾은 이방인goy이 베이글을 피할 수는 없을걸. 어디 가나 있으니까. 총처럼." "그런데 신문은 읽지 않는다고, 미키? 그건 나한테는 상상도 할 수 없는 일인데." 노먼이 말했다. "매일 일본의 기적을 전하는 기사가 실리는 걸 보고 신문 읽기를 관뒀어. 그 모든 일본놈이 양복을 입고 있는 사진을 감당하지 못하겠더라고. 걔네들 그 좆만한 제복은 어떻게 된 거야? 아마 사진을 찍느라고 얼른 갈아입은 게 틀림없어. 나는 일본이라는 단어를 들으면 열원자핵 장치로 손이 가." 그 정도면 쫓아낼 수 있을 줄 알았는데…… 아니었다. 그가 너무 심하게 나가는 바람에 노먼은 다시 걱정을 하고 있었다. 그들은 여전히 데비의 방 문간에 있었는데 새버스는 노먼이 피곤해하면서도 안으로 들어와 이야기를 하려는 것을 알게 되었다—아마도 다시 그레이브스한테 가는 문제에 관하여. 그자 이름이 그레이브스였다. 새버스는 장례식 뒤에 꽁무니를 빼면서, 의사는 다음에 만나볼 생각이라고 말했다. "네가 뭘 궁금해하는지 알아." 새버스가 얼른 말했다. "내가 어디에서 뉴스를 보는지 궁금한 거지—텔레비전인가 하고? 아니. 그럴 수 없지. 텔레비전에도 일본놈들이 나오거든. 화면마다 좆만한 일본놈들이 선거를 하고, 좆만한 일본놈들이 주식을 사고팔고, 좆만한 일본놈들이 우리 대통령하고. 심지어 악수를 해—미합중국 대통령하고! 프랭클린 루스벨트가 무덤에서 원자 팽이dreydl처럼 뱅글뱅글 돌고 있어. 아니, 나는 뉴스 없이 사는 게 더 좋아. 그 새끼들에 관해 필요한 뉴스는 오래전에 다 들었어. 그 새끼들이 번영을 누리는 건 나의 공정한 시합 감각에 어려운 문제를 제기해. '떠오르는 니케이 지수의 나라.' 나는 인종적 증오에 관한 한 여전히 정신이 말짱하다고 말할 수 있어서 자랑스러워. 수많은 곤경을 겪었지만, 인생에서 중요한 게 뭔지는 계속 알고 있어. 깊은 증오. 내가 진지하게 받아들이는 몇 개 남지 않은 것들 가운데 하나지. 한번은 마누라 제안에 따라 일주일 내내 그거 없이 살아보려고 해봤어. 거의 죽을 뻔했지. 나에게는 큰 영적 시련의 일주일이었어. 일본인을 미워하는 것이 내 삶의 모든 면에서 주요한 역할을 한다고 말할 수 있어. 물론 여기 뉴욕에서 너희 뉴요커들은 날생선을 들여왔다는 이유로 일본인을 사랑하지. 날생선이라는 큰 노다지. 일본인은 우리 인종 사람들한테 날생선을 대접해. 우리 인종 사람들은 마치 바탄에서 죽음의 행군*에 나선 선택의 여지가 없는 포로라도 된 것처럼, 그게 아니면 굶어죽기라도 할 것처럼 그걸 먹어. 그리고 돈을 내. 팁도 남겨. 나는 이해를 못하겠어. 전쟁이 끝난 뒤에 우리는 그 사람들이 다시는 고기를 낚지 못하게 했어야 해. 너희 나쁜 새끼들은 1941년 12월 7일 자로 고기를 낚을 권리를 잃었다. 물고기 한 마리, 단 한 마리만 잡아봐라, 우리의 나머지 무기를 다 구경하게 될 거다. 달리 누가 생선을 날로 먹는 걸 그렇게 즐

---

* 바탄은 2차대전 때 미군과 일본군이 싸운 격전지로, 승리한 일본군은 미군과 필리핀군 포로 7만여 명을 수용소까지 약 100킬로미터를 물과 식량도 주지 않고 강제로 행군시킨다. 그 과정에서 2만여 명이 사망하거나 학살당했다.

길까? 그놈들의 잔인한 짓과 그놈들의 번영, 그게 나를 모욕하는 거야, 알아? 전하. 그놈들한테 아직도 '전하'가 있나? 그놈들한테 아직도 '영광'이 있나? 아직도 영광스러운가, 일본인은? 모르겠어, 어떤 이유에서인지 그자들이 얼마나 영광스러운지 생각만 해도 내 인종적 증오가 전부 튀어나와. 노먼, 나한테는 인생에 견딜 것이 무척 많아. 직업적 실패. 신체적 기형. 개인적 수모. 마누라는 영어로 말하는 걸 잊어버리는 방법을 배우려고 AA에 다니는 회복중인 알코올중독자야. 아이라는 축복은 한 번도 누리지 못했지. 아이들은 나라는 축복을 한 번도 누리지 못했어. 실망이 많고 많아. 그런데 내가 일본인의 번영까지 견뎌야 해? 그럼 나는 정말로 가장자리 너머로 밀려날 수도 있어. 어쩌면 링크도 그렇게 되었던 건지 몰라. 엔화가 달러에 한 짓, 링크한테 그 짓을 한 게 아니라고 누가 말할 수 있겠어. 나는 그거 때문에 죽겠어. 오, 이미 완전히 죽어버려서 아예 상관도 안 하게 됐나—요새 어떤 사람을 박살내 똥을 싸게 만들 때 무슨 표현을 쓰더라? '메시지를 보내다.' 그자들한테 메시지를 보내 그자들의 좆같은 대가리 위에 공포를 조금 더 쏟아붓고 싶어. 여전히 힘으로 뭘 빼앗는 걸 신봉하는 자들이야, 안 그래? 여전히 텃세를 부리면서 으쌰으쌰 해, 안 그래?—"미키, 미키, 미키—자, 자, 천천히, 머리 좀 식혀, 믹." 노먼이 간청했다. "그자들한테 여전히 그 좆같은 기氣가 있나?" "믹—" "대답이나 해. 나는 지금 〈뉴욕 타임스〉를 읽는 사람한테 질문을 하고 있잖아. 너는 '뉴스 오브 디 위크 인 리뷰'를 읽잖아. 피터 제닝스가 하는 뉴스를 보잖아. 너는 첨단을 걷는 사람이잖

아. 그자들한테 아직도 그 기가 있어?""응, 그 기가 있지.""흠, 그자들은 기가 있으면 안 돼. 고기 잡는 걸 허락해도 안 되고 기도 갖지 못하게 해야 돼. 여기에 건너와서 누구하고든 악수를 해서도 안 돼!""야, 너 오늘밤에 너무 세게 달리고 있어, 쉬질 않았어. 너는—""난 괜찮아. 그냥 왜 내가 뉴스를 끊었는지 말하고 있을 뿐이야. 일본놈들. 간단하게 말하자면 그거야. 신문 고마워. 모든 게 고마워. 저녁. 손수건. 돈. 고마워, 친구. 이제 잘게.""자야 돼.""잘게. 완전히 지쳤어.""잘 자, 믹. 그리고 살살 해. 제발 살살 하고 잠 좀 자."

잠? 그가 어떻게 다시 잘 수 있겠는가? 그것들이 바로 여기 있는데. 새버스는 신문더미를 침대에 던졌고, 중간에서 미끄러져 나온 것은 다름 아닌 경제면이었다—그것들이 바로 여기 있지 않은가! 커다란 표제가 면의 거의 한 단을 가로질러 달려가고 있다. '일본 요새를 실제로 운영하는 사람들.' 바로 이런 게 약을 바짝 올릴 수가 있다! 일본 요새! 그리고 그 밑에, '경제에 나쁜 소식. 총리 사임 예정. 하지만 각료들은 유임.' 표제, 사진, 열받게 하는 한 문단에 이은 또다른 문단이 경제 1면을 지배하고 있을 뿐 아니라 그 뒤로 넘어가 8면 대부분을 차지하고 있는데, 거기에는 그래프가 있고, 또다른 일본놈 사진이 있고, 다시 그 표제가 나오는데, 그것은 '일본 요새'로 끝난다. 1면에만 세 명이고, 각각 그 나름의 사진이 딸려 있다. 그들 누구도 그 좆만한 제복을 입지 않았다. 모두 타이와 셔츠 차림으로, 평화를 사랑하는 평범한 사람인 척한다. 그들 뒤로는 실물 크기의 사무실 모형이 있어, 〈뉴욕 타임스〉 독자들은 그들이 좆같은 제로기를 타고 다른 나라를 정복하러 날아다니는 것이 아니라 인간처럼 사무실에서 일한다고 생각하게 된다. "그들은 일본의 백만 명 남짓한 국가 공무원 상층부에 앉아 있는 영리하고 근면한 만천 명의 엘리트에 속한다. 그들은 아마도 가장 긴밀하게 규제되고 있다고 볼 수 있는 경제를 감독한다……" 한 사진 밑에 달린 설명─새버스는 그것을 믿을 수가 없었다. 설명에 따르면 사진 속의 일본놈은 "미국 협상자들이 그를 불태웠다*고 말한다……" 불태워? 그의 피부를 불태워? 얼마나? 모티의 화상은 몸의 팔십 퍼센트를 덮고 있었다. 미국 협상자들이 이 개자식의 몸을 얼마나 불태웠을까? 내가 보기에는 별로 탄 것 같지 않은데. 화상이 전혀 보이지 않는데. 우리는 우리 협상자들에게 등유를 더 주어야 한다─우리는 이 새끼들 발밑에 불을 피울 줄 아는 협상자들을 구해야 한다! "무엇이 잘못되었을까? 일본 관리들은 미국이 너무 많은 것을 요구한다고 말한다……" 아, 이 씨발놈들, 이 더럽고, 광적이고, 좆같은 일본 제국주의자 씨발놈들……

그가 큰 소리로 떠드는 바람에 문을 두드리게 만든 것이 틀림없었다. 하지만 괜찮다고, 그냥 일본 신문을 읽고 있을 뿐이라고 노먼을 안심시키려고 다시 문을 열었을 때, 거기에는 미셸이 있었다. 저녁식사 때 그녀는 검은 타이츠에 허벅지까지 내려오는, 녹빛이 나고 벨벳 느낌인 꼭 끼는 상의 차림이었다. 아내인 체하는

---

* 괴롭히거나 화나게 한다는 뜻.

모습. 나에게서 어떤 환상을 일깨우려는 의도로? 아니면 그에게
자신이 생각하는 자신의 원래 모습을 고백하려는 것인지도 몰랐
다―나는 로빈 후드다, 나는 가난한 자에게 베푼다. 어쨌든 그녀
는 이제―맙소사, 기모노로 갈아입고 있었다. 온통 꽃이었다. 그
넓은 소매. 발끝까지 일본 기모노 속에 잠기다니. 하지만 '일본 요
새'에 대한 그 신문의 경멸스러운 찬가 때문에 불타올랐던 혐오를
흥분이 순식간에 포섭해버렸다. 기모노 밑에는 그녀의 전기傳記뿐
인 것 같았다. 그는 극단적으로 사내아이처럼 자른 그녀의 머리가
마음에 들었다. 커다란 젖통과 사내아이처럼 짧은 머리. 그리고
눈 주위에 오래전부터 자리잡은 여자의 주름. 이것이 처음 모습,
센트럴파크 웨스트의 피터팬보다 그를 더 확고하게 사로잡았다.
뭔가 프랑스적인 것이 그녀 주위에 감돌고 있었다. 파리에 가면
이런 모습을 볼 수 있다. 마드리드에 가면 이것을 볼 수 있다. 바
르셀로나에 가면, 정말 고급스러운 장소에서 이것을 볼 수 있다.
나는 평생 몇 번 파리와 다른 곳에서, 그녀가 너무나도 마음에 들
어 내 전화번호와 주소를 주면서 말한 적이 있다. "언제든 미국에
오면 나를 찾아요." 여행을 좀 해볼 생각이라고 말한 사람이 기억
난다. 그 이후로 그 창녀가 전화하기를 기다렸다. 미셸의 집안은
사실 프랑스 쪽이다―노먼은 저녁식사 전에 그렇게 말해주었다.
처녀 때 이름은 부셰. 아닌 게 아니라 지금 그녀는 그렇게 보였다.
하지만 지저분한 사진에서는, 머리를 뒤로 팽팽하게 묶고 몸은 빼
어나단 느낌 없이 여위어, 어떤 부유한 유대인 남편의 캐니언 랜
치 카르멘처럼 보였다. 저 아래 레녹스 스파를 찾아와 식이요법을

하는 중년들은 한 접시에 백 달러짜리 두부가 지겨우면 가끔 매더매스카폴스에 와서 인디언 유적지를 찾곤 했다. 그는 약 십 년 전 오후 관광을 위해 캐니언 랜치에서 차를 몰고 온 그런 사람 둘을 꼬시려고 해보았다. 하지만 그가 폭포를 따라 매더매스카족 처녀가 박을 이용해 신성한 신비에 입문하는 의식을 거행하곤 하던 산마루까지 안내하겠다고 제안했을 때—그가 게임 초반에 섣불렀다는 것은 인정하지만—그들의 인류학적 무지가 있는 그대로 드러났고, 그들은 차를 몰고 떠났다. "그건 내 생각이 아니었소." 그는 아우디 뒤에 대고 소리쳤다. "그 사람들, 미국 원주민의 생각이었소!" 그 창녀에게서 소식이 들릴 때쯤 그들 둘에게서도 무슨 이야기가 들릴 것이다.

하지만 여기에는 권태가 흘러넘치는 전 마드무아젤 부셰, 뉴저지의 콜레트가 있었다. 그녀는 남편을 사랑하지 않았고 그래서 결정을 내렸다. 그 결과가 기모노. 여기에는 일본적인 것이 전혀 없었다—그것은 그녀가 이 상황에서 화를 입지 않고 입을 수 있는 가장 부도덕한 옷일 뿐이었다. 그녀는 주도면밀한 사람이었다. 그는 그녀의 속옷 서랍을 알고 있었다. 그녀가 더 잘 입을 수 있다는 것을 알고 있었다. 그는 그녀가 그렇게 할 것이라는 것도 알고 있었다. 이것은 삶의 경로가 하룻밤새에 바뀔 수도 있다는 걸 보여주는 어떤 것 아닐까? 절대, 절대 그는 씹질을 둘러싼 이런 엄청난 광기를 자발적으로 떠나지 않을 것이다.

그녀는 아까 그에게 잔탁 처방을 주는 것을 잊었다고 밀했다. 자, 여기 있다. 잔탁은 그가 나이프와 포크를 사용하지 않고, 차를 운전하지 않고, 신발끈을 묶지 않고, 밑을 닦지 않는다는 조건 하에 손의 통증을 완화시키려고 먹는 볼타렌 때문에 생긴 복통과 설사를 잡아보려고 복용하는 것이었다. 돈만 있다면 그는 밖에 나가서 그의 밑을 닦아줄 어떤 진취적인 일본놈을 고용할 수도 있었다. 상층부에 앉아 있는 영리하고 근면한 만천 명의 엘리트 가운데 하나를—'상층부에 앉아 있는.' 그 계몽된 신문에서는 글쓰는 방법을 안다. 〈뉴욕 타임스〉를 봐야겠다. 앞으로 미국에 의해 불에 타지 안토록 엉어 배우는 걸 도아달라.* 형의 두 다리는 숯에 탄 나무였다. 살았다 해도 다리는 없었을 것이다. 애즈버리고등학교의 다리 없는 육상 스타.

약과 통증. 혈압에 알도메트Aldomet, 장에 잔탁Zantac. A에서 Z까지. 그런 다음에 죽는다.

"고맙소. 기모노를 입은 의사한테 처방을 받아보긴 처음이오."

"우리 시대는 상업적 몰취미에 많은 것을 잃었어요." 그녀는 대꾸하며 게이샤처럼 절을 하여 그를 끝도 없이 기쁘게 했다. "노먼은 댁이 그 바지를 드라이클리닝하고 싶어할지도 모른다고 하던대요." 그녀는 그의 코듀로이를 가리켰다. "그리고 그 재킷, 매키노, 댁이 입는 호주머니가 달린 그 묘한 것도."

"그린 토피도**요."

"네. 어쩌면 그 그린 토피도도 세탁이 필요할 수 있겠네요."

---

* 원문은 Hep me with learn Engwish so no more get me burn by U.S.
** 매키노는 두꺼운 모직, 그린 토피도는 녹색 파카의 한 종류.

"지금 바지가 필요하오?"

"우리는 애들이 아니에요, 새버스 씨."

그는 데비의 방으로 물러나 바지를 벗었다. 노먼의 로브, 목을 매달 수 있을 만큼 긴 허리띠가 달린 화려하고 긴 벨루어 로브는 여전히 그가 던져놓은 자리, 양탄자 위 그의 재킷 옆에 있었다. 그는 로브로 몸을 감싸고 그녀에게 돌아가 더러운 옷을 바쳤다. 로브는 가운처럼 뒤에 질질 끌렸다. 노먼은 188센티미터였다.

그녀는 아무 말 없이, 얼마든지 표현할 수 있었을 깔끔 떠는 척하는 태도를 조금도 드러내지 않고 옷을 받았다. 그 바지는 지난 몇 주 동안 활발한 삶, 평범한 사람이라면 진이 완전히 빠졌을 정말로 충만한 삶을 살았다. 그가 받았던 모든 모욕이 그 낡은 바지의 헐렁한 엉덩이 안에, 묘지의 진흙이 말라붙은 단에 보존되어 있는 것 같았다. 하지만 그가 옷을 벗으며 잠시 걱정했던 것과는 달리 그녀는 역겨움을 느끼지 않는 것 같았다. 당연히 아니지. 그녀는 하루종일 더러움을 다룬다. 노먼은 그 무용담을 모두 이야기해주었다. 치조 농루. 치은염. 부은 잇몸. 계속 나타나는 불결한schmutzig 입. 불결schmutz이 그녀의 전문이다. 굳은 때가 그녀가 도구를 들고 없애려고 노력하는 것이다. 그녀는 노먼이 아니라 굳은 때에 끌린다. 치석을 긁어낸다. 홈을 긁어낸다…… 미셸이 그렇게 매혹적으로 기모노를 입고, 그의 불결한schmutzig 옷을 겨드랑이에 둘둘 마는 것—게이샤 소년의 머리 모양이 이 헤픈 그림에 딱 적당한 정도의 성전환적 야함을 제공하고 있었다—을 보고 그는 자신이 그녀를 위해 살인을 할 수도 있다는 것을 알았다. 노먼을 죽인다. 그를 좇도 창문에서 밀어낸다. 그 모든 마멀레이드, 이제 다 내 거다.

그렇게. 우리는 여기 있다. 달은 높이 떠 있고, 어딘가에서 음악이 흐르고, 노먼은 죽었고, 나하고 이 꽃무늬 기모노를 입은, 이 젖통이 달린 예쁜 사내아이뿐이다. 나는 남자하고 할 기회를 놓쳤다. 유조선에서 책을 주었던 그 네브래스카 남자. 예이츠. 콘래드. 오닐. 내가 허락을 했다면 무엇을 읽느냐 하는 것 이상을 가르쳐주었을 텐데. 어떨지 궁금하다. 그녀에게 물어라, 그녀가 말해줄 것이다. 남자와 씹을 하는 다른 유일한 사람들은 여자뿐이다.

"왜 이런 식으로 보이고 싶어하세요?" 그녀가 물으며 더러운 옷을 두드렸다.

"다른 어떤 식으로 보일 수가 있소?"

"노먼 말이, 댁이 젊었을 때는 댁을 보는 게 곧 죽음이었다던데요. 링크가 말하곤 했다더라고요. '새버스의 안에는 황소가 있어. 저 친구는 전력을 다해.' 노먼은 사람들이 댁한테서 눈을 떼지를 못했대요. 하나의 힘. 하나의 자유로운 정신."

"노먼은 왜 그런 말을 하지? 댁의 저녁 식탁에 아무도 진지하게 받아들여줄 가능성이 없는 아무것도 아닌 사람을 앉힌 걸 정당화하려는 걸까? 댁의 사회계급 가운데 누가 나 같은 사람, 자기 본위적 태도에 깊이 물들어 있고, 도덕성이 끔찍한 수준이고, 모든 올바른 이상에 수반되는 모든 부속물이 결여되어 있는 사람을 진지하게 받아들일 수 있겠소?"

"정말 웅변 한번 멋지네요."

"내가 언어적으로 커지면 사람들이 내가 실제로는 얼마나 작은지 쉽게 놓친다는 걸 일찌감치 배웠다오."

"노먼은 댁이 자기가 만난 가장 똑똑한 젊은이였다고 하더라고요."

"그런 말은 할 필요 없다고 전해주시오."

"그 사람은 댁을 숭배했어요. 여전히 당신에 대한 좋은 감정이 많아요."

"그렇지, 뭐. 교육을 잘 받고 자란 사람들에게는 진짜 삶을 사는 사람들이 필요한 경우가 많지. 매우 정상적인 일이오. 나는 바다에 가봤소. 나는 로마에 가봤소. 한 대륙 이상의 여러 곳의 창녀들―그 시절에는 찬사를 받을 만한 업적이었지. 그 사람들에게 내가 부르주아적 족쇄를 벗어버렸다는 것을 보여주었지. 교육받은 부르주아지는 부르주아적 족쇄를 벗어버린 사람을 존경하거든―그들에게 대학 시절의 이상을 기억나게 해주니까. 거리에서 젖통을 쥐었다는 이유로 〈네이션〉에 내 기사가 났을 때 나는 일주일 동안 그들의 고상한 야만인이었소. 요즘은 내가 그런 생각을 하는 것만으로도 내 불알을 까겠지만, 그 시절에 나는 그걸로 올바르게 생각하는 모든 사람에게 영웅이 되었소. 반대자. 이단자. 사회에 대한 위협. 멋지지. 오늘날에도 뉴욕에서 교양 있는 백만장자 노릇을 하려면 수치스러운 사람에게 관심을 가지는 것도 필수라는 데 내기를 걸겠소. 링크와 놈과 그들의 친구들은 당시 내 이름을 말하는 것만으로도 짜릿함을 맛볼 수 있었지. 불법을 자행한다는, 뭔가 확장된 느낌을 준 거요. 거리에서 젖통을 쥐는 인형극 광대―그것은 권투선수를 아는 것과 같은 일이었고, 유죄판결을 받은 죄수가 소나티네를 발표하는 걸 도와주는 것과 같은 일이었지. 더 재미있는 것은 나에게는 젊고 미친 아내가 있었거든. 배우. 믹과 닉. 그 사람들이 가장 좋아하는 병적인 부부."

"그런데 부인은?"

"내가 죽였소."

"노먼은 사라졌다던대요."

"아니. 내가 죽였소."

"이런 연기를 하면서 댁은 얼마나 대가를 치르나요? 얼마나 많은 연기가 정말로 필요한 거예요?"

"달리 내가 존재할 방법이 뭐가 있겠소? 안다면 말해주면 좋겠소. 나는 모든 어리석음에 관심을 가지니까." 그는 분노를 약간만 가장하며 말했다―'정말로'라는 말은 비열한 공격이었다. "연기를 할 다른 방법이 뭐가 있소?"

그는 그녀가 기가 죽은 것처럼 보이지 않는 것이 마음에 들었다. 물러서기를 거부하고 있었다. 좋은 일이었다. 노친네한테 교육을 잘 받았군. 그럼에도, 기모노를 벗기고 싶은 마음은 눌러라. 아직은 아니다.

"댁은 뭐든 할 거예요." 그녀가 말했다. "사람 마음에 들지 않기 위해서라면. 하지만 왜 굳이 이런 식으로 행동하는 거예요? 원초적 감정과 품위 없는 언어와 질서 잡힌 복잡한 문장."

"나는 이렇게 해야 한다 저렇게 해야 한다 하는 생각은 별로 하지 않소, 댁이 그 말을 하는 거라면."

"그 말을 전적으로 믿지는 않아요. 미키 새버스는 사드 후작이 되고 싶어함에도 불구하고 실제로 그렇지는 않거든요. 댁의 목소리에 타락한 특질은 없어요."

"사드 후작 목소리도 마찬가지였소. 댁의 목소리도 마찬가지고."

"비위를 맞추고자 하는 욕망에서 자유로운 거죠." 그녀가 말했다. "아찔한 기분이죠. 그런데 그게 댁한테 뭘 가져다줬나요?"

"그게 댁한테는 뭘 가져다줬소?"

"나요? 나는 늘 사람들 비위를 맞추고 살아요." 그녀가 말했다. "태어났을 때부터 사람들 비위를 맞춰왔어요."

"어떤 사람들?"

"선생. 부모. 남편. 자식. 환자. 모든 사람들."

"애인도?"

"네."

드디어.

"내 비위를 맞춰요, 미셸." 그러면서 그는 그녀의 손목을 잡고 데비의 방안으로 끌어들이려 했다.

"미쳤어요?"

"어서, 칸트를 읽었잖소. '자신의 행동의 바탕이 되는 격률이 자신의 의지를 통해 보편적 법칙이 될 것처럼 행동하라.' 내 비위를 맞추시오."

그녀의 팔은 그 모든 굳은 찌끼를 긁어내느라 튼튼했고 그의 팔은 이제 뱃사람의 팔이 아니었다. 심지어 인형극 광대의 팔도 아니었다. 그는 그녀를 조금도 움직이지 못했다.

"왜 저녁식사 내내 노먼의 발을 누르고 있었던 건가요?"

"아닌데."

"맞아요." 그녀는 작은 소리로 말했다―그리고 그 웃음, 그 웃음. 그 웃음의 덩굴손 한 가닥도 경이로웠다! "댁은 내 남편하고 발장난을 했어요. 설명이 기대되네요."

"아니라니까."

이제 그녀는 도발적인 행동 자체를 중단했다―부드럽게, 그들은 부부 침대에서 복도를 조금 내려온 곳에 있었기 때문에. 하지만 그녀의 웃음이라는, 가지를 치며 뒤엉키는 모순들의 덩어리. "그랬어요, 그랬어요." 기모노. 소곤거림. 머리 모양. 웃음. 이제 시간이 거의 남지 않았다.

"들어와요."

"미친 소리 말아요."

"댁은 훌륭하오. 훌륭한 여자요. 안으로 들어오시오."

"댁은 고삐 풀린 과잉이 한계를 모르는군요." 그녀가 말했다. "하지만 나는 내 인생을 망치지 않으려는 심각한 편애로 고통을 겪고 있어요."

"노먼은 내 발에 관해 뭐라고 하던가요? 왜 그냥 나를 내쫓지 않은 거요?"

"그이는 댁이 신경쇠약을 앓고 있다고 생각해요. 무너지고 있다고 생각하죠. 댁이 자신이 하는 일을 모르거나 왜 그러는지 모른다고 생각해요. 댁을 자기 정신과의사한테 데려가려고 열심이에요. 댁이 도움이 필요하다고 하더라고요."

"댁은 내가 생각하던 그 모든 것이오. 그 이상이오, 미셸. 노먼이 다 이야기해줬소. 그 위에서 세번째 어금니. 그게 엠파이어스테이트빌딩 꼭대기 층에서 유리를 닦는 것과 같다고."

"댁의 입을 조금 점검해봐도 나쁠 것 없겠네요. 치간 돌기? 치아 사이마다 튀어나온 그 작은 살 조각? 빨갛네요. 부었고. 그걸 더 살펴보고 싶을지도 모르겠군요."

"그럼 들어오시오, 제발. 돌기를 살펴보시오. 어금니를 살펴보시오. 뽑으쇼. 뭐든 기분좋은 대로 해요. 나는 댁을 기분좋게 해주고 싶소. 내 이, 내 잇몸, 내 후두, 내 신장―제대로 작동하고 마음에 들면 가져가쇼. 다 댁의 거요. 내가 노먼의 발을 갖고 놀았다니 믿어지지가 않소. 느낌이 아주 좋았는데. 왜 그 친구가 아무 말 안 했을까? 왜 식탁 밑으로 내려가 그걸 집어서 원래 있어야 할 데 갖다놓지 않았을까? 나는 그 친구가 아주 훌륭한 주인이라고 생각했소. 나에게 그 모든 좋은 감정을 갖고 있다고 생각했소. 하지만 그는 평온하게 거기 앉아 내가 내 발이 어디 있기를 원하는지 아주 잘 알면서도 그곳에 있지 않는 것을 허락하는군. 그것도 자신의 저녁 식탁에서. 내가 초대받은 손님인 곳에서. 나는 여기에서 먹겠다고 간청하지 않았소. 그 친구가 나에게 요청했소. 나는 정말이지 그 친구한테 놀라고 있소. 나는 댁의 발을 원해요."

"지금은 안 돼요Not now."

"영어에서 가장 간단한 그 말이 도무지 견디기 힘들다는 것을 알지 못하겠소? '지금은 안 돼요.' 그 말을 다시 해보시오. 나를 똥 취급해. 나를 강철처럼 단련시켜줘―"

"진정해요. 자신을 통제하세요. 조용히, 제발."

"다시 말해봐."

"지금은 안 돼요."

"그럼 언제?"

"토요일. 토요일에 내 진료실로 오세요."

"오늘이 화요일. 수요일, 목요일, 금요일—안 돼, 안 돼. 절대 안 돼. 나는 예순넷이오. 토요일은 너무 늦어."

"진정."

"내가 진정하기를 야훼가 원했다면 야훼는 나를 이방인goy으로 만들었을 거요. 나흘. 안 돼. 지금."

"그럴 수 없어요." 그녀가 소곤거렸다. "토요일에 와요—치주 검사를 해드릴게요."

"오, 알겠소. 댁한테 고객이 생겼소. 토요일. 알았소. 아주 좋소. 그게 어떻게 하는 거요?"

"그걸 하는 도구가 있어요. 내 도구를 댁의 치주 구멍에 쑤셔넣죠. 잇몸의 틈으로 들어가요."

"더. 더. 그 도구의 주된 기능에 관해 말해주시오."

"아주 가는 도구예요. 아프지 않을 거예요. 늘씬해요. 평평하고. 폭이 1밀리미터쯤. 길이는 아마 10밀리미터."

"미터법으로 생각하는군." 드렌카.

"그 영역에서만 미터법으로 생각해요."

"내가 피를 흘릴까?" 그가 물었다.

"그냥 한두 방울."

"그게 다요?"

"어머나⋯⋯" 그녀는 말했고 자신의 이마가 그의 이마를 향해 내려가는 것을 막지 않았다. 거기에 머무는 것을. 그가 하루종일 겪었던 어떤 순간과도 다른 순간이었다. 한 주 동안. 한 달 동안. 일 년 동안. 그는 진정했다.

"어떻게 우리가 이렇게 빨리 여기에 이른 거죠?" 그녀가 물었다.

"오래 산 결과지. 영원히 씹질을 하고 돌아다닐 수는 없으니까."

"하지만 당신은 미치광이예요." 그녀가 말했다.

"오, 모르겠는걸. 얽히는 데는 둘이 필요해."

"당신은 대부분의 사람들은 하지 않는 많은 일을 해요."

"당신이 하지 않는 무슨 일을 하는데?"

"자신을 표현하는 거."

"당신은 그걸 하지 않는다?"

"거의. 당신은 늙은 남자의 몸, 늙은 남자의 생명, 늙은 남자의 과거, 그리고 두 살짜리의 본능적 힘을 갖고 있어요."

행복은 무엇일까? 이 여자의 실재성. 그녀라는 합성물. 재치, 불굴의 정신, 주도면밀함, 지방질의 조직, 과장된 말에 대한 묘한 탐닉, 생명 표지가 있는 그 웃음, 모든 것에 대한 책임, 자신의 육욕도 배제하지 않고—이 여자에게는 수준이 있었다. 조롱. 장난. 은밀한 것에 대한 재능과 취향, 지상의 모든 것은 지하의 것에 상대가 되지 않는다는 지식, 어떤 신체적 균형, 그녀의 성적 자유의 가장 순수한 표현인 균형. 그리고 그녀의 말에 묻어나오는 공모하는 듯한 이해력, 시계가 째깍이며 움직이는 것에 대한 공포⋯⋯

모든 것이 그녀에게는 지나간 일이어야만 할까? 안 돼! 안 돼! 미셸의 독백의 무자비한 서정성—하지만 안 돼 안 된다고 했어 그렇게 '안 돼'.

"간통은 힘든 사업이야." 그는 그녀에게 소곤거렸다. "중요한 것은 그것을 원한다는 점을 분명히 하는 거지. 나머지는 부수적이오."

"부수적." 그녀는 한숨을 쉬었다.

"맙소사, 나는 간통을 좋아해, 당신은 안 그래?" 그는 불구가 된 손으로 과감하게 그녀의 얼굴을 잡고 목둘레선 주위의 사내아이 같은 머리칼을, 한때 그를 체포하는 이유가 되었던 가운뎃손가락, 헬렌 트럼불에게 상처를 입히거나 최면을 걸거나 그녀를 학대하는 달콤한 말을 했다고 여겨지던 가운뎃손가락으로 더듬어갔다. 그래, 그들은 1956년에 그 모든 것을 생각해놓았다. 여전히 생각하고 있다. "그것이 단단함에 가져다주는 부드러움." 그는 말을 이어나갔다. "간통이 없는 세계는 생각할 수도 없어. 간통에 반대하는 자들의 잔인한 비인간성. 동의하지 않아? 그들 관점의 완전히 좆같은 부패성. 광기. 정절이라는 관념을 제시하는 미친 새끼들에게는 어떤 극형도 모자라. 인간 육신에 정절을 요구하다니. 그 잔혹성, 그 모멸, 이건 정말이지 말로 표현할 수 없어."

그는 절대 그녀를 떠나게 하지 않을 생각이었다. 여기 드렌카가 있었다. 선생을 끌어들여 그의 게임을 즐기고자 하는 뜨거운 마음에 좆같이 망쳐버렸던 구어체 대신, 매혹적으로 유머가 넘치는 유쾌한 영어를 구사하고 있는 것이 다를 뿐. 드렌카, 이건 바로 너야, 스플리트가 아니라 뉴저지 교외 출신이라는 게 다를 뿐. 이런 높은 수준의 자극은 너 외에는 누구하고도 경험하지 못하기 때문에 알아―이건 부활한 네 따뜻한 몸이야! 무덤에서 나왔어. 다음은 모티 차례.

이윽고 그는 그녀의 옷이 아니라 자신의 로브를 벗기는 쪽을 택했다―그를 옛 만화의 '작은 왕'처럼 보이게 하는, 파리 레이블이 붙은 183센티미터짜리의 벨루어 로브―그녀를 자신의 단단해진 것에 소개하려는 것이었다. 그들은 만나야 한다. "욕망의 화살을 보라." 새버스가 말했다.

하지만 한번 흘끗 보는 것만으로 그녀는 움츠러들었다. "지금은 안 돼요." 그녀가 다시 경고했다. 이 숨소리가 섞인 말이 그의 마음을 얻었다. 그녀가 달아나는 것을 보는 게 훨씬 낫다. 도둑처럼. 달아나지만 하고 싶어하면서. 달아나지만 준비가 되어서.

그는 토요일까지 살 이유가 생겼다. 과거의 협력자를 대체한 새로운 협력자. 사라지는 협력자, 새버스의 삶에 불가결한―그것이 아니라면 새버스의 삶이 아니었을 것이다. 니키는 실종되고, 드렌카는 죽고, 로즈애나는 술을 마시고, 캐시는 그를 고발하고…… 어머니…… 형…… 그들을 대체하는 것을 멈출 수만 있다면. 그들에게 엉뚱한 역을 맡기는 일을. 가장 최근의 상실 이후로 그는 사실 두려움의 크기를 가늠하며 돌아다니고 있었다. 그런데 인형극 광대인 그가 심지어 인형 없이 그걸 할 수 있다니. 그냥 손가락만으로 완전한 인생을.

토요일에 우리는 재빨리 재평가를 할 것이다. 그는 결심했다. 그녀의 치과 트레이에 널려 있는 날카로운 물체에는 부족함이 없을 것이다. 그는 큐렛을 휘두를 것이다. 그렇게 끝낼 것이다. 그러니까, 만일 모든 게 소용이 없다면. 모험이 일어나게 하라. 오 디오니소스 신이여, '고귀한 황소'여, '모든 수컷 피조물의 정액을 만드는 강한 자'여. 내가 만나기를 기대하는 건 되찾은 삶이 아니다. 그런 고양高揚은 사라진 지 오래다. 그가 기대하는 것은 그보다는 베니가 〈China Boy〉에서 솔로로 나갈 때 크루파가 굿맨에게 소리치곤 하던 것이다. "한번 더 가, 벤! 한번 더 가!"

그녀가 정신을 차리지만 않는다면, 마지막 협력자가. 한번 더 가.

◆ ◆ ◆

새버스가 데비의 방에서 보낸 두번째 밤에 관해서는—아침의 위기 이야기로 나아가기 전에—그가 어머니와 딸 양쪽을 생각했다고, 단독으로 또 함께 그랬다고 말하는 것으로 충분할 것이다. 그는 남성 혈류 안으로 터무니없는 양의 테스토스테론 호르몬을 펌프질해 넣는 임무를 띤 유혹자의 주문에 걸려 있었다.

아침에는 데비의 욕조에서 느긋하게 목욕을 한 뒤 데비의 변기에서 푸지게 똥을 쌌다—쉽게 밀어내며 나오는 만족스러운 똥. 밀도, 실제 크기에서 보통날 볼타렌의 자극적인 작용으로 인해 물처럼 간헐적으로 그에게서 흘러나오던 병상의 그것과는 완전히 달랐다. 그를 의욕에 가득차게 한 크고 뚜렷한 농가 마당 꽃다발을, 그는 욕실에 유물로 남겨두었다. 다시 튼튼한 몸의 길로! 나에게 애인이 생겼다! 그는 로돌프와 함께 말을 타러 나가는 에마

542

보바리처럼 압도당하는 동시에 터무니없다고 느꼈다. 명작에서는 사람들이 간통을 할 때마다 늘 자살을 한다. 그는 간통을 할 수 없을 때 자살을 하고 싶었다.

간밤에 숭배했던 데비의 것을 하나도 빼놓지 않고 꼼꼼하게 화장대와 옷장에 도로 넣은 뒤 수십 년 만에 처음으로 모두 새로운 옷으로 꾸미고 쿵쾅거리며 부엌으로 들어갔을 때, 그는 파티가 끝난 것을 알았다. 노먼은 일부러 출근을 미루고 남아 있다가 새버스에게 아침을 먹고 나가달라고 말했다. 미셸은 출근하고 없었지만 그녀의 지침은 새버스를 즉시 쫓아내라는 것이었다. 노먼은 어서 아침을 들라고 하면서, 하지만 먹은 뒤에는 떠나라고 말했다. 새버스가 미셸에게 세탁소에 보내라고 맡긴 재킷에서 그녀는 크랙* 한 봉지를 찾아냈고, 노먼은 그것을 앞의 식탁에 올려놓고 있었다. 새버스는 전날 아침 로어이스트사이드 거리에서 그것을 산 기억이 났다. 장난으로, 아무 이유 없이, 판매자에게서 재미를 느꼈기 때문에 샀다.

"그리고 이거. 네 바지에 있던데."

아버지는 손에 딸의 꽃무늬 팬티를 들고 있었다. 하루의 그 모든 흥분과 난관 속에서 새버스는 팬티가 호주머니에 있다는 것을 정확히 언제 잊어버렸을까? 장례식에서 두 시간에 걸친 추도 연설 놀이 동안 호주머니에서 그것을 주무르고 있었다는 것은 분명히 기억났다. 누군들 그러지 않았을까? 넘쳐흐르는 사람들. 한

---

* 강력한 마약의 한 종류.

명씩 돌아가면서 주검을 회고하는 브로드웨이와 할리우드 사람들─링크의 가장 유명한 친구들. 예측 가능한 허튼소리의 격류. 두 아들이 말을 했고 딸이 말을 했다─건축가, 변호사, 정신과 담당 사회복지사. 나는 아무도 몰랐고 아무도 나를 몰랐다. 이니드를 빼고는. 몸이 묵직해지고, 머리가 희고, 귀족 미망인 품새가 나고, 처음에 그녀가 그를 몰라봤듯 그도 그녀를 몰라보고. "미키 새버스야." 놈이 그녀에게 말했다. 그와 새버스는 링크의 주검을 확인한 뒤 대기실로 돌아왔고, 그곳에 이니드가 혼자 가족과 함께 앉아 있었다. "새버스가 뉴잉글랜드에서 차를 몰고 내려왔어." "이럴 수가." 이니드가 말하며 새버스의 손을 꼭 움켜쥐고 울기 시작했다. "하루종일 눈물 한 방울 안 흘렸는데." 그녀는 새버스에게 말하며 무력하게 웃음을 터뜨렸다. "오, 미키, 미키, 내가 바로 석 주 전에 끔찍한 짓을 했어." 새버스를 못 본 지 삼십 년인데, 자신이 한 끔찍한 짓을 고백하다니. 그가 끔찍한 짓을 하는 게 뭔지 잘 아는 사람이라서? 아니면 그가 끔찍한 짓을 당해서? 전자일 가능성이 높았다. 그게 거기 있다는 것을 알기에 내 호주머니에 손을 넣고, 고통스럽게 비단 퍼티를 주무르는 동안, 추도 연설을 하는 사람 하나하나가 관 바로 맞은편에 서서 자살자의 희극적인 기행을 이야기하고, 그가 아이들과 노는 것을 얼마나 좋아했는지, 모두의 아이들이 그를 얼마나 좋아했는지, 그가 얼마나 사랑스럽고 멋지게 특이했는지…… 그러다가 젊은 랍비. 비극에서 아름다움을 걷어내라. 그것을 어떻게 하는지 우리에게 설명하는 데 삼십 분. 링컨은 사실 죽은 게 아니다, 우리 마음에 이 사랑이 계속 살아 있다. 맞아, 맞아. 하지만 내가 열린 관에 대고 "링크, 오늘밤에는 저녁으로 뭐 먹고 싶어?" 하고 물었을 때 나는 아무런 답을 듣지 못했다. 그것도 뭔가를 증명한다. 내 옆에 앉은 남자는, 고통을 달래줄 팬티가 호주머니에 없기 때문에, 반성직자적 통찰을 억누르지 못했다. "저분은 내 취향에는 약간 소녀처럼 구는군요." "오디션 참가자 같네요." 나는 대꾸했다. 그는 그 말이 마음에 들었다. "나는 두 번 다시 보지 못해도 괜찮아요." 남자가 소곤거렸다. 나는 그게 랍비를 두고 한 말인 줄 알았는데, 거리에 나와서야 고인을 두고 한 말이라는 것을 깨달았다. 몸에 딱 붙는 검은 드레스를 입은 모습이 늘씬한 젊은 텔레비전 스타가 일어서서 힘차게 미소를 짓더니 모든 사람에게 다른 모든 사람과 손을 잡고 링크를 기억하며 일 분 동안 묵념하자고 말한다. 나는 내 옆의 심술궂은 남자의 손을 잡았다. 그러기 위해서 호주머니에서 손을 빼야 했다―그 순간 팬티를 잊어버린다! 그다음은 링크. 녹색. 그 사람은 녹색이었다. 그다음은 이니드의 손이 움켜쥐고 있는 내 무시무시한 손가락들. 그녀는 자신이 한 끔찍한 일을 고백하고. "떠는 걸 더는 참을 수가 없어서 그 사람을 때렸어. 그 사람을 때렸어, 책으로, 그러면서 소리쳤지. '떨지 마! 그만 떨어!' 그걸 그만둘 수 있을 때가 가끔 있었어―온 힘을 다해 참으면 떨림이 멈추곤 해. 그러면 나더러 보라고 두 손을 내밀지. 하지만 그러는 데 성공하느라 다른 건 아무것도 못해. 몸의 모든 걸 동원해 떨리는 걸 멈춰야 하거든. 그 결과 그 사람은 말도 못하고, 걷지도 못하고, 아주 간단한 질문에 답도 못해." "왜 떠는 건데?" 내가 그녀에게 물었다. 바로 그날 아침 로사의 품에서 나도 떨었기 때문이다. "약 때문이겠지." 그녀가 말했다. "아니면 두려움 때문이거나. 다시 먹고 다시 잘 수 있게 되자 병원에서는 퇴원을 시켰고, 그러면서 이제는 자살을 하지 않을 거라고 했어. 하지만 여전히 우울하고 겁을 먹고 제정신이 아니었지. 그러다 떨림이 생긴 거야. 더는 함께 살지를 못하겠더라고. 그래서 일 년 반 전에 모퉁이만 돌면 나오는 아파트로 내보냈어. 매일 전화를 했지만, 지난겨울에는 한 번도 보지 못한 채 석 달이 지나갔네. 그 사람이 전화를 했지. 가끔은 하루에 열 번 전화를 했어. 내가 괜찮은지 확인하려고. 내가 지겨워하다 사라질까봐 겁에 질려 있었어. 나를 보면 울음을 터뜨리곤 했어. 그이는 늘 가족 중에서도 잘 우는 사람이었지만 이건 달랐어. 이건 초무기력 상태였어. 아파서 울고―무서워서 울고. 나아질 줄을 몰랐어. 하지만 난 그래도 나아질 거라고 생각했어. 나는 생각했지, 언젠가는 전과 같아질 거다. 우리 모두를 웃게 해줄 거다." "이니드, 내가 누군지 알아?" 새버스가 물었다. "지금 누구한테 이 모든 이야기를 하고 있는지 알아?" 하지만 그녀는 그의 말을 듣지도 못했고, 새버스는 그녀가 이 이야기를 모두에게 하고 있다는 것을 알았다. 그는 그저 마침 그때 대기실에 있는 사람일 뿐이었다. "수많은 미친 사람들과 병원에서 석 달을 보냈지." 그녀는 말했다. "하지만 첫 주가 지난 뒤에 그 사람은 거기에서 안전하다고 느꼈어. 첫날밤에는 병원에서 그를 죽어가는 사람 옆의 침대에 눕혔어―그 사람은 공포에 떨었지. 그다음에는 세 사람이 더 있는 방, 정말로 정신 나간 사람들이었어. 끝나갈 무렵에는 내가 데리고 나와 두 번 점심을 먹었지만, 그것 말고는 병원을 떠난 적이 없어. 창문에는 창살. 자살 감시. 창살 달린 창문 뒤에 그 사람 얼굴이 보이고, 우리가 오기를 기다리는—" 그녀는 그에게 너무 많은 이야기를 하고, 아주 오래 그를 쥐고 있었기 때문에, 결국 그는 자신이 호주머니에서 무엇을 붙들고 있는지 잊었다. 그러다가 저녁식사 때는 자신의 이야기를 시작하고……

그렇게, 밤 동안, 욕정과 배반은 그녀의 사리 분별에, 선견지명에—그녀의 두뇌에—사살당했다. 그렇게 된 것이다. 이니드를 탓하지 말라. 또 그 아이에 대한 질투도 아니었다. 만일 그녀가 토요일에 그의 작은 돌기를 꼼꼼하게 조사하고 싶었다면, 아이의 훔친 팬티는 그녀를 더 자극하기만 했을 것이다. 그를 위해 그것을 입어주었을 것이다. 그를 위해 데비의 것을 입어주었을 것이다. 그녀는 전에도 그것을 해보았다, 다른 모든 일과 더불어. 하지만 그녀는 자신을 위해 돌아가게 만들어놓은 모든 것을 망치기 전에 그를 쫓아내는 데 그 팬티를 이용하고 있었다. 망설임은 절대 없을 것이고, 만에 하나 그가 압력을 가하려 할 경우 그를 짓밟은 아브라모위츠 경찰관보다 훨씬 자원이 풍부한 권위가 나타날 것임을 그에게 알리는 팬티. 문제는 팬티도, 크랙도, 심지어 그린 토피도도 아니었다—문제는 새버스였다. 어쩌면 지금도 이야기를 하나 할 수는 있겠지만, 그 외에는 조금이라도 유혹적인 것은 남아 있지 않았다. 심지어 그녀에게 보여준 단단하게 선 것도 소용없었다. 그의 전력 다하기에서 남아 있는 것은 모두 그녀에게 역겨웠다. 그녀 자신도 야하고, 더럽혀지고, 교활하고, 배우자로서 몹시 화가 나 있었지만, 아직은 걷잡을 수 없을 정도로 필사적이지는 않았다. 그녀에게 있는 것은 일반적인 수준의 자동적인 부정직이었다. 그녀는 작은 배신을 하는 사람이었고, 작은 배신은 늘 벌어지는 일이었다―이제 새버스는 그 정도는 자면서도 할 수 있었다. 그것은 그에게는 중심에 있는 것이 아니었다. 이자는 질주하고 있다. 죽기를 원한다. 미셸은 분별력 있는 결정에 이를 만큼 평정을 유지하고 있었다. 삶에 매혹을 다시 가져올 미친듯이 취하게 하는 존재는 내가 아니다. 그녀는 쇼핑을 하러 다니다가, 덜 떠들썩하게 망가진 누군가를 탐지해내면서 점차 나아질 것이다. 그런데도 그는 잔뜩 처먹게 될 거라고 생각했다. 다시 터져버리는 시간이었다. 이런 엄청나게 커다란 갓난아기. 여전히 그게 영원히 계속될 수 있다고 믿을 수 있다니. 어쩌면 이제 무슨 일이 닥칠 것인지 더 잘 볼 수는 있을지도 모른다. 뭐, 닥칠 테면 닥치라지. 뭐가 닥칠지 아니까. 닥치라 그래.

아침을 먹고 간다. 이것은 놀라운 순간이다. 끝났다.

"어떻게 데비의 속옷을 가져갈 수가 있지?" 노먼이 물었다.

"어떻게 가져가지 못하느냐가 문제지."

"너한테는 저항할 수 없는 일이었군."

"이상한 표현 방식이네. 저항이 들어올 자리가 어디 있어? 우리는 열역학 이야기를 하고 있어. 에너지의 한 형태로서의 열과 그것이 물질의 분자에 미치는 영향. 나는 예순넷, 아이는 열아홉이야. 지극히 자연스러운 일이지."

노먼은 훌륭한 생활의 감식가처럼 옷을 입고 있었고, 실제로 그런 사람이기도 했다. 더블브레스트 초크스트라이프 양복, 적갈색 실크 타이와 거기에 맞는 가슴주머니 손수건, 호주머니에 NIC라고 모노그램이 박힌 옅은 파란색 셔츠. 그의 상당한 위엄이 모두 과시되고 있었다. 단지 옷만이 아니라 독특한 얼굴, 거무스름하고 부드러운 눈에 왠지 대머리가 어울리는 여위고 길고 지적인 얼굴에서도. 새버스보다도 머리숱이 적다는 것이 오히려 그를 천배나 더 매력적으로 보이게 했다. 머리카락이 없으니 그 두개골 안의 모든 정신을 베일이 벗겨진 상태에서 볼 수 있었다. 내성, 관용, 예지睿智, 이성. 게다가 그것은 남자다운 두개골로, 훌륭하게 짜여 있으면서도 거의 여봐란듯이 단호했ㅡ그 섬세함의 어느 부분도 의지의 약함을 암시하지 않았다. 그래, 모습 전체가 인류의 더 나은 자아의 이상과 윤리관을 발산하고 있었으며, 노먼이 곧 리무진을 타고 향하게 될 사무실이 심지어 연극 제작자의 목표보다 고상한 영적 목표를 갖고 있다고 새버스가 믿는 것도 어렵지 않았을 것이다. 세속적 영성, 그것이 그가 발산하고 있는 것이었다ㅡ어쩌면 그들 모두가 발산하고 있는 것이었다. 제작자, 에이전트, 대형 거래 담당 변호사. 재단사들의 도움을 얻은, 상업의 유대인 추기경들. 그래, 그렇게 생각하고 보니 교황을 둘러싼 그 멋쟁이들과 아주 비슷하다. 그 모든 것의 비용을 지불한 주크박스 도매상이 마피아 변두리에서 거래를 했다고는 결코 추측하지 못할 것이다. 추측을 해서는 안 된다. 그는 저리도 당당한 미국적인 것, 멋진 남자가 되었다. 그의 셔츠는 그가 그런 사람이라고 거의 말하고 있다. 어느 정도 깊이가 있는 멋지고 부유한 남자, 사무실에서 전화를 할 때는 다이너마이트. 미국이 이 나라의 유대인에게 무엇을 더 바랄 수 있을까?

"그럼 어젯밤 저녁식사 때," 노먼이 말했다. "식탁 밑에서 미셸의 발을 가지고 놀고 싶어한 것도 지극히 자연스러운 거였나?"

"나는 식탁 밑에서 미셸의 발을 가지고 놀고 싶어하지 않았어. 나는 식탁 밑에서 네 발을 가지고 놀고 싶었어. 그거 네 발 아니었어?"

노먼의 얼굴은 반감도 재미도 드러내지 않는다. 우리가 어디로 향하고 있는지 그가 알기 때문일까, 아니면 모르기 때문일까? 나는 분명히 모른다. 어디로도 갈 수 있다. 나는 이제 이 부엌에서 소포클레스 냄새를 맡고 있다.

"왜 미셸한테 네가 니키를 죽였다 그랬어?"

"그럼 그걸 미셸한테 숨겨야 하는 건가? 내가 그것도 부끄러워해야 하는 거야? 도대체 왜 이렇게 수치 쪽으로 계속 몰아가는 거야?"

"얘기 좀 해줘. 진실을 말해줘 ─ 네가 니키를 살해했다고 믿고 있는지 말해줘. 그게 네가 믿고 있는 거야?"

"왜 그러지 말아야 하는지 이유를 모르겠는걸."

"난 알아. 내가 거기 있었으니까. 니키가 사라졌을 때 내가 너하고 함께 있었으니까 알아. 나는 네가 겪은 걸 봤어."

"그래, 뭐, 그게 쉬웠다고 이야기하는 건 아니야. 바다에 갔다고 해서 만사에 대비가 되어 있는 건 아니니까. 니키의 바뀐 색깔. 그건 놀라움으로 다가왔어. 녹색, 링크처럼. 목을 조르는 것에는 원시적 만족감이 모두 내장되어 있지. 물론. 하지만 다시 해야 한다면 더 신속한 방식을 택할 거야. 그래야 해. 손이 이 모양이니. 너는 미셸을 어떻게 죽일 계획인데?"

새버스의 질문이 들쑤신 어떤 감정 때문에 새버스의 눈에 노먼은 둥둥 떠 있거나 날아다니는 것처럼 보였다. 그의 삶의 전체적인 방향성으로부터 멀리 표류해 가버리는 것 같았다. 흥미진진한 정적이 뒤따랐다. 하지만 결국 노먼은 그냥 데비의 팬티를 자신의 바지 주머니에 넣고 말았다. 그다음에 그가 한 말에는 위협의 기미가 없지 않았다.

"나는 이 세상 무엇보다 아내와 자식들을 사랑해."

"그건 당연하게 받아들이지. 하지만 미셸을 어떻게 죽일 계획인데? 미셸이 네 가장 친한 친구하고 씹을 하고 있다는 걸 알아내게 되면."

"하지 마. 제발. 우리 모두 네가 초인간적 척도를 가진 사람이라는 걸, 말로 과장하는 것에 두려움이 전혀 없는 사람이라는 걸 알아. 하지만 모든 게 말할 가치가 있는 건 아니야. 아무리 나 같은 성공한 사람을 상대로 그런다 해도. 하지 마. 불필요해. 집사람은 우리 딸의 팬티를 네 호주머니에서 발견했어. 집사람이 어떻게 할 거라고 생각해? 어떻게 반응할 거라고 생각해? 집사람을 더럽혀서 너 자신을 더 타락시키지 마."

"나는 나 자신을 타락시키고 있었던 게 아니야. 나는 네 아내를 더럽히고 있었던 게 아니야. 노먼, 우리가 관습에 고개를 숙이기에는 걸린 판돈이 너무 크지 않아? 나는 그저 네가 네 아내를 죽이는 걸 생각할 때 어떤 식으로 죽이는 생각을 하는지 궁금했을 뿐이야. 좋아, 화제를 바꾸자고. 네 아내는 너를 어떤 식으로 죽이는 생각을 해? 네가 로스앤젤레스로 날아갈 때 그냥 아메리칸 에어라인스가 자기 대신 일을 처리해주기를, 말하자면 희망하는 것으로 만족한다고 상상해? 그건 미셸에게는 너무 세속적이지 않아? 비행기 사고가 나서 내가 자유로워진다? 아니, 그건 비서들이 지하철에서 자기 문제를 해결하는 방식이야. 미셸은 행동하는 사람이고, 자기 아버지의 딸이야. 내가 치주전문의에 관해 아는 게 있다면, 미셸은 너를 한 번 이상 목 졸라 죽일 생각을 했어. 네가 잘 때. 그리고 미셸은 그럴 수 있어. 그럴 손아귀 힘이 있어. 내가 예전에 그랬듯이. 내 손 기억나? 내 옛날 손? 하루종일 갑판에서 뱃사람으로 일했어, 깎고, 깎고, 또 깎았지—배에서 늘 하는 일. 금속 드릴, 망치, 끌. 그다음에는 인형. 그 손에 있는 힘! 니키는 뭐가 자기를 때리는지 절대 몰랐어. 오랫동안 그 애원하는 눈으로 나를 쳐다봤지. 하지만 사실 검시관이라면 니키가 육십 초 만에 뇌사했다고 말했을 거라는 생각이 들기는 해."

노먼은 아침 식탁의 자기 의자에 앉아 한 팔로 가슴을 가로지르고 다른 쪽 팔꿈치를 그 위에 얹은 다음 이마를 내밀어 손가락 끝에 떨어뜨렸다. 미셸의 이마가 내 이마에 떨어지던 것과 똑같이. 팬티가 그랬다고는 믿을 수 없다. 이 진정으로 우월한, 나이들어가는 여자가 그런 것에 기가 죽었다고는 믿을 수 없다. 이것은 실제로 일어나고 있는 일이 아니다! 이것은 동화다! 이것이야말로 진정한 타락이다. 이 고상한 똥!

"염병할 네 정신은 도대체 어떻게 되어버린 거야?" 노먼이 말했다. "끔찍하군."

"뭐가 끔찍해?" 새버스가 물었다. "내가 낮을 겪어낸 뒤 밤을 견디는 데 도움을 얻으려고 아이의 팬티를 내 자지에 둘둘 말 게? 그게 그렇게 끔찍해? 집어치워, 놈. 장례식에서 내 호주머니에 팬티가 있었던 게? 그건 희망이야."

"미키, 여기를 떠나면 어디로 갈 생각이야? 집까지 차를 몰고 갈 거야?"

"늘 힘들었지, 노먼, 안 그래, 나를 상상하는 게? 어떻게 보호도 없이 그런 짓을 할까? 도대체 어떤 사람이 보호 없이 그런 짓을 할까? 아가야, 보호란 건 없어요. 다 벽지壁紙일 뿐이야, 노먼. 링크를 봐. 새버스를 봐. 모티를 봐. 니키를 봐. 보라고, 보는 게 귀찮고 겁날 수는 있지만. 우리를 손아귀에 쥐고 있는 것은 보호가 아니야. 배를 탈 때, 항구에 가면, 나는 언제나 가톨릭교회를 찾아가는 걸 좋아했어. 늘 혼자 갔고, 항구에 있는 동안은 가끔 매일 가기도 했지. 왠지 알아? 기도를 하려고 무릎을 꿇고 앉아 완전히 엉뚱한 걸 갖고 용서를 구하고 있는 처녀들을 보는 게 왠지 엄청나게 에로틱했거든. 그 처녀들이 보호를 구하는 걸 지켜보는 게. 그걸 보노라면 아주 뜨거워졌어. 다른 사람으로부터 보호를 해달라고. 자기 자신으로부터 보호해달라고. 모든 것으로부터 보호해달라고. 하지만 보호란 건 없거든. 너한테도. 너조차도 위험에 노출되어 있어─그걸 어떻게 생각해? 노출되어 있다니! 그 양복을 입고 있어도, 씨발 빨가벗고 있는 거라니까. 그 양복은 쓸모없어, 그 모노그램은 쓸모없어—아무것도 소용없어. 결국 어떻게 되는지 우리는 전혀 몰라. 어이구, 야, 너는 보호해줄 수가 없어, 네 딸의—"

"미키." 그가 작은 소리로 말했다. "네 말은 알아들었어. 그 철학은 알겠어. 모진 철학이네. 너는 모진 사람이니까. 너는 속에 있는 걸 다 쏟아내왔으니까. 안 그래? 위험을 찾아가는 일이 더 깊은 수준에서 합리적인 이유는 어떤 경우에도 그건 피할 수가 없다는 거야. 그러니 그걸 쫓아라, 아니면 그것에 쫓긴다. 이것이 미키의 입장이고, 이론적으로는 나도 동의해. 정말이지 그걸 피할 길은 없어. 하지만 실제로 나는 다르게 행동해. 어차피 위험이 나를 발견할 거라면 내가 그걸 쫓아갈 필요는 없잖아. 우리에게 특별한 것이 보장되어 있다는 사실은 링크가 나한테 확실히 알게 해줬어. 우리를 피해가는 것은 평범한 거야. 나는 그걸 알아. 하지만 그렇다고 해서 내가 운좋게도 손에 넣고 또 지키고 있는 평범한 부분을 버리고 싶다는 뜻은 아니야. 네가 가주기를 바라. 네가 갈 때가 됐어. 내가 데비 방에서 네 물건을 가져올게. 너는 가야 돼."

"아침을 먹든 먹지 못하든?"

"네가 여기서 나가주면 좋겠어!"

"한데 너를 사로잡고 있는 건 뭐야? 단지 속옷일 리는 없는데. 그러기에는 우리 사이가 아주 오래되었잖아. 내가 미셸한테 내 자지를 보여줬기 때문이야? 그게 내가 내 아침을 먹지 못하는 이유야?"

노먼은 식탁에서 일어나 있었다—그는 아직 링크처럼(또는 로

554

사와 함께 있던 새버스처럼) 몸을 떨지는 않았다. 하지만 턱에는
어떤 발작이 분명히 있었다.

"몰랐어? 미셸이 너한테 말을 안 했다니 믿을 수가 없군. '새버
스의 안에는 황소가 있어. 저 친구는 전력을 다해.' 속옷은 아무것
도 아니야. 나는 자지를 꺼내서 보여주는 게 지극히 공정하다는
생각이 들었어. 토요일에 우리가 만나기 전에. 혹시 그게 미셸의
취향이 아니었을 경우에 대비해서. 미셸은 토요일에 치주 검사를
하자고 나를 초대했어. 그것도 몰랐다고 말하지는 마. 미셸의 진
료실. 토요일." 노먼이 꼼짝도 않고 식탁의 그의 자리 쪽에 붙어
있자 새버스가 덧붙였다. "미셸한테 물어봐. 그게 계획이었어. 다
꾸며놨지. 그래서, 내가 여기 남아 아침을 먹지 못한다고 네가 말
했을 때. 나는 그게 내가 토요일에 진료실에 가서 미셸과 씹을 할
것이기 때문이라고 생각했어. 그리고 내가 자지를 꺼낸 거하고. 오
직 팬티 때문이다…… 아니, 그건 받아들일 수 없어."

이것은 새버스의 진심이었다. 남편은 스스로 누설한 것 이상으
로 아내를 잘 이해하고 있었다.

노먼은 카운터 위의 캐비닛 한 곳으로 팔을 뻗어 비닐 쓰레기
봉투 패키지를 꺼냈다. "네 물건을 가지러 갈게."

"뭐든 하고 싶은 대로. 내가 자몽을 좀 먹어도 되겠어?"

노먼은 굳이 다시 대답을 하지 않고 새버스를 부엌에 혼자 남
겨두었다.

자몽 반쪽이 새버스를 위해 조각조각 잘려 있었다. 조각조각
잘린 자몽. 그들의 삶의 방식에 근본적인 것이었다—폴라로이드

와 만 달러만큼이나 근본적이었다. 내가 돈 이야기도 해주어야 할까? 아니, 그는 알고 있다. 그는 모든 걸 알고 있는 게 틀림없다. 이 부부가 정말 마음에 든다. 이곳에서 부글거리고 있는 혼돈을 이해하게 될수록 이 친구가 이것을 지탱하는 방식에 더욱더 감탄하게 되는 듯하다. 내가 어젯밤 일을 보고하는 동안 저기 서서 보여주던 군인 같은 태도. 그는 알고 있다. 두 손에 짐이 한가득이다. 그녀에게는 늘 이 모든 것을, 온기를, 위로를, 그들의 특권적 지위인 이 놀라운 오리털 이불 전체를 다 망쳐버리겠다고 위협하는 어떤 것이 있다. 그의 문명화된 이상을 고수하면서 동시에 그녀를 이루는 모든 것을 감당해야 한다는 것. 그가 구태여 왜 그럴까? 왜 그는 그녀를 계속 데리고 있을까? 과거, 우선은. 아주 많은 과거. 현재—아주 많은 현재. 그 모든 것으로 이루어져 있는 기계. 낸터킷섬*의 집. 데비의 부모로서 브라운에서 보내는 주말. 그들이 갈라선다면 데비의 성적은 나선형으로 급강하할 것이다. 미셸을 창녀라고 부르고 난리를 치면서 쫓아내면, 데비는 절대 의대에 가지 못할 것이다. 그것 말고도 재미가 있다. 스키, 테니스, 유럽, 파리에서 그들이 사랑하는 작은 호텔, 파리의 대학. 모든 게 잘 돌아갈 때의 평안. 검사실에서 조직검사 보고가 오기를 기다리는 동안 함께 있어줄 사람. 합의와 변호사와 다시 시작하기를 위한 시간은 남지 않았다. 대신 그것을 견디는 용기—'현실주의.' 집에 아무도 없는 상황에 대한 두려움. 밤에 이 모든 방과 집에 달

---

* 매사추세츠에 위치한 고급 휴양지.

리 아무도 없는 상황. 그는 이 삶에 고착되어 있다. 그의 재능은 이런 삶에 있다. 삶의 황혼에 데이트를 시작할 수는 없다. 그리고 그의 갱년기. 그가 계속 그녀를 벌하지 않고 벗어나게 해주는 것은, 신물이 나서 끝까지 가버리는 행동을 절대 하지 않는 것은, 어차피 곧 폐경이 그녀를 처리해줄 것이기 때문이다. 하지만 미셸도 끝까지 가버리지 않는다―그녀도 단지 한 가지로만 이루어진 사람이 아니기 때문이다. 노먼은 그것을 이해한다(폐경이 처리해주지 않으면, 그의 그런 이해가 처리해줄 것이다)―최소화하라, 최소화하라. 나는 그것을 결코 배우지 못했다. 답을 내고, 이겨내고, 가라앉히고. 그녀는 조각조각 자른 자몽만큼이나 삶의 방식에 불가결하다. 그녀가 바로 조각조각 자른 자몽이다. 구획된 몸과 얼얼한 피. 신성하지 않은 '여주인Hostess'. 신성한 '뜨거움Hotness'. 이것이 미셸을 먹는 일에서 내가 가장 가까이 다가갈 수 있는 선일 것이다. 끝났다. 나는 미치고meshuggeneh 버려진 신발이다.

"너는 '진짜 사랑'의 세계에 살고 있어." 노먼이 새버스의 재킷을 제외한 모든 것을 쑤셔넣은 봉투를 한 손에 들고 부엌으로 다시 돌아왔을 때 새버스가 말했다. 그린 토피도는 노먼이 식탁에 있는 그에게 건네주었다.

"그러는 너는 어디에 살고 있는데?" 노먼이 물었다. "너는 이 문명의 실패 안에 살고 있어. 모든 걸 에로티시즘에 투자. 모든 걸 섹스에 최종 투자. 그리고 지금 외로운 수확을 거두고 있어. 에로틱한 만취 상태, 그게 네가 가질 수 있는 유일한 정열적 삶이야."

"그게 그 정도로 정열적일까?" 새버스가 물었다. "우리가 그대로 쭉 끝까지 갔다면 미셸이 정신과의사에게 가서 뭐라고 말했을지 알아? 이랬을 거야. '아주 괜찮은 남자예요. 하지만 얼음을 넣어 싱싱하게 유지해야 돼요.'"

"아니, 도발을 통해 싱싱하게 유지해야지. 무정부주의적 도발을 이용해 싱싱하게 유지해야지. 우리는 우리 사회에 의해 너무 일방적으로 규정당하고 있기 때문에 무정부주의적이 되는 경우에만 인간으로서 살 수 있다. 그게 흔히 떠드는 얘기 아냐? 그게 늘 떠드는 얘기 아니었어?"

"이렇게 하면 짜증이 나겠지만, 노먼, 내가 가지지 않은 다른 모든 것 위에 또 한 가지, 나는 떠들 얘기조차 없어. 너는 선량한 자유주의적 이해력을 갖고 있지만, 나는 인생의 갓길을 따라 빠르게 흘러가고 있어. 나는 그저 잡석이야. 똥을 객관적으로 읽어내는 것을 방해할 아무것도 소유하고 있지 않아."

"걸어다니는 외설 찬양." 노먼이 말했다. "신성모독을 설파하는 전도된 성자. 1994년에는 좀 지겨운 거 아니야, 그 반역자—영웅이라는 역할이? 섹스를 반역으로 생각하기에는 얼마나 이상한 시기인지. 우리가 로런스의 사냥터지기*로 돌아가는 건가? 이렇게 뒤늦게? 네 그 턱수염을 흩날리며, 페티시즘과 관음증을 미덕으로 찬양하러 나서다니. 네 그 배를 내밀고 포르노그래피를 찬양하고 네 자지를 깃발처럼 흔들러 나서다니. 얼마나 한심하고 시대에 뒤떨어진 늙은 괴짜인지, 미키 새버스. 치욕을 당한 남성 논객

---

* D.H. 로런스의 소설 『채털리 부인의 연인』에 나오는 인물.

이 마지막으로 헐떡거리는 숨. 모든 세기 가운데 가장 유혈이 낭자한 시기가 끝나고 있는데 너는 낮이나 밤이나 나가서 에로틱한 스캔들이나 만들려고 노력하다니. 이 좆같은 과거의 유물, 미키! 이 50년대의 골동품! 린다 러브레이스*는 이미 몇 광년이나 지나갔는데, 너는 아직도 아이젠하워가 대통령인 것처럼 사회와 다투기만 하려고 하잖아!" 그러더니 그는 거의 사과하듯이 덧붙였다. "네 어마어마한 고립은 무시무시해. 사실 내가 진심으로 하고 싶은 말은 그것뿐이야."

"그렇다면 자네는 놀라겠군." 새버스가 대꾸했다. "나는 네가 진정으로 한 번도 고립되려는 시도를 한 적이 없다고 생각하거든. 그게 내가 아는, 죽음에 대비하는 최선의 방법인데."

"나가." 노먼이 말했다.

새버스의 앞주머니, 죽은 오리도 두 마리 정도 넣고 다닐 수 있는 그 거대한 호주머니 한쪽 구석 깊은 곳에서 장례식장에 들어가기 전에 집어넣었던 컵이 만져졌다. 거지의 판지 재질 커피 컵으로 그가 지하철과 거리에서 구걸했던 이십오 센트, 오 센트, 십 센트짜리가 여전히 담겨 있었다. 그는 미셸한테 드라이클리닝을 보내라고 자신의 물건을 내주면서 컵도 잊어버렸다.

컵이 범인이었다. 당연히. 거지의 컵. 그것이 그녀를 겁에 질리게 했다―구걸. 팬티는 십중팔구 그녀를 흥분의 새로운 영역의 가장자리로 데려갔을 것이다. 그녀가 움츠러든 것은 컵이었다. 컵

---

* 미국의 포르노 배우.

에 대한 사회적 혐오는 그녀의 뻔뻔스러움마저 훨씬 넘어서는 것
이었다. 컵을 내놓고 구걸하는 남자보다는 씻지 않는 남자가 나았
다. 그것은 심지어 그녀조차 가보고 싶어하던 선을 훌쩍 넘어서
는 것이었다. 수치스럽고, 품위 없고, 낯설고, 이상한 것들, 위험
에 가까운 것들에는 그녀를 자극하는 것이 있었으나, 컵에는 터무
니없는 파렴치만 있었다. 여기에 마침내 단 한 차례의 구원의 전
율도 없는 타락이 있었다. 거지의 컵에서 미셸의 과감함은 선을
그었다. 컵이 그들의 은밀한 복도 협정을 배신하고, 그녀의 공황
에 사로잡힌 분노에 불을 붙였고, 이것 때문에 그녀는 몸이 아팠
다. 그녀는 컵에서 파멸로 향하는 모든 저열한 악, 모든 것을 파괴
할 수도 있는 고삐 풀린 힘을 그려보았다. 아마 그녀는 틀리지 않
았을 것이다. 잃지 않으려는 투쟁에서 어리석은 작은 장난은 아주
중요한 의미를 띨 수도 있다. 그가 그 컵으로 인해 바닥으로 얼마
나 멀리 떨어졌는지가 그 자신에게는 그렇게 분명했을까? 모든 과
잉에서 알 수 없는 것은 그것이 얼마나 지나친가 하는 것이다. 팬
티에 대고 딸딸이를 치는 것, 얼마든지 자연스러운 인간적 재미
때문에, 물론 집에 묵는 손님에게는 가벼운 비행이라고 할 수 있
는 것 때문에 그녀가 배반이라는 악행을 저질렀다고 생각했는데,
이제 컵 때문임을 알게 되자 그는 정말이지 자신을 쫓아내는 것을
가지고 아까만큼 그녀를 미워할 수가 없었다.

　전심으로 그녀의 비밀을 전유할 기회를 얻기도 전에 마지막 애
인을 잃어버렸다는―그것도 구걸이라는 마법의 꾐 때문에, 거기
에 담긴 자기 조롱적인 장난과 저항할 수 없는 연극적 재미의 유

560

혹만이 아니라, 그 드높은 그름의 혐오스러운 옳음, 그것의 웅대한 소명, 그것을 통한 우연한 만남이 제공한 기회를 이용해 그의 절망이 분명한 끝을 향해 파고들 수 있었다는 사실에 마음을 빼앗겨서—생각에 그는 기절하여 바닥에 쓰러졌다.

하지만 기절은 구걸과 약간 비슷했다. 필연에 전적으로 뿌리를 내리지도 않았고 전적으로 재미가 없지도 않았다. 컵이 파괴해버린 그 모든 것에 대한 생각 때문에 실제로 캔버스의 한쪽 가장자리에서 반대편까지 넓고 검은 붓질이 그의 정신을 두 번 가로질렀다—그러나 그에게는 기절하고 싶은 소망이 있기도 했다. 새버스가 정신을 잃는 것에는 기교가 있었다. 기절의 압제도 그를 피하지 못했다. 그것이 그가 바닥에 닿기 전에 그의 냉소 안으로 섞여든 관찰이었다.

그가 가장 작은 부분까지 계획을 했다 해도 일이 더 잘 풀리지는 않았을 것이다—'계획'은 전혀 효과가 없었을 것이다. 그는 자신이 아직 살아 있는 상태에서 카원 부부 방의 옅은 격자무늬들 사이에 누워 있다는 것을 알았다. 드라이클리닝을 하지 않은 그의 거지 재킷이 그들의 이불에 닿는 것은 범죄적인 일이었으나, 그를 거기에 둔 것은 노먼이었다. 커다란 창에 구슬로 맺히는 가랑비와 우유 같은 느낌으로 공원의 우듬지들 위 모든 것을 말살해버리는 안개. 창문 너머로부터 굴러들어오는, 미셸의 웃음의 우르릉거림만큼 낮지는 않은 우르릉거림. 천둥소리에 새버스는 매더매스카족의 신성한 폭포 옆에서 보낸 망명의 기나긴 세월을 떠올리고. 카원 부부의 침대라는 피난처에 있게 되자 그는 묘하게도 데비의 침대와 거기에서 간신히 분별할 수 있었던(어쩌면 심지어 상상한 것일 수도 있는), 매트리스의 뼈대를 따라 난 아이의 토르소 자국을 그리워하게 되었다. 오직 하루, 데비의 침대가 집을 떠난 곳에서 집이 되어주었다. 하지만 그녀의 방은 라과디아공항처럼 폐쇄되었다. 이제 날아서 드나드는 것은 불가능했다.

새버스는 노먼이 닥터 그레이브스와 전화로 이야기하는 소리를 들을 수 있었다. 그를 입원시키는 이야기를 하고 있었다. 반대에 부딪히는 것처럼 들리지는 않았다. 노먼은 자신의 눈에 보이는 것을 보는 걸 감당할 수가 없었다. 이자가 이제 링크의 뒤를 따르다니…… 자신이 새버스의 기형을 책임지고 새버스가 삼학년 때 마지막으로 경험했던 조화로운 존재로 그를 복원시키기로 마음을 굳힌 것처럼 들렸다. 너그럽게 용서해주고, 동정하고, 단호하고, 지칠 줄 모르고, 거의 비합리적일 정도로 인정이 많고—모두 노먼 같은 친구가 있어야 한다. 모든 아내에게 노먼 같은 남편이 있어야 하고, 야비한 즐거움으로 그의 품위를 훼손하는 대신 노먼 같은 남편을 숭배해야 한다. 결혼은 환희에 찬 결합이 아니다. 그녀는 황홀이라는 커다란 나르시시즘적인 착각을 버리는 법을 배워야 한다. 황홀에 대한 그녀의 임대차 계약은 이것으로 취소되었다. 그녀는 너무 늦기 전에 삶의 한계와의 이 풋내 나는 다툼을 포기해야 한다는 사실을 배워야 한다. 카원의 가정을 보잘것없는 악덕으로 더럽혔으니 새버스는 노먼에게 다름 아닌 그 빚은 진 셈이었다. 이제 그는 자기중심적 태도에서 벗어나 오직 노먼에 관해서만 생각해야 한다. 새버스를 구하려는 모든 시도로 인해 노먼은 그가 당할 이유가 없다고 할 수 있는 경험으로 내던져질 것이다. 구해야 할 사람은 노먼이었다―그는 불가결한 사람이었다. 그리고 그를 구하는 힘은 나에게 있다. 나를 집안으로 불러들인 그의 지혜롭지 못한 충정에도 불구하고 그 행동은 나의 방문의 정점이 될 것이며, 내가 아는 어떤 방식 못지않게 직선적인 방식으로 내 빚을 갚아줄 것이다. 나는 미덕의 영역에 들어오라는 부름을 받았다.

노먼이 절대 그 폴라로이드를 보아서는 안 된다는 것만큼 새버스에게 분명한 것은 없었다. 게다가 그가 만에 하나 현금을 보게 된다면! 이 친구의 자살과 저 친구의 쓰러짐에 뒤이어 사진이나 돈이나 그 둘을 발견하는 것은 그의 마지막 환상을 재로 만들고, 그의 질서 잡힌 삶을 박살낼 것이다. 현금 만 달러. 뭘 사려고? 뭘 팔려고? 그녀는 누구와 무엇을 위해 일하고 있는가? 누가 후대를 위해 그녀의 보지 사진을 찍었는가? 어디에서? 왜? 무엇을 기념하기 위해? 아니, 노먼은 절대 그 질문을 할 시간을 내기는커녕 그 답을 알아서도 안 된다.

새버스를 입원시키는 데 필요한 작전이 전화로 완결되고 있는 시점에 그는 양탄자를 가로질러 미셸의 화장대로 가서, 맨 아래 서랍에 손을 집어넣어 속옷 밑에서 마닐라 봉투들을 꺼냈다. 그는 봉투 두 개를 재킷 안쪽 커다란 방수 호주머니에 넣고 그 자리에 거지의 컵을 대신 넣어두었다. 잔돈까지 모두. 그녀가 다음에 자기 이야기의 다른 반쪽의 기념물로 분발하고 싶을 때 그녀가 발견하는 것은 서랍에 은닉된 그의 컵, 그간 그녀가 면제받아왔던 공포로 그녀에게 충격을 준 컵이 될 것이다. 그 컵을 보면 그녀는 자신의 축복에 감사하고…… 마땅히 그래야 하듯, 노면에게 굳게 달라붙을 수 있을 것이다.

몇 초 뒤 그는 아파트 문을 빠르게 빠져나오다 그날 일을 하러 들어오던 로사와 마주쳤다. 그는 그녀 입술의 위로 올라가는 곡선에 손가락을 대고 조용히 해야 한다고 눈으로 신호를 보냈다― 주인señor이 집에 있다, 전화를 하고 있다, 중요한 일trabajo이다. 그녀는 노면의 유순한 예의를 무척이나 사랑하는 것이 틀림없었다―그리고 미셸이 그를 배반한 것을 싫어하는 것이 틀림없었다. 그 모든 것 때문에 그녀를 싫어하는 것이다. "나의 예쁜 아가씨―안녕Mi linda muchacha―adiós!" 그런 다음 노면이 그를 위해 페인 휘트니*에 병상을 잡는 동안, 새버스는 서둘러 자신의 차로 가서 저지 해안으로 달려갔다. 그곳에서 자신의 매장을 준비하러.

---

* 맨해튼에 있는 정신병원.

터널, 턴파이크, 파크웨이─해안! 남쪽으로 육십오 분을 가자 나타났다! 하지만 묘지는 사라지고 없었다! 무덤 위에 아스팔트가 덮이고 그곳에는 차들이 주차되어 있었다! 슈퍼마켓을 위해 갈아엎은 묘지! 사람들은 묘지에서 쇼핑을 하고 있었다.

그는 이 제정신이 아닌 신성모독의 책임자가 누구인지 보려고 빠른 속도로 바깥문을 통과하여 길게 이어진 텅 빈 쇼핑카트들을 그대로 지나(이 세기, 실제로 인간의 운명을 뒤집어놓은 세기가 끝에 다가가고 있었지만, 쇼핑카트는 여전히 새버스에게 구식 생활방식이 사라진다는 의미였다) 금전출납기들을 굽어보는 망대 위치에 자리잡은 사무실로 들어갔지만, 그의 흥분도 매니저의 관심을 강요하지는 못했다. "무슨 소리를 하는 건지 모르겠네요." 매니저가 말했다. "뭐 때문에 소리를 지릅니까? 진화번호부를 찾아보세요."

하지만 이곳은 묘지였고, 전화기가 없었다. 묘지의 전화는 쉴새 없이 울릴 것이다. 그들에게 전화를 걸 수만 있다면…… 게다가, 내 가족은 치킨을 굽고 있는 쇠꼬챙이 밑에 들어가 있는데. "도대체 어디다 둔 거요?"

"누굴 어디에 둬요?"

"죽은 사람들. 나는 조객이야! 어느 통로야?"

그는 차를 몰고 맴돌았다. 문의를 하려고 여러 주유소에서 멈추었지만 그는 그 장소의 이름조차 알지 못했다. 그렇다고 '브나이 이것' 또는 '베트 저것'*이라는 이름이 주유기를 다루는 흑인 아이들에게 뭔가를 떠오르게 했을 거라는 뜻은 아니지만. 그는 묘지가 있었던 장소만 알 뿐이었다―그리고 그것은 그곳에 없었다. 여기, 카운티의 외진 변경에, 얼마 전 그의 어머니가 죽었을 때까지만 해도 몇 마일에 걸쳐 해수면 높이로 숲이 덮여 있던 곳에, 이제 어디에나 이익을 증진시키기를 바라는 것이 솟아 있었는데, 어느 것 하나 "우리의 모든 관념 가운데 이것이 최악이다" 하고 말하지 않는 것이 없었고, 어느 것 하나 "끔찍한 것에 대한 인간의 사랑―그것은 도무지 따라잡을 수가 없다" 하고 말하지 않는 것이 없었다. 그들을 어디에 두었을까? 죽은 자의 자리를 옮기다니 이 무슨 정신 나간 도시 계획인가? 모든 불확실성의 원천을 끝장내기 위해, 문제를 완전히 처리하기 위해, 그들을 완전히 말살한 것이 아니고서야. 그들이 주위에 없다면, 어쩌면 우리는 그렇게

---

* 브나이와 베트 둘 다 묘지 이름에 많이 들어가는 히브리어.

외롭지 않을지도 모른다. 그래. 우리 길을 가로막고 있는 것은 죽은 자다.

　오로지 좌회전 차선에서 누군가를 묻으러 가는 유대인을 가득 실은 차 뒤에 서게 된 행운 덕분에 새버스는 그것을 찾았다. 닭 농장들은 사라지고—그래서 그가 길을 잃고 헤맨 것이다—유조선 반만한 크기의 삼각형 부지가 이제 그 빗변을 따라 높이 세운 철조망 뒤로 길게 뻗은 단층의 '식민지풍' 창고와 경계를 접하고 있었다. 철탑과 전력 케이블로 이루어진 불길한 덩어리가 두번째 변을 따라 육중하게 올라가 있었고, 세번째 변에 지역 주민이 폭력적인 종말을 맞이한 박스스프링과 매트리스를 위해 만들어놓은 최종 안식처가 있었다. 다른 가구 유물은 들판에 흩어져 있거나 그 가장자리에 던져진 상태 그대로 놓여 있었다. 그리고 비가 그치지를 않았다. 그의 기억 속 지상의 황폐 박물관 가운데 북미관에 자리잡게 된 그 그림의 상설 전시를 보장하는 안개와 이슬비. 비는 필요 이상의 의미를 부여했다. 그것이 너에게는 현실주의였다. 필요 이상의 의미는 사물의 본성에 담겨 있었다.

　새버스는 철탑 맞은편 녹슨 말뚝 울타리 근처에 차를 세웠다. 경첩이 반쯤 떨어져나온 야트막한 철문 너머에 빨간 벽돌집이 한 채 서 있었다. 그 자체로 누군가의 무덤처럼 보이는, 에어컨이 달린 채 기울어가는 작은 것.

묘 소유자에게 알림
기울거나 부정확하게

설치된 묘석은

위험함

바로잡아주기 바람 아니면

묘석을 제거하겠음

경고

묘지를 방문하는 동안

자동차 문을 잠가 귀중품을 보호할 것

  개 두 마리가 집에 사슬로 묶여 있고 그 옆에 서서 이야기를 나
누는 남자들 셋은 모두 야구모자를 쓰고 있었다. 어쩌면 유대인
묘지라서 그럴 수도 있고* 어쩌면 그것이 무덤을 파는 사람들의
복장이어서 그럴 수도 있었다. 담배를 피우고 있던 사람은 새버스
가 다가가자 담배를 버렸다―잿빛 머리는 모질게 바싹 자르고 녹
색 작업 셔츠에 선글라스 차림이었다. 몸을 떠는 품이 술이 필요
한 것 같았다. 두번째 남자는 리바이스에 붉은색과 검은색이 섞인
플란넬 셔츠 차림이었는데, 스물은 절대 넘지 않은 것 같았다. 눈
이 커다란 이 아이는, 애즈버리고등학교의 모든 카사노바 유형 특
유의 슬픈 눈을 가진 이탈리아인 얼굴이었다. 결국에 가서는 먹고
살기 위해 타이어를 팔게 될 이탈리아인 무리 속의 연인들. 그들

---

  * 유대인이 정수리 부분에 작고 동글납작한 모자인 야물커를 쓰기 때문에 하는
말인 듯하다.

은 유대인 여자애를 붙들면 대박이라고 생각했다. 반면 애즈버리 고등학교 유대인 남자아이들은 이렇게 생각하고 있었다. '귀여운 이탈리아 여자애들, 이탈리아 응원단장들, 그애들이 뜨거운 애들인데, 운이 좋으면 그애들을……' 이탈리아 아이들은 유색인 아이들을 물리, 물린얌이라고 부르곤 했는데, 이것은 가지를 가리키는 시칠리아 방언이었다. 어쩌면 칼라브리아 방언인지도 몰랐다. 새버스는 그 말의 익살맞은 멍청함에 오랜만에 재미를 느끼게 되었다. 아까 헤스 주유소에 차를 세우고 근처에 유대인 묘지가 어디 있느냐고 물었을 때였는데, 거기에서 일하는 물리는 그것을 턱수염을 기른 어떤 백인 남자의 괴상한 농담이라고 받아들였다.

배가 나오고 나이가 든 몸집이 큰 남자가 사장인 것이 분명했는데, 그는 절뚝절뚝 걸어오며 당황한 듯 두 팔을 휘저었다. 그에게 새버스가 물었다. "크로퍼드 씨를 어떻게 하면 찾을 수 있소?" A.B. 크로퍼드는 정문 옆 기둥에 못으로 박아놓은 경고판 두 개에 붙어 있는 이름이었다. '감독'이라고 나와 있었다.

개들은 새버스가 묘지에 들어서자마자 그의 신경을 건드리기 시작하더니 말을 하는 동안에도 누그러지지 않았다. "댁이 A.B. 크로퍼드요? 나는 미키 새버스요. 내 부모가 저기 어딘가에 계시오"—그는 쓰레기장 건너 먼 구석을 가리켰는데, 그곳의 길들은 넓고 풀이 나 있었으며 묘석들은 아직 비바람에 시달린 것처럼 보이지 않았다—"그리고 조부모도 저기 저 너머에 계시고." 이번에 그는 묘지의 반대편 구석을 가리켰는데, 그곳은 길 건너의 저장 시설을 등지고 있었다. 그 구역의 무덤들은 촘촘하게 짜맞춰져 있고, 열이 흐트러지지 않았다. 그렇다 해도, 이 해안에 거주한 첫 유대인들의 파편더미. 그들의 묘석은 수십 년 전에 거무스레해졌다. "내 자리를 찾아줘야 하오."

"댁의 자리?" 크로퍼드가 말했다. "아직 젊은데."

"정신만 젊지." 새버스는 말했고, 갑자기 마음이 아주 편안해졌다.

"그래요? 나는 당뇨이 있는데." 크로퍼드가 그에게 말했다. "그런데 이곳은 그러기에는 세상에서 최악의 장소요. 계속 나빠지고 있고. 올해는 여기 들어온 이래, 그 이래로 최악의 겨울이오."

"정말이오?"

"땅의 서리가 16인치 깊이였소. 이게." 그는 자기 영역을 가로질러 극적으로 손짓을 했다. "얼음장이었소. 저기 있는 무덤에만 가도 누군가는 반드시 자빠졌지."

"사람들을 어떻게 묻었소?"

"우리가 다 묻었지." 그가 지친 목소리로 대답했다. "서리를 깨부술 날이 단 하루 주어졌고, 그러면 우리는 다음날 묻었소. 잭해머나 그런 걸로. 험악하고, 험악한 겨울이었소. 게다가 땅의 물? 말도 마쇼." 크로퍼드는 고통을 겪는 사람이었다. 분야는 상관없었다. 밑에서 빠져나올 수 없는 사람. 기질의 문제. 바뀔 수 없는 것. 새버스는 공감했다.

"무덤 자리를 하나 원하오, 크로퍼드 씨. 새버스 집안. 내 가족이오."

"좋지 않은 시간에 왔구려. 곧 장례식이 있거든."

영구차가 도착해 있고 사람들이 주위에 모여들고 있었다. 우산. 아기를 안은 여자들. 야물커를 쓴 남자들. 아이들. 모두 케이블과 철탑에서 겨우 몇 미터 떨어진 길거리에 남아서 기다리고. 새버스는 군중 속에서 낄낄거리는 소리를 들었다. 누가 장례식에서 웃기는 이야기를 한 것이다. 늘 있는 일이다. 방금 도착한 작은 남자는 랍비가 분명하다. 그는 책을 들고 있었다. 곧 누가 우산을 머리 위에 씌워주었다. 다시 낄낄거리는 소리. 그게 죽은 사람에 관해 무슨 의미인지는 알기 힘들다. 아마도 아무런 의미가 없을 것이다. 그저 산 사람은 살고 있고 그래서 어쩔 수가 없을 뿐이었다. 재치. 망상으로 치자면, 최악은 아니었다.

"좋소." 크로퍼드 씨가 말하며 얼른 무리의 수를 셈해보았다. "아직 더 와야겠군. 좀 걸읍시다. 루퍼스," 그가 몸을 떠는 술꾼에게 소리쳤다. "개 잘 봐, 응?" 하지만 개들은 그동안 새버스를 면밀히 살피고 있다가 주인이 다리를 절며 그와 함께 떠나자 태도를 바꾸어 사납게 덤벼들었다. 크로퍼드는 얼른 돌아서서 위협적인 손가락으로 하늘을 가리켰다. "그만!"

"개는 왜 기르는 거요?" 묘석들을 에둘러 새버스 집안의 구역으로 가는 길을 따라 다시 걷기 시작했을 때 새버스가 물었다.

"벌써 건물에 도둑이 네 번이나 들었소. 장비를 훔치려고. 연장을 다 훔쳐갔지. 삼사백 달러씩 비용이 나가는 기계들. 가솔린으로 움직이는 산울타리 전지가위하고 저기 있는 다른 종류의 물건 전부."

"보험은 안 들었소?"

"아니. 보험은 없어. 그런 건 잊으쇼. 나야!" 그가 흥분해서 말했다. "나라고! 내 호주머니에서 나오는 거라고! 내가 장비니 뭐니 그런 걸 다 사. 여기 이 협회는 나한테 한 달에 구백 달러를 줘—아쇼? 그걸로 날 돕는 사람들한테 돈을 다 줘야 한다고—알아? 이럭저럭 이제 나도 막 일흔이 됐는데 무덤을 내가 다 파고 있소, 기초를 다 내가 다진다고. 완전히 웃기는 일이야. 요즘 도와주러 오는 사람들—염병할 하나하나 죄다 설명을 해줘야 해. 게다가 이제는 아무도 이 일을 하고 싶어하지 않아. 사람이 하나 부족해. 그럼 레이크우드에 가서 멕시코인을 여기로 데려와. 멕시코인을 데려올 수밖에 없소. 웃기는 일이지. 여섯 달 전에는 누가 무덤을 찾아보려고 여기 나타났는데 검둥이schvartze*가 가서 사람들 머리에 총을 갖다댔소. 아침 열시에! 그래서 내가 여기에 개들을 데리고 있는 거요—누가 밖에 있으면, 혼자 여기 앉아 있어도 개들이 나한테 경고를 해주거든."

"여기에는 얼마나 오래 있었소?" 새버스가 물었다. 하지만 이미 답을 알고 있었다. 검둥이schvartze라는 말을 배워 쓰게 될 만큼 오래.

"너무 오래 있었지." 크로퍼드가 대답했다. "아마도 사십 년 가까이 여기 있었다고 말할 수도 있을 것 같소. 어쩌다보니 여기까지 오게 됐지. 묘지는 파산이오. 그 사람들이 파산이란 걸 난 알고 있소. 묘지 사업에서는 돈이 안 나와. 돈은 묘석 사업에서 나오지.

---

* 이디시어.

나는 연금이 없소. 한푼도. 그냥 여기서 갖다가 저기에 박으며 살고 있소. 장례식이 있으면, 보쇼, 몇 달러 추가로 벌 수 있지. 하지만 그것도 다 봉급으로 나가. 하지만 그건 그저, 그저…… 모르겠소, 하나의 문제지."

사십 년. 할머니와 모티는 놓쳤지만, 다른 사람은 모두 그가 맡았다. 그리고 이제 나도 맡는다.

크로퍼드는 탄식하고 있었다. "뭘 했다고 보여줄 수 있는 게 없소. 은행에는 한푼도 없어. 한푼도."

"바로 저기에 우리 친척이 있군요." 새버스가 '샤바스'라고 적힌 묘석을 가리켰다. 사촌형 피시가 틀림없다. 그에게 수영을 가르쳐준. "옛날 사람들은 샤바스였지요." 그가 크로퍼드에게 설명했다. "되는대로 다 썼소. 샤바스, 샤부스, 샵사이, 샤바타이. 우리 아버지는 새버스였소. 어려서 미국에 왔을 때 저 위 뉴욕에 사는 친척한테서 가져왔지. 우리는 여기인 것 같네, 내 생각에는."

무덤을 찾으면서 그는 점점 흥분해갔다. 지난 마흔여덟 시간은 서툰 연극, 혼란, 실망, 모험으로 가득차 있었지만, 지금과 같은 근원적인 힘을 갖춘 것은 아무것도 없었다. 미셸의 것을 훔칠 때도 심장이 이렇게 큰 소리를 내지는 않았다. 그는 마침내 삶 안에 들어와 있다고 느꼈다. 병을 오래 앓고 난 뒤 처음으로 다시 신발을 신게 된 사람 같았다.

"무덤 하나." 크로퍼드가 말했다.

"무덤 하나."

"댁의 것."

"맞아요."

"그 무덤이 어디 있으면 좋겠소?"

"우리 가족 근처에."

새버스의 턱수염에서 물이 뚝뚝 듣고 있었다. 그는 한 손으로 물기를 짜낸 뒤 꼰 촛대처럼 보이는 수염을 그대로 내버려두었다. 크로퍼드가 말했다. "좋소. 그런데 가족은 어디 있소?"

"저기. 저기!" 쓰디쓴 감정의 벽이 허물어져내리고 있었다. 오랫동안 노출되지 않았던 어떤 것―새버스의 영혼? 그의 영혼의 막?―의 표면이 행복으로 빛을 발하고 있었다. 실체 없는 실체가 물리적으로 어루만져질 수 있는 상태에 가장 가까이 다가가 있었다. "저기 있네!" 모두 저쪽 땅에 있었다―그래, 들쥐 가족처럼 거기 모여 살고 있었다.

"그렇군." 크로퍼드가 말했다. "하지만 댁은 단독을 원한다면서. 여기 이게 단독 구역이오. 여기 철조망 옆." 그는 쓰레기장 가운데 가장 형편없는 곳에서 길 건너에 있는 전혀 손보지 않은 철조망 한 부분을 따라 손짓을 했다. 철조망은 기어서 통과할 수 있었다. 그냥 넘어갈 수도 있고, 아니면 철사 절단기나 펜치 없이 손으로도 난간에 붙어 있는 남은 것을 벗겨낼 수 있었다. 세워놓는 긴 램프를 누가 차에서 건너편으로 밀어 내버렸는지, 램프는 쓰레기장 안으로 들어가지도 못하고 길을 가다 총에 맞고 쓰러진 사람처럼 배수구에 누워 있었다. 아마도 새로 배선만 하면 사용할 수 있는 물건인 듯했다. 하지만 소유자는 그 램프를 싫어하여 유대인 묘지 맞은편에서 밖으로 밀어 해치운 것이 분명했다.

"여기에 댁한테 무덤을 하나 줄 수 있을지 없을지 잘 모르겠소. 내가 보기에는 여기 문 옆의 이 마지막 자리가 유일한데 예약이 되어 있을 수도 있거든, 알다시피. 그리고 여기에서부터는, 문 건너편으로, 무덤 네 개짜리 구역들이 있소. 하지만 댁의 집안사람들이 있는 저쪽에서 무덤을 하나 얻을 수도 있는데 그것도 확실히는 모르겠소."

"그것도 가능하지요." 새버스가 말했다. "그래요." 크로퍼드가 그 가능성을 이야기하자 어머니를 묻을 때 실제로 어머니 옆에 빈 무덤 자리가 하나 있었다는 기억이 났다.

있었다. 하지만 누가 차지했다. 묘석의 날짜에 따르면 이 년 전 집안의 네번째 터에 이다 슐리처를 묻었다. 브롱크스에 살았던 어머니의 독신 자매였다. 브롱크스 전체에 남는 자리가 없었다. 심지어 이다 같은 반 파인트짜리*가 들어갈 자리도. 아니면 모두가 둘째 아들을 잊은 것인가? 어쩌면 그가 아직 바다에 있거나, 아니면 그의 생활방식 때문에 이미 죽었다고 생각했는지도 모른다. 카리브해 지역에 묻혀 있다고. 서인도제도에. 그랬어야 했다. 퀴라소섬에. 거기 아래쪽이라면 좋았을 것을. 퀴라소에는 물이 깊은 항구가 없었다. 길디긴 부두가 있었는데, 당시에는 1마일은 되는 것 같았다. 그 끝에 유조선이 묶여 있었다. 절대 잊히지 않는다. 말이 있고 심부름꾼―원한다면 뚜쟁이라고 불러도 좋다― 이 있었기 때문에. 하지만 심부름꾼은 애들, 말을 가진 어린애들

---

* 몸집이 작은 사람이라는 뜻.

이었다. 그들은 그놈의 말을 찰싹 때리고, 그러면 말은 손님을 매음굴까지 데려다준다. 퀴라소는 네덜란드 식민지로, 항구는 빌렘스타트라고 불렀다. 부르주아적인 식민지 항구였다. 열대 복장의 남자와 여자들, 피스 헬멧을 쓴 백인들, 쾌적하고 작은 식민지 항구. 내가 바다에 나가 있던 모든 날들에 본 어느 것보다 큰 매음굴 단지가 있던 그 아름다운 언덕에서 조금만 내려오면 나오는 묘지. 항구에 묶여 있는, 몇 척이나 되는지 아무도 모를 배들의 승무원, 그들이 모두 그 위에서 박아대고. 또 타운의 선량한 남자들도 그 위에서 박아대고. 그리고 나는 그 아래 예쁜 묘지에 잠들어 있고. 하지만 나는 인형 때문에 창녀를 포기하는 바람에 빌렘스타트에 있을 기회를 놓쳤다. 그런데 이제 누구한테도 감히 조롱하는 말 한 번 던지지 못했던 이다 이모가 내 터에서 나를 강제로 몰아내다니. 평생 공원관리부에서 타자를 친 처녀한테 내가 밀려나다니.

필리핀에서

작전중 전사한

사랑하는 아들이자 형제

1924년 4월 13일~1944년 12월 15일

늘 우리 마음속에 있는

모턴 새버스 중위

그의 한쪽 옆에는 아빠, 다른 쪽 옆에는 어머니, 그리고 어머니 옆에는, 내가 아니라 이다. 퀴라소의 기억들조차 이에 대한 보상이 될 수는 없었다. 환멸의 왕국의 왕, 아무런 유산이 없는 황제, 기가 꺾인 배반의 인간-신 새버스는 아무것도, 정말이지 아무것도 뜻대로 되지 않는다는 것을 아직도 배워야 했다―그래도 아들의 이런 둔감함은 그 자체로, 깊은, 깊은 충격이었다. 어째서 인생은 나에게 내가 원하는 무덤조차 거절하는가! 내가 이 년 전에 명분 있게 나의 혐오를 결집시켜 자살했다면, 엄마 옆자리는 내 것이 되었을 텐데.

새버스 집안의 매장 구역을 건너다보던 크로퍼드가 갑자기 말했다. "오, 그 사람들 알지. 오, 좋은 친구들이었어. 댁의 가족을 알았소."

"그래요? 우리 노친네를 아셨다고?"

"그럼, 그럼, 그럼. 훌륭한 사람이었지. 진짜 신사였소."

"정말 그랬지요."

"사실, 딸이나 누가 나타날 거라고 생각했소. 댁은 딸이 있소?"

아니, 하지만 무슨 차이가 있을까? 그는 그저 감정적 상처에 약을 발라주고 부수입으로 몇 푼 벌려 하고 있을 뿐이다. "그럼요." 새버스가 말했다.

"뭐, 좋지. 따님이 많이 올 거요. 저걸 보시오." 크로퍼드가 말하며 무덤 네 개를 모두 두껍게 덮고 있는 관목을 가리켰다. 상록수는 약 6인치 높이로 바짝 잘라놓았다. "저 구획에는 일이 필요 없소, 없고말고요, 손님."

"그렇군, 아주 좋네요. 아주 좋아 보입니다."

"보시오, 유일하게 가능한 일은 내가 저기에 혹시 무덤 하나를 줄 수 있을지도 모른다는 거요." 삼각형이 한 점에 이르고 그 너머에 홈이 많이 팬 두 도로가 교차하는 곳에, 늘어진 철조망을 두른 텅 빈 공간이 있었다. "보이시오? 하지만 저기에서는 무덤 두 개를 해야 할 거요. 단독 구역을 제외한 곳에서는 어디서나 적어도 무덤 두 개는 사야 하거든. 무덤 두 개짜리가 있는 곳을 보여드릴까?"

"좋지요. 안 그럴 이유가 뭐겠소. 나는 여기 와 있고 댁은 시간이 있으니."

"시간은 없지만 시간을 내겠소."

"좋아요, 고맙소." 새버스는 말했고, 둘은 함께 가랑비를 맞으며 버려진 땅뙈기처럼 보이는 묘지로 향했다. 4월 중순인데 이미 깎지 않은 잡초가 땅을 꽉 메우고 있었다.

"여기가 단독보다 나은 구역이오." 크로퍼드가 말했다. "도로를 바라보게 될 거요. 지나가는 사람이 댁의 묘석을 보게 되겠지. 두 도로가 저 위에서 만나오. 두 방향에서 차들이 오지요." 진흙 묻은 장화를 신은 성한 다리 하나로 젖은 땅을 쾅쾅 밟으며 그가 말했다. "나 같으면 바로 여기로 하겠소."

"하지만 우리 가족은 저기 있는데. 내가 가족에게 등을 돌리게 되잖아요, 안 그래요? 여기 있으면 반대 방향을 보는 게 되지요."

"그럼 아까 그걸로 해요, 단독 쪽에 있는 걸로. 예약이 되어 있지 않으면."

"거기서도 우리 가족이 잘 안 보이는데요, 솔직히."

"그렇지, 하지만 그래도 아주 좋은 가족 건너편에 있게 되지.

와이즈먼 가족이오. 저기서 아주 훌륭한 가족을 굽어보는 거지. 모두들 와이즈먼 가족은 자랑스러워하거든. 이 묘지를 책임지는 그 여자, 그 여자 이름이 와이즈먼 부인이라오. 우리는 막 그 여자 남편을 이 안에 들여놓았소. 그 여자 가족 전체가 저 안에 묻혀 있지. 얼마 전에 그 여자 언니를 저 안에 묻었고. 좋은 구역이고, 바로 그 건너가 단독 구역이오."

"하지만 저기 철조망 옆은 어떨까요, 우리 가족에게서 그리 멀지 않은 곳? 어디를 말하는지 알겠소?"

"아니, 아니, 아니. 그 무덤들은 이미 다른 사람한테 팔렸소. 그리고 그건 무덤 네 개짜리 구역이오. 이해하겠소?"

"좋소, 이해해요." 새버스가 말했다. "단독 구역, 무덤 두 개짜리, 나머지는 모두 무덤 네 개짜리 구역. 그림이 들어오네요. 그 단독 구역이 예약이 되어 있는지 아닌지 알아봐주시는 게 어떻겠소? 그게 우리 가족한테 조금이라도 가까우니까."

"음, 그건 지금 할 수가 없소. 장례식이 있어서."

그들은 함께 줄지은 무덤들을 통과해 다시 개들이 묶여 있는 작은 벽돌집으로 향했다.

"뭐, 장례식이 끝날 때까지 기다리지요." 새버스가 말했다. "그 동안 우리 가족을 찾아가보면 되니까. 나중에 거길 쓸 수 있는지, 비용은 얼마나 드는지 말해주시오."

"비용. 그럼. 그럼. 사실 뭐 그리 비싸지는 않아요. 그깟 게 얼마나 하겠소? 사백, 뭐 그 정도. 기껏해야 그럴 거요. 어쩌면 사백오십. 모르겠소. 나는 무덤을 판매하는 일과는 아무런 관계가 없으니까."

"그럼 누가 해요?"

"조직에 있는 여자. 와이즈먼 부인."

"거기서 댁의 봉급을 주는 거지요, 그 조직에서?"

"봉급." 그가 역겹다는 듯이 내뱉었다. "거기서 봉급이라고 주
는 건 애들 장난이오. 주급 백이십오로 나 스스로 정해서 받고 있
소. 그리고 저기에서 저기까지, 한 사람이 다른 일은 아무것도 하
지 않고 풀만 베는 데 사흘이 걸려요. 일주일에 백이십오, 그게 다
요. 나는 연금이 없소. 나는 당이 있는데 연금은 없고 모든 게 이
렇게 악화되고 있소. 사회보장하고 그게 다요. 그래서 뭘 원하시
오, 댁의 생각에는—무덤 하나짜리, 두 개짜리? 나라면 두 개짜
리가 있는 곳으로 보여드리겠소만. 그 위쪽이 비좁지 않거든. 나
은 구역이지. 하지만 댁의 마음이오."

"분명히 다리를 펼 자리가 더 넓긴 하네요." 새버스가 말했다.
"하지만 모두하고 너무 멀리 떨어져 있소. 나는 거기 오래 누워
있을 건데. 보시오, 사용할 수 있는 게 있는지 살펴봐주시오. 일이
끝난 뒤에 함께 얘기합시다. 자," 그가 말했다. "시간 내줘서 고
맙소." 그는 기름을 넣고 물리에게 돈을 주느라 미셸의 백 달러를
깼고, 남은 것에서 이십 달러를 크로퍼드에게 건네주었다. "그리
고," 그는 두번째로 이십 달러짜리를 주며 말했다. "우리 가족을
잘 돌봐줘서 고맙소."

"즐거워서 한 일이오. 댁의 아버지는 진짜 신사였소."

"댁도 그렇소, 사장님."

"좋소. 둘러보면서 어디가 편안할지 찾아보시오."

"그렇지 않아도 그러려고 했소."

단독 구역에서 그가 사용할 수도 있고 하지 못할 수도 있는 하나뿐인 무덤 자리는 꼭대기에 커다란 다윗의 별이 새겨져 있고 그 밑으로 히브리어 단어 네 개가 새겨진 묘석 옆이었다. 그곳에는 루이스 슐로스 대위가 묻혀 있었다. '홀로코스트 생존자, 해외 참전 용사, 선원, 경영인, 기업가. 친척과 친구들이 아름다운 추억을 간직하며 1929년 5월 30일~1990년 5월 20일.' 나보다 석 달 위. 예순하나에서 열흘 모자란 나이에. 홀로코스트에서는 살아남았지만 사업에서는 살아남지 못하고. 나와 같은 선원. 미키 새버스, 선원.

그들은 이제 아무런 특징이 없는 소나무 상자를 굴려 들여오고 있었다. 크로퍼드가 다리를 절면서 빠른 속도로 앞에서 끌었고, 두 조수가 양옆에서 방향을 잡으며 가고 있었다. 녹색 작업용 셔츠를 입은 술꾼은 담배를 찾아 호주머니를 뒤지고 있었다. 일은 아직 시작도 하지 않았는데 끝날 때를 기다리지 못하고 담배를 찾았다. 자그마한 몸집의 랍비는 몸 앞으로 모은 두 손에 책을 들고서 크로퍼드 씨보다 앞서가려고 서두르며 그와 이야기를 나누고 있었다. 그들은 상자를 열린 묘혈로 가져갔다. 아주 깨끗했다. 그 나무는. 내 주문 목록에 넣어야겠다. 오늘 돈을 주자. 무덤 자리, 관, 심지어 묘석까지—모든 것을 주문해놓자, 미셸의 호의에 힘입어. 이 랍비가 떠나기 전에 붙들고 나를 위해 이곳에 다시 와 그 책을 읽어달라고 백 달러를 찔러준다. 이렇게 해서 나는 그녀의 돈에서 불법적 만족의 경박한 역사를 씻어내고 이 지폐 묶음을 단순하고 자연스러운 땅의 일에 다시 통합한다.

땅. 오늘 여기에서 아주 분명하게 드러나고 있었다. 그의 뒤쪽으로 불과 몇 걸음 떨어진 곳에 아직 날것 그대로인 땅이 둔덕으로 쌓여 있고, 그 안에는 최근에 묻힌 누군가가 있으며, 거기에서 길을 건너면 새로 파놓은 묘혈이 두 개 나란히 있었다. 쌍둥이를 기다리며, 그는 다가가 안을 살폈다. 약간의 윈도쇼핑이라고나 할까. 각 묘혈이 땅 안으로 파고든 깔끔한 방식에서 견실한 솜씨가 느껴졌다. 삽으로 직각을 만든 모퉁이와 진흙 바닥과 물결무늬를 일으키며 깊이 내려가는 면들―술꾼, 이탈리아 아이, 크로퍼드를 칭찬할 수밖에 없었다. 그들이 하는 일에는 수백 년 역사의 장엄함이 있었다. 이 구멍은 그 모든 시간을 거슬러올라가는 것이었다. 다른 구멍과 마찬가지로. 둘 다 신비와 환상적인 것으로 어두웠다. 적당한 사람들, 적당한 날. 이 날씨는 그의 상황에 관해 아무런 거짓말을 하지 않았다. 날씨는 그에게 그의 의도에 관해 가장 모진 질문을 했고, 그에 대한 그의 대답은 "그래! 그래! 그래! 나는 나의 실패한 장인을 흉내내겠다, 성공적인 자살자가 되겠다!"였다.

하지만 내가 장난으로 이러고 있는 것일까? 이것조차? 늘 판단하기가 힘들다.

밖의 빗속에 놓아둔 외바퀴 손수레(술꾼이 그렇게 두었을 가능성이 아주 높았다―새버스는 술꾼과 살아보았기 때문에 이것을 알았다)에 젖은 흙이 원뿔형으로 쌓여 있었다. 새버스는 송장 먹는 귀신 같은 즐거움이 없지 않은 마음으로 그 걸쭉하게 들러붙는 모래 같은 흙 속으로 손가락들을 집어넣어 모두 사라질 때까지 꾹 눌렀다. 열까지 세고 나서 빼낸다면 이것은 예전과 같은 손가락들이 될 것이다. 그들의 꼬리를 잡아당기던 예전의 도발적인 손가락들. 또 틀렸다. 내 안에서 구부러진 모든 것을 바로 펴기를 바라기라도 한다면 이 손가락들보다 더한 것을 그 흙속으로 넣어야 한다. 열을 백억 번 헤아려야 한다. 모티는 지금까지 얼마나 많이 세었을지 궁금했다. 할머니는? 할아버지는? 무수하다가 이디시어로 뭐더라?

오래된 무덤들, 최초의 해안의 유대인들이 초기에 만든 매장지에 이르자, 그는 진행중인 장례식에서 한참 떨어져 물길을 따라 움직였으며, 작고 빨간 집을 지나갈 때는 경비견들로부터 완전히 벗어나 조심해서 항해했다. 이 개들은 일반적인 예의를 아직 배우지 못했으며, 하물며 유대인 묘지에서 통용되는 오랜 금기는 말할 것도 없었다. 유대인을 개가 지켜준다? 역사적으로 완전히, 완전히 틀렸다. 그의 대안은 배틀마운틴에서 드렌카에게 최대한 가까이 다가가 묻히는 것이었다. 이것은 오늘보다 훨씬 전에 떠오른 생각이었다. 하지만 그 위에서는 누구와 이야기를 한다? 그는 지금까지 그가 만족할 만큼 빠르게 말할 수 있는 이방인goy을 만난 적이 없었다. 그런데 그곳에서는 일반적인 경우보다 더 느려질 것이었다. 차라리 개가 주는 모욕을 감당해야 할 것이다. 어떤 묘지도 완벽하지는 않을 것이다.

조부모의 묘지를 찾으려고 가랑비를 맞으며 십 분 동안 어슬렁거린 뒤에 그는 위아래로 빈틈없이 다니면서 모든 줄의 한쪽 끝에서 다른 쪽 끝까지 묘석을 다 읽지 않으면 클라라와 모디카이 새버스의 무덤을 찾기를 바랄 수 없다는 것을 알았다. 받침돌은 보지 않아도 되지만―대부분 '안식하고 있다'고 적혀 있었다―수백 개의 묘석이 그의 집중을 요구했으며, 그는 거기에 완전히 몰입했기 때문에 그의 내부에는 이 이름들 외에 아무것도 없는 듯했다. 이 사람들이 그를 얼마나 싫어했을 것이며 그들 가운데 얼마나 많은 수가 그를 경멸했을까, 그는 그런 생각을 어깨를 으쓱하며 떨쳐버릴 수밖에 없었고, 살았을 때의 그 사람들을 잊을 수밖에 없었다. 죽으면 더는 감당 못할 사람이 아니기 때문에. 나에게도 해당된다. 그는 죽은 자들을 들이마셔야 했다. 찌끼까지 모두.

우리의 사랑하는 어머니 미니. 우리의 사랑하는 남편이자 아버지 시드니. 사랑하는 어머니이자 할머니 프리다. 사랑하는 남편이자 아버지 제이컵. 사랑하는 남편이자 아버지이자 할아버지 새뮤얼. 사랑하는 남편이자 아버지 조지프. 사랑하는 어머니 세라. 사랑하는 아내 리베카. 사랑하는 남편이자 아버지 벤저민. 사랑하는 어머니이자 할머니 테사. 사랑하는 어머니이자 할머니 소피. 사랑하는 어머니 버사. 사랑하는 남편 하이먼. 사랑하는 남편 모리스. 사랑하는 남편이자 아버지 윌리엄. 사랑하는 아내이자 어머니 리베카. 사랑하는 딸이자 누이 해나 세라. 우리의 사랑하는 어머니 클라라. 사랑하는 남편 맥스. 우리의 사랑하는 딸 세이디. 사랑하는 아내 틸리. 사랑하는 남편 버나드. 사랑하는 남편이자 아버지 프레드. 사랑하는 남편이자 아버지 프랭크. 나의 사랑하는 아내 우리의 소중한 어머니 레나. 우리의 소중한 아버지 마커스. 계속 그렇게 그렇게. 사랑하는 누구도 살아서 나오지 않는다. 가장 오래된 사람들만 모두 히브리어로 기록되어 있다. 우리의 아들이자 형제 네이선. 우리의 소중한 아버지 에드워드. 남편이자 아버지 루이스. 사랑하는 아내이자 어머니 패니. 사랑하는 어머니이자 아내 로즈. 사랑하는 남편이자 아버지 솔로몬. 사랑하는 아들이자 형제 해리. 나의 사랑하는 남편이자 우리의 소중한 아버지 루이스를 기억하며. 사랑하는 아들 시드니. 루이스가 사랑하는 아내이자 조지 루실이 사랑하는 어머니. 사랑하는 어머니 틸리. 사랑하는 아버지 에이브러햄. 사랑하는 어머니이자 할머니 레아. 사랑하는 남편이자 아버지 이매뉴얼. 사랑하는 어머니 세라. 사랑하는 아버지 새뮤얼. 나의 묘석에는, 사랑하는 뭐? 그냥 바로 그렇게, '사랑하는 뭐.' 데이비드 슈워츠, 조국을 위해 복무하다 죽은 사랑하는 아들이자 형제 1894~1918. 혜슈반* 15일. 거티를 기억하며, 진실한 아내이자 충실한 친구. 우리의 사랑하는 아버지 샘. 우리의 아들, 열아홉 살, 1903~1922. 무명, 그냥 '우리 아들.' 사랑하는 아내이자 소중한 어머니 플로렌스. 사랑하는 형 보리스 박사. 사랑하는 남편이자 아버지 새뮤얼. 사랑하는 아버지 솔. 사랑하는 아내이자 어머니 실리아. 사랑하는 어머니 체사. 사랑하는 남편이자 아버지 이저도어. 사랑하는 아내이자 어머니 에스더. 사랑하는 어머니 제니. 사랑하는 남편이자 아버지 데이비드. 우리의 사랑하

---

* 유대력으로 한 해의 여덟번째 달 이름.

는 어머니 거트루드. 사랑하는 남편, 아버지, 형제 지킬. 사랑하는 시마 아주머니. 사랑하는 딸 에셀. 사랑하는 아내이자 어머니 애니. 사랑하는 아내이자 어머니 프리마. 사랑하는 아버지이자 남편 허시. 사랑하는 아버지……

그리고 나타난다. 새버스. 클라라 새버스 1872~1941. 모디카이 새버스 1871~1923. 저기 그들이 있다. 소박한 묘석. 그 위에 조약돌 하나. 누가 찾아왔을까? 모트, 할머니한테 왔다 갔어? 아빠가? 누가 상관할까? 누가 남았을까? 저 안에 뭐가 있을까? 상자는 저 안에 있지도 않다. 당신은 완고했다고 합니다. 모디카이, 성질 나쁘고 우스개를 무척 좋아하고…… 하지만 당신조차도 이런 우스개는 할 수 없을 거예요. 아무도 할 수 없을 거예요. 이보다 괜찮은 우스개는 도저히 찾을 수 없지요. 그리고 할머니. 당신의 이름, 동시에 당신 직업의 이름. 사무적인 사람. 당신의 모든 것—당신의 키, 그 드레스, 당신의 침묵—이 말해주었지요. "나는 없어서는 안 될 사람이 아니다." 아무런 반박이 없고, 아무런 유혹이 없고, 옥수숫대에 붙은 옥수수알을 터무니없이 좋아하기는 했지만. 어머니는 당신이 그걸 먹는 걸 보기 싫어했어요. 어머니에게는 그게 여름에 최악의 일이었습니다. 그것을 보면 어머니는 '욕지기'가 나왔죠. 나는 그걸 아주 보기 좋아했고요. 그것만 빼면 당신 둘은 잘 지냈습니다. 아마도 조용조용히 지내고, 어머니가 일을 자기 식대로 하게 내버려두는 것이 열쇠였겠죠. 모디카이 할아버지의 이름을 물려받은 모티를 노골적으로 편애했지만, 누가 당신을 탓할 수 있을까요? 당신은 모든 것이 박살나는 것을 살아서 보지 않아도 되었습니다. 운이 좋았지요. 당신한테 대단한 건 없었지만, 할머니. 그렇다고 하잘것없는 것도 없었습니다. 인생은 당신을 훨씬 나쁘게 칠해놓을 수도 있었을 거예요. 작은 타운 미큘리스에서 태어나, 피트킨 메모리얼 병원에서 죽었지요. 내가 뭐든 빼먹은 게 있을까요? 있네요. 당신은 모티와 내가 파도를 쫓다가 밤에 집에 오면 우리를 위해 생선을 다듬어주는 것을 아주 좋아했지요. 대부분 우리는 맨손으로 집에 돌아왔지만, 가끔 큰 전갱이를 두어 마리 물통에 담아 해변에서 집으로 걸어올 때의 승리감이란! 당신은 주방에서 그걸 다듬곤 했어요. 필릿 나이프를 정확하게 벌어진 곳에, 아마도 항문에 집어넣고 쭉 찢으며 올라가 아가미 바로 뒤에 이르렀고, 그런 다음 (나는 이 부분을 지켜보기를 좋아했죠) 그냥 손을 쑥 집어넣어 모든 좋은 걸 움켜쥐고 내버렸습니다. 그러고 나서 비늘을 벗겼지요. 비늘의 결을 거슬러서 작업을 하면서도, 어떻게 했는지 비늘이 사방에 튀는 일은 없었습니다. 내가 그걸 다듬는 데는 십오 분, 그리고 나중에 주변을 정리하는 데는 삼십 분이 걸렸어요. 당신은 그 모든 일에 십 분이 걸렸죠. 엄마는 심지어 당신이 그것을 조리하는 것도 허락했습니다. 머리와 꼬리는 절대 잘라내지 않았죠. 통째로 구웠어요. 구운 전갱이, 옥수수, 날토마토, 커다란 저지 토마토. 할머니가 차리는 상. 그래요, 그래요. 어스름녘에 모트와 함께 해변에 내려가는 건 썩 괜찮은 일이었죠. 다른 남자들과 이야기를 하곤 했어요. 유년과 그 멋진 표지들. 여덟 살 무렵부터 열세 살까지, 우리가 갖고 있는 근본적인 부력 조절장치. 맞거나 안 맞거나 둘 중의 하나죠. 내 것은 맞았어요. 원래의 부력 조절장치, 감정이 도대체 무엇인지 우리가 배우고 있을 때 가까이 있는 사람들에게 갖는 애착, 에로틱한 것보다 어쩌면 낯설지 않을지는 몰라도 그보다 훨씬 강한 애착. 최종적으로—그냥 내처 달려서 여기에서 벗어나는 대신—어떤 높은 지점, 어떤 인간적인 높은 지점을 생각할 수 있다니 좋은 일이네요. 이웃의 남자나 그의 아들들과 어울리고. 마당에서 만나 이야기를 하고. 해변에 내려가 모트와 낚시를 하고. 풍요로운 시간들. 모티는 다른 남자들과, 어부들과 이야기를 하곤했어요. 아주 편하게 그렇게 했죠. 나에게는 그가 하는 모든 일이 아주 권위 있게 느껴졌어요. 갈색 바지에 흰색 반소매 셔츠를 입고 늘 입에 시가를 물고 있는 한 남자는 우리한테 고기 잡는 것에는 염병할 관심도 없다고 말했어요(그것은 다행인 것이, 그는 강남상어 외에는 거의 낚아올리지 못했거든요)—그 사람은 아이들인 우리에게 말했어요. "낚시의 주된 즐거움은 집에서 벗어나는 거지. 여자들한테서 멀어지는 거야." 우리는 언제나 웃음을 터뜨렸지만, 모티와 나에게는 물고기가 무는 것이 짜릿했어요. 전갱이가 걸리면 대박이죠. 낚싯대가 손에서 갑자기 휘청 휘어져요. 모든 게 갑자기 휘청 휘어져요. 모티는 내 낚시 선생이었어요. "농어는 미끼를 물면 그대로 전진해. 줄을 풀어주지 않으면 끊어져. 따라서 그냥 가게 놔둘 수밖에 없어. 전갱이는 물고 나면 그냥 감아들일 수 있지만, 농어는 안 돼. 전갱이는 크고 강인하지만 농어는 싸우려고 해." 복어를 미늘에서 빼내는 것은 모트를 제외한 모두에게 골칫거리였어요—모티에게는 등뼈와 아가미가 문제가 되지 않았죠. 잡는 게 별로 재미없었던 또하나는 가오리였어요. 내가 여덟 살 때 어쩌다 병원에 처박히게 되었는지 기억나요? 방파제에 나가 엄청나게 큰 가오리를 잡았는데 그게 날 무는 바람에 그냥 정신을 잃었어요. 아름답고, 파동을 치듯이 헤엄치지만 육식을 하는 개자식이고, 그 날카로운 이빨로 아주 야비하게 굴어요. 불길하죠. 납작한 상어처럼 보여요. 모티는 소리를 질러 도움을 청해야 했고, 한 남자가 와서 나를 자기 차로 안고 가 피트킨으로 달려갔어요. 우리가 낚시를 하러 나갈 때마다 당신은 어서 우리가 돌아와 잡은 것을 손질해줄 수 있길 바라는 마음이었죠. 은빛 고기를 잡곤 했어요. 무게가 1파운드도 나가지 않았죠. 당신은 팬 하나에 그놈 너덧 마리를 튀기곤 했어요. 뼈가 많았지만 훌륭했습니다. 당신이 은빛 고기를 먹는 모습을 구경하는 것도 아주 재미있는 일이었어요. 어머니를 제외한 모두에게. 우리가 또 당신이 손질할 걸 뭘 들고 갔더라? 가자미, 넙치, 샤크강 어귀에서 낚시를 할 때는. 민어. 그 정도였던 듯하네요. 모티가 육군 항공대에 입대할 때는, 떠나기 전날 밤에 함께 낚싯대를 들고 해변에 한 시간 동안 나가 있었어요. 어린아이이니 장비를 제대로 갖추는 일은 결코 없었죠. 그냥 낚았어요. 낚싯대, 미늘, 봉돌, 가끔은 가짜 미끼, 대부분은 미끼, 주로 오징어. 그뿐이었어요. 매우 튼튼한 낚싯대. 커다란 미늘. 낚싯대를 닦는 법은 없었죠. 여름에 한 번 물만 좀 끼얹어줬어요. 같은 장비를 내내 사용해요. 바닥에 있는 걸 낚고 싶으면 봉돌과 미끼만 바꿔줘요. 우리는 낚시를 하러 한 시간 동안 해변에 내려가 있었어요. 모티가 다음날 전쟁에 나가기 때문에 집안의 모두가 울고 있었죠. 당신은 이미 여기 있었어요. 이미 사라지고 없었어요. 그러니 무슨 일이 있었는지 이야기해드리죠. 1942년 10월 10일. 모티는 9월 내내 어디를 가지를 않았어요. 내가 바르미츠바*를 받는 것을 보고 싶고, 그 자리에 함께 있고 싶었던 거예요. 10월 11일에 모티는 퍼스앰보이로 가서 입대했어요. 방파제와 해변에서 마지막 낚시. 그런데, 10월 말이면 물고기는 사라져요. 나는 모티에게 묻곤 했어요―그가 처음 방파제에서 민물낚시를 위해 만든 작은 낚싯대와 릴로 내게 낚시를 가르쳐주고 있을 때―"고기는 다 어디로 가는 거야?" "아무도 모르지." 모티가 말했어요. "고기가 어디로 가는지는 아무도 몰라. 일단 바다로 나가면, 어디로 가는지 누가 알겠어? 무슨 생각을 하는 거야, 사람들이 고기를 따라 돌아다니기라도 할까봐? 그게 낚시의 수수께끼야. 고기가 어디에 있는지 아무도 모른다는 거." 우리는 그날 저녁 거리 끝까지 가서 층계를 내려가 해변으로 나섰어요. 막 어둑어둑해질 시간이었죠. 모티는 제물낚시 이전 시절이었는데도 낚싯줄을 150피트나 던질 수 있었어요. 덮개가 없는 릴을 썼죠. 실꾸릿대에 손잡이만 달려 있었어요. 당시에는 낚싯대가 훨씬 뻣뻣했죠. 훨씬 엉성한 릴과 뻣뻣한 낚싯대. 아이에게는 그걸 던지는 게 고문이었어요. 처음에 나는 늘 줄이 엉켰어요. 줄을 펴느라 시간을 다 썼죠. 하지만 결국에는 익혔어요. 모티는 나와 함께 낚시 나가는 게 그리울 거라고 말했어요. 모티는 가족이 주

---
* 유대교 남자아이가 열세 살에 치르는 성인식.

위에서 바쁘게 움직이지 않는 곳에서 나와 오래오래 이야기를 하러 나를 데리고 해변으로 가곤 했어요. "여기 나와 서 있으면, 바닷바람, 고요, 파도 소리, 모래밭의 발가락, 이제 곧 미끼를 물 모든 게 저기 가득하다는 생각. 어떤 짜릿한 것이 저 밖에 있다는 생각. 그게 뭔지는 몰라도, 그게 얼마나 큰지는 몰라도. 심지어 그것을 보게 될 것인지조차 몰라도." 사실 모티는 그걸 본 적이 없어요. 물론 우리가 나이가 더 들었을 때 생기는 것도 없었고요. 이런 단순한 것들에 자신을 열어젖히는 것을 조롱하는 어떤 것, 형체가 없지만 압도적인 것, 아마도 두려움인 것. 없었어요. 그 대신 죽임을 당했지요. 그게 새로운 소식이에요, 할머니. 형과 함께 어스름에 해변에 내려가 서 있는 것에서 느끼는 같은 세대 아이들끼리의 커다란 흥분. 둘은 같은 방에서 자고, 둘은 아주 가까워지죠. 모티는 어디나 나를 데리고 갔어요. 모티가 열두 살쯤 되던 어느 여름에는 집집마다 돌아다니며 바나나를 파는 일을 하게 됐어요. 뻴마에 바나나만 파는 남자가 있었는데, 그 사람이 모티를 고용했고 모티가 나를 고용한 거예요. 그 일은 거리를 따라 돌아다니며 "바나나요, 한 송이에 이십오 센트!" 하고 외치는 거였죠. 얼마나 멋진 일자리였는지. 지금도 가끔 그 일이 꿈에 나와요. "바나나요!" 하고 소리를 지르는 걸로 돈을 받다니! 목요일과 금요일에 학교가 파하면 모티는 코셔 정육점을 하던 펠드먼 씨에게 가서 닭털을 뽑았어요. 레이크우드 출신의 농부가 펠드먼을 찾아가 닭을 팔았죠. 모티는 나를 데려가 일을 돕게 하곤 했어요. 나는 최악인 부분이 가장 마음에 들었어요. 이가 옮는 것을 막으려고 두 팔 맨 위까지 바셀린을 바르던 일. 그렇게 하면 나는 비록 여덟인가 아홉 살이었지만, 그 끔찍하고 좆같은 이를 두려워하지 않는, 모트처럼 그런 것쯤은 완전히 경멸하면서 그저 묵묵히 닭털이나 뽑는 작은 거물이 된 것 같은 느낌이 들었거든요. 그리고 모트는 나를 시리아계 유대인들로부터 보호해주기도 했어요. 아이들은 여름이면 마이크 앤드 루 앞의 보도에서 춤을 추곤 했어요. 주크박스 음악에 맞추어 추는 지터버그. 당신이 그것을 본 적이 있을지 의심스럽네요. 어느 여름 모티는 마이크 앤드 루에서 일을 하면서 집에 앞치마를 가져왔고 그러면 엄마는 다음날 밤에 쓸 수 있게 그것을 빨아주었어요. 앞치마는 겨자 때문에 노란색, 조미료 때문에 빨간색 물이 들곤 했죠. 겨자는 모티가 밤에 우리 방에 들어오면 모티와 함께 곧장 우리 방으로 들어왔어요. 겨자, 사우어크라우트, 핫도그 냄새가 났어요. 마이크 앤드 루의 핫도그. 그릴에 구운것. 시리아 사내들은 마이크 앤드 루 앞의 보도에서 춤을 추곤 했어요. 뱃사람들처럼 혼자 춤을 추곤 했죠. 그들에게는 그들 나름의 다마스쿠스 맘보라는 것이 있었는데, 스텝이 아주 폭발적이었어요. 그들은 모두 친척 관계여서 배타적이었고, 피부가 아주 거무스름했죠. 우리 카드놀이에 끼는 시리아 아이들은 사납게 블랙잭을 했어요. 당시 그쪽 아이들의 아버지들은 단추, 실, 직물 관련 일에 종사하고 있었어요. 아빠 친구들, 넵튠에서 의자 속을 넣고 천을 씌우는 일을 하던 사람들이 금요일 밤 우리 주방에서 포커를 치면서 그 사람들 이야기를 하는 것이 귀에 들리곤 했어요. "돈이 그 사람들 신이야. 세상에서 함께 일하기 가장 어려운 사람들이지. 눈을 떼자마자 속여." 이 시리아 아이들 가운데 일부가 몇 가지 인상을 남겼죠. 그애들 중 하나, 긴디 형제들 가운데 하나는 다가와서 아무런 이유 없이 주먹을 날렸어요. 다가와서 죽이고 그냥 바라보다가 걸어가버리는 거죠. 나는 그 아이의 누이에게 최면에 걸리곤 했어요. 열두 살 때였어요. 여자아이와 나는 한 반이었죠. 자그마하고 털이 많고 몸집이 소화전 같은 아이. 아주 커다란 눈썹. 나는 그 아이의 거무스름한 피부를 마음에서 떨칠 수가 없었어요. 그 여자애는 자기 오빠한테 내가 한 어떤 이야기를 전했고, 그래서 한번은 그애가 나를 괴롭히기 시작했어요. 나는 그 아이가 죽어라 무서웠어요. 애초에 여자아이에게 무슨 말을 하기는커녕, 보지도 말았어야 했는데. 하지만 그 거무스름한 피부에 나는 흥분했어요. 늘 그랬죠. 남자아이는 마이크 앤드 루 바로 앞에서 나를 괴롭히기 시작했고, 그러자 모티가 겨자가 묻은 앞치마를 두르고 밖으로 나와 긴디에게 말했어요. "그애 건드리지 마." 그러니까 긴디가 말했어요. "내가 너 시키는 대로 해야 돼?" 그러자 모티가 말했어요. "당연하지." 그러니까 긴디가 한 방을 날려 모티의 코피를 왕창 터뜨렸고요. 기억나요? 아이작 긴디. 나는 그 아이의 나르시시즘의 형태에는 한 번도 매혹된 적이 없었어요. 열여섯 바늘. 그 시리아인들은 다른 시간대에 살았어요. 늘 자기들끼리 수군거렸죠. 하지만 나는 열두 살이었고, 바지 속에서 여러 가지가 반향을 일으키기 시작했는데, 긴디의 털 많은 누이에게서 눈을 뗄 수가 없었던 거예요. 소냐가 그 아이 이름이었어요. 내 기억에 소냐에게는 오빠가 하나 더 있었는데, 이름이 모리스였고, 그도 인간이 아니었죠. 하지만 전쟁이 벌어졌어요. 나는 열세 살, 모티는 열여덟 살이었어요. 이 아이는 평생 한 번도 멀리 떠나본 적이 없었어요. 아마 육상대회 말고는. 몬머스 카운티 밖으로 나가본 적이 없었죠. 평생 매일 집으로 돌아왔어요. 끝이 없는 상태가 매일 갱신되었던 셈이죠. 그러다 다음날 아침에 죽으러 떠나게 된 거예요. 하지만, 죽음이야말로 단연 끝이 없는 상태네요. 그렇지 않아요? 할머니도 동의하지 않나요? 자, 이게 무슨 가치가 있는 이야기인지 모르지만, 더 나아가기 전에 한마디. 나는 옥수숫대에 달린 알들을 먹을 때마다 어김없이 당신의 게걸스러운 광기와 당신의 의치와 이것이 나의 어머니에게 불러일으킨 역겨움을 즐겁게 떠올리곤 했어요. 그것은 나에게 시어머니와 며느리 이상의 것에 관해 가르쳐주었어요. 그것은 나에게 모든 것을 가르쳐주었죠. 이 모범적인 할머니, 어머니는 당신을 거리에 내다버리지 않으려고 할 수 있는 모든 일을 했어요. 나의 어머니가 쌀쌀맞은 것은 아니었어요―그건 당신도 알아요. 하지만 한 사람에게 행복을 주는 것이 다른 사람에게는 혐오를 주기도 하죠. 이 상호작용, 우스꽝스러운 상호작용, 이것만으로도 모든 사람을 빠짐없이 죽일 수 있죠.

사랑하는 아내이자 어머니 패니. 사랑하는 아내이자 어머니 해나. 사랑하는 남편이자 아버지 잭. 그렇게 계속된다. 우리의 사랑하는 어머니 로즈. 우리의 사랑하는 아버지 해리. 우리의 사랑하는 남편, 아버지, 할아버지 마이어. 사람들. 모든 사람들. 그리고 여기 슐로스 대위가 있고 저기에……

또 한 사람의 헌신적인 아내, 어머니, 할머니 리 골드먼이 막 그녀의 가족 가운데 한 사람, 아직 신원이 확인되지 않은 사랑하는 사람과 결합하기 위해 땅을 다시 팠다가 덮은 곳에서 새버스는 어머니, 아버지, 모티의 돌 위에 올려놓을 조약돌들을 찾았다. 그리고 이다에게도.

내가 여기 왔어요.

◆ ◆ ◆

크로퍼드의 사무실은 책상, 전화기, 낡아빠진 의자 두 개를 빼면 황량했다. 그리고 이해할 수 없는 일이지만, 아무것도 들어 있지 않은 자판기가 한 대 있었다. 젖은 개털 냄새 때문에 공기는 시큼했고, 책상과 의자 두 개는 길 건너 임시 쓰레기장에 쌓인 물품들 가운데서 가져온 것이라고 생각하지 않을 이유가 없었다. 보호 테이프를 십자 모양으로 붙여놓은 책상 위 유리 한 조각이 묘지 관리인이 서류 작업을 하는 공간이었다. 유리 밑으로 밀어넣은 낡은 명함이 네 가장자리를 꽉 채우고 있었다. 새버스의 눈에 처음 띈 명함에는 이렇게 적혀 있었다. '뉴저지, 프리홀드, 코이트 스트리트 212번지, 굿 인텐션스 도로포장회사.'

새버스는 벽돌로 지은 이 무덤 같은 건물로 들어오기 위해, 나와서 개를 진정시켜달라고 크로퍼드에게 소리쳐야 했다. 1924년 4월 13일~1944년 12월 15일. 모티는 지금 일흔일 것이다. 오늘이 그의 일흔 살 생일일 것이다! 12월이면 죽은 지 오십 년이 될 것이다. 나는 여기에 살아남아 그것을 기념하지 않을 것이다. 다행히 우리 누구도 기념하지 않을 것이다.

이제 장례식은 끝난 지 오래이고 비도 그쳤다. 크로퍼드는 새버스가 낼 돈이 얼마나 되는지, 단독 구획에 자리가 남아 있는지 알아보려고 와이즈먼 부인에게 전화를 했고, 이제 새버스에게 그녀가 부른 가격을 알리고 단독 구획에 관한 좋은 소식도 전하려고 거의 한 시간 동안 새버스가 사무실로 오기를 기다리고 있었다. 하지만 새버스는 가족 구획을 떠나려고 하다가 그때마다 다시 몸을 돌려 돌아가고 말았다. 거기 십 분 동안 서 있다가 떠난다고 해서 누구에게서 무엇을 빼앗게 되는 것인지 알지 못했지만, 떠날 수가 없었다. 반복해서 떠나고 다시 돌아가는 것은 그의 조롱을 피하지 못하는 짓이었지만, 그도 어쩔 도리가 없었다. 그는 갈 수가 없었고 갈 수가 없었고 갈 수가 없었다. 그러다가─한 가지 일을 갑자기 그만두고 다른 일을 시작하는 모든 멍청한 피조물, 그 삶이 온통 자유인지 아니면 전혀 자유가 아닌지 결코 알 수 없는 피조물처럼─떠날 수 있었고 떠났다. 하지만 이 모든 것으로부터 어떤 명료한 것도 끌어낼 수가 없었다. 오히려, 커다란 어리석음이 또렷하게 앞으로 나서며 극성을 부리기 시작했다. 뭔가 알아야 할 것이 정말로 있다 해도, 이제 그는 자신이 그것을 안 적이 없다는 것을 알았다. 그러는 동안 내내 그는 주먹을 꽉 쥐고 있었고, 관절염 통증이 아주 심해졌다.

크로퍼드의 얼굴은 바깥에서와 마찬가지로 안에서도 별로 납득이 되지 않았다. 필리스 야구모자를 벗으니, 급성장하는 듯한

틱, 콧마루 없는 코, 이마의 좁은 공간이 드러나 있었다―신은 누가 봐도 삽 모양으로 휜 턱을 주면서 아기 크로퍼드를 태어날 때부터 묘지 관리인으로 점지한 것 같았다. 우리 종과 우리 이전의 아종을 구분하는 진화적인 구분 선에 있는 얼굴이었지만, 다리에 골절이 생기고 위의 유리가 깨진 책상에서 그는 빠르게 이루어지는 거래의 중대성에 어울리는 전문적인 분위기를 확립했다. 새버스의 송장이 겪게 될 온갖 무례를 그의 마음 전면에 시각적으로 유지해주려는 듯, 개들이 사납게 으르렁거리는 소리가 들렸다. 그들은 크로퍼드의 창문 밑에서 사슬을 덜거덕거리며 유대인을 혐오하는 꿈들을 잔뜩 처먹은 듯한 소리를 내고 있었다. 게다가 거무스름한 체커판 무늬의 리놀륨이 깔린, 쓸지 않은 낡은 바닥에는 개의 사슬과 끈이 흩어져 있었고, 크로퍼드의 책상 위에는 연필, 펜, 클립, 심지어 서류마저 개들에게 먹이고 남은 페디그리 개 사료 캔에 담겨 있었다. 새버스가 크로퍼드 맞은편에 앉기 위해서는 방의 유일하게 남은 의자 위에 놓여 있는, 따지 않은 사료가 반쯤 차 있는 상자를 치워야 했다. 그제야 그는 앞문에 달린 가로대, 다윗의 별이 그려진 직사각형 색유리를 보았다. 이 장소는 원래는 관을 갖다놓고 조객이 모이는 묘지 기도실로 세워졌던 것이다. 이제는 개집이었지만.

크로퍼드가 말했다. "단독에는 육백 달러를 달랍디다. 저기 있는 무덤 두 개짜리에는 천이백을 원하는데, 그걸 천백으로 후려쳤소. 무덤 두 개짜리가 저기에서는 댁에게 최선이라고 이야기하고 싶소. 더 나은 구역이지. 댁도 더 잘 지내게 될 거요. 단독 쪽에는 바로 옆에 안팎으로 열리는 문이 있고, 들락거리는 차들이 있고—"

"무덤 두 개짜리는 너무 멀리 떨어져 있소. 슐로스 대위 옆의 걸 주시오."

"거기서 더 잘 지낼 거라고 생각한다면……"

"그리고 묘석도."

"그건 팔지 않소. 말했잖소."

"하지만 그 업계 사람을 알잖소. 묘석을 주문해주면 좋겠는데."

"종류가 엄청 많은데."

"슐로스 대위 거하고 같으면 됩니다. 간단한 묘석."

"그건 싼 돌이 아니오. 한 팔백은 할 거요. 뉴욕이라면 천이백을 달랠 거고. 그 이상도. 거기 맞는 하단이 있지. 토대 비용도 들어가고—콘크리트 받인 셈이지. 글자는 따로 청구서를 보내게 되오. 별도 비용이니까."

"얼마요?"

"댁이 얼마나 많은 말을 하고 싶으냐에 달렸소."

"슐로스 대위가 한 만큼이면 됩니다."

"그 사람은 거기에 많이 적어놨던데. 돈 꽤 들걸."

새버스는 안쪽 호주머니에서 미셸의 돈이 든 봉투를 꺼내며, 폴라로이드가 든 봉투도 아직 거기 있다는 것을 확인하기 위해 손으로 더듬어보았다. 그는 돈 봉투에서 터 비용으로 육백, 묘석 비용으로 팔백을 꺼내 지폐를 크로퍼드의 책상에 내려놓았다.

"그리고 내가 하고 싶은 말에 삼백을 더 주면 되겠소?"

"그럼 오십 자 이상 쓸 수 있소." 크로퍼드가 말했다.

새버스는 사백 달러를 세어서 내놓았다. "한 장은 댁한테 주는 거요. 모든 게 잘되도록 돌봐달란 뜻에서."

"뭘 심어주기를 바라오? 댁 위에? 예코나무는 이백칠십오 달러요. 나무하고 작업비까지 해서."

"나무? 나무는 필요 없소. 예코나무는 들어본 적도 없구먼."

"그게 댁의 가족 구획에 있는 거요. 저게 예코나무들이오."

"좋소. 저거하고 똑같은 걸로 주시오. 예코나무를 몇 그루 심어주시오."

그는 백 달러짜리를 석 장 더 꺼내려고 손을 집어넣었다. "크로퍼드 씨, 내 가까운 친족이 모두 여기 있소. 알아서 책임지고 해주기 바라오."

"댁은 아프군."

"관이 하나 필요하오. 친구. 오늘 본 거 같은 관."

"평범한 소나무요. 그건 사백이오. 똑같은 걸 삼백오십에 해줄 사람을 알고 있소."

"그리고 랍비도 한 명. 저 키 작은 친구면 될 것 같소. 얼마요?"

"저 사람? 백. 다른 사람을 찾아보겠소. 똑같이 괜찮은 사람을 오십이면 데려올 수 있소."

"유대인이오?"

"당연히 유대인이지. 늙은 사람이오. 그럼 된 거지."

유대인의 별 가로대 밑의 문이 열리고 이탈리아인 아이가 걸어들어왔고, 개 한 마리가 그와 함께 쏜살같이 뛰어들어와 사슬에 묶인 채 새버스의 몇 인치 앞까지 솟구쳐올랐다.

"조니, 제발." 크로퍼드가 말했다. "문 닫고 개 좀 들어오지 못하게 해."

"그럼," 새버스가 말했다. "댁은 아직 개가 나를 먹기를 바라지 않겠지. 내가 서명할 때까지 기다려야지."

"아니, 여기 이 녀석은 물지 않소." 크로퍼드가 새버스를 안심시켰다. "또 한 녀석, 그 녀석은 댁한테 달려들 수 있지만 이 녀석은 아니오. 조니, 개 좀 데리고 나가!"

조니는 사슬을 잡고 개를 뒤로 질질 잡아당겨, 여전히 새버스에게 으르렁거리는 개를 억지로 문밖으로 끌어냈다.

"도와줄 사람. 여기 앉아서 '어이, 저기 가서 이 일을 해' 하고 말할 수는 없소. 어떻게 하는지를 모르거든. 그러니 멕시코인을 하나 구해야 할 거요. 멕시코인이 나을까? 더 나쁠 수도 있소. 차 문은 잠갔소?" 그는 새버스에게 물었다.

"크로퍼드 씨, 내 계획에서 지금 빠진 게 뭐요?"

크로퍼드는 메모를 내려다보았다. "매장 비용." 그가 말했다. "사백이오."

새버스는 사백을 더 세어 책상에 이미 쌓인 지폐 더미에 보탰다.

"지침." 크로퍼드가 말했다. "묘비에 쓰고 싶은 거."

"종이 좀 주시오. 봉투도 주고."

크로퍼드가 청구서를 준비하는 동안―모두 카본지를 이용해 세 부를 만들었다―새버스는 크로퍼드가 준 종이 뒷면에(앞면은 청구서 양식으로, '무덤 관리' 등등이 적혀 있었다) 묘비의 형태를 그렸다. 아이가 집과 고양이와 나무를 그리듯이 소박하게 그렸는데, 그리는 동안 정말로 아이가 된 느낌이었다. 그 형태 안에 앞으로 거기에 나타나기를 바라는 대로 자신의 묘비명을 배치했다. 그런 다음 종이를 삼분의 일로 접어 봉투에 넣고 봉했다. 그는 봉투 겉면에 적어나갔다. 'M. 새버스의 묘비에 새길 글의 지침. 필요할 때 개봉할 것. M.S.* 94/4/13.'

크로퍼드는 명상에 잠긴 사람처럼 오랫동안 서류를 작성했다. 새버스는 그를 지켜보는 것이 즐거웠다. 훌륭한 쇼였다. 그는 모든 서류와 영수증에 적는 모든 단어의 모든 글자 하나하나가 대단히 중요한 것인 양 적어나갔다. 갑자기 깊은 존중심에 사로잡힌 것 같았다. 어쩌면 그저 새버스에게 바가지를 씌운 돈에 대한 존중심뿐인지도 모르지만, 어쩌면 그런 형식적 절차의 피할 수 없는 의미에 대한 존중심도 약간 있는 것 같았다. 이렇게 이 두 빼꼼이는 낡은 책상을 두고 마주앉아 있었다. 나이들어가는 두 남자가 서로 불신하며 얽힌 채—다들 그러는 것처럼, 우리가 그러는 것처럼—아직 거품이 이는 것은 무엇이든 생명의 샘에서 자기 입으로 각자 들이붓고 있었다. 크로퍼드 씨는 신중하게 청구서의 사무실 보관용 사본을 둘둘 말아, 단정하게 원통형으로 말린 종이를 빈 사료 캔 한 곳에 챙겨두었다.

새버스는 마지막으로 한 번 돌아가 가족 구획에 섰다. 심장이 납 같아지는 동시에 급하게 뛰면서 그의 내부로부터 마지막 의심

---

* 미키 새버스(Mickey Sabbath)의 약자.

을 떼어내고 있었다. 이 일에 나는 성공할 겁니다. 내가 여러분에게 약속합니다. 그러고 나서 그는 자신의 무덤 자리를 보러 갔다. 그곳으로 가는 길에 전에 보지 못했던 묘석 두 개를 지나쳤다. 1944년 7월 1일 27세에 노르망디에서 작전중 전사한 사랑하는 아들이자 소중한 형 언제나 기억할 것이다 해럴드 버그 하사. 1944년 9월 12일 26세에 프랑스 남부에서 작전중 전사한 사랑하는 아들이자 형 줄리어스 드롭킨 언제나 우리 마음에 있을 것이다. 그들은 이 아이들을 죽게 했다. 그들은 드롭킨과 버그를 죽게 했다. 그는 발을 멈추고 그들 대신 욕을 했다.

　길 건너의 쓰레기장과 뒤쪽의 망가진 담장과 한쪽 옆에 부식되어 무너진 철문에도 불구하고 그곳 묘지 변두리에 할당되어 한 줄로 늘어선 단독들의 가장자리에 서게 되자, 그 모래 많은 땅 한 조각이 아무리 쩨쩨하고 지질해 보여도, 소유자로서 자부심이 솟아올랐다. 아무도 그에게서 그것을 가져갈 수 없다. 그는 신중한 아침 작업에 매우 흡족하여―자신의 결정을 꼼꼼히 공식화함, 유대를 단절함, 두려움을 떨침, 작별을 고함―거슈윈의 곡을 휘파람으로 불었다. 다른 구역이 어쩌면 진짜로 나을지도 모르지만, 뒤꿈치를 들고 서면 여기서 가족 구획까지 내다보이고, 좁은 길 바로 건너에는 영감을 주는 와이즈먼 가족이 다 있고, 바로 오른쪽에는―누우면 왼쪽―슐로스 대위가 있었다. 그는 장차 자신의 영원한 이웃이 될 사람의 상당히 긴 묘사를 천천히 다시 한번 읽었다. '홀로코스트 생존자, 해외 참전 용사, 선원, 경영인, 기업가. 친척과 친구들이 아름다운 추억을 간직하며 1929년 5월 30일~

1990년 5월 20일.' 새버스는 불과 스물네 시간쯤 전에 링크를 기리던 장례식장 바로 옆 매장賣場의 진열창에서 안내문을 읽은 기억이 났다. 이름 없는 묘석이 진열되어 있고, 그 옆에 '묘비란 무엇인가?' 하는 제목의 안내문이 있었으며, 그 제목 밑으로 묘비란 '헌신의 상징'이라고 공언하는 말이 소박하고 우아한 글자로 적혀 있었다. "모든 인간 감정 가운데 가장 고상한 감정, 즉 사랑을 손으로 만질 수 있게 표현한 것이다…… 묘비는 죽음이 아니라 삶이 있었기 때문에 세워지고, 지혜로운 선택과 적절한 안내가 있으면, 살아 있는 사람들에게 존중, 믿음, 희망을 불러일으킬 수 있다…… 그것은 어제와 오늘 울려퍼지는 목소리로서 아직 태어나지 않은 세대에게 큰 소리로 말한다……"

아름답게 표현했다. 우리에게 묘비가 무엇인지 분명하게 밝혀놓아 다행이다.

그는 슐로스 대위의 묘비 옆에 선 자신의 묘비를 그려보았다.

모리스 새버스

'미키'

사랑하는 매음굴 단골손님, 유혹자,

남색 행위자, 여성 학대자,

도덕 파괴자, 젊음에 올가미를 거는 자,

부인 살해자,

자살

1929~1994

……그리고 저곳이 사촌 피시가 살던 곳이었다―그것으로 답사는 끝났다. 호텔들은 사라지고, 바닷가를 따라 수수한 콘도로 바뀌어 있었지만, 다시 거리를 따라 내려가보면 작은 집들이 여전히 네모나게 서 있었다. 모두가 살던 목재 방갈로와 치장벽토 방갈로. '헴록협회'*의 추천이라도 받은 것처럼 그는 차를 몰고 그것들 전부를 지나갔다. 마지막 기억이자 작별. 하지만 이제 종결의 상징적 행동이라고 갖다붙이며 꾸물거릴 거리를 더 생각해낼 수가 없었다. 이제 앞으로 나아가 그 빌어먹을 일을 해치울 시간이었다. 나의 이야기를 마무리할 그 위대하고 커다란 행동…… 그래서 그가 브래들리 비치를 영원히 떠나고 있을 때 해먼드 애비뉴에 피시 소유였던 방갈로가 나타났다.

해먼드 애비뉴는 바다와 나란히 달리는 길이었지만 메인 스트리트와 철로 위쪽이라 해변으로부터 족히 1마일은 떨어져 있었다. 피시는 이제 죽은 지 오래되었을 게 틀림없었다. 그의 부인은 우리가 어렸을 때 종양이 생겼다. 아주 젊은 여자―그렇다고 우리가 그때 그 점을 파악했다는 이야기는 아니지만. 머리 한쪽 옆에, 피부라는 땅 밑에서 감자가 자랐다. 그녀는 볼꼴 사나운 모습을 감추려고 머릿수건을 둘렀지만, 아무리 그래도 눈이 날카로운 아이는 어디에서 감자가 무럭무럭 자라는지 볼 수 있었다. 피시는

---

* 미국의 자살 지원 단체.

트럭을 몰며 야채를 팔았다. 케이크는 두건, 우유는 보든, 빵은 펙터, 얼음은 시보드, 야채는 피시. 나는 바구니에서 감자를 보면 당연히 그걸 생각하곤 했다. 죽은 어머니. 생각도 할 수 없는 것. 한동안 나는 감자를 먹지 못했다. 하지만 나는 나이가 들었고 전보다 배가 더 고팠고 그 시기는 지나갔다. 피시는 아이 둘을 키웠다. 남자들이 카드를 하는 밤이면 아이들을 집에 데려왔다. 어빙과 로이스. 어빙은 우표를 수집했다. 모든 나라 우표가 적어도 한 장은 있었다. 로이스는 젖통이 있었다. 열 살인데도 그게 있었다. 초등학교에서 남자아이들은 그 아이의 코트를 머리에 씌우고 젖통을 움켜쥔 다음 달아나곤 했다. 모티는 나에게 나는 그러면 안 된다고, 그애는 우리 사촌이기 때문이라고 말했다. "정확히는 육촌이지." 어쨌든 모티는 안 된다고, 그것은 어떤 유대인 율법에 어긋난다고 말했다. 우리의 성姓은 거의 똑같았다. 알파벳 덕분에 나는 로이스에게서 겨우 18인치 떨어진 곳에 앉았다. 아주 힘들었다, 그 수업들은. 쾌락은 어렵다―그 면에서 나의 첫번째 학습이었다. 수업이 끝나면 나는 교실을 나오면서 공책으로 바지 앞을 가려야 했다. 하지만 모티는 안 된다고 말했다―스웨터 시대의 절정이었는데도, 안 된다고. 그런 부문에서 내가 귀를 기울이지 말아야 할 사람. 묘지에서 그에게 호통을 쳤어야 했다. "무슨 유대인 율법? 다 지어낸 이야기잖아, 이 개자식아." 그러면 그것이 그에게 웃음을 건네주었을 것이다. 환희 그 자체, 내 손을 내밀고 그에게 웃음을 주고, 몸, 목소리, 안에 살아 있음의 재미가 어느정도 담긴 삶, 벼룩이라도 틀림없이 느낄 존재하는 것의 재미, 존재의 쾌감, 순수하고 단순한, 실제로 암 병동의 이편에 있는 누구나 이따금씩 희미하게나마 느끼는 것, 전체적으로 보면 그의 흥망이 시시해 보일지라도. 자, 모트, 우리가 '생명'이라고 부르는 것, 우리가 하늘을 '하늘'이라고 해를 '해'라고 부르는 것처럼. 우리는 얼마나 무심한지. 여기, 형제, 살아 있는 영혼―가치가 얼마나 되는지 몰라도, 내 걸 가져가라!

좋다. 그 일을 해내는 데 필요한 정신 상태를 결집할 때가 되었다. 그렇게 하는 데는 정신 상태와 그 이상이 필요할 것―하찮음, 위대함, 어리석음, 지혜, 겁, 영웅심, 맹목, 통찰, 자신의 대립하는 두 부대의 무기고에 있는 모든 것을 하나로 결합한 것―이라는 사실을 그는 알았다. 벼룩이라도 느낄 게 틀림없는 재미를 마구 들이켜는 것은 그것을 조금도 쉽게 해주지 않았다. 엉뚱한 생각을 하는 것을 멈추고 바른 생각을 하라. 하지만 피시의 집이라니―그 모든 집 가운데! 그 자신의 가족의 집, 남미계 부부가 유난스럽게 관리하고 있는―진입로(이제는 모래가 아니라 아스팔트였다) 가장자리를 따라 무릎을 꿇고 정원 일을 하는 모습이 그의 눈에 띄었다―그 집은 그의 결심을 아름답게 돕는 방향으로 작용하여, 그의 모든 비참이 그의 결심 주위에 결집되게 해주었다. 새로운 것들, 유리 일광욕실과 알루미늄 벽널과 스캘럽 무늬의 금속제 셔터 때문에 그 집을 새버스 가족의 것이라고 생각하는 것은 터무니없는 일이었다. 묘지가 가족의 것이라고 생각하는 것만큼이나 터무니없는 일이었다. 하지만 이 폐허, 피시의 집에는 의의가 있었다. 그 설명할 수 없는 과장, 의의. 새버스의 경험에서 이것은 어김없이 핵심에서 벗어나는 사태의 서곡이었다.

차일이 있던 자리는 뜯겨나갔다. 방충망이 있던 자리는 아직 그대로이지만 찢어지고 베어져 있었다. 층계가 있던 자리는 고양이 한 마리도 지탱할 수 있을 것 같지 않았다. 피시의 심하게 방치된 집은 아무도 살지 않는 것 같았다. 얼마나 들까, 새버스는 궁금했다―자살하기 전에―저걸 사는 데? 그에게는 실제로 칠천오백 달러가 남아 있었다―그리고 생명이 남아 있었고, 생명이 있는 곳에는 이동성이 있었다. 그는 차에서 내려 하나의 생각보다도 견고하지 않은 것에 의해 층계에 붙어 있는 것처럼 보이는 난간을 잡고 문으로 올라갔다. 조심스럽게―생명과 팔다리의 보전이 관심사가 아니게 된 사람의 자유는 완전히 결여한 상태로.

그는 옛날 〈프레드 앨런 쇼〉―피시가 가장 좋아하는 프로그램이었다―에 나오는 누스바움 부인처럼 소리를 질렀다. "어이, 누구 있어요?" 그는 거실 창문을 두드렸다. 황량한 날 때문에, 또 창문마다 한때 커튼이었던 것이 미라를 싸는 천처럼 걸려 있었기 때문에 안을 보는 것은 어려웠다. 그는 건물 옆면을 돌아 뒷마당으로 갔다. 군데군데 얼룩 같은 풀과 잡초뿐인 마당, 그곳에는 해변의자 하나밖에 없었다. 그가 어빙의 우표를 보러 가서(명목상으로는) 어빙의 위층 창문에서 로이스가 아래에서 수영복을 입고 일광욕을 하는 모습을 지켜보던 6월의 오후 이후로 비바람으로부터 보호하기 위해 안으로 들여놓은 적이 없는 것 같은 슬링 해변의자. 그애의 몸, 그애의 몸, 포도밭과 같은 그애의 몸이 바로 그 의자를 완전히 꽉 채우고 있었다. 선크림. 튜브에서 짜는 것. 그애는 그걸 온몸에 발랐다. 그의 눈에는 남자가 싼 것처럼 보였다. 그 애는 쉰 목소리였다. 남자가 싼 것에 덮인 채. 그의 사촌. 열두 살 밖에 안 된 사내아이가 그 모든 걸 그냥 감당하며 살아야 한다면, 그것은 너무 많은 것을 요구하는 것이라고 보아야 한다. 유대인 율법은 없었어, 새끼야.

그는 앞쪽으로 돌아나와 '매물' 간판을 찾았다. 이 집에 관해서 는 어디에 물어보아야 하나? "계세요?" 그는 맨 아래 층계에서 소리쳤고, 그러자 길 건너에서 어떤 목소리가 마주 외쳤다. 여자 의 목소리. "할아버지 찾아요?"

흑인 여자가 그에게 손을 흔들고 있었다―젊은 편이었고, 웃 음을 짓고 있었으며, 청바지를 입은 품이 멋지고 풍만해 보였다. 여자는 포치 맨 위 계단에 서 있었고, 그곳에서 라디오에 귀를 기 울이고 있었다. 새버스가 어렸을 때 본 몇 안 되는 흑인은 애즈버 리나 저 너머 벨마에 살았다. 애즈버리의 흑인은 대부분 호텔 주 방일, 집안 하인, 또 스프링 애비뉴 옆에 살면서 닭 시장, 생선 시 장, 어머니가 주는 빈 단지를 가져가 제철일 때 사우어크라우트 를 잔뜩 채워오던 유대인 조제 식품점에서 임시로 천한 일을 하 는 사람들이었다. 그곳에는 흑인 바도 있었다. 전쟁중에는 아주 인기 있던 곳으로, 리오스 터프 클럽이라는 이름의 그 바에는 끝 내주는 여자와 최신 유행의 양복을 차려입은 멋쟁이가 그득했다. 토요일 밤이면 남자들이 좋은 옷가지를 걸치고 나가서 술에 취했 다shicker. 리오스에 근방에서 최고의 음악이 있었다. 모티에 따르 면, 훌륭한 색소폰 연주자들이었다. 당시 애즈버리에서는 흑인이

백인에게 적대적이지 않았으며, 모티는 음악가들 몇 명을 사귀어 내가 아직 어렸을 때 자이브풍의 재즈를 들으러 나를 데리고 두어 번 그곳에 갔다. 내가 나타나면 리오는 웃음을 터뜨리곤 했는데, 그는 그곳을 소유한 커다란 유대인 남자였다. 그는 내가 들어오는 것을 보며 말하곤 했다. "망할, 도대체 여긴 뭐하러 온 거야?" 그곳에는 흑인 색소폰 연주자가 있었는데, 그는 모티가 원반과 포환을 던지는 애즈버리 육상부에 속한 스타 허들선수의 형이었다. 그는 말하곤 했다. "뭔 일이냐, 모트? 쥬*는 잘 지내구 있나?" 쥬! 나는 가능한 모든 이유에서 쥬라는 말이 좋아 집으로 오는 길에 그말을 되풀이해달라고 졸라 모티를 미치게 했다. 그 가게 말고 또하나의 흑인 바는 더 몽상적인 이름—오키드**라운지—이었지만 거기에는 생음악이 없고 주크박스만 있었으며, 우리는 안에 들어간 적이 없었다. 그래, 새버스의 시절에 애즈버리고등학교는 이탈리아계였다. 쥬가 일부 있고, 이 소수의 흑인들이 있고, 망할 도대체 뭐라고 부르는지, 프로테스탄트, 백인 프로테스탄트도 산발적으로 있었다. 당시 롱브랜치는 철저하게 이탈리아 쪽이었다. 이탈리아식으로 롱가브랜치. 저쪽 벨마에는 많은 흑인이 세탁소에서 일했고, 15번 애비뉴, 11번 애비뉴에 살았다. 벨마의 유대인 회당에서 길을 건너면 흑인 가족이 살았는데, 그들은 안식일Shabbos에 들러 불을 켜고 껐다. 그리고 시보드가 여름 장사를 독점하기 전

---

  * dju. 영어의 'you'를 말하는 것이나, 유대인을 뜻하는 'jew'로 들리기도 한다.
  ** '난초'라는 뜻.

몇 년 동안 흑인 얼음장수가 돌아다녔다. 새버스의 어머니는 그를 보면 늘 어리둥절한 표정이었는데, 그가 얼음을 파는 '검둥이'였기 때문이라기보다는, 하긴 처음이자 마지막으로 본 그런 사람이었지만, 그가 얼음을 파는 방식 때문이었다. 어머니가 얼음을 이십오 센트어치 달라고 하면 그는 얼음 한 조각을 잘라 저울에 올리고 말한다. "되얐군요." 그러면 그녀는 얼음을 집안으로 가져왔고, 그날 저녁에 식사를 하면서 가족에게 말하곤 했다. "왜 그걸 저울에 올려놓나 몰라. 얼음을 보태거나 잘라내는 걸 한 번도 못 봤거든. 그걸 저울에 올려서 누굴 속이는 거지?" "당신이지." 새버스의 아버지가 말했다. 어머니는 그에게서 일주일에 두 번씩 얼음을 샀는데, 어느 날 그가 갑자기 나타나지 않았다. 어쩌면 이 여자는 그의 손녀, 모티와 내가 '되얐군요'라고 부르던 그 얼음장수의 손녀인지도 몰랐다.

"못 본 지 한 달이나 됐네." 그녀가 말했다. "누가 확인 좀 해봐야 하는 거 아니에요? 안 그래요?"

"내가 지금 그 일을 하려는 거 아니겠소." 새버스가 말했다.

"그 양반은 귀가 어두워요. 아주 세게 문을 두들겨야 해요.* 멈추지 말고 쾅쾅."

그는 오랫동안 세게 문을 두드리는 것보다 훌륭한 일을 했다―녹슨 방충문을 잡아당겨 열고 앞문 손잡이를 돌리고 안으로

---

* 두들긴다(bang)는 말은 성관계를 뜻하는 속어로도 쓰인다. 뒤에서 새버스는 그 의미를 연상하며 여자의 말을 떠올린다.

걸어들어간 것이다. 잠겨 있지 않았다. 그리고 거기에 피시가 있었다. 사촌 피시가 있었다. 묘지의 묘석 밑이 아니라 옆쪽 창문 옆의 소파에 앉아 있었다. 새버스가 들어오는 것을 보지도 듣지도 못한 것이 분명했다. 사촌 피시치고는 끔찍하게 작았지만 그 사람은 다름 아닌 피시였다. 널찍하게 벗어진 두개골, 좁은 턱, 커다란 귀는 여전히 새버스의 아버지와 닮은 데가 있었지만, 그렇게 쉽게 묘사할 수 없는 곳에서 닮은 느낌은 더욱 두드러졌다―그 유대인 세대 전체가 갖고 있는 가족처럼 닮은 모습. 삶의 무게, 그것을 감당하는 단순함, 완전히 무너지지 않았다는 데 대한 고마움, 흔들림 없는 순진한 신뢰―그 어느 것도 그의 얼굴을 떠나지 않았다. 그럴 수가 없었다. 신뢰. 이 시체안치소 같은 세계에서는 훌륭한 재능이었다.

가야 한다. 그를 꺼버리는 데는 음절 하나 이상이 필요하지 않은 것처럼 보인다. 내가 무슨 말을 하든 자칫 그를 죽일 수도 있다. 하지만 이 사람은 피시Fish*다. 당시 나는 그가 가끔 과감하게 노동계급 이방인 여자goyim와 파티 보트를 타고 밤낚시를 하러 나갔기 때문에 그런 이름이 붙은 줄 알았다. 악센트가 있는 유대인 남자 가운데 그런 술꾼들과 나가는 경우는 많지 않았다. 한번은, 내가 아주 어렸을 때, 그가 모티와 나를 데려갔다. 어른과 나가는 것은 재미있었다. 아버지는 낚시 또는 수영을 하지 않았다. 피시는 둘 다 했다. 나에게 수영을 가르쳐주었다. "낚시는 보통 잡

---

* '물고기'라는 뜻도 된다.

지를 못해." 그는 나에게, 보트에서 가장 작은 사람에게 설명했다. "잡는 이상 잡을 수가 없지. 간혹가다 물고기를 잡아. 가끔은 떼를 만나서 물고기를 많이 잡지. 하지만 그런 일은 많이 일어나지 않아." 9월 초의 어느 일요일 맹렬한 뇌우가 몰아쳤고, 비가 그치자마자 피시는 어빙과 함께 텅 빈 야채 트럭을 타고 달려와 모티와 나에게 낚싯대를 들고 뒤에 타라고 했다. 그러더니 미친듯이 뉴어크 애비뉴 해변으로 달려갔다—그는 어느 해변으로 가야 할지 정확하게 알고 있었다. 여름에 뇌우가 몰아치고 수온이 변하고 물살이 아주 거칠어지면 물고기떼가 피라미를 따라 들어오고 그때는 물고기를 볼 수 있다. 바로 파도 안에 있다. 실제로 있었다. 피시는 그것을 알았다. 물에서 나와 파도에 떠 있는 걸 봐라. 피시는 삼십 분 만에 물고기 열다섯 마리를 잡았다. 나는 열 살이었는데, 나도 세 마리를 잡았다. 1939년. 그리고 내가 몇 살 더 먹었을 때—이것은 모티가 떠난 뒤의 일이었는데, 나는 열네 살쯤이었다—나는 모티가 그리웠고 피시는 아버지한테서 그 이야기를 듣고 어느 토요일 나를 데리고 해변에 나가 밤을 새웠다. 전갱이를 쫓아. 그는 보온병에 차를 넣어 가져왔고 우리는 그것을 나누어 마셨다. 나는 피시에게 작별인사를 하지 않고는 자살할 수가 없다. 내가 말을 크게 해서 그가 깜짝 놀라 그 자리에서 죽는다면 묘비에 그냥 '노인 살해'*라고 새기면 될 것이다.

"피시 아저씨—나 기억해요? 미키 새버스예요. 모리스라고요.

---

* Geriacide. 앞에 나온 자살을 뜻하는 'suicide'에 빗댄 조어.

형은 모티고요."

피시는 그의 말을 듣지 못했다. 새버스가 소파에 다가가서 말해야 했을 것이다. 그러나 그는 턱수염을 보면 내가 '죽음'이라고, 내가 도둑이라고, 칼을 든 강도라고 생각할 것이다. 그리고 나는 다섯 살 이후로 이보다 덜 불길한 느낌이 든 적이 없다. 아니면 더 행복한 느낌. 이 사람은 피시다. 교육받지 못했지만, 예의바르고, 농담을 즐기는 축이고. 하지만 인색하고, 오 정말 인색해, 나의 어머니는 말했다. 사실이다. 돈에 대한 공포. 하지만 남자들은 그런 게 있었다. 어떻게 그렇지 않을 수가 있었겠어요, 엄마? 위협을 당하고, 세상에서 아웃사이더이고, 하지만 그들 자신에게도 수수께끼인 저항의 원천이 있고. 생각을 하는 끔찍한 경향을 자비롭게도 면제받지 못했다면, 수수께끼라고 여겼을 것이란 뜻이다. 생각은 그들이 자신의 삶에서 가장 아쉽지 않다고 느끼는 것이었다. 모든 게 다 생각보다 기본적인 것이었다.

"피시," 그가 말하며 두 팔을 활짝 벌리고 나아갔다. "나 미키예요. 미키 새버스. 아저씨 친척. 샘과 예타의 아들. 미키 새버스." 그가 소리를 치자 피시는 무릎에서 만지작거리던 우편물 두 개에서 눈을 들었다. 누가 그에게 무슨 우편물을 보냈을까? 나도 거의 우편물을 받지 않는데. 그가 죽지 않았다는 추가의 증거.

"당신? 당신 누구요?" 피시가 물었다. "신문사에서 왔소?"

"신문사에서 온 게 아니에요. 아니고요. 나는 미키 새버스라고요. 새버스."

"그래? 나한테 새버스 사촌이 있었지. 매케이브 애비뉴에 살던. 저건 그 사람이 아닌데, 그렇지?"

악센트와 구문은 그대로이지만, 거리에서 집안에 대고 소리를 지르면 마당까지 들리던 근육질의 목소리는 이제 아니었다. "야-아-채요! 신선한 야-아-채요, 사모님들!" 음조가 없고 텅 빈 목소리에서 그가 얼마나 귀가 멀었는지, 나아가 얼마나 외로운지 들을 수 있었지만 지금은 그의 인생에서 좋은 시절이 아니었다. 한낱 안개 같은 인간. 예전의 그 카드놀이에서 이겼을 때 그의 기쁨은 격렬했다―그는 연거푸 부엌 탁자의 유포油布를 찰싹찰싹 때려가며 웃음을 터뜨리고 손으로 돈을 긁어모았다. 나중에 나의 어머니는 이것이 그가 아주 탐욕스럽기 때문이라고 설명했다. 부엌 설비에는 파리잡이 끈끈이가 대롱거렸다. 부엌에서 들리는 소리라고는 그들 머리 위에서 발작을 일으키며 죽어가는 파리의 쇼트가 난 듯한 브즈즈즈 소리였고, 그들은 자신들의 패에 집중했다. 그리고 귀뚜라미. 그리고 기차. 침대에 들어간 어린아이가 껍질이 완전히 벗겨져 신경줄이 다 드러나는 것처럼 화들짝 놀라게 하는―적어도 그 시절에는 아이의 보호막을 완전히 벗겨 모든 부분을, 산다는 일의 강렬한 드라마와 수수께끼에 노출시키던―그 별로 낭랑하지 않은 소리, 저지 해안 화물열차가 어둠 속에서 도시를 빠르게 관통하며 내지르는 기적. 그리고 구급차. 여름철, 늙은 사람들이 북부 저지의 모기를 피하기 위해 일주일 동안 집안에 처박혔을 때 구급차는 매일 밤 사이렌을 울렸다. 남쪽으로 두 블록, 브라이언리호텔에서는 거의 매일 밤 누군가가 죽어갔다. 해가 내리쬐는 해변 물가에서 손자들과 물을 첨벙이다 밤이면 판잣길의 벤치에서 이디시어로 함께 이야기를 하다, 뻣뻣하게, 함께, 코셔 호텔로 돌아가 그곳에서 잠잘 준비를 하다 그들 가운데 한 사람이 쓰러져 죽곤 했다. 다음날이면 해변에서 그 이야기를 듣게 되었다. 그냥 변기에서 쓰러져 죽었다. 바로 지난주에 *그가* 호텔 직원 한 사람이 토요일에 면도하는 것을 보고 주인에게 불평했다* — 그런데 오늘 그는 가버렸다! 여덟 아홉 열 살에 나는 그것을 견딜 수가 없었다. 나는 사이렌소리에 겁을 먹었다. 나는 침대에 일어나 앉아 소리를 질렀다. "안 돼! 안 돼!" 그러면 내 옆의 트윈베드에 있던 모티가 잠을 깼다. "왜 그래?" "난 죽고 싶지 않아!" "넌 안 죽어. 너는 아이야. 어서 자." 그는 내가 그걸 버티게 해주었다. 그런데 그가 죽었다, 아이가. 그런데 피시의 무엇이 그렇게 내 어머니의 반감을 샀을까? 아내 없이도 살아나가고 웃음을 터뜨릴 수 있다는 것? 어쩌면 여자친구들이 있었을지도 모른다. 하루종일 거리에서 사모님들과 어울리고, 야채를 봉투에 넣어주면서, 어쩌면 그 사모님 가운데 두어 명을 봉투에 넣었을지도 모른다. 이것이 피시가 지금도 여기 있는 이유를 설명해줄 수도 있다. 생식샘의 불명예는 역동적인 힘이 될 수도 있으니까, 멈춰 세우기가 어려우니까.

"네," 새버스가 말했다. "그건 제 아버지였죠. 매케이브에 살던. 그건 샘이고요. 나는 아들이에요. 어머니는 예타고요."

------

* 유대교에서는 안식일에 면도를 하지 못한다. 이곳이 코셔 호텔이기 때문에 벌어진 일.

"그 사람들이 매케이브에 살았다고?"

"그래요. 두번째 블록에요. 나는 그분들 아들 미키예요. 모리스."

"매케이브의 두번째 블록이라. 맹세하는데 댁이 기억나지 않소, 솔직히."

"트럭은 기억나죠, 그렇죠? 피시 사촌과 트럭."

"트럭은 기억나지. 그때는 나한테 트럭이 있었어. 맞아." 그는 입으로 말을 한 뒤에야만 자신이 한 말을 이해하는 것 같았다. "하." 그가 덧붙였다—어떤 것에 대한 조롱 섞인 확인.

"그리고 아저씨는 트럭에서 야채를 팔았죠."

"야채. 야채를 내가 팔았다는 건 알아."

"그래요, 아저씨는 그걸 제 어머니한테 팔았어요. 가끔은 나한테도 팔았고요. 내가 어머니가 적어준 걸 들고 나가면 아저씨는 나한테 팔았어요. 미키예요. 모리스. 샘하고 예타의 아들. 둘째 아들. 또 한 아들은 모티고요. 아저씨는 우리를 데리고 낚시를 가곤 했어요."

"맹세하는데, 댁이 기억나지 않소."

"뭐, 그건 괜찮아요." 새버스는 커피 탁자를 돌아가 소파의 그의 옆에 앉았다. 그의 피부는 짙은 갈색이었고, 커다란 뿔테 안경 뒤의 두 눈은 뇌로부터 신호를 받아들이는 것처럼 보였다—가까이 다가가자 새버스는 뇌 뒤쪽의 어딘가에서 여전히 사물들이 수렴되고 있다는 것을 더 분명하게 볼 수 있었다. 이것은 좋은 일이었다. 이제 진짜로 말을 할 수 있게 되었다. 놀랍게도, 그는 피시를 안아들어 자신의 무릎에 앉히고 싶은 욕망을 이겨내야 했다.

"뵙게 되니 아주 좋네요, 피시."

"나도 만나서 반가워. 하지만 아직도 댁이 기억나지 않소."

"괜찮아요. 나는 애였어요."

"그때 댁은 몇 살이었나?"

"야채 트럭에서요? 그게 전쟁 전이죠. 나는 아홉 살이나 열 살이었을 거예요. 그리고 아저씨는 사십대의 젊은 남자였죠."

"그리고 내가 댁의 모친한테 야채를 팔곤 했다 이거지?"

"그렇습니다. 예타한테요. 하지만 상관없습니다. 건강은 어떠세요?"

"아주 좋아, 고맙소. 괜찮소."

이 정중함. 이것도 여자들에게 다가갔을 것이 분명하다. 근육, 예의, 두어 가지의 우스개를 갖춘 사내다움의 표본. 그래, 그것 때문에 나의 어머니는 화가 났다, 의심의 여지가 없다. 여봐란듯한 사내다움.

피시의 바지에는 오줌자국 줄무늬가 있었고 카디건 스웨터는 앞쪽에 음식이 두껍게 떡이 져 있고―특히 단춧구멍의 리본을 따라 진하게 묻어 있었다―뭐라고 표현할 수 없는 색깔이었으나 셔츠는 새것 같아 보였고 몸에서 냄새도 나지 않았다. 입냄새는, 놀랍게도, 달콤했다. 클로버를 먹고 생존하는 생물의 냄새. 하지만 저 크고, 구부러진 이가 그 자신의 것일 수 있을까? 그럴 수밖에 없었다. 저렇게 보이는 의치를 만들지는 않으니까, 말을 위해서라면 몰라도. 새버스는 다시 그의 몸을 자신의 무릎에 올려놓고 싶다는 충동을 이겨내고 팔을 소파 등받이 위로 둘러 일부나마 피시의 어깨에 올려놓는 것으로 만족했다. 소파는 카디건과 공통점이 많았다. 임파스토*, 화가들은 그렇게 부른다. 어린 여자아이가 입술을 내밀기라도 하는 것처럼—아니, 이제는 시대에 뒤떨어진 지 오래된 유행 때 그랬던 것처럼—피시는 귀를 새버스 쪽으로 들이 밀었다. 그가 하는 말을 더 잘 들으려는 것이었다. 새버스는 그것을 먹어치울 수도 있었다. 털까지 다. 그는 시간이 갈수록 꾸준히 더 행복해졌다. 카드놀이에서 이기고자 하는 무자비한 굶주림 같은 욕구. 트럭 뒤에서 손님을 만지기. 말의 이빨을 가진 생식샘의 불명예. 죽지 못하는 무능. 대신 앉아서 끝나기를 기다리기. 이런 생각에 새버스는 강렬한 흥분을 느꼈다. 그냥 그대로 있는 것, 가버리지 않는 것의 삐딱한 몰상식.

"걸을 수 있어요?" 새버스가 물었다. "산책을 할 수가 있어요?"

"집안을 돌아다니지."

"어떻게 식사를 하세요? 직접 준비해요?"

"아, 그럼. 내가 직접 하지. 당연하지. 치킨도 만들고……"

그들은 피시가 '치킨' 뒤에 뭔가 떠오르기를 기다리는 동안 함께 기다렸다. 새버스는 영원히라도 기다릴 수 있었다. 내가 여기로 들어와 살면서 먹을 걸 해줄 수도 있었다. 우리 둘이 우리 수프를 먹고. 길 건너 흑인 아가씨는 디저트를 먹으러 오고. 멈추지 말고 쾅쾅. 그 여자한테서 매일 그 말을 듣는 것도 괜찮겠지.

"나는 먹지, 그걸 뭐라고 하나. 애플소스를 먹어. 디저트로."

---

* 두껍게 칠하기.

618

"아침은요? 오늘 아침은 드셨어요?"

"그럼. 아침. 내가 시리얼을 만들었지. 시리얼을 준비해. 오트밀을 만들고. 다음날은 또…… 그걸 뭐라고 하나. 시리얼─염병 그걸 뭐라고 부르더라?"

"콘플레이크요?"

"아니, 나는 콘플레이크는 먹지 않아. 아니, 전에는 콘플레이크를 먹었지."

"그런데 로이스는요?"

"내 딸? 죽었지. 댁이 그애를 알았소?"

"그럼요. 그럼 어브는요?"

"내 아들, 그 아이도 세상을 떠났지. 거의 일 년 전에. 예순여섯이었소. 고작. 그 아이는 세상을 떠났어."

"우리는 고등학교를 함께 다녔어요."

"그래? 어빙하고?"

"어빙이 나보다 조금 위였죠. 우리 형하고 나 사이였어요. 나는 어빙을 부러워했어요. 트럭에서 아주머니들을 위해 봉투를 들고 뛰어서 바로 집까지 가져다주고. 어렸을 때 나는 어빙이 대단한 사람이라고 생각했어요. 자기 아버지하고 트럭에서 함께 일을 해서요."

"그래? 댁은 여기 사나?"

"아니요. 지금은 아니에요. 전에는 살았죠. 지금은 뉴잉글랜드에 살아요. 저 북쪽에요."

"그런데 여기는 무슨 일로 내려왔소?"

"아는 사람들을 보고 싶었어요." 새버스가 말했다. "그런데 뭔가가 아저씨가 지금도 살아 있다고 말해주더군요."

"다행히도, 그렇소."

"그래서 생각했죠. '아저씨를 보고 싶다. 나나 형을 기억하는지 궁금하다. 우리 형, 모티.' 모티 새버스 기억나요? 모티도 아저씨 친척이었는데."

"기억력이 형편없어. 거의 기억을 못해. 나는 여기 육십 년쯤 살았소. 이 집에. 젊었을 때 이 집을 샀지. 한 서른 살 때. 그때. 나는 집을 샀고 보시다시피 이렇소, 똑같은 곳에."

"지금도 혼자 층계를 오르내릴 수 있어요?" 거실 반대편 끝, 문 옆에 새버스가 어빙과 함께 달려올라가곤 하던 층계가 있었다. 뒤쪽 침실에서 로이스의 몸을 내려다보려는 것이었다. '바다와 스키.' 그게 로이스가 튜브에서 짜내던 것이었나, 아니, '바다와 스키'는 나중이었나? 로이스가 지금까지 살아서, 그녀가 그것을 문질러 바르는 걸 지켜보며 그가 뻑 갔다는 사실을 알지 못하는 게 안타깝다. 지금이라면 그녀도 틀림없이 듣고 싶어할 텐데. 우리의 친구 간 예법이란 게 지금이라면 로이스에게 틀림없이 별 의미가 없을 텐데.

"오, 그럼." 피시가 말했다. "그럭저럭 하지. 위층에 올라가, 당연히. 이럭저럭 걸어올라갈 수 있소. 내 침실이 위층에 있거든. 그래서 위로 올라가야 돼. 당연하지. 하루에 한 번 올라가. 올라가고 내려오지."

"잠은 많이 주무세요?"

"아니, 그게 문제요. 나는 잠을 아주 못 자. 거의 못 자지. 평생 잔 적이 없어. 잘 수가 없어."

새버스는 이게 다라고 생각했지만 과연 이게 다일 수 있을까? 이런 식으로 애를 쓰는 것은 자기답지 않다는 생각이 들었다. 하지만 그는 오랫동안 이렇게 흥미로운 대화를 나누어본 적이 없었다─어젯밤 복도에서 미셸과 나눈 대화를 제외하면. 바다에 나간 이후로 내가 만난, 몸이 굳어버릴 정도로 지루하지 않은 첫번째 남자.

"자지 않을 때는 뭘 하세요?"

"그냥 침대에 누워 생각을 해, 그게 전부야."

"무슨 생각을 하는데요?"

피시에게서 짖는 소리가 나왔다. 동굴에서 나오는 소리 비슷했다. 그게 그의 웃음에 대한 기억이 틀림없었다. 사실 전에는 많이 웃었다. 그 판돈을 거두어갈 때마다 미친듯이 웃어젖혔다. "오, 여러 가지."

"뭔가 기억나요, 피시, 옛 시절에 대한 게? 옛 시절이 기억나기는 해요?"

"예를 들어 어떤 거?"

"예타와 샘. 제 부모님."

"그분들이 댁의 부모였지."

"네."

피시는 열심히 노력했다. 변기에 앉은 사람처럼 집중했다. 그러자 순간적으로 그의 두개골 안에서 실제로 어떤 어슴푸레한 활동이 벌어지는 것처럼 보였다. 하지만 결국에는 "맹세컨대, 기억이 나지 않소" 하고 대답할 수밖에 없었다.

"그래서 하루종일 뭘 하세요, 이제 야채를 팔지도 않는데?"

"그래서 걸어다니지. 운동을 하고. 집안을 걸어다녀. 해가 뜨면 밖에 나가 해를 받고. 오늘이 4월 13일이지, 그렇지?"

"그래요. 날짜는 어떻게 아세요? 달력을 짚어보시나요?"

그는 진짜로 분개하며 말했다. "아니. 오늘이 4월 13일이란 건 그냥 알아."

"라디오는 들으세요? 우리하고 함께 라디오를 듣곤 했잖아요. H.V. 칼텐본.* 전방 소식을 들었잖아요."

"내가? 아니, 안 들어. 저 안에 라디오가 있기는 해. 하지만 이젠 귀찮아서 건드리지 않아. 귀가 안 들리기도 하고. 뭐, 나이를 많이 먹었으니까. 내가 몇이나 되는 것 같소?"

"몇이신지 알고 있는데요. 백 살이죠."

"어떻게 그걸 알고 있소?"

"우리 아버지보다 다섯 살 위였으니까요. 우리 아버지가 아저씨 사촌이에요. 버터하고 달걀을 팔았죠. 샘이요."

"그이가 댁을 여기로 보낸 거요? 아님 뭐요?"

"네. 아버지가 저를 여기로 보냈어요."

"그랬소, 응? 그이하고 그이 부인, 예타가. 그분들은 자주 보시오?"

---

* 미국의 라디오 아나운서.

"가끔이요."

"그이가 댁을 나한테 보냈다고?"

"네."

"그거 근사하지 않소?"

그 말에 새버스는 엄청나게 마음이 부풀어오르는 것을 느꼈다. 이 사람이 '근사하다'는 말을 전달할 수 있다면, 그러면 그것은, 뇌는 내가 원하는 것들을 내놓을 수도 있다. 지금 삶이 자국을 남긴 사람을 상대하고 있는 것이다. 그것은 저 안에 있다. 그냥 그와 계속 이야기를 하기만 하면, 함께 있기만 하면 된다. 그러면 결국 그 자국의 자국을 얻을 수 있다. 그가 "미키. 모티. 예타. 샘" 하고 말하는 것을 들을 수 있고, 그가 "나는 거기 있었어. 맹세하는데, 기억나. 우리 모두 살아 있었지" 하고 말하는 것을 들을 수 있다.

"백 살 되신 분치고는 아주 좋아 보이는데요."

"다행이지. 나쁘지 않소, 나쁘지 않아. 건강은 괜찮아."

"아픈 데나 통증은 없고요?"

"없소, 없어. 다행히, 없어."

"운이 좋은 분이로군요, 피시, 통증이 없다니."

"다행이지. 그럼. 나는 운이 좋소."

"그래서 지금은 뭘 하는 게 좋나요? 샘하고 카드 치던 거 기억나세요? 낚시는 기억나세요? 해변에서? 이방인 여자goyim하고 보트를 타고? 밤에 우리집에 오면 아저씨는 즐거워하셨죠. 제가 앉아 있는 걸 보면 무릎을 꽉 쥐어주곤 하셨어요. 그러면서 이 랬죠. '미키냐 모리스냐, 어느 쪽이야?' 이런 건 전혀 기억나지 않죠? 아저씨하고 아버지는 이디시어로 말하곤 했는데."

"또 뭐Vu den? 지금도 이디시어를 할 수 있어. 그건 절대 잊어버리지 않아."

"좋네요. 그래서 가끔 이디시어를 하시는군요. 좋아요. 또 어떤 일을 하면 기분이 좋으세요?"

"기분이 좋으냐고?" 그는 내가 그런 질문을 할 수 있다는 것에 깜짝 놀란다. 내가 기분좋은 일을 묻자 처음으로 그는 자신이 미친 사람을 상대하고 있는 것인지도 모른다는 생각이 든다. 미친 사람이 집에 들어왔으니 겁에 질릴 만하다. "무슨 기분좋은 일?" 그가 말했다. "나는 그냥 집에 있고 그게 다야. 영화를 보러 가거나 그런 일은 전혀 안 해. 할 수가 없소. 어차피 아무것도 볼 수 없을 테니까. 그러니 무슨 소용이겠소?"

"사람들은 만나세요?"

"으음." 사람들. 그쪽에 큰 결함이 있어. 그것이 대답을 모호하게 만든다. 사람들. 그는 생각한다, 거기에 뭐가 포함되는지 나는 전혀 알지 못하지만—젖은 불쏘시개에 불을 붙이려는 것과 같다. "거의 안 만나지." 그가 마침내 말한다. "만나는 옆집 사람이 있긴 있소. 그는 이방인goy이오. 유대인이 아니라고."

"괜찮은 사람인가요?"

"그럼, 그럼, 괜찮지."

"좋네요. 마땅히 그래야 하지만. 그 사람들은 이웃을 사랑하라고 배우죠. 그 사람이 유대인이 아닌 게 다행인 것 같네요. 그런데 청소는 누가 해주나요?"

624

"두어 주 전에 청소해주는 여자가 있어."

그래, 그럼, 내가 들어오면 그 여자는 쫓겨나게 되겠군. 더러움. 먼지. 거실은 그냥 덩그러니 바닥뿐이라고 할 수 있는데―소파와 커피 탁자를 제외하면 팔걸이가 없고 속을 넣은 의자 하나가 망가진 채로 층계 옆에 있을 뿐이다―그 바닥은 내가 '이탈리아 장화'의 한 타운에서 가본 동물원에서 본 적 있는 원숭이 우리의 바닥과 같다. 내가 절대 잊을 수 없는 동물원. 그러나 지저분한 덩어리와 먼지는 가장 작은 문제다. 그 여자는 피시보다 눈이 더 안 보이거나 아니면 사기꾼에 술꾼이다. 그녀는 내보낸다.

"여기는 청소할 게 없어." 피시가 말했다. "침대가 있는데, 그건 상태가 좋아."

"빨래는 누가 해줘요? 옷은 누가 빨아주나요?"

"옷이라……" 그건 어려운 것이다. 점점 어려워지고 있다. 그는 노력을 하고 있거나 아니면 죽어가고 있다. 만일 죽음이라면, 피시의 오래 미루어진 죽음이라면, 그가 마지막에 듣는 말이 "옷은 누가 빨아주나요?"가 되는 것이 어울리지 않는다고는 할 수 없을 것이다. 과제들. 이 남자들은 곧 과제들이었다. 남자들과 과제들은 하나였다.

"세탁은 누가 해주는데요?"

'세탁'이 먹힌다. "얼마 안 되는 작은 것들이야. 내가 직접 하지. 세탁할 게 별로 없어. 속옷하고 반바지, 그게 다야. 별로 할 게 없어. 대야에서, 싱크에서 내가 빨아. 그래서 빨랫줄에 걸지. 그러면―싹 말라!" 희극적인 효과를 위한 휴지. 그리고 의기양양하게―"싹 말라!" 그래, 피시가 다가오고 있다. 그는 늘 미키를 웃기는 말을 한다. 대단하지는 않았지만, 그에게는 기적과 은총에 관한 유머가 있었다. 괜찮았다. 싹 말라! "하지만 그 사람은 너무 인색해요. 마누라가 세상을 뜨기 전에, 가엾은 여자, 뭐 하나 사준 적이 없어." "피셀은 외로운 사람이야." 아버지가 말한다. "그 사람이 밤에 십 분은 가족을 누리게 해주자고. 그 사람은 우리 아이들을 사랑해. 자기 자식들보다. 왜 그렇게 되었는지는 모르지만, 어쨌든 그래."

"나가서 바다를 보시지는 않고요?" 새버스가 물었다.

"아니. 이제는 못 가. 그건 이제 끝이야. 걸어가기에는 너무 멀어. 잘 가, 바다."

"정신은 괜찮네요, 그래도."

"그럼, 정신은 괜찮지. 다행이야. 정신은 좋아."

"그리고 지금도 집이 있고요. 야채를 팔아서 잘사셨네요."

다시 분개. "아니야, 잘산 게 아니었소, 가난하게 산 거였어. 나는 행상을 하며 돌아다녔지. 애즈버리파크. 벨마. 벨마에 가곤 했어. 트럭을 몰고. 지붕 없는 트럭이 있었지. 바구니들이 모두 줄을 섰어. 여기에 시장이 있었어. 도매시장이. 오래전에는 농부들이 있었지. 농부들이 들어오곤 했어. 오래전 일이야. 그것도 다 잊어버렸지만."

"야채상을 하면서 평생을 보내셨군요."

"대부분은, 맞아."

밀어붙여라. 쌓인 눈더미에서 혼자 차를 빼내는 것과 같지만,

타이어들이 헛돌면서도 제자리에서 버텨주고 있다. 그러니 밀어붙여라. 그래, 모티가 기억나. 모티. 미키. 예타. 샘. 그 말을 할 수 있다. 그걸 하게 하라.

하긴 뭘 해? 이 뒤늦은 시간에 너를 위한 무엇이 이루어질 수 있겠어?

"아저씨의 어머니와 아버지는 기억나세요, 피시?"

"내가 그분들을 기억하느냐고? 그럼. 아, 기억나지. 물론이야. 러시아에서. 나는 러시아에서 태어났어. 백 년 전에."

"아저씨는 1894년에 태어났죠."

"그래. 그래. 댁의 말이 맞소. 어떻게 알았어?"

"그런데 미국에 오실 때는 몇 살이었는지 기억나세요?"

"내가 몇 살이었느냐고? 기억나. 열다섯이나 열여섯 살이었지. 어린애였어. 영어를 배웠지."

"그런데 모티하고 미키는 기억나지 않아요? 두 남자애. 예타와 샘의 아이들."

"네가 모티야?"

"저는 동생이고요. 모티는 기억나시는군요. 운동선수. 육상 스타. 모티의 근육을 만져보고 휘파람을 불곤 하셨잖아요. 클라리넷. 모티는 클라리넷을 불었어요. 손으로 뭐든 고칠 수 있었죠. 방과후에는 펠드먼 가게에서 닭털을 뽑았어요. 아저씨하고 우리 아버지하고 의자 속을 넣는 크래비츠하고 같이 카드를 치던 정육점 주인 밑에서요. 나도 형을 돕곤 했죠. 목요일과 금요일에. 아저씨는 펠드먼도 기억나지 않죠. 상관없어요. 모티는 전쟁 때 조종사였어요. 내 형이었죠. 전쟁에서 죽었어요."

"전쟁 때였나 그게? 2차대전 때?"

"네."

"그건 아주 오래전이잖아, 안 그래?"

"오십 년이죠, 피시."

"오래됐네."

거실 뒤편으로 식사실이 이어졌고, 그곳 창문들로 마당이 내다 보였다. 겨울 주말이면 그들은 식사실 식탁에 앉아 어빙의 우표들을 분류하면서 뚫린 구멍과 워터마크를 세월아 네월아 연구했다. 로이스가 집으로 들어와 층계를 올라가 자기 방으로 갈 때까지. 가끔 그녀는 화장실로 갔다. 머리 위 파이프를 통해 물이 흐르는 소리를 새버스는 우표보다 더 열심히 연구했다. 그와 어브가 앉던 식사실 의자들은 이제 옷가지에 묻혀 사라졌다. 셔츠, 스웨터, 바지, 코트가 늘어져 있었다. 노인은 벽장을 이용하기에는 눈이 너무 어두워 이곳을 옷장으로 삼고 있었다.

한쪽 벽을 따라 찬장이 하나 서 있었고, 새버스는 피시 옆에 앉은 이후로 이따금씩 그쪽을 물끄러미 보았지만, 이제야 그것이 제대로 눈에 들어왔다. 모서리는 둥글게 다듬고 단풍나무 박판을 덮은 장이었다―그것은 새버스의 어머니, 그 자신의 어머니가 소중하게 아끼던 찬장으로, 어머니가 가족끼리 식사할 때는 절대 사용하지 않는 '좋은' 접시, 가족끼리 뭘 마실 때는 절대 사용하지 않는 크리스털 잔을 두는 곳이었다. 아버지는 그곳에 일 년에 두 번 사용하는 탈리트*, 기도할 때 한 번도 사용한 적이 없는 성구상이든 벨벳 가방을 보관했다. 새버스는 한번은 그 찬장에서, 그들 같은 사람들이 식사 때 깔기에는 너무 '좋은' 테이블보 더미 밑에서 파란 천으로 장정된 책을 발견했는데, 그 책에는 결혼식 날 밤에 살아남는 법에 대한 지침이 담겨 있었다. 남자는 목욕을 하고, 몸에 분을 바르고, 부드러운 가운(실크면 더 좋고)을 걸치고, 면도를 해야 했고―아침에 이미 했다 하더라도―여자는 기절하지 않도록 노력해야 했다. 거의 백 페이지나 되는 책의 책장을 계속 넘겼지만, 새버스가 찾던 단어는 하나도 발견할 수 없었다. 그 책은 대부분 조명, 향수, 사랑에 관한 내용이었다. 예타와 샘에게 큰 도움이 되었을 것이 분명했다. 나로서는 그들이 어디에서 칵테일 셰이커를 구했을지 궁금할 따름이다. 냄새들은 다루지 않았다, 이 책에서는―색인에 냄새가 하나도 들어가 있지 않았다. 그는 열두 살이었다. 냄새는 그가 어머니의 찬장, 가끔 거창하게 크레덴자[**]라고 부르던 것 너머에서 얻어야 하는 것이었다.

어머니가 죽기 사 년 전 요양원에 들어가고 그가 집을 팔았을 때, 집안의 물건은 나누어주거나 도난당했을 것이다. 전에는 변호사가 비용을 충당하기 위해 경매를 열었을 것이라고 생각하기도 했다. 어쩌면 피시가 그 물건을 샀는지도 모른다. 우리집에서 보낸 그 저녁들에 대한 느낌 때문에. 그때 피시는 이미 아흔이었을 것이다. 어쩌면 어빙이 아버지를 위해 이십 달러에 찬장을 사준

---

* 유대교도 남자가 아침 예배 때 걸치는 숄.
** 식기류를 넣어두는 찬장.

것인지도 모른다. 어쨌든, 그게 여기에 있다. 피시가 여기에 있고, 찬장도 여기에 있다―또 무엇이 더 여기에 있을까?

"기억나요, 피시, 전쟁 동안 판잣길에 불이 다 꺼졌던 거? 등화 관제하던 기억나요?"

"그럼. 불이 다 꺼졌지. 바다가 아주 거칠어져서 판잣길 전체를 들어다가 오션 애비뉴에 갖다놓은 것도 기억나는데. 바다가 그걸 들어올린 건 내 평생 두 번이었어. 큰 폭풍우였지."

"대서양은 힘센 바다예요."

"그럼. 판잣길 전체를 들어다가 오션 애비뉴에 갖다놓았다니까. 내 평생 두 번 그런 일이 있었지."

"아주머니는 기억나세요?"

"당연히 기억하지. 나는 이리로 내려왔어. 결혼을 했지. 아주 훌륭한 여자였지. 하지만 세상을 떠났어. 한 삼십 년, 사십 년 전이야. 그 이후로 나는 혼자지. 혼자는 좋지 않아. 쓸쓸한 인생이야. 그렇다고 어쩌겠어? 할 수 있는 게 없어. 있는 걸로 최선을 다해야지. 그게 다야. 바깥이 화창하면, 해가 나면, 나는 뒤로 나가. 해를 받으며 앉아 있지. 그러면 몸이 멋진 갈색이 돼. 그게 내 인생이야. 그게 내가 사랑하는 거야. 야외생활. 내 뒷마당. 해가 나면 거의 하루종일 거기 앉아 있어. 이디시어 아나? '젊음을 잃으면 온기도 잃는다.' 오늘은 비가 오네."

저 찬장으로 가보는 것. 하지만 지금은 피시가 내 허벅지에 두 손을 얹고 있다. 우리가 이야기를 하는 동안 두 손이 내 위에 놓여 있다. 그 순간에는 마키아벨리라도 일어서지 못했을 것이다, 설사 그가, 내가 지금 알고 있는 것처럼, 찬장 안에 자신이 찾으러 온 모든 게 있다는 걸 알고 있다 해도. 나는 알고 있었다. 저 안에는 내 어머니의 유령이 아닌 뭔가가 있다. 어머니는 자신의 유령과 함께 무덤 안에 내려가 있다. 여기에는 피시의 몸을 갈색으로 바꾸는 해만큼이나 중요하고 손에 쥘 수 있는 게 있다. 하지만 움직일 수가 없었다. 이것이 틀림없이 중국인이 나이든 사람에게 갖는 존중심일 것이다.

"저 밖에서 잠이 드세요?"

"어디에서?"

"햇빛이 드는 데서요."

"아니. 자지 않아. 그냥 봐. 눈을 감고 봐. 그럼. 저기에서는 잘 수가 없지. 아까도 말했잖아. 나는 잠을 아주 못 잔다고. 저녁에 위층에 올라가, 네다섯시에. 침대로 가. 그렇게 침대에서 쉬지만, 자지는 않아. 잠을 아주 못 자."

"혼자 처음 해안에 내려왔을 때가 기억나세요?"

"해안에 왔을 때? 무슨 뜻이야, 러시아에서 말이야?"

"아니요. 뉴욕에 계시다가요. 브롱크스를 떠난 뒤에. 아저씨의 어머니와 아버지를 떠난 뒤에요."

"아. 그럼. 이리로 내려왔지. 댁이 브롱크스 출신이신가?"

"아니요. 우리 어머니가 그렇죠. 결혼 전에요."

"그래? 흠. 나는 막 결혼을 해서 이리로 내려왔어. 그래. 아주 훌륭한 여자하고 결혼했지."

"자식은 몇이나 두셨나요?"

"둘. 아들 하나 딸 하나. 아들, 그 녀석은 얼마 전에 죽었어. 회계사였지. 좋은 직업이었어. 소매점하고 일을 했지. 그리고 로이스. 댁이 로이스를 아시나?"

"네, 로이스 알지요."

"사랑스러운 아이지."

"그렇고말고요. 만나서 정말 반가워요, 피시." 그의 두 손을 내 손으로 잡으며. 시간이 되었다.

"고맙소. 만나서 좋았소, 정말로."

"내가 누군지 아세요, 피시? 모리스예요. 미키예요. 예타 아들이에요. 형이 모티고요. 나는 아저씨를 아주 잘 기억해요, 트럭을 몰고 거리에 나타나고, 부인들이 모두 집에서 나와―"

"트럭으로."

나를 따라오고 있다. 그 시절로 돌아가 있다―심지어 내가 내 손에 남겨놓은 것보다 훨씬 센 힘으로 내 두 손을 꼭 잡으며! "트럭으로." 내가 말했다.

"야채를 사러. 그거 근사하지 않아?"

"그럼요. 딱 맞는 말이네요. 아주 근사했죠."

"근사했어."

"그 오래전에. 모두 살아 있을 때. 혹시 집안 구경을 하면서 사진 좀 볼 수 있을까요?" 찬장 위에는 사진들이 늘어서 있었다. 액자는 없었다. 그냥 벽에 기대놓았다.

"저 사진을 찍고 싶소?"

정말이지 찬장 사진을 찍고 싶다. 그가 어떻게 알았을까? "아

632

니요. 그냥 사진만 보고 싶은데요."

나는 그의 두 손을 내 무릎에서 들어올렸다. 하지만 내가 일어서자 그도 일어서서 나를 따라 식사실로 들어왔다. 아주 잘 걸었다. 바로 내 뒤에서 나를 따라 찬장까지 왔다. 어떤 자그마한 팔푼이를 쫓아 링 주위를 도는 윌리 펩* 같았다.

"사진이 보여?" 그가 물었다.

"피시," 내가 말했다. "이건 아저씨네요—트럭과 함께요!" 트럭이 있었고, 비스듬하게 기운 옆면을 따라 바구니들이 줄지어 있었고, 피시는 트럭 옆 길에 군인처럼 차려 자세로 서 있었다.

"그런 것 같군." 그가 말했다. "나는 안 보여. 나인 것 같네." 내가 사진을 그의 안경 바로 앞에 갖다대자 그가 말했다. "그래. 저기 저건 내 딸이네, 로이스."

로이스는 인생 후반으로 들어서서 자신의 원래 생김새를 잃었다. 그녀 역시도.

"그런데 이 남자는 누구예요?"

"그건 내 아들, 어빙. 그런데 이건 누구지?" 그가 찬장에 평평하게 누워 있는 사진을 집어들며 내게 물었다. 오래되어 색이 바랜 사진들이었는데, 가장자리는 물에 젖은 자국이 있고 손을 대자 조금 끈적거렸다. "저게 나인가." 그가 물었다. "아니면 누구지?"

"모르겠는데요. 이건 누구예요? 이 여자. 아름다운 여자. 거무스름한 머리."

---

* 미국의 권투선수.

"아마 내 마누라일 것 같은데."

그래. 당시에는 아마 발아에 불과했을 감자. 나는 그 여자들 가운데 이 여자의 아름다움에 근접하는 여자를 기억할 수가 없다. 그런데 죽은 것은 이 여자다.

"그리고 이건 아저씨예요? 여자친구하고?"

"그래. 내 여자친구야. 그때는 그 여자였지. 이미 세상을 떠났지만."

"아저씨는 모든 사람보다 오래 사시네요. 심지어 아저씨 여자친구들보다도."

"그래. 여자친구가 몇 명 있었지. 몇 명 있었어. 젊은 시절에, 마누라가 세상을 뜬 뒤에. 그래."

"그게 즐거웠나요?"

그 말은 처음에는 그에게 아무런 의미가 없다. 이 질문에서 그는 적수를 만난 듯하다. 우리는 기다린다. 나의 불구가 된 두 손을 기름과 때가 두껍게 앉은 어머니의 찬장에 얹은 채. 식사실의 테이블보에는 상상할 수 있는 모든 얼룩이 있다. 여기에서 다른 어느 것도 그것만큼 고약한 냄새가 나고 지저분하지 않다. 하지만 장담하는데 그건 우리 자신은 한 번도 감히 사용해본 적 없는 테이블보 가운데 하나다.

"그 여자들을 즐기셨는지 여쭤봤어요."

"뭐, 그랬지." 그가 갑자기 대답했다. "그랬어. 괜찮았지. 몇 번 시도해봤어."

"하지만 최근은 아니고요."

"가지만 접근?"

"하지만 최근은 아니냐고요."

"가지만 접근이 무슨 소리야?"

"요즘은 아니냐고요."

"요즘? 아니지, 그러기에는 너무 늙었지. 그건 끝났어." 그는 거의 화가 난 것처럼 손을 젓는다. "그건 가버렸어. 꽝이야. 잘 가, 여자친구들!"

"사진은 더 없어요? 멋진 옛날 사진들이 많은데요. 안에 더 있을지도 모르겠네요."

"여기? 이 안에? 아무것도 없어."

"모르는 거죠."

예전이었다면 성구상, 탈리트, 섹스 교본, 테이블보를 볼 수 있었을 맨 위의 서랍을 열자 진짜로 텅 비어 있다는 것이 드러난다. 그녀의 모든 삶은 서랍에 물건을 간직하는 데 바쳐졌다. 우리 것이라고 부를 수 있는 물건. 데비의 서랍 역시, 자신의 것이라고 부를 수 있는 물건. 미셸의 서랍. 서랍 속의 모든 존재, 태어나고 태어나지 않고, 가능하고 불가능한. 텅 빈 서랍을 오래 보노라면 아마 미쳐버릴 수도 있을 것이다.

나는 무릎을 꿇고 문을 열어 키가 큰 중간 서랍으로 간다. 상자가 있다. 판지 상자가 거기 있다. 아무것도 없는 것이 아니다. 상자 뚜껑에는 '모티 것'이라고 적혀 있다. 나의 어머니의 글씨다. 옆면에는 다시 어머니의 글씨로 '모티의 기旗와 다른 것들'이라고 적혀 있다.

"그러네요. 아저씨 말이 맞네요. 여기에는 아무것도 없어요."

그러고는 찬장 아래에 있는 문을 닫았다.

"오, 대단한 인생이야, 대단한 인생이야." 피시는 중얼거리며 나를 이끌고 다시 거실 소파로 돌아갔다.

"그럼요, 좋았나요, 인생이? 사는 게 좋았어요, 피시?"

"그럼. 죽은 것보단 낫지."

"사람들이 그러더군요."

하지만 내가 정말로 생각하고 있었던 것은 그 모든 일이 내가 저 위 '작은 동굴'에서 드렌카와 하는 일을 나의 어머니가 내 어깨 너머에서 지켜보러 온 데서 시작되었다는 것, 그녀가 자신에게 아무리 역겨운 일이었다 해도 계속 머물며 지켜보았기 때문에, 아무 결실이 없는 나의 모든 사정射精을 끝까지 지켜보았기 때문에 내가 여기에 오게 되었다는 사실이었다! 자신이 가야 하는 곳에 이르기 위해 자신을 어리석음 속으로 밀어넣을 수밖에 없다는 것, 엄청난 잘못을 해야만 한다는 것! 만일 그 모든 잘못에 관해 미리 말해준다면 너는, 아니, 나는 못한다, 다른 사람한테 알아봐라, 나는 그 모든 잘못을 저지르기에는 너무 똑똑하다, 하고 말할 것이다. 그러면 그들은 너에게 말할 것이다. 우리에게는 믿음이 있다, 걱정 마라. 그리고 너는, 아니, 절대 안 돼, 나보다 훨씬 큰 멍청이 schmuck가 필요하다, 하고 말할 것이다. 하지만 그들은 네가 바로 그 사람이라는 믿음이 있다고, 네가 상상도 하지 못할 만큼 아주 성실하게 엄청나게 멍청한 놈schmuck으로 진화할 것이라고, 네가 지금은 꿈조차 꾸지 못할 만한 규모의 잘못을 저지를 것이라고 말할 것이다―끝에 이르는 다른 방법은 없기 때문에.

관은 기에 싸여 집에 왔다. 그의 불에 탄 몸은 처음에는 필리핀 레이테섬에 있는 육군 묘지에 묻혔다. 그러다가 내가 바다에 나가 있을 때 관이 돌아왔다. 그쪽에서 보내주었다. 아버지는 이민자 글씨체로 나에게 편지를 써, 관 위에 기가 있었고, 장례식 뒤에 '육군 쪽 사람이 네 어머니를 위해 그것을 공식적으루다 접어줬다'고 말했다. 그것이 찬장의 그 상자 안에 있었다. 15피트 떨어져 있었다.

그들은 다시 소파로 돌아와 손을 잡고 있었다. 그런데 그는 내가 누구인지 모른다. 상자를 훔치는 데는 아무런 문제가 없다. 그럴 순간만 찾으면 된다. 그 과정에서 피시가 죽을 필요가 없다면 최선일 것이다.

"나는 생각해, 죽을 걸 생각하면," 피시가 공교롭게도 말하고 있었다. "차라리 태어나지 않았더라면 좋았겠다, 하고 생각해. 아예 태어나지 않았으면 좋았을걸. 그게 맞아."

"왜요?"

"죽음 때문이지. 죽음은 끔찍한 거니까. 알잖소. 죽음, 그건 좋지 않아. 그래서 아예 태어나지 않았으면 좋았겠다는 거요." 화가 나서 그는 그런 진술을 한다. 나는 그럴 필요가 없기 때문에 죽고 싶고, 그는 죽어야 하기 때문에 죽고 싶지 않다. "그게 내 철학이오." 그가 말한다.

"하지만 아저씨는 멋진 부인이 있었잖아요. 아름다운 여자."

"오, 그래, 그건 그랬어."

"훌륭한 자식 둘."

"그래. 그래. 그랬지." 분노가 가라앉았지만, 속도는 느리고, 점진적이다. 죽음이 무엇으로든 벌충될 수 있다고 쉽게 확신하지 않는다.

"친구도 있었고요."

"아니. 친구는 별로 많지 않아. 친구를 사귈 시간은 없었어. 하지만 마누라는, 마누라는 아주 좋은 여자였지. 마누라는 벌써 사십 년인가 오십 년 전에 세상을 떠났어. 좋은 여자였는데. 말했듯이, 내가 마누라를 만난 게 누구 소개였냐 하면…… 잠깐…… 그 여자 이름이 예타였는데."

"예타의 소개로 만났죠. 맞습니다. 우리 어머니 소개로 만났어요."

"그 여자 이름이 예타였어. 그래. 브롱크스에서 마누라를 소개받았어. 지금도 기억할 수 있어. 그 사람들은 공원을 가로질러 산책하고 있었지. 나도 산책을 했어. 산책길에 그 사람들을 만났지. 그런데 그 사람들이 나를 마누라에게 소개했어. 그리고 그게 내가 사랑에 빠진 여자였어."

"아저씨 나이치고는 기억력이 좋네요."

"오, 그래. 다행이지. 그래. 지금 몇시요?"

"한시가 다 됐네요."

"그래? 늦었군. 램 촙을 내놓을 시간이군. 나는 램 촙을 만들어. 그리고 디저트로는 애플소스가 있고. 한시가 다 됐다고, 그랬나?"

"네. 한시까지 겨우 몇 분 남았어요."

"아, 그래? 그럼 내놔야지. 나는 그걸 내 정찬이라고 불러."

"램 춥을 직접 만드세요?"

"아 그럼. 그걸 오븐에 넣어. 한 십 분 내지 십오 분 있으면 다 돼. 물론이지. '딜리셔스' 사과도 있어. 사과도 하나 구우려고 집어넣지. 그게 내 디저트야. 그런 다음에 오렌지를 먹지. 그게 내가 좋은 식사라고 부르는 거야."

"좋네요. 스스로 잘 챙기고 계시네요. 목욕도 할 수 있어요?" 그를 욕조에 들여보내고, 상자를 들고 걸어나가라.

"아니. 나는 샤워를 해."

"그게 안전해요? 버틸 수 있어요?"

"그럼. 닫힌 샤워실이야, 있잖아, 커튼이 달린 거. 거기서 샤워를 해. 그러니까 그게 내가 샤워하는 데야. 아무런 문제 없어. 일주일에 한 번, 그래. 나는 샤워를 하지."

"그런데 아무도 아저씨를 차로 모시고 나가 바다 구경을 시켜주지 않나요?"

"안 그래. 전에는 나도 바다를 좋아했지. 바다로 멱을 감으러 가곤 했어. 벌써 오래전 일이야. 수영을 아주 잘했지. 이 나라에 와서 배웠어."

"기억나요. 아저씨는 '북극곰 클럽' 회원이었죠."

"뭐?"

"'북극곰 클럽'이요."

"그건 기억 안 나."

"그렇겠죠. 추운 날씨에 해변으로 수영을 하러 가는 남자들 패거리예요. 그 사람들을 '북극곰 클럽'이라고 불렀죠. 아저씨도 수영복을 입고 밖에 나가 차가운 물에 들어갔어요. 물에 들어갔다가 얼른 나왔죠. 20년대에요. 30년대에요."

"'북극곰 클럽,' 그렇게 불렀다는 거지?"

"네."

"그래. 그래. 기억나. 그거 기억나는 거 같아."

"그게 즐거웠나요, 피시?"

"'북극곰 클럽'? 싫어했지."

"그런데 왜 하신 거예요?"

"하느님께 맹세코, 왜 그걸 했는지 기억나지가 않아."

"나한테 가르쳐줬어요, 피시. 수영을 가르쳐줬다고요."

"내가? 어빙은 가르쳐줬지. 내 아들은 애즈버리파크에서 태어났어. 로이스는 바로 여기에서, 이 집 위층에서 태어났고. 침실에서. 내가 지금 자는 침실에서 그 아이가 태어났어. 로이스가. 아기가. 그 아이는 세상을 떴지."

피시의 머리 뒤 거실 구석에 미국기가 짧은 깃대에 둘둘 말려 있다. '모티의 기와 다른 것들'이란 말을 막 읽은 뒤에야 새버스는 처음으로 그것이 눈에 들어온다. 저건가? 상자는 저기에 그냥 빈 채로 있고, 그 안에 이제 모티의 물건은 없고, 관에 있던 기를 이 깃대에 붙인 건가? 기는 마당에 있는 해변의자처럼 물이 빠진 것 같았다. 만일 이곳에서 청소하는 부인이 청소에 관심이 있다면 오래전에 찢어서 걸레로 썼을 것이다.

"어쩌다 미국기를 갖고 계세요?" 새버스가 물었다.

"벌써 오래전에 생겼어. 어디서 생겼는지는 모르지만, 어쨌든 생겼어. 아, 잠깐만. 벨마 은행에서 가져온 것 같은데. 돈을 쌓아놓으니까 저 기를 주더라고. 저 미국기를. 벨마에서 나는 예금자였지. 지금은, 잘 가, 예금."

"정찬을 드시고 싶어요, 피시? 안에 들어가 램 촙을 만들고 싶어요? 원하시면 나는 이 자리에 그대로 있을게요."

"괜찮아. 시간은 있어. 어디로 도망가는 것도 아니고."

피시의 웃음소리가 점점 웃음소리에 가까워졌다.

"여전히 유머 감각이 있네요." 새버스가 말했다.

"많지는 않아."

그래서, 상자에 남은 게 없어도, 나는 오늘 두 가지를 배워서 떠나게 될 것이다. 죽음에 대한 두려움은 영원히 너와 함께 있고 아이러니의 조각은 계속 살아남는다, 가장 소박한 유대인에게도.

"백 살까지 사는 사람이 될 거라고 생각해본 적이 있어요?"

"아니, 그렇지 않아. 성경에서 들어는 봤지만, 그렇진 않았어. 다행이지, 내가 해냈으니. 하지만 내가 얼마나 오래 버틸까, 하느님만 아시지."

"식사는 어떻게 하시겠어요, 피시? 말씀하시던 램 촙은 어떻게 하실래요?"

"여기 이건 뭐지? 이거 보이나?" 다시 그의 무릎에는 내가 들어올 때 그가 만지작거리던 우편물 두 개가 있다. "이걸 나한테 읽어주겠소? 이게 청구서인가, 아니면 뭐요?"

"'피셀 샤바스, 해먼드 애비뉴 311번지.' 내가 열어볼게요. 검안사 닥터 캐플런한테서 온 건데요."

"누구?"

"검안사 닥터 캐플런이요. 넵튠에 있네요. 안에 카드가 들었어요. 내가 읽을게요. '생신 축하드립니다.'"

"오!" 그런 인사를 받자 그는 무척이나 기뻐한다. "여기 그 사람 이름이 뭐라고?"

"닥터 벤저민 캐플런, 검안사요."

"검안사?"

"네. '훌륭한 환자분의 생신을 축하드립니다.'"

"처음 듣는 사람인데."

"'환자분만큼 특별한 생일 보내시기 바랍니다.' 최근에 생일이었어요?"

"그럼, 물론이지."

"생일이 언제인데요?"

"4월 1일."

맞다. 만우절. 어머니는 늘 그게 피시한테 어울린다고 생각했다. 그래, 어머니의 그런 혐오는 그의 자지에 대한 것이었다. 그렇지 않다면 이해가 되지 않는다.

"그러니까 이건 생일 축하 카드로군요."

"생일 축하 카드? 이름이 뭐라고?"

"캐플런이요. 의사."

"한 번도 들어본 적 없는 의사인데. 어쩌면 내 생일 이야기를 들었는지도 모르지. 또하나는 뭐요?"

"내가 뜯어볼까요?"

"그래, 물론이지, 어서."

"개런티 리저브 생명보험회사에서 온 건데요. 이건 아무것도 아닌 것 같아요."

"그건 뭐라는데?"

"아저씨한테 생명보험증권을 팔고 싶어하네요. 이렇게 적혀 있어요. '마흔부터 여든다섯 살까지 구매 가능한 생명보험증권.'"

"그건 버려도 돼."

"그러니까 이게 유일한 우편물이네요."

"치워버려."

"그래요, 이건 필요 없죠. 아저씨는 생명보험증권이 필요 없어요."

"없지, 없어. 하나 있거든. 한 오천 달러쯤 될걸. 내 이웃, 그 사람이 늘 내줘. 그게 보험증권이야. 나는 큰 보험은 든 적 없어. 누굴 위해서? 뭘 위해서? 오천 달러면 충분해. 그럼 그 사람이 그걸 처리해줘. 내 죽음 뒤에 그게 날 묻어주고, 나머지는 그 사람이 갖는 거야." 그는 죽음death을 빚debt처럼 발음한다.

"누가 알겠어?" 피시가 말한다. "내가 얼마나 더 오래 살게 될지? 시간이 얼마 남지 않았어. 당연하지. 백 살 뒤에 얼마나 더 살 수 있겠어? 아주 조금이야. 일 년이나 이 년이면 나는 운이 좋은 거야. 한 시간이나 두 시간이면 나는 운이 좋은 거야."

"램 촙은 어떻게 하실래요?"

"〈애스버리파크 프레스〉에서 어떤 사람이 인터뷰를 하러 오기로 되어 있는데. 정오에."

"네?"

"문을 열어뒀어. 그런데 나타나질 않았네. 이유를 모르겠어."

"백 살이 된 걸 갖고 인터뷰를 하려고요?"

"그렇지. 내 생일을 맞아서. 정오에. 갑자기 겁이 나거나 그런 건지도 몰라. 댁 이름이 뭐요, 형씨?"

"내 이름은 모리스입니다. 어렸을 때부터 사람들은 미키라고 불렀고요."

"잠깐. 모리스란 사람을 알았어. 벨마 출신인데. 모리스. 떠오르는군."

"그리고 내 성은 새버스고요."

"내 사촌과 같군."

"바로 그렇죠. 매케이브 애비뉴에 살던."

"그리고 또 한 사람, 그 사람 이름도 모리스야. 오, 이런. 모리스. 허. 떠오르려고 해."

"램 촙을 드시고 나면 떠오를 거예요. 어서요, 피시." 나는 말했고, 이 대목에서 그의 몸을 일으켜세웠다. "이제 드시는 겁니다."

새버스는 그가 램 촙을 만드는 것을 끝내 보지 못했다. 그는 보고 싶었다. 램 촙 자체를 몹시 보고 싶었다. 인형극 광대는 생각했다, 그가 램 촙을 만드는 것을 지켜보고, 그러고 나서 그가 몸을 돌렸을 때 얼른 램 촙을 집어서 먹어치우면 재미있었을 것이다. 하지만 그는 피시를 주방으로 들여보내자마자 화장실에 다녀오겠다며 위층으로 올라갔다가 식사실로 돌아왔고, 찬장에서 상자를 집어들고―비어 있지 않았다―집밖으로 나왔다.

흑인 여자는 여전히 포치 맨 위 계단에 있었다. 이제 그곳에 앉아 라디오로 음악을 들으며 비가 내리는 것을 지켜보고 있었다. 몹시도 행복한 모습이었다. 이 여자도 프로작을 먹나? 부분적으로 인디언일 수도 있는 생김새. 젊고. 론과 나는 다른 뱃사람들에게 이끌려 베라크루스 외곽의 어떤 구역으로 갔다. 반은 야외에 자리잡은 일종의 나이트클럽이었는데, 지저분하고 초라했다. 줄에 걸린 불빛이 반짝이고 수십 명의 젊은 여자와 뱃사람이 투박한 탁자에 앉아 있는 싸구려 환락가였다. 거래를 하고 술을 다 마시고 나면 그들은 나지막한 집들이 줄지어 있는 곳으로 갔고, 그곳에 방이 있었다. 모든 여자들이 섞여 있었다. 우리는 유카탄반도에 있다―마야의 과거가 멀지 않다. 인종의 혼합, 늘 신비한 느낌을 준다. 사람을 살아가는 일의 깊은 곳으로 데려간다. 그 아가씨는 사랑스러운 인격을 가진 착한 여자였다. 아주 짙은 색. 품위 있고, 웃음을 짓고, 애교가 있고, 모든 면에서 따뜻했다. 아마도 스물 또는 그 아래. 그녀는 사랑스러웠고, 전혀 서둘지 않았고, 전혀 급하지 않았다. 나중에 그 여자가 내 몸에 무슨 따끔거리는 연고를 바른 기억이 난다. 그 톡 쏘는 것이 병을 미리 막아준다고 여기는 것 같았다. 아주 좋은 여자. 딱 그 여자 같다.

"할아버지는 어때요?"

"램 춥을 먹고 있네요."

"이피."* 그녀가 소리쳤다.

맙소사, 그 여자를 만나고 싶다! 멈추지 말고 쾅쾅. 아니지, 그러기에는 너무 늦었지. 그건 끝났어. 그건 가버렸어. 꽝이야. 잘 가, 여자친구들!

"텍사스 출신이오? 그 이피라는 말은 어디서 배웠소? 이피-키-요-키-야이."

"그건 소가 있을 때만 하는 거예요." 그녀는 입을 넓게 벌리고 웃음을 터뜨렸다. "우피 티-이-요, 어서 가, 귀여운 도-기들아!"

"그런데 도기는 뭐요?"

"어미가 남기고 간 작고 지지러진 송아지예요. 도기는 엄마를 잃은 송아지예요."

"진짜 소몰이 아가씨로군. 나는 처음에는 애즈버리 아가씨인 줄 알았소. 마음에 드는구려, 멋진 아가씨. 아가씨의 박차가 쩔렁거리는 소리가 들리네요. 이름이 어찌되시는지?"

"호필롱 캐시디**예요." 그녀가 말했다. "그쪽은 어떻게 되시는데요."

"이스라엘 랍비, 바알 셈 토브요. '하느님의 선한 이름의 주인'이란 뜻이지. 여기 슐***의 아이들은 나를 보드워크****라고 불러요."

"만나서 반갑네요."

"내가 이야기 하나 해드리리다." 그가 말하며 차 옆에서 모티의 물건이 든 상자를 두 팔로 안은 채 한쪽 어깨를 들어올려 턱수

---

* '만세' 정도의 뜻.
** 서부 소설 시리즈에 등장하는 카우보이 주인공 이름.
*** '유대교회'라는 뜻.
**** '판잣길'이라는 뜻.

염을 쓸었다. "멘델 랍비는 한때 자기 스승인 엘리멜렉 랍비한테, 저녁이면 어두워지기 전에 빛을 몰고 가는 천사가 보이고 아침이 밝아오기 전에는 어둠을 몰고 가는 천사가 보인다고 자랑했소. 그러자 엘리멜렉 랍비가 말했소. '그래, 젊을 때는 나도 보였지. 하지만 나이가 들면 그런 건 보이지 않게 돼.'"

"유대인 우스개는 알아듣지 못하겠는데요, 보드워크 씨." 그녀는 다시 웃음을 터뜨리고 있었다.

"그럼 어떤 우스개를 알아듣소?"

하지만 상자 내부로부터 모티의 미국기―나는 그것이 거기에, 맨 밑바닥에, 공식적인 방식으로 접혀 있다는 것을 알고 있다―가 나에게 "이것은 유대인 율법에 어긋나는 것이다" 하고 말했고, 그는 상자를 들고 차에 타, 차를 몰고 해변으로, 판잣길로 갔으나, 판잣길은 이제 그곳에 없었다. 판잣길은 사라졌다. 잘 가, 판잣길. 바다가 마침내 그것을 쓸고 가버렸다. 대서양은 힘센 바다예요. 죽음은 끔찍한 거니까. 한 번도 들어본 적 없는 의사인데. 근사하다. 그래, 그것이 거기에 맞는 말이었다. 매우 근사했다. 잘 가, 근사함. 이집트와 그리스 잘 가, 잘 가 로마!

◆ ◆ ◆

여기 새버스가 1994년 4월 13일 수요일, 모티의 생일에, 그 비가 오고 안개 낀 오후에 상자 안에서 발견한 것이 있다. 다른 주 번호판이 달린 그의 차, 매케이브 애비뉴 해변 옆 오션 애비뉴의 유일한 차는 대각선으로 주차된 채, 홀로, 바다 신이 채신머리없이 사방으로 철벅거리며 폭풍의 꼬리를 따라 잿빛으로 남쪽을 향해 쓸고 가는 것을 보고 있었다. 새버스 평생에 이 상자와 같은 것은 없었다. 거기에 근접하는 것도 없었다. 니키가 존재하지 않게 된 뒤 니키의 집시 옷들을 모두 뒤지는 것조차도. 그 옷장은 끔찍했지만, 이 상자와 비교하면 아무것도 아니었다. 순수한, 이 엄청나게 순수한 고통은 그에게 새로운 것이었으며, 그가 이전에 알았던 그 모든 고통, 어떤 고통도 고통을 흉내낸 것처럼 보이게 만들어버렸다. 이것은 오직 한 종, 기억하는 동물, 오래 기억하는 동물을 괴롭히기 위해 발명된, 감정적이고 폭력적인 것, 최악의 것이었다. 그것은 그저 예타 새버스가 자신의 큰아들의 물건 가운데 상자에 보관해둔 것을 거기에서 꺼내드는 것만으로도 촉발되었다. 대서양 때문에 계류장치로부터 흔들거리는 유서 깊은 판잣길이 된 듯한 느낌이었다. 작은 바닷가 타운 전체를 따라 달리는 잘 만들어진 낡은 구식 판잣길. 튼튼한 남자의 가슴만큼이나 굵은, 크레오소트* 처리된 말뚝에 움직이지 않게 고정되어 있었지만, 해안에 낯익은 오래된 파도가 나타나면, 아이의 흔들리는 이처럼 흔들리다 말뚝에서 빠져버렸다.

그냥 물건들. 그냥 이런 몇 가지 물건들, 그런데 그에게는 그것이 금세기 최대의 허리케인이었다.

모티의 육상부 로고. 짙푸른 색에 검은 테두리. 글자 A**의 가

---

* 목재의 방부처리를 하는 약품.

로획에 올라가 있는 날개 달린 스니커. 뒤에는 아주 작은 태그. 'Pa***, 빅 런, 스탠더드 페넌트 회사.' 이름이 찍힌 연푸른 스웨터 위에 그것을 달았다. 애즈버리 비숍스.

사진. 쌍발 엔진 B-25—그가 타고 추락한 J가 아니라 그가 타고 훈련하던 D. 속셔츠, 훈련복 바지, 개목걸이****, 장교 모자, 낙하산 띠 차림의 모티. 그의 튼튼한 팔. 훌륭한 아이. 그의 승무원. 모두 다섯. 모두 활주로에 있고, 정비공이 그들 뒤에서 엔진 하나를 손보고 있고. 뒤에 찍힌 '버지니아주 포트스토리.' 행복해 보이고, 지독히도 착해 보이고. 손목시계. 내 벤루스. 바로 이 시계.

롱브랜치의 라 그로타 옆에서 찍은 인물 사진. 모자와 제복을 입은 소년.

사진. 경기장에서 원반을 던지는. 팔을 등뒤로 돌린 채 몸으로 원을 한 바퀴 그릴 채비를 하는.

사진. 액션 사진. 원반이 손에서 놓여나, 그의 앞 5피트 거리에 있고. 입은 벌리고. A 엠블럼이 찍힌 거무스름한 속셔츠, 꼭 끼는 파란 반바지. 바랜 컬러사진. 수채화처럼 물기가 번지는. 그의 열린 입. 근육.

짧은 녹음 두 개. 이것에 대한 기억은 전혀 없다. 하나는 그가 뉴욕주 오스위고 주립사범대학 324 C.T.D.(항공 승무원)에서 한 연설. "이 녹음은 YMCA가 운영하는 USO 클럽에서 이루어진 것

** 다음에 나오는 애즈버리 비숍스(Asbury Bishops)의 머리글자.

*** 펜실베이니아주의 약자.

**** 군대 인식표의 속어.

이다." 그의 목소리가 이 녹음에 들어가 있다. 'S. 새버스 부부와 미키'에게 이야기한 것.

두번째 녹음의 금속 뒤판. "이 '녹음한 편지'는 USO를 '집에서 떠나온 집'으로 이용하던 군인들이 누리던 많은 서비스 가운데 하나다." 보이스-오-그래프. '자동 목소리 녹음기.' S. 새버스 부부와 미키에게. 형은 늘 나를 포함시켰다.

빨간색, 하얀색, 파란색 새틴으로 이루어진 이등변삼각형. 함께 꿰매어져 야물커를 이루고 있다. 앞쪽의 하얀 삼각형에는 V가 있고, V 밑에는 점-점-점-대시―V를 나타내는 모르스 부호―가 있다. 그 밑에는 '하느님 미국을 축복하소서.' 애국자의 야물커.

축소판 성경. 『유대교 성서』. 안에는 옅은 파란색 잉크로, '주께서 너를 축복하고 지켜주시기를, 아널드 R. 픽스, 군목.' 맨 앞 장 위쪽에는 '백악관'이라고 적혀 있었다. '총사령관으로서 나는 병역에 나선 모든 사람에게 성경을 읽을 것을 기쁜 마음으로 권합니다⋯⋯' 프랭클린 델러노 루스벨트는 나의 형에게 '성경을 읽을 것'을 권한다. 그들이 이 아이들을 죽게 한 방식. 권한다.

『축약판 미국 군대의 유대인을 위한 기도서』. 손바닥만한 크기의 갈색 책. 히브리어와 영어. 중간의 두 페이지 사이에 세피아 색조의 가족 스냅사진. 우리는 마당에 있다. 그의 손은 아버지 어깨 위에. 아버지는 양복, 조끼, 심지어 호주머니 손수건까지. 무슨 일이지? 로슈 하샤나*? 나는 '로퍼' 재킷과 슬랙스의 끝내주는 차림.

---

* 유대교의 신년제.

어머니는 코트와 모자. 모티는 스포츠 재킷을 입었지만 타이는 매지 않고. 그가 입대한 해. 이 사진을 가져갔다. 얼마나 훌륭한 아이인지 보라. 아빠를 보라―피시처럼, 카메라를 들이대자 얼어붙은 듯이 뻣뻣하다. 베일이 드리운 모자를 쓴 나의 자그마한 어머니. 미국 군대의 유대인을 위한 기도서에 우리 사진을 넣고 다녔다. 하지만 그는 유대인이기 때문에 죽은 것이 아니다. 미국인이기 때문에 죽었다. 그들은 그가 미국에서 태어났기 때문에 그를 죽였다.

그의 화장품 상자. 'MS'*라고 금박으로 새겨진 갈색 가죽. 가로 6 세로 7에 높이 3 정도. 안에는 캡슐 두 다발. 지효성遲效性 캡슐. 덱사밀.** 불안과 우울을 둘 다 해소해주는. 덱세드린 15mg과 아모바르비탈 $1\frac{1}{2}$gr. (아모바르비탈? 모티 건가 엄마 건가? 엄마가 제정신이 아닐 때 자신의 것 대신 형의 케이스를 사용했나?) 메넨솔이 필요 없는 면도크림 반 남은 것. 메넨 남성용 탤컴파우더가 담긴 작은 녹색과 흰색 판지 후추통. 샤스타뷰티 샴푸, 프록터 앤드 갬블의 사은품. 손톱 가위. 탠 빗. 메넨 남성용 헤어크림. 여전히 냄새가 난다. 여전히 크림 느낌이 남아 있다! 라벨이 붙지 않은 병 하나, 내용물은 완전히 말라버렸다. 모조 에나멜 상자, 안에는 아이보리 비누, 미개봉. 작고 빨간 상자에 든 검은 머제스틱 드라이 셰이버. 줄이 달린. 면도기 머리 부분에는 터럭이 있고. 형의

---

* 모턴 새버스(Morton Sabbath)의 머리글자.

** 비만, 우울증 치료제의 상표명.

턱수염에서 나온 미세한 터럭들. 그게 바로 그 터럭들의 정체다.

돈 숨기는 주머니가 있는 검은 가죽 허리띠, 그의 피부에 닿아 닳아서 부드럽다.

검은 플라스틱 튜브에 담겨 있는 것. '1941년 3회 상급생 원반 선수권 대회'라고 새겨진 동메달. 개목걸이. 혈액형 'A', 히브리인을 뜻하는 'H'. 모턴 S 새버스 12204591 T 42. 그의 이름 밑에 어머니의 이름. 예타 새버스 매케이브 애비뉴 227 브래들리 비치, 뉴저지. '사라카를 위한 시간'이라고 적힌 동그랗고 노란 핀.* 총알 두 개. 하얀 버튼 위의 적십자와 맨 위에 '나는 섬긴다'는 말. 소위少尉 선장線章, 두 개. 브론즈 날개.

작은 벽돌만한 크기의 빨간색과 황금색 차 상자. 스위-터치-니차. (집에 있던 것, 그렇지 않을까, 물건들, 철사, 열쇠, 못, 그림 걸개를 집어넣는 것? 모티가 가져갔을까, 아니면 그게 돌아왔을 때 어머니가 그냥 그의 물건들을 거기에 넣어둔 것일까?) 수장袖章들. 에어 아파치스. 498 비행대대. 345 폭탄 중대. 나는 지금도 어느 게 어느 건지 알 수 있다. 장식 띠. 모자에서 나온 날개.

클라리넷. 다섯 조각으로 분해된. 마우스피스.

일기. 1939년 아이디얼 미젯 다이어리. 딱 두 날짜만. 8월 26일. '미키의 생일.' 12월 14일. '셸과 베아가 결혼했다.' 우리 사촌 베아. 내 열번째 생일.

군용 바느질 도구. 흰곰팡이가 덮인. 핀, 바늘, 가위, 단추. 아직

---

* 1939년 뉴욕 세계박람회 때 변비약 사라카를 광고하기 위해 나눠준 핀.

도 조금 남아 있는 카키색 실.

증서. 흰머리독수리.* 여럿으로 이루어진 하나E pluribus unum.**
1944년 12월 15일 태평양 남서 지역에서 조국을 위해 근무하다
죽은 모턴 S. 소위를 감사하는 마음으로 기리며. 그는 자유가 살
고, 자라고, 그 축복을 확대할 수 있도록 용감하게 죽어간 애국자
의 끊이지 않는 대열 속에 서 있다. 자유는 살고, 그것을 통해 그
도 산다―그에 비하면 대부분의 사람들이 하는 일은 초라해 보인
다. 미합중국 대통령 프랭클린 델러노 루스벨트.

증서. 명예상이기장. 미합중국, 본 증서를 보는 모두에게 인
사를. 본 증서는 미합중국 대통령이 의회가 부여한 권한에 따라
1782년 8월 7일 뉴욕 뉴버그에서 조지 워싱턴 장군이 제정한 명
예상이기장을 1944년 12월 15일 죽음에 이르게 된 작전중 부상
과 무공을 평가하며 모턴 새버스 소위 AS#o‒827746에게 수여
한 것임을 확인한다. 1945년 6월 16일 워싱턴시에서 서명, 전쟁
장관 헨리 스팀슨.

증명서. 팔레스타인에서 심은 나무들. 모턴 새버스를 추모하
며, 잭과 버디 호크버그가 식수. 샘과 예타 새버스가 식수. '에레
츠 이스라엘의 숲 다시 만들기'를 위하여. '팔레스타인을 위한 유
대 민족 기금'이 식수.

작은 도기 형상 두 개. 물고기. 또하나는 아이 하나가 변기에

---

* 미국을 상징하는 새.
** 1955년까지 미국의 표어.

앉아 있고 또다른 아이는 모퉁이에서 자기 차례를 기다리는 옥외 변소. 우리가 아이였다. 우리는 포케리노의 판잣길에서 어느 날 밤 그것을 얻었다. 우리의 장난. 똥 누는 아이. 모티는 그것을 전쟁에 가져갔다. 도기 전갱이와 함께.

바닥에는, 미국기. 기가 얼마나 무거운지! 완전히 공식적인 방식으로 접혀서.

그는 기를 꺼내들고 해변으로 나섰다. 그곳에서 기를 펼쳤다. 별이 마흔여덟 개인 기. 그것으로 몸을 두르고, 그곳의 안개 속에서 울고 또 울었다. 그냥 그와 보비와 레니를 지켜보는 것만으로도, 그와 그의 친구들을 지켜보는 것만으로도, 그냥 그들이 노닥거리는 것을 지켜보는 것만으로도, 농담하고, 낄낄거리고, 우스개를 이야기하는 것을 지켜보는 것만으로도 내가 느꼈던 재미. 그가 나를 수신자에 포함시켰던 것. 그가 늘 나를 포함시켰다는 것!

두 시간 뒤에야, 그 기에 싸인 채 해변을 쿵쿵거리며 걷다가 돌아온 뒤에야—모래를 밟으며 샤크강 도개교까지 올라갔다 돌아오고, 가는 길 내내 울고, 빠르게 말하고, 그러다가 말을 못해 어쩔 줄 모르고, 그러다가 자신에게도 불가해한 말과 문장을 큰 소리로 읊조리고—이렇게 모티 때문에, 형 때문에, 그가 절대 뚫고 나아갈 수 없는 유일한 상실 때문에 사납게 날뛰고 난 뒤에야, 그는 돌아와 차 안에서, 브레이크 페달 옆의 바닥에서, 모티의 읽기 쉬운 필체가 적힌 봉투들 꾸러미를 보았다. 그가 상자를 푸는 동안 떨어진 것이었지만, 그는 너무 감정이 복받쳐 그것을 읽기는커녕 집어들지도 못했다.

그가 돌아온 것은 두 시간 동안 바다를 들여다보고 하늘을 쳐다보고 아무것도 보지 못하고 모든 것을 보고 아무것도 보지 못한 뒤에 광기는 끝이 나고 1994년의 차분함을 되찾았다고 생각했기 때문이었다. 그는 자신을 그처럼 다시 삼킬 수 있는 유일한 것은 바다일 수밖에 없다고 생각했다. 그런데 그 모든 것이 단 하나의 상자에서부터. 따라서 세계의 역사를 상상해보라. 우리가 무절제한 것은 슬픔이 무절제하기 때문이다. 그 모든 헤아릴 수 없이 많은 종류의 슬픔.

발신자 주소는 모턴 새버스 소위의 샌프란시스코 군사우체국 번호였다. 육 센트짜리 항공우편. 소인은 1944년 11월과 12월. 새버스가 손가락을 아래로 집어넣자마자 끊어지는 약해진 고무줄로 묶인, 태평양에서 온 편지 다섯 통.

그로부터 편지를 받는 것은 언제나 강력했다. 어떤 일도 이보다 중요하지 않았다. 페이지 맨 위의 미군 기장과 그 밑의 모티의 글씨, 마치 모티 자신을 잠깐 보는 듯. 어머니가 저녁 식탁에서 낭독한 뒤에도 모두가 그것을 열 번, 스무 번 읽었다. "모티한테서 편지가 왔어요!" 이웃들에게. 전화로. "모티에게서 온 편지!" 그리고 이것이 마지막 다섯 통이었다.

1944년 12월 3일

사랑하는 엄마, 아빠, 미키,

모두들 안녕, 집안의 모든 작은 일은 어떤지요. 오늘 우편물이 좀 들어와서 틀림없이 내 것도 있겠거니 했는데 내가 틀렸어요. 누가 어딘가에서 일을 엉터리로 한 것 같아서 내 걸 찾아봐야 할 것 같아요. 할 수만 있다면 뉴기니까지 날아가서라도 확인해볼 거예요.

오늘 아침에는 9:20에 일어나 면도를 하고 아침을 좀 준비했어요. 다시 비가 내리기 시작해서 조종사 텐트로 가서 내 B.4 가방에 우리 중대 기장을 그렸어요. 우리 기장은 인디언 머리이고 에어 아파치스라는 이름을 활자체로 쓸 거예요. 어디서 에어 아파치스라는 걸 보면 그게 우리 중대인 줄 알면 돼요. 거의 오후 내내 칠을 했고 그런 뒤에 우리는 '참'으로 차를 내리고 쿠키를 먹었어요.

엄마 내가 편지에 쓴 것들 가운데 뭐든 잘려서 간 거 있어요. 나는 저녁을 먹고 내일 비행을 하게 될지 확인해봤어요.

오늘밤에 우리는 카드놀이를 하고 라디오를 들었어요. 재즈를 좀 들었지요. 그런데 게임은 우리가 이겼어요.

내가 식당에서 빵을 가져왔고 우리한테 포도 젤리가 있어서 오늘 저녁에는 핫 초콜릿을 만들어서 빵과 젤리를 먹었어요.

자 식구들 지금으로서는 이게 다인 것 같네요. 따라서 내 모든 사랑을 보내며 마무리를 해야겠어요. 너무 열심히 일하지 말고 자신을 잘 돌봐요. 모든 사람에게 내 사랑을 전해주고 잘 지내세요.

하느님이 우리 가족을 축복하고 잘 지켜주시기를.

여러분의 사랑하는 아들,

모트

사랑하는 엄마, 아빠, 미키,

안녕 식구들 음 또 하루가 거의 끝났고 나는 오늘밤에는 작전 장교예요. 여기 우리는 아주 자주 날아다녔어요. 여러분도 아마 신문에서 보셨겠지만.

여기에는 내가 이미 말한 거 외에는 새로운 게 별로 없어요. 그런데 '에어 아파치스'라는 게 기사에 나오면 그게 우리 중대고 따라서 우리가 임무 수행중이라는 걸 알면 돼요. 삼 년 전 오늘 전쟁이 시작됐네요.

오늘 텐트를 쳤고 내일은 내가 안에 나무바닥을 깔아볼 생각이에요. 여기에는 나무가 귀하지만 어디로 가야 할지 알면 보통 조금은 구할 수 있어요. 우리는 샤워 시설을 수리하고 있고 집처럼 꾸미기 위해 수많은 자잘한 일을 하고 있어요. 원주민이 우리를 열심히 도와줘요. 일본놈들이 다 빼앗아가서 원주민은 입을 것도 별로 없고, 그래서 우리가 옷가지를 조금 주었더니 우리를 위해서라면 거의 무슨 일이든 하려고 해요.

우리는 공습을 아주 여러 번 하지만 별 소용은 없어요.

집은 어때요? 이곳 음식은 점점 나아지고 우리는 저녁으로 칠면조를 먹었고 야채도 많이 먹고 있어요.

자 식구들 더 쓸 게 별로 없으니 오늘밤에는 여기서 마무리해야겠네요. 몸조심하시고 하느님이 우리 가족을 축복하기를. 무척 사랑하고 늘 집 생각을 해요.

큰 포옹과 키스를 드립니다 식구들.

안녕히 주무세요.

여러분의 사랑하는 아들,

모트

1944년 12월 9일

사랑하는 엄마, 아빠, 미키,

안녕 식구들 며칠 전에 11월 17일 자 여러분의 음성우편을 받았고, 식구들 목소리를 들어서 정말이지 기분이 무척 좋아요. 엄마 음성우편은 사용하지 마세요. 여기까지 오는 데 항공우편보다 시간도 많이 걸리고 편지에 더 많이 쓸 수 있잖아요. 우편물이 오는 데 14일이 조금 넘게 걸렸으니까 이제 상황이 정리된 거네요. 시드 L.이 어디 있는지 알아내는 대로 저한테 알려주세요. 이쪽으로 오면 연락하고 싶으니까요. 아직 여러분 소포를 못 받았지만 곧 올 거예요.

며칠 전에 새 비행기를 가지러 우리 옛 비행장에 날아갔어요. 여기에서 이틀을 기다리다 다시 진 호크버그를 찾았고 우리는 만나서 즐거운 시간을 보냈어요. 군화도 새로 한 벌 사고 필요했던 매트리스 커버도 샀어요. 여기에서 제 옷을 찾았고 떠날 때 맡겼던 세탁물도 찾았어요. 모든 게 말짱했지만 여기 있는 김에 물품도 더 샀어요. 또 자몽주스도 한 상자 샀어요. 임무 수행하러 갔다가 목이 마를 때 좋거든요. 어젯밤에는 〈아일랜드인의 눈이 웃음을 짓고 있을 때〉를 봤는데 아주 재미있었어요. 어젯밤에는 비가 왔고 나는 게을러져서 10:30 AM에 일어났어요.

집의 모두가 잘 있다는 이야기를 들어서 기뻐요. 유진은 오늘 어떤지 알아볼 생각이에요. 어제 그의 텐트에 쓰라고 나무 바닥을 췄거든요.

자 식구들 오늘 헛소리는 이게 다입니다. 잘 계시고 하느님이 우리 가족을 축복하기를. 늘 식구들을 생각해요.

여러분의 사랑하는 아들,

모트

1944년 12월 10일

사랑하는 엄마, 아빠, 미키,

안녕 식구들 음 우리는 여전히 새 비행기를 기다리고 있어요. 어제 진을 보러 갔지만 오래 있지는 못했어요. 지프를 다시 대대에 갖다놔야 했거든. 밥 호프의 책『나는 결코 고향을 떠나지 않았다』를 읽었는데 아주 좋았어요. 그 무렵 비가 내리기 시작해서 식사 시간까지 계속 내렸어요. 나는 한 친구의 텐트로 갔고 우리는 몇 시간 동안 브리지 게임을 했어요. 그런 다음에 햄, 달걀, 양파, 핫 초콜릿으로 '참'을 약간 만들었죠.

아주 늦게 잠자리에 들었다가 7:10 AM에 아침을 먹으려고 일어났어요. 아침 시간은 대부분 기름으로 모카신 신발을 닦으며 보내고 그런 뒤에 부조종사와 권총을 가져다가 병과 캔을 세워놓고 사격 연습을 했어요. 돌아와서 총을 분해하고 기름칠을 해줬어요. 책을 마저 읽고 저녁을 먹었어요. 클라리넷 연습을 했어요.

저녁에는 병원에 입원해 있는 우리 아이 한 명을 보러 갔는데 며칠이면 퇴원할 거예요. 지금은 라디오를 들으며 이 편지를 쓰고 있어요.

집은 어때요? 한 달쯤 전에 한 222달러를 송금했는데 우편환을 받았다는 이야기가 없네요. 받으셨으면 알려주세요. 또 제 채권과 매달 배당금 125달러도 받으시면요.

자 식구들 안녕히 계시고 몸 잘 챙기세요. 무척 보고 싶고 정말이지 전쟁이 빨리 끝나기를 바라요.

안녕히 주무시고 하느님이 우리 가족을 축복하기를 기원합니다.

여러분의 사랑하는 아들,

모트

1944년 12월 12일

사랑하는 엄마, 아빠, 미키,

자 마침내 오늘 돌아왔고 새 배를 이리로 끌고 왔어요. 어젯밤에는 멋진 영화를 봤고 텐트로 돌아와 몇 시간 지껄이다가 잠이 들었어요. 아침에 우리 배에 짐을 싣고 이륙했어요. 우리는 대형을 만들어 날았는데 새 배들이 다른 배들보다 훨씬 빨랐어요.

이곳 음식은 아주 좋고 우리는 여전히 우리 텐트 작업을 하고 있어요. 곧 마룻바닥을 들이게 될 거예요.

저녁으로는 싱싱한 양고기를 먹고 좋은 커피를 마셨어요. 저는 우리 옛 비행장에 가 있는 동안 우리 텐트에 쓸 장비를 많이 챙겼어요. 여기는 일이 아주 잘 풀리고 있고 여러분도 곧 이곳의 공격 소식을 보게 될 거예요. 당연히 우리도 참여하고요.

집은 어때요? 지난 며칠 동안 우편물을 받지 못했지만 내일은 좀 올 거예요.

미키가 원반과 투포환을 아주 잘하고 있다는 이야기를 들어서 정말이지 기뻐요. 계속 관심을 가지고 연습을 하게 하세요. 누가 알아요, 올림픽에 나갈지.

제 우편환 222달러하고 전쟁 채권 받았는지 알려주세요.

우리는 몇 달 뒤면 휴가를 갈 것 같아요.

자 식구들 지금으로서는 이게 대략 다입니다. 쓸 게 있으면 최대한 자주 계속 쓰도록 할게요.

자 안녕히 주무시고 하느님이 우리 가족을 축복하시기를. 여러분 모두를 자주 생각해요. 곧 만날 수 있기를 바라요.

여러분의 사랑하는 아들,

모트

다음날 일본놈들은 그를 격추했다. 그는 일흔일 것이다. 우리는 그의 생일을 축하하고 있을 것이다. 오직 잠깐 동안만 이 모든 것이 그의 것이었다. 아주 잠깐 동안만.

15,000피트에서 B-25D의 최고 속도는 시속 284마일이었다. 최대 비행 거리는 1,500마일이었다. 자중自重은 20,300파운드였다. 그 납작한 갈매기형 날개의 길이는 67피트 7인치. 길이는 52피트 11인치. 높이는 15피트 10인치. 등 양쪽에 0.5인치 노우즈 건 두 대와 쌍발 0.5인치 건, 안으로 들일 수 있는 복부 돌출 총좌. 정상 폭탄 하중은 2,000파운드였다. 허용 가능한 최대 과부하는 3,600파운드였다.

　새버스는 북아메리카 미첼 B-25 중형 폭격기에 관해 알지 못하는 게 없었고 기억하지 못하는 것, 정확하게 기억하지 못하는 것도 거의 없었다. 그는 조수석에 모티의 물건들을 싣고 어둠 속에서 북쪽으로 차를 몰고 있었다. 그의 몸은 여전히 미국기에 싸여 있었다. 절대 떼어내지 않는다―왜 떼어낼까? 머리에는 빨간색, 하얀색, 파란색 승리의 V, '하느님 미국을 축복하소서' 야물커를 쓰고. 이런 차림이 어떤 것에도 전혀 차이를 가져오지 않았고, 아무것도 바꾸지 못했고, 아무것도 줄이지 못했고, 그를 사라진 것과 합쳐주거나 여기 있는 것과 떨어지게 해주지도 않았지만, 그는 다시는 다른 차림을 하지 않겠다고 결심했다. 희희낙락하는 사람은 늘 자신의 종파 사제의 옷을 입어야 한다. 어차피 옷은 가장이다. 밖에 나가 모두가 옷을 입고 있는 것을 보면, 자신이 왜 태어났는지 조금이라도 알고 있는 사람이 아무도 없다는 것, 모두가 의식하든 의식하지 않든 꿈속에서 계속 연기를 하고 있다는 것을 분명히 알 수 있다. 우리가 얼마나 위대한 사상가들인지 진짜로 드러내는 일은 시체를 옷 속에 집어넣는 것이다. 나는 링크가 타이를 매고 있는 것이 마음에 들었다. 그리고 폴 스튜어트 양복도. 또 가슴주머니의 실크 손수건. 이제 그를 어디라도 데려갈 수 있다.

지미 두리틀의 공습. 지상기지용 비행기 B-25 열여섯 대, 항공모함으로부터 이륙하여 670마일 떨어진 곳에 폭탄 투하. 미국 해군 전함 호닛호에서, 1942년 4월 18일, 오십이 년 전 다음주. 도쿄 상공에서 육 분, 그뒤에 우리집에서 몇 시간에 걸친 아수라장, 샘을 위해 슈냅스 두 잔, 하룻밤에 일 년 치 흡입. 일왕(만일 하늘이 일왕에게 보통 평민의 불알* 두 쪽만 주었어도 그는 그것이 시작되기도 전에 미치광이 제독들을 멈추게 할 수 있었을 것이다)의 왕궁 위로 바로 날아갔다. 진주만 이후 불과 넉 달 만에 전쟁에서 첫 일본 공습—10,11톤의 중거리 폭격기가 갑판에서 열여섯

---

* '배짱'이라는 뜻으로도 사용된다.

번 떠올랐다. 그러다가 45년 2월과 3월, 초공중요새 B-29들이 마리아나제도에서 출격하여 밤에 그들을 파삭파삭하게 태워버렸다. 도쿄, 나고야, 오사카, 고베―하지만 B-29 가운데 가장 크고 가장 좋은 것, 히로시마와 나가사키에 나갔던 것*은 우리에게는 여덟 달 늦었다. 그 좆같은 것을 끝냈어야 할 날짜는 1944년 추수감사절이었다―그랬다면 뭔가 감사할 일이었을 것이다. 오늘밤에 우리는 카드게임을 하고 라디오를 들었어요. 재즈를 좀 들었지요. 그런데 게임은 우리가 이겼어요.

일본놈들 폭격기는 미쓰비시 G4M1이었다. 그들의 전투기는 미쓰비시 제로-센이었다. 새버스는 매일 밤 잠자리에서 제로 때문에 걱정을 했다. 1차대전에서 비행기를 몰았던 학교 수학 선생은 제로가 '막강하다'고 말했다. 영화에서는 그것을 '치명적'이라고 불러, 모티의 빈 침대 옆의 어둠 속에 홀로 누워 있을 때면 무슨 짓을 해도 머리에서 '치명적'을 걷어낼 수 없었다. 그 말 때문에 비명을 지르고 싶었다. 진주만에서 일본놈들의 함재기는 나카지마 B5N1이었다. 그들의 높은 고도 전투기는 가와사키 히엔인 '토니'로, 이것은 르메이**가 유럽에서 XXI 폭격기 사령부로 옮겨와 주간 공습에서 야간 공습으로 전환하기까지 B-29를 괴롭혔다. 미국 함재기는 그러면 F6F, 보트 54U, 커티스 P-40E, 그러면 TBF-1―헬캣, 코세어, 워호크, 어벤저였다. 헬캣은 2,000마

---

* 원자폭탄을 투하한 비행기를 가리킨다.
** 미국 공군 장군.

력으로. 제로보다 힘이 두 배였다. 새버스와 론은 종이 모형을 통해 일본놈이 모티와 그의 승무원에 맞서기 위해 띄워 올리는 모든 비행기의 실루엣을 알아볼 수 있었다. 론이 가장 좋아하는 미국 전투기 P-40 워호크는 버마와 중국에서 '플라잉 타이거'로 이용할 때는 코 밑에 상어 입을 그려넣었다. 새버스가 가장 좋아하는 것은 두리틀 대령의 비행기와 새버스 소위의 B-25였다. 1,700마력 라이트 R-2600-9 14기통 성형 엔진 두 대로, 각각 해밀턴-스탠더드 프로펠러를 돌렸다.

이제 모티의 물건을 갖고 있는데 어떻게 자살을 할 수 있을까? 계속 살아 있게 하는 어떤 게 늘 나타나, 젠장! 그는 계속 차를 북쪽으로 몰았다. 상자를 집으로 가져가, 스튜디오에 놓고, 안전하게 보관하기 위해 잠가두는 것 외에는 달리 어떻게 해야 할지 알수가 없었기 때문이다. 모티의 물건 때문에 그는 자는 남편의 자지를 자른 버지니아 여자를 지극히 존경하는 마누라에게 돌아가고 있었다. 상자를 피시에게 돌려주고 해변으로 돌아가 솟아오르는 파도 속으로 뛰어드는 것이 대안일까? 전기면도기의 블레이드 헤드에는 모티의 턱수염의 아주 작은 조각이 담겨 있었다. 분해한 클라리넷이 담긴 상자에는 리드가 있었다. 모티가 입에 물고 있던 리드. 새버스에게서 불과 몇 인치 떨어진, 'MS'라고 찍힌 화장품 케이스에는 모티가 머리를 빗던 빗과 모티가 손톱을 자르던 가위가 들어 있었다. 또 녹음도 있었다. 두 개. 각각에 모티의 목소리. 그리고 1939년 아이디얼 미젯 다이어리 8월 26일 자에는 모티의 손으로 쓴 '미키의 생일'. 나는 이걸 뒤에 남겨두고 파도 속으로 들어갈 수가 없다.

드렌카. 그녀의 죽음. 그것이 그녀의 마지막 밤이 될 줄은 몰랐다. 매일 밤 아주 똑같은 그림이 보였다. 거기에 익숙해졌다. 면회 시간은 여덟시 반에 끝났다. 아홉시 조금 넘어 거기에 간다. 야간 간호사에게 손을 흔든다. 징크스라는 이름의 선량하고 풍만한 블론드. 그냥 복도를 따라 쭉 내려가 드렌카의 어두워진 병실로 간다. 허락되는 일은 아니지만, 간호사가 허락하면 허락된다. 맨 처음에는 드렌카가 새버스를 들여보내달라고 부탁했고, 그다음에는 더 말할 필요가 없었다. "이제 가요." 나가는 길에 늘 입 모양으로 간호사에게 그렇게 말했다. 이제 그녀에게는 아무도 없어요, 그런 뜻이었다. 내가 떠날 때 그녀는 가끔 똑똑 떨어지는 모르핀 때문에 이미 잠들어 있기도 했다. 바싹 마른 입술은 벌어져 있고, 눈꺼풀은 완전히 닫혀 있지 않았다. 그녀의 흰자위를 볼 수 있었다. 들어갈 때나 나올 때 그것을 볼 때마다 나는 그녀가 죽었다고 확신했다. 그러나 가슴은 움직이고 있었다. 그냥 약에 취한 상태였다. 모든 곳에 암. 하지만 그녀의 심장과 폐는 여전히 괜찮았고, 나는 그녀가 그날 밤 가버릴 줄은 꿈에도 몰랐다. 그녀의 코에 꽂힌 두 갈래의 산소 관에는 익숙해졌다. 침대에 고정한 배뇨 주머니에도 익숙해졌다. 신장 기능이 망가졌지만, 내가 주머니를 확인해보면 늘 소변이 있었다. 그것에도 익숙해졌다. IV 폴대와 펌프에 연결된 모르핀 점적제點滴劑에도 익숙해졌다. 그녀의 윗부분이 이제는 아랫부분에 속해 있지 않은 것처럼 보이는 데도 익숙해졌다. 허리 약간 위쪽으로는 여위고, 허리 아래쪽으로는—이런, 오

이런—부풀어오르고 부종이 생겼다. 종양이 대동맥을 누르고, 혈류를 감소시킨다—징크스가 그런 것을 다 설명해주었고, 그는 그런 설명에도 익숙해졌다. 담요 밑에는, 눈에 보이지는 않지만, 똥이 어딘가로 빠져나올 수 있게 주머니가 있었다—난소암이 결장과 장을 빠르게 공격한다. 만일 수술을 했다면 그녀는 피를 흘리다 죽었을 것이다. 수술을 하기에는 너무 넓게 퍼진 암. 나는 그것에도 익숙해졌다. 넓게 퍼진. 좋다. 우리는 넓게 퍼진 채로 살 수 있다. 나는 나타나고, 우리는 이야기하고, 나는 앉아서 그녀가 그 열린 입으로 숨을 쉬고 잠을 자는 것을 지켜보곤 했다. 숨을 쉬는 것. 그래, 오 그래, 드렌카가 숨을 쉬는 것에 내가 얼마나 익숙해졌는지! 내가 들어갔을 때 깨어 있으면 그녀는 말하곤 했다, "내 미국인 남자친구가 왔네." 그에게 말을 하는 것이 회색 터번 밑의 눈과 광대뼈인 것 같았다. 다 빠지고 이제 듬성듬성 남은 머리카락. "화학요법에 실패했어."* 그녀가 어느 날 밤 그에게 말했다. 하지만 그는 그것에 익숙해졌다. "누구도 모든 것에 합격하지는 않아." 그가 그녀에게 말했다. 그녀는 입을 벌리고 눈꺼풀이 완전히 닫히지 않은 채 계속 많이 잤고, 아니면 베개를 돋워 머리를 받치고 모르핀 방울 덕분에 편안하게 기다렸다—그러다 갑자기 편안하지 않아 효능 촉진제가 필요할 때까지. 하지만 그는 효능 촉진제에도 익숙해졌다. 그것은 늘 거기에 있었다. "모르핀 효능 촉진제가 좀 필요하시네요." 징크스는 늘 나타나 말한다. "모르핀

---

* '실패하다'는 뜻의 'fail'은 '불합격'이나 '낙제'라는 의미도 된다.

가져왔어요. 자기." 그건 그런 식으로 처리가 되고, 우리는 이런 식으로 영원히 계속할 수 있었다. 안 그런가? 그녀의 몸을 돌리고 움직여야 했을 때는 징크스가 늘 나타나 그녀를 움직여주었으며, 그는 옆에서 도왔다. 아주 작은 컵 같은 광대뼈와 눈을 컵처럼 모아쥐고, 이마에 입을 맞추고, 그녀가 움직이는 것을 돕기 위해 어깨를 안았다. 징크스가 그녀의 몸을 돌리기 위해 담요를 들었을 때 그는 시트와 패드가 샛노랗고 축축하다는 것을 알았다. 그녀에게서 스며나온 액체. 징크스가 그녀의 몸을 돌릴 때, 똑바로 눕히거나 모로 눕히려고 그녀의 몸을 움직일 때, 드렌카의 살에 징크스의 손가락이 우묵하게 파고든 자국이 나타났다. 그는 그것에도, 그것이 드렌카의 살이라는 것에도 익숙해졌다. "오늘은 이런 일이 있었어." 드렌카는 그들이 그녀의 자세를 바꾸어주는 동안 늘 이야기를 해주었다. "파란 테디베어가 꽃과 노는 걸 본 것 같아." "흠," 징크스는 웃음을 터뜨렸다. "그냥 모르핀 때문이에요, 자기." 처음 그런 뒤에, 징크스는 복도에서 새버스를 진정시키려고 소곤거렸다. "환각이에요. 그런 사람이 많아요." 파란 테디베어들이 들어가 노는 꽃은 여관 손님들이 가져온 것이었다. 꽃다발이 너무 많아 수간호사는 그것을 전부 병실 안에 두는 것을 허락하지 않았다. 카드가 들어 있지 않은 꽃도 있었다. 남자들로부터 온. 그녀와 박았던 모든 사람으로부터 온. 꽃이 오는 일은 결코 중단되지 않았다. 그는 그것에도 익숙해졌다.

그녀의 마지막 밤. 징크스가 다음날 아침, 로지가 출근한 뒤 전화를 하여. "덩어리가 걸렸어요—폐색전. 죽었어요." "어떻게?

어떻게 그런 일이 있을 수가!" "피가 움직이는 게 영 정상이 아니었어요. 오래 누워 있어서—보세요, 좋은 방법으로 간 거예요. 아주 자비로운 살인이라고요." "고맙소, 고마워. 댁은 괜찮은 사람이야. 전화해줘서 고맙소. 몇시에 죽었소?" "선생님이 떠나신 다음에요. 떠나고 나서 두 시간쯤 뒤에." "그래. 고맙소." "선생님이 아무것도 모르고 오늘밤에 오시게 하고 싶지 않았어요." "무슨 말은 있었소?" "마지막에는 무슨 말인가 했어요. 하지만 그 크로아티아어라서." "알겠소. 고맙소."

모티의 기에 싸인 채 그의 야물커를 쓰고 그의 물건을 안전하게 보관하기 위해 북쪽으로 차를 몰면서, 모티의 물건과 드렌카와 드렌카의 마지막 밤과 함께 어둠 속에서 차를 몰면서.

"나의 미국인 남자친구."

"샬롬."*

"나의 비밀 미국인 남자친구." 그녀의 목소리는 그렇게 힘이 없지 않았지만 그는 의자를 침대 쪽으로, 물을 빼는 주머니 옆으로 당기고, 그녀의 손을 쥐었다. 이것이 이제 그들이 하는 방식이었다. 밤이면 밤마다. "이 나라의 애인을 갖는 것…… 하루종일 그 생각을 하고 있었어. 당신한테 말해주려고, 미키. 이 나라의 애인을 갖는 것. 이 나라는…… 그건 문을 연 걸 갖게 되는 느낌을 주었어. 하루종일 이걸 기억하려고 했어."

"문을 연 걸."

---

* 히브리어 인사. '평화'라는 뜻.

"모르핀 때문에 내 영어가 형편없어."

"오래전에 당신 영어에 모르핀을 놔줘야 했어. 어느 때보다도 좋은데."

"애인을 갖다니, 미키, 그런 식으로 아주 가까워지다니, 당신한 테 받아들여지다니, 미국인 남자친구…… 그 덕분에 나는 이해하지 못하는 거, 여기서 학교 다니지 않은 거에 관해 덜 두려워하게 됐어…… 미국인 남자친구를 갖는 거하고 당신 눈에서 사랑을 보는 거, 다 다 괜찮아."

"다 다 괜찮아."

"그래서 미국인 남자친구와 함께 있으면 그렇게 두려워하지 않게 돼. 그게 내가 하루종일 생각한 거야."

"나는 네가 두려워한다고는 생각도 해본 적이 없는데. 나는 네가 대담하다고 생각했어."

그녀는 그를 향해 웃음을 터뜨렸다. 눈으로만이기는 하지만. "오, 이런," 그녀가 말했다. "아주 두려웠어."

"왜, 드렌카?"

"그냥. 그냥 모든 거 때문에. 직관, 어떤 것에 관한 직관적 느낌이 없기 때문에. 나는 이 사회에서 아주 오래 일했고 나한테는 여기에서 자라고 이곳 학교에 다닌 자식도 있어…… 우리 나라였다면 내 손가락 끝으로도 다 정리해버릴 수 있었을 거야. 여기서는 많은 노력을 해야 하고, 외부자라는 열등감 콤플렉스를 극복해야 돼. 하지만 내가 이해할 수 있었던 그 모든 작은 것들, 당신 덕분에."

"어떤 작은 것들?"

"'나는 기에 부대를 맹세한다.'* 아무런 의미도 없었어. 그리고 춤. 기억나? 모텔에서?"

"그래. 그래. 보-핍-리솔."

"'너트와 전구'가 아니야, 미키."

"뭐가 아냐?"

"영어 표현. 징크스가 오늘 말해줬어, '너트와 볼트'라고. 그래서 나는 생각했지, '오 맙소사, '너트와 전구'가 아니구나.' 매슈가 맞았어 — '너트와 볼트'였어."

"그래? 그럴 리가 없는데."

"당신은 짓궂은 아이야."

"실용적이라고 해줘."

"나는 오늘 다시 임신했다는 생각을 했어."

"그래?"

"스플리트에 돌아와 있다고 생각했어. 임신을 했어. 과거의 다른 사람들이 있었어."

"누가? 누가 있었는데?"

"유고슬라비아에서도 나는 재미있게 살았어, 알잖아. 내 도시에서 젊었을 때 재미있게 놀았어. 로마 궁전이 거기 있어, 알잖아. 그곳의 중심부에 있는 오래된 궁전이야."

---

* 드렌카가 '국기에 대한 맹세'에서 충성이라는 뜻의 'allegiance'를 부대라는 뜻의 'a legion'으로 잘못 말한 것.

"스플리트에, 그래, 알고말고. 오래전에 얘기해줬잖아. 아주 오래전에, 나의 드렌카."

"그래. 그 로마 남자. 황제. 디오클레티아누스."

"바닷가에 있는 오래된 로마 도시지." 새버스가 말했다. "우리는 둘 다 바닷가에서 자랐어. 우리는 둘 다 바다를 사랑하며 자랐어. 물의 여자aqua femina."

"스플리트 옆에 더 작은 곳이 있어, 바닷가 휴양지."

"마카르스카." 새버스가 말했다. "마카르스카와 매더매스카."

"맞아." 드렌카가 말했다. "얼마나 큰 우연의 일치인지. 그 두 곳이 내가 가장 재미있게 놀았던 데야. 정말 재미있었어. 우리는 거기에서 헤엄을 쳐. 해변에서 하루종일 보내. 저녁에는 춤을 춰. 내가 처음 박은 데도 그곳이었어. 가끔 저녁을 먹지. 이런 작은 사발에 이 수프를 담아 가져오는데, 움직이다가 손님한테 쏟곤 해, 경험이 없으니까, 웨이터들이. 쟁반 전체를 갖고 오기도 하는데 그걸 들고 다녀. 와서 그걸 나눠주는데 쏟곤 해. 미국은 아주 멀리 있었어. 꿈도 꾸지 못했지. 그러다가 당신하고 춤을 추고 당신이 음악을 노래하는 걸 들을 수 있게 됐어. 갑자기 거기에 그렇게 가까이 다가갔어. 미국에. 나는 미국하고 춤을 추고 있었어."

"착한 사람, 너는 무직의 간통자와 춤을 추고 있었던 거야. 두 손에 시간이 넘쳐나는 사람과."

"당신이 바로 미국이야. 그래, 당신이, 이 짓궂은 아이. 우리가 뉴욕으로 날아가서 하이웨이를 타고 달렸을 때, 하이웨이가 뭐든 간에, 차와 교통으로 둘러싸인 그 묘지, 그게 나한테는 아주 혼란스럽고 무시무시했어. 나는 마티야한테 말했어, '이건 마음에 들지 않아.' 나는 울고 있었어. 절대 멈추지 않는 그 끝도 없는 차들이 넘쳐나는 자동차화된 미국. 그러다 갑자기, 그것 사이에 안식의 장소가 있어. 그리고 여기에 조금 저기에 조금 흩어져 있어. 그게 나한테는 아주 무시무시했어, 너무 극단적으로 반대이고 달라서 나는 그걸 이해할 수가 없었어. 하지만 당신을 통해서 이제는 모든 게 달라. 당신 알아? 당신을 통해서 이제 그 묘석들을 이해하면서 생각할 수 있다고. 지금은 당신하고 여러 곳을 다니기를 바랄 뿐이야. 오늘, 하루종일 바라고 있었어, 장소들을 생각하고 있었어."

"어떤 장소?"

"당신이 태어난 곳으로. 저지 해변에 가보고 싶었어."

"가봤어야 하는데. 내가 너를 데려갔어야 하는데."

그랬어야 하는데, 그러고 싶었는데, 그럴 수 있었는데. 눈먼 쥐세 마리.[*]

"뉴욕시티에라도. 당신 눈을 통해 그곳을 나한테 보여주는 거. 그거 좋았을 거야. 어디를 가든 우리는 늘 숨으러 갔지. 나는 숨는거 싫어. 당신하고 뉴멕시코를 가도 괜찮았을 거야. 당신하고 캘리포니아를 가도. 하지만 주로 뉴저지, 당신이 자란 바다를 보려고."

"이해해." 너무 늦었지만, 나는 이해한다. 우리가 모든 것을 너무 늦게 이해하는데도 멸망하지 않는다는 것, 그건 기적이다. 하

---

[*] 자장가. 눈먼 쥐 세 마리가 농부의 아내를 쫓아갔다가 꼬리가 잘린다는 내용.

지만 우리는 실제로 그것 때문에 멸망한다―바로 그것 때문에.

"우리가," 드렌카가 말했다. "주말에 저지 해안을 보러 갈 수만 있었다면 정말 좋았을 텐데."

"주말도 필요 없어. 롱브랜치에서 스프링레이크와 시거트까지, 약 11마일이야. 넵튠에서 차를 몰면, 메인 스트리트를 따라 내려가다, 어느새 브래들리 비치야. 브래들리에서 여덟 블록만 차를 몰면 에이번이고. 전부라 해도 아주 작아."

"말해줘. 말해줘." 보핍에서도, 그녀는 늘 그에게 말해달라고, 말해달라고, 말해달라고 졸랐다. 하지만 이미 그녀에게 이야기하지 않은 것을 끄집어내려면 무척 열심히 생각을 해야 했다. 만일 했던 이야기를 또 한다면? 그게 죽어가는 사람한테 중요할까? 죽어가는 사람한테는 영원히 했던 이야기를 또 해도 된다. 그들은 상관하지 않는다. 그냥 네가 이야기하는 소리를 계속 들을 수만 있다면.

"글쎄, 뭐 작은 타운이었어. 드렌카, 당신도 알잖아."

"말해줘. 제발."

"나한테는 별로 재미있는 일이 생긴 적이 없어. 나는 제대로 된 애들하고 친하게 지낸 적이 없어, 알잖아. 거칠고 작은 꼬마, 가족은 '비치 클럽'에 속하지도 않았고―딜 출신의 부자 여자애들이 나를 잡으려고 서로 잡아끌며 싸우지도 않았어. 고등학교에서는 딸딸이를 대신 쳐줄 여자애를 어떻게 어떻게 두어 번 구했지만, 그건 요행이었고, 사실 그리 대단한 것도 아니었어. 대부분은 함께 둘러앉아 여자를 자빠뜨릴 수만 있다면 뭐든 주겠다는 이야기만

674

하고 있었어. 론, 론 메츠너는 그때는 그애 피부 때문에 아무도 돌아보지 않았는데, 나한테 이런 말을 하며 스스로 위로하곤 했어. '조만간 벌어질 일이기는 하잖아, 안 그래?' 우리는 그게 누구든, 심지어 그게 뭐든 상관없었어. 그냥 자빠뜨리고만 싶었지. 그러다 열여섯이 되었고 이제 내가 원하는 건 도망치는 것뿐이었어."

"당신은 바다로 갔지."

"아니, 그전 해 얘기야. 그해 여름에 나는 낮에 해안 구조원으로 일했지. 그래야만 했어─해변에 노스저지 출신의 극적인 몸을 타고난 유대인 여자애들이 있었거든. 그래서 쥐똥만한 구조원 보수를 벌충하려고 밤에도 일을 했지. 온갖 종류의 방과후 일, 여름일, 토요일 일을 했어. 론의 삼촌이 아이스크림 총판업을 했어. 굿휴머*처럼 등장했지, 짜잔. 해안을 덮어버렸어. 나도 그 사람 밑에서 한 번 일한 적이 있어. 자전거 트럭에서 딕시 컵을 팔았지. 여름에만 일을 두 개, 세 개 했어. 론의 아버지는 시가회사에서 일했어. '더치 마스터스 시가' 영업사원이었지. 촌스러운 아이한테는 화려한 인물로 보였어. 사우스벨마에서 자랐고, 회당에서 독창도 하고 할례도 해주고 하는 사람 아들이었는데, 그 시절에 말 한 마리, 소 한 마리, 옥외변소, 뒷마당에 우물도 있었지. 메츠너 씨는 크기가 도시 한 블록만했어. 어마어마하게 컸지. 지저분한 우스개를 아주 좋아했고, '더치 마스터스 시가' 영업사원으로 일하면서 토요일 오후에는 라디오로 오페라를 들었어. 우리가 고등학교 마

---

*아이스크림 상표명.

지막 학년일 때 리츠호텔만큼 커다란 심장마비로 가버렸지. 왜 론이 나와 함께 바다로 갔을까—평생 아이스캔디를 파는 것으로부터 도망친 거야. 당시 '더치 마스터스'는 뉴어크에 자리잡고 있었어. 메츠너 씨는 일주일에 두 번 거기 올라가서 시가를 가져왔지. 겨울에, 토요일에, 전쟁 동안 휘발유가 배급제일 때, 론하고 나는 메치너 씨를 위해 자전거를 타고 카운티 전체를 돌아다녔어. 어느 해 겨울에는 애즈버리의 레빈스백화점 여성화 판매점에서 일했지. 아주 큰 가게였어. 애즈버리는 번화한 곳이었거든. 쿡맨 애비뉴 한 곳에만도 신발가게가 대여섯 개 있었어. I. 밀러 등등. 테퍼스. 슈타인바흐스. 그래, 쿡맨은 폭동으로 쓸려가버리기 전에는 멋진 거리였어. 해변에서 메인 스트리트를 바로 이어주었지. 그런데 내가 겨우 열네 살에 여성화 전문가였다는 이야기를 한 적이 없나? 삐딱함이라는 멋진 세계, 그걸 바로 애즈버리파크의 레빈스에서 발견한 거야. 늙은 영업사원은 손님에게 신발을 신겨줄 때 내가 드레스 안을 볼 수 있도록 여자들 다리를 들어올리곤 했어. 그 사람은 손님이 들어오면 신발을 받아서 손님 손이 닿을 수 없는 먼 곳에 갖다놨어. 그때부터 재미있는 일이 시작되는 거야. 그 사람은 손님들한테 말해, '자, 이 신은 진짜 넝마shmatte입니다.' 그러면서 내내 손님 다리를 조금씩 더 높이 들어올리는 거야. 창고에서 나는 손님이 신어본 신발의 안쪽 창 냄새를 맡아보곤 했어. 아버지 친구 한 사람은 프리홀드 근처 농부들에게 양말하고 작업복 바지를 팔러 다녔어. 뉴욕에 있는 도매상에 갔다가 돌아오면 나는 토요일에 그 사람 트럭을 타고 나가—트럭이 출발할 때─물건을 팔아서 하루가 끝나면 내 몫으로 오 달러를 챙기곤 했어. 그래, 다양한 일을 했지. 나를 고용했던 많은 사람들은 내가 자라서 로켓 과학자가 되었다면 외려 정말 놀랄 거야. 그때는 그게 패에 들어 있는 것처럼 보이지 않았거든. 내가 정말로 돈을 좀 만질 수 있었던 일은 에디 슈니어 밑에서 주차를 해준 거야. 밤에, 애즈버리의 유흥가에서, 론하고 내가 구조원 일을 하던 그 여름에. 우리는 차 한 대를 주차하면 에디 호주머니에 일 달러를 넣어주고, 다음 차를 주차하면 우리 호주머니에 일 달러를 넣었어. 에디도 알았지만, 우리 형도 그의 밑에서 일하곤 했고, 에디는 모티를 아주 좋아했지. 모티가 유대인 운동선수인데 제정신이 아닌 상태로 어슬렁거리는 유형의 거물 스타들하고 얼쩡거리지 않고 연습 뒤에는 바로 집에 와서 아버지를 도와줬으니까. 게다가 에디는 정치를 하고 부동산을 하고 본인이 도둑놈이었거든. 에디는 돈을 아주 많이 벌었기 때문에 상관하지도 않았어. 하지만 나한테 겁주는 걸 좋아했지. 에디의 처남이 길 건너에서 앉아 있다 적발하곤 했어."

"'적발'이 뭐야?"

"처남 버니가 당신 구역에서 차 백 대를 적발하면 당신 호주머니에 백 달러가 있는 것으로 간주한다는 뜻이야. 에디는 커다란 패커드 차를 타고 다녔는데, 내가 일하는 구역까지 차를 몰고 내려오곤 했어. 에디는 차를 세우고 유리창을 내린 다음 나에게 말했지. '버니가 너를 적발하고 있어. 네가 내 몫을 제대로 챙겨주지 않는다고 생각해. 네가 나를 너무 엿 먹인다고 생각하는데.' '아니, 아니에요, 슈니어 씨. 우리 누구도 슈니어 씨를 너무 엿 먹이지 않아요.' '얼마나 가져가냐, 새버스?' '저요? 저는 겨우 반밖에 안 남겼는데요.'"

그는 해냈다―그녀의 목 뒤쪽에서 웃음이 올라왔고, 그녀의 눈은 드렌카의 눈이 되었다! 웃음을 터뜨리는 드렌카. "당신은 세상에서 가장 웃기기 쉬운 비유대인 여자shiksa야. 마크 트웨인 씨가 그런 말을 했지. 그래, 형이 죽기 전 여름. 모두 모티가 떠나 있는 것 때문에 내가 엉뚱한 사람들과 어울리게 될까봐 걱정했어. 그러다 12월에 형이 죽고, 이듬해에 나는 바다로 갔지. 그리고 그때 나는 엉뚱한 사람들과 어울리게 됐어."

"내 미국인 남자친구." 이제 그녀는 눈물이 글썽글썽했다.

"왜 우는 거야?"

"당신이 구조원일 때 그 해변에 가 있을 수가 없었기 때문에. 여기 와서 처음에, 당신을 만나기 전에, 나는 늘 스플리트와 브라치와 마카르스카 때문에 울었어. 좁은 거리, 중세의 거리, 완전히 검은 옷을 입은 그 모든 늙은 여자들이 사는 나의 도시 때문에 울었어. 섬이랑 해안선 후미 때문에 울었어. 나는 브라치의 호텔 때문에 울었어, 내가 여전히 철도의 회계장부를 정리하고 마티야는 자기 식당을 꿈꾸던 잘생긴 웨이터이던 시절. 그러다가 우리는 그 모든 돈을 벌기 시작했어. 그다음에는 매슈가 태어났고. 그런 다음에 우리는 그 모든 돈을 벌기 시작했어……" 그녀는 정신을 잃고 감은 눈 뒤에서 피난처를 찾았다.

"통증이야? 통증이 심해?"

그녀의 눈이 떨리다가 열렸다. "괜찮아." 통증이 아니라 공포였다. 하지만 그는 그것에도 익숙해졌다. 그녀가 익숙해질 수만 있다면. "사람들은 미국 사람이 순진하고 좋지 않은 애인이라고 말해." 용감하게 드렌카는 말을 이어갔다. "그 헛소리들. 미국 사람은 더 청교도적이다. 벌거벗고 자기를 드러내는 걸 좋아하지 않는다. 미국 남자들, 이 남자들은 씹하는 것에 관해 이야기를 못한다. 이 모든 유럽의 클리셰. 나는 물론 그게 '그렇잖다'는 걸 배웠어."

"그렇잖다. 아주 좋아. 훌륭해."

"봐, 미국인 남자친구? 결국은 내가 그렇게 멍청한 크로아티아 가톨릭 비유대인shiksa 여자는 아니잖아. 나는 심지어 '그렇잖다'는 것도 배우잖아."

그녀는 또 "모르핀"이라고 말하는 것도 배웠는데, 이것은 그가 그녀에게 가르쳐줄 생각을 해본 적이 없는 단어였다. 하지만 모르핀이 없으면 그녀는 마치 산 채로 찢기는 것 같은 느낌, 검은 새떼, 거대한 새들이, 그녀는 그렇게 말했다. 침대와 그녀의 몸 위를 마구 걸어다니며, 부리로 격렬하게 그녀의 배 안을 물어뜯는 것 같은 느낌이었다. 그리고 그 감각, 그녀는 그에게 말하곤 했다…… 그래, 그녀 또한 말하는 것을 아주 좋아했다…… 당신이 내 안에서 싸는 감각. 뿜어져나오는 건 사실 못 느껴, 느끼지 못해, 하지만 좆이 고동치는 거, 동시에 내가 수축하는 거, 모든 게 완전히 흠뻑 젖어 있는 거, 그게 나의 분비액인지 당신 분비액인지는 절대 몰라, 씹에서 뭐가 똑똑 떨어지고 뒷구멍에서 뭐가 똑똑 떨어지고, 그러다 방울들이 다리를 타고 흐르는 게 느껴져, 오미키, 아주 많은 액이, 미키, 전체에, 완전히 질퍽해져서, 그렇게 엄청난 젖은 소스…… 하지만 이제 젖은 소스, 고동, 수축은 사라졌다. 이제 그녀에게는 우리가 가보지 않은 여행도 사라지고, 그녀에게는 그 모든 것이 사라졌다. 그녀의 무절제, 그녀의 고집, 그녀의 교활, 그녀의 무모, 그녀의 호색, 그녀의 충동, 그녀의 자기 분리, 그녀의 자기 방기가 사라졌다―냉소적이고 풍자적인 암이 그 어느 것보다 새버스를 취하게 만들었던 그 여성적인 몸을 썩은 고기로 만들어버렸다. 끝없이 계속 드렌카이고자 했던, 계속 계속 계속 뜨겁고 건강하고 그녀 자신이고자 했던 갈망, 사소한 모든 것과 거대한 모든 것이 이제 다 소진되어, 이 기관 저 기관, 이 세포 저 세포, 하나씩 굶주린 검은 새들에게 삼켜져버렸다. 이제는 그저 이야기의 조각, 그녀의 영어의 조각들, 드렌카였던 사과의 속의 조각들―오직 그것만 남았다. 그녀에게서 흘러나오는 액은 이제 노란색이었고, 그녀에게서 패드로 노랗게 새어나오고, 노란-노란, 농축된 노란색으로 배뇨 주머니로 흘러들었다.

모르핀 효능 촉진 뒤에 그녀의 얼굴에 웃음이 번졌다. 뭐야, 그녀의 얼마 안 남은 이 조각이 거의 섹시해 보이다니! 놀라웠다. 그리고 그녀는 물어볼 것이 있었다.

"물어봐."

"내가 그쪽은 거의 막혀버려서 말이야. 오늘은 기억을 못하겠더라고. 어쩌면 당신은 말했을 거야, '그래, 당신한테 오줌을 싸고 싶어, 드렌카.' 내가 정말로 그걸 원했는지, 나는 그걸 정말로 그렇게 많이 생각했던 것 같지는 않아, 그게 어떨지. 하지만 나는 당신한테 말했지, 그래, 그래도 돼, 당신을 달아오르게 하는 거라면, 당신을 행복하게 하는 거라면, 당신한테 효과가 있는 거라면, 아니면 뭔가……"

모르핀 직후에는 그녀를 따라잡는 것이 결코 쉽지 않았다. "그래서 질문이 뭔데?"

"누가 시작했지? 당신이 자지를 꺼내면서 말했나? '당신한테 오줌을 싸고 싶어, 드렌카. 그래도 돼? 당신한테 오줌을 싸고 싶어, 드렌카.' 그렇게 시작이 되었나?"

"내가 한 말처럼 들리는데."

"그래서 나는 생각했지, '오 뭐, 이런 관습 위반, 뭐 어때? 어차피 인생이 완전히 미친 건데.'"

"그런데 왜 오늘 그 생각을 한 거야?"

"모르겠어. 사람들이 내 침대를 갈아주고 있었어. 다른 사람의 오줌을 맛본다는 생각."

"그게 괴로웠어?"

"그 생각이? 괴로우면서도 그 생각을 하자 흥분되었어. 그래서 당신이 거기 서 있던 게 기억났어, 미키. 냇물 속에. 숲에. 나는 냇물의 바위에 있고. 당신은 거기 서 있고, 내 몸 위쪽에. 당신이 그걸 나오게 하는 게 무척 힘들었지. 그러다 마침내 한 방울이 나왔어. 오오오오." 그녀는 말하면서 그 방울을 기억했다.

"오오오오." 그는 중얼거렸고, 그녀의 손을 쥔 손아귀에 힘이 들어갔다.

"그게 나왔고, 그게 내 위로 떨어지면서, 나는 그게 따뜻하다는 걸 알았어. 내가 감히 그걸 맛봐도 될까? 나는 혀로 입술 주변을 핥기 시작했어. 거기 그 오줌이 있었어. 그리고 당신이 내 위쪽에 서 있다는 생각 자체, 처음에는 나오게 하려고 애를 쓰다가, 갑자기 오줌이 엄청나게 쏟아지고, 그게 그냥 내 얼굴로 쏟아지고 그게 따뜻하고 그게 그냥 환상적이었어. 흥분하게 만들었고 사방에 있었고 마치 소용돌이 같았어. 내가 느끼는 거, 그 감정들. 그 이상으로 표현할 방법을 모르겠어. 나는 그 맛을 봤고, 그건 달콤한 맛이었어, 맥주처럼. 거기엔 그런 종류의 맛이 있었어. 그냥 뭔가가 금지되어 있다는 게 그걸 그렇게 멋지게 해주었어. 그렇게 금지된 이걸 내가 하도록 허락받을 수 있었다는 게. 나는 그걸 마실 수 있었고 거기 누워서 더 마시길 원했고 더 원했어. 그게 눈에도 닿기를 원했고 얼굴에도 원했어. 그게 얼굴에 많이 쏟아지기를 바랐고, 그걸로 얼굴이 샤워를 하기를 바랐어. 그걸 마시고 싶었고, 일단 나 자신이 놓아버리기로 한 다음에는 그냥 쭉 가고 싶더라고. 그래서 나는 그 모든 걸 원했어, 그게 내 젖통에도 닿기를 바랐어. 당신이 내 위쪽에 서 있던 게 기억나. 당신은 내 씹에도 그렇게 했지. 당신이 그러는 동안 나는 내 몸을 만지기 시작했고, 당신은 내가 올라가게 해주었어, 그랬지. 나는 당신이 그걸 내 씹 위로 뿜는 동안 올라가고 있었어. 그건 아주 따뜻했어, 정말 따뜻했어. 나는 그냥 완전히 느꼈어…… 모르겠어 — 거기에 사로잡혀서. 그리고 나중에 집에 와서 부엌에 앉아 있었어, 그걸 기억하면서, 그걸 꼼꼼하게 생각하고 정리해야만 했기 때문에 — 내가 그걸 좋아했는지 아닌지—그러다가 깨달았어, 그래, 우리가 계약을 맺은 것과 같구나, 우리는 우리를 함께 묶는 비밀 계약을 했구나. 나는 전에는 그런 걸 한 적이 없었어. 다른 누구와도 그런 걸 예상하지 않았고, 오늘 나는 앞으로 절대 누구와도 그러지 않을 거라는 생각을 했어. 그런데 그게 정말로 내가 당신과 계약을 하게 만들었어. 마치 우리는 그 안에서 영원히 결합된 것과 같았어."

"결합됐지. 결합돼 있고."

이제 둘 다 울고 있고.

"그리고 나한테 오줌을 싼 건?" 그가 그녀에게 물었다.

"웃겼어. 자신은 없었어. 그렇다고 내가 그걸 원하지 않았던 건 아냐. 하지만 나 자신을 놓아버린다는 게, 있잖아—당신이 내 오줌을 좋아할까, 그런 식으로 당신한테 나 자신을 방기한다는 생각이, 내가 좀, 그렇다고 그게 싫다는 건 아니지만, 당신이 어떻게 반응할지, 당신 얼굴에 내 오줌을? 그 맛이 당신 마음에 들지 않을 수도 있고, 내가 당신을 불쾌하게 할 수도 있고. 그래서 처음에는 수줍었어. 하지만 일단 시작하니까, 그게 괜찮다는 걸 깨달았어, 무서워할 필요가 없다는 걸, 당신 반응을 보면서—당신은 그걸 좀 받아냈어, 심지어 좀 마시기도 했지…… 그리고…… 그리고…… 나는 그게 좋아. 그리고 내가 당신 위에 서 있어야 했지, 그래서 내가 뭐든지 할 수 있다는 느낌이 들었어, 당신하고는 뭐든지, 뭐든지 괜찮다. 우리는 이 안에 함께 있다. 우리는 뭐든지 함께, 모든 것을 함께 할 수 있다. 그래서 미키, 그건 그냥 멋졌어."

"고백할 게 있어."

"오? 오늘밤에? 그래? 뭐야?"

"그걸 마시는 게 그렇게 즐겁지는 않았어."

그 아주 작은 얼굴에서 웃음이 터져나왔다. 얼굴보다 훨씬 큰 웃음.

"그걸 해보고 싶었어." 새버스가 그녀에게 말했다. "처음 너한 테서 나오기 시작했을 때, 조금씩 쫄쫄거리며 나왔지. 그건 괜찮 았어. 하지만 그러다가 완전한 걸로 왔을 때—"

"'하지만 그러다가 완전한 걸로 왔을 때'? 꼭 나처럼 말하네! 나 때문에 당신이 크로아티아어를 번역한 말을 하네! 나도 당신 을 가르쳤어!"

"그랬고말고."

"그래서 말해줘, 말해줘." 그녀는 흥분해서 말했다. "그래서 완 전한 걸로 나오기 시작했을 때 이떻게 냈어?"

"그 따뜻함. 그것 때문에 깜짝 놀랐어."

"바로 그거야. 하지만 따뜻해서 기분이 아주 좋아."

"그리고 나는 거기 있었지, 네 가랑이에. 그래서 입으로 그걸 받을 수밖에 없었어. 그런데 드렌카, 내가 그걸 원했는지는 잘 모 르겠어."

그녀는 고개를 끄덕였다. "응."

"당신은 알 수 있었어?"

"그럼. 그럼, 자기."

"내가 그게 짜릿했던 건 그게 너한테 짜릿하다는 걸 알 수 있었 기 때문이야."

"정말로 그랬어. 진짜 그랬지."

"나도 그걸 알 수 있었어. 그리고 나한테는 그걸로 충분했어. 하지만 나는 네가 그럴 수 있었던 것처럼 완전히 나 자신을 버리고 그걸 마시지는 못했어."

"당신은. 얼마나 이상한지," 그녀가 말했다. "그 얘기를 해봐."

"나한테도 특이한 면이 있는 것 같아."

"당신한테는 맛이 어땠는데? 달콤했어? 당신 건 아주 달콤했거든. 맥주맛하고 달콤한 맛이 함께."

"네가 뭐라고 했는지 알아, 드렌카? 처음에 끝났을 때?"

"아니."

"기억 못해? 나한테 오줌을 다 싼 다음에?"

"당신은 기억해?" 그녀가 물었다.

"내가 잊을 수가 있겠어? 너는 빛을 발했어. 환하게 빛나고 있었어. 너는 말했지, 의기양양하게. '했다! 해냈다!' 그 말을 들으면서 나는 생각했어, '그래, 로즈애나는 내내 엉뚱한 걸 마셨군.'"

"그래." 그녀는 웃음을 터뜨렸다. "그래, 어쩌면 나도 전에는 그랬는지도 모른다고 생각해. 그래, 보다시피, 그건 내가 한 말과 맞아떨어져, 내가 아주 수줍었다는 거. 바로 그거야. 그건 마치 내가 시험에 합격한 것 같았어. 아니, 시험 합격은 아니야. 마치……"

"마치 뭐?"

"어쩌면 내가 걱정한 건 나중에 후회할 거라는 거였는지도 몰라. 뭔가 하겠다는 생각이 있거나, 혹시 어떤 걸 하게 되었을 때, 나중에 수치감이 드는 경우가 많잖아. 사실 나는 자신이 없었어—

내가 그것 때문에 수치감을 느끼게 될까? 그게 그 일에서 정말로 놀라운 거였어. 지금은 당신하고 그 이야기를 하는 걸 이렇게 좋아하기까지 하잖아. 그땐 욕정이 가득한 느낌이었어…… 그리고 또, 베푼다는 느낌도. 내가 다른 누구와도 할 수 없는 방식으로."

"나한테 오줌을 쌈으로써?"

"응. 그리고 당신이 나한테 오줌을 싸게 해줌으로써. 나는 그렇게 느껴, 그렇게 느꼈어ᅳ당신이 그때 완전히 나와 함께 있게 되었다고. 모든 의미에서, 내가 나중에 거기에서 당신과 함께 냇물 속에 누워 있을 때, 냇물 속에서 당신을 안고 있을 때, 모든 의미에서, 단지 나의 애인으로서만이 아니라, 내 친구로서, 어떤 사람으로서, 있잖아, 당신이 아프면 내가 당신을 도와줄 수 있는 거, 그리고 완전히 피를 나눈 나의 형제로서. 있잖아, 그건 의례였어, 의례통과인가 그런 거."

"통과의례."

"그래. 통과의례. 아주 분명하게. 그게 사실이야. 그건 완전히 금지된 것이지만 어떤 것의 가장 순수한 의미를 갖고 있어."

"그래." 그는 죽어가는 그녀를 보며 말했다. "그게 얼마나 순수한지."

"당신은 나의 선생이었어. 나의 미국인 남자친구. 당신은 나한테 모든 걸 가르쳐줬어. 노래들. 똥shit인지 시놀라Shinola인지.* 자

---

* 시놀라는 미국의 망한 구두 광택제 상표로, '구두 광택제와 똥을 구별 못한다' 즉 '무지하다'는 뜻의 관용구가 여기서 유래했다.

유롭게 박는 거. 내 몸과 좋은 시간을 보내는 거. 이런 큰 젖통을 갖고 있는 걸 안 싫어하는 거. 당신이 그래줬어."

"박는 것에 관해서는 나를 만나기 전에도 알고 있었지, 나의 드렌카, 적어도 뭔가를 조금은."

"하지만 내 인생에서, 결혼을 해서, 이 점에서는 나한테 많은 출구가 없었어."

"괜찮게 해냈단다, 아이야."

"오, 미키, 멋졌어, 재미있었어―그 모든 새끼 고양이와 카부즐이.* 사는 거 같았어. 그 전체를 부정당한다면 큰 손실일 거야. 당신이 나한테 그걸 줬어. 당신이 나한테 두 배의 삶을 줬어. 나는 하나로만은 견디지 못했을 거야."

"너하고 네 두 배의 삶이 자랑스러워."

"딱 하나 내가 아쉬운 건," 그녀는 다시 울고 있었다. 그와 함께 울고 있었다. 두 사람은 눈물을 흘리고 있었다(그러나 그는 그것에 익숙해졌다―우리는 넓게 퍼진 채로 살 수 있고 우리는 눈물과 함께 살 수 있다. 밤이면 밤마다 우리는 그 모든 것과 함께 살 수 있다, 그것이 멈추지 않는 한). "너무 많은 밤을 함께 잘 수 없었다는 거야. 당신하고 섞여서. 섞여서 맞아?"

"뭐 어때."

"오늘밤 당신이 밤을 보낼 수 있으면 좋겠어."

---

* the whole kitten and kaboozle. 'the whole kit and caboodle'이라는 표현을 잘못 사용한 것. '전부'라는 뜻이다.

"나도 마찬가지야. 하지만 내일 밤에 여기 올게."

"내 말은 저 위 '작은 동굴'에서. 나는 더 많은 남자하고 박고 싶지가 않아, 암이 없다 해도. 내가 살아 있다 해도 그러고 싶지 않아."

"너는 살아 있어. 지금 여기. 오늘밤. 너는 살아 있어."

"그러고 싶지 않아. 내가 늘 박는 걸 좋아했던 건 당신이야. 하지만 많은 사람들하고 하고 다닌 걸 후회하지는 않아. 그렇게 안 했다면 큰 손해였을 거야. 몇 명은 뭐 낭비된 시간이었어. 당신도 틀림없이 그런 게 있을 거야. 안 그랬어? 당신이 즐겁지 않은 여자하고?"

"그랬지."

"그래, 상대에게 관심이 있건 없건 그저 박고만 싶어하는 남자들 경험이 있어. 그게 늘 나한테는 더 힘들었어. 나는 내 심장을 줘, 나 자신을 줘, 씹을 할 때는."

"정말로 그러지."

그러다가, 약간 횡설수설한 뒤, 그녀는 잠이 들었고 그는 집으로 갔고―"이제 갈게"―두 시간이 되지 않아 그녀는 혈전이 생겨서 죽었다.

그러니까 그게 그녀의 마지막 말이었다, 어쨌거나 영어로는. 나는 내 심장을 줘, 나 자신을 줘, 씹을 할 때는. 그것을 넘어서기는 어렵다.

당신하고 섞이는 것, 드렌카, 지금 당신하고 섞이는 것.

. . .

언덕을 반쯤 올라가면 펼쳐지는 어두운 들판 한가운데에서 거실 불빛들이 은은하게 타오르고 있었다. 가파른 진입로 입구에서 그는 차를 멈추고 자신이 하고 있는 일—깊은 생각 없이 이미 해버린 일—을 다시 생각해보았다. 불빛 때문에 집은 아늑해 보여 그가 그 장소를 나의 집이라고 부를 만했다. 하지만 밤에 밖에서 보면 모두 아늑해 보인다. 그러나 밖에서 안을 보는 것이 아니라 안에서 밖을 보면…… 그럼에도 이것이 그가 가진 나의 집에 가장 가까운 것이었고, 모티에게서 남은 것을 아무것도 아닌 곳에 둘 수는 없었기 때문에, 여기가 그가 모티의 물건들을 가지고 온 곳이었다. 그럴 수밖에 없었다. 이제 그는 거지가 아니었고, 말썽 부리는 침입자도 아니었고, 포인트플레전트의 남쪽 어딘가에서 파도에 쓸려 해안을 향해 들어가고 있는 것도 아니었고, 새벽에 래브라도레트리버와 함께 해변을 따라 달리러 나온 사람이 밤의 잔해 사이에서 그의 유해를 발견하지도 않을 것이었다. 또 그는 상자에 들어가 슐로스 옆에 있는 것도 아니다. 그는 모티 물건들의 관리자였다.

그럼 로지는? 장담하는데, 나는 그녀가 내 자지를 잘라버리는 것을 막을 수 있다. 거기에서 시작한다. 수수한 목표를 세운다. 그녀가 그걸 자르지 못한 채 4월 나머지 기간을 버틸 수 있는지 본다. 그러고 난 뒤에는 눈을 좀 높이 들어올릴 수 있다. 하지만 우선 그것에서 시작하여 그것을 할 수 있는지 본다. 할 수 없다면,

그녀가 정말로 그걸 잘라버린다면, 글쎄, 그럼 너는 네 위치를 다시 생각해야 할 거다. 그럼 너와 모티의 물건은 다른 곳에서 나의 집이 될 장소를 찾아야 할 것이다. 그전에는 자는 동안 절단을 당하는 것에 대한 불안을 그녀에게 조금도 내비치지 않는다.

그리고 그녀의 어리석음이 주는 혜택도 잊지 않는다. 모든 결혼의 제일가는 규칙들 가운데 하나. (1) 그녀의(그의) 어리석음이 주는 혜택을 잊지 말라. (2) 너는 그녀를(그를) 가르칠 수 없으니 시도하지 마라. 그가 드렌카를 위해 궁리한 이런 규칙은 열 가지가 있었다. 마티야가 구두끈을 이중으로 꼼꼼하게 묶는 것만으로도 드렌카가 삶을 오로지 검은색으로만 보게 되던 시기에 그녀가 마티야를 견디는 것을 돕기 위해 만든 것이었다. (3) 불만으로부터 휴가를 떠나라. (4) 자주 가는 것이 전적으로 무가치하지는 않다. 기타 등등.

너는 심지어 그녀와 씹을 할 수도 있다.

자, 이것은 묘한 생각이기는 했다. 곰곰이 반추해보니, 그는 평생 이보다 상도를 벗어난 것을 생각해본 기억이 없었다. 물론 북쪽으로 이사했을 때, 그는 늘 로지와 박곤 했다. 완전히 그녀에게 빠져 있었다. 하지만 그들이 이곳으로 올라왔을 때 그녀는 스물일곱이었다. 아니, 첫번째는 그녀가 그의 자지를 자르지 못하게 하는 것이다. 그녀와 박으려고 하는 것은 그에게 역효과를 낳을 수도 있다. 수수한 목표. 너는 그저 너와 모트를 위한 집을 찾고 있을 뿐이다.

거실에서 그녀는 책을 읽고 있을 것이다. 그곳에 불을 피워놓고, 소파에 몸을 쭉 뻗고, 모임에서 누군가가 그녀에게 준 뭔가를 읽고 있을 것이다. 이제 그녀는 그런 것만 읽는다—'큰 책', '12단계 책', 명상 책, 팸플릿, 소책자, 무한히 공급되는 그런 것들. 어셔를 떠난 이후로 그녀는 예전 것과 꼭 닮은 새로운 것을 읽기를 멈추지 않았고, 그것 없이는 살 수 없었다. 우선 모임, 그다음에는 난로 옆에서 소책자, 그런 다음 침대에서 오벌틴*과 '큰 책'의 '개인 이야기 부문'. 그녀는 알코올중독자 일화를 읽으며 잠이 들었다. 그는 불이 꺼지면 그녀가 침대에서 어떤 AA 기도문으로 기도를 한다고 믿었다. 그래도 그가 있을 때는 그것을 절대 소리 내어 중얼거리지 않는 품위가 있었다. 물론 그래도 가끔 그가 벌을 주기는 했지만—누가 그런 기회를 그냥 지나갈 수 있겠는가? "내 '더 높은 힘'이 뭔지 알아, 로즈애나? 나의 '더 높은 힘'이 무엇인지 궁리해봤어. 그건 〈에스콰이어〉 잡지야." "좀더 예의를 갖출 수 없어? 당신은 이해 못해. 이건 나한테는 아주 심각한 일이라고. 나는 회복중이야." "이번에는 그게 얼마나 오래갈까?" "글쎄, 한 번에 하루씩이기는 하지만, 영원히 계속되겠지. 이건 그냥 옆으로 밀어놓을 수 있는 게 아니야. 계속 유지해야 돼." "아마도 나는 그 끝을 보지 못하겠지, 그렇지?" "못 보지. 이건 항상적인 과정이니까." "저 책꽂이에 있는 당신의 모든 미술책들. 당신은 하나도 보지 않더라고. 어떤 책에서도 그림 한 장 보는 일이 없어." "그렇다고 죄책감을 느끼지는 않아, 미키. 나한테는 미술이 필요

---

* 음료 이름.

없어. 나한테는 이게 필요해. 이게 내 약이야." "『믿게 되었다』. 『이십사 시간』. 『작은 빨간 책』. 이건 무지하게 작은 틈으로 삶을 보는 거야, 여보." "나는 평화를 좀 얻으려고 하는 거야. 내적인 평화를. 고요를. 나는 나의 내적인 자아와 접촉하고 있어." "말해봐, 스스로 생각을 할 수 있던 로즈애나 캐버노는 어떻게 된 거야?" "오, 그 여자? 그 여자는 미키 새버스하고 결혼했지. 그것으로 끝장이 났어."

로브를 걸치고, 그 개똥 같은 걸 읽고. 그는 그녀를 상상한다. 로브를 벗고, 오른손에 책을 들고 왼손으로 느긋하게 자신의 몸을 만지작거리는. 양손잡이지만, 그냥 왼손으로 만지작거리는 것을 더 편하게 느낀다. 읽다가 자신이 시작했다는 것도 한동안 의식하지 못한다. 읽는 것에 약간 정신이 팔려서. 손과 보지 사이에 천을 조금 두는 것을 좋아하는 경향이 있다. 잠옷, 로브—오늘밤에는 팬티다. 그 재질이 그녀를 자극한다. 왜 그런지는 그녀도 잘 모른다. 손가락 세 개를 사용한다. 바깥쪽 둘은 입술에 대고, 가운뎃손가락으로 단추를 누른다. 손가락들의 원형 운동, 곧 골반도 원형 운동. 가운뎃손가락을 단추에—손가락 끝이 아니라, 그 근처 살이 도톰한 부분을. 처음에는 아주 가벼운 압력. 물론 단추가 어디 있는지는 자동적으로 안다. 그런 다음에는 약간 멈춤, 그녀는 여전히 읽고 있기 때문이다. 하지만 읽고 있는 것에 집중하기가 점점 어려워진다. 그걸 하고 싶은지는 아직 확실치 않다. 단추를 둘러싸고 있는 두 손가락의 살의 압력. 점점 더 흥분하면서 한 손가락의 살이 단추 바로 위에 올라와 있지만 어떻게 된 일인지 그 느낌은 다른 손가락들에 의해 퍼져나가고 있다. 마침내 그녀는 책을 내려놓는다. 이제 간헐적으로, 그녀의 손가락은 가만히 있고 골반이 움직임을 담당한다. 그러다 다시 단추로 올라가, 빙글빙글 돌리고, 다른 손은 젖가슴으로, 젖꼭지로 가서 꼭 쥔다. 이제 그녀는 한동안 읽지 않기로 했다. 오른손이 젖가슴에서 아래로 내려가 전체를 두 손으로 강력하게 비빈다. 아직 재질 밖이다. 다음에는 세 손가락, 단추가 있는 곳 위다. 늘 정확하게 어디인지 아는데, 내가 하는 것보다 낫다고 할 수 있다. 거의 오십 년 그 일을 해도, 여전히 그 염병할 것은 거기에 있다가 여기에 있다가 이윽고 사라지며, 삼십 초 동안 온갖 데를 찾느라 헤매면 그녀의 두 손이 친절하게 네 위치를 다시 잡아준다. "거기! 아니, 거기! 바로 거기! 그래! 그래!" 이제 그녀는 두 다리를 쭉 뻗고, 고양이처럼 길게 뻗고, 두 손은 두 허벅지 사이를 꼭 누르고 있다. 꼭 쥔다. 그런 식으로 올라가기 전 단계를 관리한다. 맛보기forshpeis. 씹 전체를 있는 힘을 다해 꼭 쥐고, 이제 그녀는 결정했다. 그녀는 멈추고 싶지 않다. 가끔은 끝까지 천을 통해 그렇게 한다. 하지만 오늘밤에는 손가락들을 입술 안쪽에 넣고 싶어 팬티를 옆으로 민다. 이제 위아래로 오르내린다. 직선으로 위아래로, 원형 운동이 아니다. 그리고 더 빨리, 훨씬 더 빨리. 그러다가, 다른 손을 이용해 가운뎃손가락(우아하고 긴 손가락이기도 하다)을 씹 안으로 밀어넣는다. 그것으로 아주 빠르게, 첫 전조가 되는 경련이 느껴질 때까지. 이제 두 다리를 올리며 뒤쪽으로 당긴다. 두 다리를 벌리는 동시에 무릎을 구부리며 두 발을 함께 모아, 거의 궁둥이 밑에서 발가락이 서로 닿는다. 한껏 몸을 벌린다. 이제 활짝 벌어져 있다. 두 손가락은 클리토리스에 계속 대고 있다. 가운뎃손가락과 네번째 손가락. 위아래. 몸을 긴장시킨다. 이제 엉덩이를 들어올린다. 구부린 다리로 몸을 받치고 들어올린다. 이제 약간 속도를 늦춘다. 두 다리를 밖으로 뻗어 속도를 늦추고, 거의 멈추는 단계에 이른다. 거의. 그러다 두 다리를 다시 위로 구부린다. 이것이 그녀가 올라가고 싶을 때의 자세다. 이 대목에서 중얼거림이 시작된다. "될까? 될까?" 내내 언제일지 판단을 하면서, 소리를 내어 중얼거린다. "될까? 될까? 올라갈 수 있을까?" 누구에게 묻는 것일까? 상상의 남자에게. 남자들에게. 그들 전체에게, 그 가운데 하나에게, 지도자에게, 가면을 쓴 자에게, 소년에게, 흑인 소년에게, 어쩌면 자신에게 또는 아버지에게 묻고, 아니면 아무에게도 묻지 않고. 말만으로 충분하다, 간절한 말. "될까? 올라갈 수 있을까? 제발, 내가 할 수 있을까?" 이제 그녀는 압력을 일정하게 유지한다. 이제는 약간 더 세게, 압력을 늘리고, 항상적 압력, 바로 거기, 이제 그녀는 느낀다, 그녀는 느낀다, 이제 그녀는 계속 유지해야 하고— "될까? 될까? 제발?"—이 대목에서 소리, 신사 숙녀 여러분, 여자 한 사람 한 사람마다 독특한 조합으로, 이 성性 전체를 개별화하는 데 FBI가 지문만큼이나 효과적으로 이용할 수 있는 소리— 오오, 으으으으음, 아아아아—이제 그녀는 시작했기 때문이다. 그녀는 올라가고 있다. 압력은 더 세지만 아주 세지는 않다. 아플 정도로 세지는 않다. 두 손가락을 위아래로, 넓은 압력, 그녀는 다시 올라가고 싶기 때문에 넓은 압력을 원한다. 이제 그 느낌은 씹을 향해 아래로 내려오고, 그녀는 손가락을 안으로 넣는다. 이제 그녀는 딜도를 거기에 넣어도 좋겠다고 생각하지만, 거기에는 그녀의 손가락이 들어가 있다. 바로, 바로 그거! 그렇게 그녀는 누가 자신에게 박고 있는 것처럼 손가락을 위아래로 움직이고, 이제 자기도 모르게 그 느낌을 늘리기 위해 씹을 죄고, 더 강한 느낌을 가져오기 위해 꼭 쥐고, 위아래로, 그러는 동안에도 계속 클리토리스를 만진다. 손가락을 씹에 넣으면서 느껴지는 것이 변한다―단추에서는 그것이 아주 정확하지만, 손가락을 씹에 넣자 느낌이 분산되고, 그것이 그녀가 원하는 것이다. 느낌이 분산되는 것. 두 손이 조화를 이루게 하는 것이 물리적으로 쉽지는 않지만, 그녀는 고도의 집중력으로 어려움을 극복하려고 노력한다. 그리고 극복한다. 오 오 오 오 오. 오 오 오 오 오. 오 오 오 오 오. 잠시 후 그녀는 그 자리에 누워 한동안 숨을 헐떡인다. 이윽고 책을 집어들고 다시 읽기로 돌아간다. 전체적으로 여기에는 번스타인이 지휘하는 말러 8번과 비길 만한 것이 많다.

　새버스는 기립박수를 치고 싶은 기분이었다. 하지만 집까지 거의 100야드를 올라가는 긴 비포장 진입로 입구에서 차 안에 앉아 그저 발을 구르며 "브라바, 로지! 브라바!" 하고 소리치며, 크레셴도와 디미누엔도에, 부상浮上과 광기에, 통제된 통제 불가능성에, 피날레의 지속적인 추진력에 감탄하며 '하느님 미국을 축복하소서' 야물커를 들어올릴 수 있을 뿐이었다. 번스타인보다 나았다. 그의 아내가. 그는 그녀에 관한 건 다 잊고 있었다. 내가 지켜보게 해준 게 십이 년, 십오 년 전인가. 로즈애나와 씹을 하면 어떤 느낌일까? 남자들 가운데 일정 비율이 여전히 자기 마누라와 그걸 한다. 어쨌든 여론조사는 우리가 그렇게 믿게 만들곤 한다. 따라서 완전히 별난 일은 아닐 것이다. 냄새가 어떤지 궁금하다. 과연 냄새가 날지. 로즈애나가 이십대에 발산하던 늪의 냄새, 아주 독특했다. 물고기 쪽은 전혀 아니고 채소 쪽, 뿌리 같고, 썩는 것이 있는 거름 속에 들어가 있는 듯한. 그걸 아주 좋아했다. 너를 구역질의 가장자리까지 바로 데려갔다. 그러고 나서, 그 깊은 곳에서 뭔가 아주 불길한 것이, 쿵─쾅, 그러면서 혐오를 넘어 약속된 땅으로, 사람의 존재 전체가 코에 자리잡고 있는 곳으로, 존재가 거품이 이는 야생의 씹 이상에도 이하에도 이르지 못하는 곳으로, 세상에서 가장 중요한 것이─사실 바로 세상인데─얼굴 앞에 있는 광분인 곳으로. "거기! 아니─거기! 맞아…… 거기! 거기! 거기! 거기! 그래! 거기!" 아퀴나스*라도 자신의 감각으로 그들의 황홀경 기계장치의 이법理法을 경험하기만 했다면 아마 눈이 부셨을 것이다. 새버스에게 신의 존재에 대한 논거로서 먹히는 게 있다면, 신의 본질로 창조되었다는 표시가 있다면, 그것은 그 핀의 머리 위에서 춤추는 수천에 수천 번의 오르가슴**이었다. 마이크로칩의 어머니, 진화의 승리, 망막과 고막에 견줄 만한. 나에게도 그런 게 하나 자라나도 괜찮겠다, 이마 한가운데 키클롭스의 눈처럼. 그게 있는데 왜 그들은 보석을 요구할까? 그에 견주면 루

---

* 13세기 이탈리아 신학자이자 철학자.

** 중세 신학에서 '핀(pin)의 머리에서 천사 몇 명이 춤을 출 수 있는가' 하는 문제가 논쟁거리가 된 적이 있었다.

비가 대순가? 그것이 그냥 거기에 있다는 이유 외에 다른 아무 이유 없이. 그것을 통해 물이 흐르는 것도 아니고, 씨를 퍼뜨리는 것도 아니지만, 옛날 크래커 잭 상자의 바닥에 있던 장난감처럼 패키지에 포함된, 신이 모든 어린 여자아이 한 명 한 명에게 준 선물. 모두 '창조주'를 찬양하라, 여자에게 정말로 약한, 관대하고 멋지고 재미를 사랑하는 사나이로다. 새버스 자신과 아주 비슷하다.

집이 있었고, 그 안에는 아내가 있었다. 차에는 숭배하고 보호해야 할 물건, 인생의 의미와 목적으로서 드렌카의 무덤을 대체할 물건이 있었다. 이제 두 번 다시 그녀의 무덤에 엎드려 울 필요가 없었다. 그 생각을 하면서 그는 자신이 그 모든 세월 동안 자기 자신과 같은 사람의 손아귀에서 살아남은 기적에 압도되었고, 그 자신이라는 불가해한 경험에 휘둘리면서 계속 가야 할 이유를 피시의 불결함 가운데서 발견한 것에 놀랐고, 자신이 존재하지 않는다는, 자기 자신에게서 살아남지 못했다는, 아마도 거의 분명히 자기 자신의 손에 저 아래 저지에서 죽었다는, 그가 내세로 들어가는 진입로 입구에서, 그의 삶의 특질인 충동, 여기 아닌 다른 곳에 있고 싶다는 압도적 욕망으로부터 마침내 벗어나 동화로 진입하고 있다는 터무니없는 생각에 놀랐다. 그는 실제로 다른 곳에 있었다. 그 목표를 달성했다. 이제 그것이 그에게 분명했다. 내가 가장 큰 스캔들이 될 수 있는 이 작은 마을 외곽의 저 언덕을 반쯤 올라간 곳에 있는 저 작은집, 만일 저것이 그 다른 곳이 아니라면, 어떤 것도 아니다. 다른 곳이란 어디든 네가 있는 곳이다. 다른 곳은, 새버스. 네 집이고 아무도 네 짝이 아니며, 아무도 아닐 수 있는 사람이 있다면 그게 바로 로지다. 이 행성을 다 뒤져봐라. 어떤 위도에서도 너는 이것보다 적합한 설정을 찾지 못할 것이다. 이것이 너의 틈새다. 외딴 언덕바지, 아늑한 작은 집, '12단계' 마누라. 이것이 '새버스의 외설 극장'이다. 근사하다. 피시의 트럭에서 강낭콩을 사려고 집에서 거리로 나오는 여자들처럼 근사하다. 반가워, 근사하다.

◆ ◆ ◆

　그러나 집 앞의 불들이 꺼지고 차고 옆 그들의 침실에 불이 다시 켜지고 나서 거의 한 시간이 지나도록 새버스는 여전히 100야드 떨어진 곳, 진입로 맨 아래에 그대로 있었다. 이 내세가 정말로 그를 위한 것일까? 그는 자신을 죽인 일에 관하여 진지하게 다시 생각해보고 있었다. 그가 전에 안간힘을 써서 헤쳐나와야 했던 것은 오로지 망각의 전망뿐이었다. 동료 선원 슐로스와 함께 있고, 존경받는 와이즈먼 집안 건너편에 있고, 모든 가족과 돌을 던지면 닿을 거리에 있었지만, 망각은 그럼에도 망각이고, 그것에 대비하는 것은 간단하지 않았다. 그러나 그가 전에 결코 상상하지 못했던 것은, 그 개들의 감독을 받으며 썩어가도록 거기에 남겨진 뒤에 그가 망각 상태에 들어가 있거나 망각하고 있는 것이 아니라, 매더매스카폴스에 들어가 있게 될 것이라는 점이었다. 그가 영원한 무와 대면하는 대신 다시 그 침대의 로지 옆으로 돌아가 영원

698

히 내적 평화를 구하고 있을 것이라는 점이었다. 하긴 그때는, 모티의 물건들은 생각도 못했다.

그는 차가 갈 수 있는 한 최대한 느리게 구부러진 진입로를 따라갔다. 집에 도착하기까지 몇 년이 걸린다 해도 이제는 상관이 없을 것이다. 그는 죽었고, 죽음은 변화가 없는 것이었다. 이제는 탈출한다는 환상은 없었다. 시간은 무한하거나 아니면 정지했다. 결국은 똑같은 것이었다. 모든 동요는 사라졌다—그게 차이였다. 아무런 유동이 없었는데, 유동이야말로 모든 인간 삶이었다.

죽었고 죽었다는 걸 안다는 것은 꿈을 꾸면서 꿈꾸는 것을 아는 것과 약간 비슷하지만, 묘하게도 모든 것이 죽은 상태로 더 견고하게 확립되어 있었다. 새버스는 어떤 면에서도 유령이 된 느낌이 들지 않았다. 그의 감각은 이렇게 날카로울 수가 없었다. 아무것도 자라지 않고, 아무것도 변하지 않고, 아무것도 나이들지 않았다. 아무것도 상상이 아니고 아무것도 현실이 아니었으며, 이제는 객관성이나 주관성이 없고, 이제는 뭐가 있다 없다에 관한 어떤 의문도 없고, 모든 것이 그냥 죽음으로 지탱되고 있었다. 그가 이제는 매일매일의 단위에서 존재하지 않는다는 것을 알지 않을 도리가 없었다. 갑자기 죽을 걱정은 없었다. 갑작스러움은 끝났다. 여기 아무런 선택이 없는 비세계에서 영원할 뿐.

하지만 이것이 죽음이라면, 차고에 로지의 낡은 지프 옆에 주차한 픽업트럭은 누구의 것일까? 나풀거리는 미국기가 차의 뒷문을 가로지르며 화려하게 그려져 있었다. 이 지역 번호판. 모든 유동이 사라졌다면, 씨발 이건 도대체 뭔가? 이 지역 번호판을 가진 사람. 죽음에는 사람들이 알고 있는 것 이상이 있었다―그리고 로즈애나에게도 그 이상이 있었다.

침대에서 그들은 텔레비전을 보고 있었다. 그래서 아무도 그가 차를 몰고 올라오는 소리를 듣지 못했다. 그러나 그는 느낌을 받았다―그들 둘이 함께 몸을 붙이고 누워 통통한 녹색 배를 번갈아 베어 물고, 배즙이 입에서 뚝뚝 떨어질 때마다 서로의 팽팽한 배에서 그것을 핥는 것을 보면서―남편이 돌아와 자신이 사라진 동안 벌어진 일을 놓치지 않고 발견했다는 사실을 알게 되는 것보다 로지를 즐겁게 해줄 일은 없다는 느낌을 받았다. 그의 옷은 모두 침실 한쪽 구석 바닥에 내던져져 있었다. 그의 것은 모두 옷장과 서랍장에서 끄집어내어져 구석에 쌓인 채, 봉투나 상자에 들어가기를 기다리고 있거나, 아니면 주말이 와서 언덕 위 협곡으로 끌어올려져 침대 친구들에 의해 벼랑 너머로 밀어내지기를 기다리고 있었다.

쫓겨나다니. 이다는 묘지에서 그의 자리를 찬탈했고, 고급 식료품점의 크리스타―드렌카는 그녀의 혀를 아주 높이 평가했고 로지는 그냥 AA에서 알게 된 사람이라며 타운에서 그녀에게 손을 흔들어 인사했다― 는 집에서 그의 자리를 차지했다.

만일 이것이 죽음이라면, 죽음은 그저 익명의 삶이었다. 이 세계를 지금과 같은 즐거운 곳으로 만드는 모든 축복은 비세계에도 똑같이 우스꽝스럽게 존재했다.

그들은 텔레비전을 보았고 창문 너머 어둠에서는 새버스가 그들을 보았다.

크리스타는 이제 스물다섯이 되었겠지만, 그가 볼 수 있는 유일한 변화는 바싹 잘랐던 금발이 검은색으로 자랐고 털을 싹 밀어버린 것은 그녀의 씹이라는 것뿐이었다. 모범적 아이model child가 아니라─절대 그것은 아니고, 그것과는 거리가 멀었다─아이 모델child model, 가장 도발적으로. 머리카락은 꼬마 요정처럼 머리 둘레에 작게 삐죽삐죽 튀어나와, 마치 여덟 살짜리가 크리스타의 머리에 가위질을 하여 뒤집힌 왕관을 만들어놓은 것 같았다. 입은 여전히 헤벌리는 것이 아니라, 독일 슬롯머신의 차가운 입구였다. 그러나 보랏빛 눈瞳과 바람에 날려 쌓인 눈에 유약을 바른 듯한 튜턴족의 엉덩이, 그 부식되지 않은 곡선의 달콤한 유혹 때문에 그녀는, 그를 보조 도구를 다루는 사람으로서 충실하게 옆에 세워두고 드렌카에게 레즈비언의 마술을 보여주던 때와 비교할 때 눈으로 보기에 즐거움이 덜하지 않았다. 그리고 로즈애나는 크리스타보다 거의 30센티미터가 컸지만─새버스도 크리스타보다는 컸다─크리스타보다 나이가 두 배 이상이라고 보기는 어려웠다. 크리스타보다 훨씬 늘씬했고, 그녀처럼 젖가슴이 작았다. 아마도 그녀가 열세 살 때 어머니와 함께 살러 갈 때와 형태도 거의 같았을 것이다…… 술 없이 보낸 사 년, 그뒤에 그 없이 보낸 마흔여덟 시간. 그러자 그의 아이 없는 아내는, 인생에서 십 년을 여섯번째로 맞이했는데도, 기적처럼 여전히 꽃봉오리 상태로 보였다.

그들이 켜놓은 프로그램은 고릴라에 관한 것이었다. 이따금씩 고릴라가 키가 큰 풀밭에서 너클 보행을 하며 돌아다니거나 여기저기 앉아 머리와 엉덩이를 긁는 모습이 새버스의 눈에 들어왔다.

그는 고릴라가 많이 긁어댄다는 사실을 알게 되었다.

프로그램이 끝나자 로지는 텔레비전을 껐고, 말 한마디 없이 어린 것을 돌봐주는 어미 고릴라인 척하기 시작했다. 어린 것은 크리스타였다. 창문으로 그들이 고릴라 엄마와 아이 노릇을 하는 것을 지켜보는데, 한때 그가 저녁 식탁에서 무대 목소리를 시도해보려 하거나 침대에서 그녀를 즐겁게 해주었을 때, 가령 턱수염에 립스틱을 칠하거나 좆대가리 끝에 모자를 씌우고 딱딱하게 선 것을 인형으로 이용했을 때, 로지가 그의 유도를 따르는 데 얼마나 광범한 재능을 과시했는지 기억나기 시작했다. 쇼가 끝난 뒤면 그녀는 모든 아이의 꿈인 그 인형과 놀았다. 그때는 그녀의 웃음에 진짜 트여 있는 느낌이 있었다―씩씩하고, 부주의하고, 약간 짓궂고, 아무것도 숨길 게 없고(모든 것 외에는), 아무것도 두려워할 게 없는(모든 것 외에는)…… 그래, 그녀가 그의 어리석음을 무척 즐기던 것을 어렴풋이 기억할 수 있었다.

로지가 크리스타의 고릴라 가죽에 기울이는 관심보다 진지한 것은 세상에 있을 수 없었다. 단지 그녀에게서 벌레나 이를 제거할 뿐 아니라, 이 꼼꼼한 접촉을 통해 둘 다를 정화하고 있는 것 같았다. 모든 감정은 눈에 보이지 않았지만, 둘 사이에는 생명이 없는 순간이 일 초도 없었다. 로지의 몸짓은 아주 섬세하고 정밀하여 그들이 어떤 순수한 종교적 관념을 성심성의껏 섬기고 있는 것 같았다. 현재 벌어지고 있는 것 외에 다른 일은 전혀 벌어지지 않는데도, 새버스에게는 그것이 엄청나 보였다. 엄청나. 그는 자신의 삶에서 가장 외로운 순간에 이르러 있었다.

그의 눈 밑에서 크리스타와 로지는 완전한 고릴라 인격을 발전시켰다―둘은 고릴라 영역에서 살고, 고릴라의 영혼 가득한 감정의 높이를 구현하고, 고릴라의 합리성과 사랑의 가장 높은 행위를 실행에 옮겼다. 온 세상이 다른 세상이었다. 다른 몸의 크나큰 중요성. 그들의 결합. 주는 자가 받는 자이고, 받는 자가 주는 자. 크리스타는 자신을 스치는 로지의 두 손을 완벽하게 믿고 있었다. 로지의 손가락들이 촉감의 여행을 따라가며 그리는 지도. 그리고 그들 사이에는 그 액체 같은, 강렬하고 말이 없는 고릴라 표정이 있었다. 침대에서 나는 소리라고는 편안하고 만족한 상태에서 새끼 고릴라 크리스타가 닭처럼 꼬꼬거리는 소리뿐이었다.

로즈애나 고릴라. 나는 자연의 도구다. 나는 모든 요구의 충족자다. 저들 둘이, 남편과 아내가, 고릴라인 척만, 언제나 오직 고릴라인 척만 했다면! 대신 그들은, 너무나도 잘, 인간으로 존재하고 있는 척했다.

할 만큼 하고 나자 두 사람은 웃음을 터뜨리며 얼싸안고, 즙이 많고 명백히 인간적인 키스를 서로에게 했으며, 침대 양편에서 불이 꺼졌다. 하지만 새버스가 상황을 평가하고 다음에 무엇을 할지―다른 데로 갈 것이냐 들어갈 것이냐―결정하기 전에 로지와 크리스타가 서로에게 읊어주는 소리가 들렸다. 기도문? 당연하지! "사랑하는 하느님……" 로지가 밤에 읊는 AA 기도문―그는 마침내 소리 내어 읊조리는 소리를 들었다. "사랑하는 하느님……"

이중창은 흠 없이 이루어졌으며, 둘 가운데 누구도 단어나 감정을 더듬지 않았다. 두 목소리, 두 여성이 조화롭게 얽혔다. 젊은 크리스타는 열렬한 쪽인 반면, 로즈애나의 암송은 모든 단어에 분명하게 부여하는 세심한 생각이 특징이었다. 그녀의 목소리에는 엄숙함과 감미로움이 함께 자리잡고 있었다. 그녀는 그렇게 오랫동안 얻지 못했던 저 내적 평화로 가는 길을 힘겹게 헤쳐왔다. 그 어린 시절의 괴로움—박탈, 수모, 불의, 학대—은 이제 옛일이었고, 아버지의 대역인 야만인과의 피할 수 없는—그녀에게는—성인 생활의 고난도 옛일이었다. 그녀가 고통에서 풀려났음은 귀로 확인할 수 있었다. 그녀의 발화는 크리스타보다 고요하고 차분했지만, 그 효과는 깊이 받아들인 교감과 같은 것이었다. 새로운 시작, 새로운 존재, 새로운 연인…… 비록, 새버스가 그녀에게 장담할 수 있다시피, 대체로 옛 연인과 같은 틀에서 만들어낸 것이었지만. 그는 크리스타가 로즈애나의 어머니가 물려준 골동품 은을 들고 떠난 다음날 로즈애나가 '지옥'에 부치는 편지를 그려볼 수 있었다. 어머니가 자기 살자고 달아나야 하지 않았다면, 어머니가 돌아올 때까지 내가 여학교에 다녀야 하지 않았다면, 당신이 나에게 그 방수포 재킷을 입으라고 강요하지 않았다면, 당신이 가정부들한테 소리를 지르지 않았다면, 당신이 가정부들하고 씹을 하지 않았다면, 당신이 그 괴물 같은 아이린과 결혼하지 않았다면, 당신이 그 제정신이 아닌 편지들을 내게 쓰지 않았다면, 당신에게 그 역겨운 입술과 바이스처럼 나를 죄던 손이 없었다면…… 아버지, 당신은 또 이렇게 하고 말았어요! 당신은 나에게서 정상적인 남자와의 정상적인 관계를 빼앗았어요. 당신은 나에게서 정상적인 여자와의 정상적인 관계를 빼앗았어요! 당신은 나에게서 모든 것을 빼앗었어요!

"사랑하는 하느님, 나는 내가 어디로 가는지 모르겠습니다. 앞의 길이 보이지 않습니다. 어디에서 끝나는지 확실히 알 수가 없습니다. 또 나는 정말이지 나 자신을 알지 못합니다. 나는 당신의 뜻을 따르고 있다고 생각하지만, 내가 그렇게 생각한다 해서 실제로 그렇게 하고 있다는 뜻은 아닙니다. 하지만 나는 이것을 믿습니다. 나는……"

새버스 안에서 그들의 기도는 아무런 저항에 부딪히지 않았다. 그가 몹시 싫어하는 다른 모든 것을 얻게 되더라도 뇌에 바늘구멍조차 남기지 않을 수만 있다면. 그 자신은 하느님이 전지하다고 기도했다. 그렇지 않다면 하느님은 좆도 이 둘이 무슨 소리를 하고 있는지 알지 못할 테니까.

"나는 당신을 기쁘게 하고자 하는 마음이 실제로 당신을 기쁘게 한다고 믿습니다. 내가 하는 모든 일에 그런 마음이 있기를 바랍니다. 내가 그 마음과 거리가 있는 어떤 일도 하지 않기를 바랍니다. 내가 이렇게 하면 그때는 알지 못하더라도 당신이 나를 옳은 길로 인도해주시리라는 것을 압니다. 따라서 내가 비록 길을 잃은 것처럼 보일지라도 나는 늘 당신을 신뢰할 것입니다. 사망의 그림자 속에서 나는 두려워하지 않을 것인데, 그것은 당신이 절대 내가 혼자 내 고통을 마주하게 놓아두지 않으리라는 것을 알기 때문입니다."

그리고 여기에서 희열이 시작되었다. 서로 끓어오르게 만드는 데는 전혀 시간이 걸리지 않았다. 이것은 새버스가 지금 엿듣고 있는 두 만족한 고릴라의 *꼬꼬거림*이 아니었다. 두 사람은 이제 어떤 것을 가지고도 장난하지 않았다. 그들이 만드는 하나의 소리에는 이제 허무맹랑한 것이 전혀 없었다. 이제 사랑하는 하느님은 필요 없었다. 그들은 신성神性의 과제를 떠맡았고 이제 혀로 환희를 완전히 드러내고 있었다. 놀라운 기관, 인간의 혀. 언젠가 그것을 잘 살펴보라. 그 자신은 크리스타의 혀—근육질에, 가늘게 떨리는 뱀의 혀—와 그것이 드렌카 못지않게 자신에게도 불러일으킨 경외감을 잘 기억하고 있었다. 하나의 혀가 말할 수 있는 모든 것이 놀라웠다.

디지털 시계판, 환하게 빛나는, 녹색, 그것이 새버스가 그 방에서 식별할 수 있는 유일한 물체였다. 시계는 보이지 않는 침대의 한쪽, 전에 그가 눕던 쪽의 보이지 않는 탁자에 있었다. 그는 자신의 죽음의 책 몇 권이 여전히 거기에 쌓여 있다고 믿었다, 구석에 내던져진 옷가지 사이에 들어가 있지 않다면. 그는 안에 들어가 평생 자유롭게 배회하던 거대한 씹에서 추방당한 느낌이었다. 그가 살던 바로 그 집이 그가 다시는 자신을 삽입할 수 없는 씹이 되었다. 지성과는 독립적으로 도달한 이런 생각은 오직 여자들 내부에만 존재하는 냄새가 열린 창문을 통해 그들에게서 밖으로 흘러나오면서 더욱 강해지기만 했다. 흘러나온 냄새는 모든 것을 잃었다는 격렬한 비통함에 사로잡혀 깃발을 두른 새버스를 둘러쌌다. 만일 비합리성에서 냄새가 난다면 이런 냄새가 날 것이다. 만일 망상에서 냄새가 난다면 이런 냄새가 날 것이다. 만일 분노, 충동, 욕구, 적대, 에고에서…… 그래, 부패의 이 숭고한 악취는 하나로 수렴되어 인간 영혼을 이루는 모든 것의 악취였다. 맥베스를 위하여 마녀들이 끓이던 것이 무엇이든 바로 이런 냄새가 났을 것이다. 덩컨이 그날 밤을 넘기지 못한 것도 놀랄 일이 아니다.

오랫동안, 그들이 결코 끝내지 않을 것이고, 따라서 그는 이 언덕바지에서, 이 창가에서, 이 밤 뒤에 숨은 채 자신의 우스꽝스러움에 영원히 묶여 있게 될 것만 같은 기분이었다. 그들은 자신들에게 필요한 것을 찾을 수 없는 것 같았다. 뭔가의 조각 하나 또는 단편 하나가 사라지고 없었으며, 그들은 오로지 헐떡거림과 신음과 내쉬는 숨과 비명으로만 이루어진 언어―폭발적 비명들로 이루어진 음악적 잡탕―로, 아마도 그 사라진 조각에 관해서, 함께 유창하게 이야기를 나누고 있었다.

처음에는 둘 가운데 하나가 그것을 찾았다고 상상한 것 같았고 또 하나는 자신이 그것을 찾았다고 상상하는 것 같았다. 그러다가 썹 같은 그들 집의 방대한 검음 안에서, 똑같은 엄청난 순간에, 그들은 함께 그곳에 올라섰는데, 새버스는 그림 전체를 완성하는 그 작은 조각의 소재지 발견을 두고 로지와 크리스타가 쏟아내는 말과 같은 것을 어떤 언어로도 들어본 적이 없었다.

결국, 그녀는 그녀 자신을 만족시켜왔고, 그것은 그녀가 드렌카라면, 그가 즐겼을지도 모르는 방식이었다. 그는 로즈애나가 하고 있는 일 때문에 자신이 차단되고 비극적으로 버려졌다고 느낀 것이 아니었다. 그녀가 하고 있는 일은 사실 또다른 접점에서 그를 자극하여 그녀와 동류의식에 이르게 할 수도 있었다. 그녀가 그와 떨어져서 창조해낸 오르가슴의 피난처를 왜 그가 그 자신의 가장 위대한 창조와 공명하지 않는 것으로 여기겠는가? 로즈애나의 원점회귀 여행은 모든 면에서 보아, 그들이 그의 인형 스튜디오에서 니키를 피해 물릴 줄 모르는 연인으로서 출발했던 지점으로 그녀를 다시 데리고 왔다. 사실 그녀의 자위에 대한 그의 환상 전체가 바로 그가 준비의 일환으로 스스로에게 속임수를 쓴 것이었다. 다시 돌아갈 준비, 돌아가서…… 뭘 해? 뭘 다시 찾아? 뭘 회복해? 뭘 위해 과거로 다시 들어가? 무엇의 찌꺼기를 위해?

그 순간 그는 폭발했다. 수컷 고릴라가 화를 내면 무시무시하다. 영장류 가운데 가장 크고 무거운 존재로서 그들은 아주 웅장하게 화를 낸다. 그는 자신이 그렇게 입을 크게 벌릴 수 있는지 몰랐고, 인형극 광대로서도 자신이 겁을 주는 소리들을 얼마나 풍부하게 확보하고 있는지 미처 깨닫지 못했다. 야유하는 소리, 짖는 소리, 포효―사납고, 귀가 멍멍한―를 내지르고, 그러는 동안 내내 펄쩍펄쩍 뛰면서 가슴을 치고 창문 앞쪽에 자라는 식물을 뿌리째 뜯어내고, 그러다가 이리저리 쏜살같이 달려가고, 마침내 불구인 주먹으로 창을 두드려대는 바람에 창틀이 부서져 방안으로 무너져내렸고, 그곳에서 로지와 크리스타는 히스테리에 사로잡혀 비명을 질렀다.

가슴을 두들겨 문신을 만드는 것이 가장 즐거웠다. 오랜 세월 그에게는 그럴 수 있는 가슴이 있었는데, 오랜 세월 그것을 허비했다. 두 손의 통증은 견디기 힘들었지만 그는 중지하지 않았다. 그는 난폭한 고릴라들 가운데서도 가장 난폭했다. 감히 나를 협박할 생각 마! 커다란 가슴을 쾅쾅 두드려대면서. 집을 부수면서.

차에 들어가 전조등을 켜자 그는 자신이 라쿤도 겁을 주어 쫓아버렸다는 것을 알았다. 그들은 부엌 뒤쪽 쓰레기통을 뒤지고 있었다. 로지가 쓰레기통 네 개를 보관하는 랙에 달린, 좁은 나무 널들을 이어 만든 뚜껑을 닫고 걸쇠를 거는 것을 잊은 모양이었다. 이제 라쿤들은 사라졌지만 사방에 쓰레기가 흩어져 있었다. 이것이 그가 창밖에 서 있을 때 침대 위의 여자들에게서 난다고 생각했던 부패의 냄새를 설명해주었다. 그들이 내부에 이런 냄새를 갖고 있지 않다는 것을 그는 알았어야 했다.

◆ ◆ ◆

그는 묘지 입구에 주차했다. 드렌카의 무덤에서 30야드도 떨어지지 않은 곳이었다. 그는 글러브박스를 뒤져 찾아낸 정비소 수리비 청구서 뒷면에 유언을 썼다. 대시보드와 천장 램프 불빛의 도움을 받았다. 손전등 배터리는 많이 약해졌다―점 같은 빛을 켤 만큼밖에 남지 않았는데, 하긴 그녀가 죽은 이후로 줄곧 이 배터리를 이용해왔으니.

차 밖의 검음은 광대했고, 충격적이었다. 그가 바다에서 알았던 그 어느 밤 못지않게 정신에 도전하는 밤이었다.

칠천사백오십 달러와 잔돈(재킷 호주머니의 봉투를 보라)을 남기니 오백 달러짜리 상을 만들어 매년 어느 대학이든 네 대학 연합 프로그램의 졸업반 여학생 한 명에게 지급하라―학부 생활 동안 함께 졸업하는 다른 어떤 사학년보다 많이 남성 교수진과 씹을 한 학생에게 오백 달러. 내가 입은 옷과 갈색 종이봉투에 든 옷을 애스터 플레이스 지하철역에 있는 내 친구들에게 남긴다. 테이프 녹음기는 캐시 굴즈비에게 남긴다. 닥터 미셸 카원의 지저분한 사진 스무 장은 이스라엘에 남긴다. 미키 새버스, 1944년 4월 13일.

구십사. 그는 44에 줄을 그어 지웠다. 1929~1994.

다른 수리비 청구서 뒷장에 그는 썼다. '형의 물건들은 나와 함께 묻어야 한다―기, 야물커, 편지, 상자에 든 모든 것. 옷을 벗긴 채로 나를 관에 눕히고, 형의 물건들로 둘러싸라.' 그는 이것을 크로퍼드 씨의 영수증들과 함께 넣고 봉투에 '추가 지침'이라고 적었다.

자, 유서. 일관성이 있어야 할까 두서가 없어야 할까? 화를 내야 할까 용서해야 할까? 악의가 담겨야 할까 사랑하는 태도여야 할까? 과장된 표현이어야 할까 대화체여야 할까? 셰익스피어, 마르틴 부버, 몽테뉴의 인용이 있어야 할까 없어야 할까? 홀마크*에서 카드를 팔아야 마땅하다. 그가 이르지 못한 모든 위대한 생각은 일일이 열거할 수가 없었다. 그가 자신의 삶의 의미에 관해 할 필요가 없는 말에는 바닥이 없었다. 웃기는 이야기는 과잉이다―자살이야말로 웃기니까. 그것을 깨달은 사람은 충분히 많지 않다. 그것은 절망이나 복수에서 동력을 얻는 것이 아니고, 광기나 원한이나 수모에서 태어나는 것도 아니며, 위장된 살인이나 자기혐오의 과대한 전시가 아니다―그것은 반복되는 희극적 요소에 마지

---

* 미국의 카드회사.

막 손질을 하는 것이다. 만일 다른 어떤 방식으로 꺼져버린다면 그는 자신을 훨씬 큰 실패자로 꼽게 될 것이다. 우스개를 사랑하는 누구에게나 자살은 불가결하다. 특히 인형극 광대에게 이보다 자연스러운 것은 없다. 스크린 뒤로 사라져라, 손을 집어넣어라, 그리고 너 자신으로서 연기하는 대신, 인형으로서 피날레를 챙겨라. 생각해보라. 가는 데 이보다 철저하게 재미있는 방법은 없다. 죽고 싶은 사람. 죽음을 선택하는 살아 있는 존재. 이것이 연예다.

유서는 없다. 유서는 사기다, 뭐라고 쓰든.

따라서 이제 마지막 것들 가운데 마지막.

그는 차에서 내려 눈먼 자들의 검은 화강암 세계로 들어갔다. 아무것도 보이지 않는 것은 자살과는 달리 재미가 없었다. 두 팔을 앞으로 뻗고 나아가면서, 그는 그의 테이레시아스*, 피시만큼 늙고 쇠락한 몸이 된 느낌이 들었다. 머릿속에 묘지를 그려보려 했지만, 다섯 달 동안 친숙했음에도 거의 즉시 무덤들 사이를 우왕좌왕할 수밖에 없었다. 조심스럽게 아주 조금씩 발을 옮겼지만 곧 그는 비틀거리다 넘어지다 다시 일어서면서 숨을 헐떡였다. 그날 내린 많은 비로 땅은 진창이었으며 그녀의 무덤은 언덕을 올라가야 했다. 여기까지 왔는데 관상동맥이 선수를 친다면 창피한 노릇일 것이다. 자연사하는 것은 극복할 수 없는 모욕이 될 것이다. 하지만 그의 심장은 부담을 느낄 만큼 느껴 이제 더는 짐을 끌고 갈 수 없었다. 그의 심장은 말馬이 아니었다. 심장은 발굽으로 가

---

* 그리스신화에 나오는 테베의 눈먼 예언자.

슴을 걸어참으로써 매우 심술궂은 방법으로 그에게 이 사실을 알 렸다.

그렇게 새버스는 아무런 도움도 받지 않고 올라갔다. 스스로 자신을 운반하는 돌을 상상하라. 그러면 그가 얼마나 안간힘을 쓰며 드렌카의 무덤에 이르렀는지 어느 정도 짐작이 갈 것이다. 그곳에서 그는 억지스러운 것들에 대한 그의 웅장한 작별인사로서, 그 위에 오줌을 누었다. 오줌줄기는 고통스러울 정도로 느리게 시작되었으며, 처음에 그는 자신이 스스로에게 불가능한 것을 요구하고 있지 않나, 자신의 내부에 남은 것이 전혀 없지 않나, 하는 두려움을 느꼈다. 그는 자신이—밤에 반드시 세 번은 화장실에 다녀와야 하는 사람이—다음 세기로 들어가는 그곳에 서서, 이 신성한 땅에 성수로 뿌릴 물 한 방울도 끌어내지 못한다고 상상했다. 오줌이 흐르는 것을 막는 것이 어떤 사람에게서 가장 그 자신인 것을 빼앗는 저 양심의 벽일 수 있을까? 그의 인생 개념 전체에 무슨 일이 벌어진 것일까? 그는 세상에서 그가 원하는 만큼 적대적으로 존재할 수 있는 공간을 마련하느라 비싼 대가를 치렀다. 그가 그들의 증오를 짓밟았던 경멸은 어디로 갔을까? 그가 그들의 멍청하게 조화로운 기대로부터 자유로워지려고 노력하던 법칙, 행동 강령은 어디로 갔을까? 그래, 그의 어릿광대짓에 영감을 주던 제약들이 마침내 복수를 하고 있는 것이다. 우리의 괴물 같은 면을 줄이고자 하는 그 모든 금기들이 그의 물을 차단한 것이다.

완벽한 은유다. 텅 빈 그릇.

그 순간 오줌줄기가 시작되었다…… 처음에는 방울져 나오다, 약하게 쫄쫄거렸다. 칼로 양파를 썰었을 때 양쪽 뺨에 미끄러져 내리는 눈물 한두 방울이 울음을 이루듯이. 하지만 이어서 분출이 그 뒤를 잇고, 또 두번째 분출, 이어 흐름, 이어 세찬 흐름, 이어 용솟음침, 이어 새버스는 그 자신도 놀랄 만한 힘으로 오줌을 누고 있었다. 슬픔에 익숙하지 않은 사람들이 자신의 눈물의 강이 막을 수 없이 흘러넘치는 것에 깜짝 놀랄 수 있는 것과 마찬가지로. 마지막으로 이렇게 오줌을 눈 것이 언제인지 기억나지 않았다. 아마 오십 년 전. 이러다 그녀의 무덤에 구멍을 뚫겠다! 관뚜껑을 뚫고 드렌카의 입까지 밀고 들어가겠다! 하지만 이렇게 누는 오줌으로 차라리 터빈을 돌리려 하는 것이 나았다―그는 어떤 식으로든 두 번 다시 그녀에게 닿을 수 없었다. "했다!" 그녀는 소리쳤다. "해냈다!" 그때 그는 누구도 그녀보다 더 숭배한 적이 없었다.

　그러나 그는 멈추지 않았다. 멈출 수가 없었다. 유모가 젖을 내듯이 그는 오줌을 누어야 했다. 푹 젖은 드렌카, 보글거리는 샘, 물기와 흘러넘침의 어머니, 용솟음치고, 물줄기가 흐르는 드렌카, 인간 포도나무의 즙을 마시는 사람―착한 사람, 먼지가 되기 전에 일어서, 소생해서 돌아와, 네 분비물을 모두 내보내!

　하지만 그녀의 모든 남자가 씨를 뿌린 그 구획에 봄과 여름 내내 물을 준다 해도 그는 그녀를 돌아오게 할 수 없었다, 드렌카든 다른 누구든. 그가 달리 생각했을까, 이 환상을 혐오하는 인간이? 글쎄, 아무리 의도가 훌륭한 사람이라도 죽은 자는 하루 스물네 시간, 일주일에 이레, 일 년에 삼백육십오 일 다시 살 수 없다는 것을 기억하는 것은 가끔 힘든 일이다. 그러나 지상에 그보다 확고하게 확립된 것은 없으며, 네가 확실하게 알 수 있는 것은 그것뿐이다―아무도 그것을 알고 싶어하지 않지만.

"이보세요! 선생님!"

누가 뒤에서 두드린다, 누가 새버스의 어깨를.

"지금 하고 있는 짓 중단하세요, 선생님! 당장 중단하세요!"

하지만 그는 끝나지 않았다.

"선생님은 지금 우리 어머니 무덤에 오줌을 누고 있어요!"

거칠게, 수염을 잡혀, 새버스는 몸이 빙그르 돌아갔고, 강력한 불빛이 그의 눈을 향해 켜지자, 그는 자신의 두개골을 꿰뚫을 수 있는 것이 얼굴 속으로 날아든 것처럼 두 손을 쳐들었다. 불빛은 그의 몸 전체를 훑고 내려갔다가 발에서 눈으로 올라왔다. 그는 이렇게 빛으로 페인트칠이 되었다. 한 겹 또 한 겹, 여섯 번인가 일곱 번, 그러다 마침내 불빛이 좆대가리만 밝게 비추었다. 기의 두 가장자리 사이에서 눈만 내밀고 있는 것처럼 보였다. 악의나 어떤 종류의 의미도 없는 물부리, 수리가 필요한 듯 간헐적으로 물을 뚝뚝 흘리고 있었다. 몇천 년이 흘러도 인류의 정신에 오분 생각할 거리조차 줄 만한 것으로 보이지 않았다. 하물며 이것을 보고, 이 튜브의 압제가 없다면 여기 지상에서 우리 종의 이야기는 시작, 중간, 끝이 알아볼 수 없이 달라질 것이라는 결론을 내릴 수는 없을 것 같았다.

"내 눈에 안 보이게 해!"

새버스는 얼마든지 그것을 바지 속으로 집어넣고 지퍼를 올릴 수도 있었다. 그러나 그렇게 하려 하지 않았다.

"그걸 가려!"

하지만 새버스는 아무런 행동을 하지 않았다.

"당신 대체 뭐야?" 새버스는 질문을 받았고, 빛에 다시 한번 그의 눈이 멀었다. "당신 우리 어머니 무덤을 모독하고 있어. 미국기를 모독하고 있어. 당신 자신의 사람들을 모독하고 있어. 그 좆나 한심한 좆대가리를 꺼내놓고, 당신 자신이 속한 종교의 스컬캡을 쓰고."

"이건 종교적 행동인데."

"기로 몸을 두르고!"

"자랑스럽게, 자랑스럽게."

"오줌을 누면서!"

"다 쏟아내면서."

매슈는 이제 울부짖고 있었다. "우리 어머니! 저건 우리 어머니야! 우리 어머니라고, 이 좆같은 더러운 새끼야! 당신은 우리 어머니를 타락시켰어!"

"타락시켜? 발리치 경관, 당신은 부모를 이상화하기에는 나이가 너무 많아."

"어머니는 일기를 남겼어! 아버지가 그 일기를 읽었어! 당신이 어머니한테 시킨 일들을 읽었다고! 심지어 내 사촌까지 — 내 어리고 귀여운 사촌까지! '그걸 마셔drink, 드렌카Drenka! 그걸 마시라고!'"

그렇게 그는 자신의 눈물에 휩쓸려 이제는 새버스의 얼굴에 불을 비추고 있지도 않았다. 불빛은, 오히려, 땅을 비추어, 무덤 발치의 웅덩이가 밝게 빛나고 있었다.

배럿의 머리는 으깨졌다. 새버스는 더 나쁜 것을 예상하고 있었다. 자신이 누구에게 붙들렸는지 깨닫는 순간 살아서 이곳을 나갈 것이라고 믿지 않았다. 그러고 싶지도 않았다. 다 소진되었다, 그가 끝도 없이 즉흥적으로 행동하도록 허락하고 그가 살아 있게 해주던 그것은. 미치광이 같은 야하고 지저분한 상태는 끝났다.

하지만 다시 한번 그는 살아서 걸어나갔다. 그가 카원의 집에서 스스로 목을 매는 것으로부터 그랬듯이, 해변에서 물에 빠져 죽는 것으로부터 그랬듯이—살아서 걸어나갔다. 무덤에서 흐느끼는 매슈를 남겨두고, 여전히 그가 끝도 없이 즉흥적으로 행동하도록 허락하는 것에서 추진력을 얻어, 검음을 헤치고 비틀비틀 언덕을 내려갔다.

그렇다고 매슈에게서 드렌카의 일기 이야기를 더 듣고 싶지 않은 것은 아니었고, 기회만 된다면 그것을 한 단어 한 단어 탐욕스럽게 읽지 않았을 거란 뜻은 아니었다. 드렌카가 모든 걸 적어놓았다는 생각은 해본 적이 없었다. 영어일까 아니면 세르보·크로아트어일까? 자부심에서였을까 아니면 믿기지 않아서였을까? 자신의 과감함의 경로를 따라갔을까 아니면 자신의 타락의 경로를 따라갔을까? 왜 병원에서 이런 일기가 있다고 미리 말해주지 않았을까? 그때는 너무 아파서 그 생각을 하지 못했을까? 그게 발견되도록 그대로 둔 것은 부주의였을까? 간과한 것일까? 아니면 그녀가 한 가장 대담한 행동이었을까? 했다! 해냈다! 이것이 그 모든 좋은 옷 밑에서 살아가던 사람이었다—너희 누구도 알지 못했다!

아니면 그녀는 그것을 버릴 힘이 없어서 그대로 두었을까? 그래, 그런 일기는 사람의 유골 사이에서 특별한 자리를 갖고 있다. 정당화하고 감추는 일상의 의무에서 마침내 자유를 얻은 말 자체로부터 쉽게 자유로워질 수가 없다. 비밀 일기, 편지, 폴라로이드, 비디오테이프, 오디오테이프, 음모 몇 가닥, 내밀한 의상 가운데 세탁하지 않은 물품을 없애는 데는, 우리의 소유 가운데 거의 유일하게 '내가 이와 같다는 것이 정말일 수 있을까?' 하는 질문에 결정적으로 답을 하는 이런 물건들의 신성한 유물 같은 힘을 없애버리는 데는 상상 이상의 용기가 필요하다. 마디그라*에서 자신에 대한 기록일까, 아니면 족쇄 풀린 진정한 존재 상태에 있는 자신에 대한 기록일까? 어느 쪽이든 이 위험한 보물—가깝고 소중한 사람들을 피해 란제리 밑에, 서류 캐비닛의 가장 어두운 곳에, 동네 은행의 꼭꼭 잠글 수 있는 안전한 곳에—은 사람이 떠날 수 없는 것에 대한 기록을 구성한다.

하지만 새버스에게는 수수께끼, 이해가 되지 않는 모순, 피할 수 없는 의심이 있었다. 섹스 일기가 발견되도록 놓아둠으로써 그녀는 무슨 의무를, 누구에게 이행하고 있었을까? 그녀의 남자들 가운데 누구에게 항의하고 있었을까? 마티야에게? 새버스에게?

---

* 사순절의 금식 기간 직전 마음껏 먹고 마시는 축제.

너는 우리 가운데 누구를 죽이려는 것이었나? 나는 아니다! 당연히 나는 아니다! 너는 나를 사랑했으니까!

"공중에 두 손을 들어올려서 보여주세요!"

그 말이 느닷없이 그를 향해 우렁차게 쏟아져나왔고, 그는 스포트라이트 속에 고정되었다. 마치 그 혼자 묘석들 사이에서 원맨쇼를 하는 것 같았다. 묘지의 스타 새버스, 유령들을 관객으로 삼은 보드빌 연기자, 죽은 자들의 부대를 관객으로 삼은 전선의 연예인. 새버스는 절을 했다. 음악이 있었어야 했다. 그의 뒤에서 은근히 육감적인 옛 스윙 음악이 나와야 했다. 새버스를 무대로 안내하려면 인생의 가장 믿을 만한 쾌락이 있어야 했다. 그것은 B.G. 육중주단이 연주하는 〈Ain't Misbehavin'〉의 무구한 즐거움, 슬램 스튜어트가 베이스를 치고 베이스가 슬램을 연주하고…… 그 대신 그에게 정체를 밝힐 것을 정중하게 요구하는, 육체에서 분리된 목소리가 있었다.

새버스는 절한 자세에서 고개를 부드럽게 들어올리며 말했다. "나요, 시간屍姦하는 자, 밤의 배출물."

"나 같으면 그런 바보짓은 다시 하지 않을 겁니다. 선생님. 공중에 두 손을 들어올려 보여주세요."

새버스의 극장을 비추는 순찰차에는 두번째 주 경찰관이 타고 있었는데, 이제 그는 총을 꺼내들고 내렸다. 수습 경관. 매슈는 누군가를 처음 길들일 때가 아닌 한 혼자 차를 타고 다닐 것이다. 드렌카는 자랑하곤 했다. "그애는 사람들을 길들일 때는 늘 그 사람이 운전을 다 하기를 바라. 경찰학교를 갓 나온 애들은 일 년이나 수습을 해야 돼―그런데 그런 애들을 길들이곤 하는 게 매슈야. 매슈는 이래, '정말로 그 일을 하기를 바라고 잘하는 좋은 애들이 몇 명 있어요. 또 똥구멍 같은 놈들도 있죠. 좆도 나는 신경 안 쓴다, 그런 태도를 가진 나쁜 녀석들. 뭐든 그냥 모면하기만 바라고 그러지. 하지만 일을 잘하려면, 해야 할 일을 하려면, 자동차 근무를 계속하고 제시간에 사건을 처리하려면, 차를 원래 유지해야 하는 방식으로 유지하려면……' 그것이 매슈가 그들에게 가르치는 거였어. 그애는 그냥 누군가와 석 달 동안 차를 달리고, 그러면 아이는 매슈에게 넥타이핀을 주었어. 황금 넥타이핀. 아이는 말했지, '맷은 나의 가장 좋은 친구예요.'"

　　수습 경관이 그를 겨누었지만 새버스는 체포에 저항하는 행동은 전혀 하지 않았다. 그가 달리기 시작한다면 수습 경관은 옳든 그르든 그의 머리에 구멍을 뚫어놓을 가능성이 높았다. 하지만 매슈가 언덕 아래까지 내려왔을 때, 수습이 한 일은 새버스에게 수갑을 채우고 차 뒷좌석에 타는 것을 도와준 것뿐이었다. 그는 매슈 나이의 젊은 흑인 남자로 완전히 침묵을 지키고 있었으며, 새버스의 겉모습이나 옷차림 혹은 그가 한 짓 때문에 혐오나 분개를 표현하는 말은 한 음절도 내뱉지 않았다. 그는 새버스가 뒷좌석에 타는 것을 도우면서 기가 어깨에서 미끄러지지 않도록 조심했고, 새버스의 머리카락이 성긴 두개골에서 '하느님 미국을 축복하소서' 야물커의 자리를 살며시 다시 잡아주었다. 고개를 숙이고 차에 타는 동안 야물커가 앞이마 쪽으로 미끄러졌기 때문이다. 이것이 과잉 친절의 표현인지 경멸의 표현인지 체포된 사람은 판단할 수 없었다.

수습이 운전을 했다. 매슈는 이제 울지 않았지만, 뭔가 통제할 수 없는 것이 그의 널찍한 목의 근육을 움직이고 있다는 것을 새버스는 뒷자리에서 볼 수 있었다.

"내 파트너는 괜찮은 건가요?" 수습이 산을 내려가기 시작하면서 물었다.

매슈는 아무런 대답을 하지 않았다.

저애가 나를 죽이려는구나. 저애는 그렇게 할 거야. 생명을 없앨 거야. 마침내 그렇게 되는 거야.

"어디로 가는 거요?" 새버스가 물었다.

"구금을 할 겁니다, 선생님." 수습이 대답했다.

"혐의가 뭔지 물어봐도 되겠소?"

"혐의?" 매슈가 폭발했다. "혐의?"

"숨을 깊이 쉬어요, 맷." 수습이 말했다. "나한테 가르쳐준 호흡을 하세요."

"내가 이렇게 말해도 좋다면," 새버스가 지나치게 딱딱하게 말을 꺼냈는데, 이 말투가 적어도 로즈애나는 미치게 만들었다는 것을 그는 잘 알고 있었다. "저분의 파렴치에 대한 감각이 근본적인 오해에 바탕을 두고 있―"

"가만히 계세요." 수습이 말했다.

"나는 그저 저분이 도저히 이해할 수 없는 일이 벌어지고 있다고 말하고 싶은 것뿐이오. 그 일의 엄숙한 면을 저분은 절대 평가할 수 없소."

"엄숙!" 매슈가 소리치며, 주먹으로 대시보드를 쳤다.

"저 사람을 가두죠, 맷, 그럼 돼요. 그게 우리 일이에요―그냥 그 일을 해요."

"나는 누군가를 혼란에 빠뜨릴 단어를 사용하지 않소. 나는 과장하지 않소." 새버스가 말했다. "나는 정확하다거나 기분좋다고 말하지 않았소. 나는 겉으로 보기에 그렇다거나 심지어 자연스럽다고 말하지 않았소. 나는 엄숙하다고 말하고 있소. 깜짝 놀랄 만큼 엄숙하다고. 말로 표현할 수 없을 만큼 엄숙하다고. 진지하게, 무모하게, 더없이 행복하게 엄숙하다고."

"계속 그러시는 건 경솔한 행동입니다. 선생님."

"나는 경솔한 사람이오. 그건 나에게도 불가해한 일이지. 그게 내 인생에서 사실상 다른 모든 것을 추방했소. 그게 내 존재의 목표 전부인 것 같소."

"그래서 우리가 선생님을 가두려고 하는 것이죠, 선생님."

"어떻게 매슈의 어머니를 타락시켰는지 내가 판사한테 말할 수 있게 해주려고 나를 가두는 건 줄 알았는데."

"보세요, 선생님은 내 파트너에게 큰 고통을 주었습니다." 수습이 말했다. 그의 목소리는 여전히 인상적일 정도로 가라앉아 있었다. "선생님은 이분 가족에게 큰 고통을 주었습니다. 저는 선생님이 지금은 나한테 큰 고통을 주는 말을 하고 있다고 말씀드릴 수밖에 없습니다."

"그래요. 그게 내가 사람들한테 늘 듣는 말이오. 사람들은 내가 인생에서 소명으로 받아 하는 큰 일이 고통을 주는 것이라고 계속 말하지. 세상은 그냥 고통 없이 잘 날아가고 있는데—태평스러운 인류가 재미로 가득한 긴 휴일을 즐겁게 보내고 있는데—새버스가 인생에 들어앉자 하룻밤새에 이곳이 눈물의 정신병원이 된다. 대체 왜 그럴까? 누가 그걸 좀 나한테 설명해줄 수 있겠소?"

"세워!" 매슈가 소리쳤다. "차 세워!"

"매티, 저 새끼 그냥 처넣어."

"씨발 차 세우라니까, 빌리! 저 새끼는 처넣지 않을 거야!"

새버스는 자리에서 일직선으로 앞을 향해 기울어졌다—몸을 지탱해줄 손이 없기 때문에 앞으로 확 쏠렸다. "나를 처넣어요, 빌리. 매티 말을 듣지 마. 저 친구는 지금 객관적이지 않아—저 친구는 지금 자신을 방기하여 사적으로 개입하고 있어. 내가 공적으로 내 범죄를 정화하고 나에게 다가올 벌을 받아들일 수 있도록 나를 처넣어줘."

도로 양편으로 깊은 숲이 있었고, 경찰차는 한쪽 갓길로 올라섰다. 빌리는 차를 세우고 전조등을 껐다.

다시 저 밤의 어두운 영토. 새버스는 생각했다, 자, 이제, 핵심 볼거리, 가장 중요한 것, 그가 평생 얻으려고 싸워온 미리 예측하지 못한 절정. 그는 정말이지 얼마나 오래전부터 자신이 죽임을 당하기를 갈망해왔는지 미처 깨닫지 못했다. 그는 자살하지 않았다. 살해당하기를 기다려왔기 때문이다.

매슈는 차에서 뛰어내려 뒤쪽으로 와서, 문을 열고 새버스를 끌어냈다. 그런 다음 수갑을 풀었다. 그뿐이었다. 그는 수갑을 풀고 말했다. "너, 이 역겨운 괴물 새끼, 너 누구한테든 우리 어머니 이름을 들먹이거나, 누구에게든 우리 어머니에 관해서 무슨 말이든 하면—언제 어디서 누구에게든—내가 너를 반드시 쫓아갈 거야!" 그는 눈을 새버스의 눈에서 불과 몇 인치 떨어진 곳까지 들이밀고 다시 소리를 지르기 시작했다. "들려, 노인네? 내 말 들리냐고?"

"하지만 지금 만족할 수 있는데 왜 기다리는 거요? 내가 숲속으로 움직이면 당신은 쏴. 도주 시도. 여기 빌리가 당신 말을 뒷받침해줄 거야. 안 그렇소, 빌? '오줌을 누게 해줬는데 그 늙은이가 달아나려 했다.'"

"이 역겨운 씨발놈!" 매슈가 소리질렀다. "이 더러운 개자식!" 그러더니 앞쪽 조수석 문을 확 열고 난폭하게 다시 차 안으로 몸을 던졌다.

"하지만 나는 자유로워지잖아! 나는 역겨운 짓에 탐닉하고 또 탐닉했어! 그런데도 이제 풀려나! 나는 송장 먹는 귀신이야! 송장 먹는 귀신이 그 모든 고통을 준 뒤에 자유롭게 풀려난다고! 매슈!" 하지만 순찰차는 떠나고, 새버스는 발목까지 잠기는 봄의 진흙탕 속에 남겨졌다. 낯선 오지의 숲이었다. 비를 일으키는 나무들과 비에 씻긴 바위들에 삼켜져 앞이 보이지 않았다—이제 자신 외에는 그를 죽일 사람이 없었다.

하지만 그는 그럴 수가 없었다. 그는 씨발 죽을 수가 없었다. 어떻게 떠날 수 있겠는가? 어떻게 가버릴 수 있겠는가? 그가 증오하는 모든 것이 여기에 있는데.

　　필립 로스는 생전에 자신의 작품 가운데 1995년에 나온, 그러니까 육십대 초입에 쓴 『새버스의 극장』에 가장 애착을 느꼈다고 하는데, 실제로 2013년 고향 뉴어크에서 열린 80세 생일 모임에서 낭독한 것도 이 책 가운데 한 대목, 뒷부분에서 새버스가 가족의 묘지를 찾아가 묘석에 적힌 비명들을 읽고 가족을 기억하다가 "내가 여기 왔어요" 하고 말하며 끝을 맺는 대목이었다. 2013년이면 그가 소설 집필 중단을 결정했을 시기이니, 이 생일 모임은 사실 그의 작가 인생을 마감하는 고별식이기도 했다. 그런데 그 고별식을 고향인 뉴저지주 뉴어크에서 주로 고향 사람들을 모아놓고 했다는 것이 또 로스다운 면이라고 생각할 수도 있다. 로스가 미국 중간계급 하층 출신의 유대인으로서 세계적인 명성을 얻은 작가가 된 뒤 팔순을 맞이하여 금의환향하는 기분으로 고향에서 자신의 어린 시절을 기억하는 옛친구들을 모아 잔치를 열었다,

고 생각할 사람은 물론 많지 않을 것이다, 로스를 조금이라도 안다면. 로스가 고향이나 가족을 매우 중요하게 여기는 것은 사실이지만, 작가 로스에게 고향이나 출신은 소설가로서 그의 바탕이라는 의미에서 중요하다. 미국과 영국에서 반반씩 살고 있던 1980년대에 로스는 영국을 배경으로 소설을 쓰게 될 것 같으냐는 질문을 받고, 그 질문은 이십 년 뒤에 해달라고 답을 한 적이 있다. 영국에서 이십 년을 살게 되면 뉴어크가 아니라 런던을 배경으로 작품을 쓰게 될지도 모른다고. 한 작가가 소설을 쓸 만큼 어떤 곳을 알려면 이십 년은 걸린다는 뜻이었다―정확하게 말하면 시달리며 사는 세월 이십 년. 그러니까 로스는 작가 인생을 끝낼 무렵 여든 살 생일을 맞아 자신의 소설의 고향에서 고별식을 가지면서, 가장 좋아하는 자기 소설 가운데 주인공이 자신의 묫자리를 찾기 위해 가족이 묻힌 곳을 찾아와 "내가 여기 왔어요" 하고 이제 자신도 죽음으로 들어간다고 신고하는 대목을 읽은 셈이다.

그래서인지 로스는 이 책이 "죽음에 사로잡혀 있다"고 말하면서, 제목을 '죽음과 죽어가는 기술'이라고 바꾸어도 무방했을 것이라고 농담을 했다. 아닌 게 아니라 이 작품은 주인공 새버스가 죽을 자리와 묻힐 자리를 찾는 과정을 축으로 다양한 죽음과 연결되고 있으며, 그 모든 것의 출발점 또한 새버스가 어린 나이에 겪은 형의 죽음이라고 할 수 있다. 그렇다고 로스가 이야기하는 죽음이 어둡고 음울하기만 할까? 정작 로스 자신은 이 책을 썼을 때 죽음의 압박에서 가까스로 벗어난 상태였다. 오십대에 심장에 문제가 생기고 여러 신체적 고통을 겪으면서 로스는 죽음이 다가왔다고 생각했는데, 심장 수술을 받고 건강에 대한 자신감이 회복되면서 작가로서도 회춘한 듯 소설 작업에 강렬하게 매달렸다. 육십대부터 시작된 이 창조적이고 생산적인 시기의 초반 결과물이 『새버스의 극장』이며, 이것을 필두로 그의 대표작으로 꼽히는 두툼한 미국 삼부작이 잇따라 등장했다. 그런 흐름에서 보자면 『새버스의 극장』은 죽음과 새로운 생명력이 포개지는 시점에 등장한 작품이며, 그런 면에서 이 소설에서 악명 높은, 무덤과 정액이 섞이는 장면은 소설을 지배할 뿐 아니라 로스의 삶의 한 국면을 상징한다고도 말할 수 있을 듯하다.

따라서 이 작품은 죽음에 관한 이야기이지만 어떤 고정된 틀과 규범에 가둘 수 없는 생명력에 관한 이야기이기도 하고, 그 둘이 서로 내치는 동시에 삼키고 어우러지는 이야기이기도 하다. 그래서 지극히 평범한 일상의 외피를 쓴 곳에서 벌어지는 일이 다루어지기는 하지만 우리를 이 문명 속에서 하루하루 살아가게 하는 고정된 의식과 생활의 얇은 막이 계속 찢기고 침범당하면서 어떤 원초적인 미지의 것과 섬뜩하게 만나는 느낌에 시달리게 된다. 이런 느낌은 죽음과 생명이 있는 그대로 외설적으로 드러나는 듯한 인물, 평범한 삶을 규정하는 어떤 범주로도 포착할 수 없을 것 같은 인물 새버스에게서 그대로 재현된다. 사실 이 작품의 모든 비밀을 손아귀에 넣고 있는 새버스라는 인물이 독자에게 어떻게 받아들여질지 상당히 궁금한 일이지만, 한 가지 분명한 것은, 어느모로 보나 비호감일 뿐 아니라 독자의 공감을 얻기는커녕 의도적으로 차단하는 방향으로 움직이는 듯한 이 문제적 인물은 좋건 싫건 죽음처럼, 생명처럼, 꿈에서 마주친 자신의 험한 잠재의식처럼 독자의 어떤 부분을 꽉 움켜쥐고 한동안 따라다닐 것이라는 점이다. 로스 자신은 생일 모임에서 낭독을 하기 전 새버스의 도를 넘는 행동들을 "어떤 약속도 지켜지지 않고 모든 것이 소멸될 수 있는 어떤 장소에 대한 반응"이라고 설명했는데, 원하는 독자는 모호하기는 하지만 이 말을 실마리삼아 탐험에 나서볼 수도 있을 것이다.

물론 새버스를 비롯한 이 작품의 모든 인물은 로스의 이야기가 늘 그렇듯이 정밀하게 조사되고 묘사된 현실적 배경에 단단히 뿌리박고 매우 구체적인 시공간에서 움직인다. 따라서 이 작품은 다시 한번, 로스의 이야기가 늘 그렇듯이, 특정한 시대, 특정한 상황, 특정한 인간들의 어떤 핵심을 매우 사실적으로 재현해낸다는 점에서도 흥미롭다. 그럼에도 이 작품에서는 그것을 뚫고 다른 차원의 세계로 도약하려는 듯 불끈불끈 솟구치는 기운이 느껴지는데, 이 정도의 강렬함은 로스의 다른 작품에서도 쉽게 느끼기 힘들다. 로스는 이 작품을 가장 좋아한다고 하면서 이 책을 쓸 때 가장 자유로웠다는 말을 덧붙였는데, 옮긴이는 혼자서 그런 기운이 로스가 말한 자유로움과 어떤 관계가 있지 않을까 생각해보기도 했다. 그만큼 죽음을 포함한 많은 것에서 풀려난 그의 생동하는 힘이 다른 어떤 것보다 먼저 와닿는 느낌이었기 때문이다. 이런 자유로움은 또 이 작품에서 로스가 보여주는 능청맞은 익살과도 관련이 있을 듯하다. 로스는 『포트노이의 불평』을 쓸 때도 그전의 어떤 속박에서 벗어나 그렇게 익살을 부리는 것을 즐겼다고 어디에선가 말한 적이 있는데, 여러 면에서 『포트노이의 불평』을 잇는 이 작품에서도 이 작가가 분출하는 해방감에 덩달아 흥겨움을 느끼게 된다. "죽음에 사로잡힌" 책에서 흥겨움이라니! 하지만 이것이 바로 로스이며, 로스의 다른 어떤 면 못지않게 그의 요설과 익살을 사랑하는 한 독자로서 옮긴이가 이 책을 여러 사람과 함께 읽고 싶은 가장 큰 이유이기도 하다.

정영목

지은이 **필립 로스**
1998년 『미국의 목가』로 퓰리처상을 수상했다. 전미도서상과 전미도서비평가협회
상을 각각 두 번, 펜/포크너상을 세 번 수상했다. 2005년에는 『미국을 노린 음모』로
미국 역사가협회상을 수상했다. 또한 펜(PEN)상 중 가장 명망 있는 펜/나보코프상
(2006)과 펜/솔벨로상(2007)도 받았다. 2018년 85세를 일기로 세상을 떠났다.

옮긴이 **정영목**
서울대 영문과를 졸업하고, 동 대학원을 졸업했다. 전문번역가로 활동하며, 현재 이화
여대 통역번역대학원 교수로 재직중이다. 옮긴 책으로 『로드』『선셋 리미티드』『미국
의 목가』『에브리맨』『포트노이의 불평』『굿바이, 콜럼버스』『울분』『달려라, 토끼』
『책도둑』 등이 있다. 『로드』로 제3회 유영번역상을, 『유럽문화사』로 제53회 한국출판
문화상(번역 부문)을 수상했다.

문학동네 세계문학
새버스의 극장

초판 인쇄 2020년 11월 20일 | 초판 발행 2020년 12월 4일

지은이 필립 로스 | 옮긴이 정영목 | 펴낸이 염현숙
책임편집 윤정민 | 편집 홍유진 오동규
디자인 윤종윤 이원경 | 저작권 한문숙 김지영 이영은
마케팅 정민호 정진아 함유지 김혜연 김수현
홍보 김희숙 김상만 지문희 김현지 이소정 이미희
제작 강신은 김동욱 임현식 | 제작처 한영문화사(인쇄) 신안문화사(제본)

펴낸곳 (주)문학동네
출판등록 1993년 10월 22일 제406-2003-000045호
주소 10881 경기도 파주시 회동길 210
전자우편 editor@munhak.com | 대표전화 031) 955-8888 | 팩스 031) 955-8855
문의전화 031) 955-8896(마케팅) 031) 955-2634(편집)
문학동네카페 http://cafe.naver.com/mhdn | 트위터 @munhakdongne
북클럽문학동네 http://bookclubmunhak.com

ISBN 978-89-546-7578-9 03840

www.munhak.com

미 국 현 대 문 학 의 거 장
필립 로스

P h i l i p   R o t h

굿바이, 콜럼버스 **정영목** 옮김

필립 로스가 계속 단편소설만 썼다 해도 그는 여전히 우리 시대 최고의 작가가 되었을 것이다. 그의 데뷔작이자 유일한 소설집인 『굿바이, 콜럼버스』는 그만큼 훌륭하다. _래리 다크(편집자)

포트노이의 불평 **정영목** 옮김

이 작품을 즐기면서 조금도 죄책감을 느끼지 말기를. 『호밀밭의 파수꾼』 이래 이런 기쁨을 주는 미국 소설은 처음이다. _뉴욕 타임스

위대한 미국 소설 **김한영** 옮김

필립 로스의 야구는 위대한 문학이다. 치명적인 허구다. 살아남은 진실이다.
_서효인(시인)

미국의 목가(전2권) **정영목** 옮김

지금껏 필립 로스가 써온 소설 중 가장 강렬하다. 예술의 경지에 이른, 맹렬하고 충격적인 작품. _뉴욕 타임스

나는 공산주의자와 결혼했다 **김한영** 옮김

우리가 공유하는 과거의 한 시공간을 놀라운 방식으로 되살려낸 이야기에 한시도 눈을 뗄 수 없다. 이데올로기와 위선으로 점철된 전후 시대를 눈부신 필치로 되살려냈다. _뉴욕 리뷰 오브 북스

휴먼 스테인(전2권) **박범수** 옮김

좌절과 유쾌함과 슬픔이 펼쳐진다. 공공의 시대정신이 어떻게 개인의 삶을 형성하고 망가뜨리는지 보여주는 작품. 『미국의 목가』의 철학적 버팀목일 뿐만 아니라 웅대하고 감동적이다. _뉴욕 타임스